满族口头遗产传统说部丛书

尼山萨满传

（下）

荆文礼 富育光 汇编

吉林人民出版社

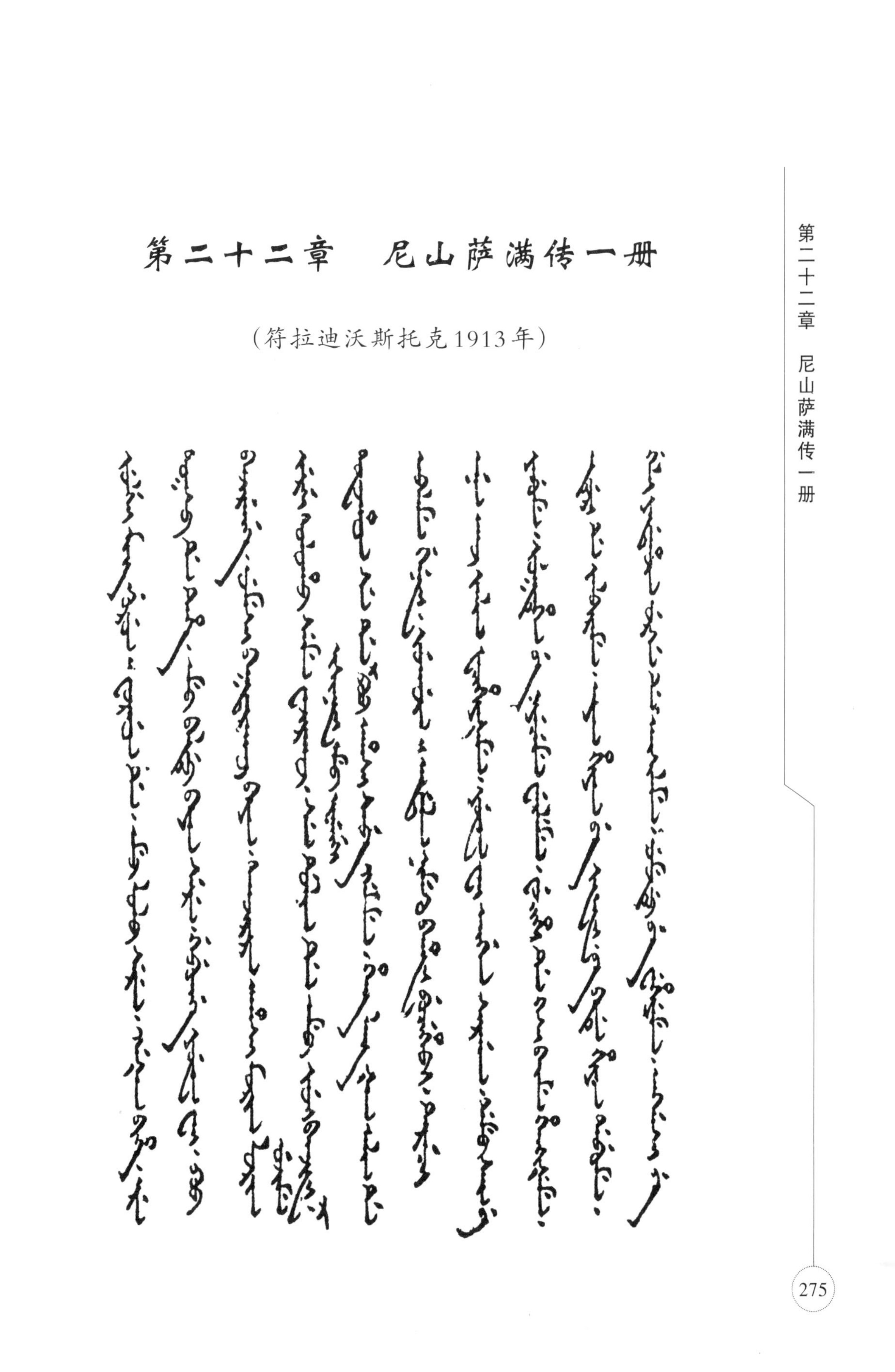

第二十二章 尼山萨满传一册

（符拉迪沃斯托克1913年）

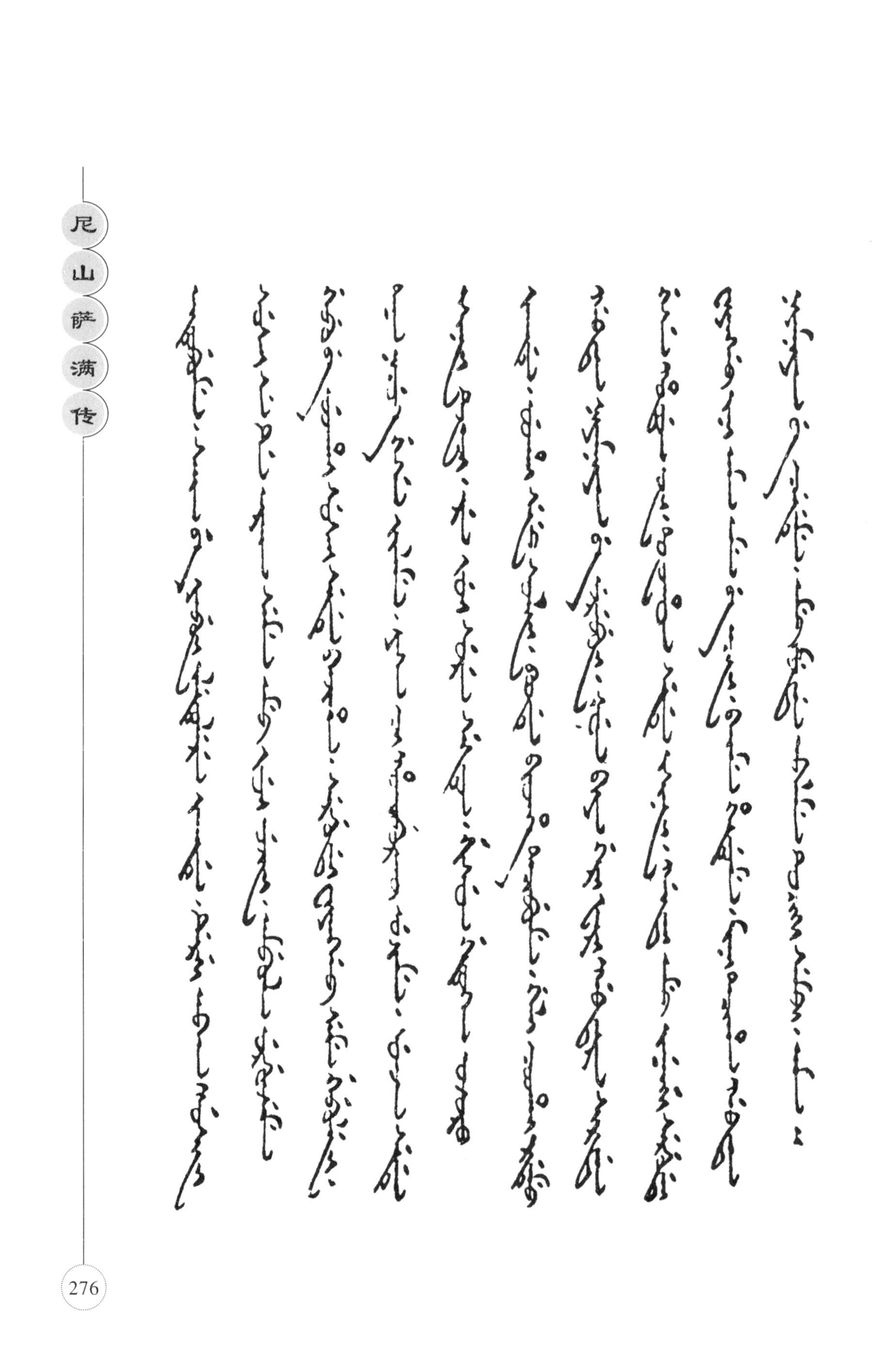

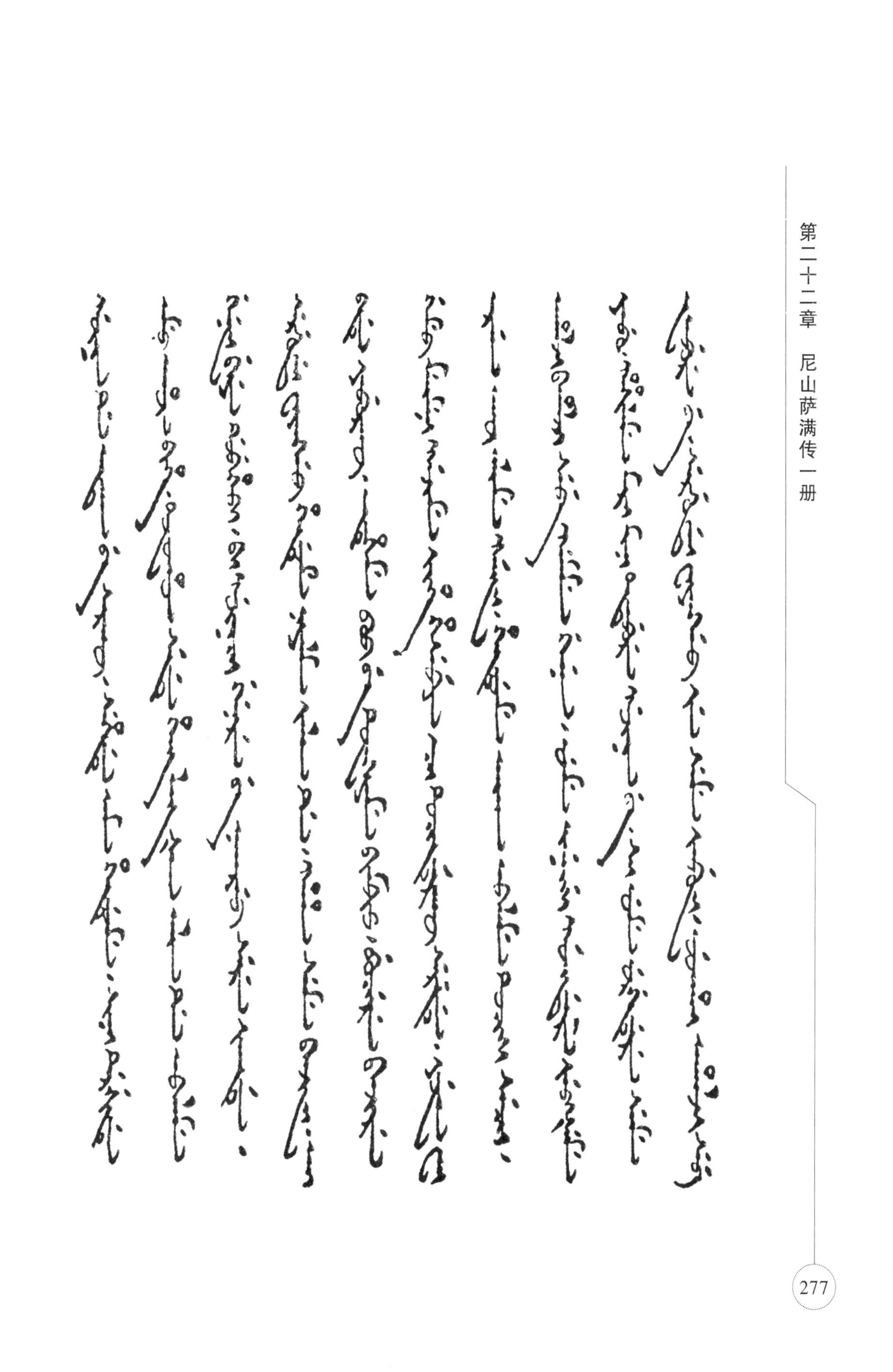

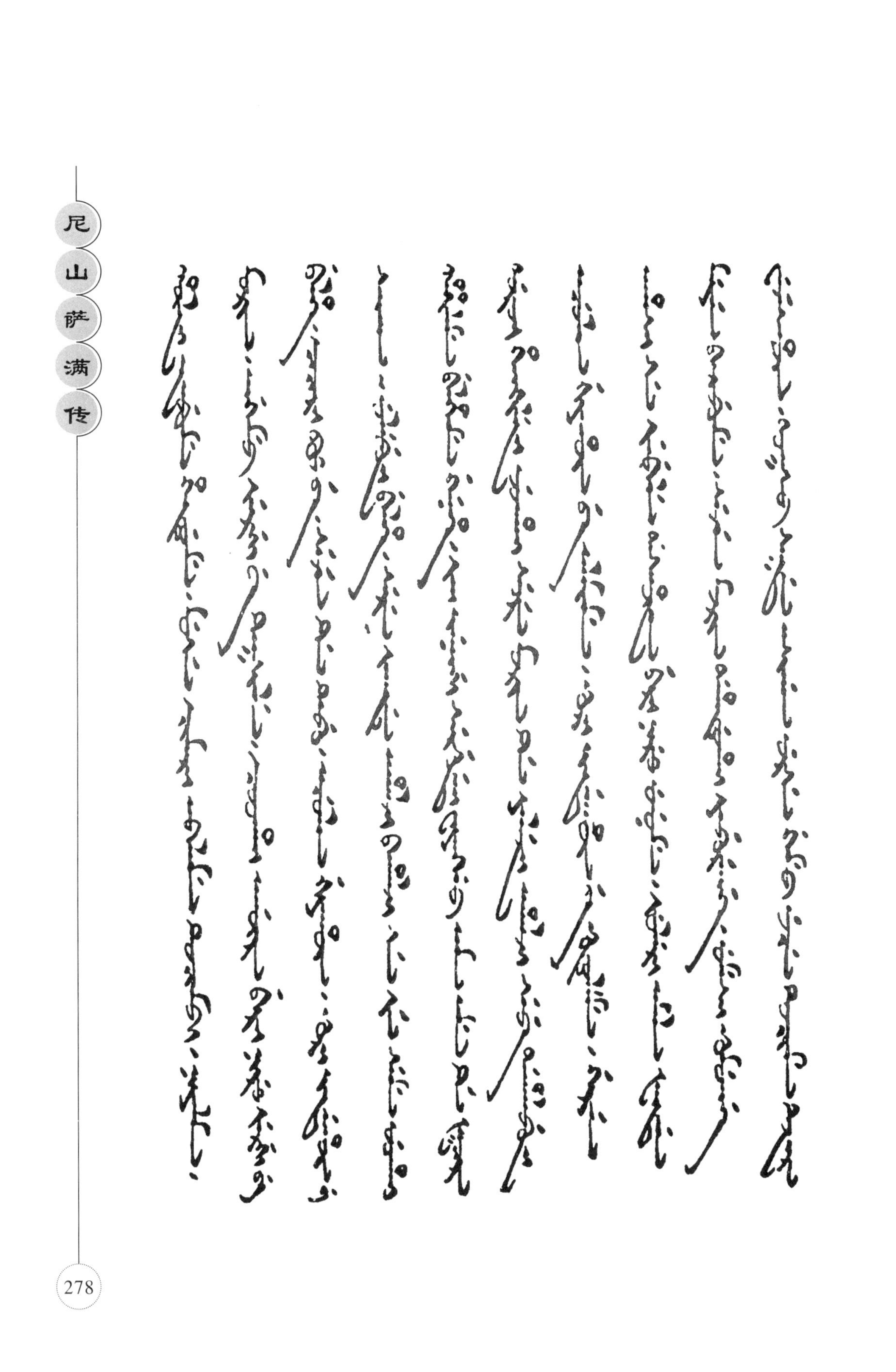

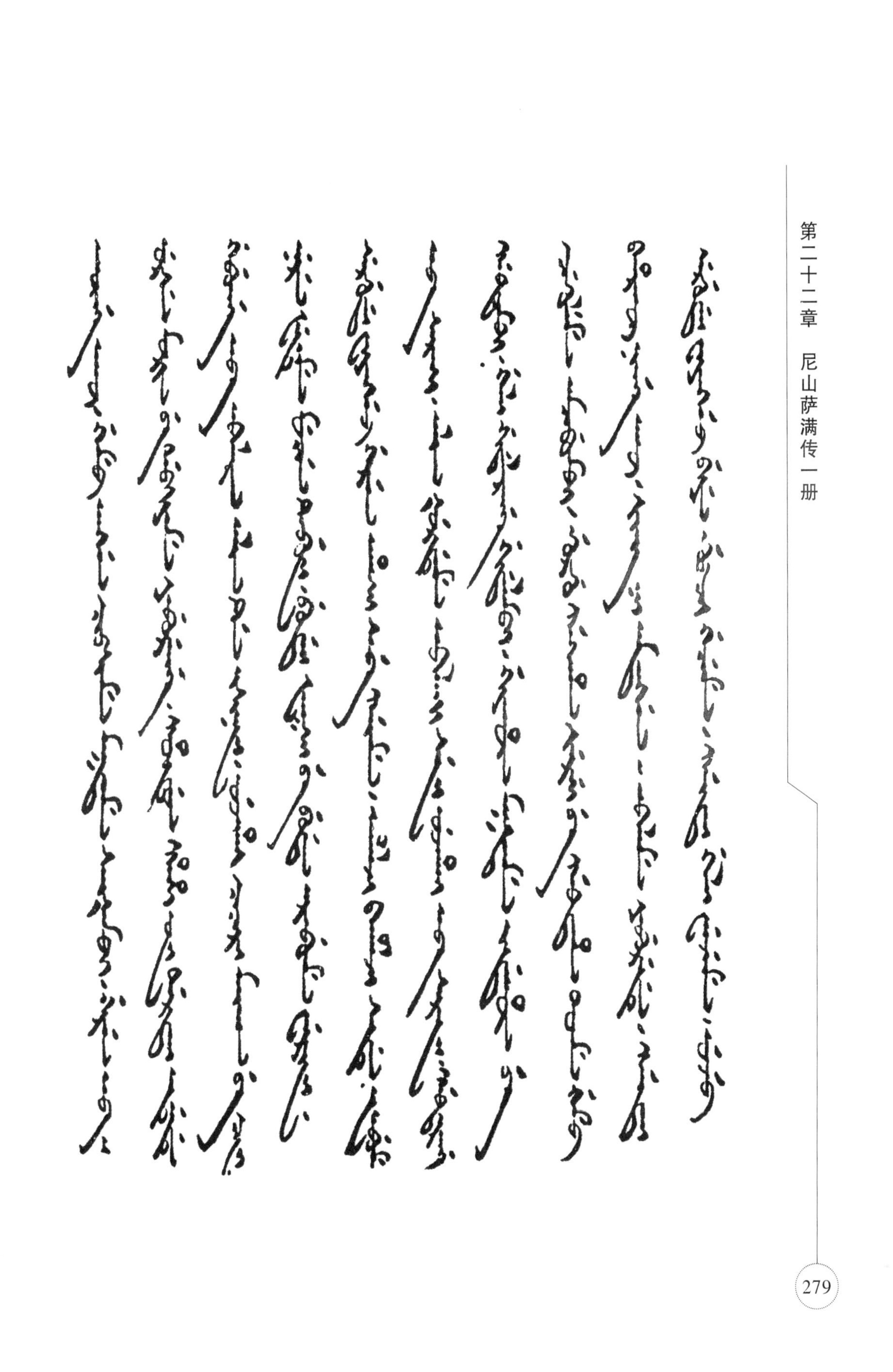

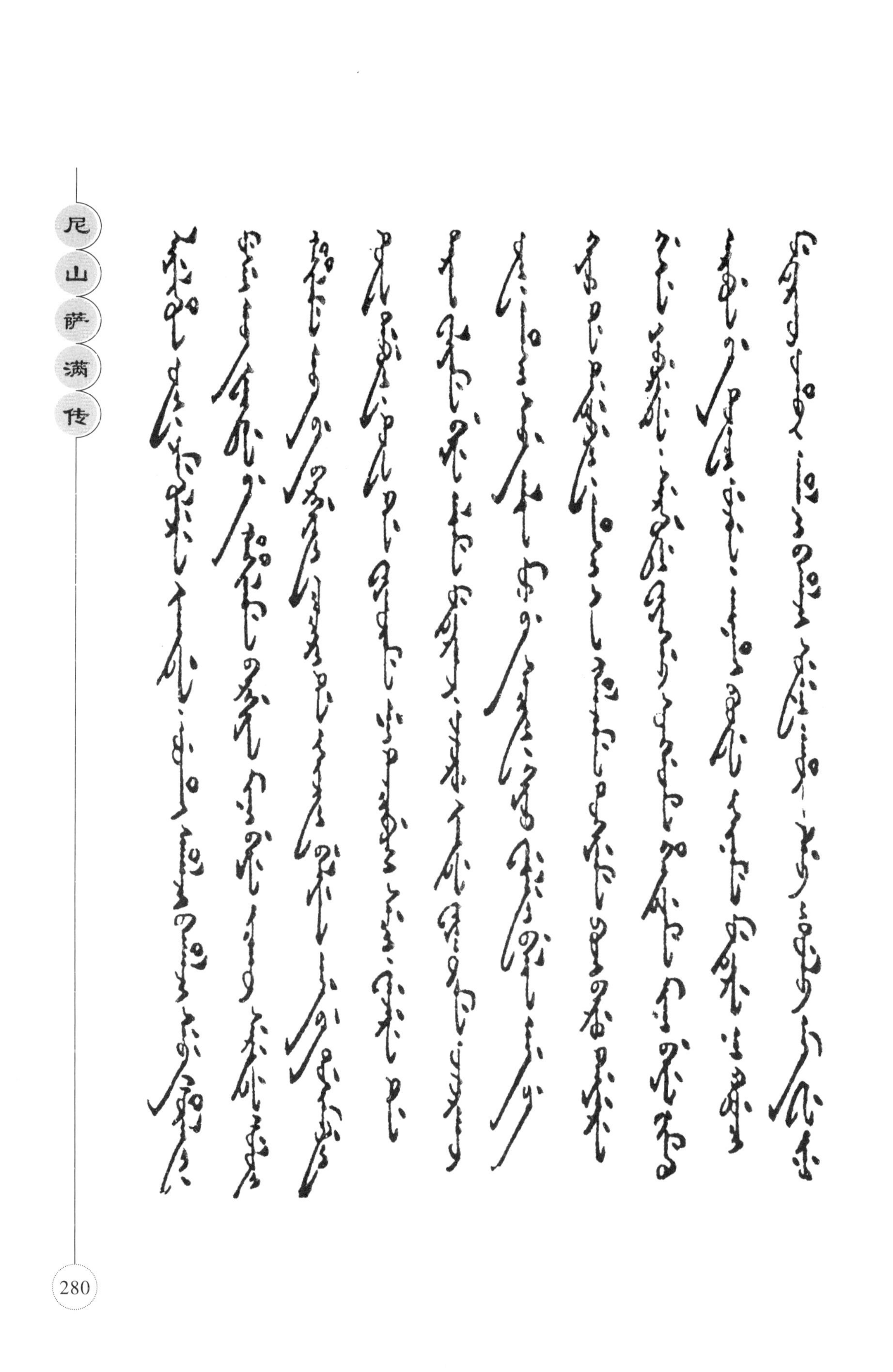

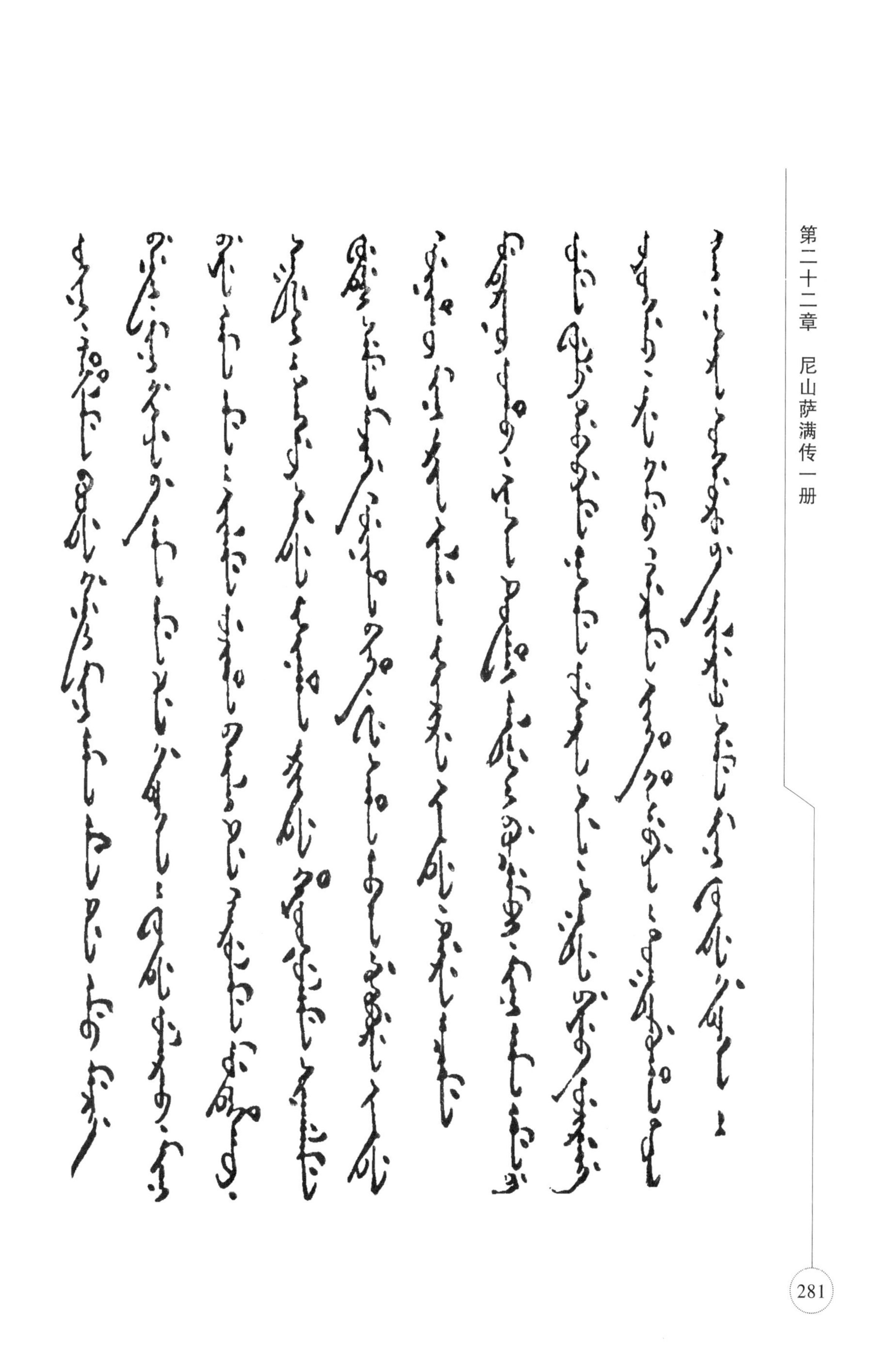

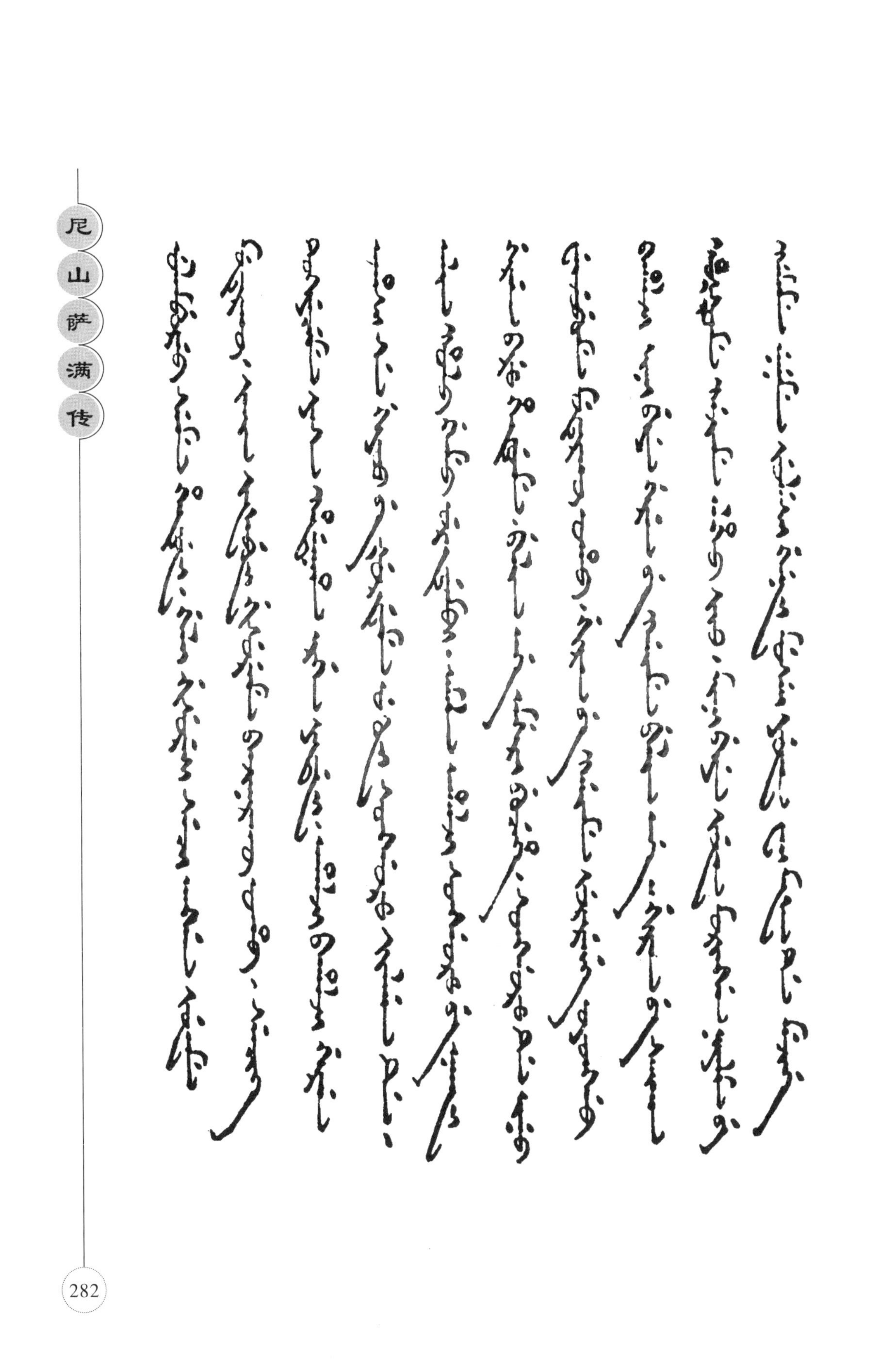

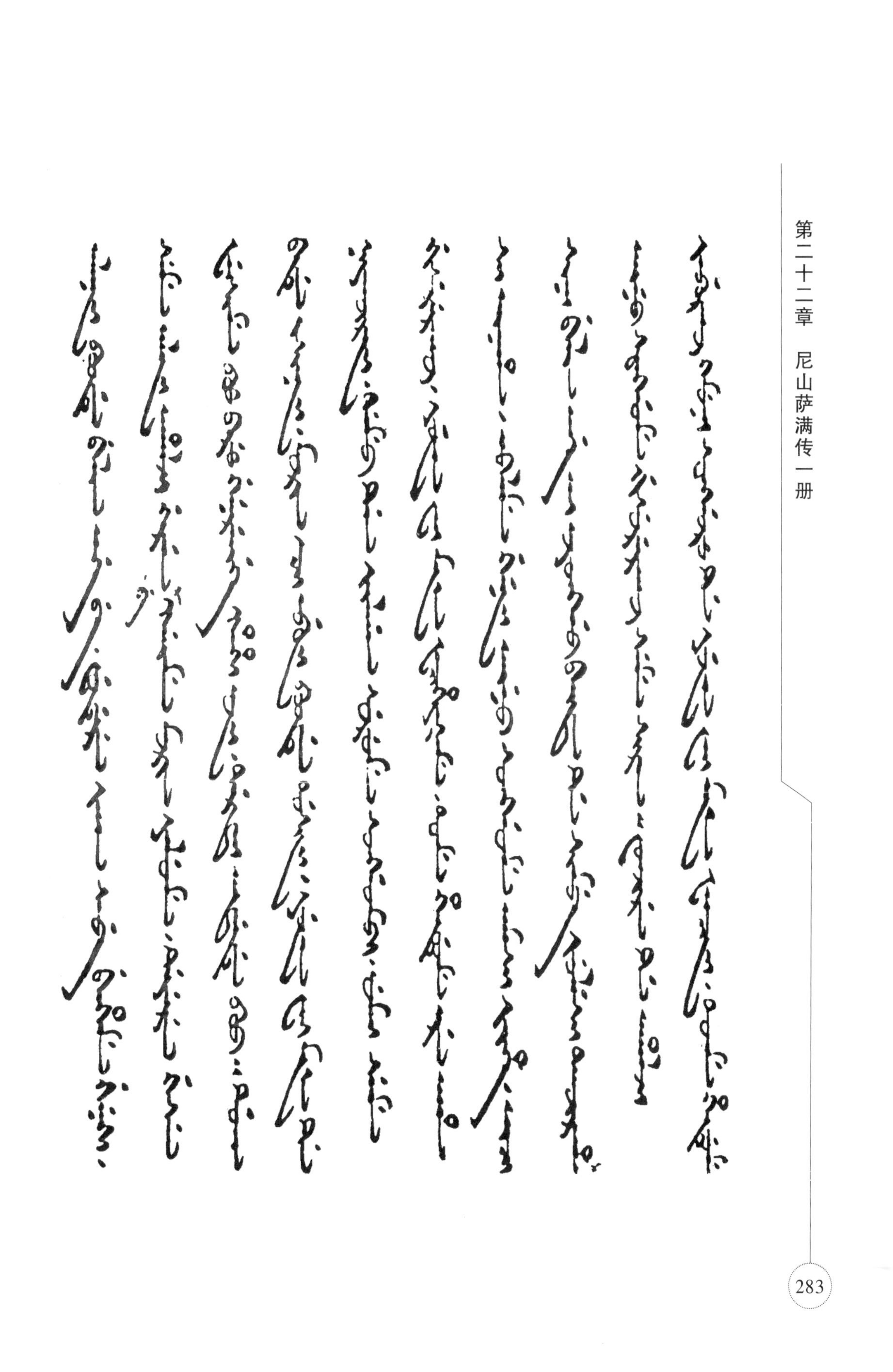

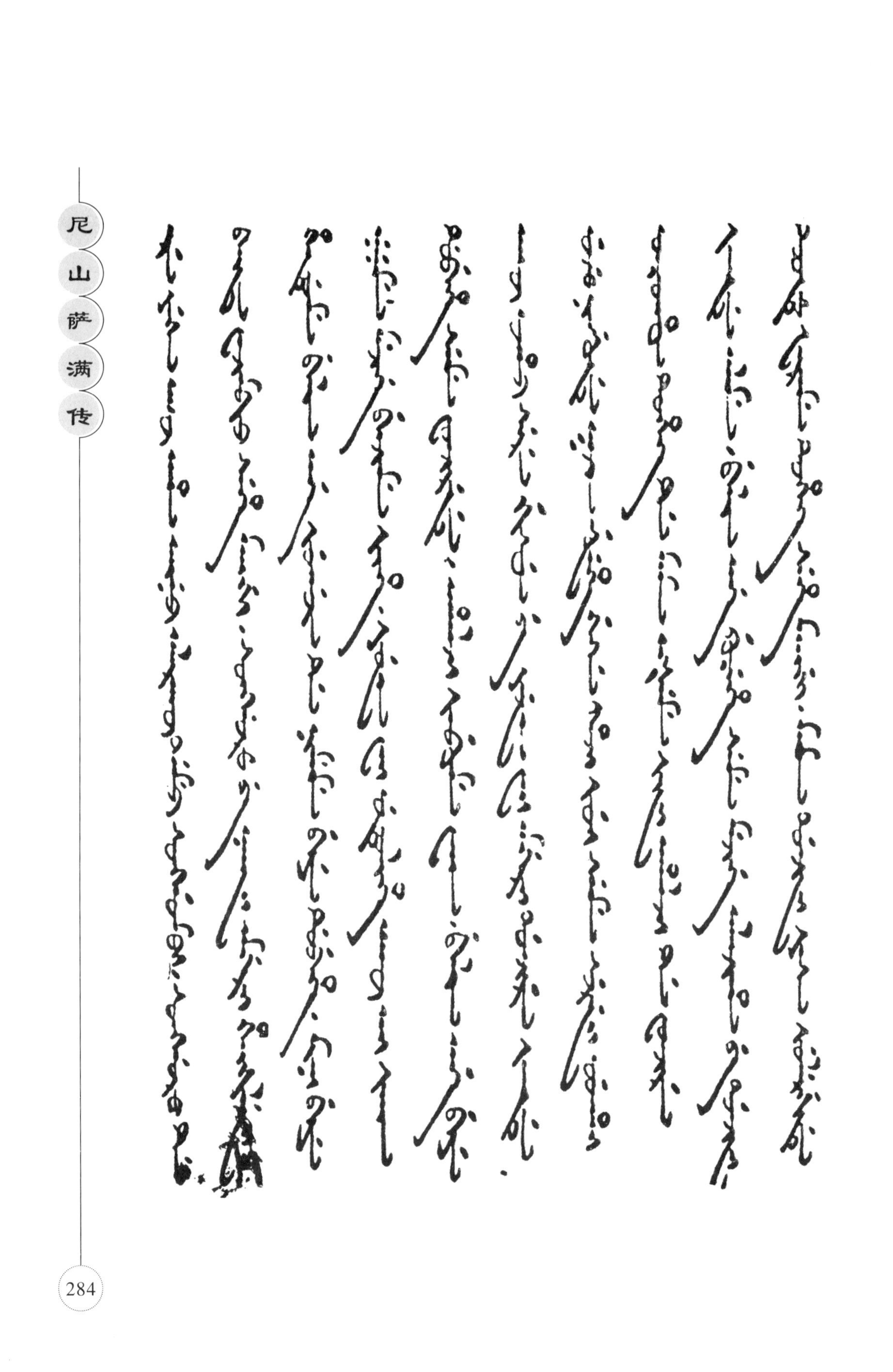

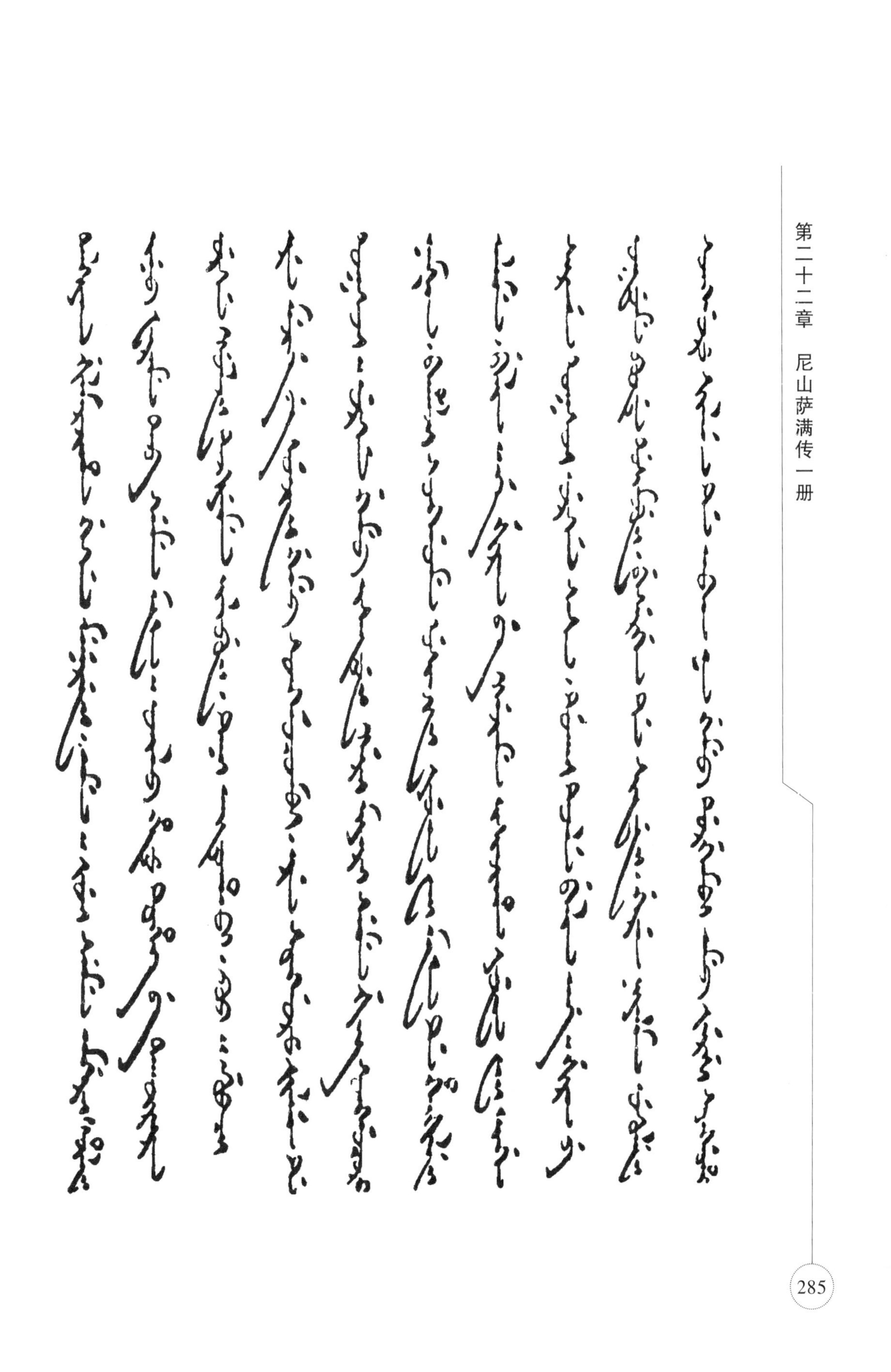

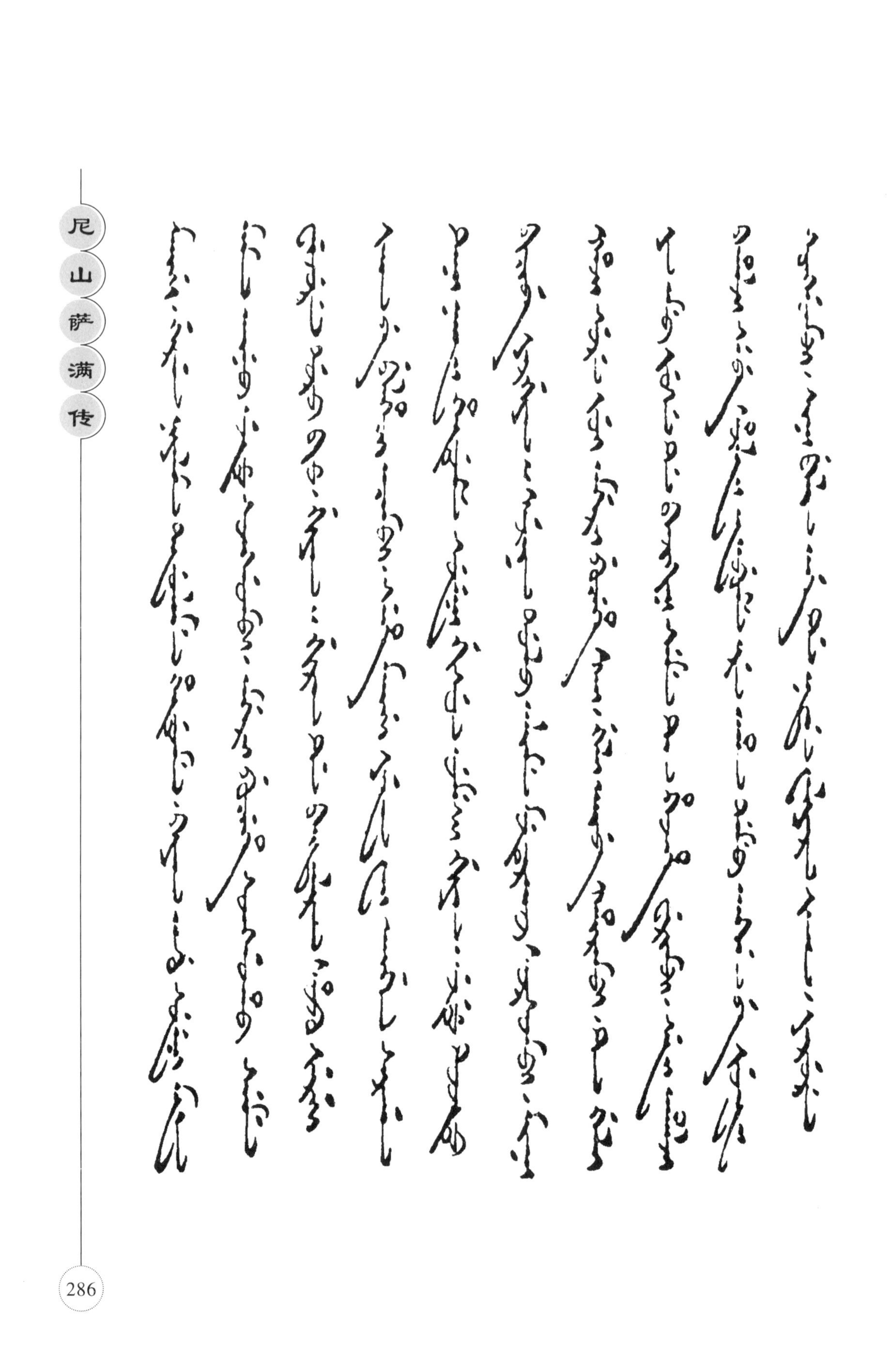

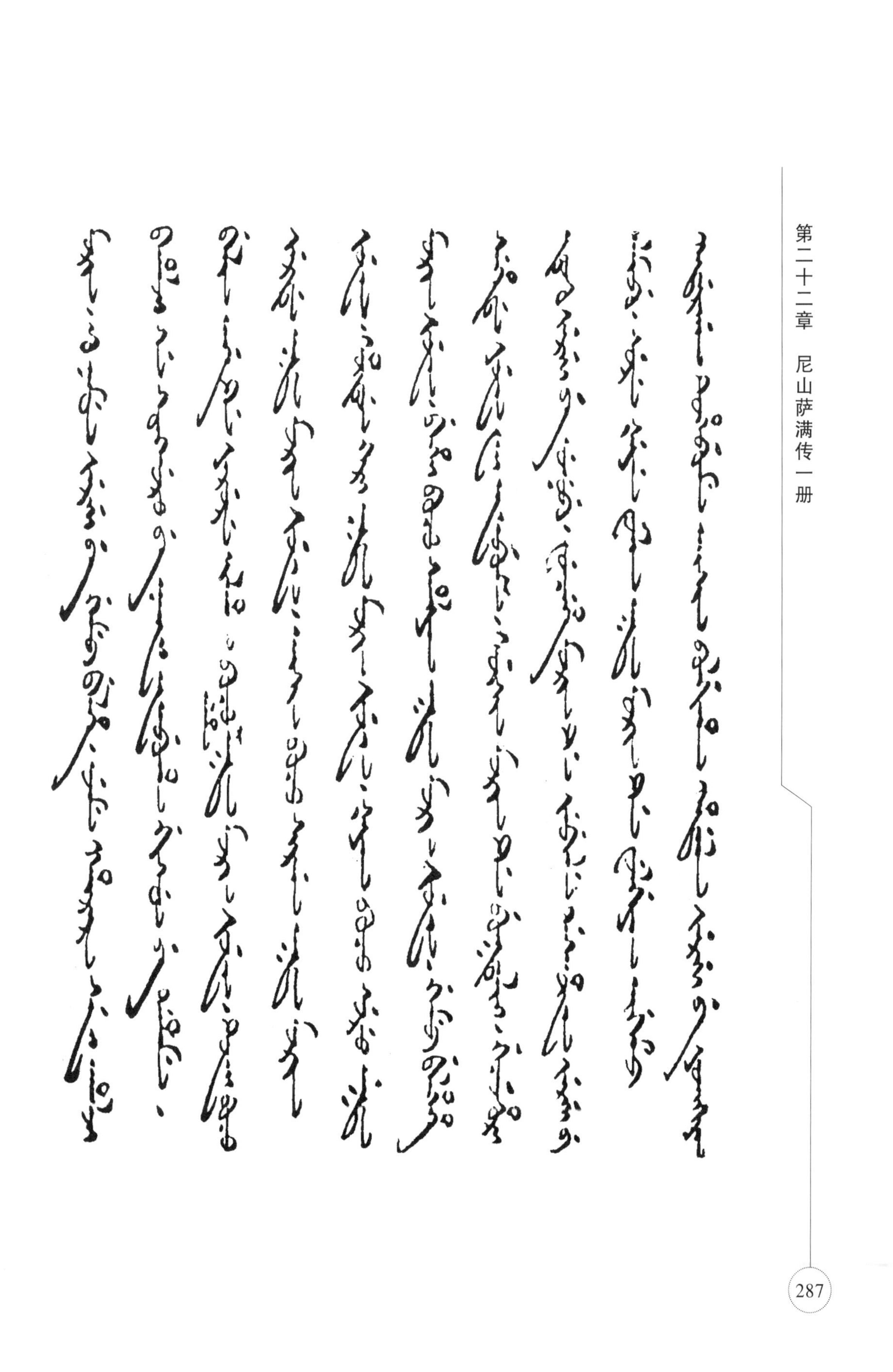

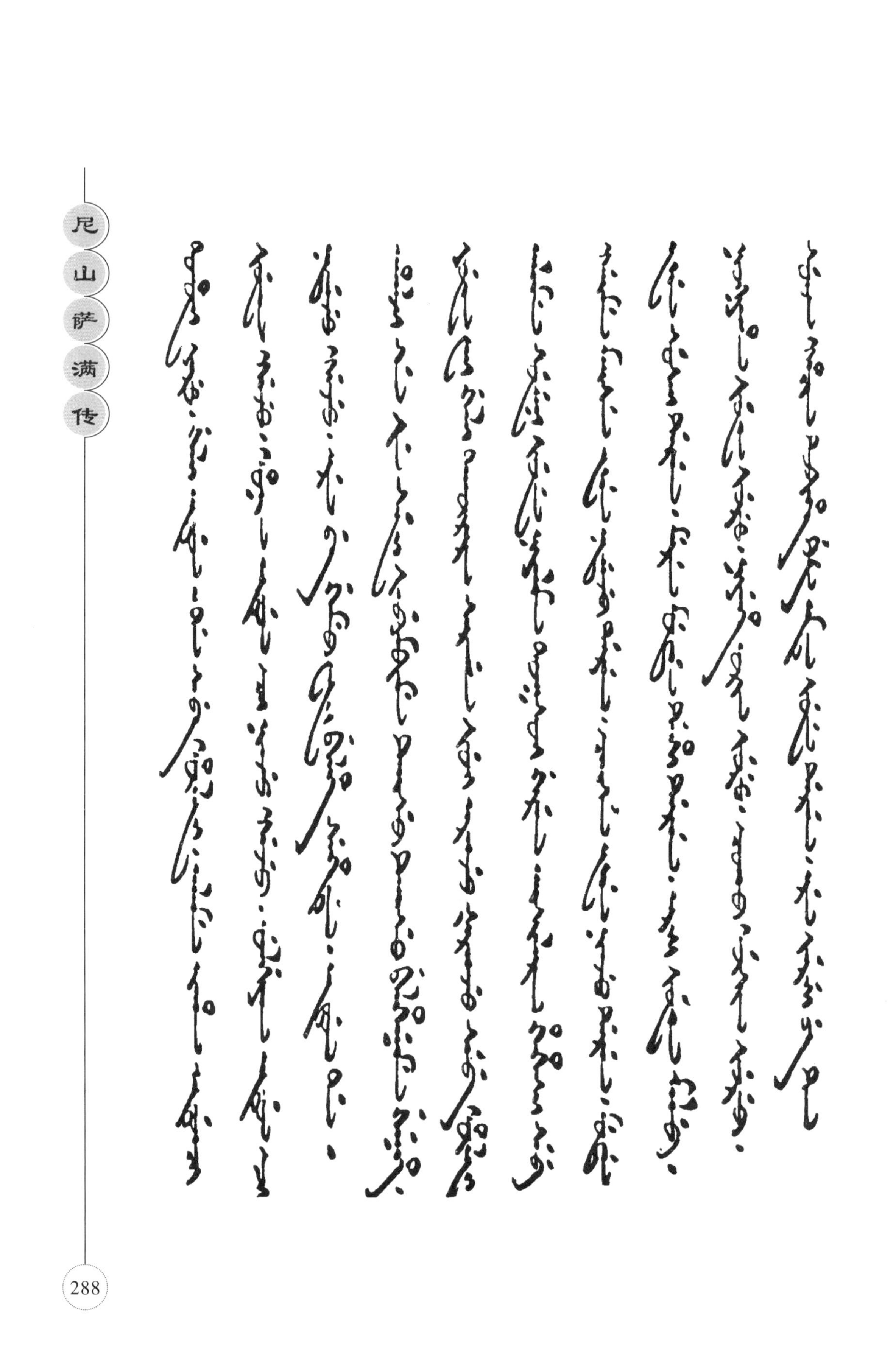

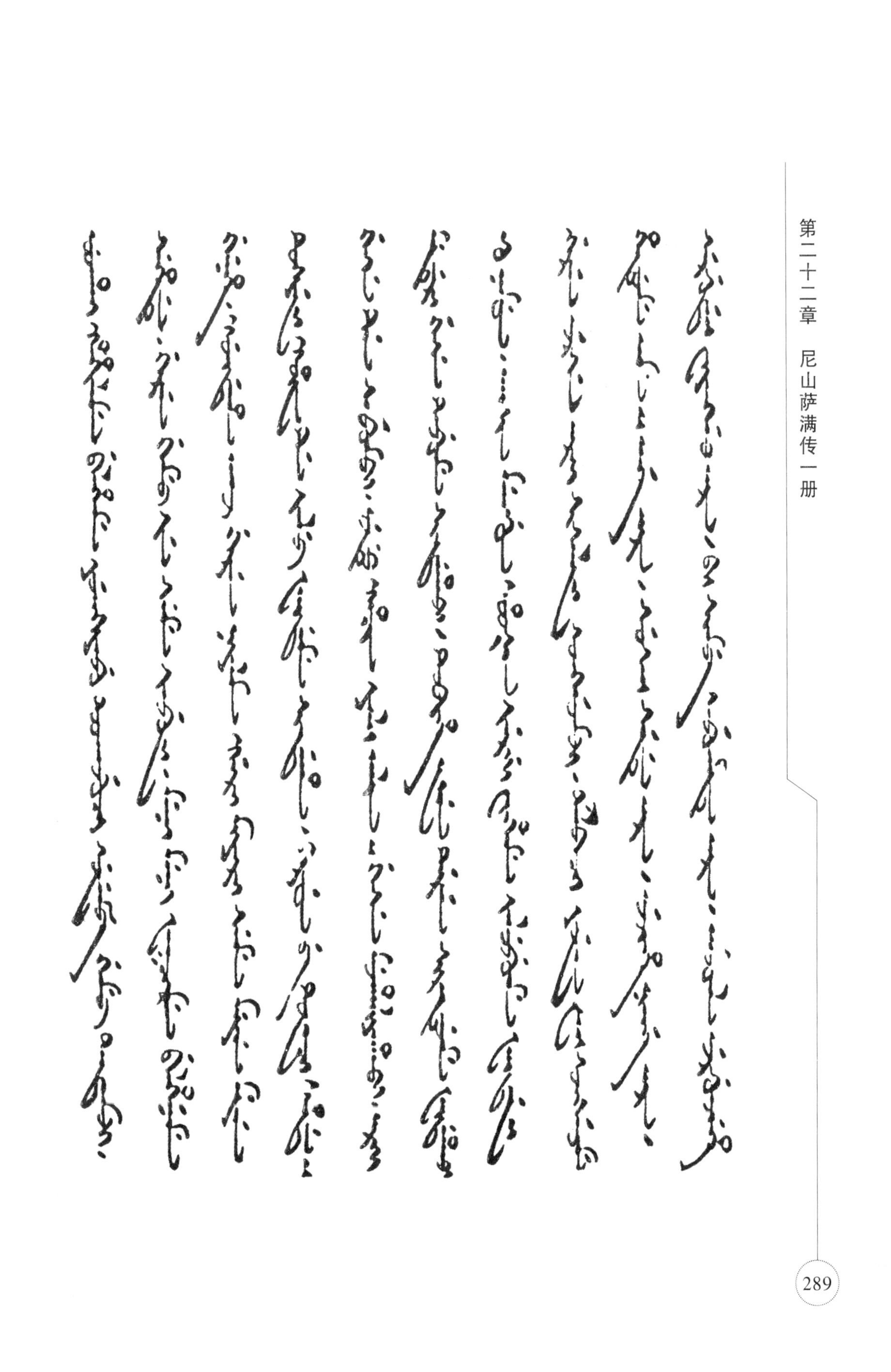

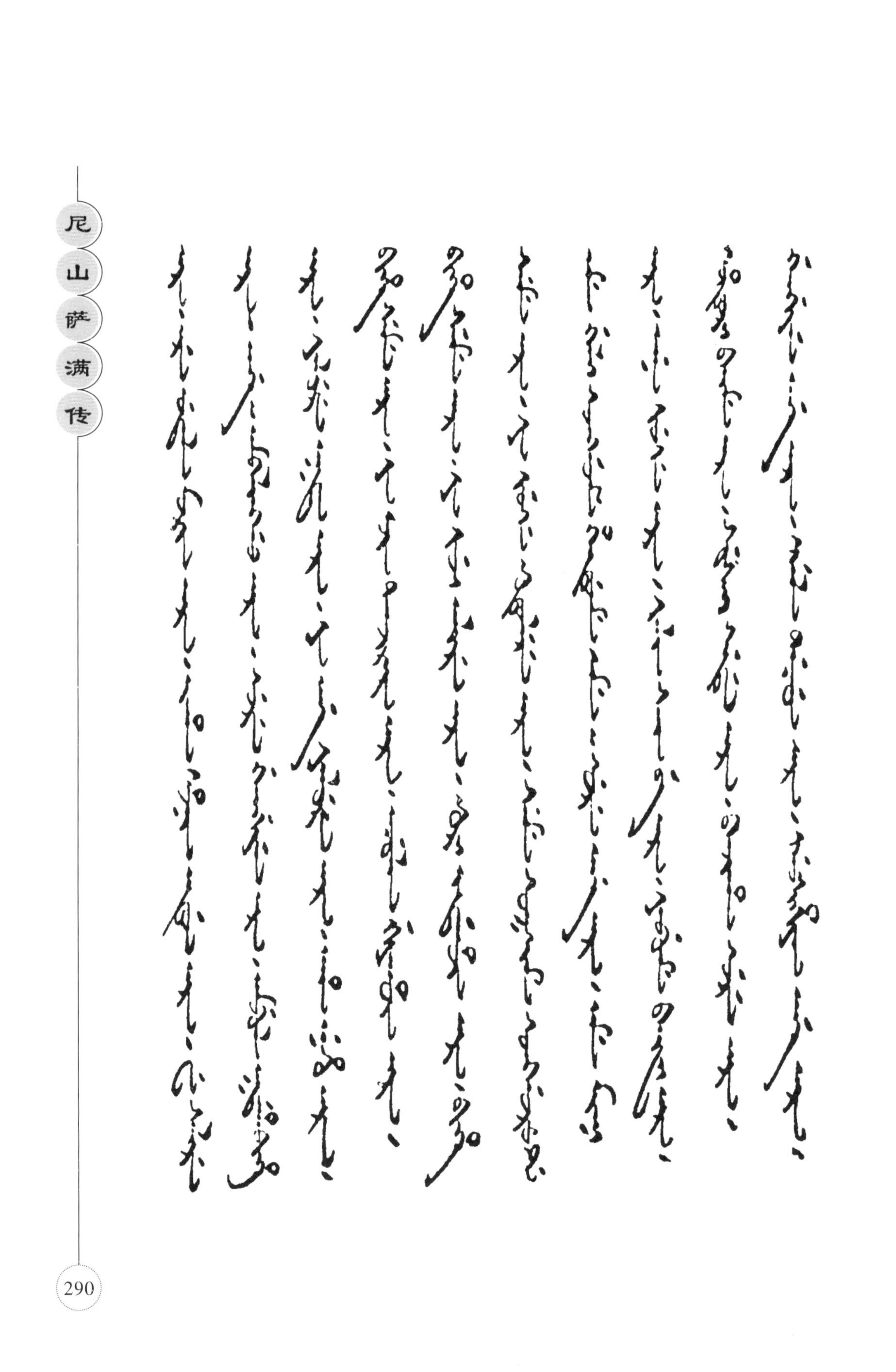

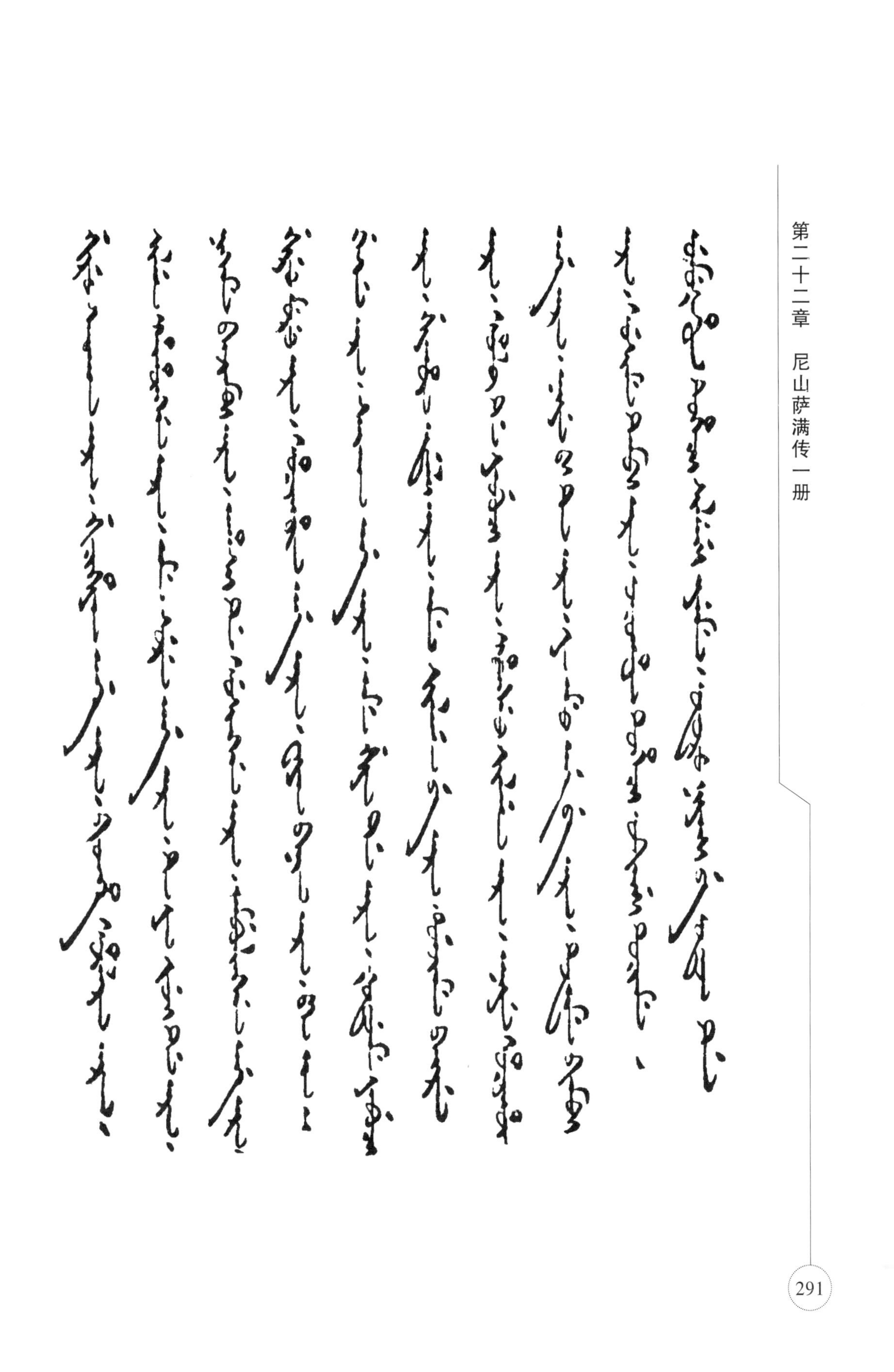

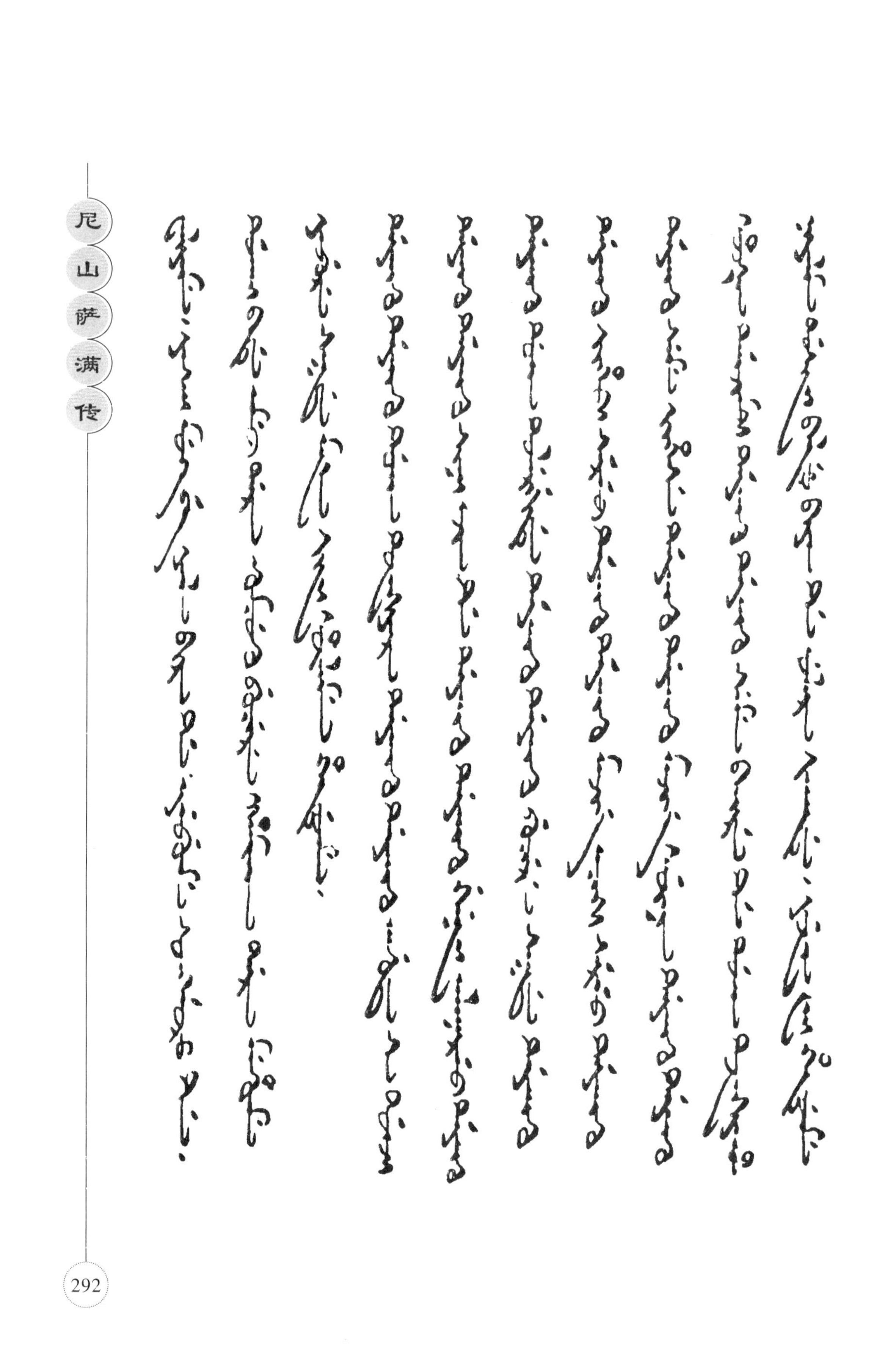

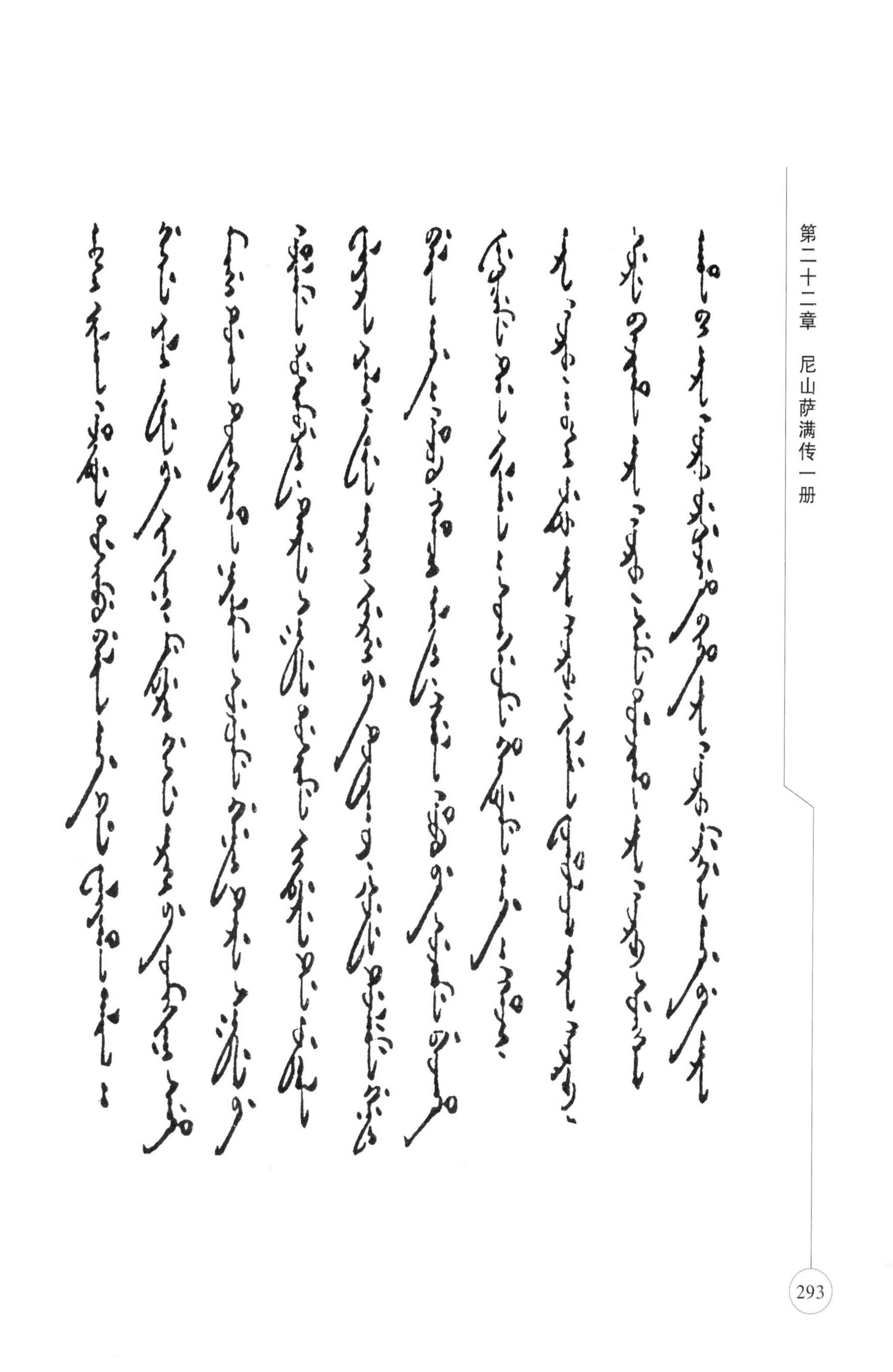

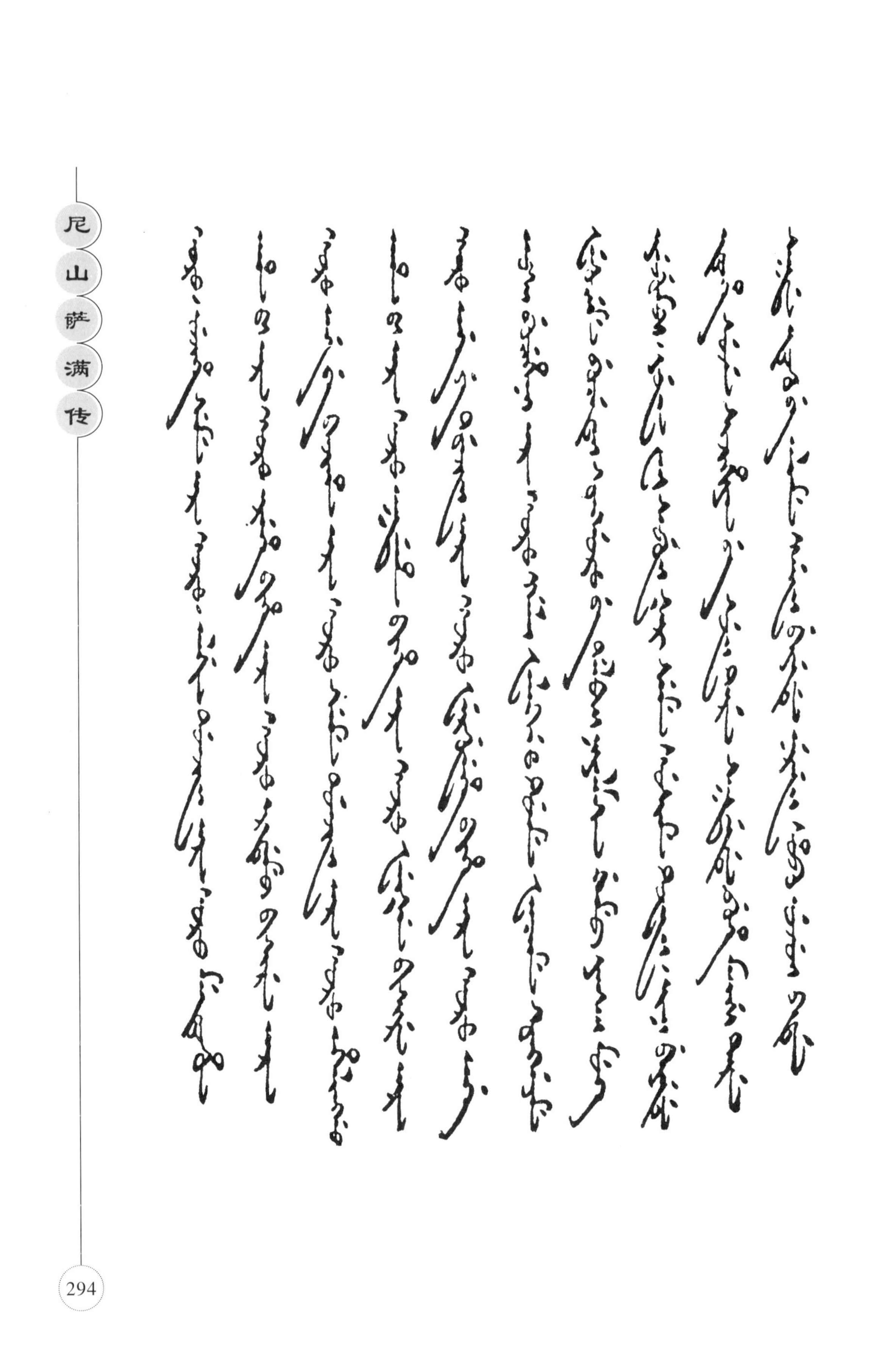

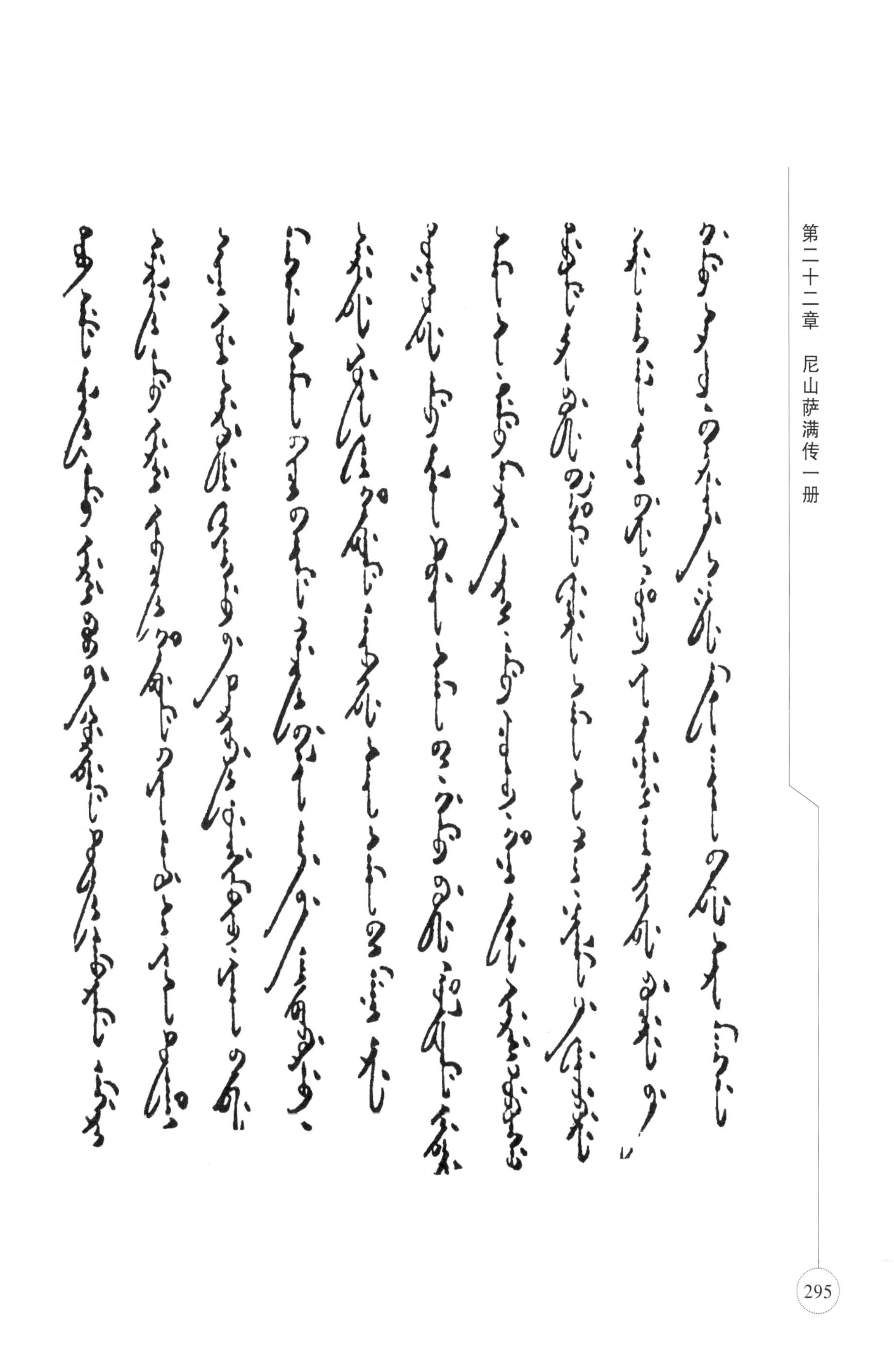

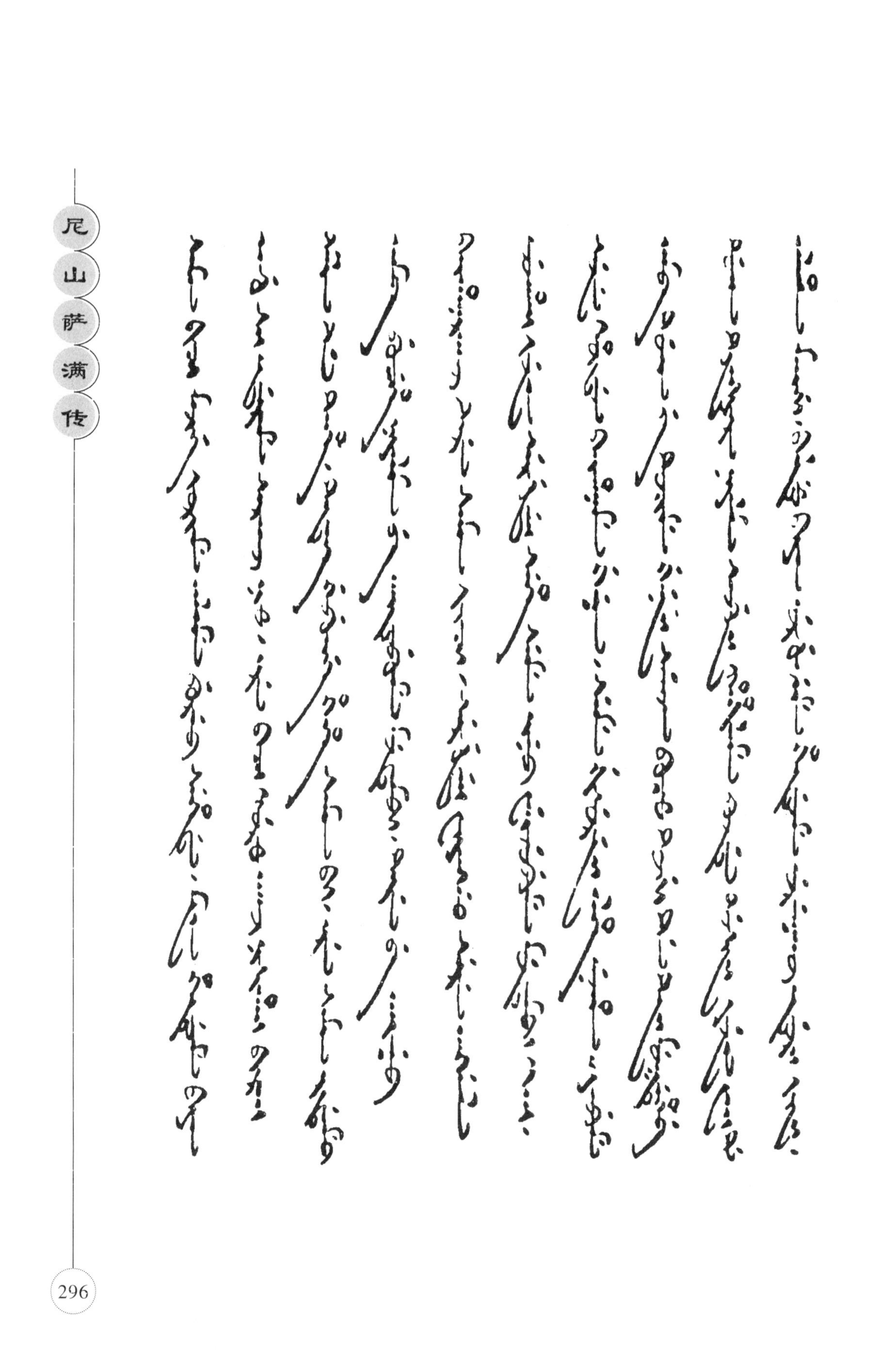

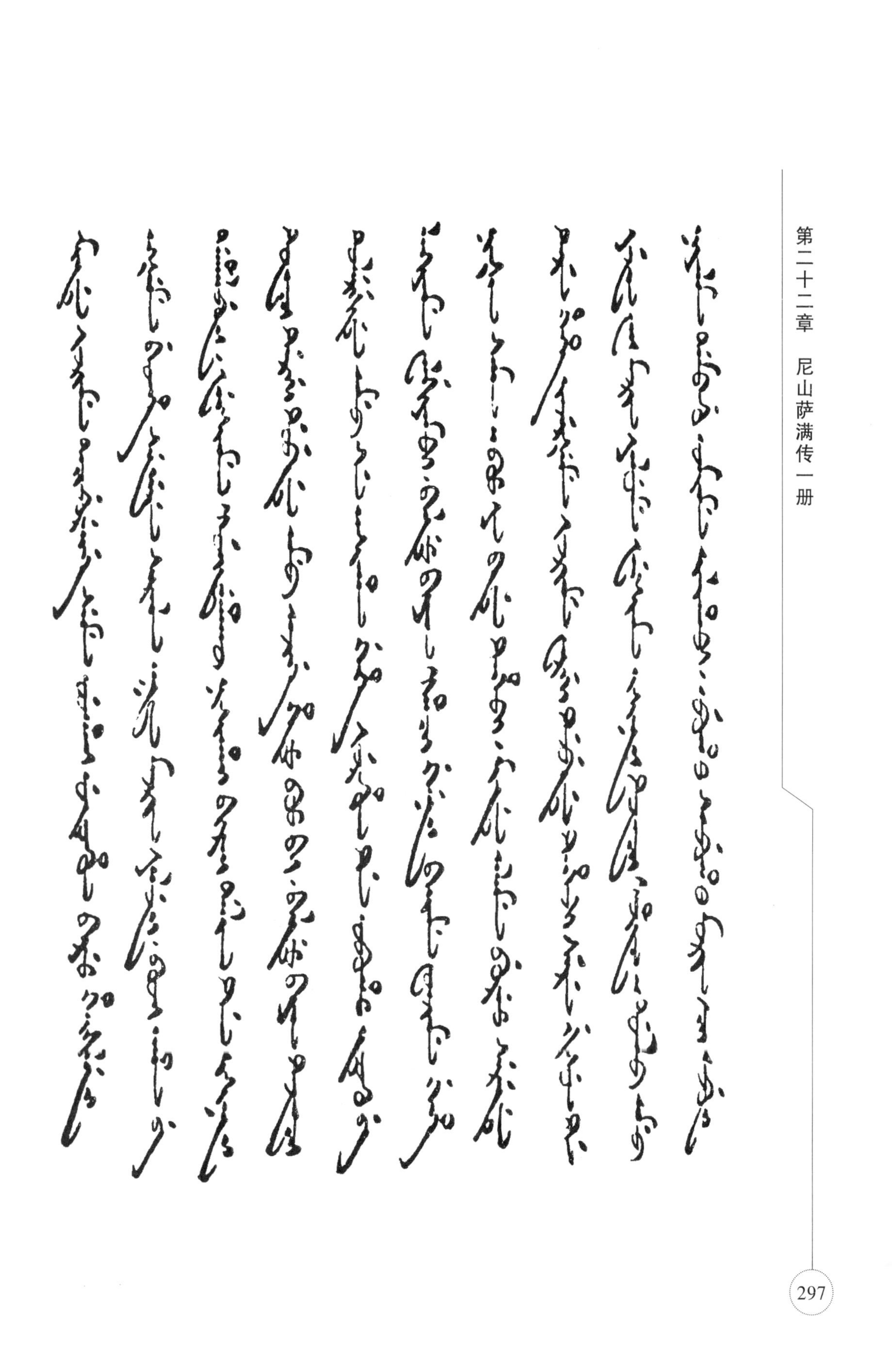

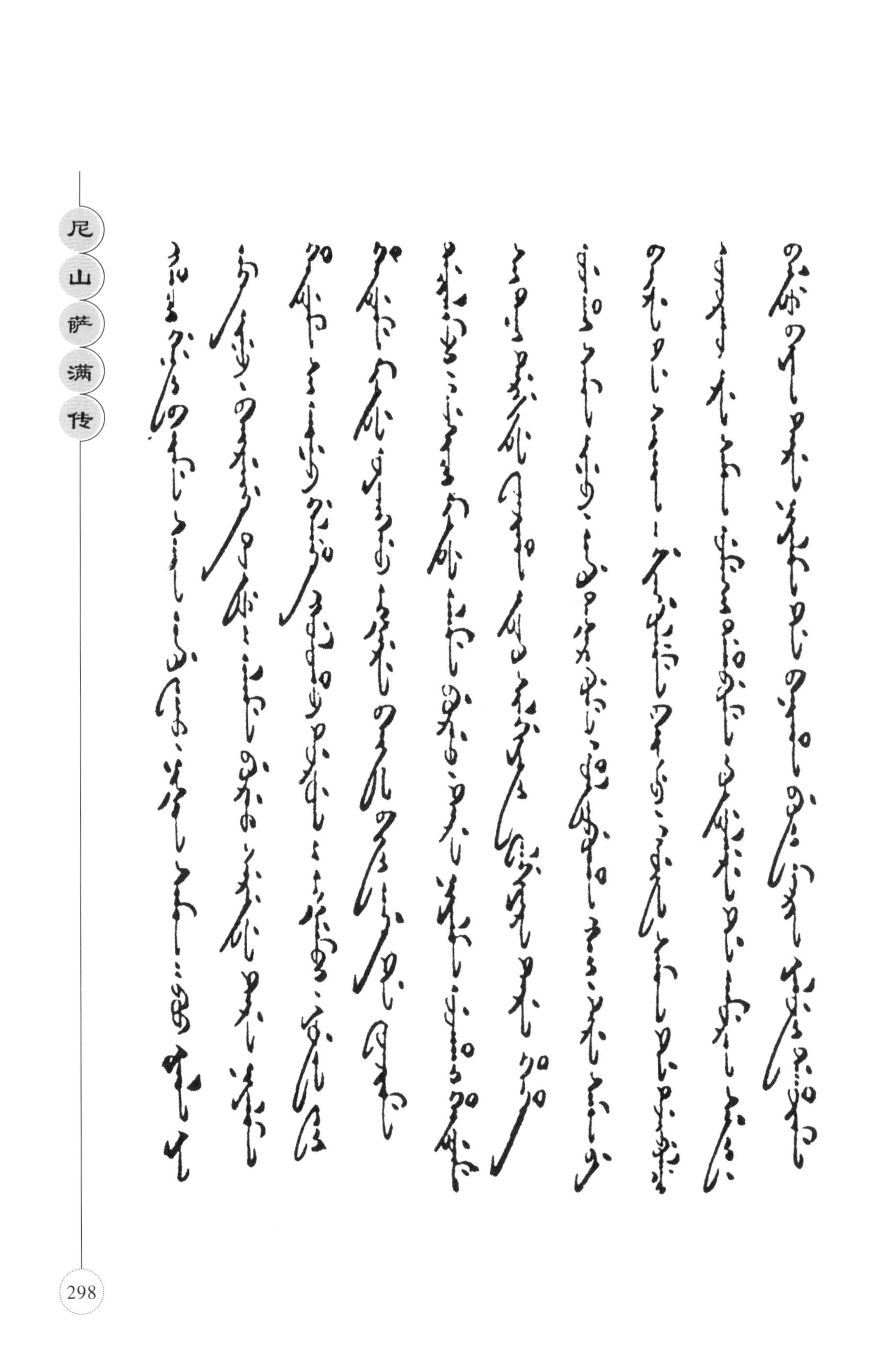

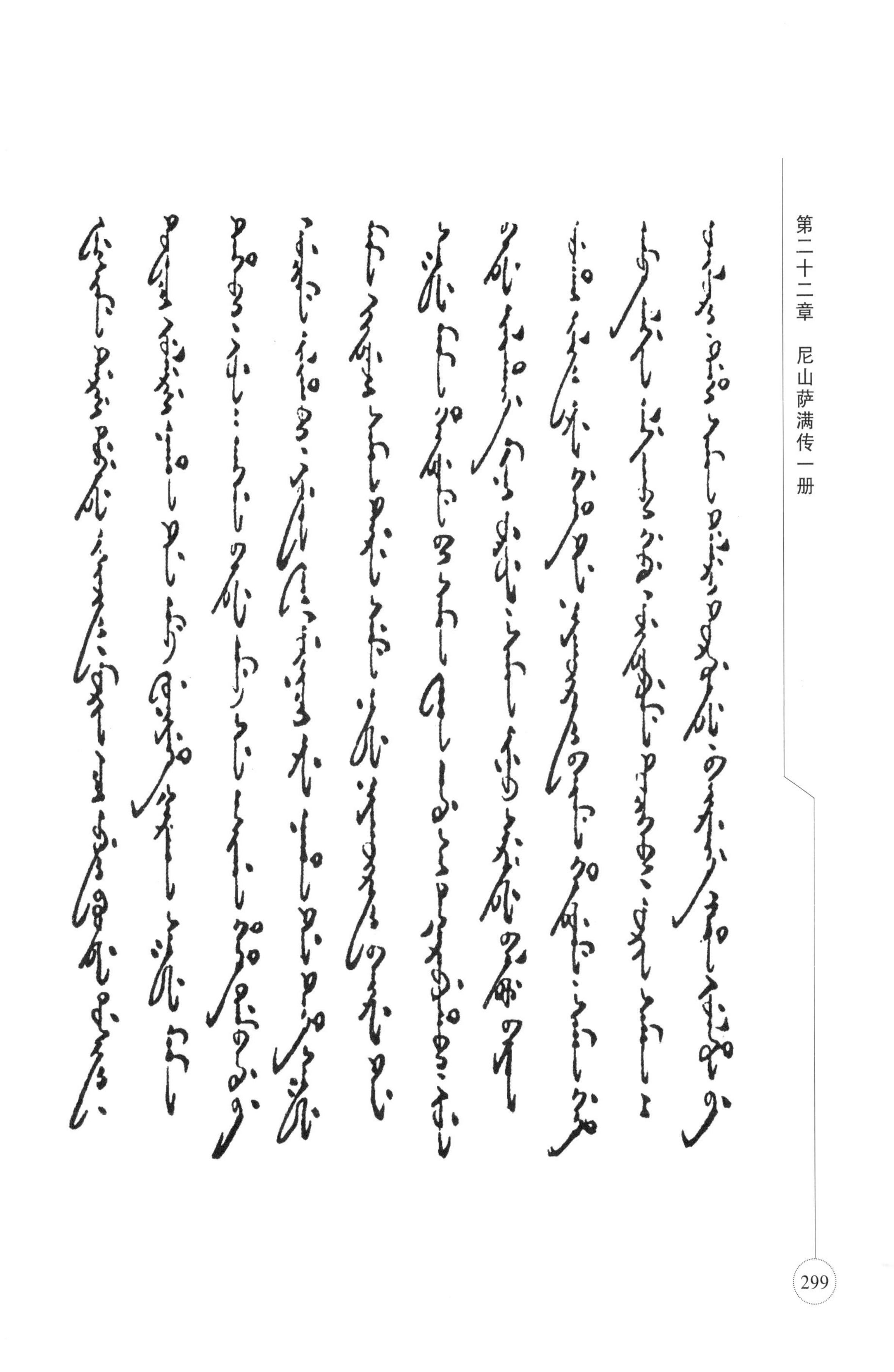

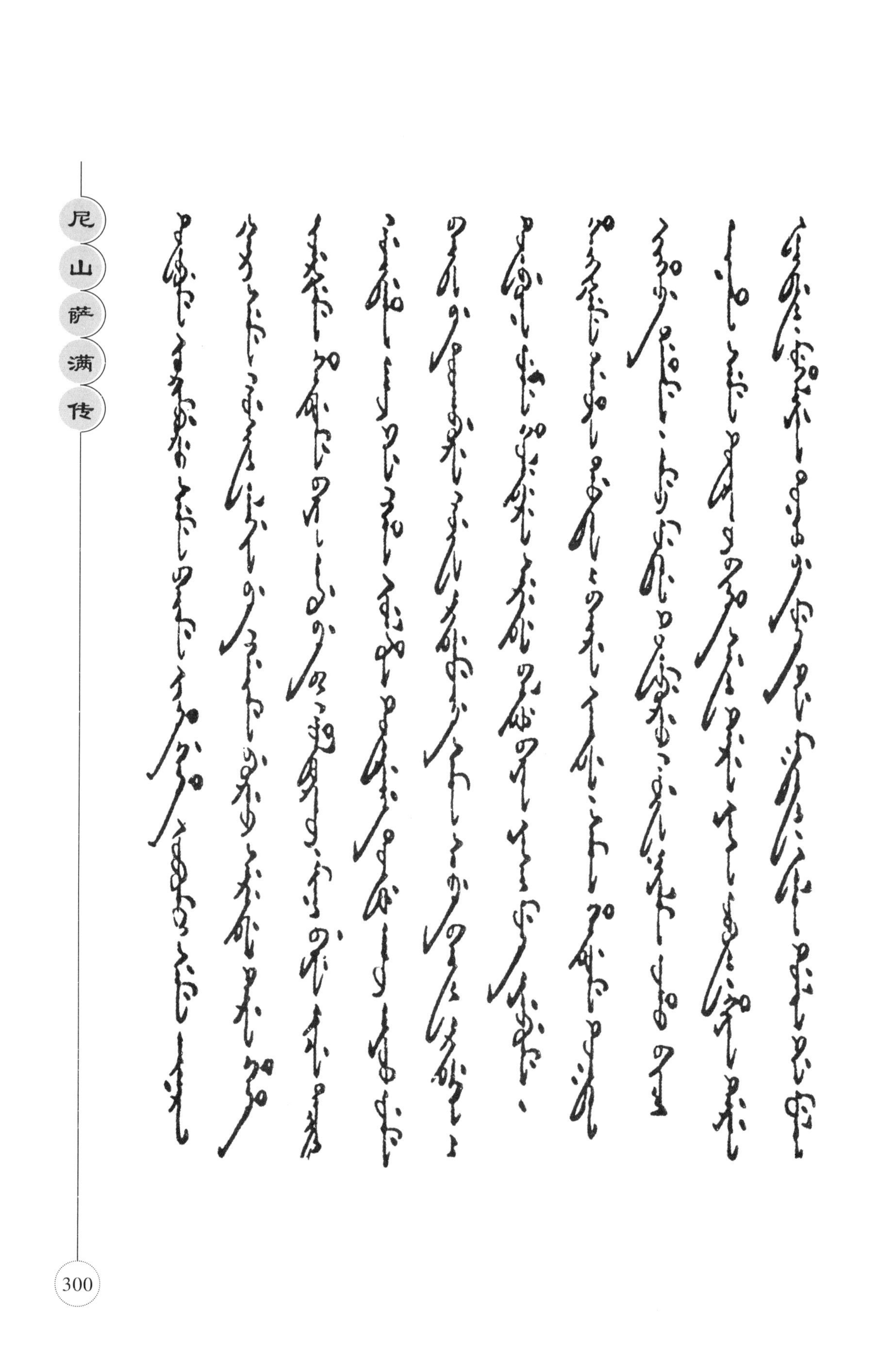

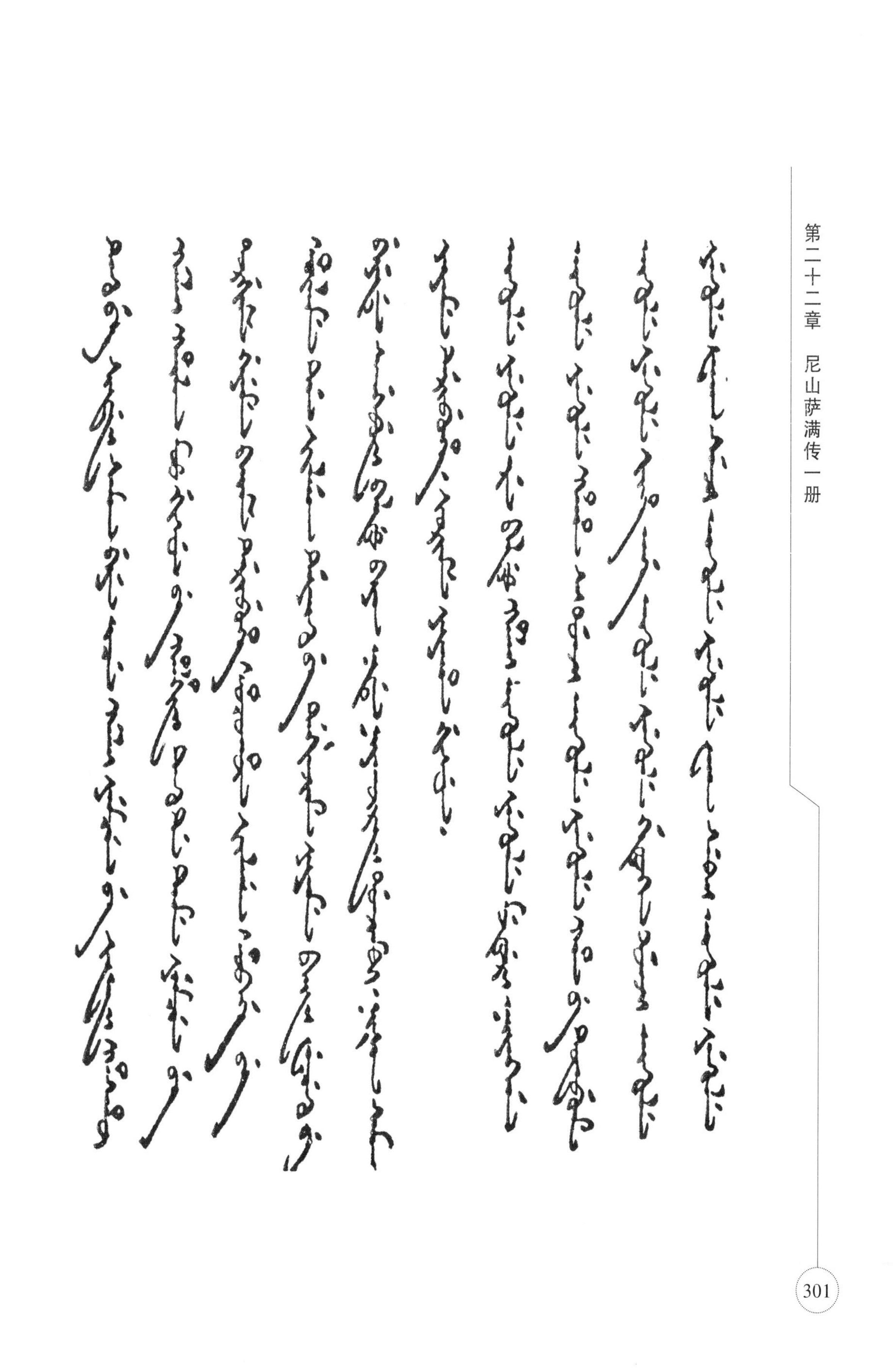

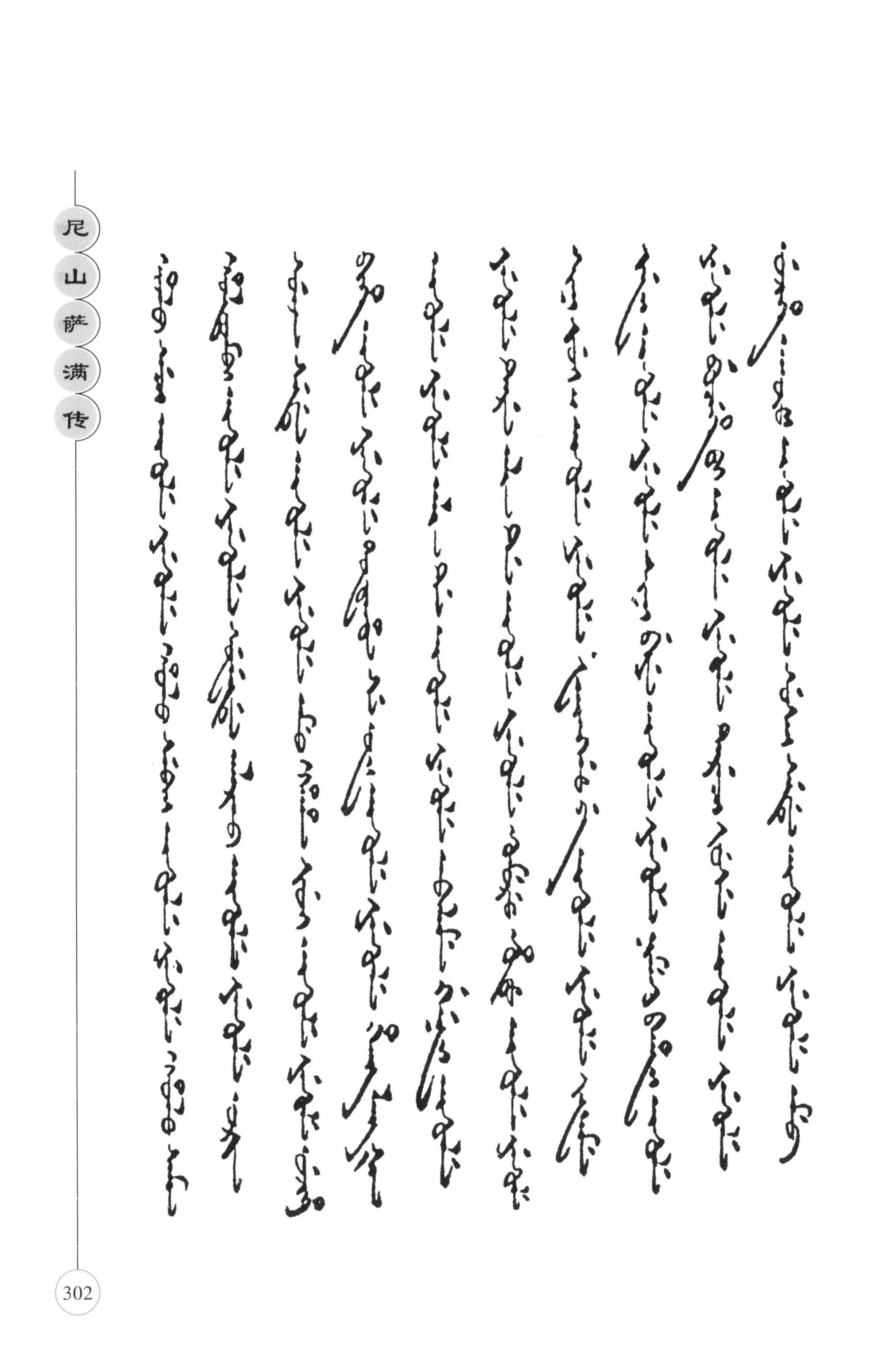

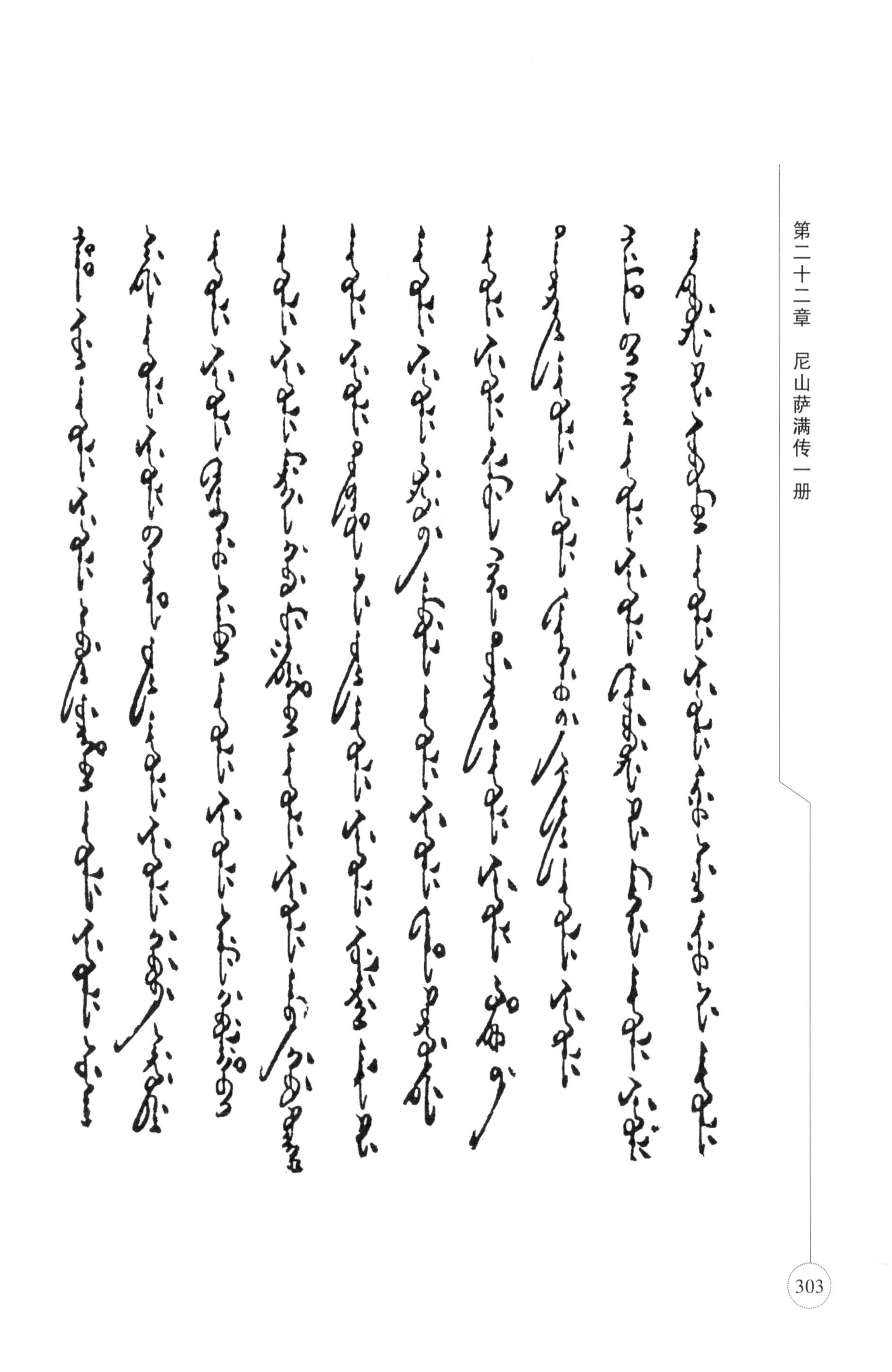

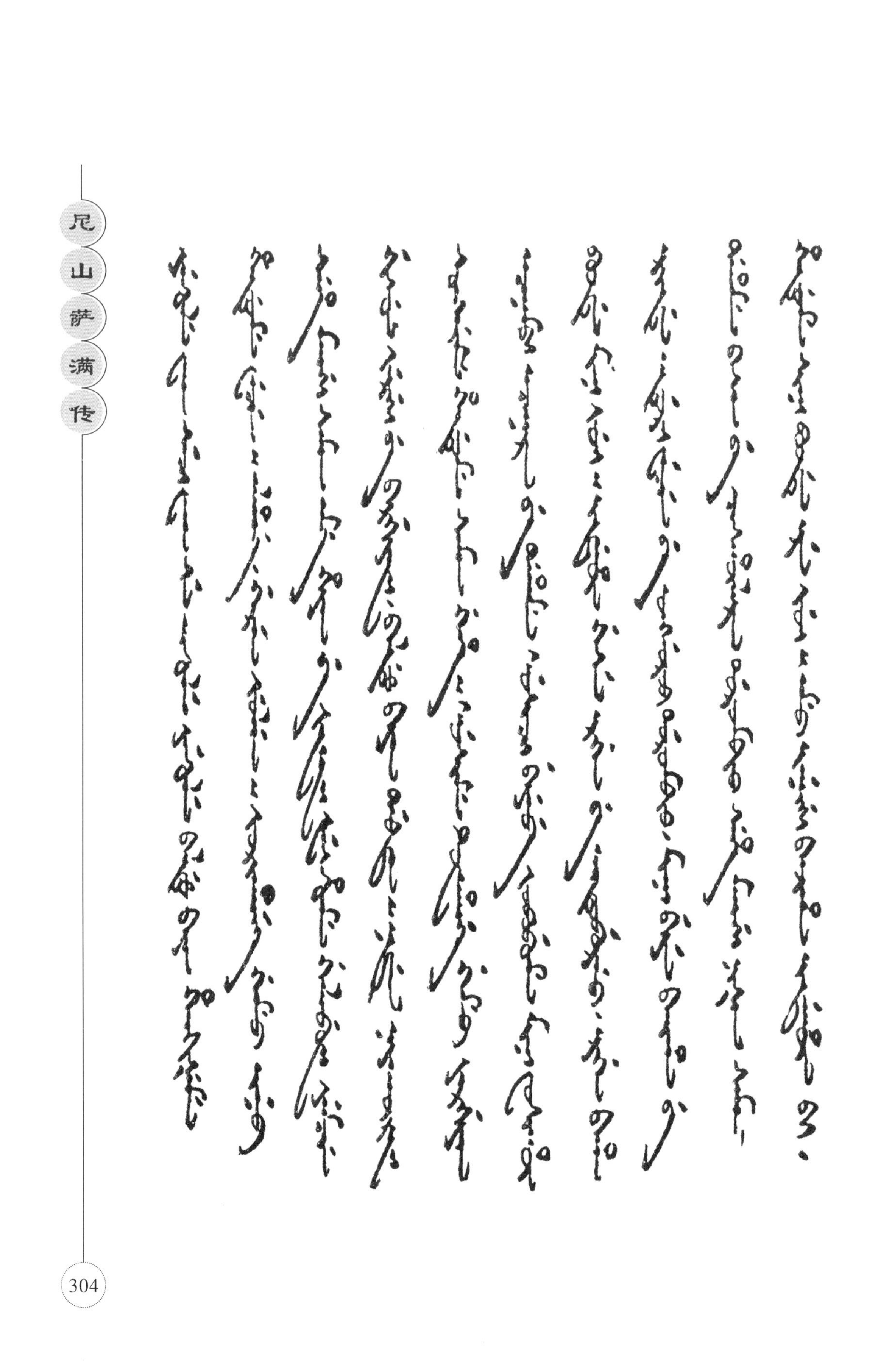

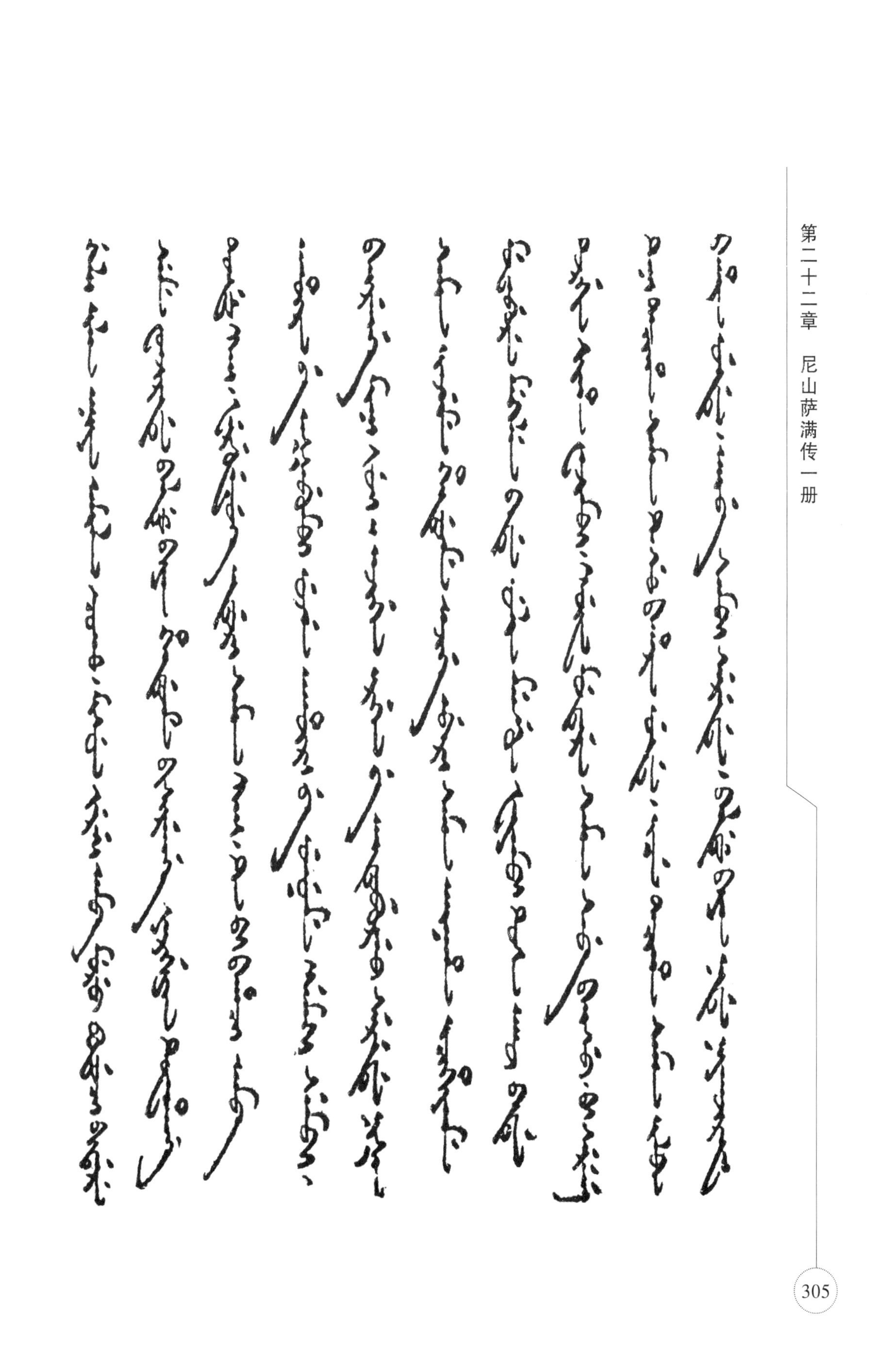

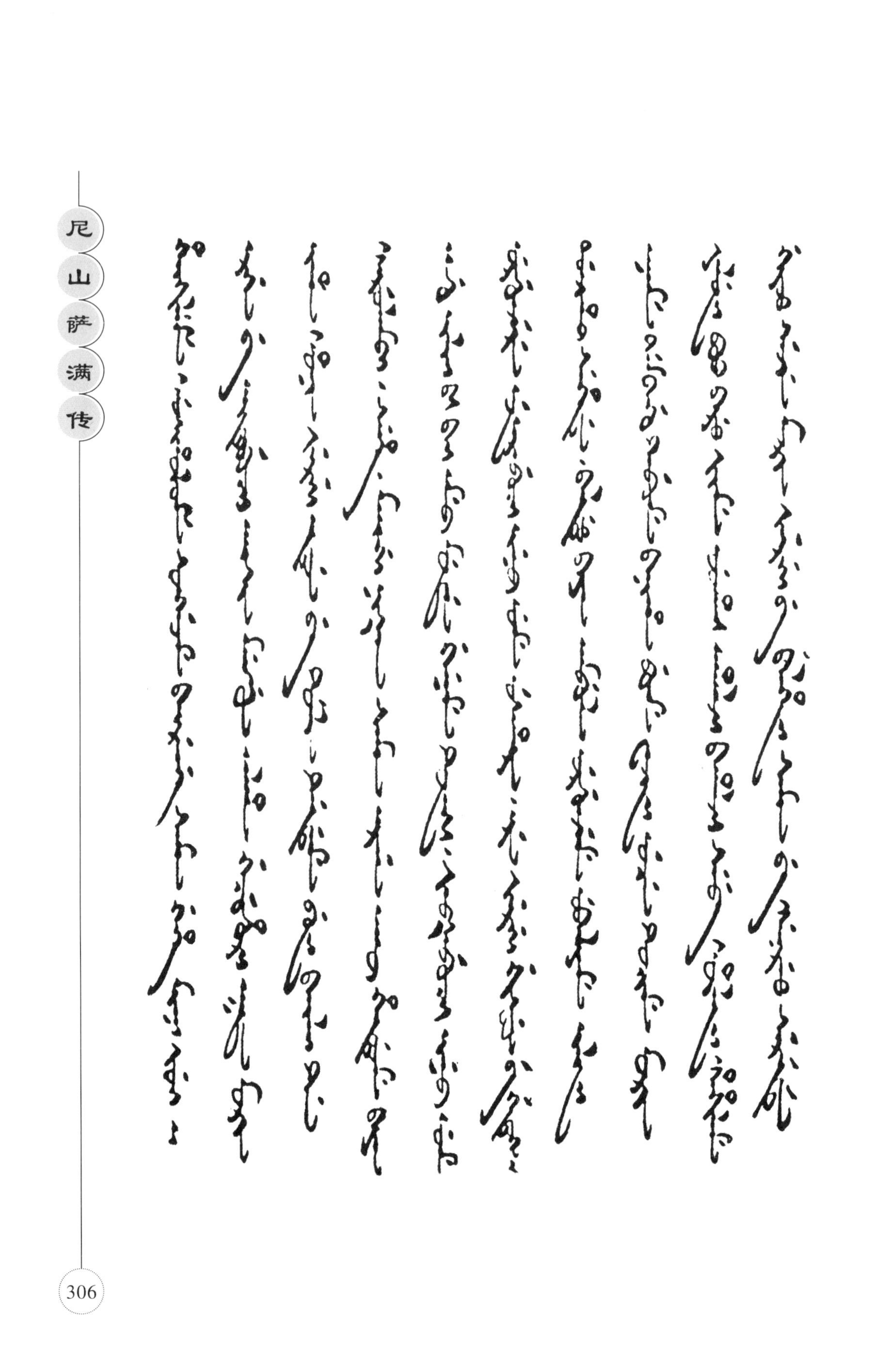

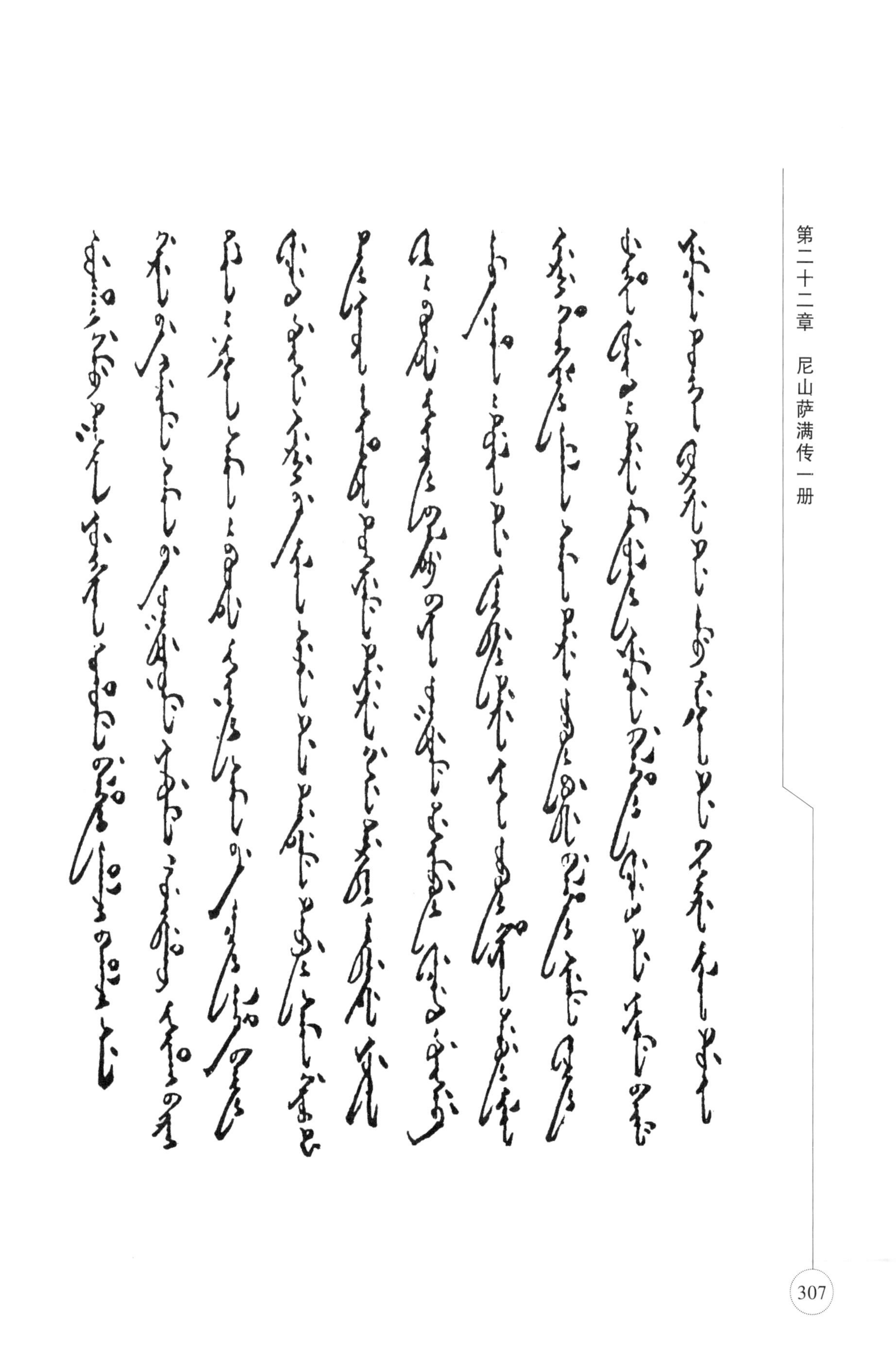

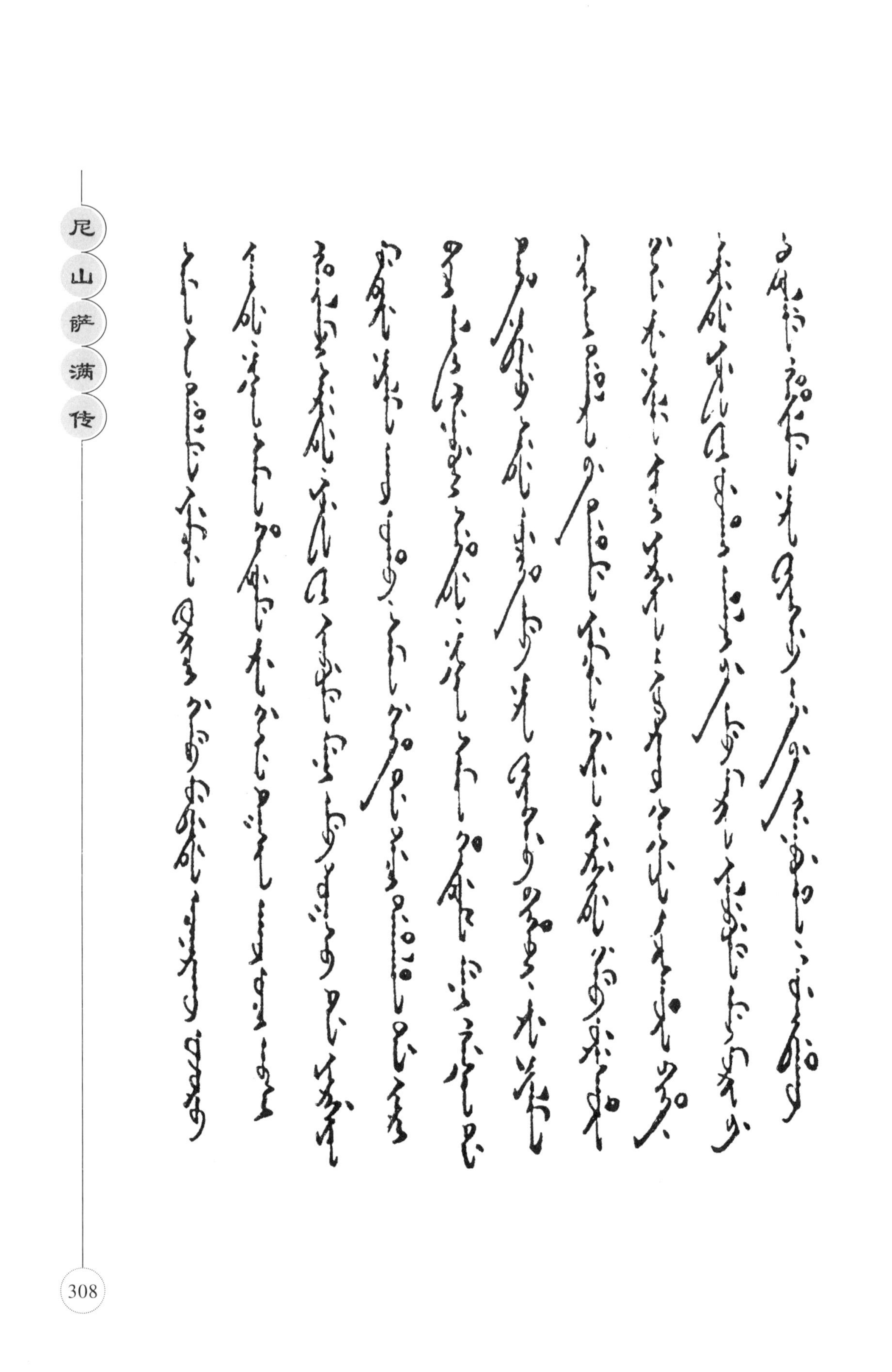

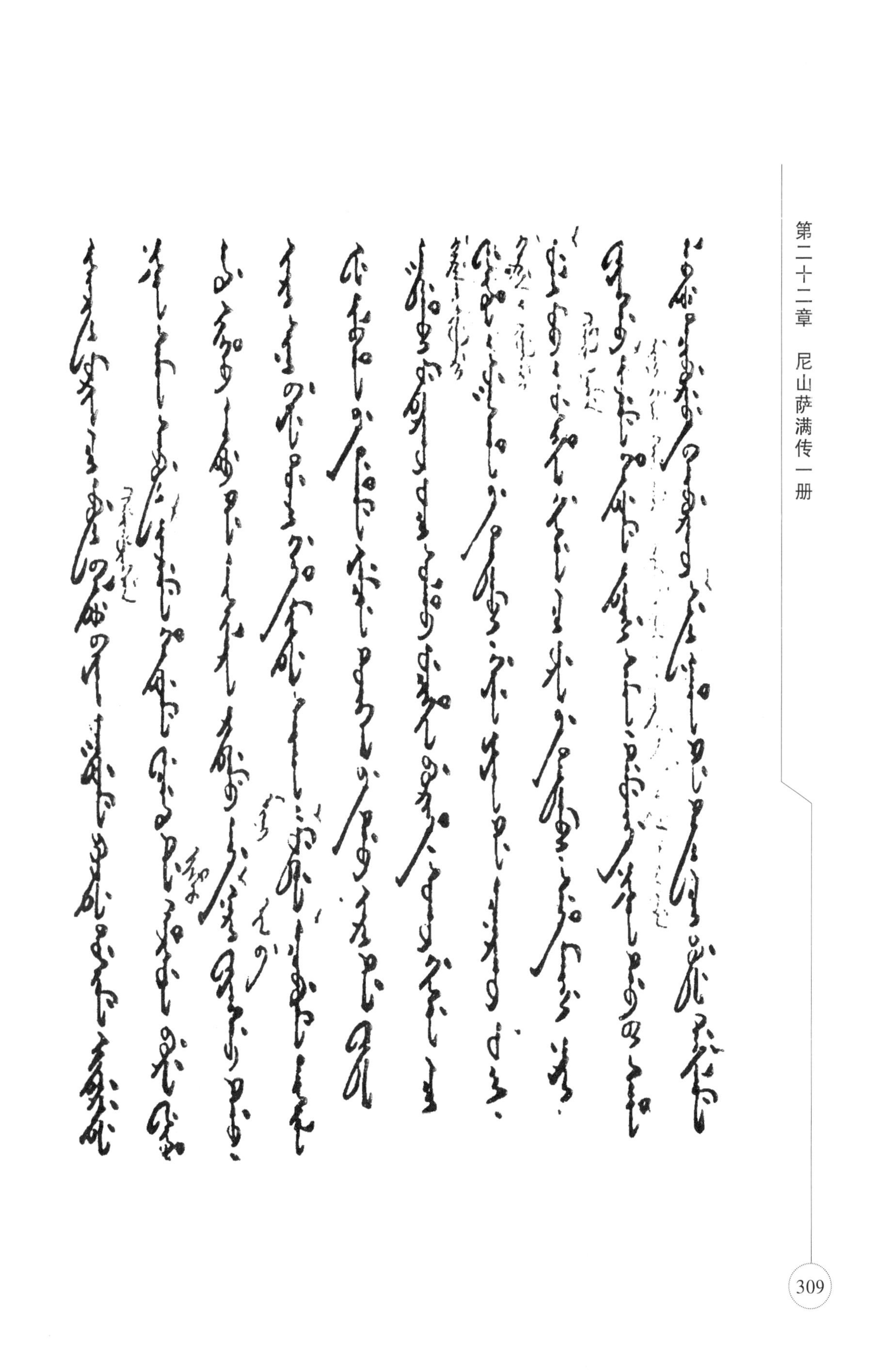

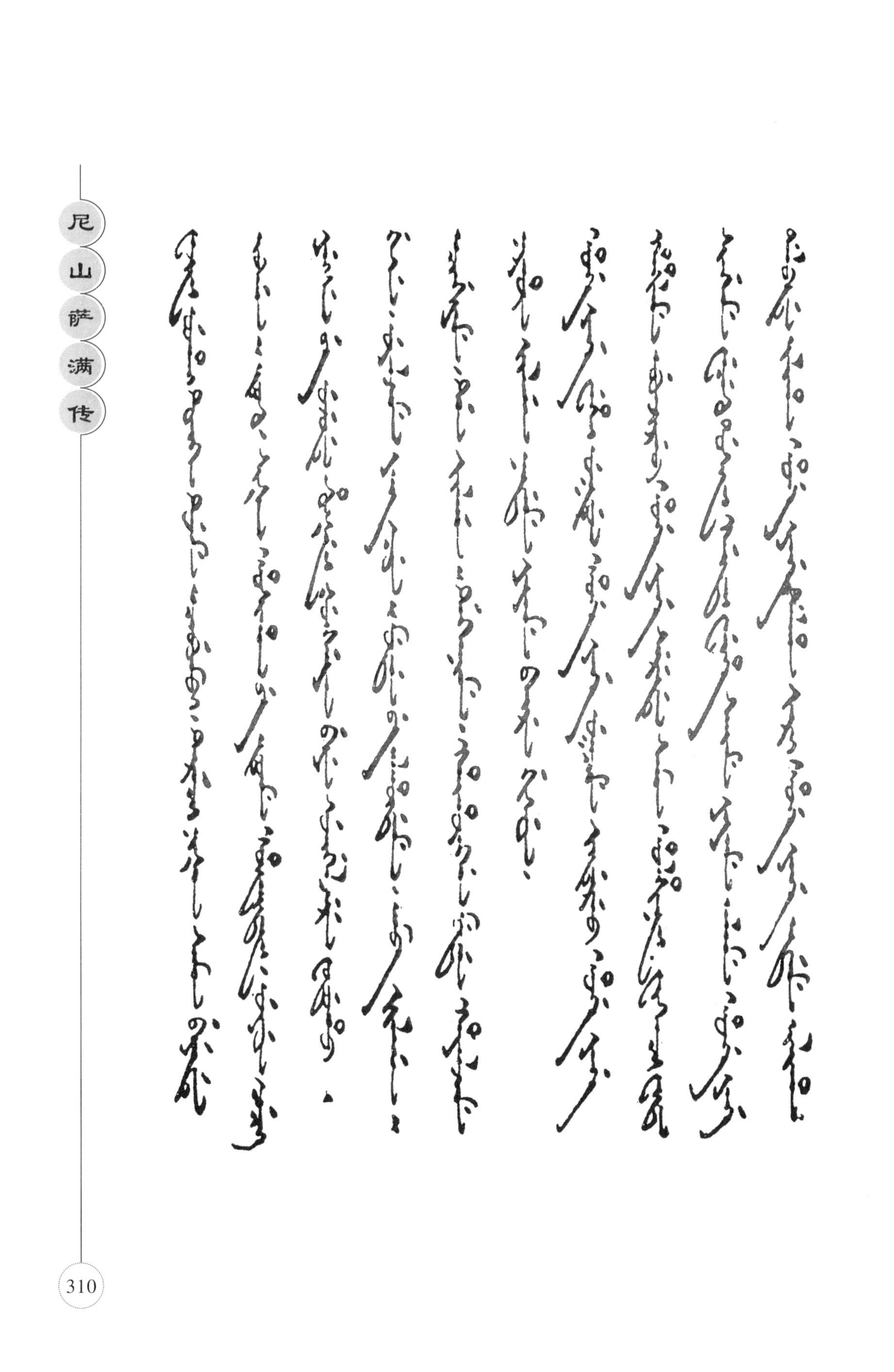

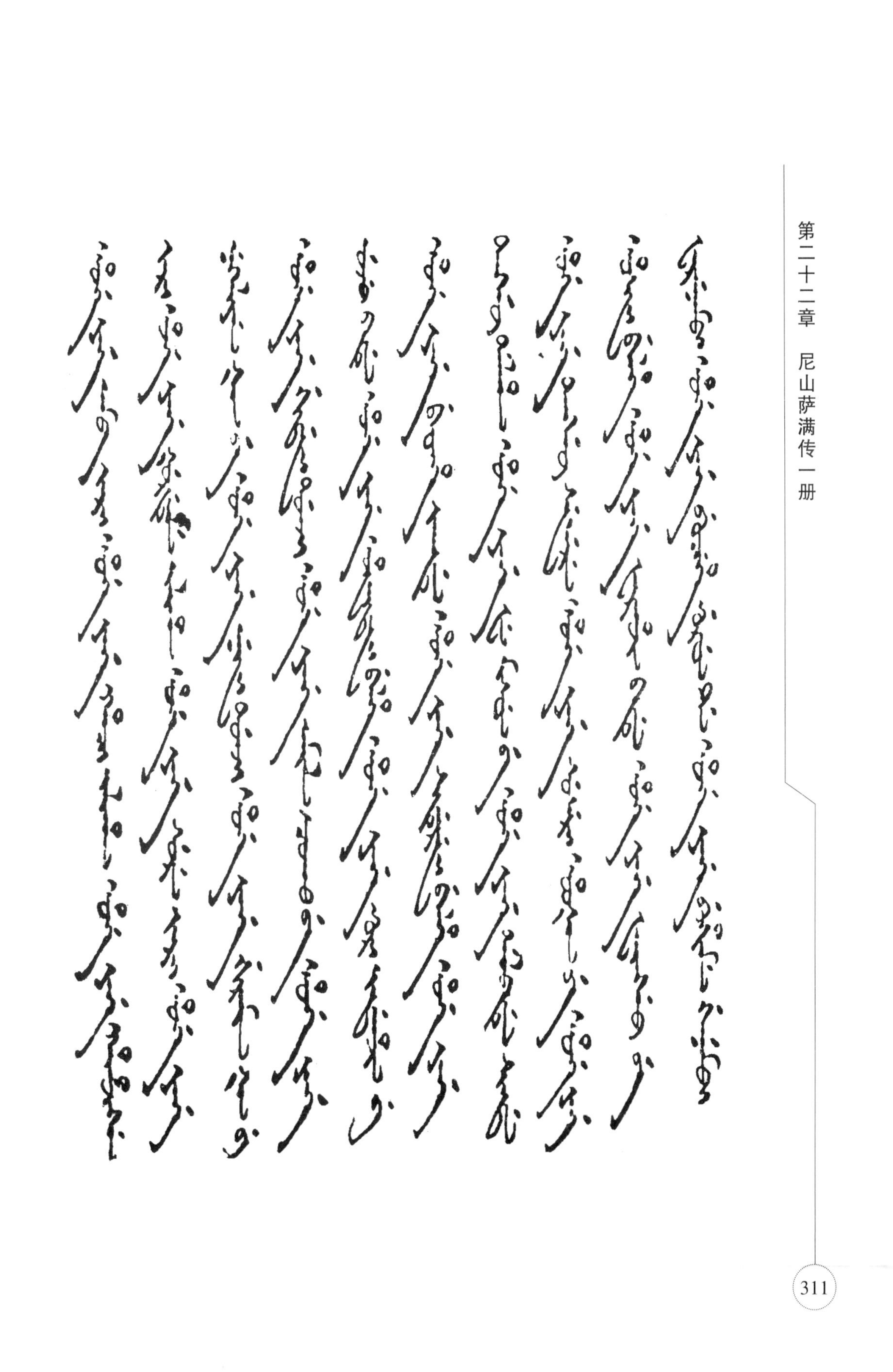

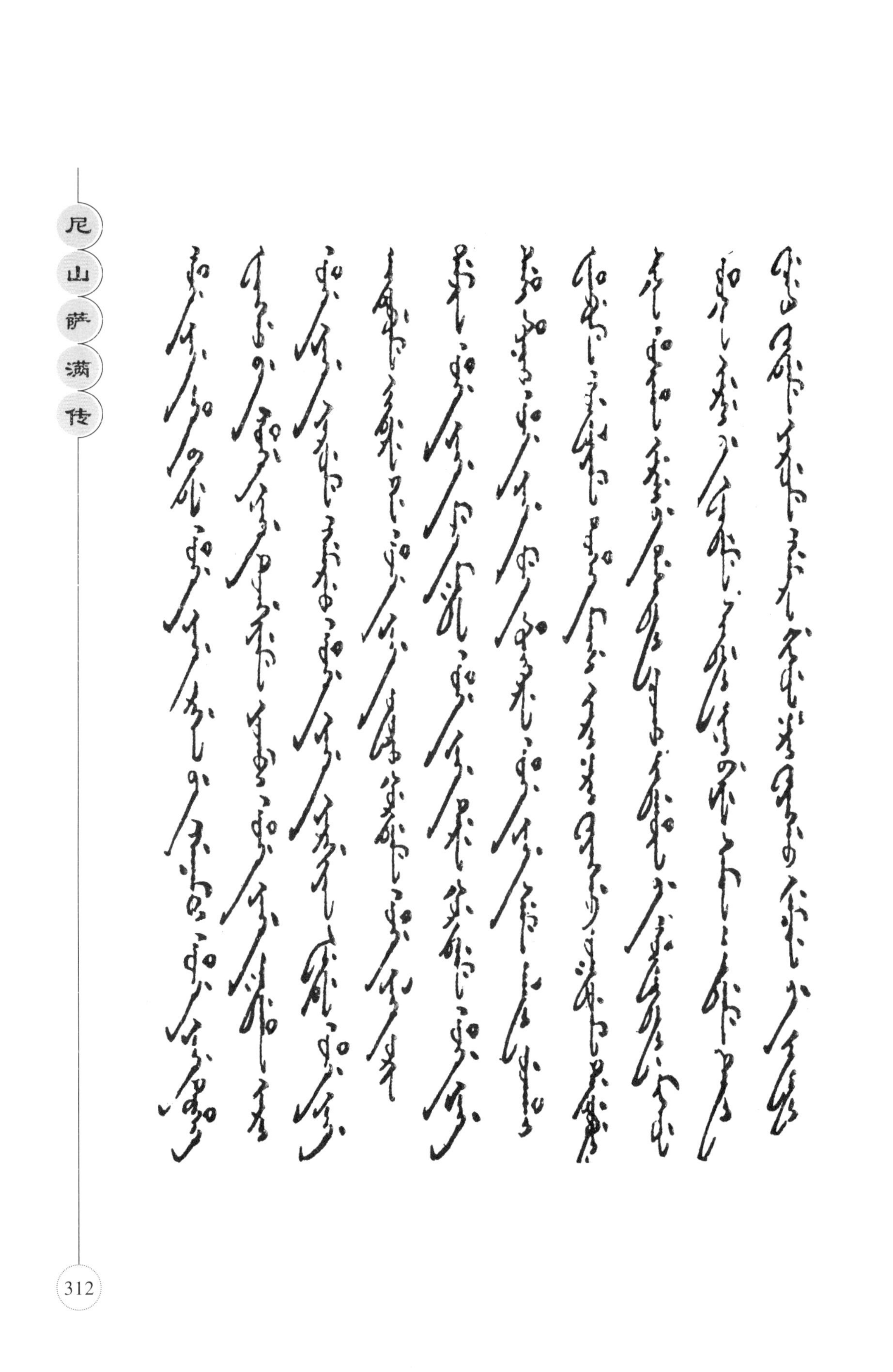

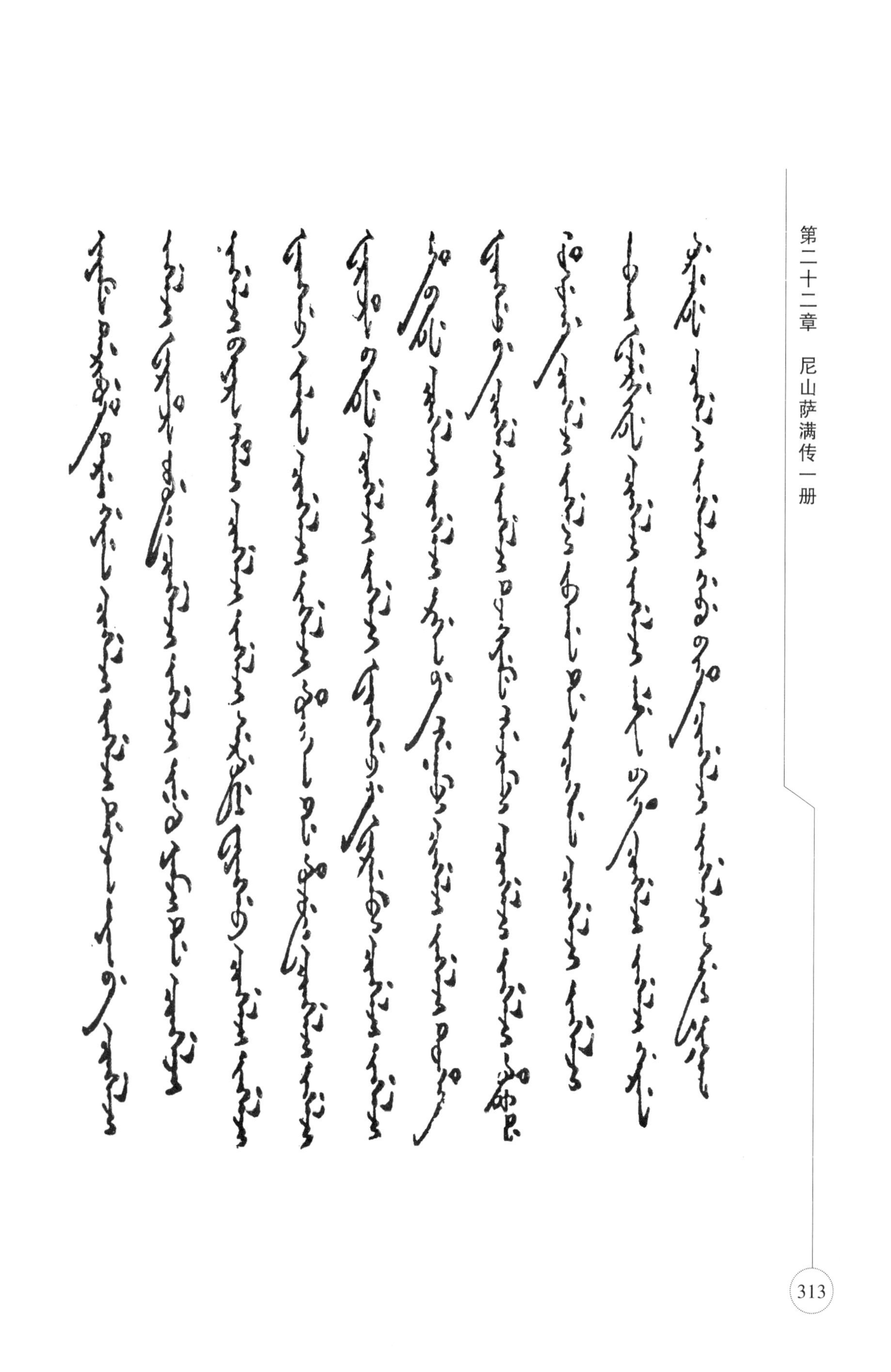

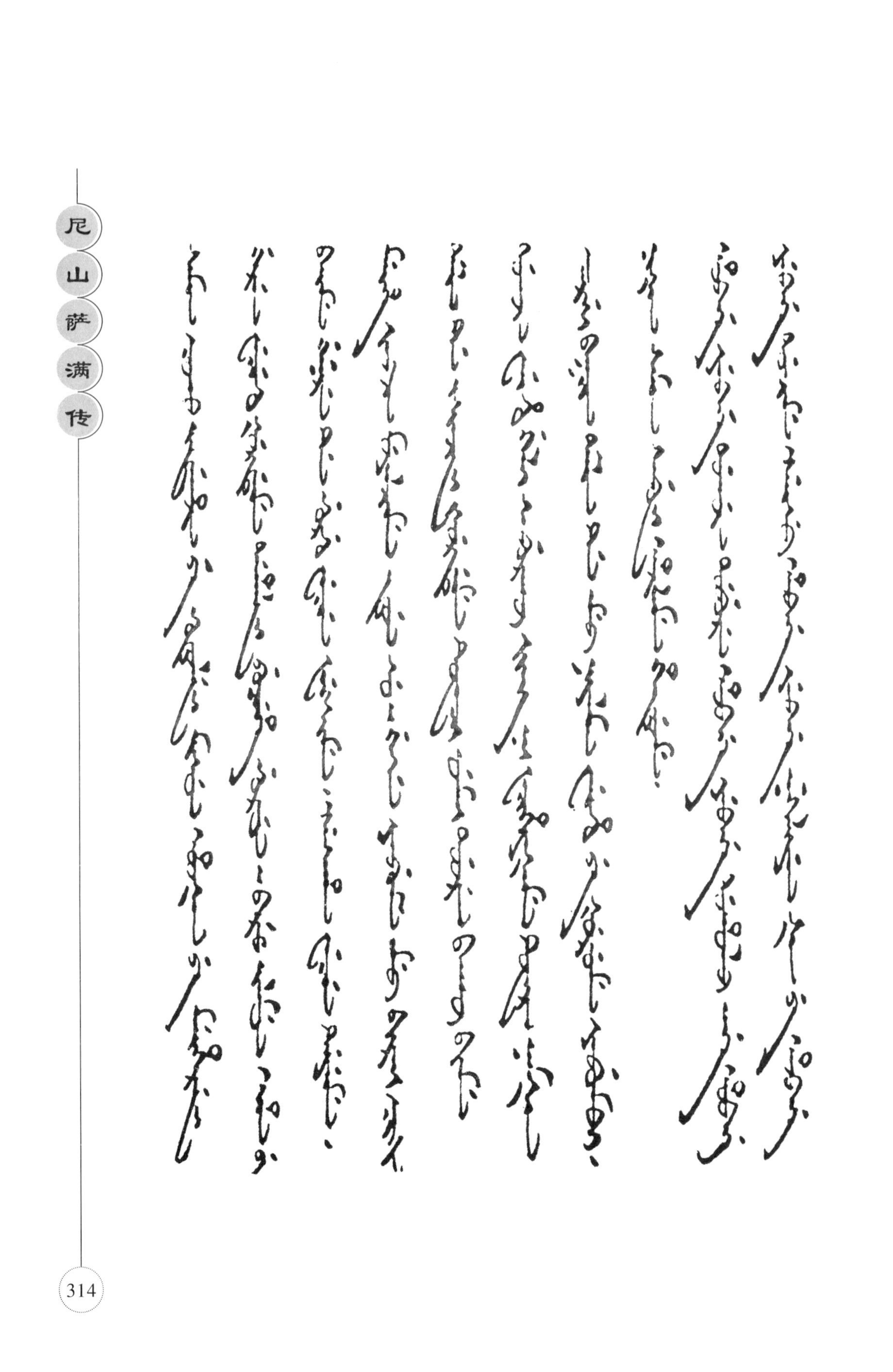

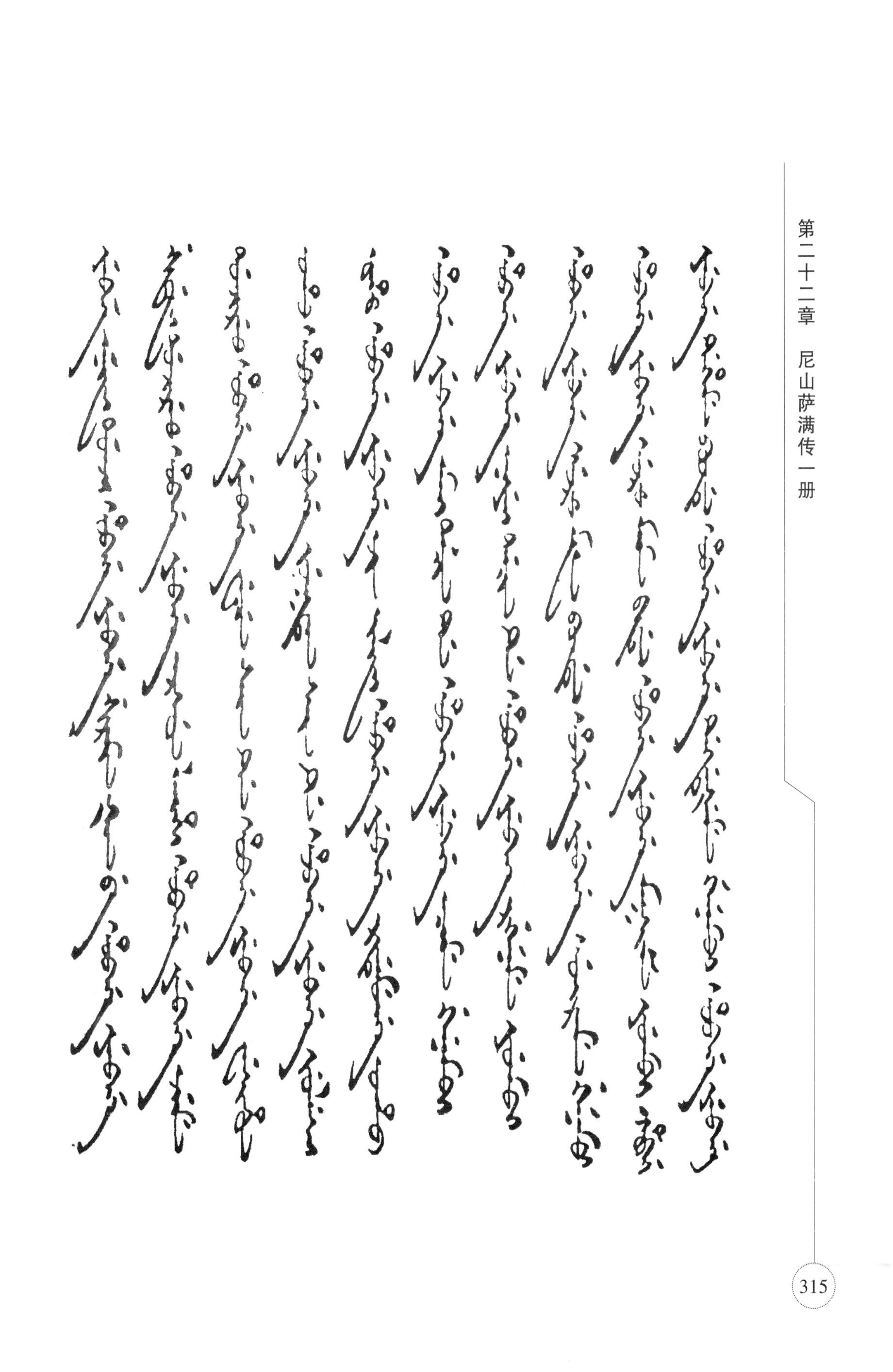

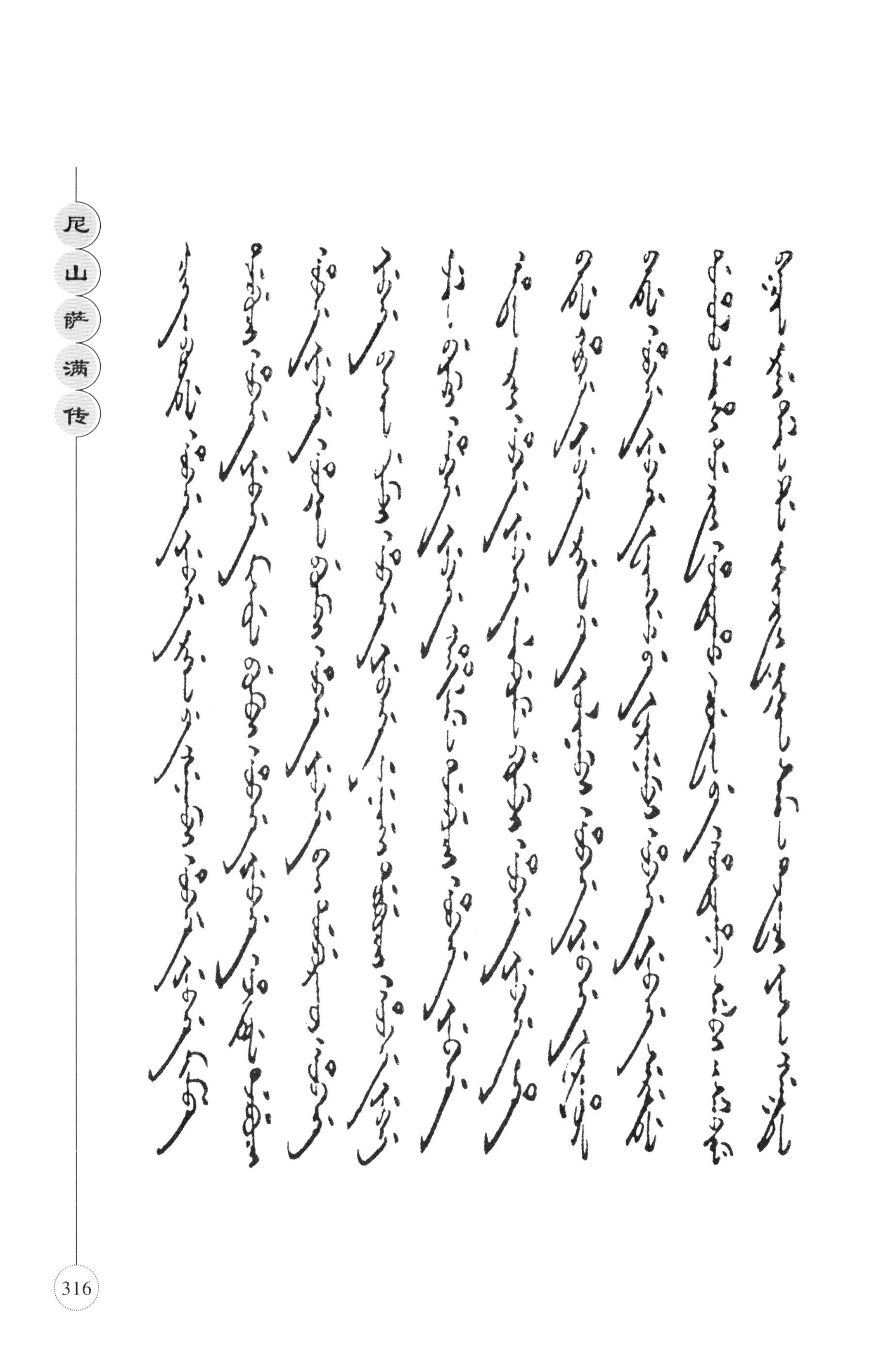

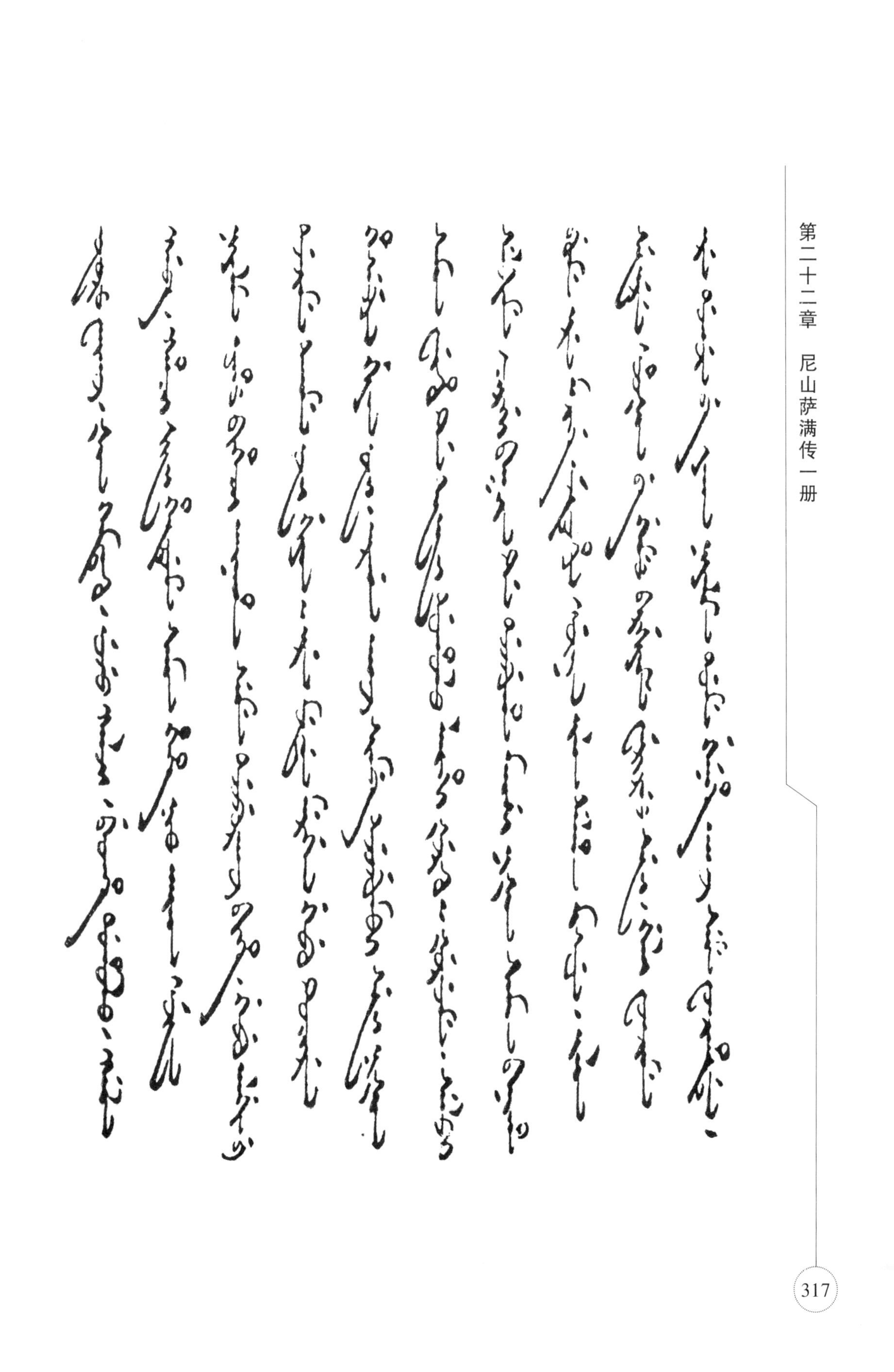

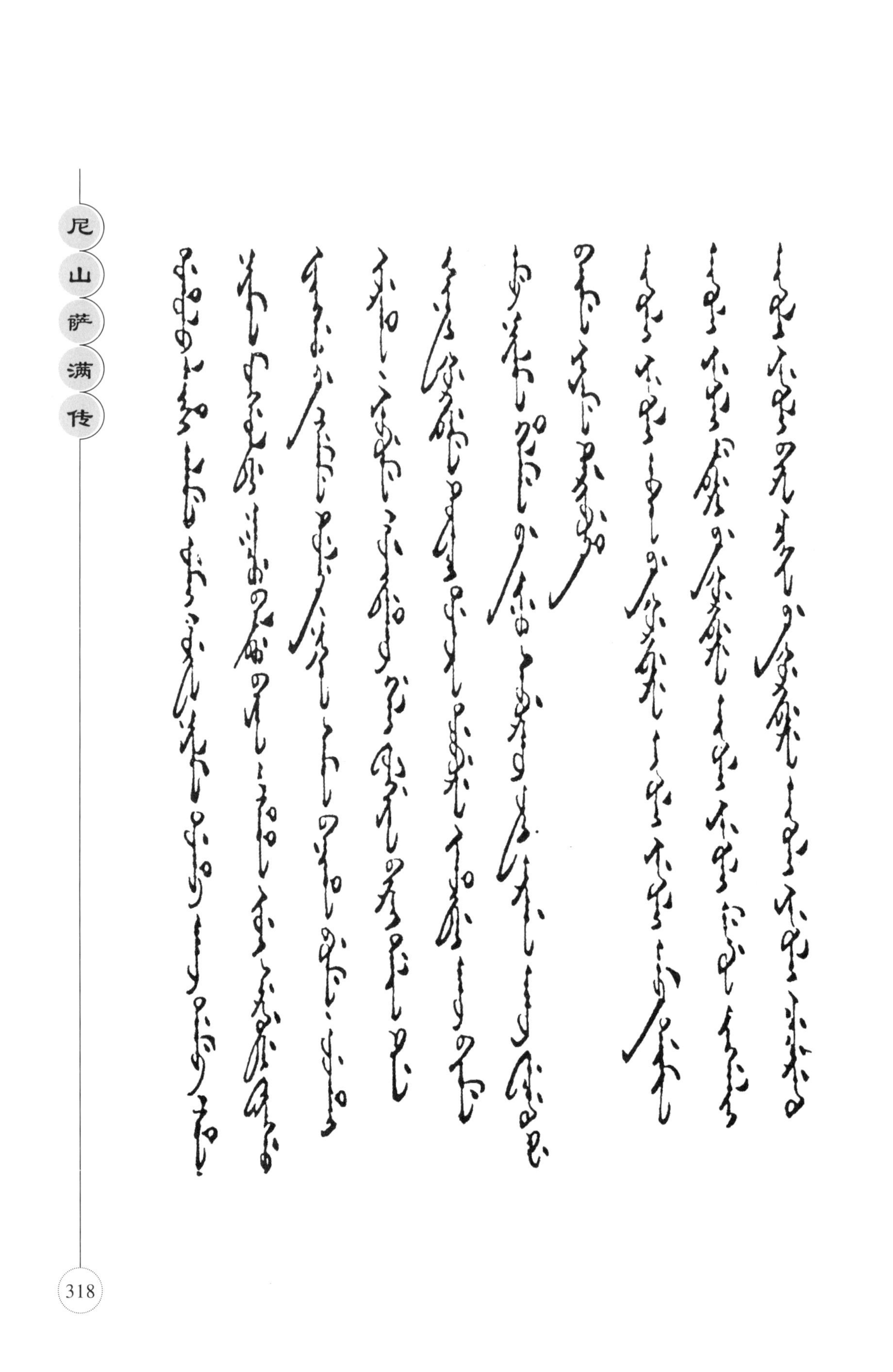

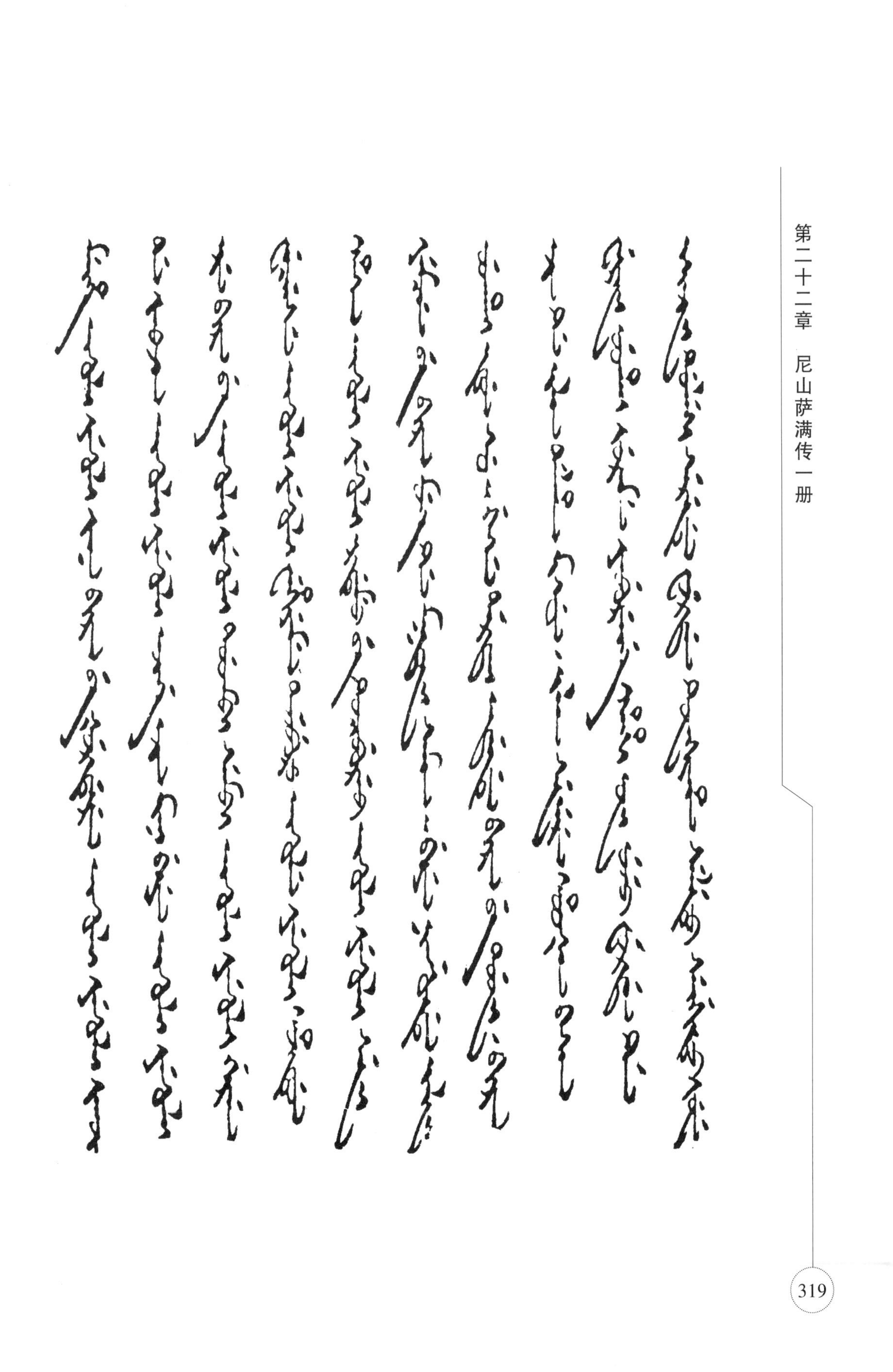

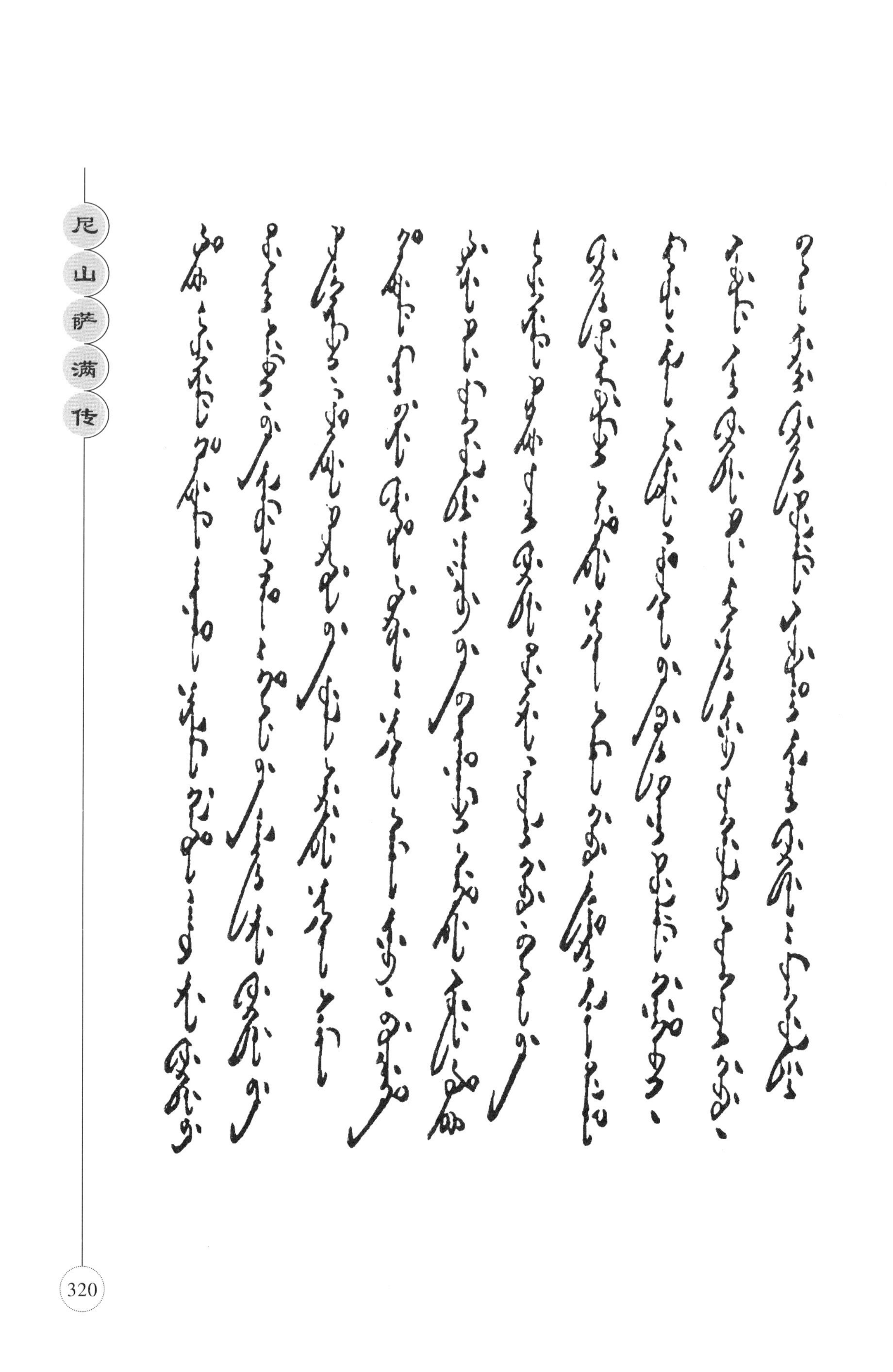

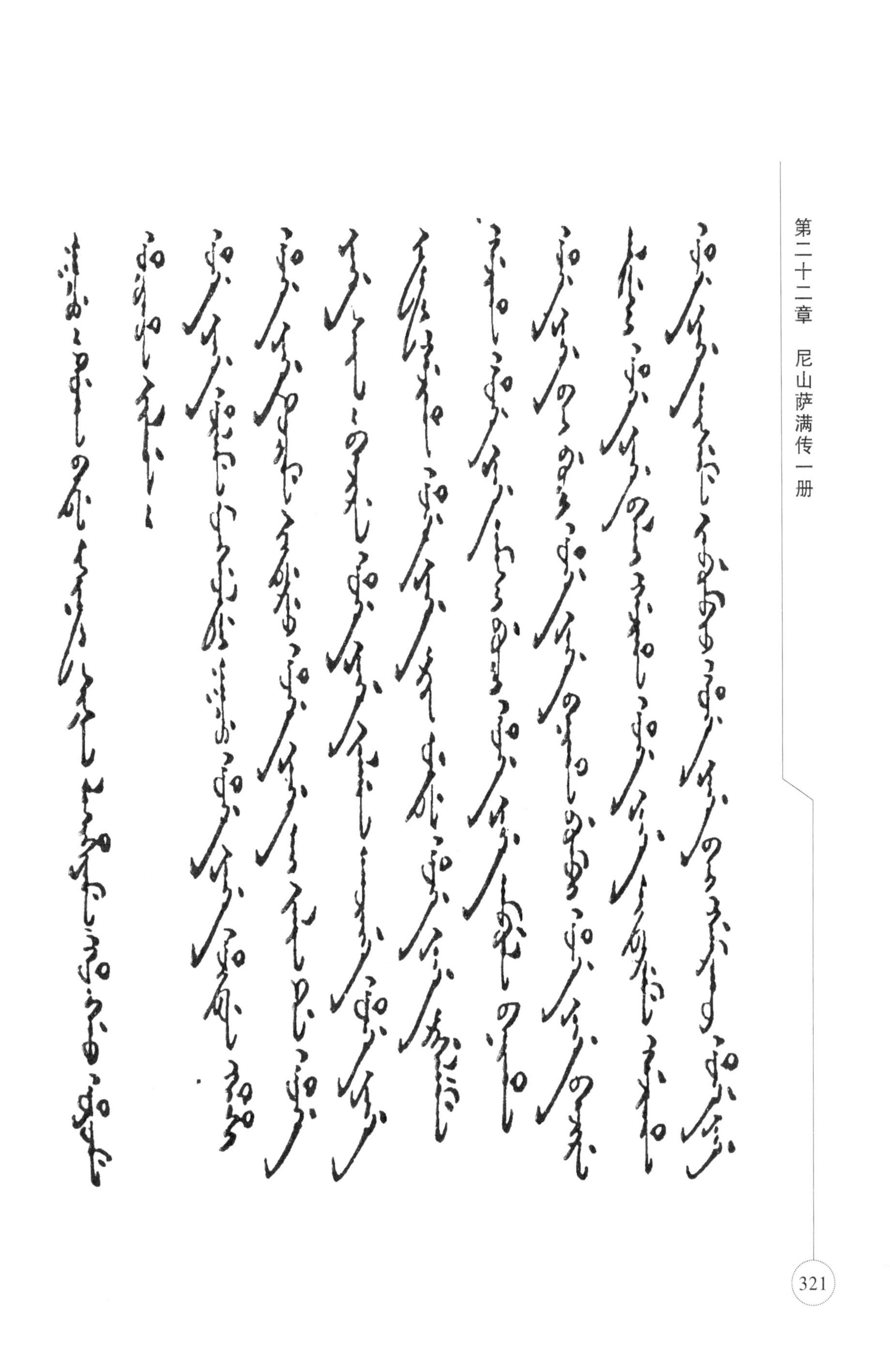

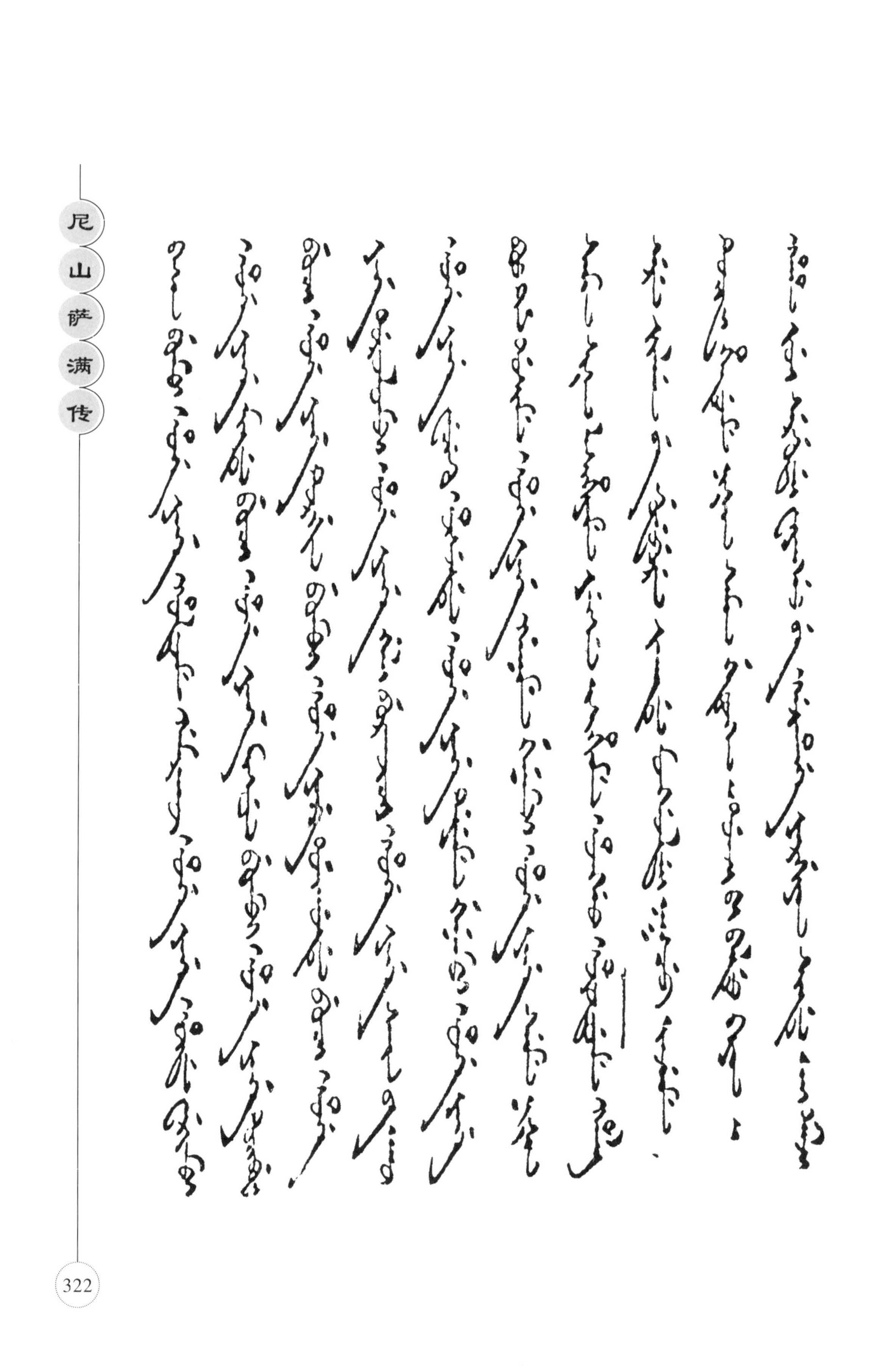

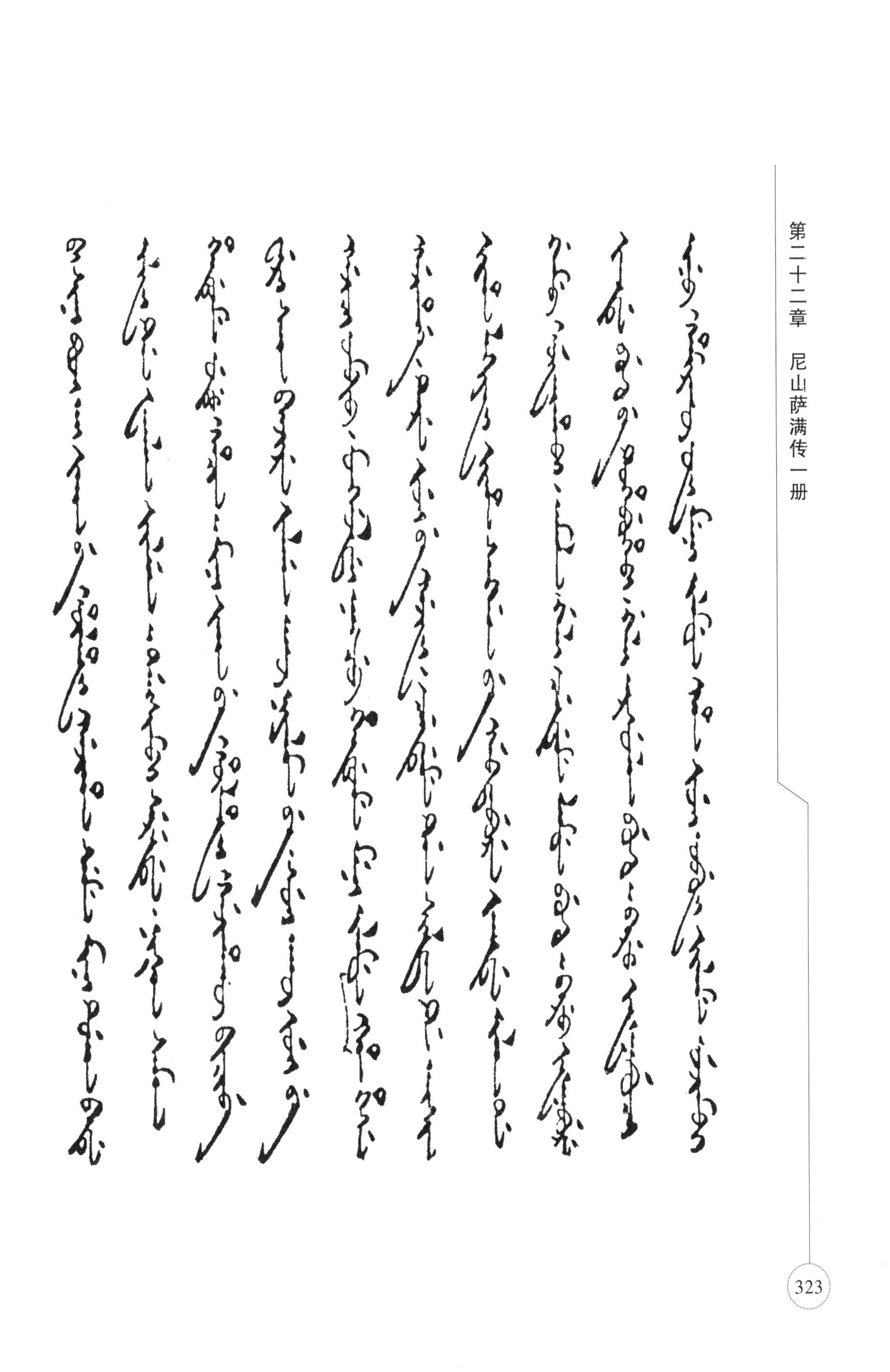

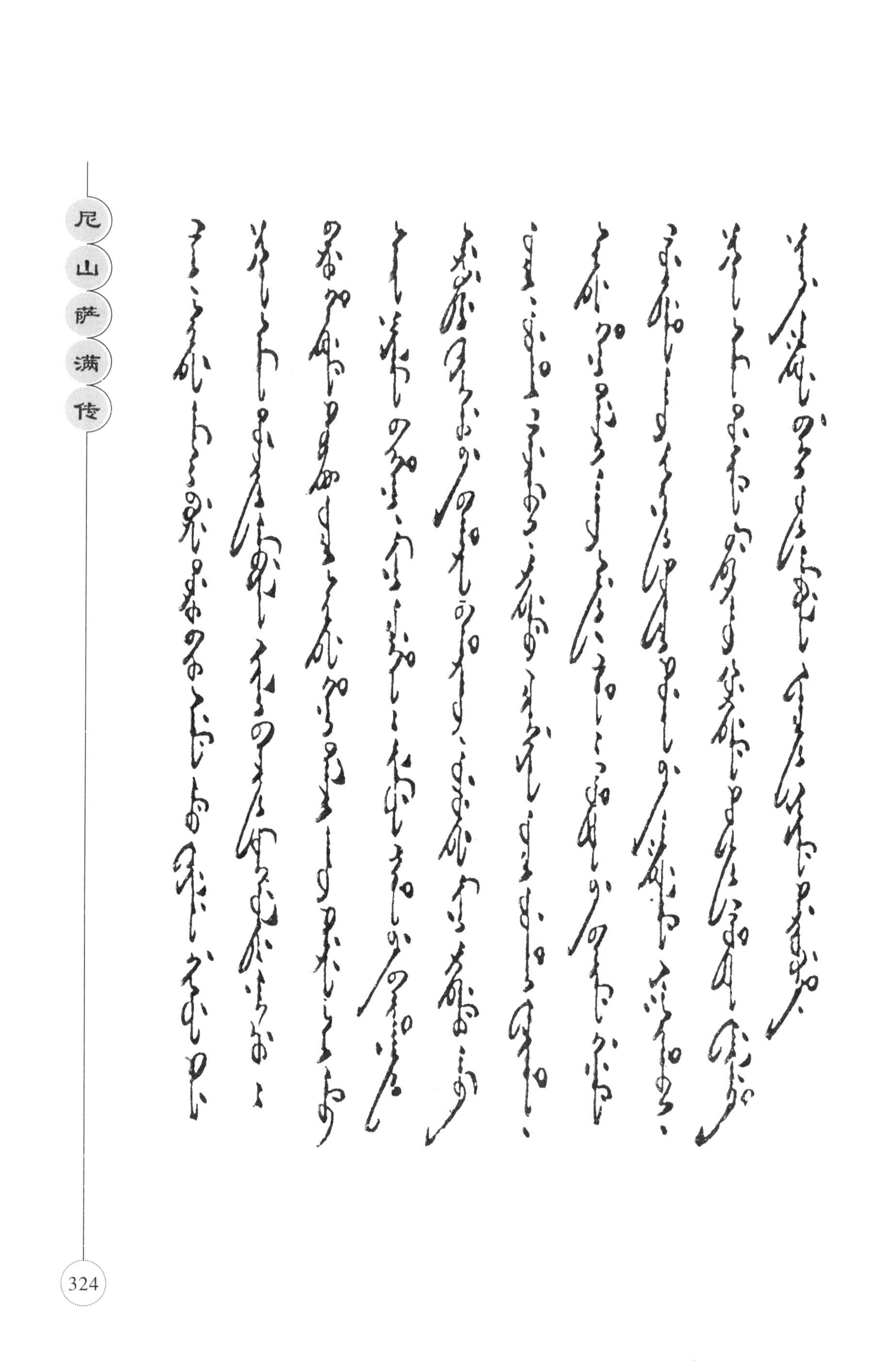

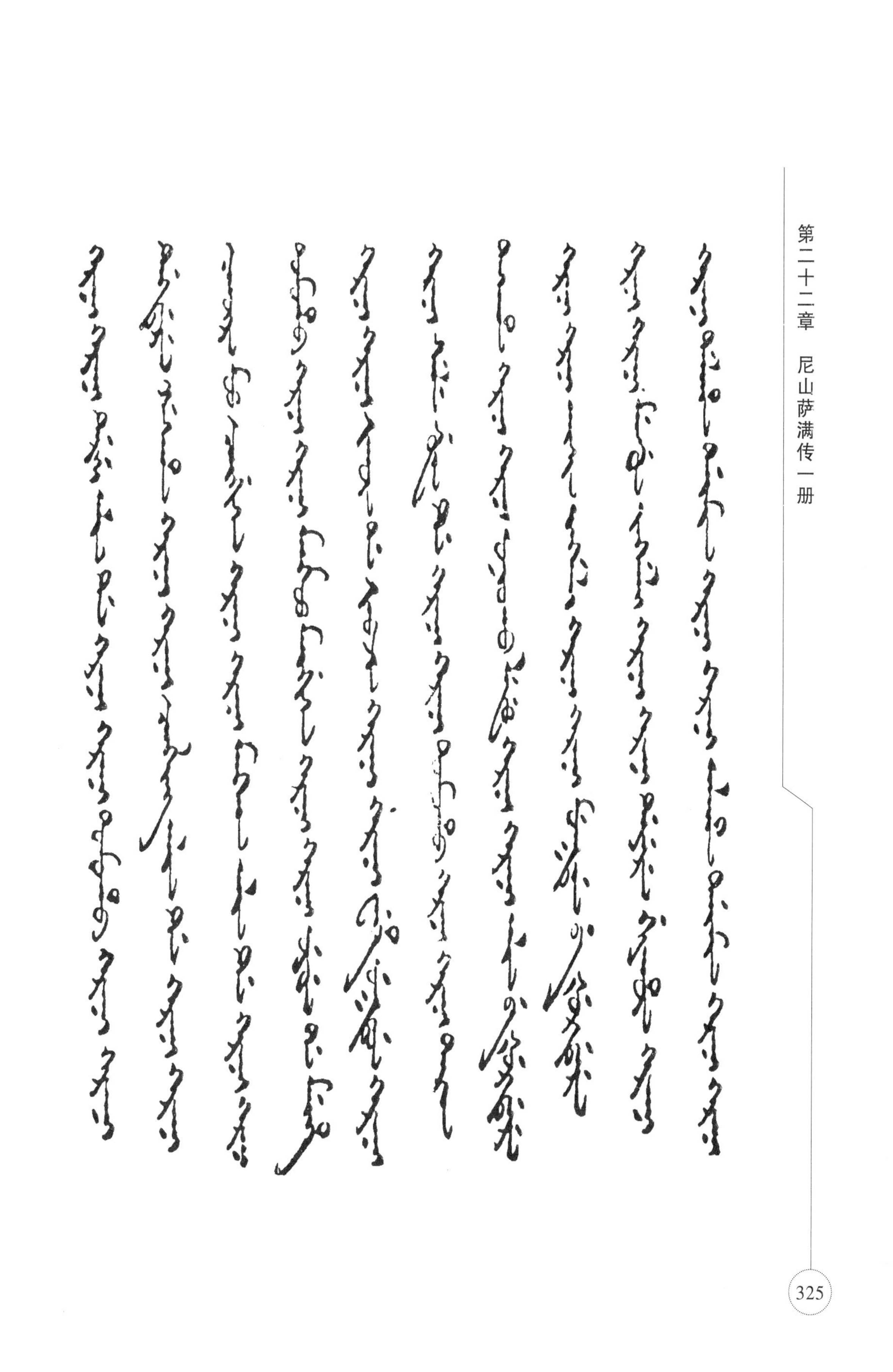

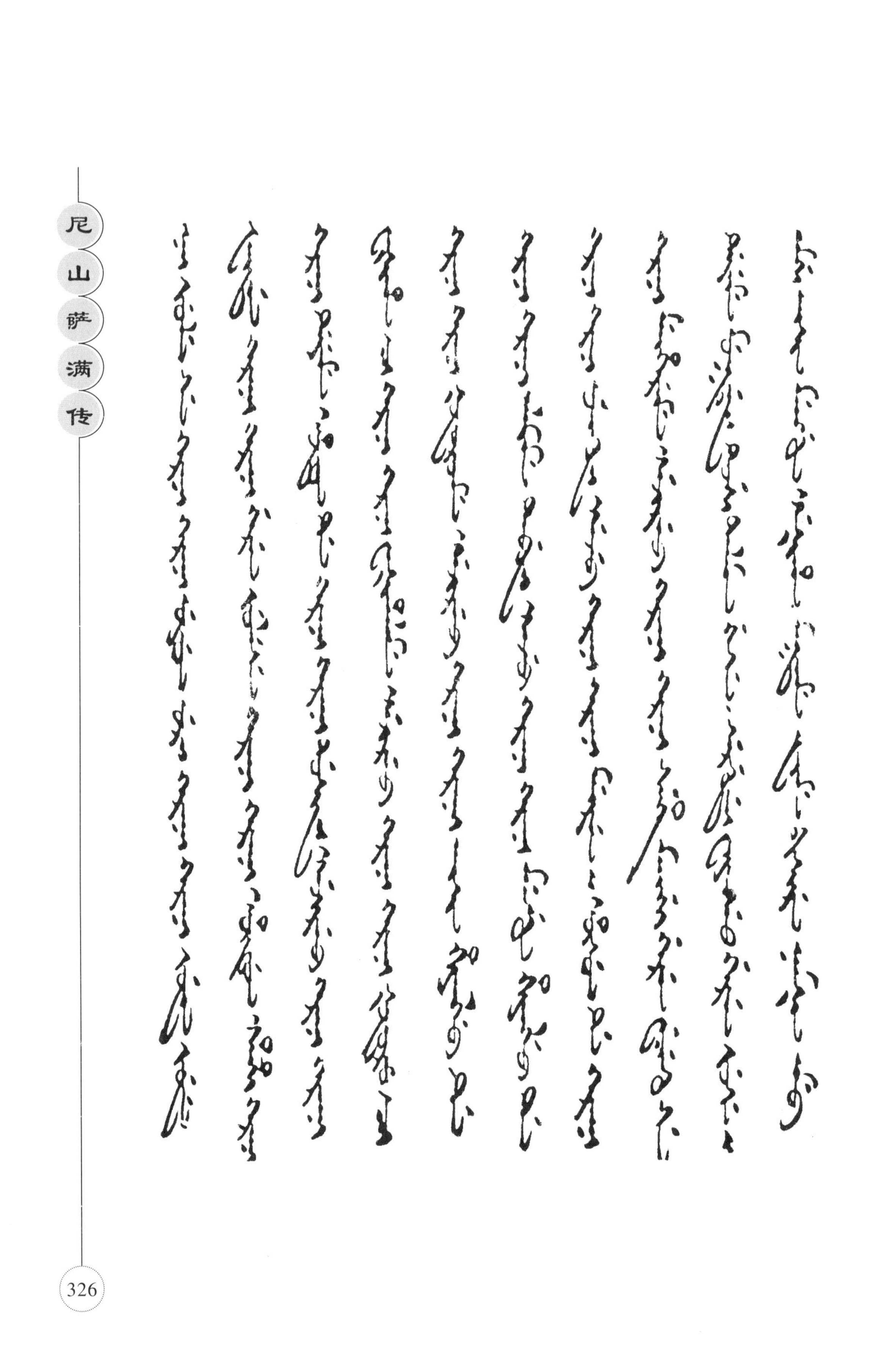

[illegible]

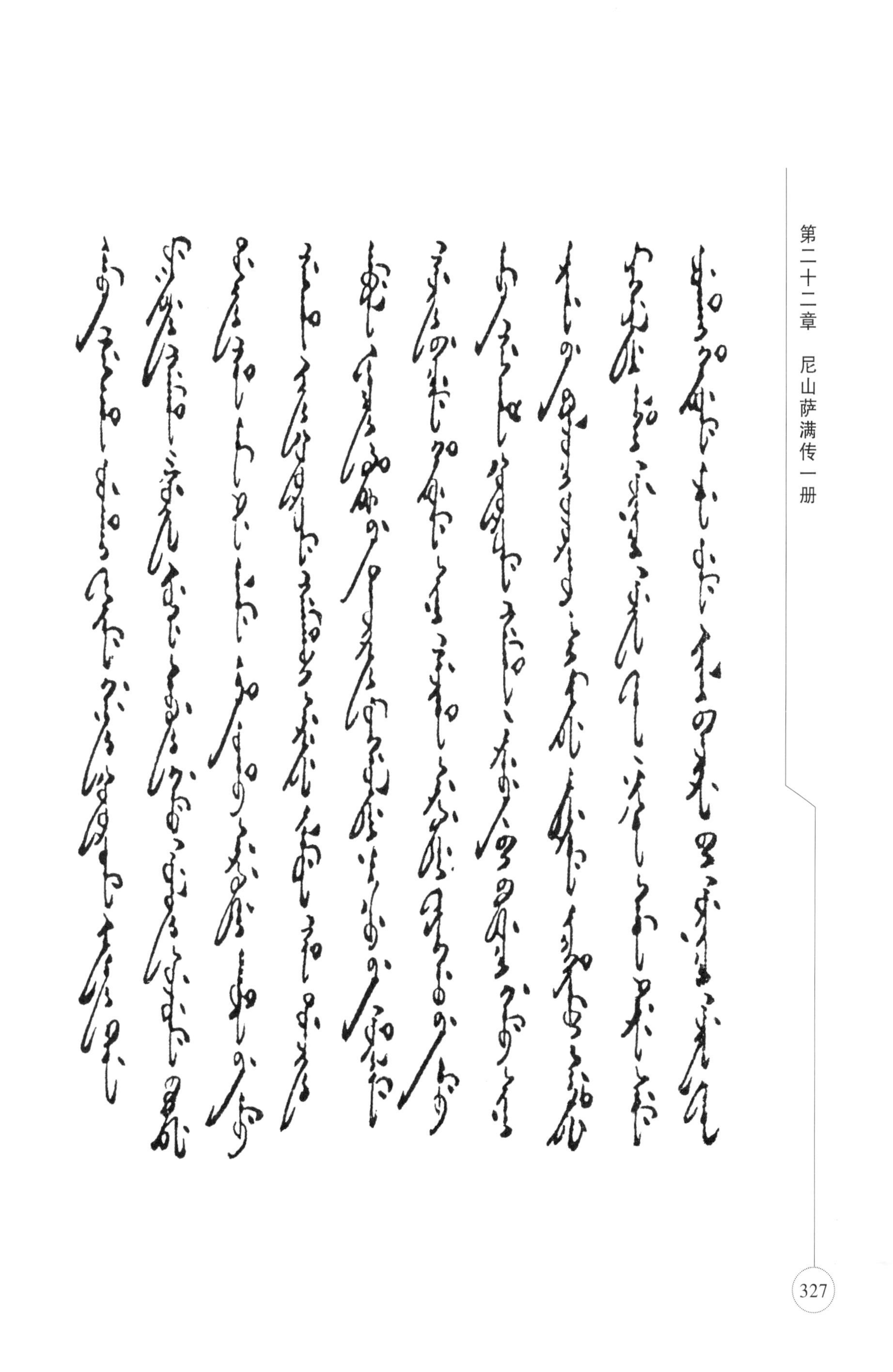

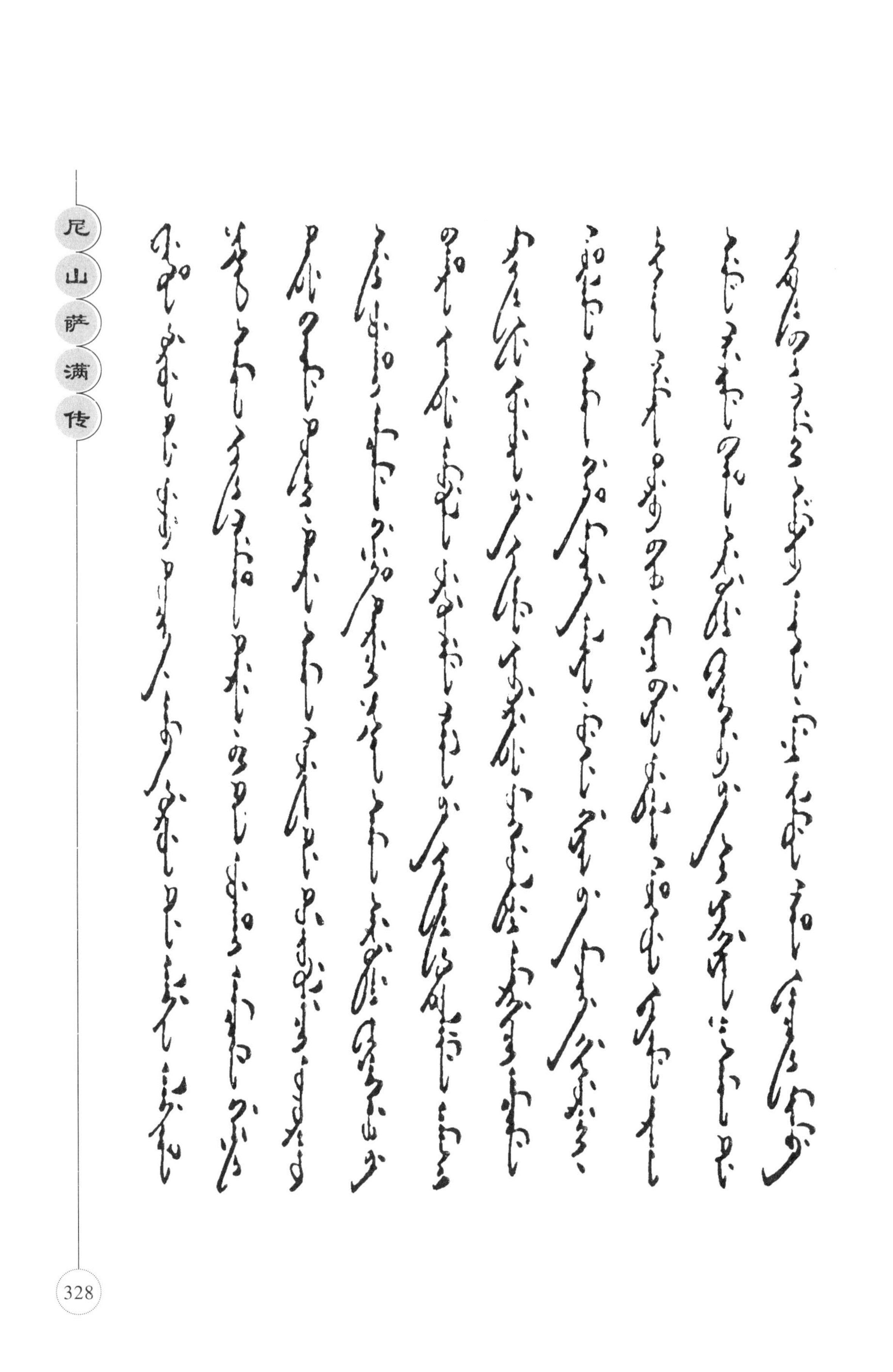

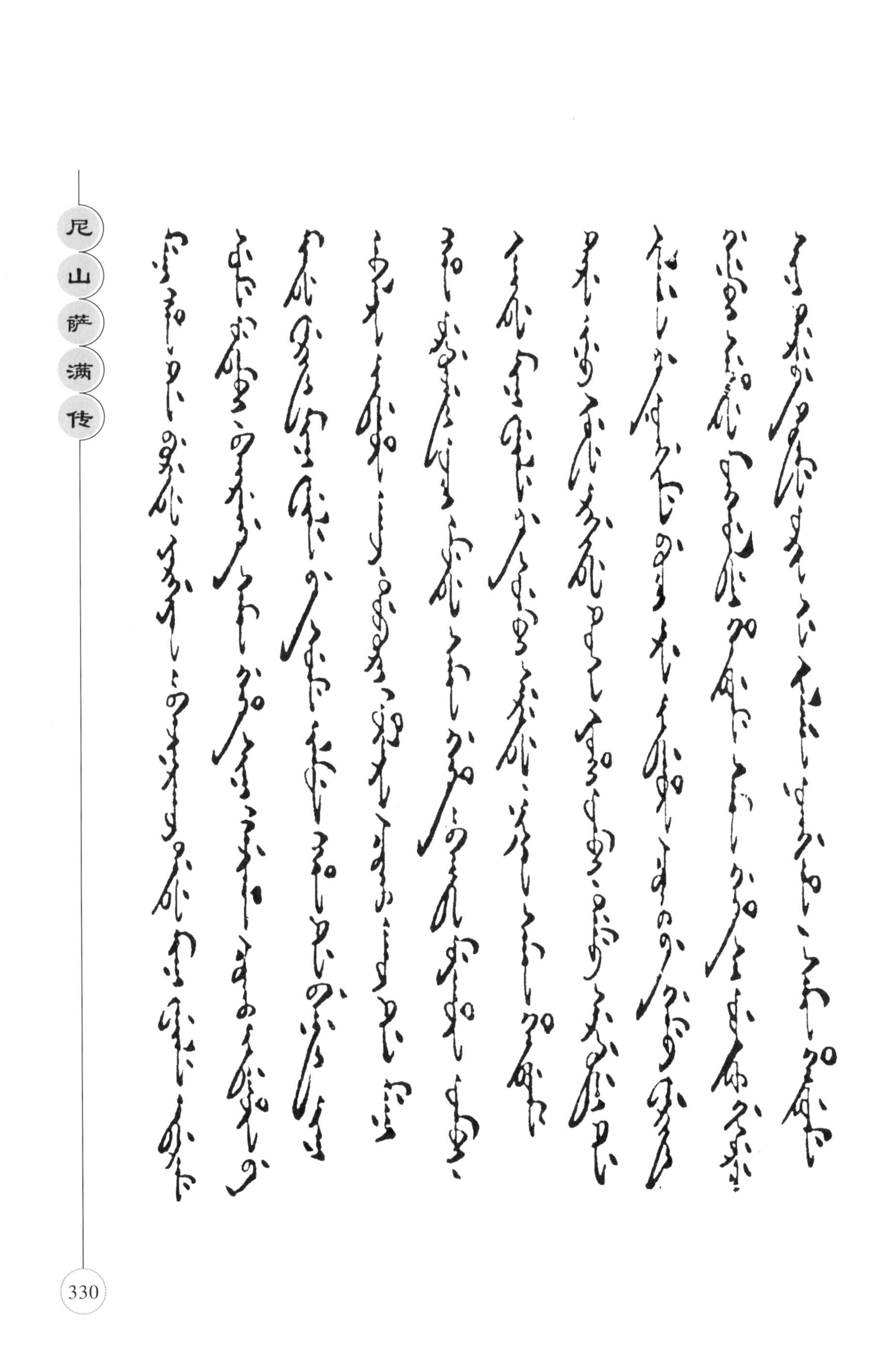

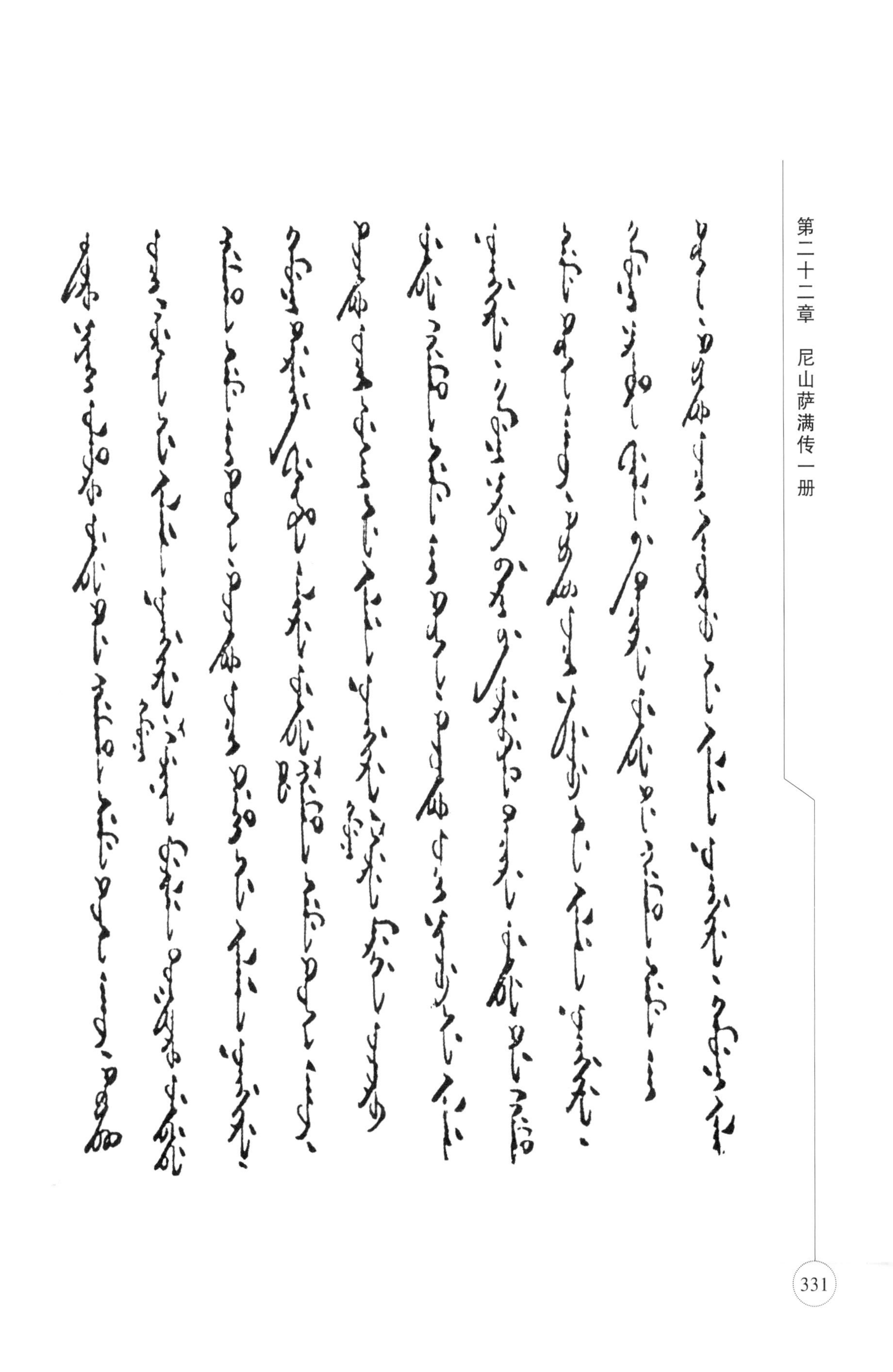

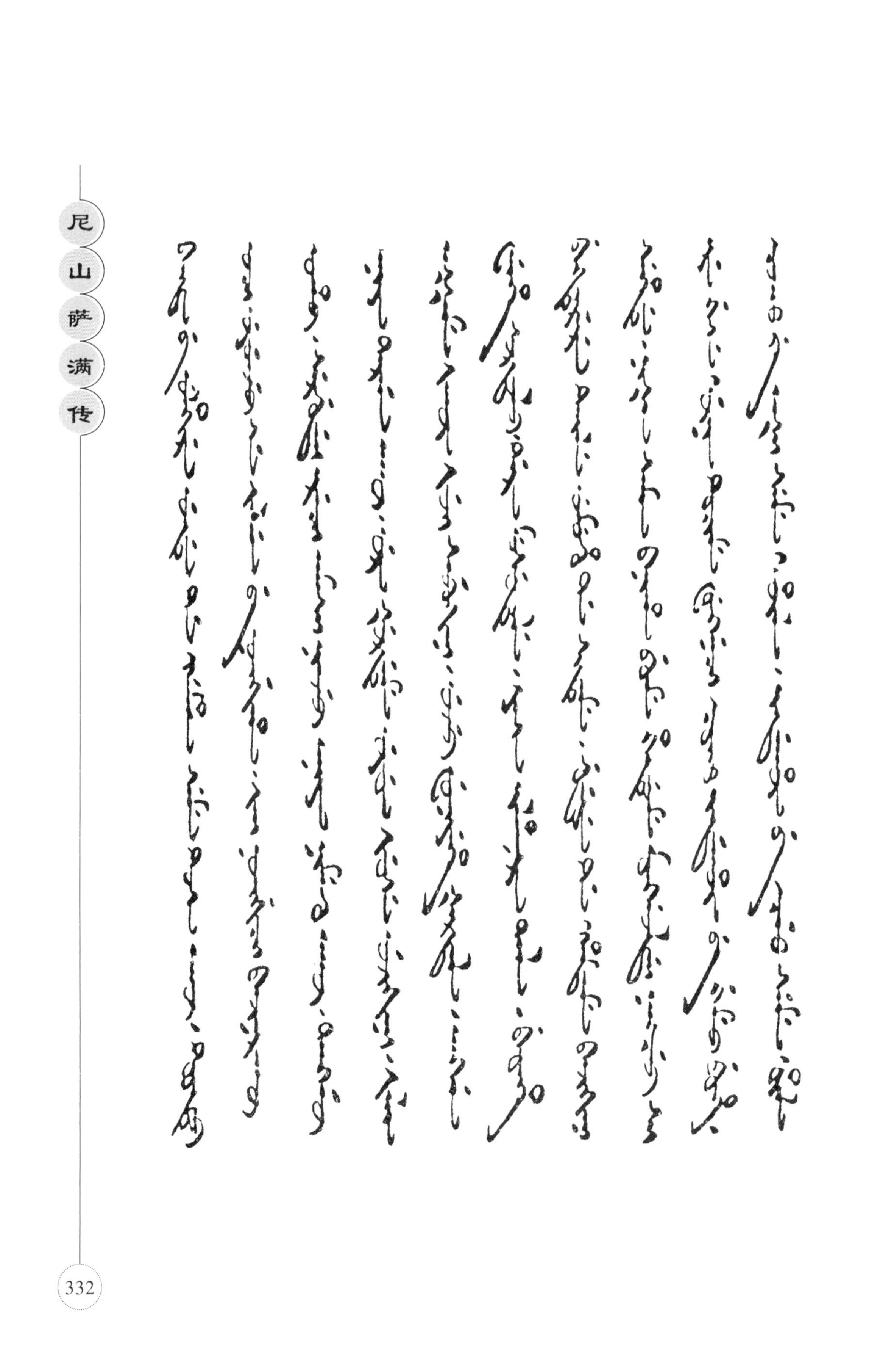

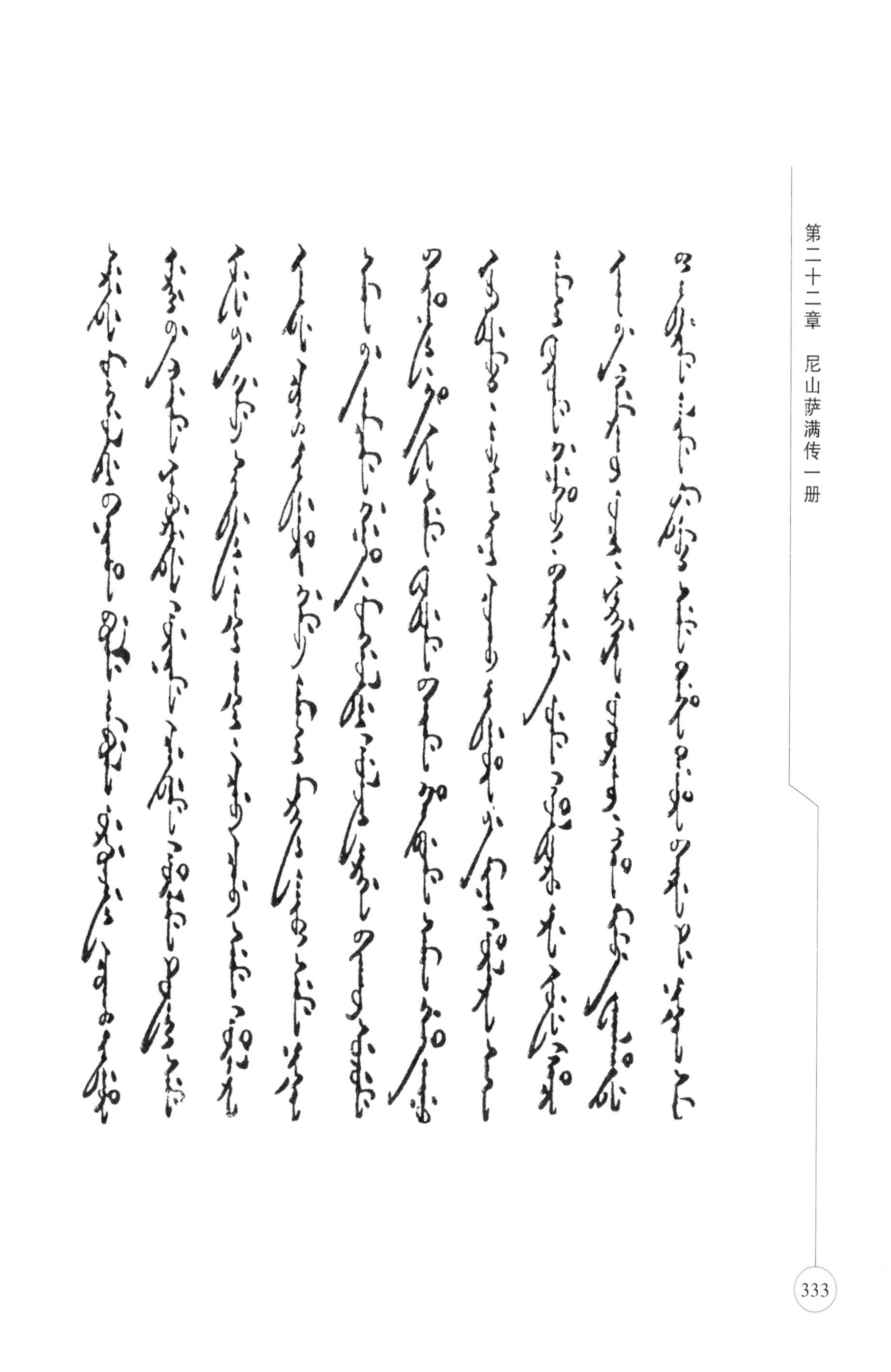

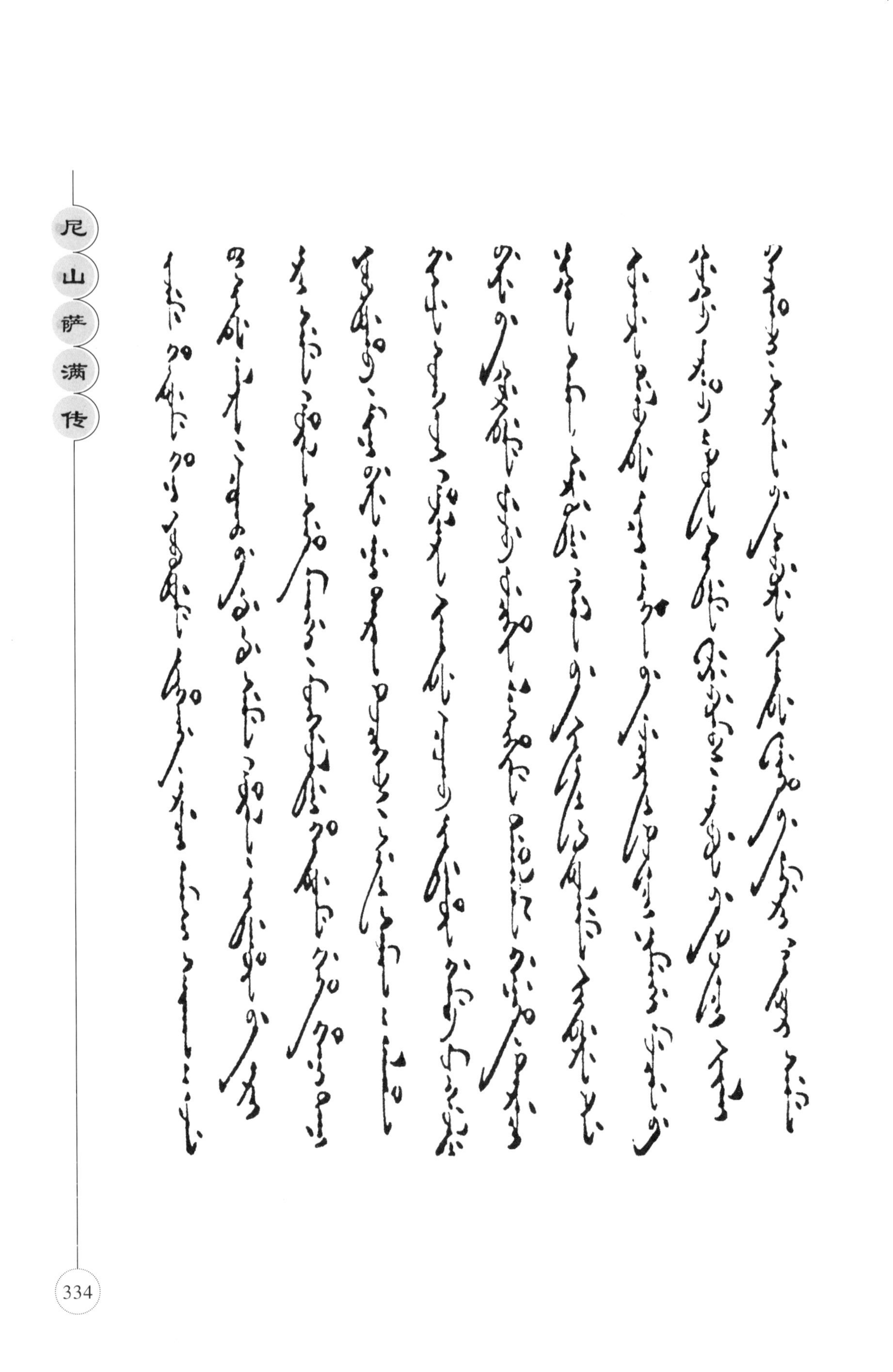

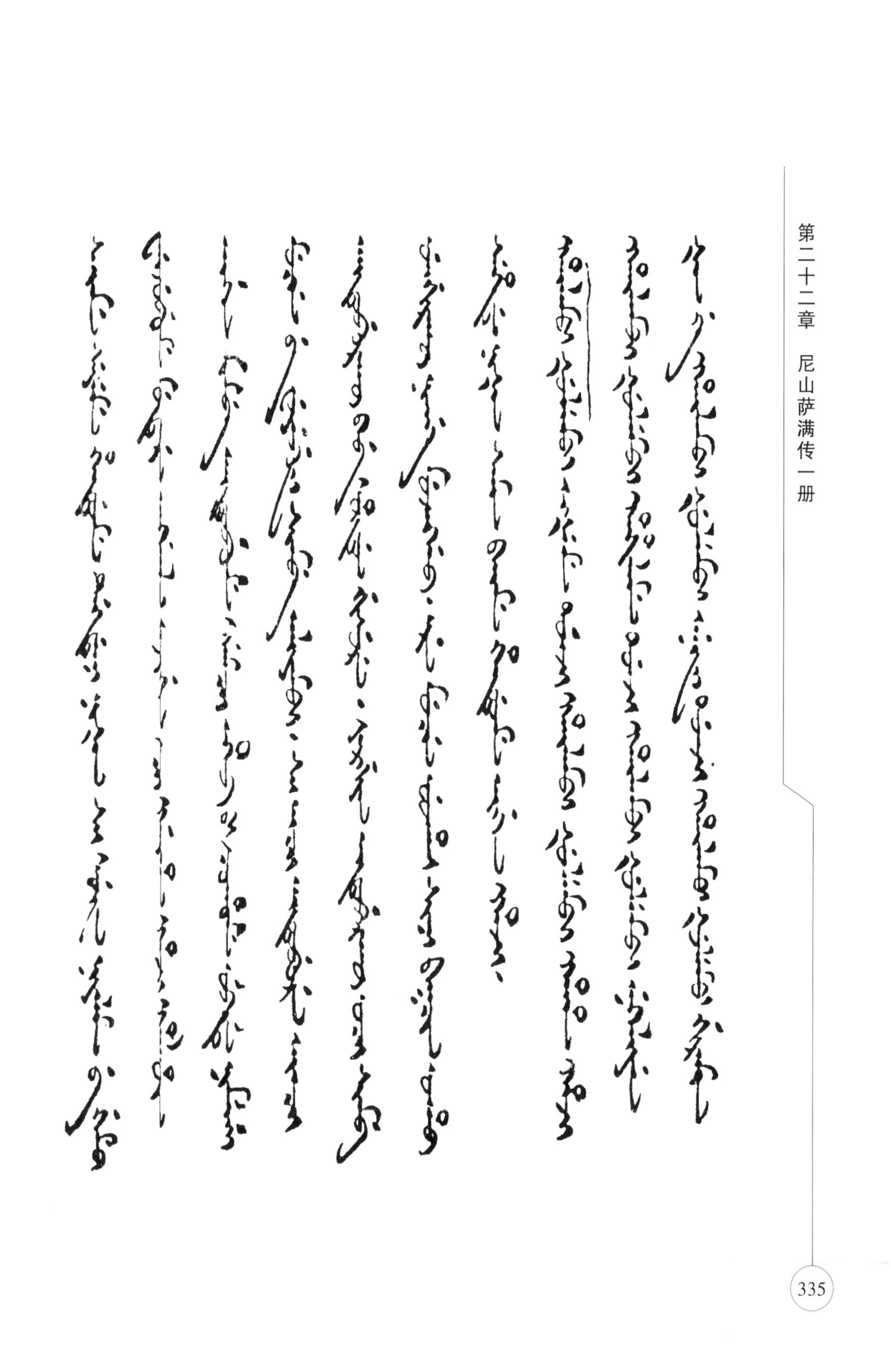

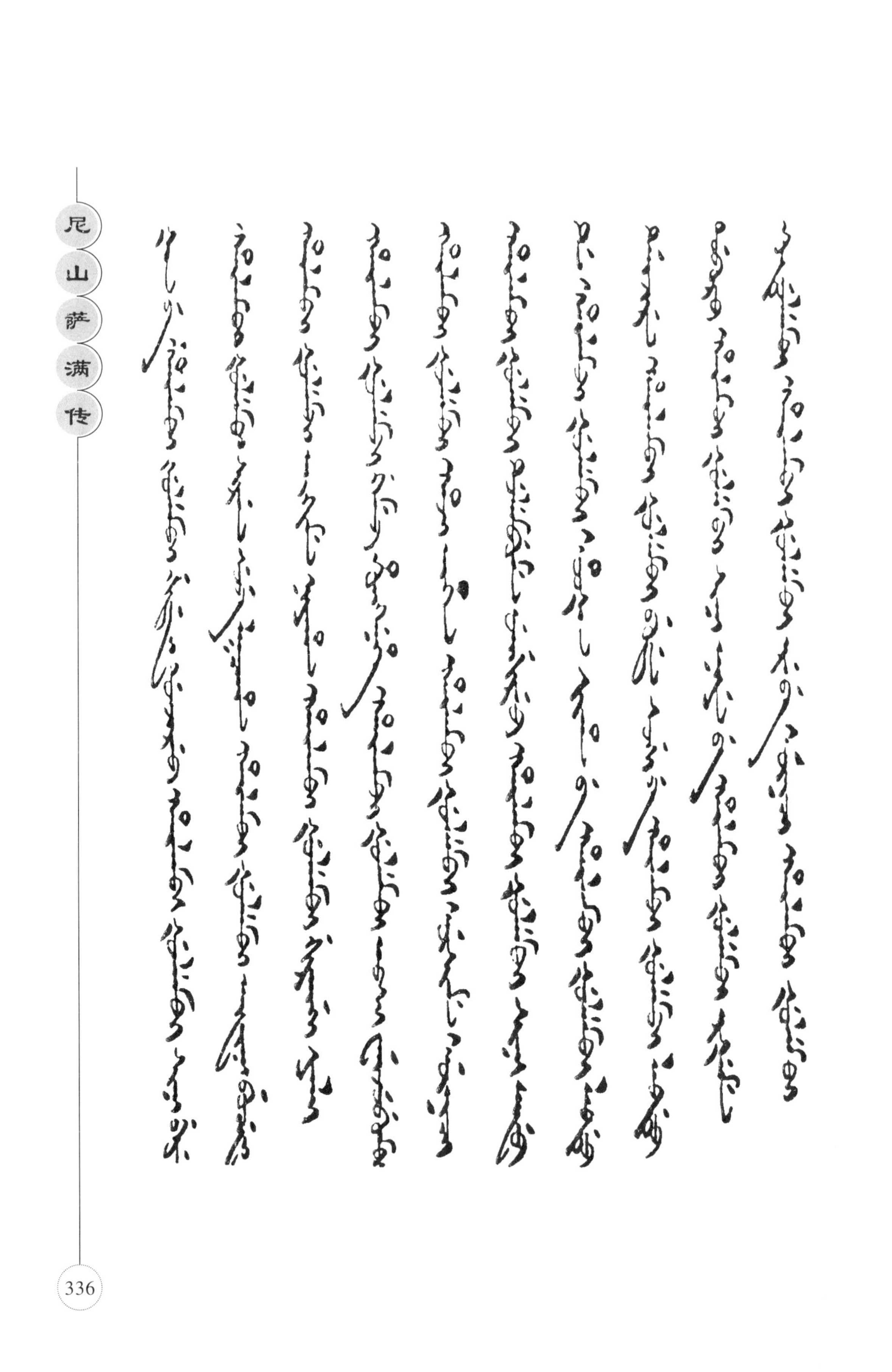

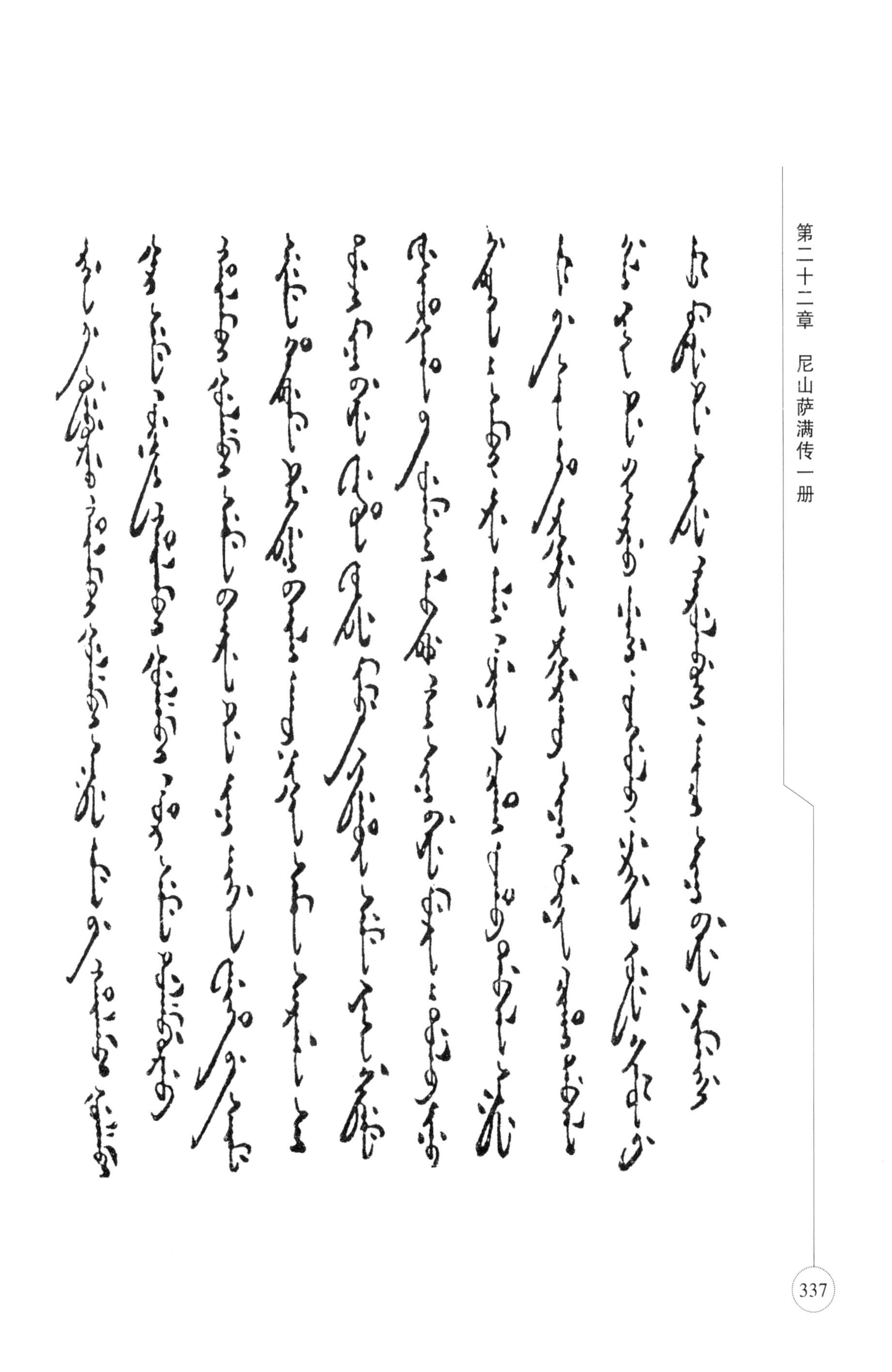

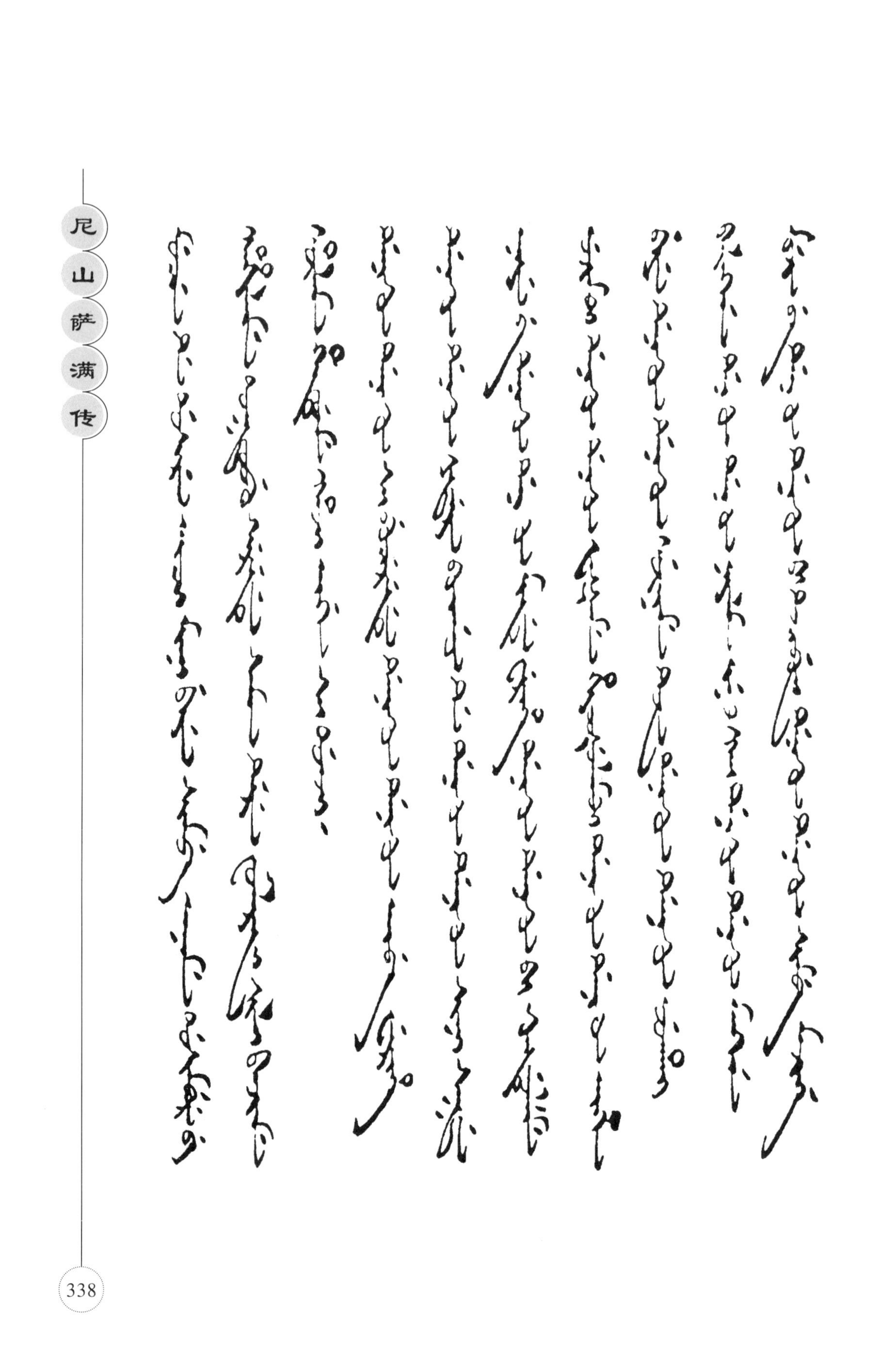

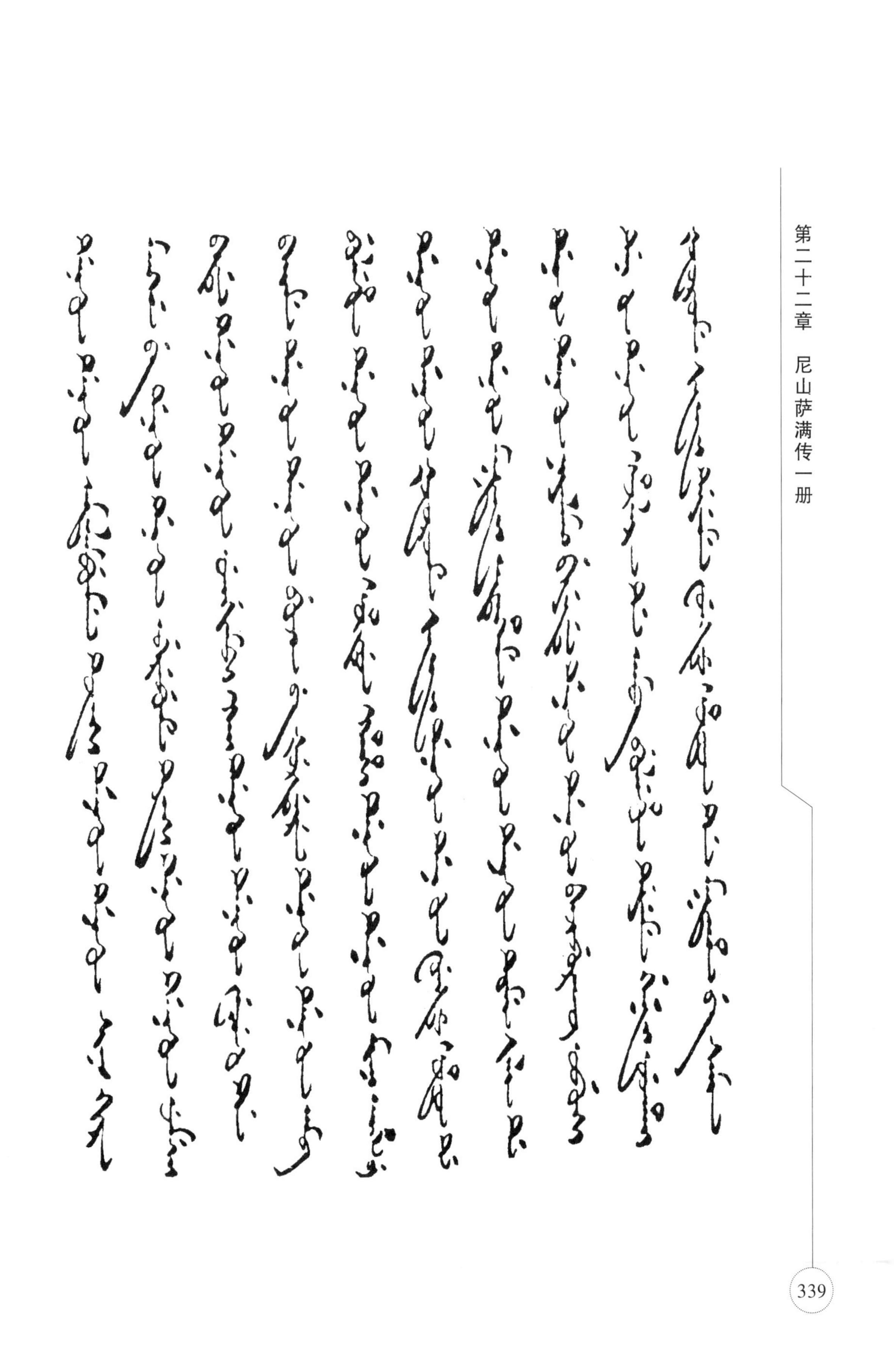

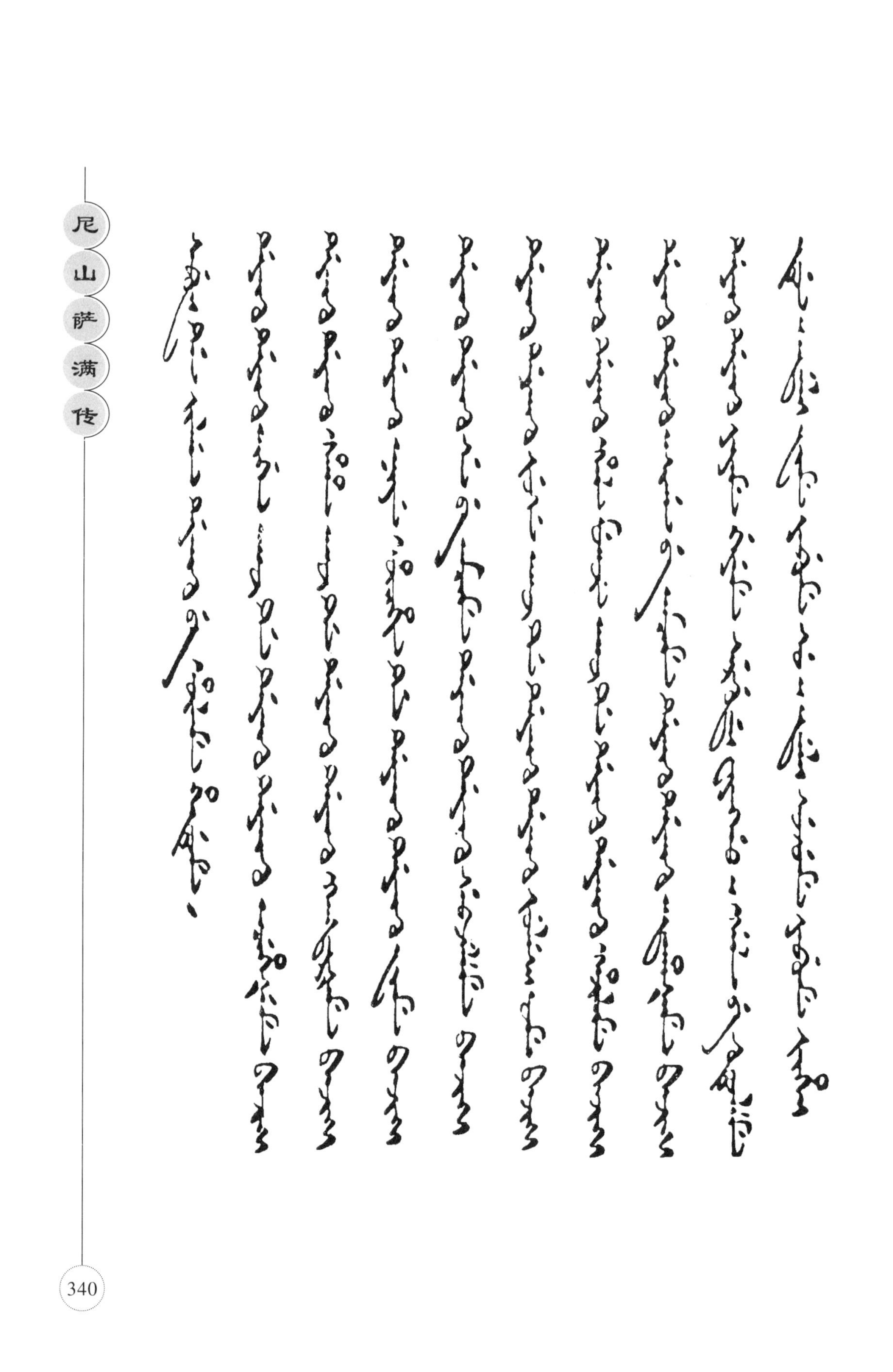

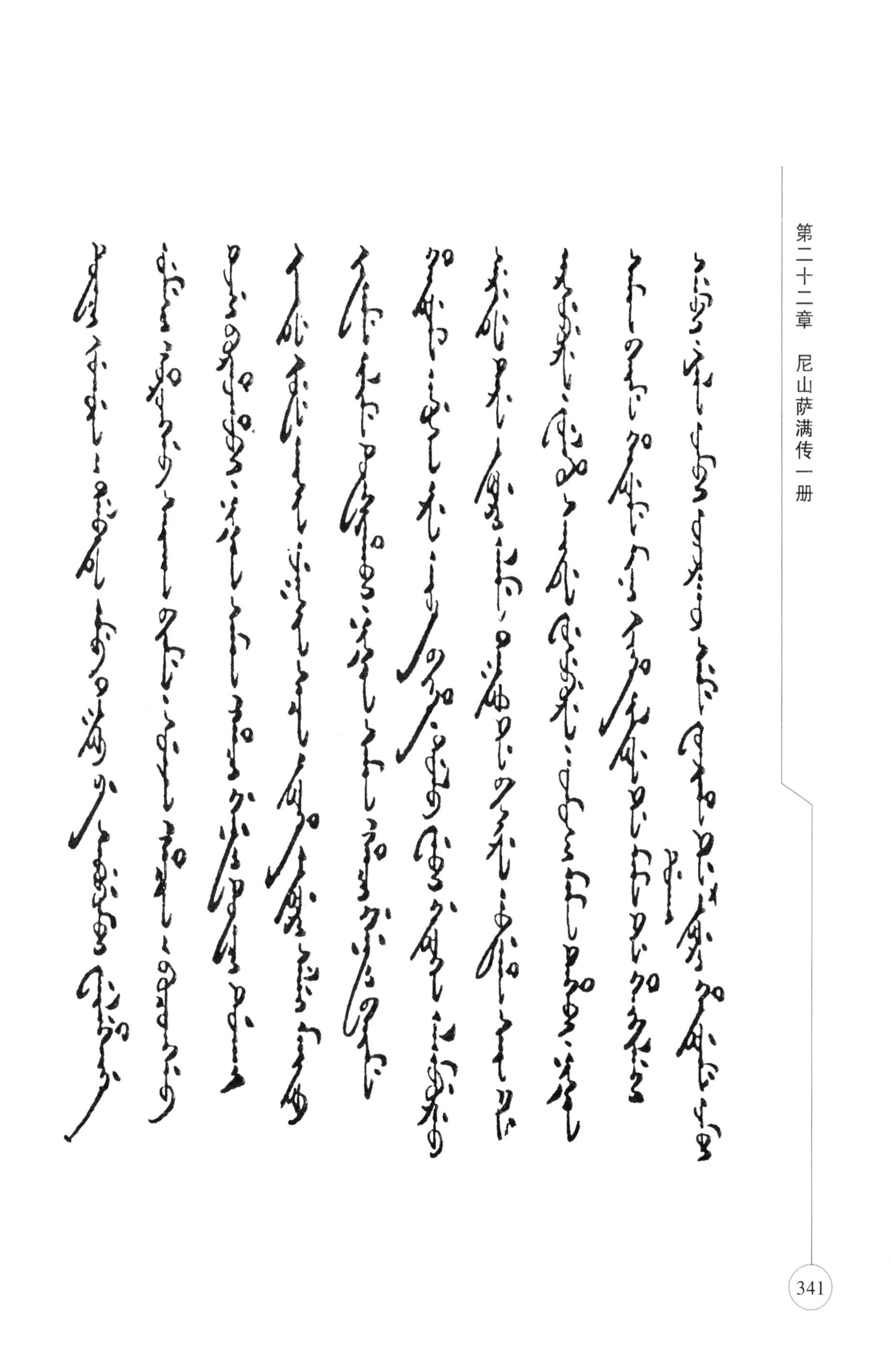

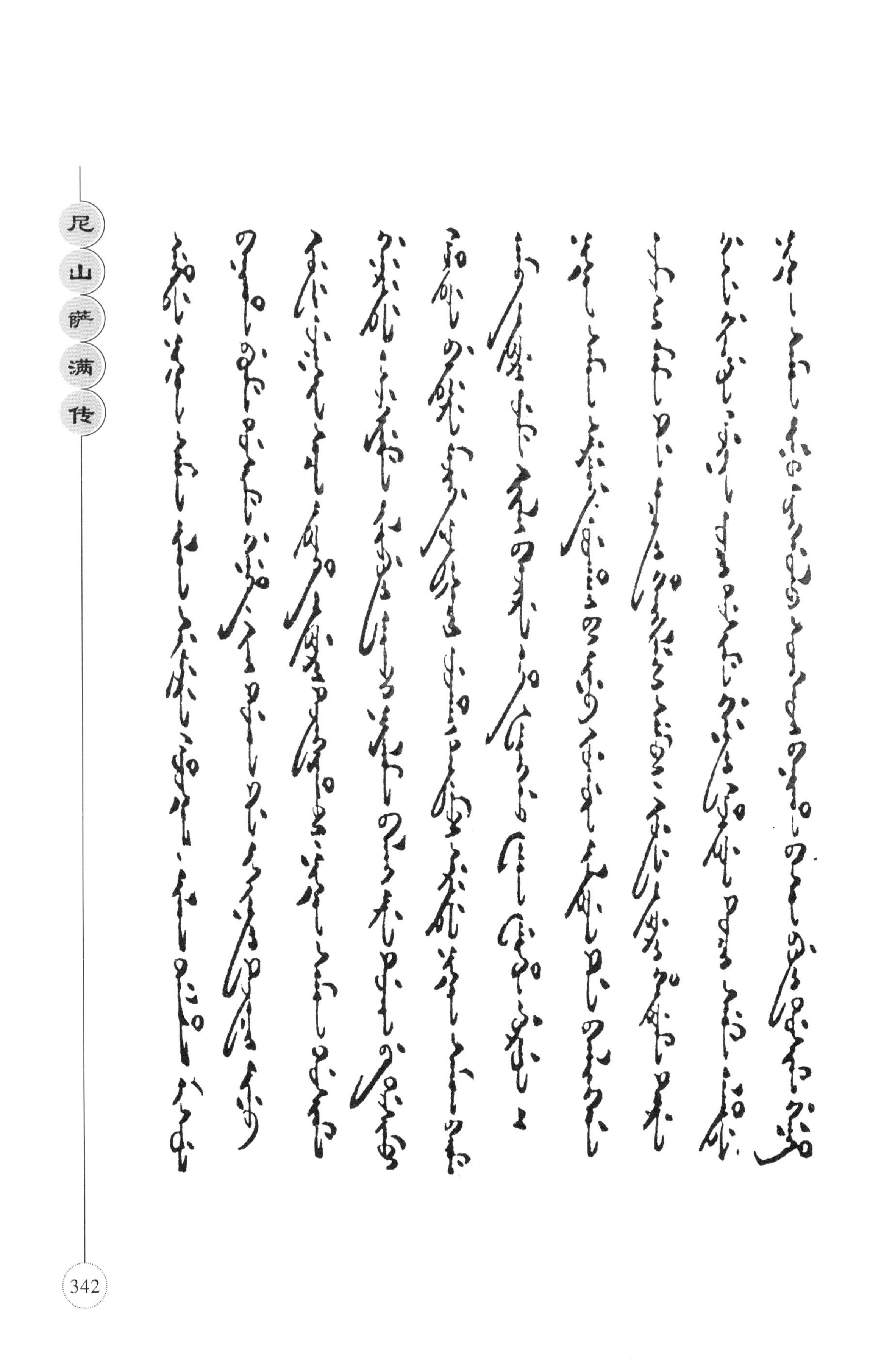

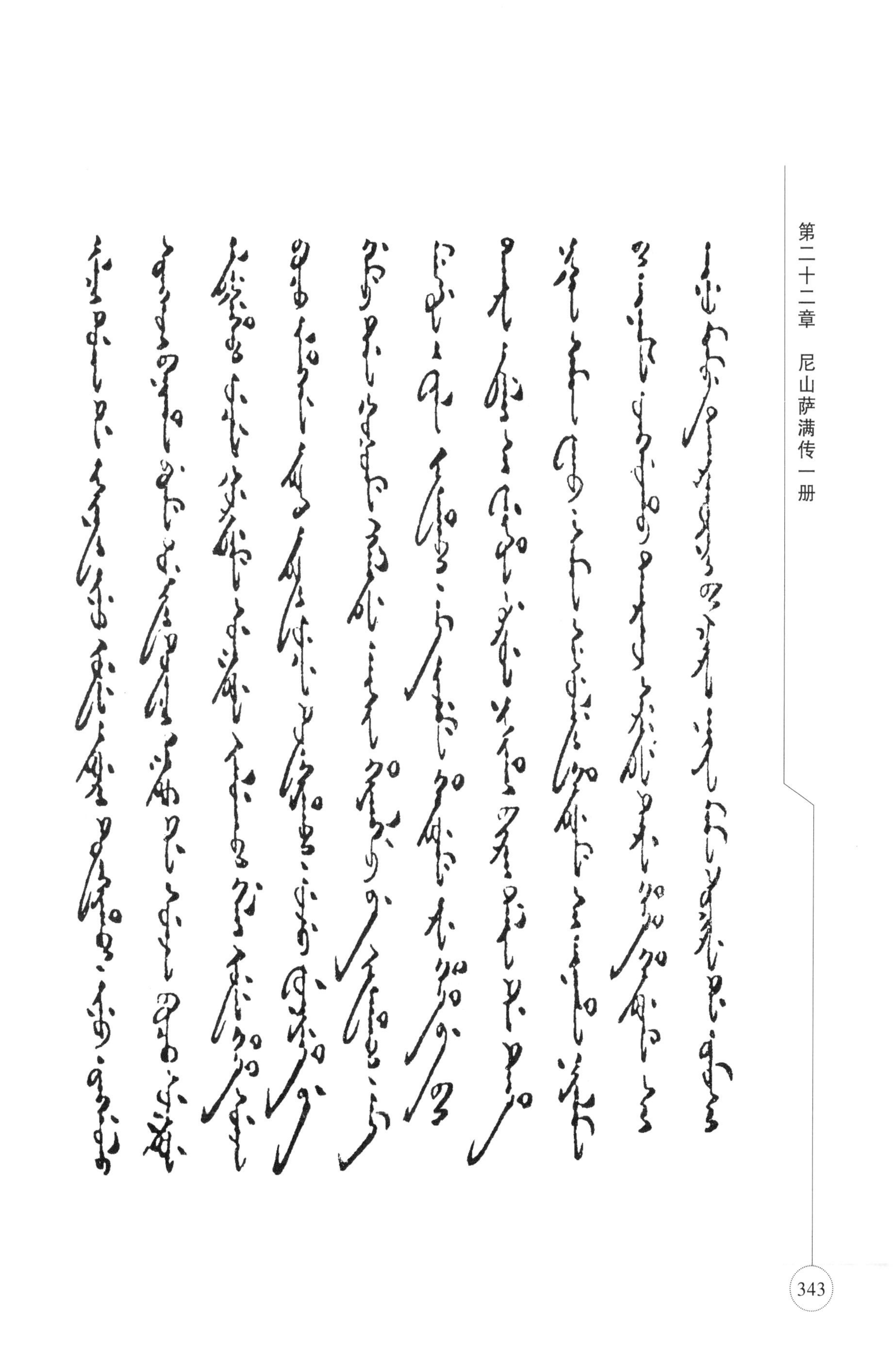

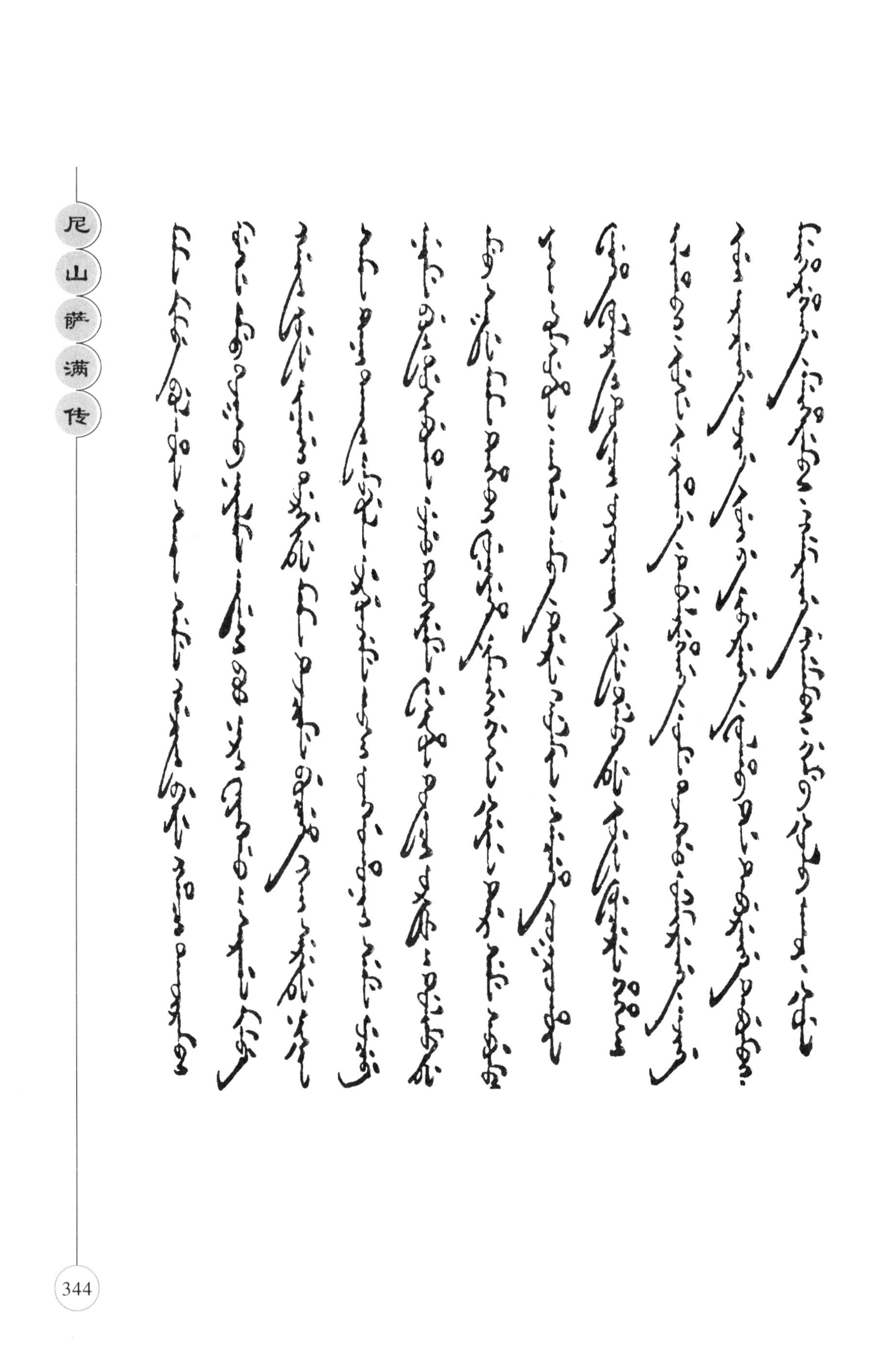

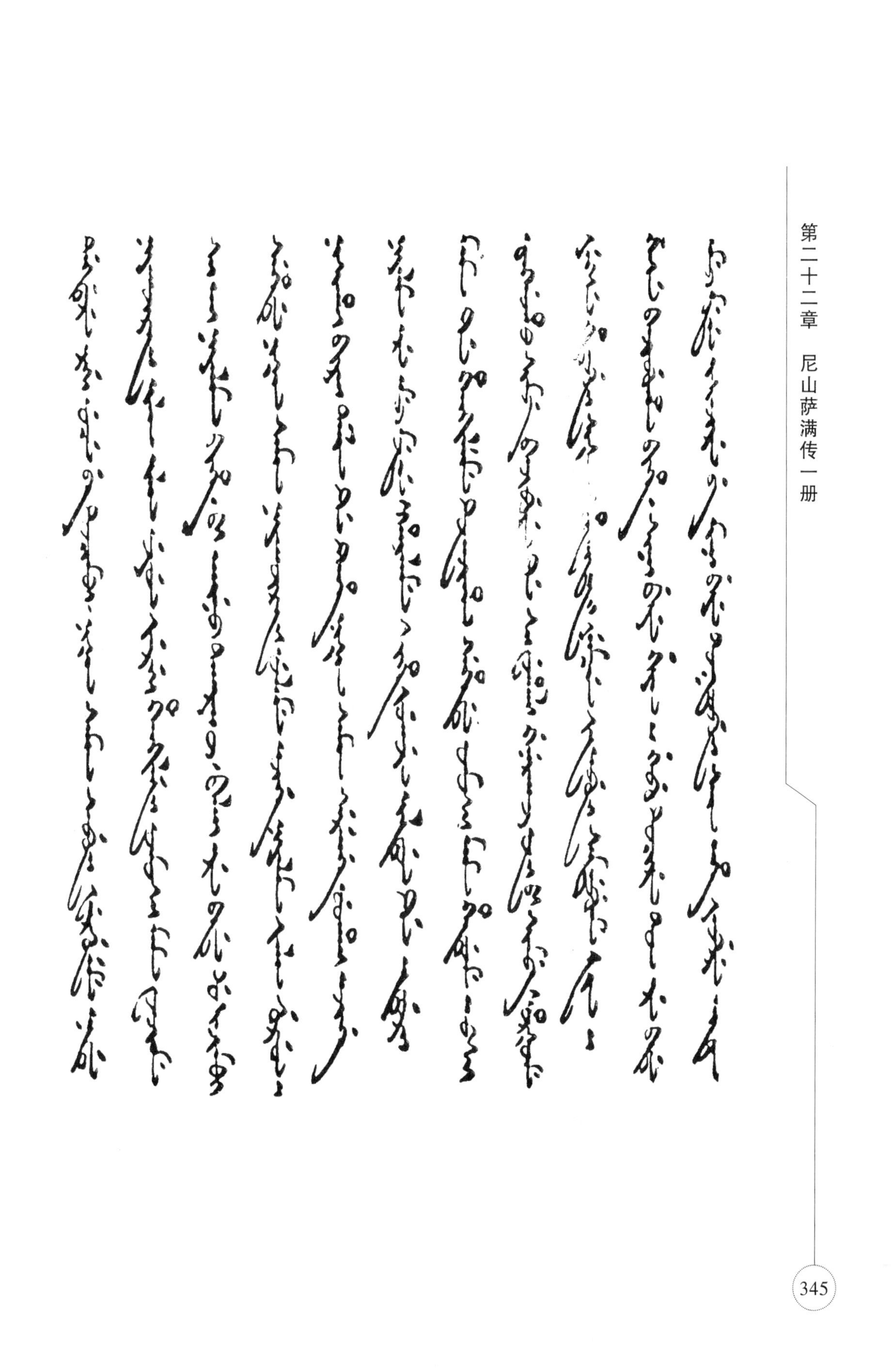

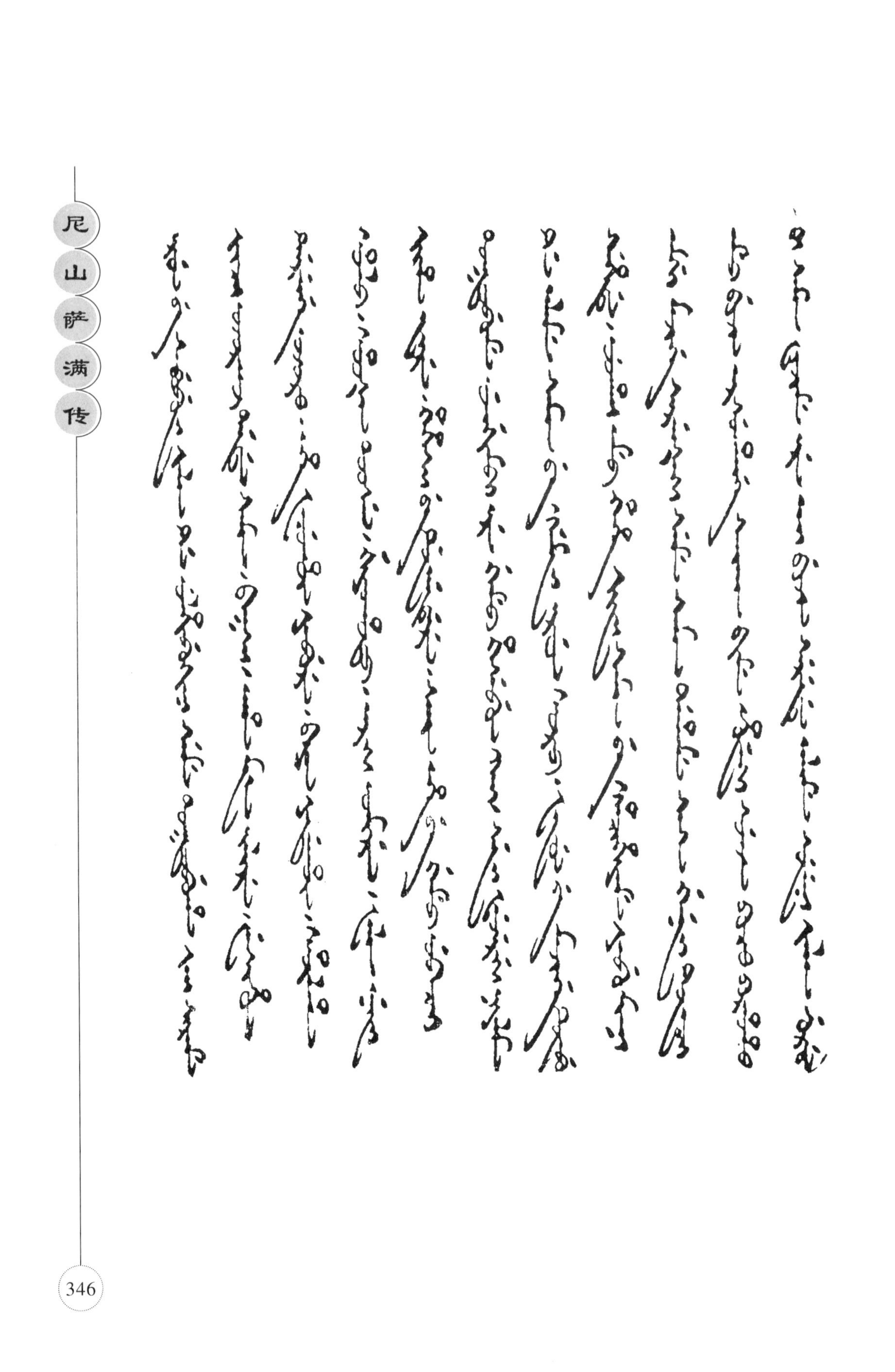

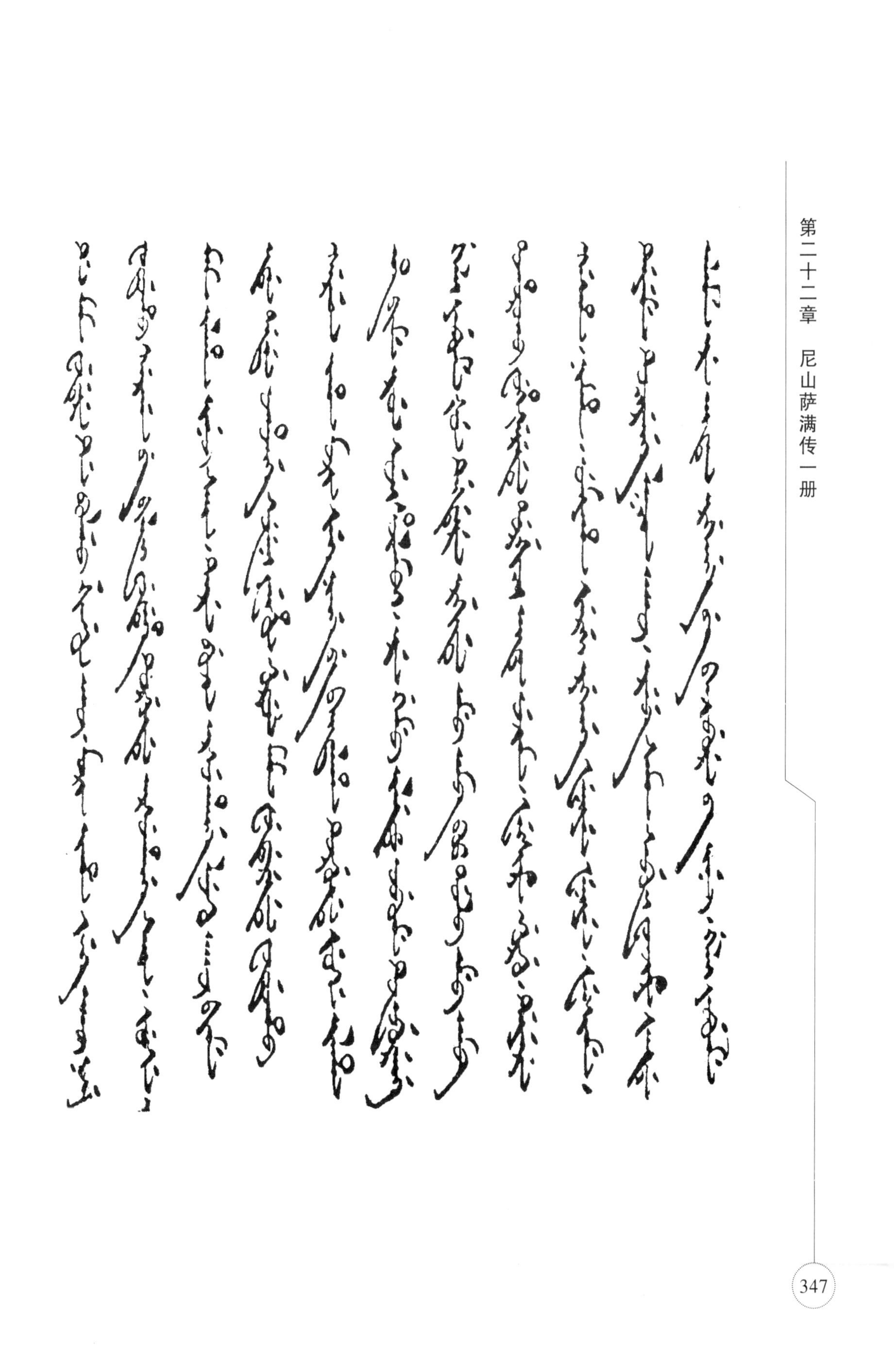

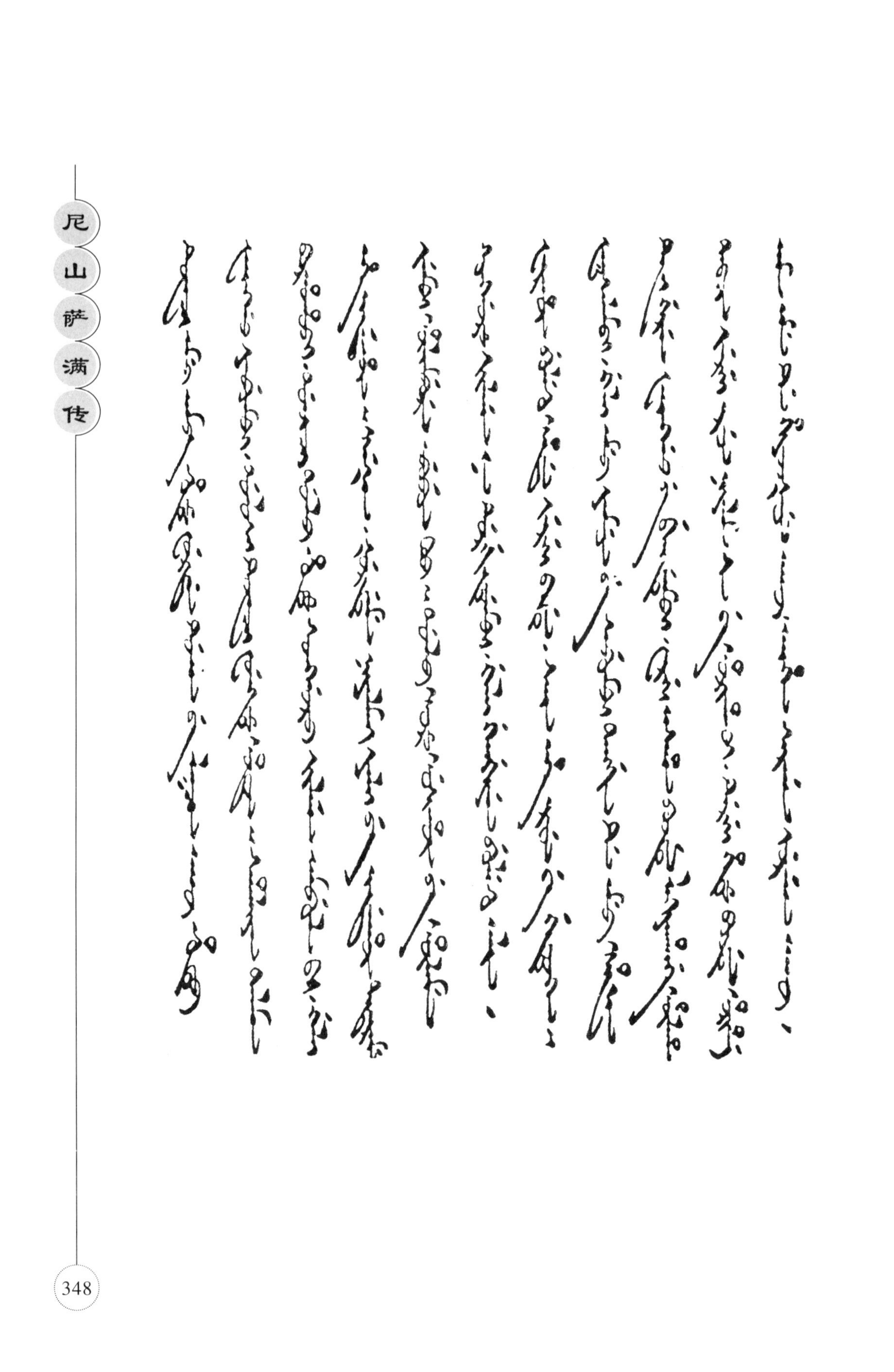

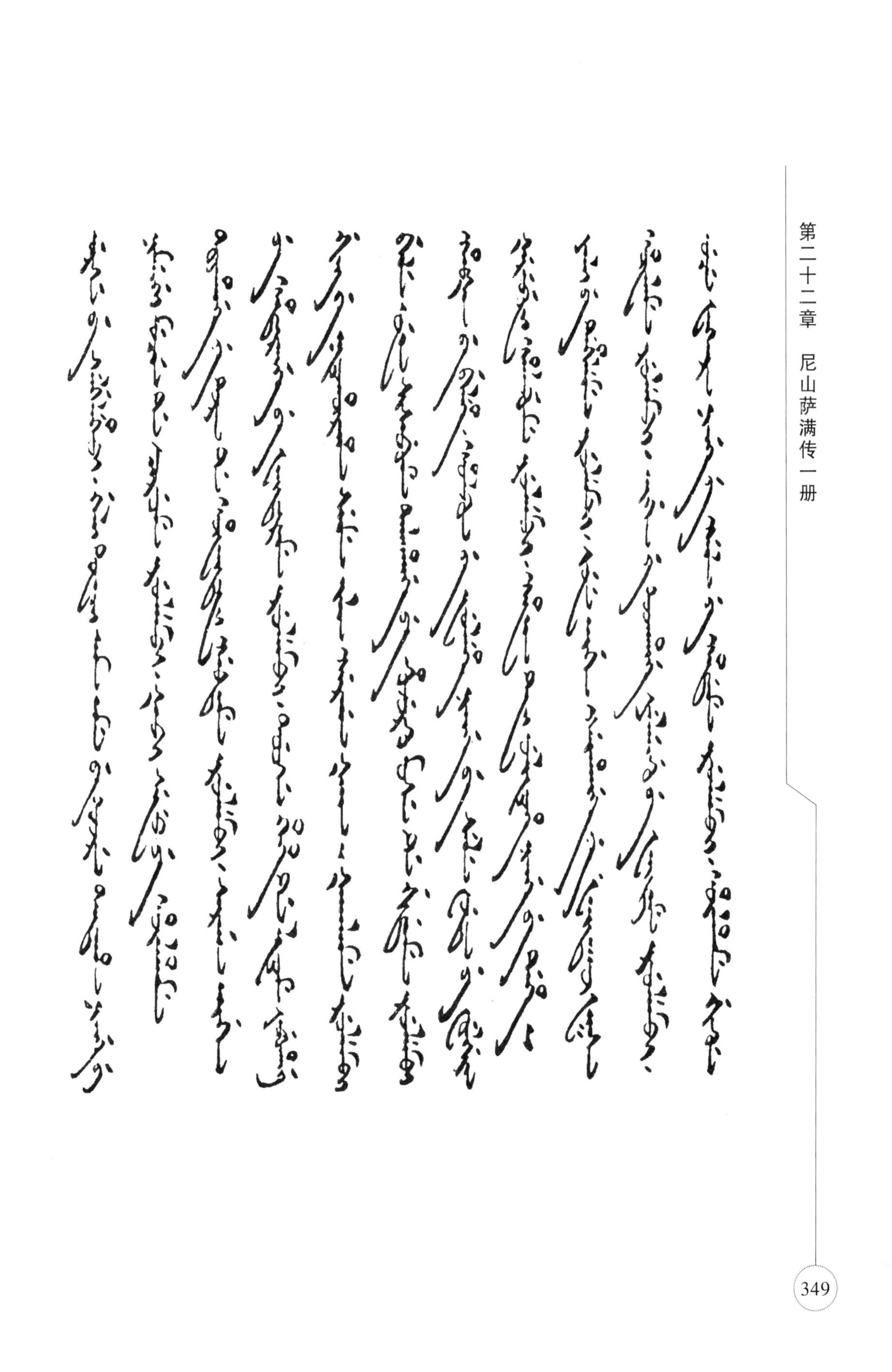

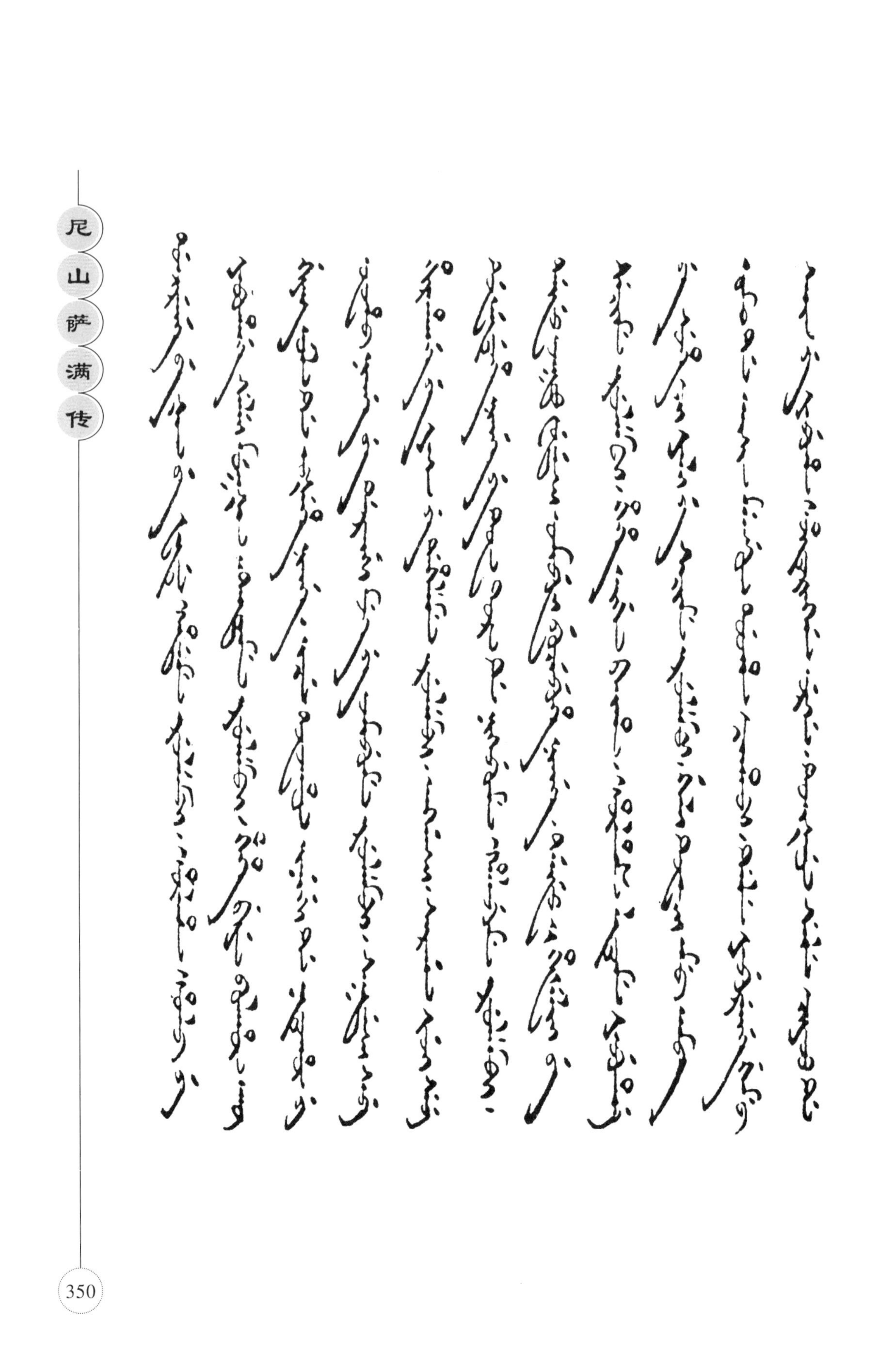

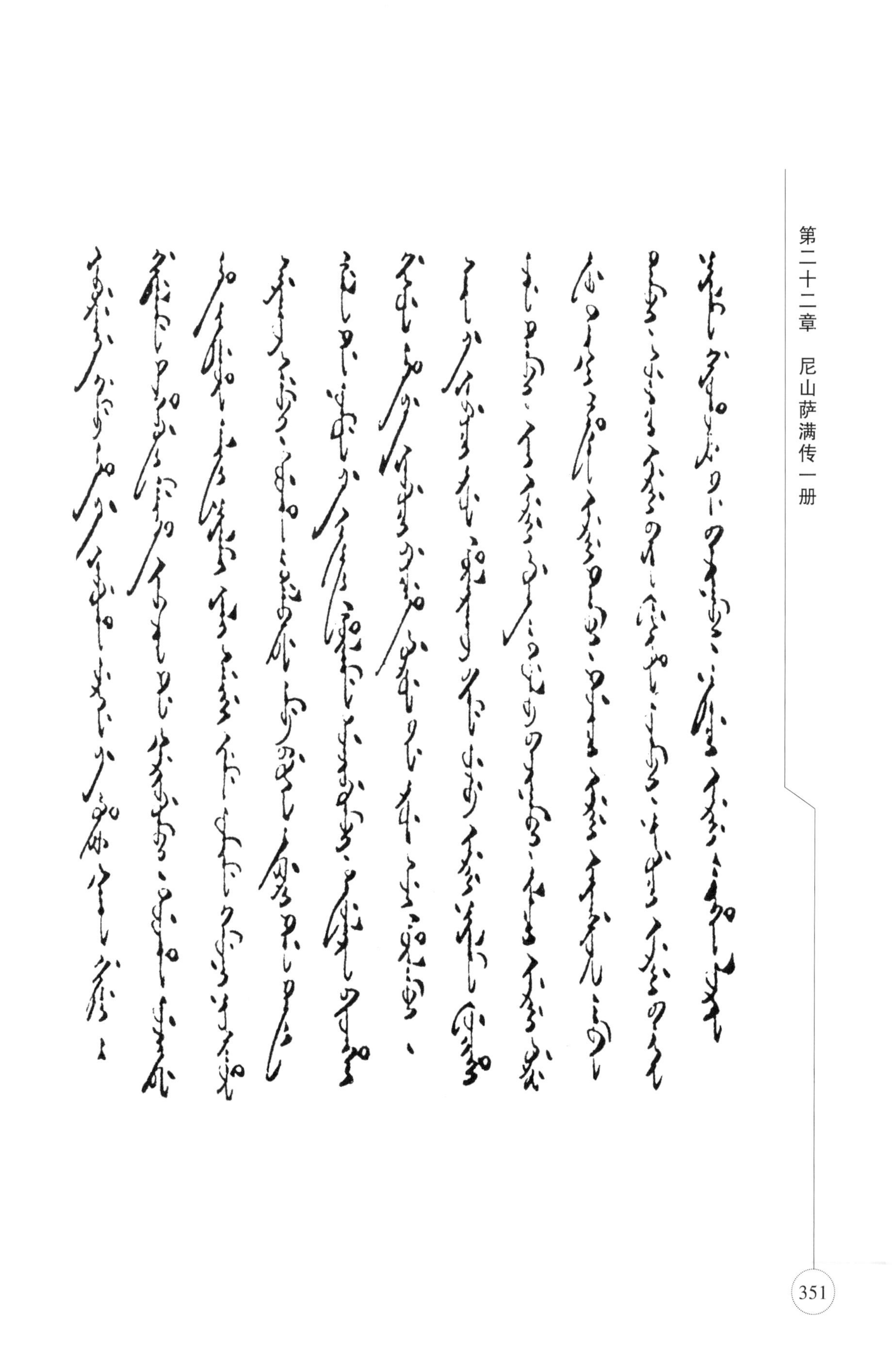

[illegible]

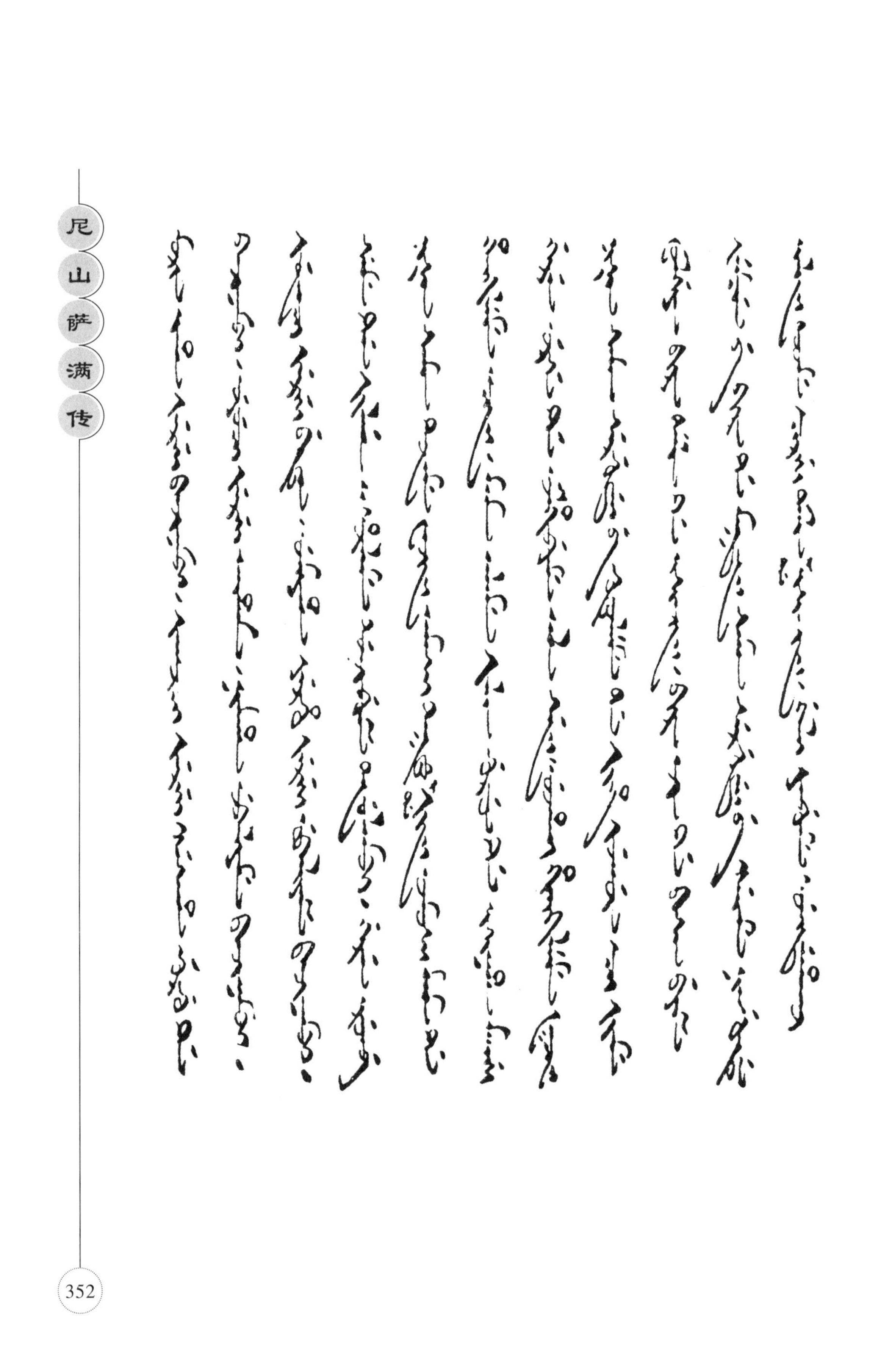

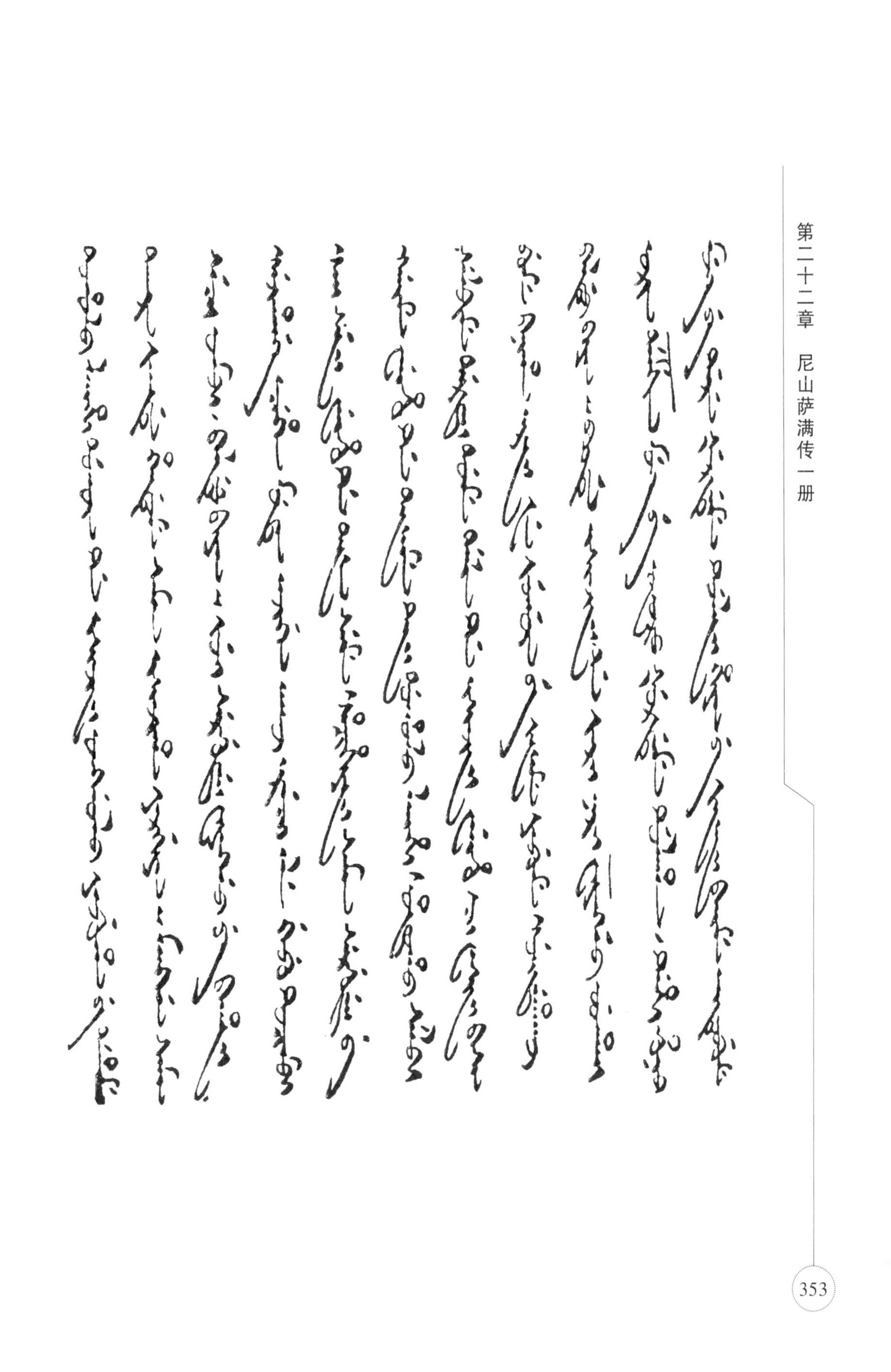

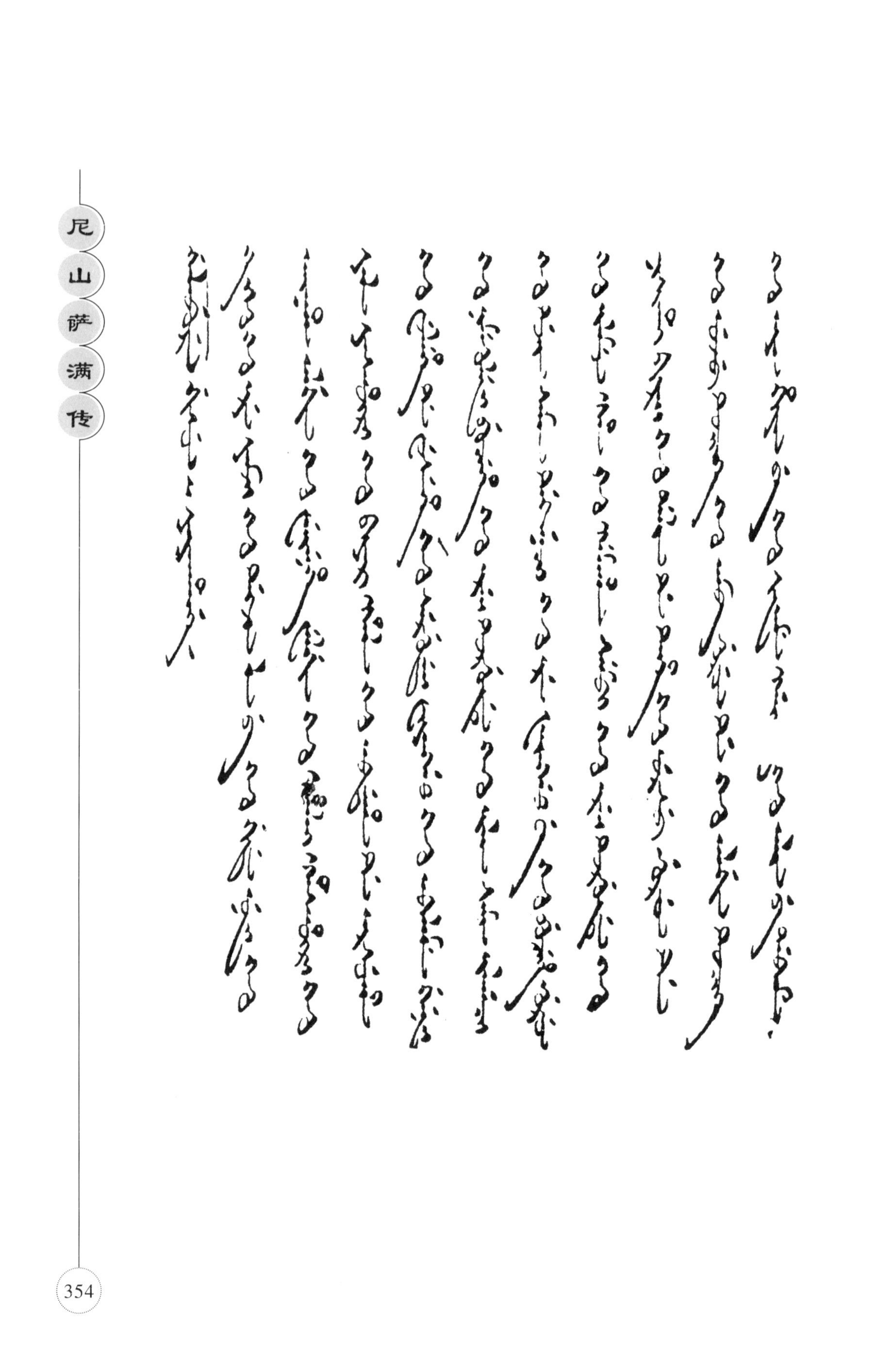

[illegible]

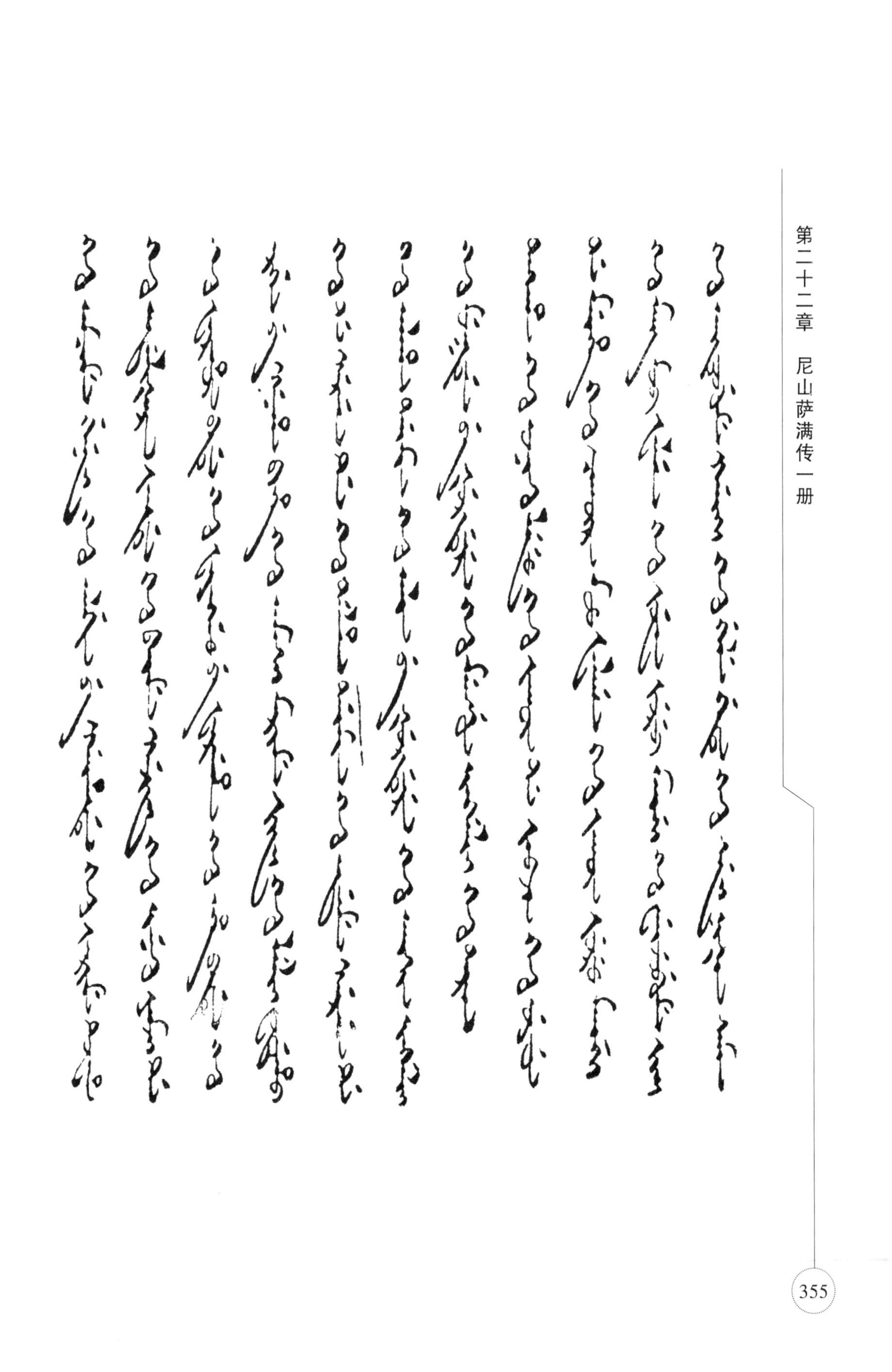

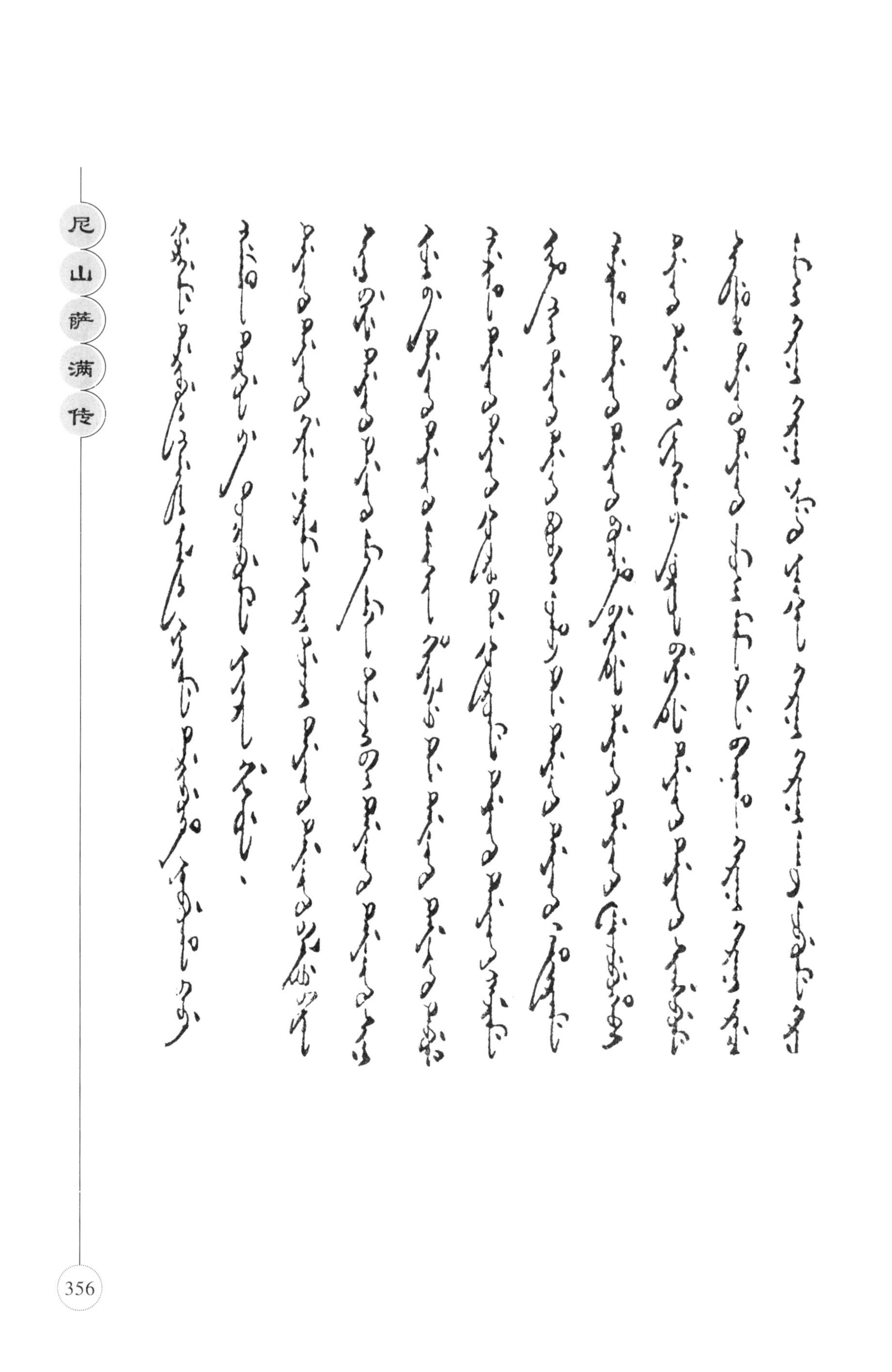

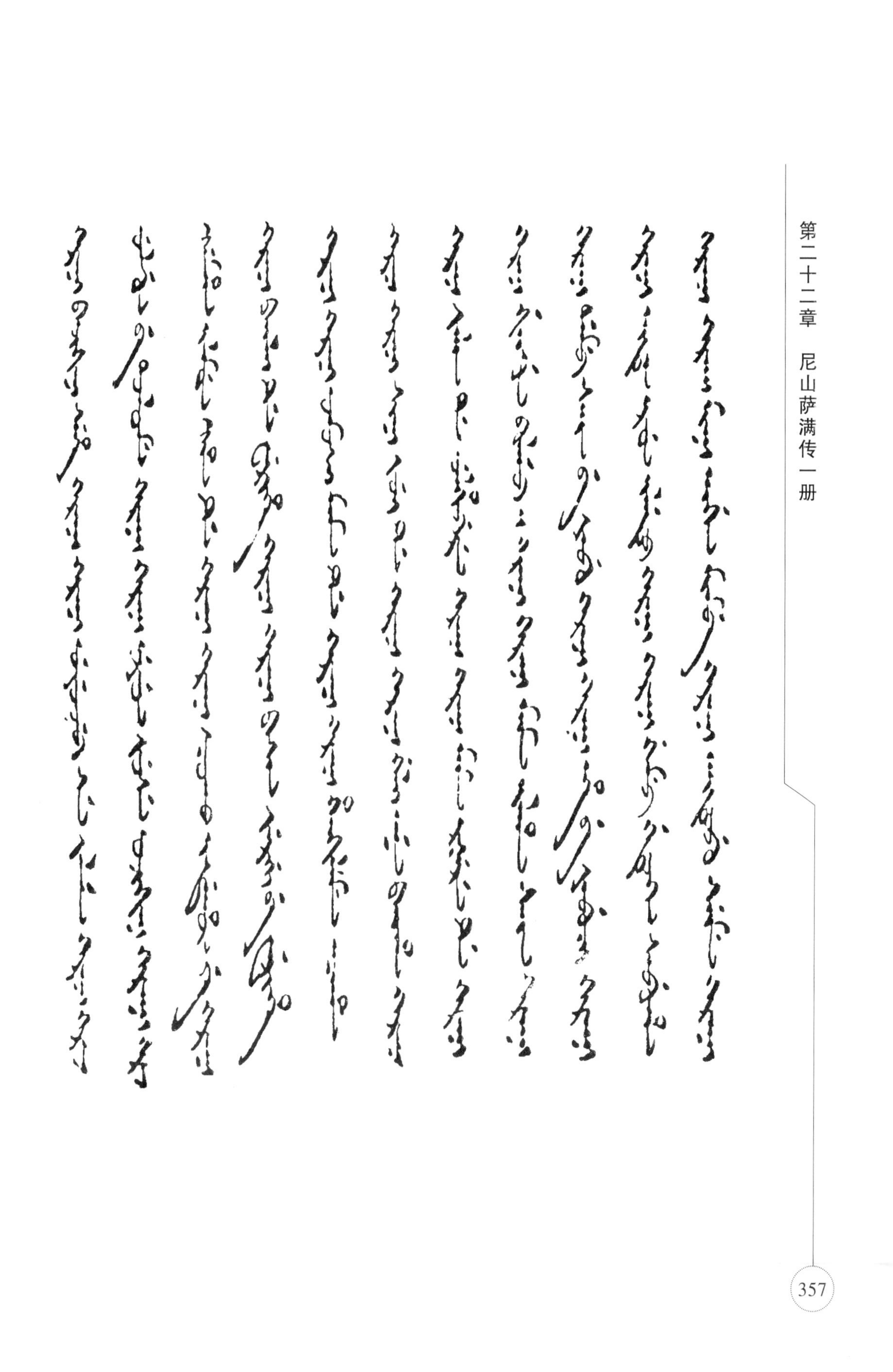

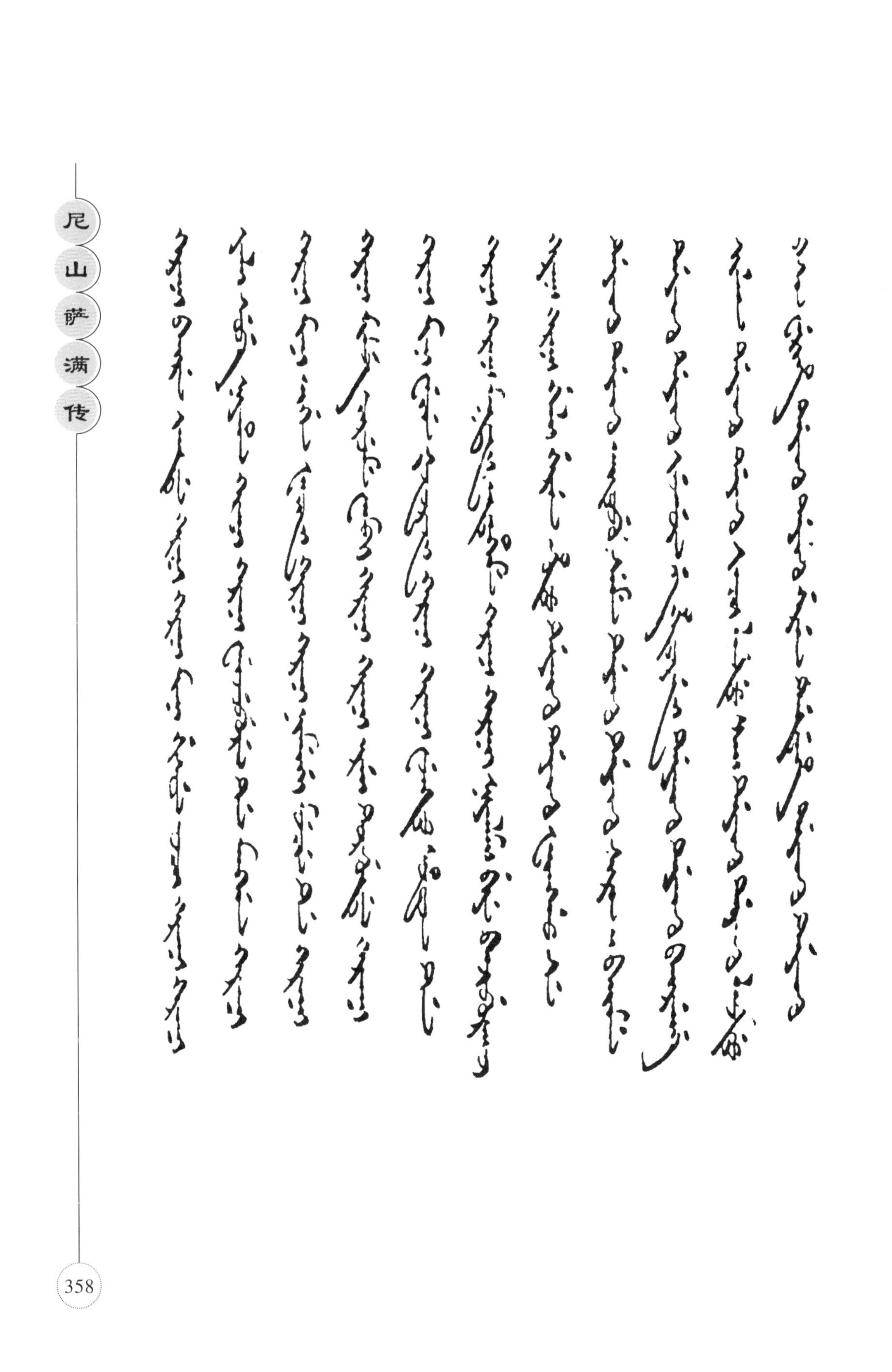

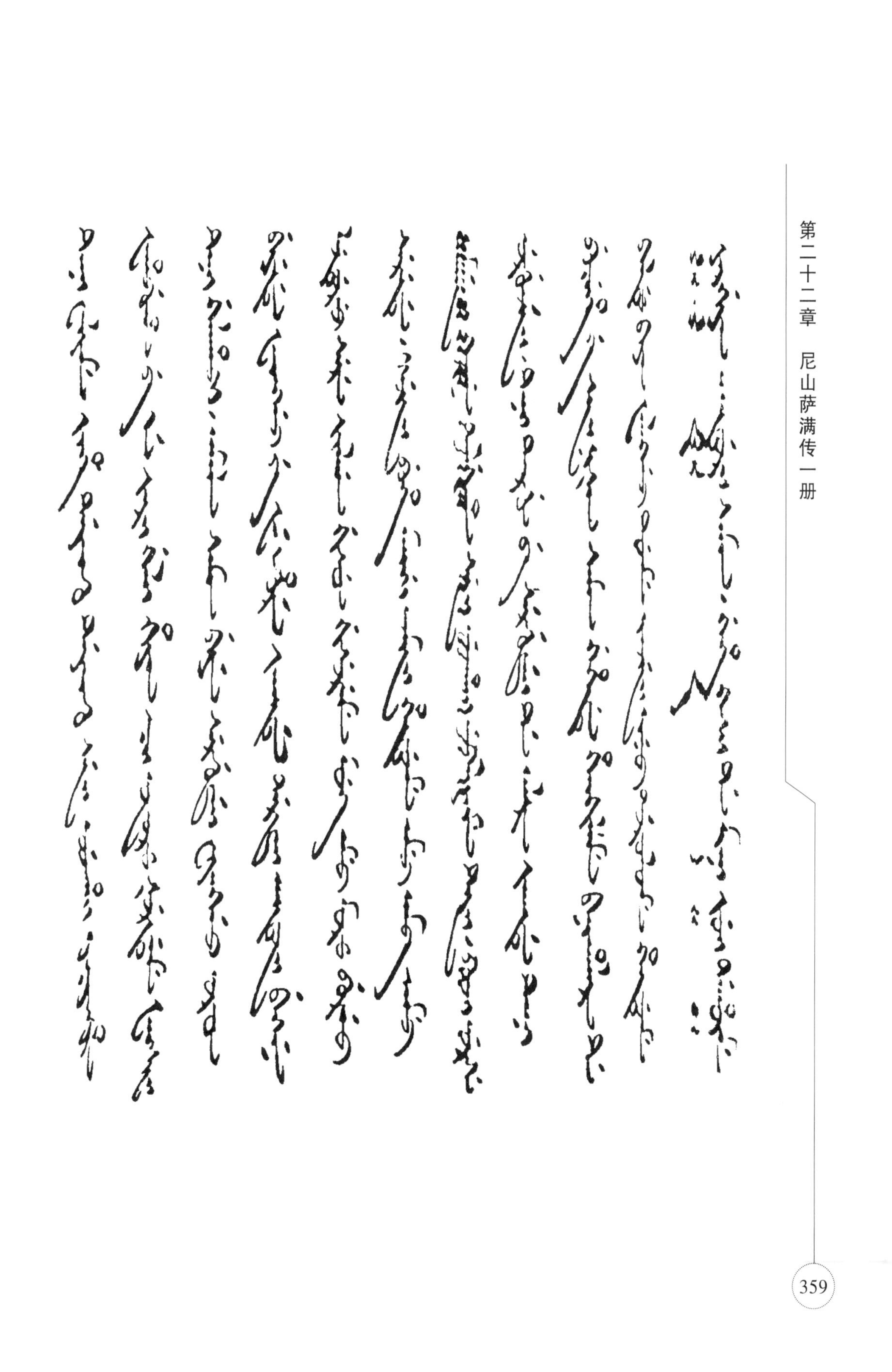

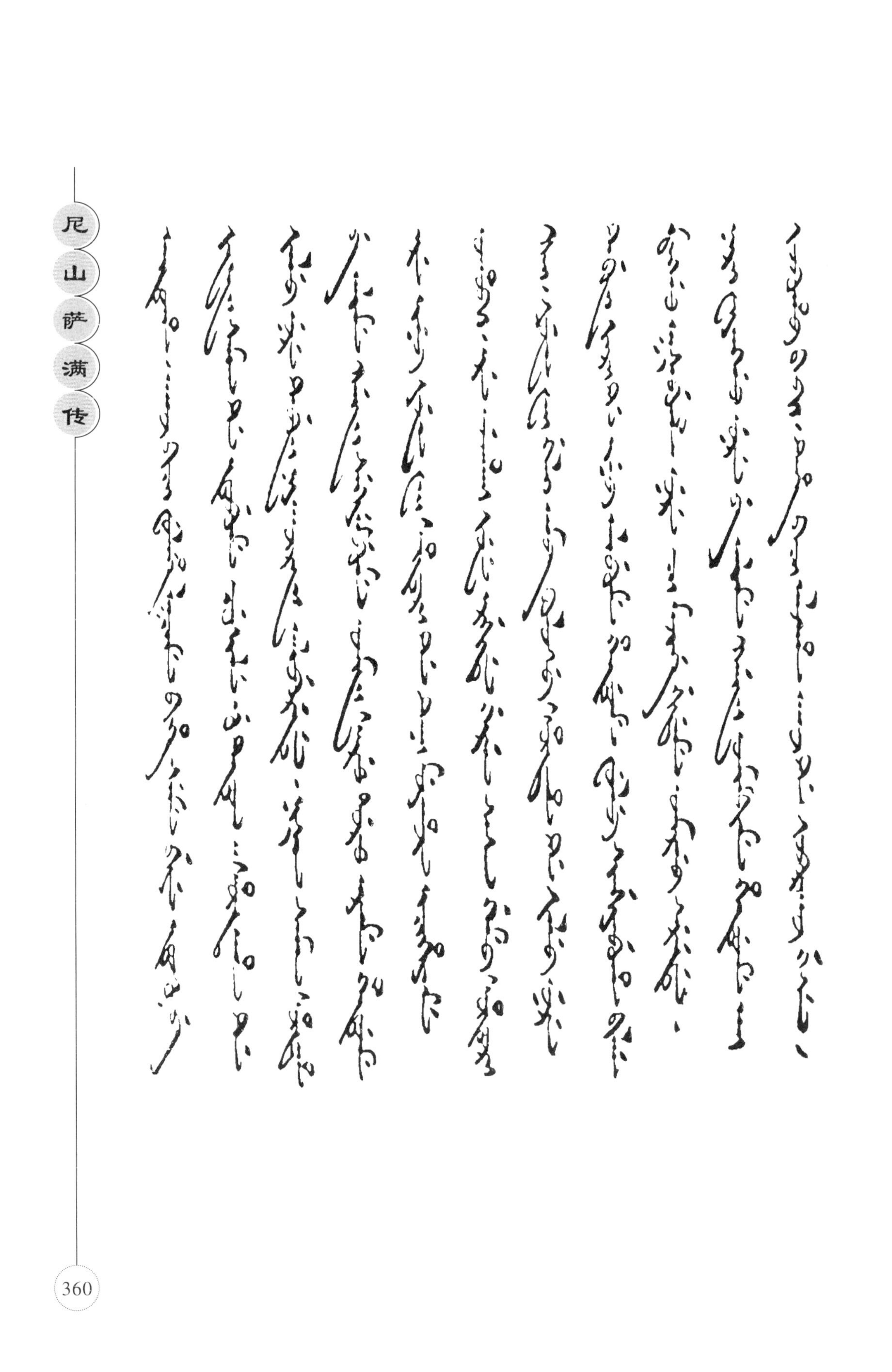

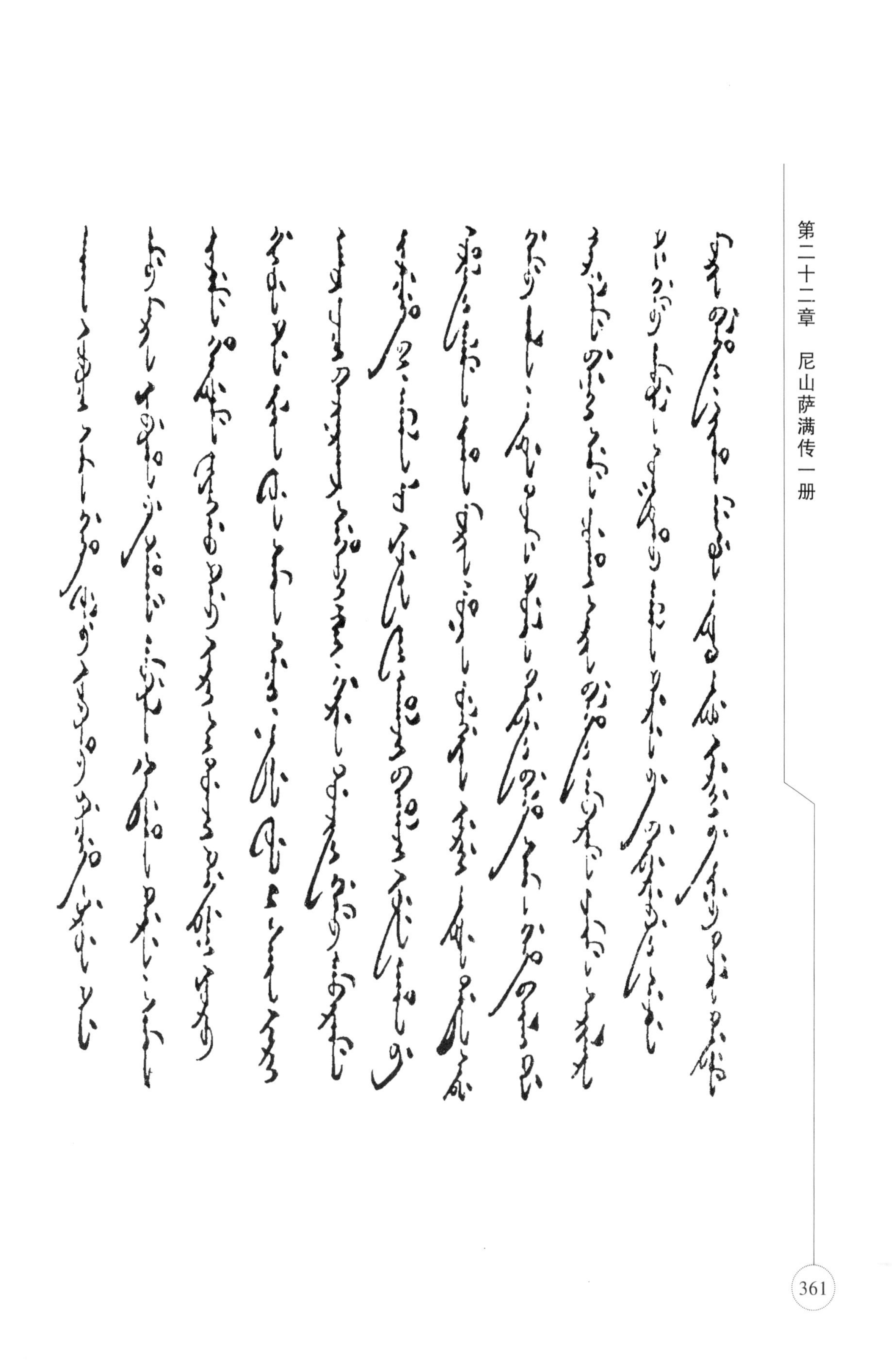

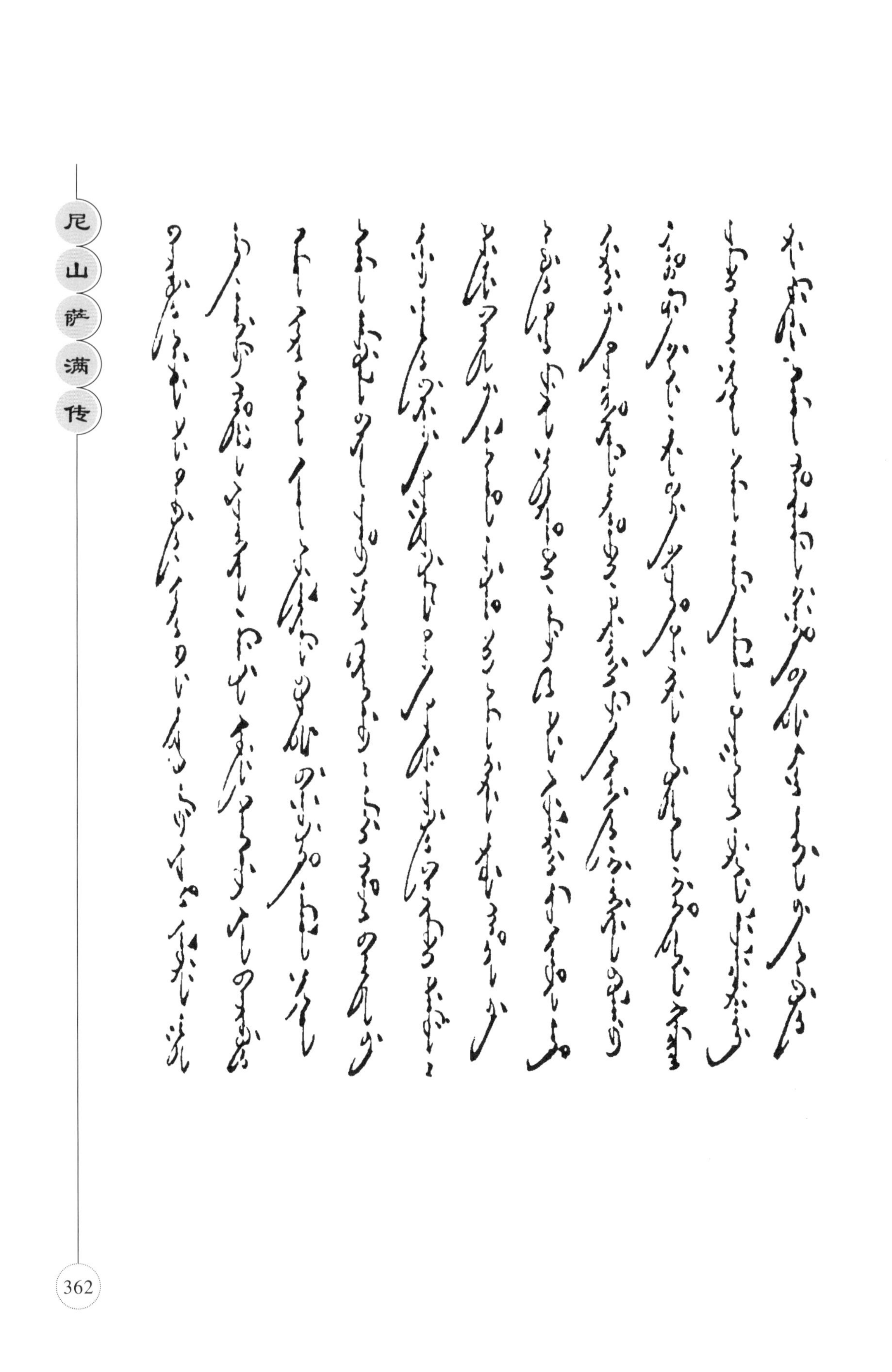

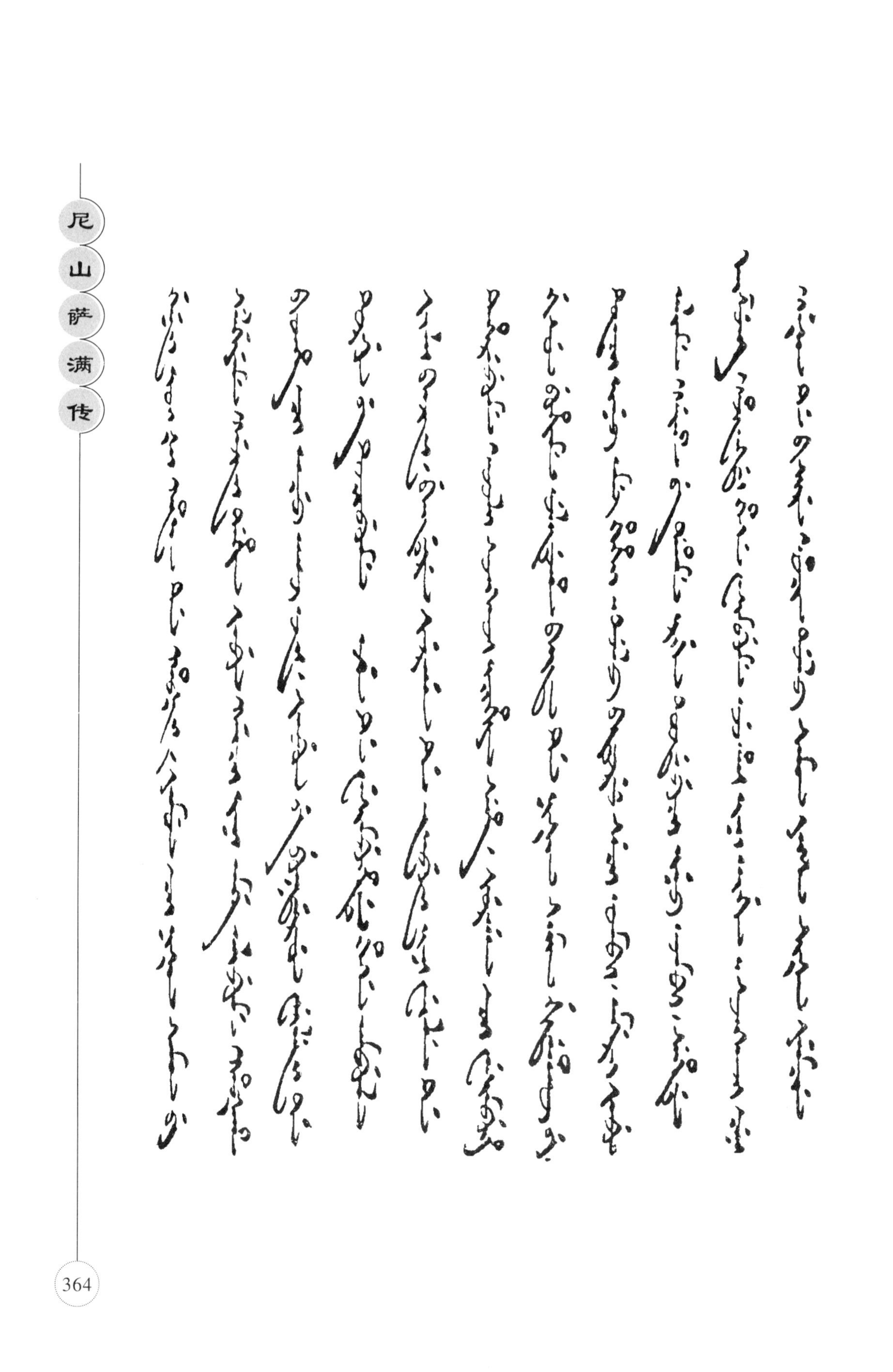

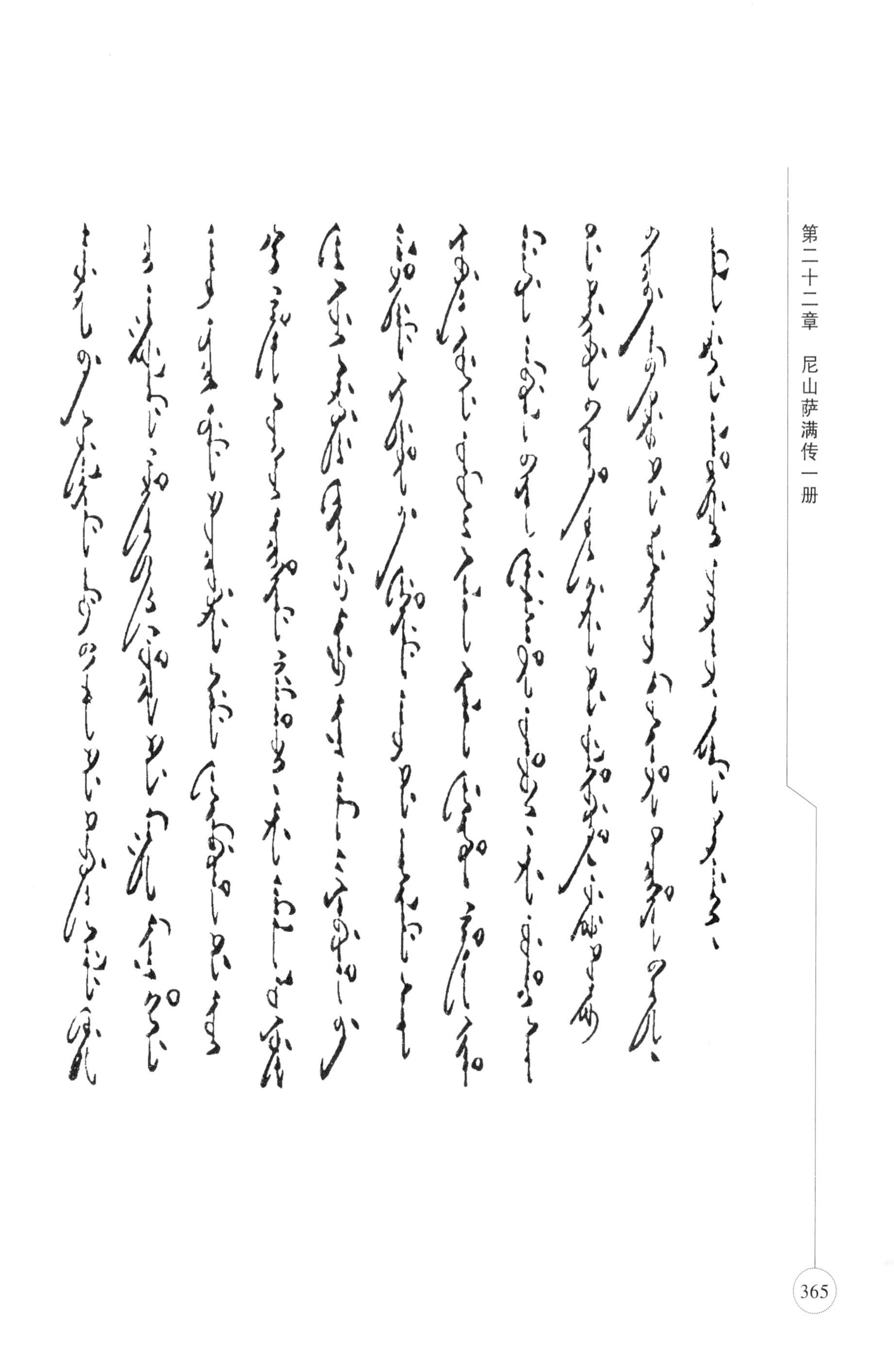

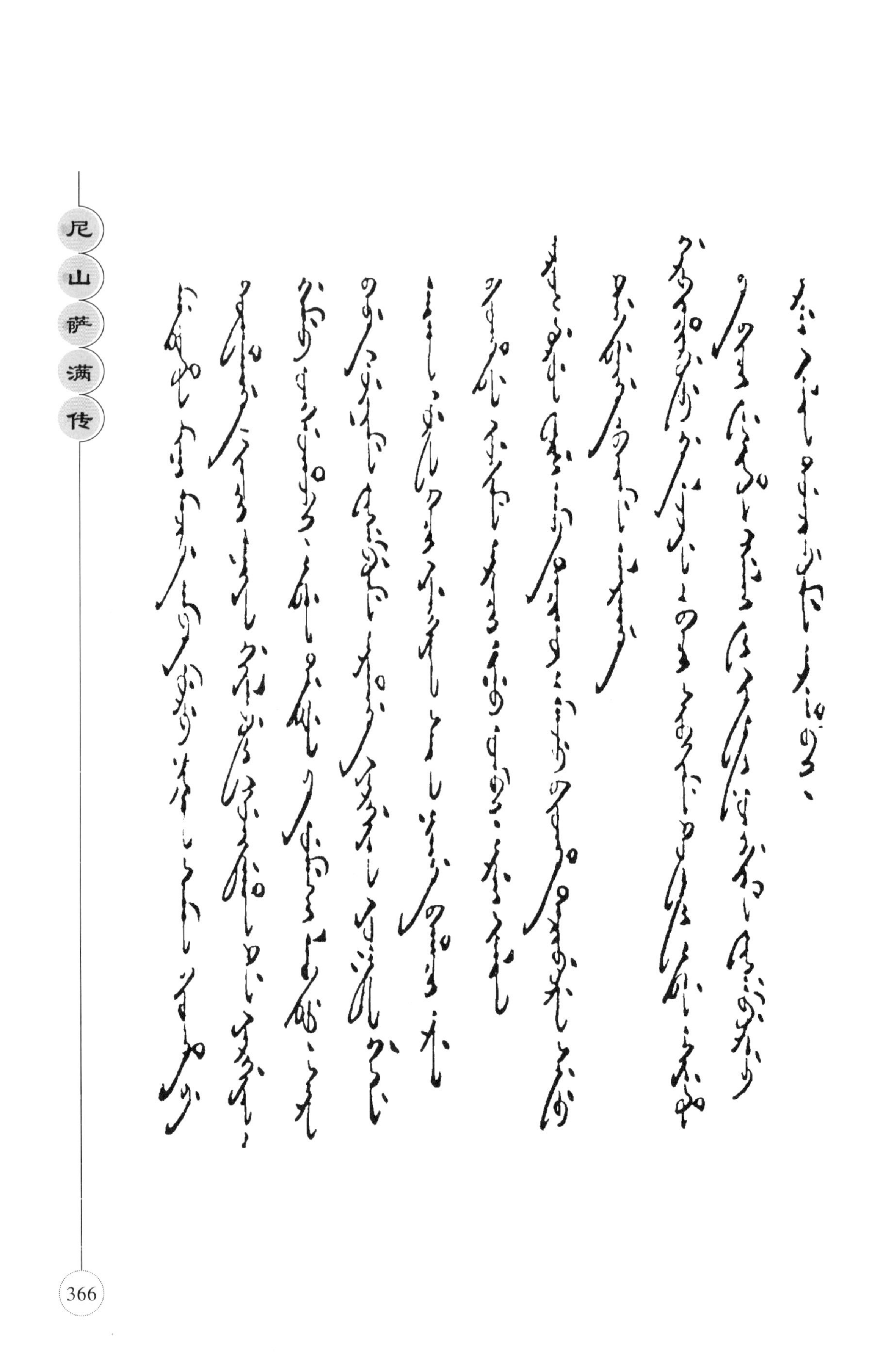

第二十三章 尼山萨蛮传（1977年台北版）

庄吉发 译注（节录）

julgei ming gurun i forgon de, emu lolo sere, gašan bihe,
古的 明 國 的時節 於 一羅洛 說是 鄉村 來着
ere tokso de tehe, emu baidu bayan sere, gebungge yuwan
此村莊於住了 一巴爾杜巴顏 說是 有名的 員
wai, boo banjirengge。umesi baktarakū bayan, takūrara
外 家 生活的 極 容不下 富 使喚的
ahasi morin lorin jergi toloho seme wajirakū, se dulin
奴僕們馬 騾 等 數 云 不 完 歲 一半
ae emu jui banjifi, ujime tofohon se de isinafi emu
於 一 子 生了 養 十五 歲於 至 一
inenggi boo ahasi sabe gamame, heng lang šan alin
日 家 奴僕們把們 拿 横 攔 山 山
de abalame genefi, jugūn i andala nimeku bahafi
於 打圍 去了 路 的半途 病 得了
bucehebi, tereci enen akū jalin facihiyašame, yuwan wai
死了 其後 子嗣 無 爲 焦 急 員 外
eigen sargan, damu sain be yabume, juktehen be niyeceme
夫 妻 衹 善把 行 廟 把 修補
weileme, fucihi de kesi baime hengkišeme, enduri
造 佛 於恩 求 連叩頭 神
de jalbarame, ayan hiyan be jafafi, ba bade hiyan
於 祝禱 芸香 香 把 拿了 處 處 香
dabume, geli yadahūn urse de aisilame, umudu be
點火 又 貧窮 衆人 於 援助 孤兒 把
wehiyeme, anggasi be
扶助 寡婦 把

在從前明朝的時候，有一個叫做羅洛的鄉村，住在這個村莊的是一位名叫巴爾杜巴顏的員外（註一），家裏生活的非常富裕，使喚的奴僕馬騾等數也數不完。中年時生了一子，養到十五歲時，有一天帶着家裏的奴僕們到橫攔山去打圍，途中得病死了。其後爲無子嗣而焦急。員外夫妻祇行善事，修造寺廟，向佛膜拜求恩，向神祈禱，拿了芸香，到處燒香，又帮助貧窮的人，扶助孤兒，救護寡婦。

注：本书将庄吉发先生于二十世纪七十年代，较早译注出版之《尼山萨蛮传》译文节录影印，供读者研究。

第二十四章　尼山萨满招魂记

奇车山　苏忠明　翻译整理

远在明朝的时候，有个叫罗罗的嘎山[1]。嘎山里住有一个豪富，名叫巴尔都巴颜。巴颜家中富有，奴仆马骡不可胜数。巴颜在四十岁时，妻子才生了个儿子。孩子十五岁那一年，因上横狼山打猎，不料中途暴病而亡。巴颜夫妇哀痛不已，哭得死去活来。

光阴似箭，日月如梭。巴颜夫妇不觉年交五旬，还不见生个儿子，为此，夫妇俩都很发愁。因此巴颜年年修庙刷金，施斋求佛，救济贫困，并日日朝拜娘娘庙烧香祷告，希望赏赐一子。过了数年，巴颜太太才生个儿子，就起名为色尔顾代费扬古[2]。老两口把他视为掌上明珠，百般宠爱，左右不离身边。转眼色尔顾代长到五岁，巴颜看他聪颖绝伦，伶牙俐齿，就请了一位老先生教书，稍长又教兵法骑射。过了十年，色尔顾代长到十五岁，已成为很英俊的少年了。有一天，色尔顾代到堂屋拜过父母后，恭恭敬敬地说："孩儿有事告父母大人，为了试试孩儿骑射技艺有无长进，想上山打猎，不知父母意下如何？"

巴颜说："孩儿呀！有一件事不能不告诉你，你哥哥就是你这么大年纪的时候，在进山打猎途中身死的。依我看来，你还是不去的好。"

色尔顾代上前跪下道："孩儿常听父亲讲：男子汉大丈夫生在世上，应该走南闯北，见见世面。孩儿能一辈子穷守家门吗？况且，每个人的生死都是上天安排的，请您老人家放心。"

巴颜听孩儿讲得头头是道，只得点头同意，并叮嘱道："要去就带上阿哈尔吉和巴哈尔吉兄弟俩，路上要处处小心，快去快回，免得我们惦念。"色尔顾代高高兴兴地一一应承。色尔顾代唤过阿哈尔吉等吩咐道："咱们明天进山打猎，把一切都准备好，特别把皂雕和虎纹犬饱饱地喂

① 嘎山：屯子。
② 费扬古：意为后生，最小的。

好。”阿哈尔吉等应一声“嗻”，就赶紧准备去了。

第二天，色尔顾代拜别父母，骑上心爱的白马领头前行。阿哈尔吉和巴哈尔吉左右紧随，众家奴有的擎鹰引犬，有的负弓扛枪，人人骑着高头大马紧跟左右。整个队伍浩浩荡荡，好不威风。全村老少都出门争相观看，个个交口称赞。

队伍纵马驰骋，很快就来到了横狼山，家奴寻了块平地搭起帐篷，掘土埋锅，驻扎起来。色尔顾代命伙夫留下备饭，便领着众家奴进山狩猎，一时喊声骤起，弓箭交错，枪棒横舞，惊得野兽四方逃散。

色尔顾代猎兴正浓，策马上到一座山包的时候，突然感到全身不适，忽而发热，忽而发冷，匆忙对阿哈尔吉说：“哎呀！我身子不大好，快鸣锣收围。”

阿哈尔吉和巴哈尔吉慌忙传令收围，然后把色尔顾代抬进帐篷，放到火堆旁烤他的身子，使他出出汗。谁知这也无济于事，色尔顾代一阵比一阵发高烧。阿哈尔吉知道不好，就命家奴用树枝做了担架，抬起色尔顾代，往罗罗嘎山飞也似的奔来。

半路上，色尔顾代哽咽着对阿哈尔吉说：“我恐怕不能活到家了，你先火速赶回家送个信儿，并向父母大人转告我的话，孩儿我没能尽孝子之心，来报答父母的养育之恩，我本想好好孝敬父母一辈子，不想我的寿数已尽，再也见不到父母的面了。我死后，叫他们不要悲伤过度，要好好保重身体……”一阵抽搐，还想说些什么，怎奈牙关紧闭，只是努了努嘴，慢慢地闭上了眼睛。

阿哈尔吉、巴哈尔吉和众人一时扑在担架上号啕大哭，哭声震动了方圆几里。哭了一阵儿，巴哈尔吉啜着泪对众人说：“少爷已死，再哭也不能复活，还是尽早赶路吧。阿哈尔吉阿哥，你领众人好生保护少爷的遗体，随后慢慢地来。我带十个人先去给巴颜老爷报丧，准备一下少爷的后事。”说完，招呼十个家奴飞马而去。

大约走了两个时辰，巴哈尔吉才到了巴颜老爷的家里。他一进堂屋，“咕咚”就跪在老爷脚前放声大哭。员外见状，大吃一惊，喝问:“贱奴才！你这是怎么了？为什么哭呀？莫非是你少爷打了你？”巴哈尔吉仍然大哭不止。

巴颜大怒，厉声呵斥道：“好你一个无用的奴才！老爷问你话，你怎么只哭不吭声？再不说我可要揍你了！”巴哈尔吉这才抹了一把眼泪，叩了头抽抽搭搭地说：“禀告……老爷，少爷在……横狼山打猎的时候，不知为什么，得病身……亡。”巴颜年老耳背，没听清，伸着耳朵问：“忘了什么东西了？！”巴哈尔吉答道：“不是，是少爷死了。”巴颜一听这话，就如五雷轰顶，愣了半天才大哭一声“儿啊！”往后昏倒在地。

老太太在后屋里听到堂屋有声响，急忙跑出来，看到巴颜直挺挺地倒在地上昏死过去了，就在巴颜身旁一边揉着老伴的心口，一边问巴哈尔吉：“老天啊！这是怎么了？”巴哈尔吉告诉说：“老爷一听少爷身亡，就昏过去了。”“哎呀！”老太太惊叫一声，像神杆一样呆呆地立在那里，好一会儿，才大叫一声：“娘的心肝儿！”便昏倒在老爷身旁。

巴哈尔吉和奴婢们慌慌张张地把他们扶起来，抬到炕上，又摩挲又揉，忙作一团，好大一会儿，巴颜夫妇才苏醒过来，捶胸顿足，呼天抢地地大哭起来。众家奴见巴颜夫妇如此悲伤，都跟着哭起来，一时间哭声大起，震动了整个嘎山，村民听到噩耗，便三五成群地前来吊丧。

这时，阿哈尔吉领着众家奴，护着少爷的遗体来到家门口。阿哈尔吉走到里屋，一脸悲伤地跪在巴颜面前禀报：“巴颜老爷，少爷的遗体已经运到。”巴颜吩咐家人，给色尔顾代换了衣服，在堂屋里停了尸。前来吊丧的人都一溜跪在少爷脚后，在瓦盆里烧了纸钱，奠了酒和米汤，然后就放声大哭起来。哭声震天动地，凡听到哭声的人，没有一个不掉泪的。

众人悲悲切切地哭了一个时辰，有几个老人来劝巴颜夫妇说：“你们不要太伤心，这样要伤身子的。想爱子寿数已尽，魂儿已到阴间，哭是哭不活了。现在该准备少爷的后事了。”巴颜夫妇强忍不断流出的眼泪说:“诸位父老说的也对，但我们怎能忍受失子之痛啊！唉！爱子已去了，满山的牛羊、盈柜的金银财宝还留给谁！”就唤来阿哈尔吉和巴哈尔吉，吩咐道:“你们也不要哭了，快去给少爷准备陪葬的东西吧。”

阿哈尔吉等照老爷的吩咐到牧群里赶来十匹花骟马、十匹红骟马、十匹黑骟马、十匹黄骟马、十匹雪青马、十匹白马。巴颜又吩咐：给三十匹马披上褡裢和锦缎做的披挂，给三十匹马戴上撒袋和弓箭，给红马、白马、雪青马套上雕花金鞍和银笼头，准备在前引路。接着又唤来牧群头儿，叫他从牛群里挑出十头大牛，羊群里挑出六十只羊，猪群里挑出七十头猪宰杀后速速送来。阿哈尔吉和牧群头儿一一准备停当。巴颜太太又叫过女婢头儿阿兰芝和沙兰芝，吩咐她们领着家中妇女和来帮忙的妇女们，赶快准备白面饼子七十桌，萨其马六十桌，搓条饽饽五十对，大麦搓条饽饽四十桌，黄酒二十缸，白酒二十缸，鹅十五对，鸭十五对，鸡三十对，五样水果十桌。她们一一应诺，分头准备去了。

一会儿，大家都吵吵闹闹地把各自准备好的东西堆放在院子当中。远远看去，各种肉堆积如山，酒像海水一样多，陈放各种饽饽和水果的桌子望不到边儿，各种金银纸箔和褡裢纵横交错。

准备就绪后，奠祭仪式就开始了，老夫妇俩分坐在孩儿两旁，巴颜老泪纵横地哭道：

厄里火里[1]，
我五十岁上厄里，
上天恩赐的阿哥厄里，
当你生下的时候厄里，
父我多高兴厄里。
壮伟的小阿哥厄里，
聪明绝世厄里，
英俊的阿哥厄里，
是我们的希望厄里。
满山的牛羊厄里，
谁来掌管厄里，
肥壮的骏马厄里，
由谁来乘骑厄里，
凶猛的皂雕厄里，
谁来喂养厄里，
流星样快的虎纹犬厄里，
谁来牵它厄里。
众多的家丁和侍女厄里，
谁来使唤厄里。

老太太也在一旁哭道：

妈的心肝厄里，
妈为有你厄里，
行善布施厄里，

① 厄里：痛苦的哭喊声。

日日祷告厄里，
好不容易厄里，
在五十岁上厄里，
才见到你呀厄里。
英俊的阿哥厄里，
身材健壮厄里，
清秀的阿哥厄里，
心灵手巧厄里，
聪敏的阿哥厄里，
勤奋读书厄里。
妈的心肝儿厄里，
仁慈的阿哥厄里，
你灵敏赛过厄里，
空中的皂雕厄里，
你勇猛胜过厄里，
山中的老虎厄里。
善打猎的阿哥厄里，
人人见了厄里，
谁不佩服厄里。
妈妈的俊哥儿厄里，
你在哪里厄里，
索命的鬼儿厄里，
请让我来厄里，
换他的小命厄里。

就在老两口声泪俱下、痛哭不止的时候，门外来了一位罗锅腰、须发雪白的老头儿，他用手杖敲着地高声叫道：

守大门的阿哥德言库德言库[①]，
求你禀报德言库德言库，
巴颜老爷德言库德言库。
说门外德言库德言库，

① 德言库：萨满神歌中的衬词。

来了一个德言库德言库，
快要死的老头德言库德言库，
迎进屋里瞻仰德言库德言库，
少爷的遗容德言库德言库。
烧些纸钱德言库德言库，
表示哀悼德言库德言库。

守门人立即给巴颜通报，巴颜说："可怜呀！快让他进来吧！请他吃些给少爷供祭的山般多的肉和饼子，喝海水一样多的各种酒吧！"守门人赶紧跑回，让老头儿进来，老头儿从祭品旁经过的时候，连看都不看一眼，径直走到少爷的遗体前以手捶胸，放声大哭道：

我的少爷啊拉火罗[①]
怎么这样啊拉火罗，
寿命短暂啊拉火罗。
早就听说啊拉火罗，
你聪明过人啊拉火罗。
鬓发雪白的奴才我啊拉火罗，
也高兴来着啊拉火罗，
听到生下啊拉火罗，
贤达的阿哥啊拉火罗，
愚蠢的奴仆我啊拉火罗，
寄托过希望啊拉火罗。
听说阿哥有福分啊拉火罗，
我曾称道过啊拉火罗。
今日怎么啊拉火罗，
与世长辞啊拉火罗。

众人见他哭得悲悲切切，禁不住又陪他流泪。

巴颜见状，感动得脱下自己身上的绸子长衫给老头儿披上，劝他不要伤心。老头儿停了哭，抬眼对巴颜说："巴颜阿哥呀！你就这么个独苗

① 啊拉火罗：萨满神歌中的衬词。

苗，你就眼睁睁地让色尔顾代费扬古归天吗？怎么不去请个法术高明的萨满，为少爷招魂呢？”

巴颜说：“真不知什么地方有好萨满！本嘎山的几个萨满都是些法术低劣的无能之辈。他们只会用一些水酒和一只鸡、小糜饽饽主持祭祀罢了。别说救活别人，连自己什么时候死去还不知道呢！老阿哥要是知道哪儿有高明的萨满，祈望指明！”

老头儿道：“巴颜大哥，老夫我知道离这儿不远有条叫尼西哈的大河，河边嘎山里住着一位女萨满。她法术高明，能去阴间招冤魂，我看还是快去请她吧。她要是肯来，别说是一个色尔顾代，就是十个色尔顾代也能救活。”说完，不等巴颜送行，快步走到大门外，踩着五彩祥云，腾空而起，飘然逝去。

守门人见状，吃惊不小，赶忙禀报巴颜。巴颜夫妇不禁大喜：“一定是老天可怜我们，派神仙来给拨明昏昧。”便率众人朝老头儿逸去的方向跪下，连连磕了几个响头。拜毕，唤人牵过踢雪黄骠马，招呼几个家奴，飞马向尼西哈河边驰去。

几匹马似流星急驰，很快就到了尼西哈河边的嘎山。巴颜见东头一座院落里，有个年轻的女人正在往晾衣绳上晾衣服。他策马近前打问道：“请问格格，尼山萨满家在哪儿？请您指点好吗？”年轻的女人嫣然一笑，指着西头说：“在嘎山西头。”巴颜道了声“谢谢”往西寻去。到了嘎山西头，巴颜见有个人在上房泥，就跳下坐骑，近前打问：“尊敬的阿哥，请问哪一个是尼山萨满的家？”那人问道：“看你慌慌张张的，出了什么事儿？”巴颜说：“我有急事来找萨满，劳驾阿哥告诉我！”那人说：“我刚才看见你在东头跟一个女人说话，那就是尼山萨满的家。老兄要记住，她不像有些萨满喜欢恭维，请她得恭敬谨慎才是。”巴颜感激地说：“多谢阿哥提醒。”说完，上马而去。

他们来到嘎山东头的那个屋前，巴颜等人下了马，把马拴在树荫下，巴颜吩咐家人在外边等候，便一个人走进院中。进到屋里，巴颜见南炕上有位白发苍苍的老妇盘腿坐在火炕边，刚才晾衣服的年轻女人正站在灶门跟前抽烟。巴颜思忖：“这端坐炕上的必是尼山萨满了。”便上前请过安，“咕咚”一声跪在地上请求救人。

老妇人慌忙说：“阿哥请起！你弄错了，我不是什么萨满。”她指了指站在一边的年轻女人说：“她是尼山萨满，是我的儿媳妇。”

巴颜赶紧起身，朝年轻女人跪下请求道：“萨满格格呀！早就听说你法术无边，传说二十个萨满、四十个萨满也没有你的本领大，所以我特来请求你，救救我那苦命的儿子。劳格格大驾，可怜可怜我的不幸啊！”说着，禁不住抽泣起来。

女人慌忙答礼并扶起巴颜，说道：“实不敢瞒巴颜阿哥，我新近才学的法术，很不高明，只恐误了你的大事，难以接受阿哥的请求。你还是请一位法术高强的萨满，快快救人，不要再耽搁！”巴颜一听，复又跪下，一边磕头，一边苦苦哀求。尼山无奈，扶起巴颜说：“也罢。想阿哥初来求我，就去试试看，要是换个别人，我是绝不会给看的。”

说完，尼山用清水洗过脸，摆好香案，把圆碁石泡在水里，然后置好椅子矮凳，左手拿着神鼓，右手握着榆木鼓槌坐在炕上，她一边转动手鼓，一边用鼓槌轻轻敲着鼓点，用平和声音呼唤飞行的神祇，用高昂的声音请爬行的神祇，很快神祇就附在身上。巴颜跪在地上，静静地听尼山萨满唱起神歌，歌曰：

“艾库勒叶库勒[①]，
巴亚拉一族的艾库勒叶库勒，
属龙的男子艾库勒叶库勒，
你仔细地来听艾库勒叶库勒。
要是说错了艾库勒叶库勒，
就说不对艾库勒叶库勒，
要是撒谎艾库勒叶库勒，
就说我骗你艾库勒叶库勒。
事先告诉你们艾库勒叶库勒，
我在说谎艾库勒叶库勒，
你四十来岁上艾库勒叶库勒，
得了个男孩儿艾库勒叶库勒。
他十五岁那一年艾库勒叶库勒，
去横狼山打猎艾库勒叶库勒，
因寿数已尽艾库勒叶库勒，
索命的小鬼艾库勒叶库勒，
牵走魂灵艾库勒叶库勒。

① 艾库勒叶库勒：萨满神歌衬词。

从那以后艾库勒叶库勒，
十年无生养艾库勒叶库勒，
到五十岁上艾库勒叶库勒，
才得一男孩艾库勒叶库勒。
因为老来得子艾库勒叶库勒，
就起名为色尔顾代费扬古艾库勒叶库勒，
聪颖好学艾库勒叶库勒，
人人称道艾库勒叶库勒。
长到十五岁艾库勒叶库勒，
进横狼山打猎艾库勒叶库勒，
捕杀无数艾库勒叶库勒，
飞禽走兽艾库勒叶库勒。
阎王闻知艾库勒叶库勒，
派遣小鬼招魂艾库勒叶库勒，
并非易事艾库勒叶库勒，
纵能招来艾库勒叶库勒，
也很费工夫艾库勒叶库勒。
巴颜听过艾库勒叶库勒，
是否事实艾库勒叶库勒。”

巴颜听完，连连磕头说：“神祇所言、神歌所述俱是实情！”

尼山便拿起一把香往空中扬了三下，然后插在香炉里，就收了神鼓和香案。巴颜见状，又求救命。尼山萨满说：“我是个浅薄的小萨满，怎敢答应你的请求？不仅破费钱财，又不能救少爷的命，岂不人财两空？劝你还是另请高明吧！”

巴颜急得老泪纵横，磕头如捣蒜：“萨满格格说的跟事情不差毫厘，请格格大发慈悲，救我爱子的小命吧！你有什么吩咐，我将尽力而为！”

尼山萨满点点头说：“我想你家有条与色尔顾代同日生的猎狗和三年岁的公鸡，并有一缸陈放百年的面酱，你若舍得这些东西，我才能行法。”

巴颜更加惊异地说：“神灵的萨满格格呀！你所说的东西我家都有，你真是超群绝伦的神萨满，别说是这些东西，为救爱子倾家荡产，我也在所不惜！要是救活爱子的命，我愿和你平分所有牲畜财产的一半，以报答你的大恩。可怜我吧，萨满格格！”

尼山萨满拗不过，扶巴颜起身，说道：“好吧！我去那儿试试看，要是侥幸救活了他，也不要感激我，要是救不活他，也不要怨恨我，请答应我。”巴颜一一答应了，并给老妇人和尼山萨满各敬了烟。

巴颜欢天喜地地出了萨满家门，飞身上马，率众家奴直奔罗罗嘎山。他一到家里，叫过阿哈尔吉和巴哈尔吉，吩咐他俩准备轿子和车马，马上去接尼山萨满来。

阿哈尔吉兄弟火速准备好，领着众家奴去接尼山萨满。他们一路上吹吹打打，不觉就到了萨满家。众人先给萨满请了安，然后把装有神衣神器的箱子分别搬上三辆马车，请尼山萨满上了十六抬大轿，朝巴颜家走来。

不一会儿，众人簇拥着尼山萨满乘坐的轿子来到巴颜家门前，巴颜夫妇领着众人毕恭毕敬地把萨满迎入家中，把箱子列放在南炕中间。尼山萨满先洗了手，烧了一炷香，磕了三个头，起身后又洗了脸上炕用饭。饭毕，尼山萨满拿过递来的手巾擦了脸说：“巴颜阿哥，现在就请一位善击鼓的萨满配我跳神。”巴颜就派人把本嘎山名叫卓尔必啊的萨满请来了。

尼山萨满见卓尔必啊已到，就戴上神帽，系上腰铃裙，手拿神鼓，口诵神歌跳起神来。刚跳几下，尼山萨满便停下来说：“鼓点这样乱不和谐，怎能请来神祇，去阴间招魂呢？请巴颜阿哥请位高明的来。”巴颜慌忙道：“萨满格格，卓萨满就是本嘎山里出众的萨满，要是他都不行，那就没有比他本领大的了。请把常配合萨满格格跳神的萨满告诉我，我马上派人请来。”尼山萨满思忖片刻说：“在尼西哈河边有个火罗嘎山，那里有一位名叫纳力弗扬古的萨满，他精通神鼓，谙熟鼓点，要是他肯来赏脸，那是再顺当不过了。”巴颜立即把阿哈尔吉叫到跟前，吩咐前去请来。阿哈尔吉马上骑匹快马，往火罗嘎山跑去。

不一会儿，阿哈尔吉就到了火罗嘎山。他正从大街上走过去，看见一群人正围住观看射箭。阿哈尔吉下马走近人群拉了一个人问道：“劳驾，不知本嘎山的纳力萨满家住哪里？”那人拿眼上下打量了一番阿哈尔吉，厉声说道：“你是什么人？斗胆叫问我们家主人的名讳，想找打是怎么着！”阿哈尔吉从他的话里知道是纳力的家人，就拱手笑道：“请阿哥息怒，我不是有意乱呼家主的名讳，实有急事找他……”

这时，纳力萨满从人群中走出，喝退了家奴，上前问阿哈尔吉：“阿哥有什么急事找我?”阿哈尔吉知道他就是纳力，请了安说：“我是巴颜的家人，巴颜老爷请了尼山萨满为少爷招魂，听说只有你能配合尼山跳神，巴颜老爷就派我前来请你。”纳力笑着说：“原来如此，这轻浮的尼山又来相烦，要是不去，再见面的时候一定埋怨我。”就骑上马，跟阿哈尔吉往罗罗嘎山奔来。

很快，他们就来到巴颜家门口。巴颜早在门口等候，就迎纳力入屋。尼山萨满一见纳力弗扬古，就娇声细气地对他说：“给神效力的尊敬的小弟来了，肯为朋友出力有才能的小弟来了，纳力弗扬古小弟，能配我跳神的阿吉都，你好生配我，今天的鼓点就全看你的了，要是忘了鼓点，就用骚鼠皮鞭打你的屁股，要是不合鼓点地乱敲，就当众用枣木棍打你的大腿。”纳力请安后答话道：“高明的尼山格格，怪异的萨满格格，这些话听得我耳朵都起茧了，用不着你来嚼舌头，看小弟效力不效力。”说完，上到炕上吃了茶饭。

饭毕，尼山萨满又重新身着神衣，系好腰铃裙，头戴九雀神帽。纳力用心击鼓，尼山萨满扭动杨柳一般柔软的身子，摇动周身的腰铃，唱起高亢激昂的神歌：

神祇们啊火格牙格[①]
从石窟中火格牙格，
快到我跟前火格牙格，
请马上下来火格牙格。

唱完，尼山萨满突然昏过去，神祇们便从她背后附到身上。好一会儿，尼山萨满把牙一咬，又高声唱起来：

火格牙格，
立在一旁的火格牙格，
为首的扎里火格牙格，
聪明的火格牙格，
用你聪灵的耳朵火格牙格，
仔细听着火格牙格，

① 火格牙格：萨满神歌衬词。

用结实的耳朵火格牙格，
好好听着火格牙格。
把那三年的公鸡火格牙格，
捆放在头边火格牙格。
把那虎纹猎犬火格牙格，
拴系在脚旁火格牙格。
把百年的面酱火格牙格，
端放在身边火格牙格。
把百张白栾纸火格牙格，
卷裹备好火格牙格。
我到阴间去火格牙格，
碰碰运气火格牙格，
到险恶的地方火格牙格，
把游魂引来火格牙格。
全靠你呀火格牙格，
纳力扎里火格牙格，
等我回来火格牙格，
在我头的周围火格牙格，
快快泼洒二十桶水火格牙格，
在香案周围火格牙格，
给我泼洒火格牙格，
四十桶清水火格牙格。

唱完，尼山萨满便迷迷糊糊地昏过去，纳力弗扬古慢慢扶她躺下，整了整神裙和腰铃，置好公鸡猎犬，又堆好面酱纸箔，自己靠萨满坐定，敲起引路鼓点并唱道：

青格尔吉英格尔吉[①]
快把灯烛青格尔吉英格尔吉，
全部熄灭青格尔吉英格尔吉。
为把亚拉氏的青格尔吉英格尔吉，
色尔顾代费扬古青格尔吉英格尔吉，

① 青格尔吉英格尔吉：衬词，似拟铃铛晃动的声音。

去阴间里青格尔吉英格尔吉，
把魂儿牵来青格尔吉英格尔吉。
法术高强的青格尔吉英格尔吉，
萨满格格青格尔吉英格尔吉，
定战胜魔鬼青格尔吉英格尔吉，
能降伏妖怪青格尔吉英格尔吉，
大名远扬青格尔吉英格尔吉，
传遍天下青格尔吉英格尔吉。

尼山萨满离了人间，负着纸箔和面酱、领着公鸡和猎犬就往阴间急驰。众神祇前呼后应，野兽神祇在地上跑，禽鸟神祇在天上飞，蟒蛇神祇在蜿蜒爬行。

正走间，尼山萨满抬头一看，一座高台拔地而起，上面有很多人远望东方，有的人满脸笑意，有的人满面愁苦，不禁问神祇说："这里怎么聚了这么多的人啊?"神祇答道："这就是望乡台，是初死的人最后瞭望人间的地方。"尼山萨满说："噢！原来是望乡台啊！来不及细看了，咱们走吧！"他们就像旋风一样往前走，不多时，又来到一个三岔路口，尼山萨满疑惑不敢前进，停下问神祇道："精灵的神祇们，不知哪条路通往阎王殿?"神祇答道："行善积德者走东路，去福神奶奶的地方再转世人间，中间一条是招鬼魂的去处，作恶者走西路到酆都城里，受尽酷刑，永远不能转世人间。"

尼山萨满听完就从中间路往前赶，来到一条河边，四处张望，近处并不见有渡口船只，尼山瞭望对岸，见苇丛中有只小船和人形，心中大喜，就放开墨克尼一样优美的声音叫道：

火巴格叶巴格，
河上摆渡的火巴格叶巴格，
尊敬的阿哥火巴格叶巴格，
快来帮我火巴格叶巴格，
渡过河去火巴格叶巴格，
我来阴间火巴格叶巴格，
领回冤魂火巴格叶巴格，
快快渡我火巴格叶巴格，

给你船钱火巴格叶巴格。

对岸上，瘸腿莱兮听到有人唤他，就用半片木桨撑着半拉小舟朝这儿划来。等过来后，尼山萨满见他长得丑陋不堪：只有一只眼睛，鼻子歪在一边，耳朵像饺子一样坚挺着，尼山萨满请过安。莱兮惊讶地说："噢！原来是萨满格格呀！久闻你的大名，今天才见玉面，要是换了别人，我一定不摆渡，命里注定你这次该名扬天下，我就帮你渡河。"

尼山萨满上了小舟，瘸腿莱兮撑着篙，摇着橹，很快就到了对岸。上岸后，尼山萨满奉上三张纸和三块面酱说："这是我的一点心意，请收下。"莱兮推辞不过，就收下了。萨满又拱手问："尊敬的阿哥，有谁曾在这个渡口渡过吗？"莱兮答道："别人不敢在我这里渡，只有阎王的皇亲蒙兀尔泰国舅领着色尔顾代的魂儿在这儿渡过的。"尼山萨满道了谢，又往前赶路。

走了半个时辰，见有一条红水河横在前面。尼山萨满左右四顾，并不见渡口和渡船，正在着急，看见从东边来了一个骑马的人，他身穿黑皮袄，骑着不黑不红的母马，不紧不慢地走来。尼山萨满上前请安后问道："劳问阿哥，渡口在哪里？"那人朝尼山萨满瞅了一眼，嘴里咕哝了一句什么话，扬鞭狠狠朝马屁股打了一下就跑了。尼山萨满见他这样，大为生气，高声唱起神歌，请求众神祇帮助。歌中唱道：

艾库力叶库力，
要遨游太空艾库力叶库力，
就得靠大神鸟艾库力叶库力，
要飘过大海艾库力叶库力，
就得靠银鹡鸰艾库力叶库力，
要想渡河艾库力叶库力，
就得靠大蟒艾库力叶库力，
请求神祇艾库力叶库力，
快施展法术艾库力叶库力，
帮我渡河艾库力叶库力。

唱毕，尼山萨满把神鼓放在河中，轻轻跳在鼓上面，只见一股旋风掠过水面，眨眼间就把尼山萨满送过河对岸。上岸后，她把三块面酱和三卷纸抛入河中，谢了河神。

众神祇拥着尼山萨满请求开门，把关的鬼将色勒图和色伊吉图高声喝道："哪里来的游魂在下吵嚷！没有阎王的命令，别想过关。"尼山萨满答道："尊敬的阿哥，我不是什么游魂，我是人间的小萨满尼山，今日有事来找蒙兀尔泰国舅。"二位鬼将听到要找国舅，就赔着笑脸说："原来如此。那就按规矩留下名片和纸箔。"尼山萨满留下名片和纸箔，过了关，又往前赶路。

众神祇拥着尼山萨满上下腾跃，顷刻间又到了第二个关卡。尼山萨满苦苦请求放行，守兵见没有鬼王的话就是不准过。尼山萨满大怒，向神祇们请求说：

艾库力叶库力，
橡树祟神啊艾库力叶库力，
快快降下艾库力叶库力，
快快助我艾库力叶库力，
渡过关去艾库力叶库力。

不等唱完，众神祇就抬起尼山萨满，飘过关卡，又继续赶路。

又走了几个时辰，才来到蒙兀尔泰国舅的鬼府。尼山萨满请神祇们把鬼府围了三圈，自己摇动腰铃，合着铃声，高声唱起神歌：

地库地库叶，
蒙兀尔泰国舅地库地库叶，
你听我说地库地库叶。
你凭什么地库地库叶，
把好端端的阿哥地库地库叶，
把长寿命的阿哥地库地库叶，
逼着抓来地库地库叶。
你太狠心地库地库叶，
使他年幼夭折地库地库叶。
若允许还魂地库地库叶，
将感激不尽地库地库叶。
要是慨然交给我地库地库叶，

送你礼物地库地库叶。
要是不允许地库地库叶，
靠我的法术地库地库叶，
把魂儿带走地库地库叶。

尼山萨满边跳边抖动神帽，摆动铃裙，把铜铃弄得叮当山响。

蒙兀尔泰国舅听到有人叫他，出来见是尼山萨满便说："怪异的萨满，你怎么这样话多。我偷了你家什么东西，敢在我门前吵闹？"尼山萨满说："国舅并没有偷我家的什么东西，可你却无缘无故地索来一个活泼的、寿命不该终尽的小孩，这又怎讲！"

蒙兀尔泰笑着说："萨满格格息怒，我是奉阎王之命去捉拿的。领他来后，阎王为了试试他的箭法，叫他射吊在高杆上的铜钱孔，他连射三箭，个个穿孔而过。让他跟拉门布库摔跤，没有几个回合，把拉门摔得起不来了。然后又让他跟阿尔苏兰布库摔跤，又把阿尔苏兰摔了个嘴啃泥。阎王大喜，就收他为干儿子，百般宠爱。怎么能还给你呢？"

尼山萨满一听勃然大怒，厉声说："好国舅！由此看来，这事跟你毫无瓜葛，这就看我的法术了。"说完，怒气冲冲地直朝阎王殿奔去。

尼山萨满很快来到阎王殿外边，见两扇乌黑的铁门紧闭，连过风的空隙都没有。尼山萨满便围着城墙巡视一圈，怎奈城墙高大坚固，无法入城。就唱起神歌请求神祇相帮，神歌唱道：

纳一纳一呀①，
在东山上留下的纳一纳一呀，
飞翔的神鸟纳一纳一呀，
莽坎山中蛰伏的纳一纳一呀，
长蛇大蟒纳一纳一呀，
在石洞中居住的纳一纳一呀，
雄壮的老虎纳一纳一呀，
锁在铁笼里的纳一纳一呀，
勇猛的黑熊纳一纳一呀，
请众神祇纳一纳一呀，

---

① 纳一纳一呀：萨满神歌衬词。

排成十二队纳一纳一呀，
围成九层纳一纳一呀，
沿山盘桓纳一纳一呀，
金鹌鸽啊纳一纳一呀，
生有钢爪的纳一纳一呀，
秃鹰纳一纳一呀，
快快飞去纳一纳一呀，
把魂儿领来纳一纳一呀，
快去快回纳一纳一呀。

刚唱完，众神祇腾空而起，像云朵一样向空中散去。

这时在阎王殿里，色尔顾代费扬古正在和几个人玩金银背式骨，突然一只大鹰自天而降，抓起色尔顾代冲天而去。众人见状，大为惊慌，没命地跑去禀报阎王："大事不好！不知从哪降下一只大鸟，一下把色尔顾代阿哥抓走了！"

阎王一听，怒从心头起，急派一小鬼把蒙兀尔泰国舅叫到跟前，便问道："刚有人来报，说是有只大鸟把你领来的色尔顾代抓走了！是不是你施了法术把他夺走！着实报来！"

蒙兀尔泰暗忖："除了高明的尼山，还有谁干得了这事。"就用单腿跪下道："大王息怒，我怎敢夺走大王的爱子？我料这一定是那个在人间出了名的尼山萨满夺走了色尔顾代。这萨满法术高强，不比一般。我现在就去追赶她，求她还回色尔顾代。"说完，便转身出了殿门，飞也似的追赶萨满。

却说尼山萨满见神祇把色尔顾代取来，非常高兴，就牵着色尔顾代的手，顺路往回走。忽然，尼山萨满听到背后狂风大起，回头一看，见一朵黑云飞也似的追来，转眼就来到跟前。蒙兀尔泰收了黑云，挡住去路道："萨满格格慢走！有事和你商量。"尼山萨满说："不是不干你事吗？有什么好商量的？"蒙兀尔泰诚恳地说："好强的萨满格格呀，过去的事情就不要再提了。为索来色尔顾代的魂儿我费了好些工夫，现在你靠法术白白领走，我在阎王面前可受不起呀！请萨满格格体谅我的难处，留些贡品再走。"

尼山萨满说："这么说来，看在你的面上就留些物品吧。"就留给了三块面酱和三张纸，蒙兀尔泰见给得太少了，又请求道："求萨满格格再添一点。”尼山萨满又加了一份。蒙兀尔泰见还是不多，就叹了口气说：“萨满格格呀！这么一点点的东西，确实不够送阎王爷的。也罢！就把跟随你的虎纹犬和公鸡留给我，由我转送大王，他一定为得到打猎的猎犬和报晓的公鸡而万分高兴，这样既免得我受罪，又成全了萨满格格的大事，不知允否？”

尼山萨满说：“这好说，可有一条你必须答应我，要是给色尔顾代延长寿命，才给留下猎犬和公鸡。”蒙兀尔泰沉吟片刻说：“好吧，照你的话加二十岁怎样？”萨满道：“乳臭未干的小孩儿，领去何益。”“那就加三十岁。”“办事不牢，领去无益。”“那就加四十岁。”“还来不及享受富贵荣华，领去何益。”“那么就加五十岁。”“尚未聪敏过人，领去何益。”“那就加六十岁。”“箭术武艺尚不精熟，领去何益。”“那就加七十岁。”“尚不明了人情世故，领去何益。”蒙兀尔泰听到这里，长叹一声说：“尊敬的尼山萨满，那就再加十五岁吧。这样就满了色尔顾代的百岁之数，再要增加，我就不能做主了。”

尼山萨满又问：“子孙如何？”蒙兀尔泰说：“生养九男九女，每子生子八人，人口兴旺，香火不断。”尼山萨满道了谢，说道：“国舅既然答应如此，就把公鸡和猎犬留给你，要记住，呼鸡时叫‘阿失’！叫狗时唤‘嗾’！”蒙兀尔泰非常高兴，连连谢过，便牵着猎狗和公鸡，拿着礼品走了。

蒙兀尔泰走到半路，想试试尼山萨满的话是不是灵验，就放开猎犬和公鸡，叫了一声，“阿失！阿失！嗾！嗾！”谁知道猎犬和公鸡转身往回跑去，蒙兀尔泰吃惊不小，从后面紧紧追赶，不一会儿就追到尼山萨满的跟前。蒙兀尔泰见猎犬和公鸡摇头摆尾地围在萨满身边，他一边喘气一边说：“萨满格格呀！你怎么这样戏弄老夫，我照你的话试了一下，哪知猎犬和公鸡竟向你跑来了。要是领不回这两个家伙，我实在受罪不起。请萨满格格开恩！”

尼山萨满见他一脸哭相，便笑着说：“我不是戏弄你，是和你开个玩笑，记住：叫鸡的时候呼‘咕咕’，唤狗的时候叫‘俄力俄力’。”蒙兀尔泰说：“格格开个小玩笑，使老夫累得满头大汗。”说完，照萨满的吩咐叫了两声，猎犬和公鸡果然紧紧围在蒙兀尔泰身边，随他走了。

尼山萨满告别了蒙兀尔泰，拉着色尔顾代的手继续往前走。尼山萨满远远看见一个人在路旁架着一口大锅，正用高粱秆烧火。走近一看，原来是八年前死去的丈夫，只见丈夫光着上身，怒容满面地站在路当中。

尼山萨满向前请了安，问道："你怎么还没能转世？在这儿烧火做什么？"丈夫咬牙切齿地说："变了心的尼山！你还记得你在河边问路人吗？我们是结发夫妻，你不来救我，倒来救一个和你毫无相干的人。现在只问你一句话，救不救我？要是不救，这一锅油就是你的归宿！"

尼山萨满听罢，细声唱道：

海拉木比舒乐木比。
亲爱的夫君你听我说，
海拉木比舒乐木比，
你来阴间已经八年，
海拉木比舒乐木比。
亲爱的阿哥呀，
海拉木比舒乐木比，
念着旧情疼怜我吧，
海拉木比舒乐木比，
让我过去到了人间，
海拉木比舒乐木比，
给你祭供很多酒肉菜肴，
海拉木比舒乐木比，
在你坟前多烧几把钱，
海拉木比舒乐木比，
尽心侍候年迈的母亲，
海拉木比舒乐木比，
尊敬的阿哥抬抬高手，
海拉木比舒乐木比。

丈夫听完，剑眉倒竖，恶狠狠地说："无情无义的尼山，你竖起耳朵好好听着，我在人间时，你嫌我家贫穷清苦，处处欺负我，不把我放在眼里，这些你心里也明白！今天还有脸说出这番话，太不知廉耻了！侍候不侍候老母随你的便！眼前正是旧怨新恨一起算清的时候了！要么你自己知罪跳入油锅，要么由我动手推你入锅，选择哪样，快快说来！"

尼山萨满一听，急得脸红脖子粗，厉声唱道：

德尼坤德尼坤，
无赖的男子你听我说，
德尼坤德尼坤，
你在人间留给我们什么，
德尼坤德尼坤，
除那年老的母亲并无分文。
德尼坤德尼坤，
我极力侍候尽力孝敬，
德尼坤德尼坤，
无情的男子你扪心自问，
德尼坤德尼坤，
是我无情还是无义，
德尼坤德尼坤。
事到如今我也狠狠心肠，
德尼坤德尼坤，
叫你也尝尝苦头，
德尼坤德尼坤，
使你改掉暴烈的脾气，
德尼坤德尼坤。
众神祇啊，
德尼坤德尼坤，
栖落在梧桐上的大雁呀，
德尼坤德尼坤，
你们快来把这无赖的男子，
德尼坤德尼坤，
押送到酆都城里，
德尼坤德尼坤，
永不叫他转生人间，
德尼坤德尼坤。

刚唱完，一只巨雁自天而来，擎起尼山萨满的丈夫凌空飞起，送到酆都城里去了。

尼山萨满出了口气，朝酆都城里拜了几拜，起身牵着色尔顾代的手，又向前赶路。

走了不大一会儿，看到前边有座高楼，金碧辉煌，楼顶上飘浮着五光十色的云朵，很是壮观。尼山萨满走上前去，见有两位身着金铠甲、手持金锤的神将，瞠目而立。尼山萨满施礼后问道："有劳二位神将，此是何处，住有何人？"立在左边的神将道："这是掌握万物转世之母福神娘娘的尊府。"尼山萨满说："噢，那我可以进去给福神娘娘叩首请安吗？"神将允诺。尼山萨满便送给几块面酱和几张纸相谢。

走不多远又来到第二道大门，只见院里仙光灿灿，楼前宝气缭绕。尼山萨满见两个女童高高绾起云髻，一只手捧着金香炉，一只手捧着银盘依门肃立。一员神将正襟危坐在大门中央，见尼山萨满进来，高声道："何处游魂，胆敢闯入院中，快快出去！稍有迟缓性命难保！"尼山萨满慌忙说："大神息怒，我不是游魂，是人间的萨满尼山，是顺路来给福神奶奶叩头请安的。"刚说完，立在右边的女童开口说："我说怎么这么面熟，原来是住在尼西哈河边的尼山大嫂呀！"尼山萨满惊问道："你是哪一位，我怎么不认识呀！"女童道："你怎么把我给忘了？我是你的邻居布陈芝姑娘呀！那一年我出天花，福神娘娘知道我爱清洁，就把我领到身边使唤。"尼山萨满这才明白，歉意地笑着说："看我这个记性。"谢过神将，进入殿里。

尼山萨满领着色尔顾代缓步到殿里，抬头看见上面坐着一位头发雪白、面目和善的老太太。旁边围着十来个使女，她们中有的背着小孩，有的抱着小孩，有的拿针线缝制小孩儿衣服，并依次排列在一边。另外还有往口袋里装东西的，扛的扛，搬的搬，从西门忙忙碌碌地进进出出。尼山萨满十分惊异，想这是福神娘娘了，连忙跪在地上朝福神娘娘磕了九个响头，福神娘娘见有人朝她跪拜，就问道："你是谁呀？到这儿有什么事儿？"尼山萨满答道："我是住在人间尼西哈河边的小萨满尼山，因有事到阴间，顺路来问娘娘金安。"福神娘娘恍然道："哎呀，我怎么竟忘了，当年派生你的时候，你哭闹着不去，我命人哄着，给你戴上神帽，系上了腰铃裙，拿神鼓跳着大神降到人间的，这就是你名扬四海的缘分。此次叫你来，是为了让你见见世面，告诉世人善有善报，恶有恶报，规劝行恶者痛改前非，多做善事，将功赎罪。"

尼山萨满说："听我父亲讲，生我的时候，有一块铜镜从屋顶的大梁上滚下来，落到我的身上，所以我就成了萨满，原来是娘娘的安排。"又磕了九个响头，然后站在一边。福神娘娘叫人把色尔顾代引到另一间屋里侍候，就唤过一个五十来岁的老妇人，吩咐引尼山萨满去看看阴间刑法的严厉，老妇人就领着尼山萨满去观看。

尼山萨满一出门就看见一处林子，长得很是浓密茂盛，上面笼罩着红云彩霞。又有一处林子，长得参差枯萎，上面盖着乌云寒气。就好奇地问老妇人道："这是什么林子，为何一处长得这样浓郁，一处长得这样凋敝不堪？"老夫人道："那一处是人间的人在送痘神时，以洁净完好的柳条相送，所以长得浓郁，小孩儿痘花出得也好，少吃苦头，那一处是因为用马啃过的柳条相送，所以参差不齐，小孩出痘花时，吃不少苦头。"

她们又走了一段路，进入一间大房间里，尼山萨满见一个大轱辘在不停地旋转，随着旋转，一群群的家禽野兽，各种鱼类和虫类不断地飞出，不禁十分诧异，问道："这是什么地方？"老妇人答道："这就是给人间降生生灵的地方。"

尼山萨满又跟着老妇人走了一段路，见在一座城关边上，有几只恶狗睁着通红的眼睛，撕扯吞食着人肉。十来个小鬼押着鬼魂从城关进进出出。又听到从城里传出一阵阵的哀号声，老妇人告诉她这就是酆都城。尼山萨满跟着老妇人进了鬼门关，就听见在左边的迷魂房里，惨叫的声音震天动地，在西边的明镜山和黑镜山上，善恶之形昭然分明。在一个森严的衙门里，判官在审问灵魂。西厢房里关押着生前屡屡掠抢的强盗，在东厢房里用铁链缚着生前对父母不敬的人。往里走，又看见把曾经打骂父母的人扔进油锅里煎熬；把嫌弃妻子或丈夫的处以凌迟之刑；把糟蹋粮食的人正用石碾碾压；把诬告栽赃好人和离间他人婚姻的人，正用烧红的铁索烧烙；把贪财贿赂的官员，正用二齿钩钩他的皮肉；把再嫁的妇女，正用锯子锯成两半；大夫投错药而致人丧命的，正用斧子剁他的双手；把偷听别人讲话的，正用铁钉钉他的双耳。凡各种刑罚应有尽有。见了这些尼山萨满心惊胆战，不敢稍离老妇人一步。

她们继续往前走，看见湖面上架着一座金桥和铜桥。金桥上过往的都是生前行善的有福之人，铜桥上行走的都是在生前作恶的有罪之人。只见一个牛头马身的大鬼正用三股叉把他们一个个捅倒，扔到湖中喂蛇和蟒。又看到一块平地上聚着无数鬼魂，一个书生模样的人坐在椅子上，手里拿着一卷书在反复诵读，读曰："阴间刑法向来分明，生前作恶，必受酷刑，生前积德，必有好报，积德者一等可以转世为佛，二等为皇亲，三等为驸马，四等为文武百官，五等为平民百姓，六等为化缘者，七等为牲畜家禽，八等为飞鸟走兽，九等为水族，十等为昆虫蝼蚁。”尼山萨满听完，暗暗记在心里。

尼山萨满看完这一切，就随老妇人返回殿中，跪伏在福神娘娘的脚下。福神娘娘说：“你回到人间后，以你见到的一切好好规劝世人，切记切记！”尼山萨满不住地磕头，连连称“嗻”。

尼山萨满辞别了福神娘娘，牵着色尔顾代的手，继续往前走。不一会儿就走到红水河边，尼山萨满把神鼓放在水面上，拉着色尔顾代站在鼓面上，飞也似的来到对岸。又走了一程，就到了瘸腿莱兮摆渡的河边，莱兮见尼山萨满领着色尔顾代回来，敬佩地说：“哎呀，格格真是一位神力无穷的萨满！格格居然把色尔顾代引回来了，耳听为虚眼见为实，果然名不虚传！”说着请他们上了船，划着半片木桨，一眨眼工夫就到了对岸。尼山萨满给了三块面酱和三张纸，以表谢意，又领着色尔顾代往前赶路，不一会儿就到了员外家门口。

却说纳力萨满坐在尼山萨满身边用心击鼓，只听尼山萨满的护心镜“叮叮”一响，就知道魂儿已招回，就起身把二十桶水泼洒在尼山萨满脑袋的周围，又把四十桶水泼洒在香案周围。继而唱起催醒神歌：

克库克库，
巴亚拉氏的色尔顾代克库克库，
命该不死克库克库，
尼西哈河边的尼山萨满克库克库，
法术无边克库克库，
魂儿已领来克库克库，
请神祇们离去克库克库，
萨满格格快快醒来克库克库。

唱完，只见尼山萨满浑身打战，忽地从地上一跃而起，边敲神鼓边唱神歌道：

巴尔都巴颜德言库德言库，
你的宝贝儿子已经领来德言库德言库。
讨得百年无病无疾德言库德言库，
子孙满堂香火不断德言库德言库，

魂儿魂儿快去附身。

唱完，又往后仰面便倒。纳力赶忙拿香火在尼山萨满鼻子边熏了一下，尼山萨满这才醒了过来。

尼山萨满起身后，把魂儿往色尔顾代身上一推，色尔顾代在嘴里咕哝了一下，把一碗水一饮而尽，他伸着腰说："这一觉睡得好香啊！又做了一场稀奇古怪的梦。"

巴颜把如何请来尼山萨满去阴间招魂的事儿从头至尾讲给色尔顾代后，色尔顾代才如梦初醒，从炕上跳下来，跪在尼山萨满跟前，感谢她的救命之恩。全嘎山的人见色尔顾代已复活，都向巴颜夫妇贺喜。尼山萨满就把阴间见到的一切告诉众人，规劝人们多做善事。

巴颜即刻命人摆下一百桌酒席，让尼山萨满和纳力萨满坐在上席，巴颜率太太和色尔顾代，用水晶杯斟满一杯酒，跪在尼山萨满面前说："法术无边的萨满格格，犬子全靠你的神力方得以复活，我有话在先：分一半家产与你，望你不要嫌弃！"

尼山萨满接过酒杯还礼后说："尊敬的巴颜阿哥过奖了，小萨满才疏学浅。这也靠阿哥的洪福才得以成全，还有纳力小弟的神力。"

巴颜起身后又在玛瑙杯里斟了一杯酒，叫色尔顾代跪在纳力面前说道："救犬子之命，也靠阿哥神力，请饮这杯酒，润润嗓子解解疲劳。"纳力接过酒杯道："我连座位都没有离开，还算什么劳累？要说劳累，萨满格格倒是真累。"尼山萨满笑道："帮了大忙的纳力小弟，俗话说得好：三分萨满七分二神，要不是你呀，事情不会这么顺当！"众人听了他们说的话，都开心地笑了。

巴颜又把阿哈尔吉叫来，当众吩咐说："你去告诉牧群头儿们，从每个牧群里分出一半，送到萨满格格家里。"又叫来巴哈尔吉吩咐道："把满柜的金银财宝分一半，马上送到萨满格格家里。"二人领命而去。接着又给纳力送了十套衣服，十四匹骏马，一千两银子，作为酬谢。当天众人划拳行令，大吃猛喝，一直到太阳下山方慢慢散去。

自此，尼山萨满家产盈户，经常接济贫困，法术日臻精熟，常常解救困危。一时名声大振，天下百姓无人不晓。

过了数年，尼山萨满把丈夫扔进酆都城里的事传到婆婆的耳朵里。婆婆非常生气，就责问尼山萨满。尼山萨满解释说："妈听儿说，因他去世已有八载，肉身腐烂无余，这样儿纵有天大的法术，也难使他复活。

我向他说明缘由，他就是不肯听，说要把儿扔进油锅里。我一生气，众神祇就把他扔进酆都城里去了。”婆婆说：“要这样，你使他又死一次，真是无情无义的泼妇！”婆婆就找人写了一纸状子，递到京城刑部，刑部查明实事，因事关重大，就给皇上写了一本奏折，奏明原委。皇上阅毕批曰：“朕观此萨满无情之极！本该依法严惩，但念其济贫救危，可免极刑。着刑部收其神器，封入井中，无朕之谕，永勿启用！钦此。”刑部依圣旨把神帽、神鼓、腰铃裙等神器封入本嘎山井中，从此，就再没有人启用它。

此后，色尔顾代娶完颜氏女为妻，夫妻二人孝敬父母接济施舍，享尽荣华富贵，夫妻活到百岁方归天国。

这个故事是我于一九八一年根据苏联一九六一年莫斯科出版的版本和“内蒙古东北少数民族社会历史调查组”搜集的残本整理的。故事中纳入了两个版本中的内容。

（原载一九八一年《锡伯通讯》）

第二十五章 尼山萨满传

达斡尔族 白杉 译注

一九八六年根据韩国出版的满文影印本译成汉文

译 序

本篇译自一九一三年德克登额书写的符拉迪沃斯托克（海参崴）本。

尼桑萨满这一神奇的萨满，在信仰萨满教的北方少数民族中有过较大影响，关于她的传说，广泛流传于满、达斡尔、鄂温克、鄂伦春、锡伯等少数民族中间。满族称尼山、女丹、尼素，锡伯族称尼山，达斡尔族称尼荪、尼森、耶荪，鄂温克、鄂伦春族称尼桑（Nisang），赫哲族称一新。这部满文手稿与近年来所见记录整理稿相比，无疑完整得多。在体现满族口头文学的语言风格、艺术特色等方面，也较之以汉语流传的同类作品更直接和可靠一些。

《尼桑萨满传》中，通过尼桑萨满阴府之行赎回巴拉都白音的公子瑟日古黛·费扬古灵魂的曲折经历，系统和集中地描述了萨满的跳神活动，反映了以萨满为中心的原始宗教信仰的基本内容。同时，也反映十七世纪初期满族社会封建化的程度、封建道德伦理观念对原始宗教信仰的冲击与取代，以及当时的风俗人情等等。

尼桑萨满的传说，对满族和北方少数民族的历史、宗教、民俗、民间文学、艺术等各领域的研究，都具有重要价值。

早先年，在明朝[①]的时候，有一个罗罗村。这个村里住着巴拉都白音，他是个有名的员外，家产豪富，奴仆、骡马数也数不清。岁到中年，养了一个阿格[②]。阿格十五岁那年，家奴们带他去衡郎山上打猎，不想

① 明朝：有的满文手稿（指圣彼得堡东方学中心一九九二年出版的《尼山萨满传》）为“金国”。（译者在这次出版时补充译注）

② 阿格：对少年男子的敬称。意如“少爷”“公子”。

在途中得了重病死去。从那以后，员外再无子嗣，心里十分着急。夫妻二人竭力行善，修补寺庙，敬神拜佛，祈求恩赐，处处献香，向天神祈祷。还经常救济穷人，扶助鳏寡孤独。由于他们的善行昭著，感动上天，在员外五十岁的时候，又赐给他们一个儿子。员外非常高兴，给儿子起名叫“瑟日古黛·费扬古”[①]，像珍珠一样疼爱，不错眼珠地瞅着。孩子到了五岁，长得聪明伶俐，什么话都会说了。及时请来先生，教他读书，还让他习练射箭、骑马各种技艺。瑟日古黛很快就对这些样样精通。

岁月更迭，就像飞箭一样快。瑟日古黛一晃长到十五岁。有一天，他去拜见父母，请求道：“我想出去打猎，试试自己的骑射本领。请父母准许我去一次吧。”他哪知道父亲的心病呢？员外听了儿子的请求，劝阻说：“在你上边，曾有过一个哥哥。他十五岁的时候，到衡郎山打猎，把性命断送了。依我看，你还是打消这个念头吧。”瑟日古黛说：“男儿生在世上，什么地方都该走走，哪能总守在家里，不迈出门槛一步呢？再说，生死都是命里注定，无论在家，还是在外边，都没法逃脱。”员外无奈，只好答应。他说：“你真要去打猎，就把阿哈勒吉、巴哈勒吉他们带去。别走太久，也别过分劳累。记着我在家无时不惦念你，千万别忘了我这番嘱咐。”瑟日古黛连声答应，立即叫来阿哈勒吉、巴哈勒吉分派道：“明天我出去打猎，随从的人、马要立即安排停当，引箭刀枪要备齐，幕帐装上车，猎鹰、黎狗要喂好。”阿哈勒吉、巴哈勒吉连声应承，急忙去准备。

第二天，瑟日古黛向父母叩礼道别，骑着白马，带领阿哈勒吉等人，驾着猎鹰，牵着黎狗出猎。众家奴背弓扛枪，前呼后拥，车马相随，络绎不绝。村中老少都出门观看，无不赞叹。

众人催马向前急行，不久就来到有名的山林围场。立即支起尖顶帐幕，安起锅灶，伙夫动手做饭。瑟日古黛带着众家奴，开始围猎。众人争先恐后，放箭投枪，驱鹰嗾狗，猎获各类飞禽走兽不计其数。

围猎正在兴头上的时候，瑟日古黛忽然全身打起冷战，接着又发高烧，头昏脑涨，天旋地转。他连声呼叫阿哈勒吉、巴哈勒吉：“快停下，快停下！我感到很不舒服！”众人听了，惊慌不已，连忙罢猎，把阿格带回帐幕，升起烈火，给他发汗。但瑟日古黛的身体越来越支撑不住了。

① “瑟日古黛·费扬古”（Sergudai Fiyanggo）：意思是“伶俐可爱的老儿子（末子）”。

众家奴又急忙砍来山上的树木做成轿子，让阿格躺在轿里，换肩抬着，飞也似的往家赶。瑟日古黛在轿上哭着说："我的病势这样沉重，看来挺不到家里了。阿哈勒吉、巴哈勒吉，你们兄弟中，先回去一人向我父母报信儿，把我的话转达给他们：父母养育我疼爱我的恩情，我无法报答了。我本想在双亲百年之后能服孝守灵，怎奈老天亡我！我的阳寿已尽，眼看就要死在途中，连最后一面也不能见了。望父母不要过于为我哀伤，要多多保重年迈的身体——我这是命里注定，难逃劫数的。我的这些话，要如实转达给我的父母。"他还想说点什么，可嘴唇已经不能启动了。只见他下颚脱垂，双目僵直，一命归阴。

阿哈勒吉、巴哈勒吉等人在轿子周围放声大哭，哭声使山谷都发出回响。后来，阿哈勒吉止住哭，向众人说道："阿格已经身亡，咱们再哭，也不能使他复活，还是往回赶路要紧。巴哈勒吉和众人带着阿格的遗体慢走，我带十人轻骑先赶回去，向员外报信儿，好准备操办丧事。"

阿哈勒吉等人飞马往回赶路，转眼之间就到员外家大门前。阿哈勒吉翻身下马，急忙走进屋里，跪在员外面前号啕大哭，什么话也说不出来。员外十分惊异，结结巴巴地问："老哥，你这是为的哪桩？出去打围，为啥哭着回来？莫不是阿格有什么要紧事派你回来的吗？为什么光哭不讲话？"员外再三追问，阿哈勒吉却只管哭。最后，员外生气了："你这老哥，为什么不回答我的问话，到底发生了什么事？"阿哈勒吉这才止住哭，叩着头说："阿格得病身亡，我特地赶回来报信儿。"员外一时没听清是什么东西"完了"[①]，叫阿哈勒吉重说一遍，当得知是"阿格身亡"的时候，就像轰雷劈顶，叫了声"亲儿啊！"就仰面倒下去了。

老太太慌忙赶来，问道："这是怎么了？"当阿哈勒吉告诉她：员外得知阿格在山上得病身亡的消息后昏倒了的时候，她眼前像闪电划过一般，叫了声"妈的儿子啊！"也昏倒在员外身边。家里的人慌忙搀扶呼叫，全家上下，听到阿格身亡的消息，一齐放声大哭。村里的人们听说后，也都哭起来，顿时哭声四起。

不大一会儿，巴哈勒吉哭着走进里屋，向员外大人叩头禀告："阿格的遗体已经平安带回。"员外夫妻和全家上下都到大门外迎接，把阿格的遗体抬进屋里，安放在寝床上，哭声震天动地。

① "身亡"原文直译为"完了"（dubehe）。

众人劝员外："白音老哥不要再这样哭了。人已经死去，哭也不能使他复活。还是抓紧给他备好棺木衣物，操办丧事才是。"员外说："你们的话确实对。可我心里的哀痛，实在受不了啊！我的亲生儿子死了，哪能不惋惜呢！我这么大的家业，给谁留下呀！"他止住哭，唤来阿哈勒吉、巴哈勒吉，吩咐道："你们老哥不要只顾哭泣，赶快把发送阿格的引丧马匹、烧化的银库纸钱一应物品全都备齐，什么也不要可惜。"

阿哈勒吉、巴哈勒吉按照吩咐，挑选出引丧用的身带斑纹的花骟马十匹、火色红骟马十匹、金色黄骟马十匹、神速的黎花骟马十匹、毛色纯正的白骟马十匹、墨色黑骟马十匹。员外又吩咐：把阿格的蟒缎衣物捆成皮包，驮在三十匹马上，剩下的弓套、箭袋等物品也分别捆好，驮在其他马上。架车引丧的青马、白马，配上绛红鞍套、镀金辔头。又叫来牛倌、羊倌、猪倌的头目，从牧群里抓来十头牛、六十只羊、七十头猪。这些头目诺诺连声，分头照办。员外还派人把女仆阿然珠和萨然珠叫来，吩咐她们："你们快去把村里能帮忙的女人都请来，做好七十桌白面饼、六十桌馓子、五十桌搓条饽饽、四十桌荞麦条饽饽，还有十大瓶酒、十对鹅、二十对鸭、三十对鸡，五种果品各一两桌。这些东西，要从速备齐。如有迟误，责打不贷！"女仆和众人急忙分头准备。

只见众人来来往往，有抬的，有扛的，有搬的，不多久，就在院子里摆得满满的。各种肉堆得像山一样，各类酒摆得像海一样。各类果、饼桌依次排开，银库、纸钱一垛挨着一垛。

一切停当以后，众人纷纷来到瑟日古黛棺前哭吊，员外在一旁哭道：

阿玛的阿格[①]，啊啦[②]！
五十岁上，啊啦！
才养育的，啊啦！
瑟日古黛·费扬古。啊啦！
得你以后，啊啦！
喜不自胜；啊啦！

---

① 阿玛：父亲。
② 啊啦（ara）：痛心惊恐时的喊声，在此作为衬词。

阿格英俊，啊啦！
秉性聪慧，啊啦！
我曾实心依托。啊啦！

一场欢喜，啊啦！
如今落空。啊啦！
这遍野的马群，啊啦！
成群的牛羊，啊啦！
有谁再当主人？啊啦！
你的骑乘，啊啦！
谁还能享用？啊啦！
奴仆和婢女，啊啦！
虽然众多，啊啦！
谁还能遣使？啊啦！
你的猎鹰，啊啦！
虽然还在，啊啦！
谁还能承受？啊啦！
你的黎狗，啊啦！
虽然还在，啊啦！
谁还能牵领？啊啦！

瑟日古黛的母亲也哭道：

额莫聪慧的阿格，啊啦！
额莫唯有的，啊啦！
独根儿子，啊啦！
行善求福，啊啦！
五十岁上，啊啦！
才得的你。啊啦！

秉性聪颖，啊啦！
俊秀的阿格；阿啦！
手疾眼快，啊啦！

矫健的阿格；啊啦！
身姿英武，啊啦！
华贵的阿格；啊啦！
吟书的声音，啊啦！
赛似百灵。啊啦！

额莫聪慧的阿格，啊啦！
我日后的生活，啊啦！
还指靠哪个？啊啦！

对奴仆体恤，啊啦！
有气度的阿格；啊啦！
风骨超然，啊啦！
俊秀的阿格；啊啦！
性情长相，啊啦！
潘安[1]一样，啊啦！
美貌的阿格。啊啦！

你如在街上，啊啦！
鹰一样盘绕，啊啦！
额莫的声音，啊啦！
就能听到[2]。啊啦！
如在山谷行走，啊啦！
响铃的声音，啊啦！
就能听到。啊啦！

额莫俊秀的阿格，啊啦！
额莫的眼前，啊啦！
还有哪个阿格，啊啦！
像你那样爱怜？啊啦！

① 潘安：西晋时的美男子。
② 此处犹指不愿离去的阴魂。

她一忽儿仰倒，一忽儿扑地，涕泪横流，哭得死去活来。

正在这时，大门外来了一个驼背弯腰的老头。他喊道：

德扬库，德扬库[①]，看守大门的，
德扬库，德扬库，众位大哥，
德扬库，德扬库，求你们进去，
德扬库，德扬库，向主人通报：
德扬库，德扬库，大门外有个，
德扬库，德扬库，快死的老头，
德扬库，德扬库，想给阿格，
德扬库，德扬库，烧点纸钱，
德扬库，德扬库，哀哭几声。

看守大门的人急忙进里面，向巴拉都白音通报。员外说："多可怜的老人哪！快叫他进来吧。这堆得像山一样的肉，摆得像海一样的酒，尽管他吃，尽管他喝。"

看大门的人跑去请那驼背老人进来。驼背老人对那些酒、肉、果、饼连看也没看一眼，径直走到阿格棺前，手扶棺木，顿足高声哭道：

至近的阿格，啊啦，靠鲁[②]！
你如今在哪里？啊啦，靠鲁！
你虽寿命短暂，啊啦，靠鲁！
却灵根聪慧。啊啦，靠鲁！

精明的阿格，啊啦，靠鲁！
在你降生之初，啊啦，靠鲁！
我就闻听。啊啦，靠鲁！
愚笨的奴仆，啊啦，靠鲁！
诚心祝福。啊啦，靠鲁！

---

① 德扬库：萨满调中的衬词。

② "靠鲁"（koro）：是"痛心""可惜"的意思，在此作为衬词运用。

阿格在世之时，啊啦，靠鲁！
名声常闻。啊啦，靠鲁！
卑微的奴仆，啊啦，靠鲁！
甚有仰望。啊啦，靠鲁！

富贵的阿格，啊啦，靠鲁！
听到你的噩耗，啊啦，靠鲁！
我惊叹不已。啊啦，靠鲁！
阿格你在哪里？啊啦，靠鲁！

他捶胸顿足地号啕大哭，旁边的人们全都忍不住泪流。员外看着他痛不欲生的样子，心里十分可怜，脱下自己身上穿的缎袍送给他。驼背老人接过去披在身上，站在棺头，环视一周院子里摆满的酒、肉、祭品后问道："白音大哥，你想就这样把儿子瑟日古黛·费扬古发送了事吗？不想请请有本事的萨满来救活阿格吗？"员外说："我们这个村子里，有三四个萨满，全都是骗饭吃的。他们只会用那么一点儿酒、一只鸡、零零星星的供品比画比画。不用说叫他们把死人救活，连他们自己哪个时辰死，尚且都不清楚。如果你老哥知道何方何地有本事大的萨满，请指点。"驼背老人说："哎呀白音大哥，你怎么没听说呀！离这里不远，尼斯亥河畔，最近新出了一个有名的女萨满。这位萨满神通广大，连死人都能救活。你为啥不去请她？如果能把她请来，别说是一个瑟日古黛，就是十个瑟日古黛也能救活！"

驼背老人说完，从容不迫地走出大门，坐在五彩云朵上飞升起来。

看门人发现后，急忙向员外禀告。巴拉都白音听了，非常高兴，向空中叩拜说："这一定是天神下凡，来给我指点。"立即带着奴仆随从，骑着貉色银蹄快走马，没用多少时辰，就赶到尼斯亥河畔。

巴拉都白音见村东头的小厢房前，有一个年轻女人正在挂晒刚洗完的衣服。他就上前问讯："格格，尼桑萨满的家坐落在哪里？劳驾给我指点一下。"那女人听了，微微一笑，指指村西头说："在那边儿。"员外急忙骑马赶到村西头，见有个老者站在那里抽烟，急忙下马，走近前去请安问话："老哥，尼桑萨满的家在哪里？请您告知。"那人说："你有什么事，急成这样？"员外说："请老哥发发慈悲，快告诉我吧。"那人说："刚才你在东头问路的那家，正是尼桑萨满的家。老兄被她骗了。你想请她，得恭恭敬敬，诚心诚意。这位萨满能降服鬼神，起死回生，神通广大。别的萨满没法和她相比。”

巴拉都白音谢过那人，又骑马匆匆忙忙赶回东头，在那座厢房前下马，走进屋里。见南炕上坐着一位灰白头发的老太太，刚才指路的那个年轻女人站在灶口处抽烟。员外猜想：坐在炕上的老太太一定是萨满了，就跪在地上请她。老太太说："老大哥认错了，我不是萨满。站在灶门口的是我儿媳妇，她才是萨满。"巴拉都白音转身给那个年轻女人跪下，请求道："萨满格格，你的大名到处传扬，众口交赞。只因为二十个萨满能力浮浅、四十个萨满神力不达之故，特地前来延请。有劳格格慈悲，给我指明天数。"那年轻女人微微一笑说："白音老哥，我真的不骗你。我这个萨满是新学的，对上天安排的天数，还看不透。早点儿请别的萨满给你看吧，别耽误了正事。"

巴拉都白音一听，泪如雨下，连连叩头，再三哀求。后来，萨满说："看你初来的分儿上，就给你看看吧。如果是别的人来，说什么也不能给看。"说完，净目洗面，整列香桌，在屋地中间放上一把杌凳坐好。右手拿着皮鼓，左手挥着鼓槌，开始击鼓请神。只听她用那婉转的嗓音唱起"嗬博格"，用高亢的嗓音唱起"德扬库"，反复诵唱数遍，神魂就已附体。

巴拉都白音跪在地上细听，尼桑萨满的神魂啮齿喻示道：

额衣库乐，衣额库乐，
巴拉都姓的，
额衣库乐，衣额库乐，
龙年生人，
额衣库乐，衣额库乐，
侧耳听着！
额衣库乐，衣额库乐，
讯问天数的，
额衣库乐，衣额库乐，
前来的老哥，
额衣库乐，衣额库乐，
仔细听着——

额衣库乐，衣额库乐，
说得对不对，
额衣库乐，衣额库乐，
讲得明不明？
额衣库乐，衣额库乐，
说得不对，
额衣库乐，衣额库乐，
就是骗人。
额衣库乐，衣额库乐，
骗人的萨满，
额衣库乐，衣额库乐，
道不出真情！
额衣库乐，衣额库乐，

二十五岁上，
额衣库乐，衣额库乐，
你曾养过，
额衣库乐，衣额库乐，
一个阿格。
额衣库乐，衣额库乐，
十五岁那年，
额衣库乐，衣额库乐，
衡郎山上，
额衣库乐，衣额库乐，
打牲围猎。
额衣库乐，衣额库乐，
山上的恶鬼，
额衣库乐，衣额库乐，
叫作“库木如”。[1]
额衣库乐，衣额库乐，
把你儿的魂灵，

① 库木如：鬼名。

额衣库乐，衣额库乐，
偷偷攫走。
额衣库乐，衣额库乐，
阿格因此染病，
额衣库乐，衣额库乐，
死在山中。
额衣库乐，衣额库乐。

从那以后，
额衣库乐，衣额库乐，
再没生育。
额衣库乐，衣额库乐，
五十岁上，
额衣库乐，衣额库乐，
才得此儿。
额衣库乐，衣额库乐，
老年得子，
额衣库乐，衣额库乐，
伶俐可爱——
额衣库乐，衣额库乐，
瑟日古黛·费扬古，
额衣库乐，衣额库乐，
因此得名。
额衣库乐，衣额库乐，
阿格聪明，
额衣库乐，衣额库乐，
远近闻名，
额衣库乐，衣额库乐，
正当十五，
额衣库乐，衣额库乐，
又到南山，
额衣库乐，衣额库乐，
行乐围猎，

额衣库乐，衣额库乐，
残害生灵。
额衣库乐，衣额库乐，
伊勒门汗[①]得知，
额衣库乐，衣额库乐，
派遣鬼神，
额衣库乐，衣额库乐，
攫走他灵魂。
额衣库乐，衣额库乐，
若想救助，
额衣库乐，衣额库乐，
实在不易；
额衣库乐，衣额库乐，
叫他复活，
额衣库乐，衣额库乐，
难上加难！
额衣库乐，衣额库乐，
是这样吧？
额衣库乐，衣额库乐，
对还是不对？
额衣库乐，衣额库乐。

巴拉都白音听了以后，叩头不迭："圣神预言，全都对，全都属实。"

尼桑萨满捧香送走神魂，开始收拾皮鼓、鼓槌。巴拉都白音跪在地上哭求道："萨满格格看得这么透彻，还请你慈悲，有劳前去救助犬子的性命。如能把他救活，四时不忘供奉你的圣神；我亲自前来延请，酬谢的事更不能失礼。"尼桑萨满询问："我猜想，在你家里，有一只和你儿子同年同日生的狗；还有一只三个年头的公鸡和不少陈酱吧？"巴拉都白音连忙答道："这些东西确实有！看得这么准，真是神奇的、天神一般的萨满哪！我看，大的、沉的神器神具，能不能现在就人挑马驮带回去？好请你及早去救助我犬子的性命。"尼桑萨满笑着说："起死回生的事儿，

① 伊勒门汗(ilmun han)：阎王。

我这样一个柔弱的萨满哪能办得到呢！别在没用的地方白扔银子、在无益之处破费钱财啦。你还是去请别的有德能的萨满吧！我新学，连萨满的皮毛还没学到呢。”

巴拉都白音在地上叩头恸哭，再三恳请。他说：“萨满格格如能搭救我儿子的性命，我就把家里的金银财宝、花绸蟒缎、牛羊马群的半数，当作谢礼报答你。”求到最后，尼桑萨满实在没法再推脱了，就说：“白音老哥，你起来吧。我呢，就去试试看。如果侥幸成功，也别高兴；如果办不成，也别埋怨。这些话，事先得讲个明白，你可得记清。”

巴拉都白音一听，可高兴坏了。连忙跃身而起，给尼桑萨满和她婆母敬烟。然后飞马赶回家里，立即叫来阿哈勒吉、巴哈勒吉：“赶快备轿，火速去请尼桑萨满！”

阿哈勒吉、巴哈勒吉很快准备停当，带人前去迎请尼桑萨满。到了尼斯亥河畔尼桑萨满家，拜见萨满，请过安后，把她的神衣神具和神柜分装在三辆车上，让萨满坐在轿里，八个壮实的青年抬着，疾走如飞。转眼之间，就来到员外家门前，巴拉都白音全家恭恭敬敬地把尼桑萨满迎进屋里。

尼桑萨满把神柜摆列在大炕中间，燃香叩头三遍。这时，桌上早已摆好了饭菜，萨满吃过以后，用湿手巾擦擦脸，准备好皮鼓以后，就开始击鼓请神。

本村里的三四个萨满当扎利[①]，鼓点全都敲得错乱不堪。尼桑萨满停下手说：“就这样子，哪能合得来呢！”员外说：“我们这个村里，再没有别的能手了。萨满格格如有原先跟随的大扎利，烦请告知。”尼桑萨满说：“我们村里有位七十岁的纳拉·费扬古[②]老人，合鼓随唱，咒词神调，样样精通。如果能把他请来，这点小小不言的事，完全能办得顺顺当当。”

员外立即派阿哈勒吉骑着一匹马，牵着一匹马，去请纳拉·费扬古。没用多久，就把他请到。下马后，巴拉都白音把他迎进屋里。尼桑萨满笑着对他说：“为神祇效力的贵老兄来啦！辅助天神的有才干的老兄纳拉·费扬古，助手扎利你听清：好好帮助格格我请神唱打，我的神鼓全

① 扎利：萨满助手，俗称“二神”。“大扎利”是“扎利”的领班，也就是萨满的主要助手（“萨满相”）。

② 纳拉·费扬古的“纳拉”，在下文中有时作“纳利”。

靠你配合啦！如果你无能，就用黄鼠狼尾皮蒙的鼓槌打你尊贵的大腿，如果你的腔调不合，就用欧李木湿鼓槌打你的臀部！”纳拉·费扬古笑道：“霸道的萨满，刁怪的尼桑！鄙扎利我晓得啦，不必再教训！”他坐在炕上，等备好茶饭以后，就开始帮她请神。

这时，尼桑萨满已穿好神衣，系上腰铃裙子，头戴九雀神帽。她那娇美柔软的身姿，就像迎风颤动的柳枝，宛似婀娜的阳春牡丹。她高声唱起神歌，嗓音如同云雀一般婉转动听。那请神词是：

> 嗬格，呀格，[①]
> 快从石洞里，嗬格，呀格，
> 速速赶来！嗬格，呀格！
> 十万火急呀，嗬格，呀格，
> 火速赶来！嗬格，呀格。

这样唱着，尼桑萨满的神魂即刻附体。她啮齿喻告：[②]

> 嗬格，呀格，
> 一旁站的，嗬格，呀格，
> 随从扎利，嗬格，呀格；
> 陪同站的，嗬格，呀格，
> 大扎利，嗬格，呀格；
> 近前站的，嗬格，呀格，
> 羸弱的扎利，嗬格，呀格；
> 周围站的，嗬格，呀格，
> 聪明的扎利，嗬格，呀格，
> 启开薄耳，嗬格，呀格，
> 细听我言，嗬格，呀格；
> 侧着聪耳，嗬格，呀格，
> 详记我言，嗬格，呀格——

---

① 嗬格，呀格：萨满调衬词。

② 萨满神魂附体后，根据所附神魂的不同，表现各异。如：“狐神柔而和，虎神刚而厉，蛇神险而峭，妈妈神噢咻善嗽，姑娘神腼腆善啐，哥儿神雄纠善饮”等等。从这段唱词中推测，这个神魂可能是狐、獾之类。

把那公鸡，嗬格，呀格，
头部绑好，嗬格，呀格；
把那黎狗，嗬格，呀格，
足间绊牢，嗬格，呀格；
百块陈酱，嗬格，呀格，
旁边摆放，嗬格，呀格；
百把白栾纸，嗬格，呀格，
捆卷停当，嗬格，呀格。
阴暗的地府，嗬格，呀格，
前去寻觅，嗬格，呀格；
死国关卡，嗬格，呀格，
充作谢礼，嗬格，呀格。

险恶的地方，嗬格，呀格，
前去索命，嗬格，呀格；
落魂之处，嗬格，呀格，
前去举升，嗬格，呀格。
可靠的扎利，嗬格，呀格，
引路接应，嗬格，呀格！
如能遂愿，嗬格，呀格，
取魂归来，嗬格，呀格，
鼻子周围，嗬格，呀格，
泼二十担水，嗬格，呀格；
头脸周围，嗬格，呀格，
浇四十桶水，嗬格，呀格！[①]

尼桑萨满唱到这里，直挺挺地倒下去。能干的扎利纳拉·费扬古连忙接住，让她慢慢躺下，把她的腰铃裙、神鼓、鼓槌收拾好；又把鸡狗捆牢，酱块、纸钱摆放在桌上。然后，他陪坐在尼桑萨满身边，敲起皮鼓，开始唱起神歌，为尼桑萨满的神魂引路：

① 在原文中，“鼻子”和“二十”、“脸”和“四十”两对词谐头韵，两句话的意思是：在尼桑萨满取魂归来时，往她头前泼水，帮助她苏醒过来。

馨格勒吉，英格勒吉[1]，
灯盏的光亮下，
馨格勒吉，英格勒吉，
黑暗退隐。
馨格勒吉，英格勒吉，
昼夜之间，
馨格勒吉，英格勒吉，
豪富人家的，
馨格勒吉，英格勒吉，
瑟日古黛·费扬古，
馨格勒吉，英格勒吉，
灵魂的缘故，
馨格勒吉，英格勒吉，
到不毛之地，
馨格勒吉，英格勒吉，
俯伏搜寻。
馨格勒吉，英格勒吉，
到阴暗的地方
馨格勒吉，英格勒吉，
追踪迷魂。
馨格勒吉，英格勒吉，
到险恶的地方，
馨格勒吉，英格勒吉，
索取真魂。
馨格勒吉，英格勒吉，
坠落的幽魂，
馨格勒吉，英格勒吉，
前去举升。
馨格勒吉，英格勒吉，
鬼神共效力，
馨格勒吉，英格勒吉，

① 馨格勒吉，英格勒吉：衬词。似拟铃铛晃动之声。

灵怪任遣使。
馨格勒吉，英格勒吉，
苍天之下，
馨格勒吉，英格勒吉，
声望传布；
馨格勒吉，英格勒吉，
众国文中，
馨格勒吉，英格勒吉，
不乏赞誉。
馨格勒吉，英格勒吉！

纳拉·费扬古这样诵唱着。尼桑萨满已经带领着鸡、狗，扛着陈酱、纸钱，前往阴府去会见伊勒门汗。众神魂紧紧跟随在她的周围，只见那：走兽精灵奔跑着，雀鸟精灵飞腾着，蛇精蟒怪蠕动着，一起跟随尼桑萨满，如同旋风一样向前赶去。

不久，来到一条大河岸边，不知道哪里有渡口，也不知道有没有渡船。正在巡视的时候，有个人划着"威呼"[①]出现在对岸。尼桑萨满一看便知，呼唤道：

嗬巴格，耶巴格，[②]
渡口摆渡的，
嗬巴格，耶巴格，
瘸子大哥，
嗬巴格，耶巴格，
听着我的话！
嗬巴格，耶巴格，
把你的薄耳，
嗬巴格，耶巴格，
启开细听！

① "威呼"（weihu）即独木舟：《黑龙江志稿》卷六"地理·风俗"中载："威呼，独木舟也。刳木为之。长二丈余。阔容膝。头尖尾锐。载数人。水不及舷仅寸许。荡漾中流。驶行如箭。初乘此舟者。瞑目不敢视。其险可想。遇水盛亦可联二为一。以济车马。土人习于威呼。驰行水面如履平地。"

② 嗬巴格，耶巴格（hobage yebage）：衬词。

嗬巴格，耶巴格，
用你的聪耳，
嗬巴格，耶巴格，
仔细听清！
嗬巴格，耶巴格，
丑瘸子赖黑[1]，
嗬巴格，耶巴格，
你边记边听——
嗬巴格，耶巴格，
诚心敬神，
嗬巴格，耶巴格，
才有贵升；
嗬巴格，耶巴格，
虔诚祭祀，
嗬巴格，耶巴格，
才有长进。
嗬巴格，耶巴格，
做成主人[2]，
嗬巴格，耶巴格，
才有德能。
嗬巴格，耶巴格，
父亲的家族，
嗬巴格，耶巴格，
常去探看；
嗬巴格，耶巴格，
母亲的亲族，
嗬巴格，耶巴格，
常去请安；
嗬巴格，耶巴格，
外祖父家里，

① 赖黑：赖皮、无赖。

② “主人”，可能是指有能力遣使神灵精怪的人，即萨满。下文中，尼桑萨满在呼唤其神魂时自称“小主人”，即可说明此意。

嗬巴格，耶巴格，
常去射箭；
嗬巴格，耶巴格，
外祖母家里，
嗬巴格，耶巴格，
常去嬉玩；
嗬巴格，耶巴格，
姨母家里，
嗬巴格，耶巴格，
常来常往；
嗬巴格，耶巴格，
叔父家里，
嗬巴格，耶巴格，
取魂何难！[①]

嗬巴格，耶巴格，
你若能摆我，
嗬巴格，耶巴格，
就给你酱块；
嗬巴格，耶巴格，
若能快渡，
嗬巴格，耶巴格，
就给你纸钱；
嗬巴格，耶巴格，
不叫你白忙，
嗬巴格，耶巴格，
给你报酬；
嗬巴格，耶巴格，
用心摆渡，
嗬巴格，耶巴格，
给你财物；

① 以上可能是尼桑萨满在描述自己的神通，即往来于人世和阴间，如走亲戚一样容易。

嗬巴格，耶巴格，
从速摆渡，
嗬巴格，耶巴格，
奉送给你的，
嗬巴格，耶巴格，
还有浓味白酒！

嗬巴格，耶巴格，
我要到那——
嗬巴格，耶巴格，
险恶的地方，
嗬巴格，耶巴格，
去赎取亡魂！
嗬巴格，耶巴格，
黑暗的地方
嗬巴格，耶巴格，
去追寻迷魂！
嗬巴格，耶巴格。

摆渡人赖黑听了，用半拉桨，把半拉独木舟从对岸划过来。到跟前细看他时，只见他：独眼、歪鼻、豁耳、秃顶、瘸腿、拐手。他说道："是萨满格格呀！久闻你的大名啦！要是别人，我绝不摆他。这一回，你要名扬天下啦！这是天理注定，没办法，我摆你过去吧！"

丑瘸子赖黑让尼桑萨满登上独木舟，支篙划桨，摆到对岸。尼桑萨满拿出三块陈酱、三把纸钱给他说："这是一点薄意，请收下。"又问道："有谁在我之前，从这里经过吗？"丑瘸子赖黑说："别人没有。唯有伊勒门汗的亲戚孟古勒岱舅舅，带着巴拉都白音的儿子瑟日古黛·费扬古路过这里。"

尼桑萨满谢过他，立即动身往前赶路。不久，一条红河横在前面，渡口附近，不但没有渡船，连一个人影儿也不见。尼桑萨满实在无法可想，就开始求助她的神魂：

额衣库利，衣额库利[1]，
在天空中盘旋的
额衣库利，衣额库利，
大雕圣神，
额衣库利，衣额库利，
在大海上飞掠的
额衣库利，衣额库利，
银鹡鸰神，
额衣库利，衣额库利，
在浪里翻搅的
额衣库利，衣额库利，
发怒的蛇神，
额衣库利，衣额库利，
在沾河里推波的
额衣库利，衣额库利，
八庹蟒神，
额衣库利，衣额库利，
小主人我，
额衣库利，衣额库利，
急需渡过，
额衣库利，衣额库利，
这条红河。
额衣库利，衣额库利，
众神灵们，
额衣库利，衣额库利，
助我兴风！
额衣库利，衣额库利，
从速从急，
额衣库利，衣额库利，
快显神通！
额衣库利，衣额库利。

① 额衣库利，衣额库利(eikuli yekuli)：衬词。“额衣”和“衣额”同样读成一个音节。

尼桑萨满求完，把神鼓扔在河中，像一股急速的旋风般飞过河去。[①]过了河以后，给河主三块陈酱、三把纸钱作为谢礼，又急急向前趱行。

到了头道鬼门关，色勒图、森该图两个鬼将喝问她："你是何人，大胆到此？我等奉伊勒门汗的旨令，在此把守关口。要想过关，速速把事由报来！"尼桑萨满说："我是人世间的尼桑萨满，到阴间去拜会孟古勒岱舅舅。"二鬼将说："不论是谁，要想过关，依照惯例，得送上名牌、酬礼。"尼桑萨满就把名牌和三块陈酱、三把纸钱一起呈上去，才过了头道鬼门关。过第二道关口时，也照样送上名牌、酬礼，顺利通过。又往前走不久，就来到孟古勒岱舅舅的大门前。

尼桑萨满晃动腰铃，鸣响神铃，唱起"嗬格呀格"神调：

孟古勒岱舅舅，嗬格，呀格，
从速从急，嗬格，呀格，
快快出来！嗬格，呀格，

你为何故，嗬格，呀格，
把好端端活着，嗬格，呀格，
寿限未到的人，嗬格，呀格，
随便抓来？嗬格，呀格，
把时辰未到的人，嗬格，呀格，
强横地抓来？嗬格，呀格。
如果是真，嗬格，呀格，
就该承认！嗬格，呀格，
交还给我，嗬格，呀格，
还有奉送。嗬格，呀格。

如若交还，嗬格，呀格，
备有工钱；嗬格，呀格。
果真交还，嗬格，呀格，
有陈酱奉献。嗬格，呀格。

① 传说中，萨满神鼓可负萨满随意飞腾：上天如疾鸟，落地似奔马，下水赛飞舟。

如能送出，嗬格，呀格，
给你利钱；嗬格，呀格。
摆渡的谢礼，嗬格，呀格，
还可外添。嗬格，呀格。

如不交出，嗬格，呀格，
没你的好处！嗬格，呀格，
我神魂的厉害，嗬格，呀格，
你岂能不知？嗬格，呀格，
飞腾穿越，嗬格，呀格，
入你家宅，嗬格，呀格，
取出迷魂，嗬格，呀格，
毫无阻碍！嗬格，呀格。

尼桑萨满这样晃动着腰铃，抖动着神帽，高声吆喝，神铃轰鸣，响成一片。孟古勒岱舅舅嘿嘿笑着走出来说："尼桑萨满，你听着！我把巴拉都白音的儿子瑟日古黛·费扬古的魂灵抓来是实，可这与你有何相干？我到底偷了你家的什么东西，你竟来到我的大门外这样高声吵闹，兴师问罪？"

尼桑萨满说："你虽然没偷我的东西；可是，你为什么把活得好好的、寿限未到的人抓来？为什么把人家无罪的独生儿子抓来？"

孟古勒岱舅舅说："我是奉了伊勒门汗的旨令，把那个小儿传来的。……[①]在高高的旗杆上吊一枚铜钱，让他射钱孔，他三箭全射中了。又让他和蓝力士较力，蓝力士被他摔倒了；连狮力士也承当不了他的膂力。所以，伊勒门汗倍加宠爱，把他当作儿子收养。岂有归还之理？"

尼桑萨满听了这番话，向孟古勒岱舅舅说："如果真是这样，这事和你无关。你是个大好人，请带我去见伊勒门汗，看能不能把瑟日古黛要出来？要是我的神通大，就能得到他；要是我的神通差得太远，就此拉倒。办成与否，都和你无关。"

---

① 原文此处上下不够衔接。意思可能是：孟古勒岱奉命把瑟日古黛·费扬古的灵魂抓来以后，交给了伊勒门汗。伊勒门汗为考验瑟日古黛的箭法和膂力，才令其射钱孔并与力士较力。

于是，他们一同到伊勒门汗的王城去。到了那里，见城门紧闭，细看周围，城垣修筑得非常牢固。尼桑萨满被拒城外，无法入内。不由得怒气升腾，唱起神调：

克拉尼，克拉尼，[①]
巍巍东山，
克拉尼，克拉尼，
栖息的神禽，
克拉尼，克拉尼，
绵绵苍岭[②]，
克拉尼，克拉尼，
檀木鬼祟，
克拉尼，克拉尼，
茫坎[③]山上，
克拉尼，克拉尼，
柞木精怪，
克拉尼，克拉尼，
九庹蛇神，
克拉尼，克拉尼，
八庹蟒神，
克拉尼，克拉尼！

伏处石窟的，
克拉尼，克拉尼，
藏身铁关的，
克拉尼，克拉尼，
虎神彪精，
克拉尼，克拉尼，
狼獾[④]黑熊，

---

① 克拉尼：衬词。
② “苍岭”，音译。
③ “茫坎”，音译。山名或沙岗之意。
④ “狼獾”又称貂熊，《清文总监》译作“脆牲”。

克拉尼，克拉尼！
在山上盘旋的，
克拉尼，克拉尼，
金鹡鸰神，
克拉尼，克拉尼，
在盛京周围的，
克拉尼，克拉尼，
银鹡鸰神，
克拉尼，克拉尼，
飞腾的鹰神，
克拉尼，克拉尼，
领头的头雕，
克拉尼，克拉尼，
花斑的大雕，
克拉尼，克拉尼，

地里的丑鬼们，
克拉尼，克拉尼，
九囤二十二阵的，
克拉尼，克拉尼，
众厉鬼们，
克拉尼，克拉尼！

从速从急，
克拉尼，克拉尼，
飞越高垣，
克拉尼，克拉尼，
穿入王城，
克拉尼，克拉尼！

飞落之时，
克拉尼，克拉尼，
急速攫取，

克拉尼，克拉尼！
得抓之时，
克拉尼，克拉尼，
紧紧抓取，
克拉尼，克拉尼！
在金香炉里，
克拉尼，克拉尼，
装着取来，
克拉尼，克拉尼！
在银香炉里，
克拉尼，克拉尼，
扣着取来，
克拉尼，克拉尼！
用肩膀的力量，
克拉尼，克拉尼，
扛着取来，
克拉尼，克拉尼！

众鬼神们听到尼桑萨满的呼叫，都飞腾起来，像云雾一样盖住伊勒门汗的王城。

瑟日古黛·费扬古的灵魂这时正和伊勒门汗的儿子们一起掷玩金银嘎拉哈[①]，一只巨鸟忽然从头顶飞掠下来，把他抓走。伊勒门汗的儿子们全都惊慌地跑回家里，向汗父报告："不好啦，瑟日古黛哥哥被一只大鸟抓走啦！"

伊勒门汗十分恼怒，急忙派鬼使唤来孟古勒岱舅舅，责问道："你送来的瑟日古黛·费扬古被一个大鸟抓走了。这件事，说不定是你搞的鬼！你想怎么办呢？"孟古勒岱说："主上别生气。我想这事儿不是别人干的，一定是人世上数一数二、名扬大国的尼桑萨满，别的萨满没法和她比。我现在就去追赶她。"

这时，尼桑萨满因为得到瑟日古黛·费扬古的灵魂，心里非常高兴，用手领着他，顺着来路往回走。正走间，孟古勒岱从后面赶上来："萨满

① 嘎拉哈：猪羊等畜兽踝骨。

格格稍等片刻，咱们得评评理！我费尽气力取来的瑟日古黛，难道你就这样白白拿走吗？你抢走他，或许依仗你是萨满吧？现在，我们的伊勒门汗盛怒，将我责怪，我实在无法回复他。萨满格格你凭心想想看：原定的酬金我还没拿到，你这样一走了之，越发理上不合啦！"

尼桑萨满说："孟古勒岱，你这般好言相求，就给你留下一点酬谢吧。如果你依仗你们的汗，一味强横，谁还怕你不成！"说着，给他三块酱，三把纸钱。孟古勒岱接过以后，仍旧请求道："这点酬谢实在太少了，再给添点儿吧。"尼桑萨满又添了一份。孟古勒岱说："这一点酬谢，给我们的汗实在不够，我的罪责如何得以开脱？求萨满格格把带来的鸡和狗给我吧！我们的汗没有这样的猎狗和夜里打鸣的鸡，要能送给他，就能开脱我的罪过；汗要是高兴，格格的事儿也好办了。"尼桑萨满说："这两个生灵对我有不少用处。但只要能给瑟日古黛增寿，全都给你留下吧。"孟古勒岱说："看萨满格格的面子上，就给他增寿到二十岁吧。"尼桑萨满说[①]："鼻涕还没干的时候就取回来，这寿增得有何益？因此，就增到三十岁吧；可是，在他心志还没定的时候就取回来，这寿增得也无益，因此就增到四十岁吧；可是，在他还没有扬名荣升的时候就取回来，也无益，因此，应该增到五十岁；可是，在他还没成为贤哲之士的时候就取回来，又有何益呢？因此，应该增到六十岁；可是，在他还没谙熟箭法的时候就取回来，也无益，所以，该增到七十岁；但在他还没熟习细工巧活的时候取回来，又有何益呢？所以，该增到八十岁；可在他还没通晓事理的时候就取回来，这寿增得也无益；因此，应该增到九十岁。再往前就不必了。除增寿外，还得保他从此以后，直到六十岁无病，百年无忌，坐席周围有九个儿子，谢世时有八个儿子发送；白发满头时，牙不黄，腰不闪，眼不花，足不跌，大小便都能自理。"

孟古勒岱答允下来以后，尼桑萨满就把鸡狗送给他："孟古勒岱舅舅，你有这番好心，就把它们给你留下吧。喊鸡时叫'阿西'，叫狗时喊'促促'。[②]"

孟古勒岱非常满意，牵着鸡、狗往回走。路上，他想试验一下，就把它们都放开，喊"阿西"和"促促"，想把它们叫回来。可是，鸡和狗

---

① 以下这段话，是头韵严整的韵语和排比句，对各句的含意，要从整体上来理解。

② "阿西"，是轰鸡时喊的。"促促"是驱狗时用的。

却往回跑去，孟古勒岱在后边使劲喊，鸡和狗跑得就越厉害，孟古勒岱拼命在后面追赶，一直追到尼桑萨满身边。

孟古勒岱气喘吁吁地请求尼桑萨满："萨满格格，为啥我一叫，鸡和狗都使劲往回跑？是你在捉弄我吧？我要不把这两个东西带回去，伊勒门汗就要怪罪我，我如何受得了？"他再三再四地苦苦哀求，尼桑萨满笑着说："刚才我是逗你玩。这回你可要记住：叫鸡的时候喊'咕咕'，叫狗的时候喊'额利额利'[①]。"孟古勒岱说："格格开玩笑，急得我跑了一身大汗。"再照尼桑萨满的话叫的时候，鸡和狗都服服帖帖、摇头摆尾地跟着他走了。

尼桑萨满牵着瑟日古黛·费扬古的手，循原路往回走。遇见她丈夫的阴魂一脸怒气，拦住去路，路边支着一口油锅，秫秸火把油锅烧得滚开。当他看到妻子的时候，狠狠切齿道："淫荡的尼桑萨满！你能救活别人，为什么不来救救你自己的丈夫？今天，我特意在这里等候你，想不想救我，赶快讲个明白！如果你不愿意救我，休想从这里过去，这口油锅就是给你预备的！"

尼桑萨满好言说道：

我的丈夫哟，
海兰毕，纾楞毕，
不要急躁，
海兰毕，纾楞毕，
我的男人哟，
海兰毕，纾楞毕，
不要气恼，
海兰毕，纾楞毕，
启开你的薄耳，
海兰毕，纾楞毕，
托着你的厚耳，
海兰毕，纾楞毕，
细听我的言语，
海兰毕，纾楞毕！

① "额利额利"，"这儿来"的意思。

你的身体，
海兰毕，纾楞毕，
筋节已断，
海兰毕，纾楞毕，
谢世年久，
海兰毕，纾楞毕，
肉都已经腐烂，
海兰毕，纾楞毕，
骸骨都已枯干，
海兰毕，纾楞毕，
要想救活，
海兰毕，纾楞毕，
难上加难，
海兰毕，纾楞毕！

我的丈夫啊，
海兰毕，纾楞毕，
你可掂一掂，
海兰毕，纾楞毕：

如果给我方便，
海兰毕，纾楞毕，
在你的坟头，
海兰毕，纾楞毕，
四时烧祭纸钱，
海兰毕，纾楞毕，
按期供奉汤饭，
海兰毕，纾楞毕；
侍奉你老母，
海兰毕，纾楞毕，
颐养天年，
海兰毕，纾楞毕。

如对你老母，
海兰毕，纾楞毕，
还有恻隐之心，
海兰毕，纾楞毕，
就快快放我，
海兰毕，纾楞毕，
返回人间，
海兰毕，纾楞毕！

尼桑萨满好言相求，丈夫却执意为难，恶狠狠地说道：“荡妇全然不顾夫妻情义！尼桑萨满妻子你听着：我活着的时候，你嫌我家穷，眼睛里根本就没看上我家！这是实情，你自己心里比谁都清楚！这次，你又如此肆无忌惮地胡作非为，你心里还能想着我的老母吗？现在，就把过去和眼下的两笔账一起算清！不是把你投进油锅里，就是我和你一起往里跳！到底怎么办，你快快拿定主意！”

尼桑萨满听到这里，怒从心生，大声喝道：“我的丈夫你听着——

德尼昆，德尼昆[1]，
你死的时候，
德尼昆，德尼昆，
留下过什么财宝？
德尼昆，德尼昆，
是我守着，
德尼昆，德尼昆，
缺柴少米的穷家，
德尼昆，德尼昆，
和你那老母，
德尼昆，德尼昆，
竭尽辛劳，
德尼昆，德尼昆，
赡养到今秋，

① 德尼昆：衬词。

德尼昆，德尼昆！

丈夫你心里，
德尼昆，德尼昆，
要细细思量，
德尼昆，德尼昆！
正是有情有义的人，
德尼昆，德尼昆，
反遭恶意中伤，
德尼昆，德尼昆！

既然你今天，
德尼昆，德尼昆，
这样蛮横无理，
德尼昆，德尼昆，
我也会同样，
德尼昆，德尼昆，
对你不再客气，
德尼昆，德尼昆！
叫你也尝尝，
德尼昆，德尼昆，
尼桑萨满的厉害，
德尼昆，德尼昆！
把你送到那，
德尼昆，德尼昆，
绝死之地，
德尼昆，德尼昆！

叫声我的神魂，
德尼昆，德尼昆，
在树林中盘旋的，
德尼昆，德尼昆，
巨鹤恶神，

德尼昆，德尼昆，
从速从急，
德尼昆，德尼昆，
捕拿我丈夫，
德尼昆，德尼昆，
把他永远扔在，
德尼昆，德尼昆，
酆都城里，
德尼昆，德尼昆！
叫他万世难脱
德尼昆，德尼昆，
枯骨之骸，
德尼昆，德尼昆！
让他永世不得，
德尼昆，德尼昆，
到人间投胎，
德尼昆，德尼昆！

一只巨鹤应声飞下，抓起尼桑萨满的丈夫扔进酆都城里。尼桑萨满高声唱起“德扬库”神调：

德扬库，德扬库，
没有丈夫，
德扬库，德扬库，
过舒心的日子，
德扬库，德扬库！
没有男人，
德扬库，德扬库，
昂着头过日子！
德扬库，德扬库，
在母亲的亲族中，
德扬库，德扬库，
随心欢游，

德扬库，德扬库！
在寿数之内，
德扬库，德扬库，
尽情享受，
德扬库，德扬库！
没有子嗣，
德扬库，德扬库，
日子照样美好，
德扬库，德扬库！
没有同族，
德扬库，德扬库，
有近邻相处，
德扬库，德扬库！
青春的年华，
德扬库，德扬库，
情趣无涯，
德扬库，德扬库！

尼桑萨满领着瑟日古黛·费扬古，似旋风一样急趱。正行之间，发现路旁有一座威严华丽的楼阁，五色彩云缭绕在周围。尼桑萨满近前观看，见两个穿戴着金盔甲、拿着铁棒的神将看守着大门。

尼桑萨满上前问讯："请问老大哥，这是什么地方？里面住的是什么人？"那两个神将说："楼阁里住的是，能叫含苞绽蕾的、能使根枝繁茂的乌麦玛玛[1]。"尼桑萨满请求道："我想顺道给乌麦玛玛叩头，不知行不行？"两个神将说："行。"

于是，尼桑萨满拿出三把纸钱、三块酱作为谢礼，进了头道大门。

到第二道大门时，又有两个穿戴着盔甲的神将喝住尼桑萨满："站住！何人胆敢随便闯入神府？快快退去！稍有怠慢，就要棒打！"尼桑萨满说："圣神不要动怒，我不是恶鬼迷魂，人世间叫尼桑萨满的，就是我！因为顺道，想叩见大恩大德的乌麦玛玛。"二门神将说："格格既然如此心诚，就放你进去吧。进去以后，要赶快出来。"尼桑萨满又给过谢

① 乌麦玛玛：福神。

礼，进了第二道大门。过第三道大门时，也照样奉上谢礼。

尼桑萨满走进院内，抬眼细看，见楼阁顶上闪耀着彩光，房门周围缭绕着瑞霭。两个身穿五色花衣、高绾发髻的女人站在门旁，一个手里拿着金香炉，一个手里拿着银香炉。其中一个笑着说："这个女人我好像认识。你不是人世上尼斯亥河边住的尼桑萨满吗？"尼桑萨满十分惊异："你是谁？我怎么不认识你？"那女人说："你怎么能不认识我呢？咱们是一个屯子的人。我是邻居纳拉·费扬古的妻子，前年，娶我刚两天，我就出痘死了。是乌麦玛玛把我接来，留在身边使唤。"经她这么一说，尼桑萨满认出她了，彼此都挺高兴。那女人连忙打开房门，把尼桑萨满让进大殿里。

尼桑萨满抬头看时，见殿堂正中坐着一位老妪，头发像膏脂一样雪白，眼泡下垂，长脸大嘴，下巴颏儿向前撅着，牙都掉没了，只剩下光光的牙龈。在她两旁，站着二十多个女人，有的背着孩子，有的抱着孩子，有的忙着做小孩，有的用丝线穿小孩，有的往口袋里装小孩，扛的扛，拿的拿，全都没有闲着的。她们都从日出方向的房门走出去。

尼桑萨满看到这里，慌忙跪在地上，向老妪叩头三巡九遍。乌麦玛玛问道："你是什么人？我怎么不认识？到这里来做什么？"尼桑萨满跪着说道："小人是人世间尼斯亥河边的尼桑萨满。这次前来阴曹办事，顺道给乌麦玛玛叩头请安。"乌麦玛玛说："我的忘性太大啦！我早就给你准备了几样东西，你总也不到。我给你准备的是：有神威的神帽，系扎的腰铃，手拿的神鼓。你合该名扬四方。你来到此地，正好看看我给世人定下的善果恶报，好让世人也都知道。本来，萨满、学者、奴仆、大人，个个分明；升迁显贵、恶乱之行，穷富、贼盗、官宦、乞丐、酗酒、聚赌、女人贪淫等等诸般善恶，都在这里论定。这全是天命啊！"说完告诉手下人："带萨满去看一看吧。"一个女人应声走过来请尼桑萨满："走吧，跟我一起去观游观游吧。"

于是，尼桑萨满就跟着她到各处观看。

一处树林风景美好，弥漫着五色瑞彩。尼桑萨满问道："这是什么树林？"那女人告诉她："这片树林，是你们人世上敬献给乌麦玛玛的洁净的柳枝，所以，根壮叶茂，孩子们的天花也能得愈；那片树林，枝叶不繁茂，七零八落，那是因为你们人世上把牛马吃过的柳枝送给乌麦玛玛的缘故，孩子们的天花也不会得愈。这就是惩罚，你仔细看看吧。"

再往前走，在东边的一间房子里，有一个大辘轳在不停地转动。那里面，有一群一群的家畜、走兽、飞禽、虫豸等生灵在奔跑飞腾着。尼桑萨满探问时，带路的女人告诉她："这是所有生灵转轮投生的地方。"

前面，又看见一座很大的鬼门关，没有大门，鬼魂在来往行走。里面就是酆都城，黑雾弥漫，众鬼号哭。恶狗四处出没，抢食人肉。惊鬼游魂悲恸号哭，冤声冲天撼地。又有明镜山、暗镜峰等地，善恶刑罚丝毫不缺。

再往前走，看见一个公堂。堂上坐着一个官吏，正在拷问各类恶人的鬼魂。西厢房里，吊挂着犯有盗窃、抢掠等罪行的人；东厢房里，监禁着不孝顺父母的人；无义夫妻，都戴着首枷；殴打父母者，罚下油锅；弟子不敬师父者，捆在柱子上；妻子对丈夫强横者，处以凌迟；道士奸淫妇女、经卷不净者，用三股叉叉死；滥撒米面者，用大磨小磨碾死；诉讼诬陷、破坏他人婚姻者，用烧红的铁绳捆死；官宦行贿受贿者处以钩肉的刑罚；一女嫁二男者，身首锯成两半；谗夫者，割舌头；攀门者，剁双手；偷听人语者，耳朵钉在窗棂上；有偷骗劣行者，用铁棒毒打；女人身子不净，在江河里沐浴者，罚饮其污水；对老人恶目者，剜眼；寡妇、处女淫乱者，用火柱炙烤；医者投药致死人命，罚剖其腹；有夫之妇，有偷汉行为者，乱斧砍身。

在一个很大的湖上，筑有金桥银桥，上面行走的都是有善行和福分的人们。在黄铜桥和铁桥上，走过的全是有恶行的人们，鬼差拿着叉枪严加看守，还有蛇蟒防范。渡口边，一群恶狗在等着吃人肉、喝人血。一位菩萨端坐岸上，手持经卷，高声念诵："恶行者，阴曹受刑；善行者，不受此苦。第一等人，做神主；第二等人，投生皇宫内院；第三等人，可当国中驸马、太师等命官；第四等人，能做将军、大臣；第五等人，成为富户显贵；第六等人，投生平民、乞丐之家；第七等人，投生驴、骡、牛、马之类；第八等人，投生为禽兽；第九等人，投生为鱼虾；第十等以下，投生为蝼蚁之类！"

看完诸般刑罚，尼桑萨满回到殿内向乌麦玛玛叩别。乌麦玛玛说："回去以后，把这里所见都告诉世人，叫他们都晓得其中的道理。"

尼桑萨满离开乌麦玛玛的殿阁，领着瑟日古黛，抄着来路，到了红河岸边，酬谢过河主，把神鼓扔在河里，带着瑟日古黛站在鼓上面，渡到河对岸。又行不久，就到了丑瘸子赖黑的渡口。

因为见过一面，熟悉了，丑瘸子赖黑说道："你可真是了不起的萨满哪！你能把巴拉都白音的儿子瑟日古黛·费扬古带回来，可见神通不小啊！从此以后，你更要名扬天下啦！”说着，催请她登上独木舟坐稳，支着半拉篙，一会儿就摆渡到对岸。

尼桑萨满下了独木舟，给了酬谢，道谢一番，领着瑟日古黛，仍顺旧路，不久就回到巴拉都白音家。

大扎利纳拉·费扬古立即叫人把二十担水泼在她的鼻子周围，把四十桶水倒在她的脸周围，持香祈祷，助她苏醒①：

克，格库，格库，②
茫茫冥途，
格库，格库，
夜晚昏昏，
格库，格库，
遮蔽烛光，
格库，格库，
掩隐灯盏，
格库，格库。

谁有这般盛誉？
格库，格库，
谁有如此名声？
格库，格库，
高贵的哈拉③，
格库，格库，
人人瞩目的，
格库，格库，
巴雅热世家④，
格库，格库。

① 据传说，萨满的神魂动身从阴曹返回时，最下面的一排晃铃开始晃动。回到途中时，中间的（膝上的）一排晃铃开始响动。快回到阳间时，最上面的一排腰铃开始响动。助手扎利根据不同部位的铃声及其强弱，采取相应的辅助措施。

② “克，格库”：衬词。“格库”，犹拟布谷鸟鸣声，有回春还阳之意。

③ 哈拉：姓氏。

④ 巴雅热世家：犹指富豪世家。

叶茂在于根深，
格库，格库，
苗壮在于孳生，
格库，格库。
瑟日古黛·费扬古，
格库，格库，
在围猎途中，
格库，格库，
不幸丧命，
格库，格库。
请来三个萨满，
格库，格库，
都无济于事，
格库，格库，
找过四个萨满，
格库，格库，
也于事无济，
格库，格库。
原来他的真魂，
格库，格库，
已被阴曹之主——
格库，格库，
伊勒门汗，
格库，格库，
派鬼差攫走，
格库，格库。

尼斯亥河畔，
格库，格库，
神奇的萨满，
格库，格库，
世人之中，
格库，格库，

传扬名声，
格库，格库，
邦国之中，
格库，格库，
负有盛名，
格库，格库。
捧着大香，
格库，格库，
前去延请，
格库，格库，
翻山越岭，
格库，格库，
赶去恳请，
格库，格库，
询问祸福，
格库，格库，
请神指谕，
格库，格库，
明察秋毫。
格库，格库，
因此啊，恭请来到，
格库，格库。

昼夜之间，
格库，格库，
朝暮之中，
格库，格库，
黑暗之处，
格库，格库，
追寻迷魂，
格库，格库。
险恶之处，
格库，格库，

索取真魂，
格库，格库。

在亭亭柳树的，
格库，格库，
主干本枝上，
格库，格库，
栖息的头雕，
格库，格库，
在附枝上，
格库，格库，
栖息的花雕，
格库，格库，
在山上盘旋的，
格库，格库，
金鹡鸰神，
格库，格库，
在盛京盘旋的，
格库，格库，
银鹡鸰神，
格库，格库，
彪神虎精，
格库，格库，
狼獾黑熊，
格库，格库，
八庹蟒精，
格库，格库，
九庹蛇神，
格库，格库，
檀木部落的，
格库，格库，
八对厉鬼，
格库，格库，

柞木部落的，
格库，格库，
十对魔神，
格库，格库，
为取真魂，
格库，格库，
尽力尽忠，
格库，格库。

快快醒来吧，
格库，格库！
速速醒来吧，
格库，格库！

尼桑萨满抖动全身，忽然站起，开始唱起神调，详述这次阴曹之行的前后经过：

德扬库，德扬库，
众人听着，
德扬库，德扬库，
扎利听着，
德扬库，德扬库，
巴拉都白音，
德扬库，德扬库，
你仔细听着，
德扬库，德扬库——

你儿的真魂，
德扬库，德扬库，
装在金香炉里，
德扬库，德扬库，
已经取回，
德扬库，德扬库！

紧紧牵着，
德扬库，德扬库！
已经领回，
德扬库，德扬库！
当作宝贝的缘故，
德扬库，德扬库！
强行取回，
德扬库，德扬库！

在他的尸体上，
德扬库，德扬库，
让他还阳，
德扬库，德扬库。
将他的真魂，
德扬库，德扬库，
放进他的肉身，
德扬库，德扬库。

从此以后，
克拉尼，克拉尼[①]，
疾患禁忌，
克拉尼，克拉尼，
概无缠扰，
克拉尼，克拉尼。
得到的阳寿，
克拉尼，克拉尼，
九十有余，
克拉尼，克拉尼。
依序数起，
克拉尼，克拉尼，
有九个子嗣，

① 克拉尼：衬词。

克拉尼，克拉尼。

此行带去的，
克拉尼，克拉尼，
一鸡一狗，
克拉尼，克拉尼，
给伊勒门汗
克拉尼，克拉尼，
留做谢酬，
克拉尼，克拉尼。

我曾叩见，
克拉尼，克拉尼，
玛玛福神，
克拉尼，克拉尼，
乌麦玛玛叫我，
克拉尼，克拉尼，
晓谕世人：
克拉尼，克拉尼，
出痘之际，
克拉尼，克拉尼，
要虔诚敬神，
克拉尼，克拉尼，
诸事洁净，
克拉尼，克拉尼，
才得康宁，
克拉尼，克拉尼。
但只行善，
克拉尼，克拉尼，
切勿行恶，
克拉尼，克拉尼，
冥间诸报，
克拉尼，克拉尼，

不差秋毫，
克拉尼，克拉尼。

我和亡夫，
克拉尼，克拉尼，
狭路相遇，
克拉尼，克拉尼，
强横无理，
克拉尼，克拉尼，
逼我救助，
克拉尼，克拉尼，
他筋肉全无，
克拉尼，克拉尼，
骸骨干枯，
克拉尼，克拉尼，
虽想救助，
克拉尼，克拉尼，
却回天无术，
克拉尼，克拉尼。

丈夫气恼，
克拉尼，克拉尼，
要把我推入，
克拉尼，克拉尼，
油锅里煎熬，
克拉尼，克拉尼，
因此缘由，
克拉尼，克拉尼，
惹动我神魂，
克拉尼，克拉尼，
将他抛进，
克拉尼，克拉尼，
酆都城中，

克拉尼，克拉尼，
永世不许，
克拉尼，克拉尼，
投胎人身，
克拉尼，克拉尼！

冤魂饿殍，
德扬库，德扬库，
把道路阻断，
德扬库，德扬库，
悲啼哀求，
德扬库，德扬库，
实在可怜，
德扬库，德扬库。
又留下纸钱，
德扬库，德扬库，
众鬼才散，
德扬库，德扬库。
一番周折，
德扬库，德扬库，
刚刚回返，
德扬库，德扬库！

唱到这里，尼桑萨满仰面直挺挺地倒下。大扎利又用香烟熏她的鼻子，方才清醒过来。

尼桑萨满把瑟日古黛的魂灵扇进他的尸体里，瑟日古黛立即就复活了，用浊重的声音说道："给我一碗水吧。"喝了水以后又说："我做了一个好长的梦啊！"说着翻身坐起。家里的人们非常高兴，把前前后后的经过都告诉了他，他才知道自己死而复生，连忙向尼桑萨满格格叩头致谢。

巴拉都白音拍掌笑着，也向尼桑萨满作礼："真是天神一般的萨满哪！格格救活我的儿子，真是大恩大德呀！如若不然，我的根苗就断了。"说着，把自己身上的衣服脱下来送给尼桑萨满，又在水晶杯里斟满酒跪着敬给她。尼桑萨满接杯在手，一饮而尽，答礼道："这也是托员外的洪福，事情才办得这样圆满。还有，也是托了在座众位的福啊！"员外又斟满玉石大酒杯，捧给大扎利："多有辛苦了！少喝点酒润润嗓子吧。"纳拉·费扬古接过酒就喝下去："坐地就没动弹，有啥辛苦，谈何劳累？要说萨满格格，才算辛苦呢！到阴曹走一趟，可不是一件轻松的事儿！"尼桑萨满笑道："助手扎利你听着！俗话说：萨满的功劳有三分，好扎利的功劳有七分。如果没你的功劳，就不给你谢礼啦！这样行吧？"众人听了都哈哈大笑。

等收拾停当，老员外叫来阿哈勒吉、巴哈勒吉，告诉他们："把我的话传给牛倌、马倌、羊倌、猪倌的头目，把畜群的半数分出来，报答萨满格格的恩德。"立即摆下酒宴，人人开怀畅饮，个个酩酊大醉。过后准备好车马，把钱财衣服也都分出半数装在车里。另给扎利一套衣服、一匹全套鞍辔的骟马和二百两银子。把萨满和扎利的东西全装在一起送回家去。

从那以后，尼桑萨满变得非常富有。纳拉·费扬古也清心寡欲，过着安闲的日子，女色诸念，一概断绝。[①]

后来，婆婆听村里的人们谈论尼桑萨满：这次去阴曹地府，她男人曾求她，因为无法救活，惹恼了男人，要把她推进油锅里。尼桑萨满依恃她的神魂，反把她男人扔进酆都城里，永世沉沦。婆婆回家问儿媳妇，儿媳妇说："他叫我救活他，可是我说：'你的肉都烂没了，筋都脱光了，我怎么能救活你？'他要把我推进油锅里，我的神魂才把他扔进酆都城里的。这事属实。"婆婆说："你想躲开他，有什么难的，非要对他下这样的毒手不可？既然你这样心狠，我也叫你受到同你男人一样的惩罚！"

于是，婆婆就到京城里，在御史大臣那里告下了尼桑萨满。

衙门把尼桑萨满传去查问，和她婆母的讼词丝毫不差。因此，把详情奏明皇上，皇上龙颜大怒，叫刑部量罪定刑。刑部奏道："传言和她本人的口供完全相符，这女人实在强横，依律该叫她偿命。"太宗皇帝[②]立即降旨："就照她对待丈夫的样子，把她用铁链捆起来，连同她的神帽、

① 原文此处有书写者按语，暂略。

② 此处"太宗皇帝"犹指后金（清）皇太极。该手稿开头交代故事发生在"明朝"时候，与此处似乎有些矛盾；可能是故事开始时后金尚未建国，故事结束时已到后金（清）太宗皇太极天聪、崇德年间。有的满文手稿（指圣彼得堡东方学中心一九九二年出版的《尼山萨满传》）开篇交代为"金国"。

腰铃、神鼓等物全都扔进深井里。没有我允许，绝不准她出世！”

此后，老员外的儿子瑟日古黛·费扬古依照其父行善，救济穷困孤寡。子孙世代为官为绅，享尽荣华富贵。[①]

（原载《呼伦贝尔文学》一九八六年第四、五期）

① 原文结尾处手稿是书写者德克登格谦虚地说明：他从前虽见过《尼山萨满传》的善本，但因事隔年久，多有遗忘，对自己书写的手稿感到不大满意。希望“戈老爷”（戈尔宾齐科夫）日后若能得到善本再行增补。

第二十六章 附 记

满文手稿《尼桑萨满传》汉译始末

提起满文手稿《尼桑萨满传》的汉译，须从呼伦贝尔盟民研会（后改成民间文艺家协会）一九八四年创办的《呼伦贝尔民间文学》（第一辑）谈起，这本书曾在民间文艺界进行过广泛交流。由这本书作为引线，辽宁大学乌丙安教授的西德留学生南鹰国、傅玛瑞于一九八五年五月上旬来呼伦贝尔三个少数民族自治旗和敖鲁古雅鄂温克民族乡进行考察，整个行程都由笔者陪同，六月下旬结束。他们这次来呼盟，把从韩国得到的《满洲샤성神歌》——Nisan Saman i Bithe一书复印件赠送给笔者。该书由韩国首尔（汉城）明知大学出版部出版，成百仁译注，其中附有德克登额书写的满文手稿《尼山萨满传》原文影印，是戈尔宾齐科夫搜集的第三手稿，封面注明“符拉迪沃斯托克1913年”。

此前，笔者在达斡尔、鄂温克、鄂伦春族民间曾多次听到关于尼山萨满的神话传说，但都很简短，萨满神歌只有大意。而这部满文手稿叙述较为详尽，语言生动，特别是神歌韵文十分优美，体现了满族满语口头文学的艺术特色，对满族和北方少数民族萨满文化、民俗、语言学等领域的研究，具有重要价值。呼盟文联主席乌热尔图得知后，当即让笔者翻译成汉文，通过《呼伦贝尔文学》（文学期刊）介绍给社会各界。

于是，这个重担就落到笔者肩上。开始的时候，对翻译篇幅这么长的满文手稿实在没有把握。当通篇仔细阅读过后，感到拿下它没有多大问题，毅然投入紧张的翻译工作，并比原计划提前完稿，连载于《呼伦贝尔文学》一九八六年第四、第五期，作为文学期刊，未能附录原文影印、音译、直译等一应资料。然而，单就这部满文手稿的汉译来看，比国内后来陆续发表的几种汉译早了一至两年时间。

《尼桑萨满传》译文发表后，很快得到社会各界反响，北京和外省好几位学者都写来热情的信函对译介工作加以肯定。第二年，译文获内蒙古自治区第二届文学创作索龙嘎奖，不久又获内蒙古自治区达斡尔学会一九八〇至一九九〇年度优秀成果奖。然而，笔者深感译文还有许多不足之处；更感到遗憾的是：未能同时发表满文手稿原文影印、音译和直译，从而未能使它成为一个完整的东西供各界研究、欣赏。这一遗憾，只能等日后有机会出单行本时再弥补了。

白　杉

二〇〇六年十二月二十八日

第二十七章　尼山萨满

爱新觉罗·乌拉希春　译

nišan　saman
尼山　萨满

julgei ming gurun i forgon de, emu lolo sere gašan bihe. ere
古的明　朝　的　时节　在　一　罗罗(语气助词)乡村　有　这
tokso de tehe emu baldu bayan sere gebungge yuwan wai, boo banjirengge
村庄　在　居住　一　巴勒杜　巴彦(语气助词)有名的　员　外　家　生活
umesi baktarakū bayan, takūrara ahasi morin lorin jergi toloho seme wajirakū. se
很　容不下　富　差遣　众奴仆　马　骡　等　数(语气助词)不完　岁
dulin de emu jui banjifi, ujime tofohon se de isinafi, emu inenggi boo ahasi sabe ga-
半　在　一　儿子生　养　十五　岁在　去到　一　天　家　众奴仆　们把　带
mame, heng lang šan alin de abalame genefi, jugūn i andala nimeku bahafi bucе-
去　横　廊　山　山　在　打猎　去　路的半途　病　得　死了
hebi. tereci enen akū jalin facihiyašame, yuwan wai eigen sargan damu sain be yabu-
从那　子嗣　没有因为　着急　员　外　夫　妻　只　好　把　行
me, juktehen be niyeceme weileme, fucihi de kesi baime hengkišeme, enduri de
庙　把　补　做工　佛　在　恩　求　磕头　神　在
jalbarime, ayan hiyan de jafafi, baba de hiyan dabume, geli yadahūn urse de
祈祷　蜡　香　在　拿　各处　在　香　点　又　穷　人们　在
aisilame, umudu be wehiyeme, anggasi be aitubume, sain be yabufi iletulere
帮助　孤儿　把　扶助　寡妇　把　救　好　把　行　明显
jakade, dergi abka gosifi susai se de arkan seme emu jui ujifi, ambula
因为　上　天　仁慈　五十　岁　在　将将(语气助词)一　儿子　养　非常
urgunjeme
喜悦

尼　山　萨　满

在古代的明朝，有一个罗罗村，村中住着一位有名的员外巴勒杜巴彦，他家趁万贯，奴仆骡马数不胜数。到了中年，生了一个儿子，养到十五岁，一天带家奴们去横廊山打猎，半路上得病死了。从那以后，员外夫妇因无子嗣而十分焦急，只得一心行善、修葺寺庙、求神拜佛、四处敬香，还帮助穷人、救济孤寡。由于善行卓著，上天慈悲，让他们在将五十岁时又养了一个儿子，员外夫妇非常高兴，

gebu be uthai susai se de banjiha sergudai fiyanggū seme gebulefi, tananicuhe gese
名 把 就 五十 岁 在 生了 色日古带 费扬古 (语气助词) 起名 东珠 珍珠 相似

jilame, yasa ci hokoburakū ujime, sunja se de isinafi tuwaci ere jui sure sktu,
慈爱 眼睛 从 不离开 养 五 岁 在 去到 看 这 儿子 聪明 灵透

gisun getuken ojoro jakade, uthai sefu solifi, boo de bithe tacibume, geli
话 明白 成为 因为 就 师傅 请 家 在 书 教 又

coohai erdemu gabtan niyamniyan be urebufi, šun biya geri fari gabtara sirdan
武 德 步射 骑射 把 练习 日 月 恍惚 射 箭

i gese hūdun ofi. tofohon se de isinafi, gaitai emu inenggi sergudai fiyanggū
的 相同 快 成为 十五 岁 在 去到 忽然 一 天 色日古带 费扬古

ini ama eme be acafi, baime hendume: "mini taciha gabtan niyamniyan be cendeme,
他的 父 母 把 会见 求 说 我的 学了 步射 骑射 把 试

emu mudan abalame tuciki sembi. ama i gūnin de antaka be sarkū." sehede,
一 次 打猎 要出去 (语气助动词) 父的 心意 在 怎么样 把 不知道 说了于

ama hendume: "sini dergide emu ahūn bihe, tofohon sede heng lang šan alin
父 说 你的 上边 在 一 哥哥 有 十五 岁在 横 廊 山 山

de abalame genefi beye dubehebi. bi gūnici genere be nakareo." sere jakade,
在 打猎 去 身 终了 我 若想 去 把 停止吧 (语气助词) 因为

sergudai fiyanggū hendume: "niyalma jalan de haha seme banjifi aibade yaburakū?
色日古带 费扬古 说 人 世 在 男人 (语气助词) 生 什么地方在 不去

enteheme boo be tuwakiyame bimbio? bucere banjire gemu meimeni gajime jihe hesebun
永远 家 把 看守 (时态助动词) 死 生 都 各自 拿来 来 命运

ci tucinderakū." serede, yuwan wai arga akū alime gaifi. hendume: "aika aba-
从 出不去 (语气助词) 员 外 计策 没有 接 取 说 要是 打

lame tuciki seci, ahalji bahalji sebe gamame gene, ume inenggi goidara, jebkešeme
猎 出去 (语气助动词) 阿哈勒吉 巴哈勒吉 们 把 带去 去 别 天 长久 谨慎

就起名叫色日古带费扬古，象东珠般地疼爱他，目不转睛地守着他。这孩子到了五岁，聪明伶俐、口齿清楚，于是就给他请了师傅，在家教他读书；还让他习武射箭。光阴荏苒，象箭一样飞快。色日古带到了十五岁，忽然有一天见他父母恳求说："我想出去打一次猎，试试我所学的骑步射本领，不知父亲意下如何。"父亲说："你上边原有个哥哥，十五岁时去横廊山打猎死了。我觉得还是不去为好。"费扬古说："人生在世，何处不去？岂能永远守在家里？生死都是命中注定、无法逃脱的。"员外无法只得接受他的请求，嘱咐道："若要出去打猎，就带阿哈勒吉、巴哈勒吉他们一起去，别去得太久，

yabu, hahilame mari, mini tatabure gūnin be, si ume urgedere." seme afabure be.
行事　紧急　回　我的　被牵扯　心意　把　你　别　辜负（语气助词）嘱附　把

sergudai fiyanggū je seme jabufi, uthai ahalji sebe hūlafi afabume hendume:
色日古带　费扬古　嗻（语气助词）回答　就　阿哈勒吉们把　呼唤　嘱附　说

"muse cimari abalame tucimbi. niyalma、morin、enggemu jergi be teksile!
咱们　明天　打猎　出去　人　马　鞍子　等　把　整齐

coohai agūra、beri、niru jergi be belhe! cacari boo be sejen de tebu! anculan giya-
武　器械　弓　箭　等　把　预备　帐幕　房　把　车　在　装　鹰

hūn kuri indahūn be saikan i ulebufi belhe!" sere jakade, ahalji bahalji se je
黎狗　把　好好　地　喂养　预备（语气助词）因为　阿哈勒吉　巴哈勒吉们　嗻

seme uthai hahilame belheme genehe.
（语气助词）就　紧急　预备　去了

jai inenggi sergudai fiyanggū ama eme de fakcara doroi hengkilefi, uthai su-
第二天　色日古带　费扬古　父　母　在　分离　礼　磕头　就　白

ru morin de yalufi, ahalji sebe dahalabufi, anculan giyahūn be alamime、kuriinda-
马　马　在　骑　阿哈勒吉们把　使跟随　鹰　把　斜背　黎狗

hūn be kutuleme, geren ahasi se jebele dashūwan beri niru unume, juleri amala
把　牵　众多　众奴仆　们　撒袋　弓靫　弓　箭　背　前　后

faidan meyen banjibume, sejen morin dahaduhai yaburengge umesi kumungge wen-
队列　队伍　编　车　马　一齐跟随　行走　很　富足热闹　富裕

jehun, tokso sakda asihan urse gemu uce tucime tuwara akūngge akū. gemu angga
村庄　老　少　人们　都　门　出　看　没有的　没有　都　嘴

cibsime maktame saišambi. geren aba i urse morin be dabkime yaburengge hūdun
嗟叹　称赞　夸奖　众多　打猎的人们　马　把　拍马　行走　快

hahi ofi, dartai andande gebungge aba abalara alin de isinafi, uthai cacari
紧急　成为　暂时　顷刻间　有名的　打猎　打猎　山　在　去到　就　帐幕

谨慎行事、快些回来，别辜负了我挂念你的一片心。"色日古带应声"是"，就叫来阿哈勒吉等吩附说："咱们明天出去打猎，备齐人、马和鞍子，准备好武器和弓箭，把帐幕装上车，把鹰犬喂养好。"阿哈勒吉们应声"是"，就急忙准备去了。第二天，色日古带拜别了父母，就骑着白马，带着阿哈勒吉等人，驾着鹰、牵着狗，众家奴身背撒袋、弓靫和弓箭，前呼后拥、车水马龙、热闹非常。全村老少无不出门观看，交口夸赞。众猎手拍马疾驰，转眼就到了有名的围猎山，

maikan be cafi、nere feteme、mucen tebufi, budai faksi be buda arabume werifi,
帐房 把 支 锅撑 挖 锅 安置 饭的匠人把 饭 使做 留下

sergudai fiyanggū geren ahasi sabe gaifi, ahalji bahalji sede afabume aba saraki,
色日古带 费扬古 众多 众奴仆 们把 带 阿哈勒吉巴哈勒吉们于 吩咐 撒围

alin surdeme abalaki sefi, uthai aba sarafi, gabtarangge gabtambi, geli gidalarangge
山 周围 打猎(语气助动词)就 撒围 射箭的 射箭 又 用枪扎的

gidalambi. giyahūn maktame、indahūn cukuleme amcabumbi. gurgu gasha jergi be
用枪扎 鹰 抛扔 狗 嗾狗 使追赶 兽 鸟 等 把

gabtaha tome gemu baharakū ningge akū. jing ni amtangga i abalame yaburede, gaitai
射箭 每 都 不得 的 没有 正 的 有趣 地 打猎 行事 在 忽然

sergudai fiyanggū beye gubci geceme, gaitai geli wenjeme, uju liyeliyehun ofi, nimeku-
色日古带 费扬古 身 全 冻 忽然 又 发烧 头 昏迷 成为 生病

lere jakade, uthai ahalji bahalji sebe hūlafi, "musei aba faidan be hahilame bargiya,
因为 就 阿哈勒吉巴哈勒吉们把 叫 咱们的 猎阵 把 紧急 收

mini beye icakū." serede golofi, hahilame aba be bargiyafi, cacari de isinjifi,
我的 身体 不舒服(语气助词)吃惊 紧急 打猎 把 收 帐幕 在 来到

beile age be dosimbufi tuwa dabufi, tuwa de fiyakūme nei tucibuki seci, wenjere
贝勒 阿哥 把 使进入 火 点火 火 在 烤 汗 使出(语气助动词)发烧

de taran waliyame beye alime muterakū ojoro jakade, fiyakūme ojorakū ofi, ahasi
在 大汗 撂 身体 承受 不能 成为 因为 烤 不行 成为 众奴仆

sabe alin moo be sacifi, kiyoo weilefi, beile age be kiyoo de dedubufi, ahasi sa
们把 山 树木 把 砍 轿子 做 贝勒 阿哥把 轿子 在 使躺 众奴仆 们

sa halanjame tukiyeme boo i baru deyere gese yaburede, sergudai fiyanggū songgo-
们 轮流 抬 家的 向 飞 相似 行走 色日古带 费扬古 哭

mehendume: "mini beye nimeku arbun be tuwaci ujen, ainahai boode isiname mutere
说 我的 自己 病 势 把 看 重 未必 家在 去到 能够

于是支起帐篷、挖灶安锅，留下伙夫做饭。色日古带带领众家奴，吩咐阿哈勒吉、巴哈勒吉等人："撒围！环山打猎！"于是撒开围，射箭的射箭、使枪的使枪，放鹰嗾狗追猎，每次射鸟兽都箭不虚发。正在兴头上的时候，色日古带忽然全身发冷、接着又全身发烧，头晕目眩、患起病来。便叫来阿哈勒吉等说："快把围收了，我身体很不舒服！"人们吃了一惊，赶紧收了围、来到帐幕前，让阿哥进去，点上火让他烤烤发汗。但因阿哥发烧时出了许多汗，身体已支持不住了，不能再烤，家奴们就砍来山上的树做成轿子，让阿哥躺在里面，轮流抬着、飞也似的往家走。色日古带哭着说："我自己觉得病很重，

ni. bodoci muterakū oho. ahalji bahalji suweni ahūn deo i dolo emke we inu okini,
呢 打算 不能 成了 阿哈勒吉 巴哈勒吉 你们的 哥哥弟弟的 里面 一个 谁 也 可以

hahilame boo de genefi, mini ama eme de emu mejige benefi, mini gisun be ama
紧急 家 在 去 我的 父 母 在 一 消息 送 我的 话 把 父

eme de getuken i funde ulararao. mini beye ama eme i jilame ujiha baili de karulame
母 于 明白 地 代替 传达 我的 自己 父 母的 慈爱 养 恩情 在 报答

mutehekū, sakdasi i tanggū sede isinaha erinde hiyoošulame sinagalame fudeki seme
未能 老人们的 百 岁在 去到 时候在 孝顺 服丧 送(语气助动词)

majige gūniha bihe. we saha, kukubure jakade, gūnihakū mini erin jalgan isinjire
略微 想 (时态助动词)谁 知道 使亡 因为 未想 我的 时 寿 来到

jakade, dere acame muterakū oho. yasa tuwahai aldasi bucembi. mini ama eme be
因为 面 会见 不能 成了 眼 看着 半途 死 我的 父 母 把

ume fulu dababume nasame usara se, sakda beyebe ujirengge oyonggo, ere gemu ga-
别 富余 使越过 叹惜 伤悼 说 老人 身体把 养 重要 这 都 拿

jime jihe hesebun i toktobuha ton kai, nasara songgoro be erilereo seme mini funde ge-
来 来 命运 的 决定 数 啊 叹惜 哭 把 节制(说 我的 代替 明

tuken i ulambureo." seme hendufi, geli gisureki seci angga juwame muterakū. jayan jafabufi
白 地 使传达 (语气助动词)说 又要说话(语气助动词)嘴 张开 不能 牙关 被凝固

gisureme banjinarakū oho. sencehe tukiyeceme yasa hadanaha, ergen yadafi, ahalji
说话 不生成 成了 下颏 抬 眼睛 僵直 呼吸 气尽 阿哈勒吉

bahalji geren ahasi sa kiyoo be šurdeme ukufi songgoro jilgan de, alin holo gemu urandambi.
巴哈勒吉 众多 奴仆们 轿 把 围绕 环绕 哭 声 于 山 谷 都 响

amala ahalji songgoro be nakafi. geren baru hendume: "beile age emgeri bucehe, song-
后来 阿哈勒吉 哭 把 止 众人 向 说 贝勒 阿哥 已经 死了 哭

goro de inu weijubume muterakū oho. giran be gaime jurarengge oyonggo. bahalji
于 也 使活 不能 成了 尸体 把 拿 启程 重要 巴哈尔吉

恐怕到不了家了。阿哈勒吉、巴哈勒吉你们兄弟哪一个都行，快回家去给我父母送信，把我的话明白无误地转告父母，就说我自己已不能报答父母的养育之恩，本想在双亲百年之后服丧尽孝心，谁知我的寿数已尽，已不能相见了。眼看就要夭亡，让我父母切莫过度悲伤，保重身体要紧；这是命中注定的，请父母节哀。替我明白无误地转达罢。"他还想说话，却已不能张开嘴，牙关紧闭，一个字也说不出来了。他下颏抬起，目光僵直，气息已绝。阿哈勒吉、巴哈勒吉与众奴仆们围着轿子放声大哭，哭声在山谷间回响。后来，阿哈勒吉止住哭，对众人说："阿哥已经亡故了，再哭也不能使他复活，还是载着阿哥的遗体启程要紧。

sini beye geren be gaime, beile age i giran be saikan hošotolome gajime elheo jio.
你的自己 众人 把 带 贝勒 阿哥的 尸体 把 好好地 斜包 拿来 缓慢 来吧
mini beye juwan moringga niyalma be gamame, neneme julesi genefi, musei yuwan wai
我的自己 十 骑马的 人 把 拿去 先 往前 去 咱们的 员 外
mafa de mejige alanafi, boode beile age be fudere jaka sabe belheme geneki." seme ala-
老爷 于 信息 去告诉 家 在 贝勒 阿哥 把 送 物品 等 把 预备 去(语气助词) 告
fi, ahalji geren be gaime morin yalume, deyere gese feksime boo baru generengge hahi
诉 阿哈勒吉 众人 把 带 马 骑 飞 相似 跑 家 向 去 紧急
ofi, dartai andande booi duka bade isinafi, morin ci ebufi boo de dosifi, yuwan wai
成为 暂时 顷刻间 家的 门 处 在 去到 马 从 下 家 在 进入 员 外
mafa de niyakūrafi damu den jilgan sureme songgombi. umai seme gisurerakū.
老爷 于 跪 只是 高 声 喊叫 哭 全然(语气助词) 不说话

yuwan wai mafa facihiyašame, toome hendume: "ere aha si ainaha? abalame
员 外 老爷 着急 骂 说 这 奴仆 你 怎么了 打猎
genefi ainu songgome amasi jihe? eici sini beile age ai oyonggo baita de simbe
去 为什么 哭 回 来了 或者 你的 贝勒 阿哥 什么 重要 事情 于 把你
julesi takūraha? ainu songgome gisurerakū?" seme siran i fonjire de, ahalji
前 差遣了 为什么 哭 不说话 (语气助词) 继续地 问 于 阿哈勒吉
jaburakū kemuni songgoro de yuwan wai mafa fancafi, toome hendume: "ere ye-
不答 仍然 哭 于 员 外 老爷 生气 骂 说 这 无
kerakū aha aru alarakū damu songgombi? songgoro de baita wajimbio?" sehe manggi, song-
赖 奴仆 为什么 不告诉 只是 哭 哭 在 事 完吗(语气助词) 之后 哭
goro be nakafi, emgeri hengkilefi hendume: "beile age jugūn de nimeme beye dubehe.
把 止 一次 磕头 说 贝勒 阿哥 路 在 病 身 终了
mini beye neneme mejige benjime jihe." yuwan wai utulihe akū ai jaka dubehe seme fonjirede,
我的自己 先 信息 来送 来了 员 外 没留神 什么东西 终了(语气助词) 问

你自己带领众人、载着阿哥的遗体慢走，我自己带领十名骑手先回去，给咱们员外老爷报信，在家准备发送阿哥的一应物品。”阿哈勒吉带领众人骑上马飞也似的向家疾驰，转瞬间已到家门口。阿哈勒吉下马进了门，跪在员外面前只是号啕大哭，一句话也说不出来。员外老爷心里着急，骂道：“这奴才是怎么了？打猎去为什么哭着回来？或许是你阿哥有什么重要事情派你先回来？为什么光哭不说话？”一再追问，阿哈勒吉不回答还是哭，员外老爷生气了，骂道：“这无赖的奴才，为什么不告诉原委只管哭？光哭就完事了吗？”阿哈勒吉止住哭，磕了头说：“阿哥在路上得病身亡了，我自己先回来送信。”员外没听清，便问：什么东西完了？

ahalji jabume: waka, beile age beye akū oho. sere gisun be yuwan wai emgeri donji-
阿哈勒吉 回答 不是 贝勒 阿哥 身 没有 成了(语气助词)话 把 员 外 一次 听
re jakade, uju ninggude akjan guwehe gese haji jui seme surefi, uthai oncohon
因为 头 上 在 雷 响了 相似 亲爱 儿子(语气助动词)喊叫 就 仰面
tuheke de, mama ekšeme jifi ahalji de fonjire jakade, alame: "beile age
倒下了 于 老太太 急忙 来 阿哈勒吉 于 问 因为 告诉 贝勒 阿哥
bucehe seme mejige alanjiha be donjifi, tuttu farame tuheke." sehe manggi,
死了 (语气助动词)信息 来告诉 把 听 所以 发昏 倒下了 (语气助动词)之后
mama donjifi yasa julergide talkiyan gilmarjaha gese menerefi, emei jui seme
老太太 听 眼睛 前面在 闪电 闪光 相似 痴呆 母亲的儿子(语气助
emgeri hūlafi, inu farame tob seme mafa i oilo hetu tuheke be takūrara urse golofi,
动词)一次 呼唤 也 发昏 正好 老爷的表面横 倒了 把 差遣 人们 吃惊
tukiyeme ilibufi, teni aituhabi. booi gubci ere mejige be donjifi gemu songgocombi:
抬 使站立 才 苏醒了 家的全部 这 消息 把 听 都 一齐哭
ere songgoro jilgan de tokso i urse gemu isandufi, gar miyar seme jing songgocoro
这 哭 声 于 村庄的人们 都 一同齐集 众人呼喊声 正在 一齐哭
namašan, bahalji songgome dosinjifi. yuwan wai mafa de hengkilefi alame: "beile
之际 巴哈勒吉 哭 进来 员 外 老爷 于 磕头 告诉 贝勒
age giran be gajime isinjiha." yuwan wai eigen sargan toksoi urse sasa dukai tule
阿哥 尸体 把 拿来 来到了 员 外 夫 妻 村庄的人们 一齐 门 的 外
beile age i giran be okdome boode dosimbufi, besergen de sindafi, geren niyalma
贝勒 阿哥的尸体 把 迎 家在 使进入 床 在 放 众多 人
ukufi, songgoro jilgan de abka na gemu durgembi. emu jergi songgoro manggi,
环绕 哭 声 于 天 地 都 震动 一 次 哭 之后
geren niyalma tafulame hendume: "bayan agu suweni mafa mama ainu uttu
众多 人 劝 说 巴彦 老兄 你们的 老爷 老太太 为什么 这样

阿哈勒吉回答:"不是,是阿哥身亡了。"员外一听,如同头上响起个霹雳,叫了声"亲儿呀!"就仰面倒下了。老太太急忙赶来,向阿哈勒吉询问,回答说:"员外老爷听到阿哥的死讯,就昏倒了。"老太太听说后,如同眼前划过一道闪电,呆住了。她唤着"妈妈的儿呀!"也昏倒在老爷跟前。仆人们见状惊慌不已,忙把他们扶起来,这才苏醒过来。全家听到这个消息都放声大哭,村里的人们听见哭声齐集到员外家,正哭得不可开交,巴哈尔吉哭着走进来,向员外老爷磕头报告:"阿哥的遗体运回来了。"员外夫妇和村里的人们一齐来到门外,将阿哥的遗体迎进屋里,放在床上,众人环绕在四周,哭声震天动地。哭了一会儿后,众人劝道:"巴彦老兄,你们何必这样哭泣,

songgombi. emgeri bucehe songgoho seme weijure doro bio? giyan i giran de baitalara hobo
哭 已经 死了 哭 既使 活 道理 有吗 理的 尸体 在 使用 棺

jergi jaka be belheci acambi." sehe manggi, yuwan wai eigen sargan teni nakafi hendume: "su-
等 东西 把 预备 应该 (语气助动词)之后 员 外 夫 妻 才 止 说 你

weni gisun umesi giyan, udu tuttu bicibe, yargiyan i gūnin dolo alime muterakū korsombi,
们 话 很 理 虽然 那样(让步连词) 真实 的 心 里 承受 不能 愧恨

mini haji sure jui emgeri bucehe kai, geli aibe hairambi? te geli ya emu juse de banji-
我的 亲爱 聪明 儿子 已经 死了 啊 又 什么 把 可惜 现在 又 哪个 一 孩子 于 生

kini seme ten hethe werimbi?" sefi, ahalji bahalji sebe hūlafi afabume: "ere
既使 基 业 留下 (语气助动词)阿哈勒吉巴哈勒吉们 把 叫 吩咐 这

aha damu angga be juwafi songgombi, sini beile age de nadan waliyara jaka, ya-
奴仆 只是 嘴 把 张开 哭 你的 贝勒 阿哥 于 七 上坟 东西 骑

lure morin, ku namun jergi be gemu belhe, ume hairara!" sefi, ahalji bahalji se song-
马 库 等 把 都 预备 别 可惜 (语气助动词)阿哈勒吉 们 哭

goro be nakafi, afabuha gisun be dahame, beile age de yalure ilha boco alha akta
把 止 吩咐 话 把 遵循 贝勒 阿哥 于 骑 花 色 花马 骟

morin juwan, tuwai boco jerde akta morin juwan, aisin boco sirga akta morin juwan,
马 十 火 的 色 红马 骟 马 十 金 色 银合马 骟 马 十

hūdun keire akta morin juwan, šanyan boco suru akta morin juwan, behei boco sa-
快 枣骝 骟 马 十 白 色 白马 骟 马 十 墨 的 色 黑

haliyan akta morin juwan, gemu belhehe sehede, yuwan wai afabume: "gūsin morin de bu-
骟 马 十 都 预备(语气助动词) 员 外 吩咐 三十 马 在

ktulin, gecuheri, etuku jergi be unubu, funcehe morin de jebele dashūwan jergi be alamibu,
皮包 蟒缎 衣服 等 把 使背 剩余 马 在 撒袋 弓靫 等 把 斜背

sure šeyen fulan akta morin de fulgiyan enggemu kandarhan tuhebume, aisin bulgiyaha
聪明 雪白 青马 骟 马 在 红 鞍子 缇胸 披上 金 镀金

人已经死了，岂有哭活的道理？倒是应该准备一下入殓的棺木。"员外夫妇这才止住哭，说："你们的话很有理，虽说是这样，可我心里实在是难过得受不了啊。我那聪明可爱的儿子已经死了，还有什么可惜的？我现在这份家业又给谁留下呀！"员外叫来阿哈勒吉、巴哈勒吉吩咐道："这些奴仆光张着嘴哭，你们预备一下给阿哥首七上坟的东西、骑的马和楼库等物品，千万不要吝惜！" 阿哈勒吉、巴哈勒吉止住哭，按照吩咐，预备好阿哥骑的斑烂毛色的花骟马十匹、火焰毛色的红骟马十匹、黄金毛色的银合骟马十匹、追风的枣骝骟马十匹、纯白毛色的白骟马十匹、墨色的黑骟马十匹。员外又吩咐："用三十匹马驮皮包、蟒缎和衣服，用余下的马驮撒袋和弓靫，给那匹聪明的雪白毛色的青骟马披上红

hadala jergi be yongkiyan tohofi yaru!" geli adun i da sebe hūlafi, alame:" ihan
辔 等 把 完备 鞴马 牵引 又 牧群的头目们把 叫 告诉 牛

adunci juwan gaju, honin adunci ninju gaju, ulgiyan adunci nadanju gaju, ere be
群 从 十 拿来 羊 群 从 六十 拿来 猪 群 从 七十 拿来 这 把

gemu wafi belhe!" sehede, adun da、ahalji se je sefi jabumbime, teisu teisu be-
都 杀 预备（语气助动词）牧群 头目 阿哈勒吉们 嗻 说 答应 并且 各人 各人 去

lheneme genehe. yuwan wai geli takūrara sargan jui aranju šaranju sebe hūla-
预备 去了 员 外 又 差遣 姑娘 阿兰珠 莎兰珠 们把 叫

fi, alame:"suweni juwe niyalma toksoi geren aisilara hehesi sebe gaime, maise efen
告诉 你们的 俩 人 村庄的 众多 帮助 众女人 们把 带 麦子 饽饽

nadanju dere、caise efen ninju dere、mudan efen susai dere、mere mudan dehi dere、ar-
七十 桌 鬓钗 饽饽 六十 桌 搓条 饽饽 五十 桌 荞麦 搓条饽饽 四十 桌 烧酒

ki juwan malu、niongniyaha juwan juru、niyehe orin juru、coko gūsin juru、sunja hacin tu-
十 酒瓶 鹅 十 对 鸭 二十 对 鸡 三十 对 五 十 种类 果

bihe buya emte juwe dere. ere jergi be te uthai hahilame belheme yongkiyabu, tookabuci
子 小 各一 二 桌 这 些 把 现在 就 紧急 预备 使完备 若被耽误

suwembe gemu tantambi." sehede, geren gemu je seme jabufi, meni meni fakcame belhene-
把你们 都 打（语气助动词）众人 都 嗻（语气助动词）答应 各自 各自 离开 去预备

me genehe. goidahakū geren niyalma gar miyar seme meyen meyen tukiyefi, hūwa jalu
去了 长久 没有 众多 人 众人喧喊声 一伙 一伙 抬 院子 满

faidame sindaha. baran be tuwaci, hada i gese den sabumbi. udu hacin yali alin
排列 放了 形势 把 看 山峰 的 相似 高 看见 几 种类 肉 山

i gese muhaliyahabi. arki mederi gese tebume sindahabi. tubihe efen dere sirandume
的 相似 堆了 烧酒 海 相似 盛 放了 果子 饽饽 桌子 相继

faidahabi. ku namun aisin menggun hoošan jergi fiheme jalubume faidafi, geren urse
排列了 库 金 银 纸 等 填 使满 排列 众多 人们

色的鞍鞯和缇胸、鞴上镀金的辔头牵过来！”又叫来放牧的头目，告诉他们：“从牛群中牵十头、从羊群中牵六十头、从猪群中牵七十头，都宰了预备着！”放牧的头目们和阿哈勒吉应声“是”，就分头准备去了。员外又叫来使女阿兰珠和莎兰珠，告诉她们：“你们俩人带领村里帮忙的女人们，赶快备办出七十桌白面饽饽、六十桌馓子、五十桌搓条饽饽、四十桌荞麦条饽饽、十瓶烧酒、十对鹅、二十对鸭、三十对鸡、五种果品各一、二小桌；倘若耽误了，都要答责的。”众人应声“是”，就各自准备去了。没过多久，院中人声鼎沸，抬东西的人们接踵而至，摆了满满一院子，看起来象座山峰。各种肉堆积如山、盛的酒如同大海。果饼桌依次排开，楼库、金银纸锞摆得满满当当。

arki sisafi songgombi. dalbaci yuwan wai songgome hendume:"ama i age ara, susai
烧酒洒 哭 旁边从员 外 哭 说 父亲的阿哥阿拉 五十

sede ara, ujihe ningge ara, sergudai fiyanggū ara, bi simbe sabuhade ara,
岁在阿拉 养 的 阿拉 色日古带 费扬古 阿拉 我 把你 看见 于 阿拉

ambula urgunjehe ara, ere utala morin ara, ihan honin adun ara, we salire
非常 喜悦 阿拉 这 这些 马 阿拉 牛 羊 牧群 阿拉 谁 掌握

ara, age i ambalinggū ara, sure genggiyen ara, ambula akdahabihe ara,
阿拉 阿哥的 魁梧 阿拉 聪明 明智 阿拉 非常 曾依靠 阿拉

yalure akta ara, ya age yalure ara, aha nehū ara, bihe seme ara, ya ejen
骑 骟 阿拉 哪个阿哥 骑 阿拉 奴仆 婢女 阿拉 有 既使 阿拉 哪个主人

takūrara ara, anculan giyahūn ara, bihe seme ara, ya jui alire ara, kuri
差遣 阿拉 鹰 有 既使阿拉 哪个儿子 承受 阿拉 犁

indahūn ara, bihe seme ara, ya juse kutulere ara." seme soksime songgoro
狗 阿拉 有 既使阿拉 哪个孩子 牵 阿拉(语气助动词)呜咽 哭

de, eme geli songgome hendume:"eme i sure age ara, eme mini ara, enen ju-
于 母亲 又 哭 说 母亲的聪明 阿哥阿拉 母亲我的阿拉 子嗣 孩

se ara, jalin sain be ara, yabume baifi ara, hūturi baime ara, susai sede ara,
子阿拉 为 善 把阿拉 行 求 阿拉 福 求 阿拉 五十 岁在 阿拉

banjiha sure ara, genggiyen age ara, gala dacun ara, gabsihiyan age ara,
生了 聪明 阿拉 明智 阿哥 阿拉 手 敏捷 阿拉 矫健 阿哥 阿拉

giru sain ara, gincihiyan age ara, bithe hūlara ara, jilgan haihūngga ara
射箭姿势好 阿拉 华美 阿哥 阿拉 书 读 阿拉 声 柔和 阿拉

eme sure age ara, te ya jui de ara, nikeme banjimbi ara, ahasi degasingga
母亲 聪明 阿哥 阿拉 现在哪个儿子在 阿拉 依靠 生 活 阿拉 奴仆们 在 仁爱

ara, ambalinggū age ara, giru muru ara, hocikon age ara, fiyan banin ara,
阿拉 魁 阿哥 阿拉 骨格 模样 阿拉 俊 阿哥 阿拉 脸色 相貌 阿拉

众人们洒酒祭奠亡灵、哭泣着。员外在一旁哭道:"阿玛的阿哥，五十岁上，我生养的，色日古带费扬古，我一见你，欣喜若狂，这些匹马儿，成群的牛羊，谁来执掌？魁梧的阿哥，智慧超常，寄托我一切希望，骑乘的骟马，哪位阿哥驱骋？奴仆与婢女，既使都有，哪位主人豢养？猎鹰啊，虽然还在，哪个儿子擎放？黧狗啊，虽然还在，哪个孩子牵放？"言毕呜咽不止，母亲又哭道:"额莫聪明的阿哥，我那独生的，承宗的儿子，为你把善事，都行遍，祈求福禄，五十岁上，生得聪明的，睿智的阿哥，身手敏捷，矫健的阿哥，射姿英武，光彩照人的阿哥，读书的声音，柔和动听，额莫聪慧的阿哥，现在我指靠谁，一起生活？体恤奴

pan an i gese, ara, saikan age ara, eme giyai de ara, šodome yabuci ara,
潘 安的相似 阿拉 好看 阿哥阿拉母亲 街 在阿拉 闲走 行走 阿拉

giyahūn adali ara, eme jilgan be ara, donjime baire ara, holo de yabuci ara,
鹰 相同 阿拉 母亲 声 把阿拉 听见 寻找 阿拉 山谷 在 行走 阿拉

honggon jilgan ara, eniye hocikon age ara, eniye bi te ara, ya emu age be
铃 声 阿拉 额娘 俊 阿哥 阿拉 额娘 我 现在 阿拉 哪个 一 阿哥 把

ara, tuwame bimbi ara, gosime tembi ara."
阿拉 看 (时态助动词)阿拉 仁爱 居住 阿拉

oncohon tuheci obonggi tucime, umušuhun tuheci silenggi eyeme, oforo niyaki be
仰面 倒下 沫子 出 俯卧 倒下 唾液 流 鼻 涕 把

oton de waliyame, yasai muke be yala bira de eyebume songgoro de, dukai bade
木槽盆 在 抛扔 眼 的 水 把 果真 河 在 使流 哭 在 门 的 处 在

emu dara kumcuhun bucere hamika dara mehume yabure sakda mafa jifi, hūlame
一 腰 罗锅 死 将要 腰 俯身 行走 老 老头 来 叫

hendume, "deyangku deyangku duka tuwakiyara, deyangku deyangku agutasa donji, de-
说 德扬库 德扬库 门 看守 德扬库 德扬库 众老兄们 听 德

yangku deyangku sini ejende, deyangku deyangku genefi alarareo, deyangku deyangku duka
扬库 德扬库 你的主人在 德扬库 德扬库 去 告诉吧 德扬库 德扬库 门

tulergide, deyangku deyangku bucere sakda deyangku deyangku jihebi sereo, deyangku deyangku
外边 在 德扬库 德扬库 死 老 德扬库 德扬库 来了(语气助动词) 德扬库

majige acaki sereo, deyangku deyangku seme jihe se, deyangku deyangku majige gūnin, deyangku
略微 会见(能愿助动词) 德扬库(语气助动词)来了 德扬库 德扬库 略微 心意 德扬库

deyangku hoošan deijimbi, deyangku deyangku "seme bairede duka tuwakiyaha niyalma dosifi, baldu
德扬库 纸 烧 德扬库 德扬库(语气助动词)求 门 看守 人 进入 巴勒杜

bayan de ulara jakade, yuwan wai hendume: "absi jilakan, hūdun dosimbu! beile age de waliyaha
巴彦 于 传达 因为 员 外 说 多么可怜 快 使进 贝勒阿哥 在 上坟

仆，魁梧的阿哥，身材长相，俊美的阿哥，仪表相貌，恰似潘安，漂亮的阿哥，额莫在街上，若是漫步，你象鹰一样，追寻听见，额莫的声音，若在山谷行走，丁当的铃声，额娘俊美的阿哥，如今我还能和谁，美满地生活？"她呼天抢地，涕泪横流。这时，门口来了一个驼背弯腰行走的濒死的老头，他呼叫着："守门的，各位老兄请听，去告诉，你们的主人，大门外，来了个快死的老头，想是来，见见员外，略表心意，烧些纸钱。"守门人进去向巴勒杜巴彦禀报，员外说："多可怜哪，快让他进来！给阿哥上供的山一样高的肉食、饽饽，海一样多的烧酒，让他随便吃喝！"

alin i gese yali efen be jekini, mederi gese arki be omikini!"sehe manggi, duka
山 的 相似 肉 饽饽 把 吃吧 海 相似 烧酒 把 喝吧(语气助动词)之后 门

tuwakiyaha niyalma sujume genefi, tere sakda be hūlame dosimbufi, tere sakda do-
看守 人 跑 去 那 老人 把 叫 使进入 那 老人 进

sime, jiderede, utala waliyara yali efen arki jergi be tuwarakū, šuwe duleme genefi,
来 这些 上供 肉 饽饽 烧酒 等 把 不看 径直 过 去

beile agei hobo hanci ilifi, gala hobo be sujame, bethe fekuceme, den jilgan i songgome
贝勒 阿哥的 棺材 近 站立 手 棺材 把 拄着 脚 跳跃 高 声 地 哭

hendume:"age i haji ara koro, absi udu ara koro, jalgan foholon ara koro, sure
说 阿哥的 亲爱 阿拉 靠落 多么 几 阿拉 靠落 寿命 短 阿拉 靠落 聪明

banjiha ara koro, seme donjiha ara koro, sunggiyen aha bi ara koro, urgunjehe
生长 阿拉 靠落(语气助动词)听 阿拉 靠落 睿 智 奴仆 我 阿拉 靠落 喜悦

bihe ara koro, mergen age be ara koro, ujihe seme ara koro, algin donjifi ara koro,
(时态助动词)靠落 智慧 阿哥 把 阿拉 靠落 养(语气助动词)靠落 名声 听 阿拉 靠落

mentuhun aha bi ara koro, erehe bihe ara koro, erdemu bisire ara koro, age
愚昧 奴仆 我 阿拉 靠落 指望(时态助动词)靠落 德 有 阿拉 靠落、阿哥

be banjiha ara koro, seme donjifi ara koro, ehelinggu aha bi ara koro, akdaha
把 生了 阿拉 靠落(语气助动词)听 阿拉 靠落 庸劣 奴仆 我 阿拉 靠落 依靠

bihe ara koro, fengšen bisire ara koro, age be donjifi ara koro, ferguwehe
(时态助动词)靠落 福祉 有 阿拉 靠落 阿哥 把 听 阿拉 靠落 珍奇

bihe ara koro, age absi bucehebi ara koro."gala i falanggū tūme fancame song-
(时态助动词)靠落 阿哥 怎么 死了呢 阿拉 靠落 手 的 掌 打 大 哭

gome fekuceme bucetei songgoro be dalbai niyalma sa gemu yasai muke eyebumbi.
跳跃 拼命地 哭 把 旁边的 人 们 都 眼 泪 使流

yuwanwai sabufi, šar seme gosime tuwafi, ini beyede etuhe suje sijigiyan be sufi, tere sakda
员 外 看见 恻隐 仁爱 看 他的 身 在 穿 缎子 袍子 把 脱 那 老人

守门人跑去叫那老人进来，那老人进来后对那些上供的酒、肉和饽饽看也不看就径直走了过去，站在阿哥棺前，手拄着棺材，顿着脚高声哭道："亲爱的阿哥，多么短暂啊，你的寿命；我曾听说，你生来聪慧，我，一个明智的奴仆，无比喜悦，阿哥睿智的名声，早有风闻，我，一个愚笨的奴仆，甚有期望；有德行的阿哥，听说你的降生，我，一个庸劣的奴仆，有了寄托；我惊奇地听说，阿哥颇有福分；可如今为何故去了？"他拍掌痛哭、顿足号咷，旁边的人都禁不住流出了眼泪。员外见了，觉得凄切可怜，便脱下自己身上穿的缎袍送给那老人，

buhe manggi, tere sakda etuku be alime gaifi, beyede nerefi, hobo ujui bade tob
给了之后 那 老人 衣服 把 接 取 身在 披 棺材 头的处在 正

seme ilifi, emu jergi boo be šurdeme tuwafi. ambarame emgeri sejilefi. emu jergi
对着 站立 一 次 屋 把 围绕 看 大大地 一次 叹气 一 次

jabcafi, hendume: "bayan agu si yasa tuwahai, sini jui sergudai fiyanggū be turibufi
归咎 说 巴彦 老兄 你 眼 看着 你的 儿子 色日古带 费扬古 把 脱落

unggimbio? yaka bade mangga saman bici, baime gajifi, beile age be aitubureo." serede,
遣送吗 哪个 地方在 高 强 萨满 若有 寻找 取 贝勒 阿哥 把 救吧(语气助动词)

yuwan wai hendume: "aibide sain saman bi, meni ere toksode emu ilan duin
员 外 说 什么地方在 好 萨满 有 我们的 这 村庄 在 一 三 四

saman bi, gemu buda holtome jetere saman sa, damu majige arki、emu coko、heni
萨满 有 都 饭 哄 吃 萨满 们 只是 略微 烧酒 一 鸡 一点

efen jergi dobonggo dobome, ira buda belheme wecere saman sakai. niyalma be
饼 等 供 上供 糜子饭 预备 祭祀 萨满 们啊 人 把

weijubure sere anggala, ini beye hono ya inenggi ai erinde bucere be gemu sarkū.
使活 不但 他的 自己 尚且 哪 天 什么 时候在 死 把 都 不知道

bairengge sakda mafa aikabade sara mangga saman bici, majige jorime alame
求 老 爷爷 假如 知道 高强 萨满 若有 略微 指 告诉

bureo." sehede, mafa hendume: "bayan agu si adarame sarkū nio? ere baci
给吧(语气助动词) 老头 说 巴彦 老兄 你 怎么 不知道 呢 这 地方从

goro akū nisihai birai dalin de tehe tenteke gebungge hehe saman bi, ere saman
远 没有 尼希海 河的 岸 在 住 那样 有名的 女 萨满 有 这 萨满

erdemu amba, bucehe niyalma be aitubume mutembi. terebe ainu baihanarakū?
德 大 死 人 把 救 能够 她 把 为什么不去求

tere saman jici, sergudai fiyanggū sere anggala, uthai juwan sergudai sehe seme
那 萨满 若来 色日古带 费扬古 岂止 就是 十 色日古带 说(语气助词)

老人接过衣服、披在身上，面对着棺头而立，环视了一遍屋内，深深地叹了口气，责怪道："巴彦老兄难道你就眼睁睁地看着发送你儿子色日古带吗？还是去请个本领高强的萨满来救救阿哥吧！"员外说："哪儿有好萨满呢？我们村子里倒有三、四个萨满，可都是混饭吃的，他们只会用一点酒、一只鸡、几块饽饽上供、拿糜子饭祭祀而已，别说把死人弄活，就连他们自己何日何时死都不知道。老爷爷你若知道哪儿有本领高强的萨满，请给我指点一下吧。"老人说："巴彦老兄你怎么不知道呢？离这儿不远的尼希海河畔住着一个非常有名的女萨满，这萨满道行高深，能把死人救活。何不去求她？那萨满若是能来，别说一个色日古带，就是十个也能救活啊，

inu weijubume mutembi kai. suwe hūdun baihaname gene!" seme gisurefi, elhe
也 使活 能 啊 你们 快 去求 去 (语气助动词)说 徐

nuhan i yabume, amba duka be tucime genefi, sunja boco tugi de tefi mukdehebe
缓 地 行走 大 门 把 出 去 五 色 云 在 坐 升腾了 把

duka tuwakiyara niyalma sabufi, hahilame boode dosime, yuwan wai de alaha
门 看守 人 看见 紧急 家 在 进入 员 外 在 告诉了

manggi, baldu bayan urgunjeme hendume: "urunakū enduri jifi, minde jorime tacibu-
之后 巴勒杜 巴彦 喜悦 说 一定 神 来 给我 指 教

rengge." seme uthai untuhun baru hengkilefi, ekšeme bethe seberi sarla akta morin
(语气助动词)就 空 向 磕头 急忙 脚 银蹄 貉皮马 骟马 马

yalufi. booi aha be dahalabufi, feksime goidahakū nisihai birai dalinde isinafi tuwa-
骑 家的奴仆把 使跟随 跑 不久 尼希海 河的 岸 在 去到 看

ci, dergi dubede emu ajige hetu boo bi, baldu bayan tuwaci, tulergide emu se asi-
东 尽头在 一 小 厢 房 有 巴勒杜 巴彦 看 外边 在 一 年岁 年

han gege jerguwen de oboho etuku be lakiyame walgiyambi.
轻 格格 栏杆 在 洗了 衣服 把 挂 晾

baldu bayan hanci genefi, baime fonjime: "gege, nišan saman i boo ya bade
巴勒杜 巴彦 近 去 求 问 格格 尼山 萨满 的 家 哪 处 在

tehebi? minde alame bureo." serede, tere hehe ijaršame jorime: "wargi dubede
居住 于我 告诉 给吧(语气助动词)那 女人 笑盈盈 指 西 尽头 在

tehebi." sere gisun de, yuwan wai morin yalume feksime isinafi tuwaci, hūwa i
居住 (语气助动词)话 于 员 外 马 骑 跑 去到 看 院子的

dolo emu niyalma dambagu omime ilihabi. ebuhu sabuhū morin ci ebufi, hanci
里面 一 人 烟 吸 站立 急急忙忙 马 从 下来 近

genefi baime: "sain agu wakao? nišan saman i boo yala ya emke inu? bairengge tondo
去 找 好 老兄 不是吗 尼山 萨满 的 家 果真 哪一个 是 求 忠实

你们快求去吧！"他说着、缓缓地走出大门，驾着五彩云霞腾空而去。守门人见此情景,急忙进来告诉了员外，巴勒杜巴彦高兴地说："必是神仙前来指点我的。"便望空参拜，立刻跨上银蹄貉色骟马,带领家奴向尼希海河岸奔去。不久就到了，只见尽东头有一间小厢房，外边有一个年轻的格格正往栏杆上晾挂洗过的衣服。

巴勒杜巴彦上前寻问："格格，尼山萨满的家在哪儿？请给我指点一下。"那女人笑嘻嘻地指给他："就住在尽西头。"员外骑马跑去一看，院子里有个人站在那儿抽烟，员外急忙下马上前寻问："老兄您好吗？请告诉我究竟哪儿是尼山萨满的家？"

i alame bureo." serede, tere niyalma hendume: "si ainu gelehe golોko durun i
她告诉 给吧(语气助动词)那 人 说 你 为什么害怕 惊慌 样子 地

ekšembi?" yuwan wai hendume: "minde oyonggo ekšere baita bifi, age de fonjime
忙 员 外 说 于我 重要 急忙 事 有 阿哥 于 问

dacilambi. gosici minde alame bureo!" tere niyalma uthai hendume: "si
打听 若仁爱 于我 告诉 给吧 那 人 就 说 你

teni dergide fonjiha etuku silgiyafi walgiyara tere hehe uthai saman inu. agu
方才 东 在 问了 衣服 洗涤 晾晒 那 女人 就 萨满 是 老兄

tašarabume holtobuha kai, tere saman be bairede saikan i ginggguleme baisu,
被弄错 被哄了 啊 那 萨满 把 求 在 好好 地 恭敬 求

gūwa saman de duibuleci ojorakū ere saman umesi dahabume kutulere de
别的 萨满 在 若比较 不可以 这 萨满 很 招降 牵引 于

amuran." sefi, baldu bayan tere niyalma de baniha bufi, morin yalufi, dahūme feksime
擅长 (语气助动词)巴勒杜巴彦 那 人 于 道谢 马 骑 重复 跑

dergi dubede isinjifi, morin ci ebufi, boode dosifi tuwaci, julergi nahan de emu funiye-
东 尽头 在 来到 马 从 下来 屋 在 进入 看 南边 炕 在 一 头发

he šaraka sakda mama tehebi, jun i angga bade emu se asihan hehe dambagu be
鬓发变白 老 老太太 坐 灶 的 口 处 在 一 年岁 年轻 女人 烟 把

gocime ilihabi. yuwan wai gūnici: "ere nahan de tehe sakda mama jiduji saman
抽 站着 员 外 想 这 炕 在 坐 老 老太太 肯定 萨满

dere!" seme nade niyakūrafi bairede, sakda mama hendume: "bi saman waka,
吧 (语气助动词)地在 跪 求 老 老太太 说 我 萨满 不是

agu si tašarabuhabi. jun bade ilihangge mini urun, saman inu." serede, baldu ba-
老兄 你 被弄错了 灶 处在 站立的 我的 媳妇 萨满 是 (语气助动词)巴勒杜

yan uthai ilifi, ere gege de niyakūrafi baime hendume: "saman gege amba algin algikabi.
巴彦 就 站立 这 格格 在 跪 求 说 萨满 格格 大 名声 扬名

那人说："你干吗这么慌慌张张的？"员外说："我有要紧的事才向阿哥打听的，请发发慈悲告诉我吧。"那人便说："你方才在东边寻问的那个晾洗衣服的女人就是尼山萨满，老兄被她蒙骗了。你要求她，就得毕恭毕敬，这位萨满擅长降鬼引魂，别的萨满根本比不了她。"巴勒杜巴彦向那人道了谢，骑上马重又来东头，下得马来，进屋一看，南炕上坐着一个白头发老太太，灶口处一个年轻的女人站着抽烟。员外心想：这炕上坐着的老太太肯定是萨满。便跪下恳求，老太太说："老兄你弄错了，我不是萨满，站在灶口的我媳妇才是萨满。"巴勒杜巴彦又给这位格格跪下求道："萨满格格大名鼎鼎，

gebu gutubume tucikebi. orin saman i oilori、dehi saman deleri turgunde, bairengge
名 玷辱 出了 二十 萨满 的 浮面上 四十 萨满 浮浅 因为 求

han julgen be tuwabume joribureo! seme baime jihe. gege jobambi seme ainara šar
上帝 运气 把 使看 使指 (语气助动词)求 来了 格格 为难 既使怎么样 恻隐

seme gosifi, algin be gaime bureo." serede, tere hehe ijaršame hendume: "bayan
仁爱 名声 把 取 给吧(语气助动词)那 女人 笑盈盈 说 巴彦

agu be bi holtorakū, mini beye ice tacifi goidaha akū de, han julgen tuwarengge
老兄 把 我 不哄 我的 自己 新 学 长久 没有 于 上帝 运气 看的

tondo akū ayoo, ume baita be tookabure, gūwa erdemungge saman sabe baifi,
公正 没有 惟恐 别 事 把 耽误 别的 有德的 萨满 们把 找

erdeken i tuwabuna, ume heoledere!" serede, baldu bayan yasai muke eyebume,
略早地 使去看 别 怠慢 (语气助动词)巴勒杜 巴彦 眼 泪 使流

hengkišeme dahūn dabtan i baire jakade, saman hendume: "tuktan jihe be dahame, emu mudan tuwambureo. gūwa niyalma okobici, ainaha seme tuwarakū bihe."
磕头 再三地 求 因为 萨满 说 初 来 既然 一 次 使看吧 别的 人 成了若是 必然 不看 (时态助动词)

sefi, dere yasa obofi, hiyan dere faidafi, muheliyen tonio be muke de maktafi, falan
(语气助动词)脸 眼 洗 香 桌 排列 圆 棋子 把 水 在 扔 屋内地

dulin de mulan teku be sindafi, saman beye ici galai imcin be jafafi, hashū galai
中间 在 杌子 座位 把 放 萨满 自己 右 手 用 手鼓 把 持 左 手 用

hailan moo gisun be halgifi, teku de teme, imcin be torgime yekeme taime deribuhe.
榆树 木 鼓槌 把 盘 绕 座位 在 坐 手鼓 把 圈圈 唱曲 求 开始

hocikon jilgan hobage be hūlame, den jilgan deyanggu be dahinjeme yayadame baifi,
俊 声 霍巴格 把 呼唤 高 声 德扬库 把 反复 咬舌 求

weceke be beyede singgebufi, baldu bayan nade niyakūrafi donjimbi. nišan saman ya-
神祇 把 身 在 使附体 巴勒杜 巴彦 地 在 跪 听 尼山 萨满 咬舌

遐迩共闻，只因二十个萨满道行不深、四十个萨满法术浅薄之故，特来恳请格格给我指点天数，倘使格格为难，亦请略发恻隐之心，让我们借您的名声吧。”那女人笑嘻嘻地说：“巴彦老兄我不哄你，我是新学的萨满，时间还不长，恐怕还看不明白天数。你还是趁早请别的道行高深的萨满看看吧，别耽误了大事！”巴勒杜巴彦流着眼泪再三叩求，萨满才说：“看在你初来的份上，就给你看一次吧，要是别的人无论如何是不看的。”便洗面净目，排列香案，将一枚圆棋子扔在水里，在屋内地中央放上一把杌凳，右手持鼓、左手挥动榆木鼓槌，坐在杌凳上开始击鼓、唱曲、请神。她用清脆的声音呼唤“霍巴格”，用高亢的声音反复祈请“德扬库”，神魂就已附

yadame deribuhe, jorime yayadaha gisun: "eikule yekule ere baldu halai, eikule ye-
开始 指 颂吉 话 诶库勒也库勒这巴勒杜姓的诶库勒也
kule muduri aniyangga, eikule yekule haha si donji, eikule yekule han be tuwabume,
库勒龙 属相年 诶库勒也勒 男人你听 诶库勒也库勒 帝 把 使看
eikule yekule jihe age. eikule yekule getuken donji, eikule yekule waka seci, eikule yekule wa-
诶库勒也库勒 来了 阿哥诶库勒也库勒 明白 听 诶库勒 也库勒 不是 若说 诶库勒也库勒 不
ka sebai, eikule yekule holo seci, eikule yekule holo sebai, eikule yekule holo saman
是 说罢 诶库勒 也库勒 虚假若说 诶库勒也库勒 虚假 说罢 诶库勒 也库勒 虚假萨满
holtombi, eikule yekule suwende alareo, eikule yekule orin sunja sede, eikule yekule
哄 诶库勒 也库勒 给你们告诉吧 诶库勒 也库勒二十五 岁在 诶库勒也库勒
emu haha jui, eikule yekule ujihe bihe, eikule yekule tofohon se ofi, eikule yekule heng
一 男 孩 诶库勒也库勒 养(时态助动词) 也库勒 十五 岁 成为诶库勒也库勒 横
lang šan, eikule yekule alin de, eikule yekule kumuru hutu, eikule yekule
廊 山 诶库勒 也库勒 山 在 诶库勒 也库勒 库木如 鬼 诶库勒 也库勒
sini jui i, eikule yekule fayangga be. eikule yekule jafame jefi, eikule yekule
你的 儿子的 诶库勒 也库勒 魂 把 诶库勒 也库勒 抓 吃 诶库勒 也库勒
ini beye, eikule yekule nimeku bahafi, eikule yekule bucehe bi, eikule yekule
他的身体 诶库勒 也库勒 病 得 诶库勒 也库勒 死了(时态助动词)诶库勒也库勒
tereci juse, eikule yekule ujihe akūbi, eikule yekule susai sede, eikule
从那以后 孩子 诶库勒 也库勒 养 没有 诶库勒 也库勒 五十 岁在 诶库勒
yekule emu haha jui, eikule yekule sabufi ujihebi, eikule yekule susai sede,
也库勒 一 男 孩 诶库勒 也库勒 看见 养了 诶库勒 也库勒 五十 岁在
eikule yekule banjiha ofi, eikule yekule gebu be sergudai, eikule yekule fiyanggū sembi,
诶库勒 也库勒 生 了 因为 诶库勒 也库勒 名字 把 色日古带 诶库勒 也库勒 费扬古 叫
eikule yekule seme gebulehebi; eikule yekule mergen gebu mukdehebi; eikule yekule amba gebu
诶库勒 也库勒(语气助动词) 起名 诶库勒 也库勒 智慧 名字 升腾 诶库勒 也库勒 大 名

体。巴勒杜巴彦跪地而听，尼山萨满开始用含混不清的声音喻示道："姓巴勒杜的、属龙的男人，你用心听，为看天数，而来的阿哥，你仔细地听，如果说得不对，就说不对；如果说得不真实，就说不真实；说假话的萨满不可信。我来告诉你：二十五岁时，你曾养过，一个男孩，长到十五岁，在横廊山，围猎之际，恶鬼库木如，将你儿子的魂，抓去吃掉，他的身体，患了疾病，死在山上。从那以后，再无子嗣，五十岁上，又生养了一个，可爱的男孩，因为生于，五十岁时，故起名为，色日古带费扬古，他的智慧超群，他的大名皆知。

tucikebi, eikule yekule tofohon se ofi, eikule yekule julergi alin de, eikule yekule
出了 诶库勒 也库勒 十五 岁 成为诶库勒 也库勒 南 山 在 诶库勒 也库勒

gurgu be ambula, eikule yekule waha turgunde, eikule yekule ilmun han
兽 把 广泛地 诶库勒 也库勒 杀了 缘故 于 诶库勒 也库勒 依勒门 汗

donjifi, eikule yekule hutu be takūrafi. eikule yekule fiyanggū be jafafi, eikule
听说 诶库勒 也库勒 鬼 把 差遣 诶库勒 也库勒 魂 把 抓 诶库勒

yekule gamaha bi kai, eikule yekule weijubure de mangga, eikule yekule aitubure
也库勒 拿去（时态助动词）啊 诶库勒 也库勒 使活 于 难 诶库勒 也库勒 救

de jobombi, eikule yekule inu seci inu se, eikule yekule waka seci waka se, eikule
于 为难 诶库勒 也库勒 是 若说 是 说 诶库勒 也库勒 不是 若说 不是 说 诶库勒

yekule" baldu bayan hengkišeme hendume: "wecen i alahangge、geren julen i jori-
也库勒 巴勒杜 巴彦 连 磕 头 说 神祇 的 告诉的 众多 故事的 指

hangge, gemu inu." sehe manggi, saman emke hiyan be jafafi wesihume gelabufi,
示的 都 对 （语气助动词）之后 萨满 一个 香 把 拿 上升 使醒过来

imcin gisun jergi be bargiyafi, baldu bayan dabtan i nade niyakūrafi, songgome hendume:
手鼓 鼓槌 等 把 收 巴勒杜 巴彦 再三 地 地在 跪 哭 说

"saman gege i gosime tuwahangge gemu yargiyan acanambi, acanara be dahame gosici,
萨满 格格的 仁爱 看的 都 确实 符合 符合 既然 若仁爱

beye be jobobume mini fusihūn boode mini jui i indahūn gese ergen be aitubureo, ergen
身体把 劳累 我的 卑贱 家在 我的 儿子的 狗 相似 生命把 救吧 生命

baha erinde, enduri wecen be onggoro dorombio? mini beye baiha be dahame, basa be
得了 时候在 神 祭 把 忘记 道理 有吗 我的 自己 求了 既然 报酬把

cashūlara dorombio?" sehe manggi, nišan saman hendume: "sini boode ere jui i emu ineng-
背叛 道理 有吗（语气助动词）之后 尼山 萨满 说 你的 家在 这 儿子的 一 天

gi banjiha indahūn bi, geli ilan aniya amila coko、misun jergi amba muru bodoci
生了 狗 有 又 三 年 雄 鸡 酱 等 大概 计算

十五岁时，因在南山，大肆杀生，依勒门汗闻知，派遣恶鬼，捉拿他的灵魂，再想复活，实属不易，再想救活，实在为难。如果对就说对，如果不对就说不对。"巴勒杜巴彦连连磕头说："神仙所说的和这些明示给我的话，全都对。"萨满举起一根香醒了过来，收拾起手鼓和鼓槌，巴勒杜巴彦跪在地上再三哭求："萨满格格既然能看得这么正确，请您发发慈悲，劳您的驾到我家救救我的犬子，如能活命，岂能忘记神祇的祭祀？我既来相求，岂能不备办酬礼？"尼山萨满说："我估计你家大概有一只和你儿子同一天出生的狗，还有一只三年的公鸡和黄酱。"

bidere." seme fonjire de, baldu bayan hendume: "bisirengge yargiyan, tuwahangge

有吧（语气助动词）问 于 巴勒杜 巴彦 说 有的 确实 看的

tondo kai, ferguwecuke enduri saman kai. te bi bahaci amba agūra be aššabumbi,

公正 啊 神奇 神 萨满 啊 现在我若得以 大 器械 把 使动

ujen agūra be unume gamaki sembi, bairengge mini jui i ajigen ergen be aitubureo."

重 道具 把 背 拿去（能愿助动词）求 我的 儿子的 小 命 把 救吧

serede, nišan saman injeme hendume: "ajige eberi saman ainaha icihiyame mutebure,

（语气助动词）尼山 萨满 笑 说 小 弱 萨满 怎么 处理 能够

mekele bade ulin menggun fayambi, tusa akū bade turigen jiha wajimbi. gūwa mutere

枉然 处在 财物 银子 花费 益 无 处在 工钱 钱 完结 别的 能

saman sabe baisu, bi serengge teni taciha saman tesu bahara unde, ice taciha

萨满 们把 求 我（语气助词）才 学了 萨满 本 得 尚未 新 学了

saman alban bahara unde, aibe sambi!" serede, baldu bayan niyakūrafi hengkileme

萨满 公务 得 尚未 什么把 知道（语气助动词）巴勒杜 巴彦 跪 磕头

gosiholome songgome bairengge: "saman gege mini jui i ergen be aitubuci aisin

痛哭 哭 求 萨满 格格 我的 儿子的 命 把 若救 金

menggun alha gecuheri akta morin ihan honin jergi adun de dulin dendeme

银 闪缎 蟒缎 骟马 马 牛 羊 等 牧群 在 半 分

bufi, baili de karulambi." sehe manggi nišan saman arga akū hendume: "bayan agu

给 恩情于 报答（语气助动词）之后 尼山 萨满 计策没有 说 巴彦 老兄

ili, bi bai emu mudan geneme tuwaki, jabšabuci inu ume urgunjere, ufarabuci inu ume

起来 我平白 一 次 去 看 若使侥倖 也 别 喜悦 若致失利 也 别

ushara. ere jergi gisun be getuken i donjiihao." sehede, baldu bayan ambula

嗔怒 这 些 话 把 明白 地 听（语气助动词）巴勒杜 巴彦 非常

urgunjeme, ubaliyame ilifi, aname dambagu tebume, baniha bume wajifi, uce tucime

喜悦 翻身 站立 推 烟 装 道谢 完毕 门 出

巴勒杜巴彦说："确实是有的，你看的这么准，真是神奇的天神一样的萨满啊，我想现在如果可以就把大件的、沉重的神器驮回去，好请你救我儿子一条小命。"尼山萨满笑着说："以我一个卑微的萨满，怎能承担这样的重任，别在无用之处破费银子、无益之处耗尽钱财啦，你还是去求别的有能力的萨满们吧，我才学的萨满，还未得到要领；我新学的萨满，还未得到职事，能知道什么！"巴勒杜巴彦磕头痛哭，哀求道："萨满格格若救我儿一命，我要把我的金银绸缎和骟马牛羊分出一半来报答你的恩情。"萨满无奈，只得说："巴彦老兄请起，我就去一次看看吧，万一成功了也别高兴；万一失败了也别抱怨。这些话得先说明白。"巴勒杜巴彦非

morin yalufi, boo baru jime, uthai ahalji bahalji sebe hūlafi, "hahilame kiyoo
马 骑 家 向 来 就 阿哈勒吉巴哈勒吉们把 呼唤 紧急 轿

sejen morin jergi be belhefi, saman be gamareo." serede uthai gemu teksin
车 马 等 把 预备 萨满 把 去取吧（语气助动词）就 都 齐

yongkiyan tohome belhefi, ahalji bahalji se geren be gaime, saman be okdome
全 套车 预备 阿哈勒吉巴哈勒吉们 众人 把 带 萨满 把 迎

yabume, goidarakū nisihai birai dalin i nišan saman i boode isinafi, saman be
去 不久 尼希海 河 的 岸 的 尼山 萨满 的 家 在去到 萨满 把

acafi, elhe baifi, weceku guise jergi be ilan sejen de dendeme tebufi, saman
会见 安 请 神祇 柜子 等 把 三 车 在 分 装 萨满

kiyoo de tefi, jakūn asihata tukiyeme, deyere gese dartai andande yuwan wai
轿 在 坐 八 众年轻人 抬 飞 相似 立刻 顷刻间 员 外

i boode isinjifi, baldu bayan okdome dosimbufi. weceku guise be amba nahan
的 家在 来到 巴勒杜 巴彦 迎 使进入 神祇 柜子 把 大 炕

i dulin de faidafi, dere yasa obofi, hiyan dabufi, ilan jergi hengkilefi, amala
的 中央 在 排列 脸 眼睛 洗 香 点火 三 次 磕头 以后

saman dere obofi. buda belhefi, jeme wajifi, usihin fungku i dere mabulafi,
萨满 脸 洗 饭 预备 吃 完 湿 手巾 用脸 擦

imcin belhefi, weceku de yayadame baime imcin tungken forire de emu gašan de bi-
手鼓 预备 神祇 在 咬吉 求 手鼓 鼓 击打 在 一 乡村 在 有

sire ilan duin saman sa dahalame, imcin forici gemu mudan de acanarakū ojoro
三 四 萨满 们 跟随 手鼓 若击 都 音 于 合不上 成为

jakade, nišan saman hendume: "ere gese teksin akū oci absi kanilambi!" serede,
因为 尼山 萨满 说 这 相似 齐 没有 若是 怎么 随合 （语气助动词）

yuwan wai jabume: "meni emu toksode yargiyan mutere niyalma akū oho. saman gege
员 外 回答 我们的 一 村庄 在 确 实 能 人 没有 成了 萨满 格格

常高兴，翻身起来给她们递个敬烟，然后出门骑上马赶回家，叫来阿哈勒吉、巴哈勒吉："快鞴轿马，去接萨满！"立刻就鞴齐了车马，阿哈勒吉、巴哈勒吉带人前去迎接萨满，不多会儿已来到尼希海河畔的尼山萨满家。见了萨满，请了安，便把神柜等器具分装在三辆车上，萨满乘轿，八个年青人抬起来，飞也似的走着，转眼已来到员外家，巴勒杜巴彦迎入屋里，萨满把神柜摆在大炕中央，洗面净目、点燃香火，磕过三遍头之后，又洗了脸，饭已预备好，她吃完后用湿手巾擦了擦脸，准备好手鼓，开始击鼓请神。本村的三、四个萨满跟着击鼓，但都合不上鼓点，尼山萨满说："这么乱套怎么配合得好呢！"员外答道："我们村里确实没有能手了，

de daci dahalaha da jari bici alafi ganabuki." sehede, nišan saman hendume:"
在 原先 跟随 首领扎立若有告诉 去取 (语气助动词)尼山 萨满 说

meni gašan de tehe nadanju sede ujihe emu nara fiyanggū bihebi, ere niyalma cingkai
我们的乡村 在居住 七十 岁于 养了 一 那拉 费扬古 有 这 人 特别

dahalara be dahame imcin yeken jergide emu ureshun gese, ere niyalma jici
跟随 既然 手鼓 小曲 等 一 熟练 相似 这 人 若来

yargiyan i joborakū hiyoošun ijishūn bihe." serede, yuwan wai uthai ahalji be emu
确实 地 不为难 孝顺 顺 是 (语气助动词) 员 外 就 阿哈勒吉把 一

morin yalubume emu morin be kutuleme, hahilame nara fiyanggū age be ganabuha
马 使骑 一 马 把 牵 紧急 那拉 费扬古 阿哥把 使取去了

goidahakū isinjifi, morin ci ebufi, baldu bayan okdome boode dosime jiderede,
没有多久 来到 马 从 下来 巴勒杜 巴彦 迎 家 在 进入 来 在

nišan saman sabufi injeme hendume:"weceku de hūsun bure wesihun agu jiheo?
尼山 萨满 看见 笑 说 神祇 在 力 给 尊贵 老兄 来了吗

enduri de aisilara erdemu age nari fiyanggū deo? jari sini beye donji, gege minde sai-
神 于 帮助 德 阿哥 那立 费扬古 弟弟 扎立你的 自己 听 格格 于我 好

kan i mudan acabume aisila, fe ilibuha be dahame, imcin tungken be deo jari de
好地 音 使合 帮助 旧 音乐停止 既然 手鼓 鼓 把 弟弟扎立 于

fita akdahabi, muterakū oci solohi uncehen burihe sukū gisun ci wesihun i
紧紧 依靠了 不能 若是 黄鼠狼 尾巴 蒙 皮 鼓槌 用 尊贵 的

suksaha be tantambi. yeken yayan de acanarakū oci, uli moo i usihin gisun ci
大腿 把 打 曲调 于 合不上 若是 杜李木的 湿 鼓槌 用

ura be tantambi." sehe manggi, nari fiyanggū injeme hendume:"etenggi saman
屁股把 打 (语气助动词)之后 那立 费扬古 笑 说 强横 萨满

demungge nišan, deo bi saha, labdu taciburebe baiburakū." sefi, nahan de tefi,
古怪 尼山 弟弟我 知道 多 教 把 不用 (语气助动词)炕 在 坐

萨满格格若有原先跟随的大扎立，告诉我们好去请来。"尼山萨满说："我们村里住着一个七十岁上养的那拉费扬古，这人特别能随得上我的鼓点。他在鼓乐方面非常熟练，他若来的话，我就顺顺当当不会为难了。"员外命阿哈勒吉骑一匹马、牵一匹马，速将那拉费扬古请来。不多时便已请到，下马后，巴勒杜巴彦将他迎入家中，尼山萨满一见便笑道："为神祇效力的尊兄来啦，辅佐天神的仁兄那立费扬古，扎立你自己听清：好好帮助格格我配乐，原先的鼓乐已经停止，这下手鼓可就全靠你配合了！如果你能力不济，就用黄鼠狼尾皮蒙的鼓槌打你那尊贵的大腿；如果你合不上鼓乐，就用杜李木做的湿鼓槌打你的屁股。"那立费扬古笑道："

cai buda dagilafi wajifi, uthai tungken tūme acabumbi. tereci nišan saman beyede

茶 饭 备办 完 就 鼓 打 使合 于是 尼山 萨满 身体在

ibagan i etuku、siša hūsihan be etume hūwaitafi, uyun cecike yekse be uju de

鬼怪 的 衣服 腰铃 女裙 把 穿 拴上 九 雀 神帽 把 头 在

hukšefi. šunggayan beye sunggeljere fodoho i gese, uyaljame yang cun i mudan

戴 细高 身体 颤动 柳 的 相似 曲动 阳 春 的 牡丹

be alhūdame, amba jilgan i acinggiyame, den jilgan i dekdeme, haihūngga

把 仿效 大 声 地 摇动 高 声 地 飞起 柔软

mudan hayaljame narhūn jilgan nandame yayadame baire gisun, "hoge yage wehei

音 萦回 细 声 请求 咬舌 求 话 豪格 雅格 石的

ukdun, hoge yage ukcame jidereo, hoge yage hahilame ebunjireo, hoge yage." sere

土窑子 豪格 雅格 脱开 来吧 豪格 雅格 紧急 下来吧 豪格 雅格(语气助

de, saman hūlhidafi fisa ci fita singgeme weceku dosifi, gaitai weihe saime ya-

动词)萨满 胡涂 背 从 紧紧 附体 神祇 进入 忽然 牙 咬

yadame alame: "hoge yage dalbade iliha, hoge yage dalaha jari, hoge yage adame ili-

咬舌 告诉 豪格 雅格 旁边 在 站立 豪格 雅格 跟随 扎立 豪格 雅格 陪同 站立

ha, hoge yage amba jari, hoge yage hanci iliha, hoge yage haihūngga jari, hoge

豪格 雅格 大 扎立 豪格 雅格 近 站立 豪格 雅格 柔软 扎立 豪格

yage šurdeme iliha, hoge yage sure jari, hoge yage nekeliyen šan, hoge yage

雅格 周围 站立 豪格 雅格 聪明 扎立 豪格 雅格 薄 耳 豪格 雅格

neifi donji, hoge yage jiramin šan, hoge yage gidafi donji, hoge yage amila

开 听 豪格 雅格 厚 耳 豪格 雅格 垂头 听 豪格 雅格 雄

coko be, hoge yage uju bade, hoge yage hūwaitafi belhe, hoge yage kuri inda-

鸡 把 豪格 雅格 头 处 在 豪格 雅格 拴上 预备 豪格 雅格 鹫 狗

hūn be, hoge yage bethe jakade, hoge yage siderefi belhe, hoge yage tanggū dalgan

把 豪格 雅格 脚 缝隙 在 豪格 雅格 绊住 预备 豪格 雅格 百 块

蛮横的萨满、古怪的尼山，兄弟我明白，不用多加教训。"便坐在炕上，备好茶饭后，就击鼓配合。于是尼山萨满身穿神衣，腰系神铃、裙子，头戴九雀神帽，她那颀长的身腰如垂柳般颤动、似阳春牡丹般婀娜，她大声唱起神曲，音调高亢；又用柔和细腻的嗓音含混不清地祈祷："离开石窟吧！赶快下来吧！"萨满神志不清，神祇从其背部紧紧附体。萨满忽然咬紧牙关用含混的声音喻示："站在一旁的，随从扎立，陪同站着的，大扎立，站在近处的，懦弱的扎立，站在周围的，聪明的扎立，把薄薄的耳朵，张开吧；把厚厚的耳朵，垂下听吧，把只雄鸡，脑袋拴好；把条鹫狗，四腿绊牢；

hoge yage fe misun be, hoge yage dalbade sinda, hoge yage tanggū sefere, hoge
豪格 雅格 旧 酱 把 豪格 雅格 旁边 在 放 豪格 雅格 百 把 豪格

yage suseri hoošan be, hoge yage hūsifi belhe, hoge yage farhūn bade, hoge
雅格 白栗纸 把 豪格 雅格 裹 预备 豪格 雅格 昏暗 处在 豪格

yage fayangga be farganambi, hoge yage bucehe gurun de, hoge yage buhiye-
雅格 魂 把 去追赶 豪格 雅格 死 国 在 豪格 雅格 猜疑

me genembi, hoge yage ehe bade, hoge yage ergen be ganambi, hoge yage tuheke
去 豪格 雅格 坏 处在 豪格 雅格 生命 把 去取 豪格 雅格 掉落

fayangga be, hoge yage tunggiyeme yombi, hoge yage akdaha jari, hoge yage
魂 把 豪格 雅格 拾 同去 豪格 雅格 信赖 扎立 豪格 雅格

yarume gamareo, hoge yage yargiyan fede, hoge yage aitubume jiderede, hoge
引导 去取吧 豪格 雅格 确实 发奋 豪格 雅格 救 来 于 豪格

yage oforo šurdeme, hoge yage orin damjan, hoge yage muke makta, hoge yage
雅格 鼻子 周围 豪格 雅格 二十 担 豪格 雅格 水 扔 豪格 雅格

dere šurdeme, hoge yage dehi hunio, hoge yage muke hungkere, hoge yage "seme
脸 周围 豪格 雅格 四十 水桶 豪格 雅格 水 倾注 豪格 雅格(语气助

alafi uthai fahabume gūwaliyame tuheke manggi, jari nari fiyanggū okdome de-
动词)告诉 就 使摔 发昏 倒下 之后 扎立 那立 费扬古 迎

dubufi siša hūsihan jergi be dasatafi, coko indahūn be hūwaitafi, misun hoošan
躺 腰铃 女裙 等 把 整理 鸡 狗 把 拴 酱 纸

jergi be faidame sindafi, ini beye saman i adame tefi, weceku fideme yarume ga-
等 把 排列 放 他的身体 萨满 的 陪同 坐 神祇 调 引 去取

mara gisun i nari fiyanggū imcin be jafafi, yayadame deribuhe. terei yeken: "cing-
鼓槌 用 那立 费扬古 手鼓 把 抓 吱舌 开始 他的 小曲 青

gelji inggelji dengjan ayan be, cinggelji inggelji farhūn obufi, cinggelji inggelji ineku
格立 英格立 灯 蜡 把 青格立 英格立 昏暗 使成为 青格立 英格立 本

百块陈酱，放在一旁，百把白栗纸，捆卷备用，到幽暗的地方，追拿魂灵，到阴间地狱，我猜想要去，到邪恶的地方，摄取生命，把失落的魂灵，同去拾起，可信赖的扎立，引我去取吧，真心努力吧，复活归来时，鼻子周围，泼二十担水，脸颊周围，浇四十桶水。"萨满唱罢便摔倒在地，昏了过去。扎立那立费扬古迎上前去扶她躺好，收拾好她的腰铃和裙子等物，捆上鸡、狗，摆齐酱、纸，陪坐在萨满身旁，手执引神取魂的鼓槌敲起手鼓，开始用含混不清的声音唱起神曲。"把灯和蜡，弄暗些吧，今天晚上，

yamji de, cinggelji inggelji bayara halai, cinggelji inggelji sergudai fiyanggū, cinggelji

晚上 在 青格勒吉 英格勒吉 富 姓的 青格勒吉 英格勒吉 色日古带 费扬古 青格勒吉

inggelji fayangga jalin, cinggelji inggelji hengkin de hujufi, cinggelji inggelji farhūn

英格勒吉 魂 因为 青格勒吉 英格勒吉 磕头 在 俯伏 青格勒吉 英格勒吉 昏暗

bade, cinggelji inggelji fayangga be fargambi, cinggelji inggelji ehe bade, cinggelji

处在 青格勒吉 英格勒吉 魂 把 追赶 青格勒吉 英格勒吉 坏 处在 青格勒吉

inggelji ergen be ganambi, cinggelji inggelji tuheke fayangga be, cinggelji innge-

英格勒吉 命 把 去取 青格勒吉 英格勒吉 失落 魂 把 青格勒吉 英格勒

lji tukiyeme gajimbi, cinggelji inggelji hutu de hūsungge, cinggelji inggelji ibagan

吉 举 来取 青格勒吉 英格勒吉 鬼 于 有力的 青格勒吉 英格勒吉 鬼怪

de i icingga, cinggelji inggelji abkai fejergide, cinggelji inggelji algin bihe, cinggel-

于 他 在行 青格勒吉 英格勒吉 天的 下 在 青格勒吉 英格勒吉 名声 有 青格勒吉

ji inggelji geren gurun de, cinggelji inggelji gebu bihe, cinggelji inggelji." sefi,

英格勒吉 众 国 在 青格勒吉 英格勒吉 名 有 青格勒吉 英格勒吉 (语气助动词)

nišan saman coko indahūn be kutulefi misun hoošan be meiherefi, geren weceku

尼山 萨满 鸡 狗 把 牵 酱 纸 把 扛 众 神祇

šurdeme dahalafi, bucehe gurun i baru ilmun han be baime generede, gurgu

周围 跟随 死 国 的 向 依勒门 汗 把 求 去 于 兽

wecen feksime, gasha wecen deyeme, meihe jabjan midaljame edun su i gese

祭 跑 鸟 祭 飞 蛇 蟒 摆尾曲行 飞 旋飞的 相似

yabume, emu birai cikin dalin de isinjifi, šurdeme tuwaci, umai doore ba akū

行走 一 河的 河崖 岸 在 来到 周围 看 全然 渡河 处 没有

bime dogon weihu geli saburakū, jing ni facihiyašame tuwara namašan, cargi

并且 渡口 独木船 又 不见 正在的 着急 看 之际 那边

bakcin dalin de emu niyalma be šurume yabumbi. nišan saman sabufi hūlame

对 岸 在 一 人 把 使篙 行走 尼山 萨满 看见 呼唤

为巴雅拉宗族的，色日古带费扬古的，灵魂之故，俯伏叩求，到幽暗之处，追拿魂灵，到邪恶之处，摄取生命，把失落的魂灵，前去拾取。为魔鬼效力的妖怪，她能任意驱使，名扬天下，誉满诸国。”尼山萨满这时已带着鸡、狗，扛着酱、纸，在众神祇的围随下去阴间寻找依勒门汗。走兽精灵在奔跑、飞鸟精灵在翱翔，蛇精蟒怪在蠕行，一行快如旋风，转眼来到了一条河的岸边，四下张望，并无渡口，连条船也看不见，正在着急，只见对岸一人用竹篙在撑船，尼山萨满便唤道：

"hobage yebage dogon doobure, hobage yebage dohalon age, hobage yebage donjime
豪巴格 也巴格 渡口 使渡 豪巴格 也巴格 瘸 阿哥 豪巴格 也巴格 听
gaisu, hobage yebage nekeliyen šan be, hobage yebage neifi donji, hobage yebage
取 豪巴格 也巴格 薄 耳 把 豪巴格 也巴格 开 听 豪巴格 也巴格
jiramin šan be, hobage yebage gidafi donjireo. hobage yebage ersun laihi, hoba-
厚 耳 把 豪巴格 也巴格 垂头 听吧 豪巴格 也巴格 丑陋 赖黑 豪巴
ge yebage ejeme donjireo, hobage yebage wecen sain de, hobage yebage wesihun oho,
格 也巴格 记 听 豪巴格 也巴格 祭 好 于 豪巴格 也巴格 高贵 成了
hobage yebage jukten sain de, hobage yebage julesi oho, hobage yebage ejen
豪巴格 也巴格 祀 好 于 豪巴格 也巴格 向前 成了 豪巴格 也巴格 主人
ilifi. hobage yebage erdemungge oho, hobage yebage amai dancan de, hobage
站立 豪巴格 也巴格 有德的 成了 豪巴格 也巴格 父亲的 亲家 在 豪巴格
yebage acame genembi, hobage yebage eniyei dancan de, hobage yebage erge-
也巴格 会合 去 豪巴格 也巴格 母亲的 娘家 在 豪巴格 也巴格 去安逸
neme yombi, hobage yebage goro mafa boode, hobage yebage goidame genembi, hobage
同去 豪巴格 也巴格 远 祖父 家在 豪巴格 也巴格 长久 去 豪巴格
yebage goro mama bade hobage yebage maksime yumbi, hobage yebage deheme boode,
也巴格 远 祖母 处在 豪巴格 也巴格 跳舞 沉溺 豪巴格 也巴格 姨母 家在
hobage yebage dekdešeme genembi, hobage yebage ecike i boode, hobage yebage
豪巴格 也巴格 常浮起 去 豪巴格 也巴格 叔叔的家在 豪巴格 也巴格
ergen be ganambi, hobage yebage mimbe doobuci, hobage yebage misun bumbi,
命 把 去取 豪巴格 也巴格 把我 若使渡 豪巴格 也巴格 酱 给
hobage yebage hūdun doobuci, hobage yebage hoošan bumbi, hobage yebage bai doobura-
豪巴格 也巴格 快 若使渡 豪巴格 也巴格 纸 给 豪巴格 也巴格 白白地 被渡
kū, hobage yebage basa bumbi, hobage yebage unenggi doobuci, hobage yebage ulin
豪巴格 也巴格 工钱 给 豪巴格 也巴格 果真 若使渡 豪巴格 也巴格 财物

"渡口摆渡的，瘸子阿哥，请听我说！把薄薄的耳朵，张开听吧；把厚厚的耳朵，垂下听吧；丑陋的赖黑，边记边听吧，祭好神祇，才会显贵；敬好神佛，才有前程，作为主人，才有德行，常去会见，父亲的亲属；常去问安，母亲的家族；常去久住，外祖父家；常去跳舞，外祖母家；轻盈地走到，姨母家中；取生命便到，叔父家中，若能摆我渡河，送你陈酱；若能快些摆渡，送给你纸张；不会让你白渡，送给你酬金；真能渡我过去，送给你财帛；

bumbi, hobage yebage hahilame doobuci, hobage yebage hatan arki, hobage
给 豪巴格 也巴格 紧急 若使渡 豪巴格 也巴格 酒醉 酒 豪巴格

yebage alibume bumbi, hobage yebage ehe bade, hobage yebage ergen be jolinambi,
也巴格 呈送 给 豪巴格 也巴格 坏 处在 豪巴格 也巴格 命 把 去赎

hobage yebage farhūn bade, hobage yebage fayangga be farganambi, hobage yebage"
豪巴格 也巴格 昏暗 处在 豪巴格 也巴格 魂 把 去追赶 豪巴格 也巴格

serede, doholon laihi donjifi, hontoho cuwan be hontoho selbī i selbime, bakcin
(语气助动词) 瘸 赖黑 听 半 船 把 半 桨 用 划桨 对

ergi dalin de isinjifi, nišan saman tuwaci, yasa gakda, oforo waiku, šan kengce-
面 岸 在 来到 尼山 萨满 看 眼睛 独眼 鼻子 歪 耳 软物碰坏

he, uju kalja, bethe doholon, gala gafa, hanci jifi hendume: "saman hehe nio?
头 脱顶 脚 瘸 手 蜷手 近 来 说 萨满 女人 啊

aika gūwa niyalma oho biheci, ainaha seme dooburakū bihe. gebu algin be
如果 别的 人 成了(时态助动词) 一定 不渡 (时态助动词) 名 名声 把

donjime takame ofi, giyan i ere mudan mergen gebu tucire hesebun giyan
听 认得 成为 理 的 这 次 智慧 名 出 命运 理

ofi, arga akū simbe doobumbi." sefi, nišan saman weihu de tafafi, doholon laihi
成为 计策 无 把你 使渡 (语气助动词) 尼山 萨满 独木船 在 上 瘸 赖黑

šurukū i šurume, selbi selbime, cargi bakcin de doobuha manggi, nišan saman baniha
篙 用 使篙 桨 划桨 那边 对 在 被渡了 之后 尼山 萨满 道

bume "ere majige untuhun gūnin ilan dalgan misun, ilan sefere hoošan be gemu
谢 这 略微 空 意 三 块 酱 三 把 纸 把 都

bargiyame werireo." sefi, geli fonjime: "ere dogon be yaka niyalma doome genehe
收 留下吧 (语气助动词) 又 问 这 渡口 把 哪个 人 渡 去

akū?" seme fonjihade, doholon laihi alame: "umai gūwa niyalma dooho akū,
没有 (语气助动词) 问了于 瘸 赖黑 回答 全然 别的 人 渡 没有

快些渡我过去，奉送给你，醇厚的烧酒。险恶之处，前去赎命，幽暗之处，前去索魂。"瘸子赖黑听罢，便用半拉桨划着半拉船来到岸边，只见他生得：独眼、歪鼻、豁耳、秃顶、瘸腿、蜷手，他走上前来说道："是萨满吗？要是别人，我绝不摆渡。久闻你的大名，这次注定会使你更出名的，没办法，渡你过去吧。"尼山萨满上了独木船，瘸子赖黑篙撑桨划，到了对岸之后，尼山萨满向他道谢："这三块酱、三把纸是点薄礼，请收下吧。"又问他："还有什么人从这渡口过去没有？"瘸子赖黑回答："没有任何人渡过，

damu han niyaman monggoldai nakcu baldu bayan i haha jui sergudai fiyanggū
只是 汗 亲戚 蒙高勒代 舅舅 巴勒杜巴彦 的 男孩 色日古带 费扬古
fayangga be gamame duleke."
魂 把 带去 过了

nišan saman baniha bume, uthai jurara. yabume goidahakū geli fulgiyan birai
尼山 萨满 道谢 就 出发了 走 没多久 又 红 河的
dalin de isinafi šurdeme tuwaci, dogon doobure jahūdai akū bime emu niyalma
岸 在 去到 周围 看 渡口使渡 船 没有 而且 一 人
helmen be inu saburakū ofi, arga akū weceku be baime yayadame deribuhe: "eikuli
影 把 也 不见 成为 计策无 神祇 把 求 咬舌 开始了 诶库立
yekuli abka de šurdere, eikuli yekuli amba damin, eikuli yekuli mederi be šurdere,
也库立 天 在 旋绕 诶库立 也库立 大 雕 诶库立 也库立 海 把 旋绕
eikuli yekuli menggun inggali, eikuli yekuli bira cikin be šurdere, eikuli yekuli
诶库立 也库立 银 鹡鸰 诶库立 也库立 河 河崖 把 旋绕 诶库立 也库立
cecercuke meihe, eikuli yekuli jan bira be šurdere, eikuli yekuli jakūn da jabjan,
很可恼 蛇 诶库立 也库立 占 河 把 旋绕 诶库立 也库立 八 寻 蟒
eikuli yekuli ajige ejen mini beye, eikuli yekuli ere bira be, eikuli yekuli dooki sembi,
诶库立 也库立 小 主人 我的 自己 诶库立 也库立 这 河 把 诶库立 也库立 要渡(能愿助
eikuli yekuli geren wecen se, eikuli yekuli wehiyeme doobureo, eikuli yekuli
动词) 也库立 众 神祇 们 诶库立 也库立 扶助 使渡吧 诶库立 也库立
hūdun hasa, eikuli yekuli erdemu be tucibureo, eikuli yekuli." sefi, imcin be
快 急速 诶库立 也库立 德 把 使出吧 诶库立 也库立(语气助动词)手鼓 把
bira muke de maktafi, saman i beye ninggude ilifi, uthai edun su i gese
河 水 在 扔 萨满 的 自己 上面 在 站立 就 风 旋风的 相似
dartai andande bira be doofi bira ejen de ilan dalgan misun, ilan sefere
暂时，顷刻间 河 把 渡 河 主人 于 三 块 酱 三 把

只有依勒门汗的亲戚蒙高勒代舅舅，带着巴勒杜巴彦的儿子色日古带费扬古的魂灵过去了。"

尼山萨满道过谢，就上路了，没走多久就到了红河岸边，四下一看，渡口处没有渡船、连个人影也看不见。她无计可施，只得求助于神祇，便用含混不清的声音说道："在天空盘旋的，大雕，在海上盘旋的，银鹡鸰，在河崖盘旋的，狂怒的蛇，在占河盘旋的，四丈蟒蛇，小主人我，意欲渡过，这条红河，众神祇们，助我渡河，速速显出，神德道行！"萨满把手鼓扔到水中，自己站到上面，旋风般地转瞬间就飞过了河。给红河主人留下了三块酱和三把纸的报酬，

hoošan basa werifi, uthai jurame, yabure ngge hahi ofi, uju furdan de isinjifi,
纸 工钱 留下 就 出发 行走的 紧急 成为 第一 关 在 来到
duleki serede, furdan tuwakiyaha seletu senggitu juwe hutu esukiyeme hendume
要过（能愿助动词）关 看守 色勒图 僧给图 两 鬼 吆喝 说
"ainaha niyalma gelhun akū ere furdan be dosiki sembi, be ilmun han i hese be a-
做什么 人 敢 这 关 把要进入（能愿助动词）我们 依 勒门汗的 旨令 把
lifi, ere furdan be tuwakiyambi. hūdun turgun be ula!" serede, nišan saman
承接 这 关 把 看守 快 缘故 把 传（语气助动词）尼山 萨满
hendume: "mini beye weihun gurun i nišan saman inu, bucehe gurun be monggoldai
说 我的 自己 生 国 的 尼山 萨满 是 死 国 把 蒙高勒代
nakcu be baihanambi." sehede, juwe hutu esukiyeme: "tuttu oci, furdan dosire
舅舅 把 去找（语气助动词）二 鬼 吆喝 那样 若是 关 进入
kooli gebu basa be werifi dosimbumbi." sehede, nišan saman gebu afahari ilan
例 名字 酬金 把 留下 使进入（语气助动词）尼山 萨满 名字 纸签 三
dalgan misun、ilan sefere hoošan be bufi teni duleme genehebi. yabume jai furdan de
块 酱 三 把 纸 把 给 才 过 去了 行走 第二 关 在
isinafi, inu onggolo songkoi gebu basai jergi werifi. duleme yabuhai ilaci furdan i
去到 也 先前 依照 名字 酬金的等 留下 过 行走着 第三 关 的
monggoldai nakcu i duka bade isinafi, siša lasihime honggon hūyame hocikon jilgan
蒙高勒代 舅舅 的 门 处在 去到 腰铃 抡动 铃 鸣叫 俊 声
i hoge hūlame: "monggoldai nakcu, hoge yage hūdun hahi, hoge yage
用 豪格 叫 蒙格勒代 舅舅 豪格 雅格 快 紧急 豪格 雅格
tucime jidereo, hoge yage ai jalinde, hoge yage sain i banjire, hoge yage
出 来吧 豪格 雅格 什么 因为 豪格 雅格 好 的 生活 豪格 雅格
jalgan akūngge, hoge yage jafafi gajiha, hoge yage erin unde, hoge yage
寿限 没有 豪格 雅格 抓 拿来了 豪格 雅格 时 尚未 豪格 雅格

就又上路了，她走得很快，来到第一道鬼门关，刚要过去，守关的两个鬼色勒图、僧给图吆喝道："干什么的？竟敢要进关！我等奉依勒门汗旨令，守卫此关，快将事由报来！"尼山萨满说："我是阳间的尼山萨满，去见阴间的蒙高勒代舅舅。"两个鬼吆喝道："既如此，依入关惯例，留下名签、酬金，方得入内。"尼山萨满送上名签与三块酱、三把纸，这才过了关。走到第二道鬼门关，照先前的样子留下名签和酬金才过了关，走到第三道鬼门关蒙高勒代舅舅的大门口时，尼山萨满晃动腰铃、摇响神铃，用清脆的声音唱起了"豪格"："蒙高勒代舅舅，快些快些，你出来吧，你为什么，把好好活着的寿限未到的人，抓到这儿来？把时辰未到的人，

ergeleme gajiha, hoge yage amasi buci. hoge yage ambula baniha, hoge yage bai
强迫 拿来了 豪格 雅格 向后 若给 豪格 雅格 非常 感谢 豪格 雅格 白白

buci, hoge yage baniha bumbi, hoge yage banjire aldasi, hoge yage balai gajiha,
若给 豪格 雅格 道 谢 豪格 雅格 生活 半途 豪格 雅格 狂妄 拿来了

hoge yage eitereme gajiha, hoge yage aiseme jabumbio, hoge yage bai gamarakū,
豪格 雅格 欺诈 拿来了 豪格 雅格 怎么说 回答 豪格 雅格 白白 不拿去

hoge yage basa bumbi, hoge yage holtome gamarakū, hoge yage hūda werimbi, hoge
豪格 雅格 酬金 给 豪格 雅格 哄 不拿去 豪格 雅格 价值 留下 豪格

yage minde buci, hoge yage misun bumbi, hoge yage tucibufi buci, hoge yage turgen
雅格 于我 若给 豪格 雅格 酱 给 豪格 雅格 使出 若给 豪格 雅格 租钱

bumbi, hoge yage doigonde buci, hoge yage dorolombi, hoge yage geli burakūci, hoge yage
给 豪格 雅格 预先 若给 豪格 雅格 行礼 豪格 雅格 又 若不给 豪格 雅格

sain ba akū, hoge yage weceku hūsun de, hoge yage deyeme genembi, hoge yage boo
好 处 没有 豪格 雅格 神祇 力 于 豪格 雅格 飞 去 豪格 雅格 家

de dosime, hoge yage ganame genembi, hoge yage." seme nišan saman siša lasihime
在 进入 豪格 雅格 去拿 去 豪格 雅格(语气助动词)尼山萨满 腰铃 抡动

yekse isihime honggon hūyame, kalang seme jilgan be guwebure jakade, monggoldai
神帽 抖动 铃 鹰鸣叫 咣啷 声 把 使响 因为 蒙高勒代

nakcu injeme tucifi hendume: "nišan saman getuken i donji! bi baldu bayan i ha-
舅舅 笑 出 说 尼山 萨满 明白 地 听 我 巴勒杜 巴彦的

ha jui sergudai fiyanggū be gajihangge yargiyan, sinde ai dalji? bi sini booi ai jaka be
男孩 色日古代 费扬古 把 拿来的 确 实 于你 什么 关系 我 你的 家的 什么 东西 把

hūlhafi gajiha seme, mini duka bade ilifi den wakalan jilgan i dangsimbi!" serede,
偷 拿来了(语气助动词)我的 门 处 在 站立 高 责怪 声 用 责问 (语气助动词)

nišan saman hendume: "udu hacin i mini jaka be hūlhafi gajihakū bicibe, weri sain
尼山 萨满 说 虽然 我的 东西 把 偷 没拿来 既使 别人 好

蛮横地拘来？若能奉还，十分感谢，若能白送，向你道谢；把才活了一半的人，妄恣捕来，欺诈地捉来，对此你作何回答？我不会白白带走，有酬金相送，我不会哄你拿走，会留下谢礼。如若交还于我，赠以陈酱，如若放他出来，赠以酬金。如能事先给我，以礼相待，如若仍然不给，于你无利。依仗神祇之力，腾空飞去，直入家宅，便能得到。”尼山萨满晃动着腰铃，抖动着神帽，摇响了神铃，声震四方。蒙高勒代舅舅笑着走出来说道：“尼山萨满你听明白！我把巴勒杜巴彦的儿子色日古带捉来是实，可这于你何干？难道我偷了你家的什么东西，竟来到我家门口高声责骂！”尼山萨满说：“虽然你没偷走我的东西，但把别人好好

banjire jalgan akū niyalma be sui akū jui be gajici ombio?" monggoldai nakcu
生活 寿命 没有 人 把 罪 无 儿子把 拿来 可以吗 蒙高勒代 舅舅

hendume:" meni ilmun han hese gajihangge. tere jui be gajifi, cendeme den siltan
说 我们的依勒门汗 旨令 拿来的 那 孩子把 拿来 试 高 旗杆

de aisin jiha lakiyafi, jiha sangga be gabtabure jakade, ilan da gemu goihabi.
在 金 钱 挂 钱 孔 把 使射 因为 三 枝 都 命中了

amala geli cendeme lamun buku i baru jafunubure jakade. buku be tuhebuhebi.
后来 又 试 蓝 摔跤手的向 使摔跤 因为 摔跤手把 使倒下

geli arsalan buku i baru jafunubuci inu hamirakū ofi, meni ilmun han jui obufi jila-
又 狮子 摔跤手的向 使摔跤 也 不及 成为 我们的依勒门汗 儿子使成为 慈

me ujimbi kai, sinde amasi bure doro bio?" seme emu fiyelen gisun be nišan saman
爱 养 啊 于你 往回 给 道理 有吗(语气助动词) 一篇 话 把 尼山 萨满

donjifi, ambula jili banjifi, monggoldai nakcu i baru hendume:"tuttu oci sinde heni
听 非常 发怒 蒙高勒代 舅舅 的 向 说 那样 若是 于你 一点

dalji akū dere, si emu sain niyalma biheni? mini encehen i ilmun han be baiha-
关系 没有吧 你 一 好 人 是吗 我的 才能 用 依勒门 汗 把 去求

nafi, sergudai fiyanggu be bahara baharakū. ujude mini erdemu amba oci, ut-
色日古带 费扬古 把 得 不得 第一 于 我的 德 大 若是 就

hai gajimbi, erdemu cinggiya oci uthai wajiha. sinde heni dalji akū." sefi, han
拿来 德 浅薄 若是 就 完了 于你 一点 关系 没有(语气助动词) 汗

i hoton be baime geneme goidaha akū isinafi tuwaci, duka be akdulame yaksihabi.
的 城 把 找 去 长久 没有 去到 看 门 把 严实 关闭

nišan saman dosime muterakū, šurdeme tuwafi, hoton weilehe ningge akdun beki
尼山 萨满 进入 不能 围绕 看 城 建造 的 结实 坚固

ofi, ambula fancafi, yayadame deribuhe:"kerani kerani dergi alin de, kerani
成为 非常 生气 咬舌 开始了 克拉尼 克拉尼 东 山 在 克拉尼

活着的、寿限未到的、无辜的孩子随便抓来行吗?"蒙高勒代舅舅说:"我们依勒门汗命令抓来的,那孩子被带来后;在高高的旗杆上吊一枚铜钱,命他试射那钱眼,三箭全射中了。后来又命他跟蓝摔跤手较力,结果蓝摔跤手被他摔倒了;又命他跟狮子摔跤手较力,也没摔过他。我们依勒门汗象亲生儿子一样宠爱他,岂有还给你的道理?"尼山萨满听了这番话大怒,对蒙高勒代舅舅说:"果真如此,跟你倒是无关了,你是个好人吧。以我的神通去求依勒门汗,能否得到色日古带费扬古,首先在于我的道行深,就能拿到手;道行浅,就成不了事,这都与你无关。"于是便向汗城走去,没多久便到了,只见城门紧闭,尼山萨满无法进去,

kerani tomoho, kerani kerani dekdere gasha, kerani kerani cangling alin de, kera-
克拉尼 棲息 克拉尼 克拉尼 飞起 鸟 克拉尼 克拉尼 长 岭 山 在 克拉

ni kerani cakūran moo cungkaise. kerani kerani mangkan alin de, kerani kerani
尼 克拉尼 檀 木 水花冠鸟们 克拉尼 克拉尼 沙 冈 山 在 克拉尼 克拉尼

tomoho, kerani kerani mangga moo manggisu. kerani kerani uyun da meihe, kerani
棲息 克拉尼 克拉尼 橡 木 獾 克拉尼 克拉尼 九 寻 蛇 克拉尼

kerani jakūn da jabjan, kerani kerani wehe ukdun, kerani kerani sele guwan de, kerani
克拉尼 八 寻 蟒 克拉尼 克拉尼 石头 土窑 克拉尼 克拉尼 铁 关 在 克拉尼

kerani tomoho, kerani kerani targan tasha, kerani kerani ongnika lefu, kerani kerani alin
克拉尼 棲息 克拉尼 克拉尼 彪 虎 克拉尼 克拉尼 狼獾 熊 克拉尼 克拉尼 山

be šurdere, kerani kerani aisin inggali, kerani kerani mederi be šurdere, kerani kerani
把 围绕 克拉尼 克拉尼 金 鹡鸰 克拉尼 克拉尼 海 把 围绕 克拉尼 克拉尼

menggun inggali, kerani kerani deyere giyahūn, kerani kerani dalaha daimin, kera-
银 鹡鸰 克拉尼 克拉尼 飞 鹰 克拉尼 克拉尼 首领 雕 克拉

ni kerani alha daimin, kerani kerani na i jolo se, kerani kerani uyun uri, kerani kerani
尼 克拉尼 花 鹏 克拉尼 克拉尼 地的丑鬼们 克拉克 克拉尼 九 草围子 克拉尼 克拉尼

juwan juwe faidan, kerani kerani geren jolose, kerani kerani hūdun hahi, kerani kerani
十 二 列 克拉尼 克拉尼 众 丑鬼们 克拉尼 克拉尼 快 紧急 克拉尼 克拉尼

deyeme hoton de, kerani kerani dosifi gajireo. kerani kerani wasiha ci. kerani kerani
飞 城 在 克拉尼 克拉尼 进入 拿来吧 克拉尼 克拉尼 爪子 用 克拉尼 克拉尼

wasihalame gajireo, kerani kerani šoforo ci, kerani kerani šoforome gajireo, kerani ke-
抓 拿来吧 克拉尼 克拉尼 爪子 用 克拉尼 克拉尼 抓 拿来吧 克拉尼 克

rani aisin hiyanglu de, kerani kerani alamime tebufi gaju, kerani kerani menggun hiyanglu
拉克 金 香炉 在 克拉尼 克拉尼 斜背 装 拿来 克拉尼 克拉尼 银 香炉

de, kerani kerani ungkefi gaju, kerani kerani meiren i hūsun de, kerani kerani
在 克拉尼 克拉尼 扣着 拿来 克拉尼 克拉尼 有 的 力 于 克拉尼 克拉尼

绕城环视，只见城墙修筑得十分坚固，她大为恼火，便开始用含混不清的声调唱道："棲息在东山的，飞鸟们，长岭上的，檀木鱼狗们，棲息在沙冈的，橡木獾，四丈半的蛇，四丈长的蟒，棲息在石窟、铁关中的，彪虎与獾熊，在山上盘旋的，金鹡鸰，在海上盘旋的，银鹡鸰，飞翔的鹰，领头的雕，花斑的大雕，地下的丑鬼们，九囿十二列，众丑鬼们，快快飞呀，飞进城来，用利爪抓吧，装在金香炉里，背着来吧，扣在银香炉里，拿着来吧，用肩膀的力量，

meihereme gajireo, kerani kerani "sehe manggi, geren weceku se deyeme mukdefi dugi
扛 拿来吧 克拉尼 克拉尼(语气助动词)之后 众多 神祇们 飞 升腾 云

talman gese, sergudai fiyanggū geren juse i emgi aisin menggun i gacuha maktame
雾 相似 色日古带 费扬古 众多 孩子的共同 金 银 的 嘎出哈 扔

efime bisire namašan, emu amba gasha uthai wasime genefi šoforome jafafi, den
玩(时态助动词)之际 一 大 鸟 就 下 去 抓 拿 高

mukdefi gamaha. gūwa juse sabufi gemu golofi. sujume boode dosifi, han ama de
升腾 拿去了 别的 孩子 看见 都 吃惊 跑 家 在 进入 汗 父 于

alame: "ehe oho! sergudai ahūn be emu gasha jifi šoforome gamahabi." serede,
告诉 坏 成了 色日古带 哥哥 把 一 鸟 来 抓 拿去了 (语气助动词)

ilmun han donjifi ambula fancafi, hutu be takūrafi, monggoldai nakcu be
依勒门 汗 听 非常 生气 鬼 把 派遣 蒙高勒代 舅舅 把

hūlame gajifi, beceme hendume: "sini gajiha sergudai fiyanggū be emu amba gasha
叫 拿来 责问 说 你的 拿来 色日古代费扬古 把 一 大 鸟

šoforome gamaha. erebe bi bodoci gemu sini arga be boljoci ojorakū, si minde
抓 拿去了 这 把 我 算计 都 你的 计策 把 不一定 你 于我

adarame icihiyambi?" sehede, monggoldai elhei gūnici: "gūwa waka, nišan saman
怎么 办理 (语气助动词) 蒙高勒代 平静地 想 别人 不是 尼山 萨满

dere." seme uthai hendume: "ejen ume jili banjire, bi gūnici gūwa waka, weihun
吧 (语气助动词)就 说 主人 别 发怒 我 想 别人 不是 生

gurun de uju tucike、amba gurun de algin algika nišan saman jifi
国 在 第一 出 大 国 在 名声 扬名 尼山 萨满 来

gamaha dere, bi te uthai acame genefi, tede baime tuwaki. tere saman
拿去了 吧 我 现在 就 会见 去 于她 求 看 那 萨满

gūwa de duibuleci ojorakū." sefi, uthai acame genehe. tereci nišan saman
别人 于 比较 不可以(语气助动词)就 会见 去了 从那之后 尼山 萨满

扛着来吧。”众神祇们飞腾起来，恰似一片云雾。色日古带费扬古和许多小孩正在掷耍金银嘎出哈，忽然一只大鸟俯冲下来，抓起色日古带就往高空腾飞而去。其他孩子见状大惊，跑入家中告诉父汗：“坏了，一只鸟飞来把色日古带哥哥抓走了。”依勒门汗听了大怒，派遣小鬼叫来蒙高勒代舅舅，责问道：“你带来的色日古带被一只大鸟抓走了，我猜测这没准是你的鬼计，你给我怎么办吧？”蒙高勒代沉住气想了想：“不是别人必是尼山萨满。”便说：“大王别动怒，我想不是别人，必是阳间数第一的、名扬大国的尼山萨满来干的，我现在就去见她，求求她，那萨满可非常人可比。”便去见尼山萨满。

sergudai fiyanggu be bahara jakade ambula urgunjeme, gala be jafafi kutuleme
色日古带 费扬古 把 得 因为 非常 喜悦 手 把 抓 牵

amasi marifi fe jugun be jafame yaburede, monggoldai amargici amcame hūlame:
往后 回 旧 路 把 循 行走 于 蒙高勒代 后边 从 追 叫

"saman gege majige aliya! muse giyan be majige gisureki! ekisaka gamara doro
萨满 格格 略微 等 咱们 理 把 稍微 说 悄悄 拿去 道理

bio? mini beye utala hūsun fayame, arkan seme gajime baha sergudai fiyanggū
有吗 我的 自己 这些 力 耗费 将将地 拿来 得了 色日古带 费扬古

be si yargiyan i saman de ertufi bai gamaki sembio aise! meni ilmun han fancafi
把 你 确实 萨满 于 依仗 平白 拿去 (能愿助动词)想也 我们的 依勒门汗 生气

mimbe wakalahabi, te bi adarame jabumbi? saman gege elhe i gūnime tuwafi, dade
把我 责怪 现在我 怎么 回答 萨满 格格 平静地 想 看 原来

basa geli akū bai gamarangge elei giyan de acanarakū gese." sehede, nišan saman
酬金 又 没有 平白 拿去 更加 理 于 不符合 相似 (语气助动词) 尼山 萨满

hendume: "monggoldai si ere gese sain angga baici hono sinde basa majige werimbi,
说 蒙高勒代 你 这 相似 好 口 求 尚且 于你 酬金 略 微 留

si aika suweni han de ertufi etuhušeme yabuci we sinde gelembio? muse emu
你 如果 你们的 汗 于 依仗 逞强 行事 谁 于你 害怕 咱们 一

amba babe acafi, da dube tucibuki." sefi, ilan dalgan misun, ilan sefere hoošan be buhe manggi, monggoldai geli baime hendume: "sini bure basa jaci komso
大 处 把 会合 本 末 使出 (语气助动词) 三 块 酱 三 把 纸 把 给了 之后 蒙高勒代 又 求 说 你的 给 酬金 太 少

kai, jai majige nonggime bureo." sehe manggi, nišan saman geli emu ubu nonggime buhe
啊 再 稍 微 增加 给吧(语气助动词) 之后 尼山 萨满 又 一 部分 增加 给了

manggi, geli baime hendume: "ere majige basa be meni han de bure de yargiyan i banjinara-
之后 又 求 说 这 略微 酬金 把 我们的 汗 于 给 于 确实地 生成

这时，尼山萨满因为得到了色日古带费扬古非常高兴，正牵着他的手顺来路往回走的时候，蒙高勒代从后边追上来喊道："萨满格格稍等等，咱们得评评理，有偷偷带走的道理吗？你依仗法术把我费尽气力好不容易得到的色日古带费扬古平白拿走吗？我们依勒门汗生了气责怪我，如今我可怎么答对他？萨满格格你平心想想，原定的酬金又没有，就这么平白拿走，愈发于理不合！"尼山萨满说："蒙高勒代似你这般好言相求，我便留些酬金给你，倘若你依仗你们汗王、蛮横行事，谁还怕你？咱们可以找个大地方较量较量。"便给了他三块酱、三把纸。蒙高勒代又求道："你给的酬礼太少了呀，再加点儿吧。"尼山萨满便又给他添了一份，可他仍恳求说："这

kū dade mini weile adarame sume mutembi? bairengge saman gege sini gajiha coko
本来 我的 罪 怎么 解脱 能够 请求 萨满 格格 你的 拿来 鸡

indahūn be minde werifi, mini weile be sume, ilmun han de benefi, ini abalara indahūn
狗 把 于我 留下 我的 罪 把 解脱 依勒门 汗 于 送 他的 打猎 狗

akū, dobori hūlara coko akū de meni han urgunjefi oci, emude saman gege i
没有 夜 呼唤 鸡 没有 于 我们的 汗 喜悦 若是 一 于 萨满 格格 的

baita muyahūn ombi, jaide mini weile be sumbi." serede, nišan saman hendume:
事 完全 成为 第二 于 我们的 罪 把 解脱 (语气助动词)尼山 萨满 说

"tere inu, juwe ergi de tusa yohi ombi, damu sergudai de jalgan be nonggime bu-
那 对 两 边 在 益 全 成为 只是 色日古带 于 寿命 把 增 加 若给

ci ere indahūn coko be gemu werifi genembi." serede, monggoldai hendume: "saman
这 狗 鸡 把 都 留 去 (语气助动词)蒙高勒代 说 萨满

gege si uttu gisureci sini derebe tuwame, orin se jalgan nonggiha." saman hendume:
格格 你 这样 说 你的 脸 把 看 二十 岁 寿命 增 加 萨满 说

"oforo niyaki olhoro unde de gamaha seme tusa akū." "tuttu oci gūsin se jal-
鼻 涕 干 尚未 于 拿去了 因为 益 没有 那样 若是 三十 岁 寿命

gan nonggire." "kemuni gūnin mujilen toktoro undede gamaha seme ai tusa."
增加 仍然 意 心 定 尚未 拿去了 因为 什么 益

"tuttu oci dehi se jalgan nonggire." "kemuni derengge wesihun alire undede
那样 若是 四十 岁 寿命 增 加 仍然 荣 贵 承接 尚未

gamaha seme tusa akū." "tuttu oci susai se jalgan nonggire." "kemuni sure mergen
拿去了 因为 益 没有 那样 若是 五十 岁 寿命 增 加 仍然 聪明 智慧

ojoro unde gamaha seme ai tusa." "tuttu oci ninju jalgan nonggire." "kemuni
成为 尚未 拿去了 因为 什么 益 那样 若是 六十 寿命 增加 仍然

niru beri be urebume tacire unde de gamaha seme tusa akū." "tuttu oci nadanju
箭 弓 把 熟习 学习 尚未 于 拿去了 因为 益 没有 那样 若是 七十

点酬礼送给我们汗王怎么够呢，我的罪过何以开脱？求萨满格格把你带来的鸡和狗留给我吧，借以开脱我的罪过，送给依勒门汗，他正缺一只狩猎的狗和一只啼夜的鸡，只要我们汗王高兴，一来可以成全萨满格格的事，二来亦可开脱我的罪责。"尼山萨满说："你说得对，于两方都有利，只要你再给色日古带增些寿数，就把这些鸡、狗都留给你。"蒙高勒代说："萨满格格你若这么说，就看在你的面子上，给他增到二十岁的寿数吧。"萨满说："鼻涕还没干就被摄去，无益可言。""那么就增到三十岁的寿数。""心志还没定就被摄去，又有何益？""那么就增到四十岁的寿数。""荣华富贵尚未承继就被摄去，无益可言。""那么就增到五十岁的

se jalgan nonggire." "kemuni narhūn weile be tacire unde de gamaha seme ai
岁寿命 增加 仍然 细 事 把 学习 尚未 于 拿去了 什么

tusa." "tuttu oci jakūnju se jalgan nonggire." "kemuni jalan baita be ulhire
益 那样 若是 八十 岁 寿命 增 加 仍然 世 事 把 悟

unde de gamaha seme tusa akū." "tuttu oci uyunju se jalgan be nonggiha,
尚未 于 拿去了 益 没有 那样 若是 九十 岁 寿命 把 增 加

jai nonggici banjinarakū oho. sergudai ereci amasi ninju aniya nimeku akū, tang-
再 若增加 不生成 成了 色日古带 从此 往后 六十 年 病 没有 百

gū aniya tuwa akū, ura šurdeme uyun juse ujikini, jalan aljame jakūn juse sabukini,
年 疮 没有 屁股 周围 九 孩子 养 世 离 八 孩子 看见

uju funiyehe šaratala angga weihe sorotolo, dara musetele, yasa ilhanaratala, be-
头 发 直到头发全白 嘴 牙 直到全变黄 腰 直到弯曲 眼睛 直到眼睛昏花

the bekterere teile, umuhun de siteme, guye de hamtame banjikini." sehede, nišan
脚 吓得发怔 仅是 脚面 在 小便 脚跟 在 大便 生活 (语气助动词) 尼山

saman baniha bume hendume: "monggoldai nakcu si ere gese gūnin tucime fungne-
萨满 道谢 说 蒙高勒代 舅舅 你 这 相似 心意 出 若封

ci coko indahūn be gemu buhe. coko be aši seme hūla, indahūn be ceo seme hūla."
鸡 狗 把 都 给了 鸡 把 啊什 (语气助动词) 叫 狗 把 绌 (语气助动词) 叫

serede, monggoldai baniha bume, ambula urgunjefi, coko indahūn jergi be gaime
(语气助动词) 蒙高勒代 道谢 非常 喜悦 鸡 狗 等 把 拿

yaburede, gūnime cendeme hūlame tuwaki seme, juwe be gemu sindafi, "aši, aši,
走 于 想 试 叫 看 (能愿助动词) 二 把 都 放 啊什 啊什

ceo, ceo" seme hūlara jakade, coko indahūn gemu amasi marifi aibi seme
绌 绌 (语气助动词) 叫 因为 鸡 狗 都 往后 回 岂能

nišan saman be acame genehe. monggoldai golofi, ergen bi akū sujume baihanafi,
尼山 萨满 把 会合 去了 蒙高勒代 吃惊 呼吸有没有 跑 去找

寿数。""尚未成为贤达之士，又有何益。""那么就增到六十岁的寿数。""箭法尚未谙习，无益可言。""那么就增加到七十岁的寿数。""细微之事尚未学透就被摄去，又有何益。""那么就增到八十岁的寿数。""世事尚未通悟就被摄去，无益可言。""那么就增到九十岁的寿数，再若增加可不行了。色日古带此后六十年无病、一百年无恙、膝下有九子，辞世时能见到八子，直到他须发皆白、牙齿变黄、腰弯眼花、双腿发颤，仍能正常大小便。"尼山萨满道谢说："蒙高勒代舅舅，从您这番心意，我就把鸡和狗都送给您吧，叫鸡是'啊什'、叫狗是'绌绌'。"蒙高勒代道谢后非常高兴，带着鸡狗往回走，走着，他想试验一下，就把它们放开，叫"啊什"、"绌绌"，可鸡狗都往回跑，去找尼山萨满去了。蒙高勒代吃了一惊，拼命

he fa seme fodome baime: "saman gege ainu yobodombi? absi sini coko indahūn be
张口大喘气 急喘 求 萨满 格格 为什么 开玩笑 怎么你的 鸡 狗 把

mini hūlara sasa amasi forome genehebi, bairengge ume haltoro, ere juwe hacin jaka
我的 呼唤 一齐 往后 向 去了 求 别 哄 这 二 样 东西

be gamarakū oci yargiyan ojorakū. han mimbe wakalaha de bi adarame alime mutembi?"
把东拿去 若是 的确 不行 汗 把我 责怪 于 我 怎么 承受 能够

seme dahin dahūn baire de, nišan saman injeme hendume: "heni yobodome fihengge
(语气助动词) 再三地 求 于 尼山 萨满 笑 说 一点 开玩笑 填满

ereci amaci saikan i eje, bi sinde alara. coko be gugu seme hūla、indahūn be
从此 往后 好好地 记 我 于你 告诉 鸡 把 咕咕 (语气助动词) 叫 狗 把

eri eri seme hūla." sehe manggi, monggoldai hendume: "gege heni tani yobodoho,
尼立尼立 (语气助动词) 叫 (语气助动词) 之后 蒙高勒代 说 格格 一丁点 开玩笑了

mini beye nei taran tucikebi." sefi, saman i alaha gisun songkoi hūlara jakade,
我的 身体 汗液 出了 (语气助动词) 萨满的告诉 话 依照 叫 因此

coko indahūn gemu monggoldai beyebe šurdeme uju uncehen lasihime dahalame
鸡 狗 都 蒙高勒代 自己把 围绕 头 尾 摇动 跟随

genehe. tereci nišan saman sergudai gala be jafafi kutuleme jidere be jugūn dalbade
去了 从那以后 尼山 萨满 色日古带 手 把 抓 牵 来 把 路 旁边 在

ini eigen be ucarafi tuwaci, nimenggi mucen be šušu orhoi tuwa sindame fuyebumbi. ar-
她的 丈夫 把 遇 看 油 锅 把 高粱 草 用 火 放 使滚开

bun be tuwaci jili banjihabi. sargan be sabure jakade weihe be emgeri katur seme saime
情形 把 看 发怒 妻子 把 看见 因为 牙 把 一次 咬牙声 咬

seyeme hendume: "dekden i nišan si gūwa niyalma be gemu weijubume mutere anggala
怀恨 说 轻浮 的 尼山 你 别 人 把 都 使活 能够 与其

ajigen ci gaiha haji halhūn eigen mimbe aitubume gamaci eheo? bi cohame ubade nimenggi
幼 从 嫁了 亲 热 丈夫 把我 救 拿去 坏吗 我 特意 这里在 油

去追赶，气喘吁吁地求她："萨满格格为什么开玩笑？怎么我一叫，你的鸡狗都往回跑呢？请你别糊弄我，我要不把这两样东西带回去，确实不行，汗王怪罪下来我如何担当得起！"他再三恳求，尼山萨满笑道："我玩笑开得有点过分，此后你就好好记住，我告诉你：叫鸡是'咕咕'、叫狗是'尼立'、'尼立'。"蒙高勒代说："格格开了点玩笑，让我倒出了一身汗。"蒙高勒代按着萨满告诉的话一叫，鸡和狗就都围着自己摇头摆尾地跟着去了。尼山萨满牵着色日古带的手正往回走，遇见她丈夫在路边用高粱秸烧油锅，见到尼山萨满就咬牙切齿地说："轻浮的尼山，你既然能把别人救活，难道就不救救你自幼嫁与的、亲爱的丈夫吗？我特地在这儿烧油锅等

mucen be fuyebufi simbe aliyambi. si eici aitubure eici aituburaku babe hūdun gisu-
锅 把 使滚开 把你 等 你 或者 救 或者 不救 处把 快 说

re, yargiyan aituburaku oci simbe unggiraku ningge mujanggo? ere mucen uthai sini bak-
确 实 不救 若是 把你 不差遣 的 当真吗 这 锅 就 你的 对

cin oho!" sehede, nišan saman baime hendume: "eigen haji, hailambi šulambi ekšeme
手 成了 (语气助动词) 尼山 萨满 求 说 丈夫 亲爱 海兰毕 舒林毕 急忙

donji, hailambi šulembi haha haji, hailambi šulembi hahilame donji. hailambi šu-
听 海兰毕 舒林毕 男人 亲爱 海兰毕 舒林毕 紧急 听 海兰毕 舒

lembi nekeliyen šan be, hailambi šulembi neifi donji, hailambi šulembi jiramin šan be,
林毕 薄 耳 把 海兰毕 舒林毕 开 听 海兰毕 舒林毕 厚 耳 把

hailambi šulembi gidafi donjireo, hailambi šulembi sini beye. hailambi šulembi siren su-
海兰毕 舒林毕 垂头 听吧 海兰毕 舒林毕 你的 身体 海兰毕 舒林毕 线 筋

belakcaha, hailambi šulembi aifini bucefi, hailambi šulembi akiyame niyaha, hailambi
断了 海兰毕 舒林毕 早已 死 海兰毕 舒林毕 干透 烂了 海兰毕

šulembi giranggi yali, hailambi šulembi gemu honggoncho, hailambi šulembi absi weijubu-
舒林毕 骨 肉 海兰毕 舒林毕 都 破烂了 海兰毕 舒林毕 怎么 使活

mbi, hailambi šulembi haji eigen. hailambi šulembi gosime gūnici, hailambi šulembi dulem-
海兰毕 舒林毕 亲爱 丈夫 海兰毕 舒林毕 仁爱 想 海兰毕 舒林毕 过吧

bureo unggireo, hailambi šulembi sini eifu de, hailambi šulembi hoošan jiha be, hailambi
遣送吧 海兰毕 舒林毕 你的 墓 在 海兰毕 舒林毕 纸 钱 把 海兰毕

šulembi labdu deijire, hailambi šulembi buda sogi be, hailambi šulembi labdu doboro,
舒林毕 多 烧 海兰毕 舒林毕 饭 菜 把 海兰毕 舒林毕 多 上供

hailambi šulembi sini eniye, hailambi šulembi eršeme kutuleme, hailambi šulembi erebe
海兰毕 舒林毕 你的 母亲 海兰毕 舒林毕 服侍 牵 海兰毕 舒林毕 这把

gūnici, hailambi šulembi ergen be guwebureo, hailambi šulembi sakda eme be, hailambi
思想 海兰毕 舒林毕 命 把 宽宥吧 海兰毕 舒林毕 老 母亲把 海兰毕

你，你到底救不救我快说清楚，真要不想救我，你就休想从这儿过去，这油锅就是你的归宿！”尼山萨满央求他：“亲爱的丈夫，快听我说，亲爱的夫君，快听我说，把薄薄的耳朵，张开听吧，把厚厚的耳朵，垂下听吧，你的尸身，筋条已断，死日已久，已腐烂枯干，骸骨肌肉，都已朽坏，如何复活？亲爱的丈夫，仁慈为怀，放我过去吧，在你的坟上，多烧纸钱，多供饭菜，你的母亲，需我奉养，想想这些，恕我一命，对年迈的母亲，发发恻隐之心，

šulembi šar seme gūnifi. hailambi šulembi hor seme dulembureo, hailambi šulembi" seme
舒林毕 恻隐 想 海兰毕 舒林毕 退缩 使过吧 海兰毕 舒林毕(语气助

baire de, ini eigen weihe be saime seyeme hendume:"dekden i baili akū nišan saman sa-
动词)求于她的丈夫 牙 把 咬 恨 说 轻浮的恩情无尼山萨满 妻子

rgan si donji: mini beye weihun fonde mimbe yadahūn seme yasa gidame fusihūšaha
你听 我的自己 生 时候在 把我 贫穷 因为 眼 压 轻视

ba umesi labdu kai, sini beye mujin i dolo inu getuken i sambi, ere elei gūnin cihai
处 很 多 啊 你的自己 心 的 里 也 明白地 知道 这 越发 意 任意

oho dabala, sakda eme be sain ehe eršeme eršerakū sini gūnin cihai dabala, geli
成了 罢了 老 母亲把 好 坏 服侍 不服侍 你的 意 任意 罢了 又

yasa de bisireo, enenggi onggolo nergin juwe kimun be emu mudan de sinde
眼睛 于 在 今天 以前 时机 两 仇 把 一 次 在 于你

karulabuki, eici sini beye nimenggi mucen de dosire、eici mini beye simbe aname
使报复 或者你的自己 油 锅 于 进 或者我的 自己 把你 推

dosimbure be hahilame toktobu!" serede, saman dere fularafi, jili banjifi, hūlame hen-
使进 把 紧急 决定 (语气助动词)萨满 脸 脸红 发怒 叫 说

dume:" haji eigen si donji: denikun denikun si bucerede, denikun denikun aibe we-
亲爱 丈夫 你 听 德尼昆 德尼昆 你 死 在 德尼昆 德尼昆 什么把 留

rihe, denikun denikun yadara boigon de, denikun denikun sini sakda eniye be, denikun
下了 德尼昆 德尼昆 贫穷 家产 于 德尼昆 德尼昆 你的 老 母亲 把 德尼昆

denikun minde werihe, denikun denikun bi kunduleme ujimbi, denikun denikun faššame
德尼昆 于我 留下了 德尼昆 德尼昆 我 恭敬 养 德尼昆 德尼昆 发奋

hiyoošulambi, denikun denikun eigen beye, denikun denikun gūnime tuwa, denikun
孝顺 德尼昆 德尼昆 丈夫 自己 德尼昆 德尼昆 想 看 德尼昆

denikun uthai bailingga, denikun denikun niyalma inu kai, denikun denikun mangga
德尼昆 就 有恩情的 德尼昆 德尼昆 人 是 啊 德尼昆 德尼昆 硬

让我过去吧。”她丈夫咬着牙恶狠狠地说：“轻浮的、无情无义的妻子尼山萨满你听着：我在世之时，你嫌我穷处处看不起我，这你心里都很清楚，如今你越发任意妄为了，侍候好侍候不好老母亲随你的便，你眼里还有她吗？我要把今天和以前的两笔帐和你一次算清！或是你自己跳进油锅、或是我把你推进去，你快自己决定吧！”萨满气得满脸通红，叫道：“亲爱的丈夫你听着：你死之时，留下过什么？在这贫穷的家中，只把你的老母亲，留给了我。我尽心赡养、竭力孝敬，丈夫你自己，好好思量，我是个有情有义的人哪！

mujin be, denikun denikun bi tucibufi, denikun denikun simbe majige, denikun
志　把　德尼昆　德尼昆　我　使出　德尼昆　德尼昆　把你　稍微　德尼昆

denikun amtalambume tuwaki, denikun denikun sini cira mangga be, denikun deni-
德尼昆　使尝试　看　德尼昆　德尼昆　你的　强壮　硬　把　德尼昆　德尼

kun eberebume tuwaki, denikun denikun umesi bade, denikun denikun unggimbi kai.
昆　使衰弱　看　德尼昆　德尼昆　很　处在　德尼昆　德尼昆　差遣　啊

denikun denikun weceku de baime, denikun denikun bujan be šurdere, denikun denikun
德尼昆　德尼昆　神祇　于　求　德尼昆　德尼昆　树林　把　围绕　德尼昆　德尼昆

amba bulehen, denikun denikun hūdun hahi, denikun denikun mini eigen, denikun
大　鹤　德尼昆　德尼昆　快　紧急　德尼昆　德尼昆　我的　丈夫　德尼昆

denikun šoforome jafafi, denikun denikun fungtu hoton de, denikun denikun maktafi
德尼昆　抓　拿　德尼昆　德尼昆　丰都　城　在　德尼昆　德尼昆　扔

enteheme, denikun denikun tumen jalan de, denikun denikun niyalmai beyede, denikun
永远　德尼昆　德尼昆　万　世　在　德尼昆　德尼昆　人的　身体于　德尼昆

denikun banjiburakū obuki, denikun denikun" hūlara de amba bulehen deyeme genefi
德尼昆　不生　使成为　德尼昆　德尼昆　叫　于　大　鹤　飞　去

uthai šoforome jafafi, deyeme fungtu hoton de maktaha be saman sabufi, den jilgan
就　抓　拿　飞　丰都城　在　扔了　把　萨满　看见　高　声

deyangku be hūlame hendume: "deyangku deyangku eigen akū de, deyangku deyang-
德扬库　把　叫　说　德扬库　德扬库　丈夫　没有于　德扬库　德扬

ku encehešeme banjiki, deyangku deyangku haha akū de, deyangku deyangku kangtarša-
库　钻营　生活　德扬库　德扬库　男人　没有于　德扬库　德扬库　昂然

me banjiki, deyangku deyangku eniye hūncihin de, deyangku deyangku efime banjiki, deyangku
生活　德扬库　德扬库　母亲　亲戚　于　德扬库　德扬库　玩　生活　德扬库

deyangku se be amcame, deyangku deyangku sebjeleme banjiki, deyangku deyangku juse akū de,
德扬库　岁　把　赶　德扬库　德扬库　欢乐　生活　德扬库　德扬库　孩子　没有于

你逼我，用强硬的心肠，让你领教一下，我的手段，我要把你的蛮横，化作卑贱衰微，把你送到，该去的地方。祈求神祇，那盘旋在林中的，大鹤，快快来吧，把我的丈夫，抓拿起来，永远扔在，丰都城中，直至万世不得托生，人的躯骸！”大鹤飞去，抓起她丈夫就扔进了丰都城。萨满见状，高声唱起“德扬库”：“没有了丈夫，专心地生活，没有了男人，自在地生活，在母亲的亲戚中，嬉戏而生活，珍惜光阴，快乐地生活，没有孩子，

deyangku deyangku julesi ome banjiki, deyangku deyangku hala mukūn akū de, deyangku de-
德扬库 德扬库 往前 成为 生活 德扬库 德扬库 姓 族 没有于 德扬库 德

yangku hajilame bajiki, deyangku deyangku asihan be amcame, deyangku deyangku antahašame ban-
扬库 亲密 生活 德扬库 德扬库 年轻 把 赶 德扬库 德扬库 作客

jiki, deyangku deyangku" yayadame yekeme sergudai fiyanggū i gala be kutuleme, edun i adali efi-
生活 德扬库 德扬库 咬舌 唱曲 色日古带 费扬古 的 手 把 牵 风 的 相同 玩

me yabume su i adali sujume yabume jihei tuwaci, jugūn i dalbade emu taktu be sabubumbi,
行走 旋风的相同 跑 行走 来着 看 路 的 旁边 在 一 楼 把 被看见

weilehengge umesi horonggo saikan bime, sunja hacin i boconggo tugi borhohobi. nišan
建造 很 威武 好看 而且 五 种类 的 彩色的 云 堆聚 尼山

saman hanci genefi tuwaci, dukai jakade juwe aisin uksin saca etuhe enduri selei
萨满 近 去 看 门的 跟前在 二 金 甲 盔 穿 神 铁的

maitu jafame ilime tuwakiyahabi. nišan saman hanci genefi baime hendume: "agusa
棒子 持 站立 看守 尼山 萨满 近 去 求 说 众老兄

ere aiba bihe? dolo webi getuken alambureo." serede, tere enduri alame: " taktu de
这 什么地方 是 里边 谁有 明白 使告诉吧（语气助动词）那 神 告诉 楼 在

bisire abdaha sain de arsubure fulehe sain de fusebure omosi mama tehebi."
有 叶 好 于 使发芽 根 好 使滋生 福神 居住了

nišan saman baime hendume: "mini jihe ildun de mama de hengkileki sembi, yala
尼山 萨满 求 说 我的 来 顺便 于 祖母 于 要磕头（能愿助动词）真的

ombi ojorakū?" seme fonjiha de, dukai enduri hendume: "ombi." sehede, nišan sa-
可以 不可以 （语气助动词）问了 于 门的 神 说 可以 （语气助动词）尼山 萨

man ilan sofere hoošan、ilan dalgan misun baniha bume dosime genehe. jai duka
满 三 把 纸 三 块 酱 道谢 进 去了 第二 门

de isinafi, tuwaci inu juwe uksin saca etuhe enduri tuwakiyahabi. nišan saman
在 去到 看 也 二 甲 盔 穿 神 看守 尼山 萨满

振奋地生活，没有亲族，友爱地生活，趁着年轻，作客般地生活。”她边唱边拉着色日古带费扬古的手象清风般地边玩边走、象旋风般地连跑带走，只见路旁有一栋楼阁，建造得华美而壮观，周围还缭绕着五彩云朵。尼山萨满走上前去，只见门前站着两个身披金盔甲手执铁棒的神仙在把守大门，尼山萨满近前求道：“两位老兄，请告诉我这里是什么地方？里边是什么人？”那神仙说：“楼阁里住的是能使枝叶繁茂、能使根茎滋蔓的福神。”尼山萨满请求说：“我想顺道拜见福神，不知行不行？”守门的神仙说：“可以。”尼山萨满便送他们三把纸、三块酱作为谢礼，走了进去。到了第二道门，只见也有两个身披盔甲的神仙在守卫，尼山萨满刚要进

dosime generede esukiyeme: "ilibufi, aibi niyalma balai ere duka be dosimbi?
进　去　于　么吗　使站立什么有　人　妄自　这　门　把　进入

hūdun bedere! majige aššaci uthai tantambi!" serede, nišan saman baime:
快　退　稍微　若动　就　打　(语气助动词)尼山　萨满　求

amba enduri ume jili banjire, ehe fayangga waka, weihun gurun nišan saman
大　神　别　发怒　坏魂　不是　生　国　尼山　萨满

serengge uthai bi inu. jugūn ildun bailingga omosi mama de acafi hengkileki
(语气助词)就　我　是　路　顺便　有恩情的　福　神　于　会见　磕头

sembi." juwe enduri hendume: "tere gese gingguη gūnin oci, dosime genefi
(能愿助动词)二　神　说　那　相似　敬　意　若是　进　去

hūdun tuci!" seme alahade, nišan saman inu onggolo songkoi baniha basa bufi,
快　出　(语气助动词)告诉了　尼山　萨满　也　先前　依照　谢　酬金　给

dosime genehe. ilaci duka de isinafi, inu juwe enduri tuwakiyahabi. inu onggolo
进　去了　第三　门　在　去到　也　二　神　看守　也　先前

songkoi baniha bume dosifi tuwaci, taktu de sunja boco sukdun eldešehebi, uce
依照　道谢　进入　看、楼　在　五　色　气　发光　门

šurdeme sukdun jalukabi. geli juwe hehe sunja boco ilhangga etuku etufi uce tu-
周围　气　满了　又　二　女人　五　色　有花的　衣服　穿　门　看

wakiyahabi. uju funiyehe be gemu den šošome gala de aisin hiyanglu be jafahabi, emke
守　头　发　把　都　高　扎发　手　在　金　香炉　把　拿　一个

menggun i fila jafahabi, emke injeme hendume: "ere hehe be bi takara adali, si weihun
银　的碟子　拿　一个　笑　说　这　女人　把　我　认得　相同　你　生

gurun nisihai birai dalin de tehe nišan saman wakao?" saman sesulafi hendume:
国　尼希海　河的　岸　在　居住　尼山　萨满　不是吗　萨满　惊讶　说

"si ainaha niyalma? bi ainame onggoho takarakū." serede, tere
你　做什么　人　我　怎么　忘了　不认识　(语气助动词)那

去就被喝住:"站住!你是何人竟敢擅入此门?快快退下,稍有迟误、责打不贷!"尼山萨满央求道:"大神别动怒,我不是恶鬼邪魂,阳间的尼山萨满就是我,想顺道拜见福神。"两位神仙说:"若是如此诚心敬意,进去后快快出来!"尼山萨满照原样给了酬礼,就进去了。来到第三道门,也有两位神仙在把守,萨满仍照原样送上谢礼,进门后,只见楼阁上闪烁着五彩霞光,楼门处弥漫着五彩氤氲。两个女人身穿五色花衣把守着大门,她们都梳着高髻,手里拿着金香炉。一人拿着银碟子,另一人笑着说:"这个女人我好象认识,你不是阳间尼希海河岸上住着的尼山萨满吗?"萨满惊讶地问:"你是什么人?我怎么想不起来认识你?"那女人说:

hehe hendume:"si ainu mimbe takarakūni? bi cara aniya mama tucire de omosi
女人 说 你为什么 把我 不认识呢 我 前 年 痘 出去 于 福

mama mimbe bolgo sain seme gajifi, beye hanci takūrambi. muse emu tokso niyalma
神 把我 清净 好 因为 带来 身体近 差遣 我们 一 村庄 人

adaki boo nari fiyanggū i sargan, mimbe gaifi, juwe inenggi dorgide mama tucime
邻 家 那立 费扬古 的 妻子 把我 娶 二 天 内 在 痘 出去

bucehe kai."serede, nišan saman teni takafi, ambula urgunjeme, absi onggohoni
死了 啊 (语气助动词)尼山 萨满 才 认识 非常 喜悦 怎么 忘了呢

seme, uce be neime bufi dosimbuha. uju tukiyeme wesihun tuwaci, ordo i dulimbade
说 门 把 开 给 使进入了 头 抬 往高 看 亭式殿的中央在

emu sakda mama tehebi, funiyehe nimanggi gese šeyen der seme sabumbi, yasa
一 老 祖母 坐 头发 雪 相似 雪白 雪白的 看见 眼睛

kumcuhun、angga amba、dere golmin、sencehe cokcohon、weihe fularafi, tuwaci ojo-
凸出 嘴 大 脸 长 下颏 直竖 牙 变红 看 不可

rakū. juwe dalbade juwan funcere hehesi ilihabi, juse jajahangge tebeliyehengge ome.
以 二 旁边在 十 多余 众女人 站立 孩子 背 抱 成为

tonggo ulirengge、ajige jui ararangge、ajige jui be iberengge、fulhū de teburengge tebumbi.
线 穿绳 小 孩 制做 小 孩 把 前进 口袋 在 装的 装

meiherehengge meiherembi、gamarangge gamambi, gemu šolo akū, šun dekdere ergi uce be
扛的 扛 拿去的 拿去 都 空暇没有 日 升 边门 把

tucimbi, nišan saman sabufi ferguweme nade niyakūrafi, ilan ilan uyun jergi hengkilefi
出 尼山 萨满 看见 奇怪 地于 跪 三 三 九 次 磕头

omosi mama fonjime:"si ai niyalma bihe? bi ainu takarakū? balai ere bade dosimbi."
福神 问 你什么 人 是 我为什么 不认识 妄自 这 处在 进入

sehede. nišan saman niyakūrafi ulame:"ajige niyalma jalan gurun i
(语气助动词)尼山萨满 跪 传 小 人 世 国

"你怎么不认识我呢?我前年出痘的时候,福神因看我洁净婉约,便把我带在身边使唤,咱们是一个村子的人,我就是邻居那立费扬古的妻子,娶我的第二天就出痘死了。"尼山萨满这才认出来,非常高兴,说怎么就忘了呢。那女人打开门请她进去,尼山萨满抬头一看,只见殿中坐着一位老太太,头发象雪一样白,眼珠凸出、大嘴长脸、下颏前伸、牙齿变红,简直不忍一看。两旁站着有十多个女人,有背孩子的、有抱孩子的、有穿线的、有制做小孩的、有把小孩推走的,还有往口袋里装小孩的、扛的扛、拿的拿,没有一人闲着,都从东门出去。尼山萨满见了颇觉奇怪,她跪在地上向福神行了三跪九叩大礼,福神问道:"你是何人?我怎么不认识?擅自来这里做什么?"尼山萨满跪着回话:"小人

nisihai birai dalin de tehe nišan saman serengge uthai ajige niyalma, ere emu
尼希海 河的 岸 在 居住 尼山 萨满 (语气助词) 就 小 人 这 一
mudan hahilame jihe jugūn ildun de enduri mama de hengkileme tuwanjiha." se-
次 紧急 来了 路 顺便 在 神 祖母 于 磕头 来看了 (语气助
hede, omosi mama hendume: "absi onggoho, simbe banjirede si fuhali generakū ofi,
动词) 福 神 说 怎么 忘了 把你 生 于你 竟然 不去 成为
bi simbe hošome yekse hetebufi, siša hūwaitafi, imcin jafabufi, samdabume efin
我 把你 哄诱 神帽 使戴 腰铃 拴 手鼓 使拿 使跳神 游戏
i gese banjibuha bihe. sini beye giyan i gebu tucire ton, ere bade emu mudan isinji-
的 相似 使生了 (时态助动词) 你的 自己 理 的 名 出 数 这 处在 一 次 来到
re be mini beye toktobufi, sain ehe yabure eiten erun be sabubufi, jalan de ulhibuki-
把 我的 自身 使定 好 坏 行事 一切 刑罚 把 使看见 世 在 使晓得
ni seme toktobuha, jai sirame jici ojorakū. dade saman baksi aha mafa ilire,
(语气助动词) 决定了 再 继续 若来 不可以 本来 萨满 儒者 奴仆 老头 站立
wesihun derengge ojoro, ehe facuhūn yabure, bayan yadahūn hūlha holo. hūwašan.
贵 荣 成为 坏 乱 行事 富 贫 贼 伪 和尚
doose. giokoto. arki omire, wali neifi jiha efire, hehesi be dufedere, sain ehe
道士 乞丐 烧酒 喝 戏法 开 钱 玩 众女人 把 贪淫 善 恶
be gemu ubaci toktobume unggimbi, ere gemu hesebun kai!" sefi fejergi niyalma
把 都 这里从 决定 差遣 这 都 命运 啊 (语气助动词) 下边 人
de alama: "saman be gamafi. erun koro fafun be majige tuwabu!" sehede, uthai
于 告诉 萨满 把 带去 刑 罚 法度 把 略微 使看 (语气助动词) 就
emu hehe jifi, saman be hacihiyame: "yabu, mini emgi majige sargašaki" seme, saman
一 女人 来 萨满 把 强劝 走 我的 共同 略微 游玩 (能愿助动词) 萨满
dahame, sasa genefi tuwaci, emu bujan arsuhangge saikan bime kuweki sunja boco borhohobi,
跟随 一齐去 看 一 树林 发芽 好看 而且 肥沃 五 色 堆聚

是人世间尼希海河畔的尼山萨满，这次来得匆忙，顺道来参拜福神。"福神说："我怎么忘了，降生你的时候，因你执意不去，我哄你戴上神帽、拴上腰铃、拿上手鼓，象做跳神游戏似的让你降生了。你出名是理所当然的，我决定你只能来此地一次，见识一下善果恶报、一切刑罚，以便晓喻世人。再来则不可。无论是立身为萨满、儒者、奴仆、老爷，还是成为达官显贵，行恶乱之事，以及贫富、贼伪、和尚道士、乞丐、酗酒、赌钱、嫖妓，诸般善恶悉由这里裁决，这都是注定的宿命。"说完便吩咐下人："带萨满去看看刑法！"一个女人走过来请尼山萨满："走吧，和我一块儿去逛逛吧！"萨满跟她一同走去，只见一片树林枝叶嫩绿而茂密，弥漫着五彩霭气，

saman fonjime: "ere ai bujan?" serede, alame: "suweni jalan gurun de mama fu-
萨满 问 这什么 树林(语气助动词) 告诉 你们的 世 国 在 痘 送

dere de bolgo gingguń morin ihan jeke akū ningge fodoho gargan be bilafi fudehe
在 洁净 敬 马 牛 吃 没有的 柳 枝 把 折 送

turgunde arsuhangge sain. juse i mama ilha inu sain, tere bujan arsuhangge
缘故 于 发芽的 好 孩子的 痘子 花 也 好 那 树林 发芽

luku akū bime eden dadan ohongge suweni weihun gurun mama fuderede, fodoho
厚密 没有 而且 残缺 成了的 你们的 生 国 痘 送 于 柳

garganihan morin jeke ningge be baitalaha turgunde, juse ilha ehe bime erun
枝 牛 马 吃 的 把 使用了 缘故 于 孩子 花 坏 而且 刑

sui hūlambi. ere gemu iletu obume tuwaburengge." geli yabume šun dekdere ergi
罪 叫 这 都 明显 使成为 使看的 又 行走 日 升 边

de emu amba boo dolo emu amba tohorokū fuhešerede dorgici eiten ujima, feksire
在 一 大 房子 里 一 大 石滚子 翻滚 于 里面从 所有 牲畜 跑

gurgu, deyere gasha, nimaha umiyaha jergi ergengge funiyen funiyen feksime deyeme
兽 飞 鸟 鱼 虫 等 生灵 一群 一群 跑 飞

tucirengge lakcan akū. erebe saman sabufi, fonjire jakade, alame: "ere eiten
出来 断 没有 这把 萨满 看见 问 因为 告诉 这 一切

ergengge be banjibure ba inu," geli yabume tuwaci, emu amba hutu furdan
生灵 把 使生 处 是 又 行走 看 一 大 鬼 关

duka be lakcan akū hutu fayangga yabumbi. dolosi tuwaci, fungtu hoton i saha-
门 把 断 没有 鬼 魂 行走 向内 看 丰都 城 的 黑

liyan talman borhohobi. donjici dolo hutu songgoro jilgan ambula bi, geli ehe inda-
雾 堆聚 听 里面 鬼 哭 声 非常 有 、恶 狗

hūn i gašan šurdeme niyalmai yali be indahūn tatarame jembi, hūlimbu, ebubun boo i
的 乡村 周围 人的 肉 把 狗 扯烂 吃 被人蛊惑 下程 房子的

萨满问道："这是什么树林？"女人回答："你们人世间在送痘神时折了洁净的、牛马没有吃过的柳枝敬神，所以枝叶繁茂，孩子的天花也能痊愈；那片树林枝叶凋零，稀疏枯萎，就是你们阳间送痘神时用了牛马吃过的柳枝，所以孩子的天花得不到痊愈，这就叫报应，是显而易见的。"又往前走，在东边的一间大房子里有一个大石滚子在翻转，一群一群的家畜、走兽、飞禽、鱼虫等生灵不断地从里面飞着或跑着出来，萨满见状便问那女人，回答说："这是一切生灵托生的地方。"再向前走，只见一座大鬼门关，不断有鬼魂自门口往来行走。向里一看，丰都城黑雾弥漫。只听见里面无数的鬼在嚎哭，又有恶狗在村庄周围撕食人肉，从一所零乱的驿

koro gasihūn be hūlame songgoro jilgan na durgedumbi. geli genggiyen buleku alin
痛苦 把 叫 哭 声 地齐震动 又 明亮 镜子 山

farhūn buleku hada jergi bade sain ehe erun be getuken i faksalambi. geli emu
昏暗 镜子 峰 等 处在 好 坏 刑 把 明白地 分开 又 一

yamun be sabumbi. tanggin de emu hafan tefi, geren fayangga be beidembi. wargi
衙门 把 看见 堂 在 一 官 坐 众 魂 把 审讯 西

ashan boode lakiyahangge hūlha tabcin jergi erun niyalma sa be horihabi. dergi
侧 房在 悬挂的 偷 抢 等 刑 人 们 把 监禁了 东

hetu boode horihangge ama eme de hiyoošun akū, eigen sargan jurgan akū,
厢 房在 监禁的 父 母 于 孝顺 没有 丈夫 妻子 义 没有

urse be selhelehebi. geli tuwaci ama eme be toore tantaha ningge be nimenggi mu-
人们 把 上枷 又 看 父 母 把 骂 打 的 把 油 锅

cen de carume erulembi. šabi sefu be hūlhame toohangge be tura de hūwaitafi
在 烹炸 用刑 徒弟 师傅 把 偷 骂的 把 柱子 在 拴

gabtame erulembi. sargan eigen be hatarangge be faitarame erulembi. doose
射箭 用刑 妻子 丈夫 把 嫌的 把 碎割 用刑 道士

hehe de latume yabuhangge ging be nantuhūraha seme ilan gargan šaka i šakala-
女人 于 奸污 行事的 经 把 污秽了 因为 三 枝 叉子用 用叉叉

me erulembi. bele ufa sisabume talahangge be hujureku mose de gidame erulembi. hab-
用刑 米 面 使洒出 摊开 把 磨子 磨 于 压 用刑 诉讼

šan be belehe, holbon be efulehe ningge be sele futa be fulgiyan šelebufi halabume eru-
把 诬害 配偶 把 弄坏 的 把 铁 绳 把 红 使舍 使烫 用刑

lembi. hafan tefi ulintuhe ningge be dehe i yali be deheleme erulembi. juwe eigen gaihang-
官 坐 行贿 的 把 钓鱼钩 用 肉 把 用钩钩 用刑 二 丈夫 嫁了的

ge be faitakū faksa hūwalame erulembi. eigen be toohangge ilenggu be faitame erulembi.
把 小锯 分开 打破 用刑 丈夫 把 骂的 舌头 把 割 用刑

馆中传出的惨叫和哀号惊天动地。善恶刑罚在明镜山和暗镜峰等处被明显地分开。前面又看见一座公堂，一个官吏坐在上面，正在审讯众鬼魂。吊在西偏房的都是犯有偷盗、抢劫罪的人；枷在东厢房的都是不孝敬父母、夫妻间无情义的人。又见将打骂父母的罚下油锅；弟子背地骂师傅的绑在柱子上受箭刑；妻子嫌恶丈夫的，处以凌迟；道士奸污妇女的、污秽经卷的用三股叉叉死；滥洒米面的用磨压死；诬陷无辜、破坏他人婚姻的用烧红的铁索烫死；为官行贿的用钩子钩死；嫁过两个丈夫的用锯剖为两半；辱骂丈夫的罚割舌头；

uce fangkangra ningge be gala be hadame erulembi. hūlhame gisun donjirengge be šan
门 摔 的 把 手 把 钉 用刑 偷 话 听的 把耳

fade hadame erulembi. hūlha holo be yabuhangge selei mukšan i tantame erulembi.
窗在 钉 用刑 贼盗 把 行事的 铁的 棍 用 打 用刑

hehe beye bolgo akū giyang ula de ebišehe ningge ice tofohon inenggi de nantuhūn
女人 身 洁净 没有 江 江 在 洗浴 的 初 十五 日 在 污秽

be oboho ningge be duranggi muke be omibume erulembi. sakdasi sabe hirahangge be
把 洗 的 把 浊 水 把 使喝 用刑 众老人 们把 斜看的 把

yasa be deheleme erulembi. anggasi sargan jui dufedehe ningge be tuwa tura de
眼睛把 用钩钩 用刑 寡妇 姑娘 贪淫 的 把 火 柱 在

nikebume halabume erulembi. daifu okto fudasi omibufi bucehe ningge daifu i hefeli
使靠 使烫 用刑 大夫 药 错乱 使喝 死了 的 大夫的 肚子

be secime erulembi. hehe eigen baiha hūlhame latume yabuhangge be suhe ci yali
把 划开 用刑 女人 丈夫 寻找 偷 奸污 行事 把 斧子 用 肉

be sacime erulembi. geli tuwaci, emu amba omo de aisin menggun doohan cahabi, de-
把 砍 用刑 又 看 一 大 池 在 金 银 桥 架 上

le yaburengge gemu sain be yabuha hūturingga urse, teišun sele ciyoo de yaburengge
行走的 都 好 把 行事 有福的 人们 铜 铁 桥 在 行走的

gemu ehe be yabuha urse be hutu šaka gidai i gidalame tuhebufi, meihe jabjan de
都 坏 把 行事 人们 把 鬼 叉子 枪 用 用枪扎 使落下 蛇 蟒 在

šeribumbi. dooha ujan de ehe indahūn alifi, niyalma i yali senggi jeme omime ke-
被讹诈 渡 地头 在 恶 狗 承接 人 的 肉 血 吃 喝

muni miosihūn sarkū sembi. doohan dalbade emu pusa enduri de tefi, gala de
还 邪 不知 说 桥 的 旁边在 一 菩萨 神 于 坐 手 在

nomun be jafafi, hūlame donjibumbi. tafulara bithei gisun, "ehe be yabuci bucehe gurun de
经 把 拿 读 使听 劝 书的话 恶 把 若行 死 国 在

摔门的罚钉双手；偷听人家说话的将耳朵钉在窗户上；有偷盗行为的用铁棍责打；女人身体不洁在江中洗濯的在正月十五罚喝污水、洗衣水及浊水；蔑视老人的罚用钩子钩眼；寡妇、处女淫乱的罚用火柱炙烤；医生投错药致死人命的罚剖其腹；有夫之妇行为不端的罚用斧砍其身。又见一大池上架有金、银桥，在上面行走的都是行善、有福分的人；在铜、铁桥上行走的都是有恶行的人，小鬼们用枪将其挑下，使他们受到蛇、蟒的威胁。渡口处恶狗在等待着吃人肉、喝人血，还说不知什么是邪恶。桥畔坐着位菩萨，手持经卷在宣讲：“若行恶，

erun sui hūlambi. sain be yabuci erun hūlarakū bime uju jergi niyalma fucihi ejen
罪孽 叫 善把若行刑 不叫 而且第一等级人 佛主

tembi, jai jergi gung i dolo banjinambi, ilaci jergi gurun efu taiši hafan jergi tembi,
做 第二等 宫 的里面 生成 第三等 国 驸马太史 官 等 做

duici jergi jiyanggiyūn amban tembi, sunjaci jergi bayan wesihun ombi, ningguci jergi baisin niyalma giohoto de banjinambi, nadaci jergi eihen lorin morin ihan jergi banjinambi, jakūci jergi gasha gurgu de banjinambi, uyuci jergi aihūma nimaha ubaliyame banjinambi, juwanci jergi beten umiyaha yerhuwe jergi ubaliyame banjinambi" seme den jilgan i hūlame donjibume tafulambi. geren erun be nišan saman tuwame wajifi, amasi taktu de jifi omosi mama de hengkileme acafi, mama alame: "jalan gurun de isinaha manggi geren urse ulhibume ala!" sefi, uthai hengkileme fakcafi, nišan saman sergudai be kutuleme da jihe jugūn ci jime, fulgiyan bira dalin de isinjifi, bira ejen de basa bume, imcin be bira de maktafi, saman sergudai be gaime, ninggude ilifi doome, cargi dalin de isinjifi, geli yabume, goidahakū doholon laihi dogon de isinjifi, onggolo yabuha be dahame takara jakade hendume:

第四等 将 军 大臣 做 第五等 富 贵 成为 第六等 白丁 人 乞丐 于 生成 第七等 驴 骡 马 牛 等 生成 第八等 鸟 兽 于 生成 第九等 鳖 鱼 变 生成 第十 等 蚯蚓 虫 蚂蚁 等 变 生成(语气助动词)高 声地 叫 使听 劝告 众多 刑 把尼山 萨满 看 完 往后 楼 于 来 福神 于 磕头 会见 福神 告诉 世 国 在 去到 之后 众 人们 晓谕 告诉(语气助动词)就 磕头 离别 尼山 萨满 色日古带 把 牵 原 来 路 从 来 红 河 岸 在 来到 河 主人 于 酬金 给 手鼓 把 河 在 扔 萨满 色日古带 把 带 上面 在 站立 渡 那边 岸 在 来到 又 行走 没多久 瘸 赖黑 渡口 在 来到 先前 行走 既然 认识 因为 说

自遭罪孽；若行善，不受刑罚。第一等人，托生为佛主；第二等人，托生为皇族；第三等人，托生为驸马太史；第四等人，托生为将军大臣；第五等人，托生为富户贵族；第六等人，托生为平民乞丐；第七等人，托生为驴骡马牛；第八等人，托生为鸟兽；第九等人，托生为鱼鳖；第十等人，托生为虫蚁蚯蚓。”她高声宣讲着，尼山萨满看完诸般刑法，便回到楼阁中拜见福神，福神告诉她：“你回到人世间以后，要把这一切让世人都知道！”于是萨满拜别了福神，领着色日古带顺着来路到了红河岸边，送给河主酬金，将手鼓扔到河里，萨满带着色日古带站在上面，渡到了河对岸，再往前走没多久，就来到瘸子赖黑的渡口，因先前来过

"saman isinjiha, yargiyan i mangga saman seci ombi. baldu bayan i jui sergudai
萨满 来到 确实 高强 萨满 若说可以 巴勒杜巴彦的 儿子色日古带
fiyanggū be bahafi gajihangge encehen muten ajigen akū, ereci ele gebu tucimbi kai."
费扬古 把 得 带来 才能 能力 小 没有 从此 更加 名 出 啊
sefi, weihu de tafame tefi, doholon laihi hontoho selbi selbime, dartai doome
(语气助动词)独木船 上 坐 瘸 赖黑 半 桨 划桨 立刻 渡
dalin de isinjifi, weihu ci wasifi basa bume baniha arafi, fe jugūn be jafame
岸 在 来到 独木船 从 下 酬金 给 感谢 做 旧 路 把 持
yabume, goidahakū baldu bayan i boode isinjifi, da jari nari fiyanggū uthai orin
行走 没多久 巴勒杜 巴彦的 家 在 来到 首领扎立那立 费扬古 就 二十
damjan muke be oforo šurdeme doolaha, dehi hunio muke be dere šurdeme doo-
扁担 水 把 鼻子 周围 倒了 四十 桶 水 把 脸 周围 倒
lafi, hiyan be jafafi. baime aitubume gelabure gisun i yayadahangge, "ke keku keku
香 把 拿 求 救 使醒过来 话 用 咬舌 克 克库 克库
ere yamji, keku dengjan la be, keku gidarufi, keku ainaha algin, keku weinehe we-
这 晚 克库 灯 蜡 把 克库 齐压 克库 怎样 名声 克库 谁做的 谁
lgin, keku halai hashūri, keku yala yashūri, keku bayari hala, keku abdaha de ar-
的名声 克库 姓 的 哈斯呼立 克库 果真 雅斯呼立 克库 巴雅立 姓 克库 叶子 在 发芽
suha, keku fulehe de fusehe, keku sergudai fiyanggū, keku abalame genefi, keku nime-
了 克库 根 在 滋生了 克库 色日古带 费扬古 克库 打猎 去 克库 患病
kulefi bucehe, keku erei turgunde, keku ilan saman ilgaci, keku duin saman dengneci, keku
死了 克库 这的 缘故于 克库 三 萨满 区别 克库 四 萨满 比赛 克库
ere fayangga be, keku bucehe gurun, keku ilmun han, keku gamaha sembi, keku erei turgunde,
这 魂 把 克库 死 国 克库 依勒门汗 克库 拿去了 说 克库 这的 缘故于
keku nisihai birai, keku dalin de tehe, keku urse gurun de, keku uju tucike,
克库 尼希海河的 克库 岸 在 居住 克库 人们 国 在 克库 头 出了

彼此熟习了，赖黑便说："萨满来了，真不愧是高强的萨满哪！能把巴勒杜巴彦的儿子色日古带费扬古带回来，可见你的神通不小啊，此后会更加享有盛名啦！"萨满登上独木船坐好，瘸子赖黑用半拉桨划着船，转瞬间已摆渡到了对岸。萨满下了船付给他酬金，道了谢，循旧路走去。没多久便到了巴勒杜巴彦家，大扎立那立费扬古便在她鼻子周围泼了二十担水，在她脸颊周围倒了四十桶水，持香祈祷，用含混不清的声音唤她醒来，"今天晚上，把灯和蜡，全都熄灭，是何等的名誉，是谁的大名，姓哈斯呼立的、真正的雅斯呼立，巴雅拉姓氏，在枝叶上发芽、在根茎上滋蔓，色日古带费扬古前去打猎，患病身亡，因此缘故，鉴别了三个

keku amba gurun de, keku algin tucike, keku ayan hiyan be, keku jafame gaifi,
克库 大 国 在 克库 名声 出了 克库 蜡 香 把 克库 拿 取

keku alin be dabame, keku amcame genefi. keku algin be gaiha de, keku jorime
克库 山 把 越 克库 追 去 克库 名声 把 取 于 克库 指

tuwaha, keku adališara jakade, keku baime gajifi. keku ineku yamji de, keku
看了 克库 仿佛 因为 克库 求 取 克库 本 晚 在 克库

farhūn bade, keku fayangga be fargaha, keku ehe bade, keku ergen be ganaha bihe, ke-
昏暗 处在 克库 魂 把 追赶 克库 坏 处在 克库 命 把 去拿了(时态助动词)

ku amasi marime jifi, keku loli fodoho, keku da gargan de, keku dalaha da min, keku
克库 往后 回 来 克库 垂杨柳 克库 根 枝 在 克库 为首 雕 克库

adame gargan de, keku alha da min, keku alin be šurdere, keku aisin inggali,
陪同 枝 在 克库 花 雕 克库 山 把 围绕 克库 金 鹡鸰

keku mederi be šurdere, keku menggun inggali. keku targan tasha, keku ongnika le-
克库 海 把 围绕 克库 银 鹡鸰 克库 彪 虎 克库 狠獾熊

fu, keku jakūn da jabjan, keku uyun da meihe, keku cakūranmoo falga, keku jakūn juru
克库 八 寻 蟒 克库 九 寻 蛇 克库 檀木 丛 克库 八 对

manggisu keku mangga moo falga, keku juwan juru manggisu keku weijubume jiki, keku aitu-
獾 克库 橡树 丛 克库 十 对 獾 克库 使活 来 克库 救

bume gaiki, keku gela gete, keku "sefi, nišan saman šurgeme deribufi, gaitai ilifi,
取 克库 醒过来 醒 克库(语气助动词) 尼山萨满 打 颤 开始 忽然 站立

yayadame deribuhe. yabuha babe gamaha turgun be tucibume yayadara gisun: "de-
咬舌 开始 行走 处把 去取 缘由 把 使出 咬舌 话 德

yangku deyangku geren niyalma jari donji, deyangku deyangku baldu bayan sini beye,
扬库 德扬库 众 人 扎立 听 德扬库 德扬库 巴勒杜 巴彦 你的 自己

deyangku deyangku emke emken donji bai, deyangku deyangku sini jui be, deyangku deyangku
德扬库 德扬库 一 一 听吧 德扬库 德扬库 你的儿子把 德扬库 德扬库

萨满，比较了四个萨满，他的魂灵，被依勒门汗，摄到阴间；因此缘故，居于尼希海河岸，世间扬名、大国出名；秉烛奉香，前去延请，跋山越岭，前去追寻；享有名声，指点喻示，颇近真情，求其带回；今天晚上，昏黑之处，追赶魂灵，邪恶之处，寻取生命；往回走来，垂杨柳主干上，有为首的大雕 支干上，有花斑纹大雕，在山上盘旋的，金鹡鸰，在大海上盘旋的，银鹡鸰，彪虎獾熊，四丈长的蟒，四丈半的蛇，檀树丛的，八对獾，橡树丛的，十对獾，甦醒吧！复活吧！清醒过来吧！”尼山萨满开始打颤，忽然站起身用含混不清的声音叙述起这次取魂的经过，“众人和扎立听着，巴勒杜巴彦你自己，也一一细听！把你的儿子，

aisin hiyanglu de, deyangku deyangku tebume gajiha, deyangku deyangku šoforo de šoforome,
金 香炉 在 德扬库 德扬库 装 来拿 德扬库 德扬库 撮 在 抓

deyangku deyangku gajime jihe kai, deyangku deyangku boobai oho de, deyangku deyangku hafirame
德扬库 德扬库 来拿 来 啊 德扬库 德扬库 宝贝 成了于 德扬库 德扬库 夹

gajiha, deyangku deyangku bucehe beyede, deyangku deyangku weijubuhebi, deyangku deyang-
来拿 德扬库 德扬库 死了 身体于 德扬库 德扬库 使活了 德扬库 德扬

ku fayangga be oron beyede, deyangku deyangku singgebume sindahabi, deyangku deyangku omosi ma-
库 魂 把 空缺 身体于 德扬库 德扬库 附体 放了 德扬库 德扬库 福神

ma de baiha, kerani kerani ereci amasi, kerani kerani nimeku yangšan, kerani kerani akū obume,
于 求了 克拉尼克拉尼 从此 往后 克拉尼克拉尼 病 小孩病 克拉尼克拉尼 没有使成为

kerani kerani banjikini sehe, kerani kerani uyunju se jalgan, kerani kerani urgun be tolome, kerani
克拉尼克拉尼 生(能愿助动词) 克拉尼 九十 岁 寿 克拉尼克拉尼 喜 把 数 克拉尼

kerani uyun juse ujikini, kerani kerani gamaha ilmun han de, kerani kerani coko indahūn be
克拉尼 九 孩子 养 克拉尼克拉尼 去取了依勒门汗 于 克拉尼克拉尼 鸡 狗 把

kerani kerani baili de werihe, kerani kerani basa jergi be, kerani kerani omosi mama de,
克拉尼克拉尼 恩情 在 留下了 克拉尼克拉尼 酬金 等 把 克拉尼克拉尼 福神 于

kerani kerani hengkileme acaha, kerani kerani sini jui de, kerani kerani geli enen baiha,
克拉尼 克拉尼 磕头 会见了 克拉尼克拉尼 你的儿子 于 克拉尼克拉尼 又 子嗣 求了

kerani kerani jalan de ulhibure, kerani kerani mama eršere de, kerani kerani ginggun bolgo i,
克拉尼克拉尼 世 在 晓谕 克拉尼 克拉尼 痘子 出痘 于 克拉尼克拉尼 敬 洁净

kerani kerani mama ilha sain, kerani kerani damu sain be, kerani kerani ehe be yabuci,
克拉尼克拉尼 痘 花 好 克拉尼克拉尼 只是 好 把 克拉尼 克拉尼 坏 把 若行事

kerani kerani eiten erun iletu, kerani kerani gemu getuken sabuha, kerani kerani mini ei-
克拉尼 克拉尼 一切 刑 明显 克拉尼 克拉尼 都 明白 看见了 克拉尼克拉尼 我的 丈

gen mimbe, kerani kerani aitubu seme, kerani kerani baire jakade, kerani kerani mini gisun
夫 把我 克拉尼克拉尼 救 说 克拉尼克拉尼 求 因为 克拉尼 克拉尼 我的 话

装在金香炉内，已经取回，抓在手中，已经拿来，因是宝物，挟着带回，放在尸体上，使其复活，放在躯壳上，使其附体，祈求了福神，从此以后，无病无灾，自在地生活，九十岁阳寿，历数福禄，生有九子；带给依勒门汗的，鸡狗诸物，留做谢礼，拜见福神，奉上酬金，为你的儿子，祈求子嗣；晓喻世人，出痘之时：虔诚圣洁，天花易愈，但行好事，若要行恶，冥报昭昭，观看甚明。我的丈夫，让我救他，这样强求，

oci, kerani kerani yali sube niyaha, kerani kerani weijubure de mangga, kerani kerani mini
(语气助词) 克拉尼 肉 筋 烂了 克拉尼 克拉尼 使活 于 难 克拉尼 克拉尼 我的
eigen fancafi, kerani kerani nimenggi mucen de, kerani kerani mimbe carume wambi, kerani
丈夫 生气 克拉尼 克拉尼 油 锅 在 克拉尼 克拉尼 把我 烹炸 杀 克拉尼
kerani erei turgunde, kerani kerani mini wecen šoforofi. kerani kerani fungtu hoton de, kerani
克拉尼 这的 缘故于 克拉尼 克拉尼 我的 祭 抓 克拉尼 克拉尼 丰都 城 在 克拉尼
kerani maktafi enteheme, kerani kerani niyalmai beye banjiburakū, kerani kerani geli geren hutu,
克拉尼 扔 永远 克拉尼 克拉尼 人的 身体 使不生 克拉尼 克拉尼 又 众 鬼
deyangku deyangku fayangga se, deyangku deyangku aitubu seme, deyangku deyangku siran i baime,
德扬库 德扬库 魂 们 德扬库 德扬库 救 说 德扬库 德扬库 继续 求
deyangku deyangku jugūn be heturefi, deyangku deyangku bairengge jilaka, deyangku deyangku jaci lab-
德扬库 德扬库 路 把 拦截 德扬库 德扬库 求 仁慈 德扬库 德扬库 太 多
du kai, deyangku deyangku labdu basa werihe, deyangku deyangku geren dendehe, deyangku deyangku
啊 德扬库 德扬库 多 酬金 留下了 德扬库 德扬库 众 分了 德扬库 德扬库
teni waliyame jihe, deyangku deyangku" sefi, uthai oncohon fahabuha be da jari geli hiyan
才 抛弃 来了 德扬库 德扬库(语气助动词) 就 仰面 被摔了 把 首领 扎立 又 香
ci oforo šurdeme fangšafi, teni gelahabi.
用 鼻子 周围 熏 才 醒过来了

amala saman beye sergudai fiyanggū oron beyebe fayangga be feshelere jakade,
后来 萨满 自己 色日古带 费扬古 空缺 身体把 魂 把 踢 因为
dartai aitufi. bekiken ludur sere jilgan gisun gisureme: "muke emu moro bureo." serede,
立刻 复活 略坚固 稠粘的 声 话 说话 水 一 碗 给吧(语气助动
gajifi buhe manggi, omifi hendume: "emu amba amu amgafi kejine tolgiha." sefi,
词) 拿来 给了 之后 喝 说 一 大 觉 睡 许多 做梦了(语气助动
uthai ubaliyame tefi, booi urse urgunjefi. teni turgun be sergudai de alara
词) 就 翻身 坐 家的人们 喜悦 才 缘由 把 色日古带 于 告诉

- - - - - - - - - - - - - - - - - - - -

我答复他：你筋肉已烂，难再复活，我丈夫发了怒，欲用油锅，将我烹死，因此缘故，我的神祇抓起他，永远扔进，丰都城内，不得托生为人，众鬼群魂，央告搭救，拦路哀求，不胜怜悯，分与众鬼，无数纸钱，方才脱身而来。”萨满唱完，就仰面朝天倒在地下，大扎立又用香熏她鼻子，方才清醒过来。

然后，萨满把色日古带费扬古的魂踢进他躯壳，他立刻就复活了，用滞重的嗓音说：“给我一碗水吧。”给他端来后，他喝完便说：“我睡了一大觉，做了好多梦。”于是翻身坐起。全家上下无比喜悦，方把原委告诉了色日古带，

jakade, teni bucehe be safi, nišan saman gege de hengkileme banihalara de baldu

因为 才 死 把 知道 尼山 萨满 格格 于 磕头 道谢 于 巴勒杜

bayan falanggū tūme injefi, inu dorolome hendume: "yargiyan i enduri saman gege

巴彦 掌 去打 笑 也 行礼 说 确实 神 萨满 格格

kesi de mini jui dahūme aituha akū bici, fulehe lakcame bihe." seme beye etuku be

恩 于 我的儿子 重 救 没有 若是 根 断 (时态助动词)(语气助动词) 衣服 把

jafafi saman de etubume, cusile gu tetun i hūntahan jalu nure tebufi niyakūrafi

拿 萨满 于 使穿 水晶 玉 器皿的 盅 满 酒 装 跪

alibure de, nišan saman hūntahan be alime gaifi, sekiyebume omifi, karu doro arame hendu-

呈递 于 尼山 萨满 盅 把 接 取 使控淋 喝 报答 礼 做 说

me: "ere inu yuwan wai hūturi de teni muyahūn icihiyame ohobi. ereuthai juwe ergide

这 也 员外 福 于 才 完全 办理 成了 这就 二 边 在

geren sasa gemu hūturi kai." yuwan wai geli amba bolosu hūntahan de jalu nure te-

众人 一齐 都 福 啊 员 外 又 大 玻璃 盅 于 满 酒 盛

bufi, jari de inu alibume hendume: "fulu singgiyabuha, bilha monggon akšabuha, nure

扎立 于 也 呈递 说 有余 使酸疼 嗓子 脖子 使哈辣了 酒

ci majige gidame omireo." serede, nari fiyanggū nure be alime gaifi omimbime hendu-

用 略微 压 喝吧 (语气助动词) 那立 费扬古 酒 把 接 取 喝 而且 说

me: "ai joboho babi! tehe baci aljaha akū de joborakū gese. aika joboci saman gege

什么 辛苦 处有 坐 处从 离开 没有 于 不辛苦 相似 如果 若辛苦 萨满 格格

fulu joboho, bucehe gurun de emu emu mari yabuha be dahame ambula šadaha dere."

有余 辛苦了 死 国 在 一 回 行走 既然 非常 疲乏了 吧

saman injeme hendume: "fiyanggū deo jari si donji, dekdeni yoro gisun de ilan fun

萨满 笑 说 费扬古 弟 扎立 你 听 谚语 谣 于 三 分

saman seci. nadan fun i sain jari akū oci banjinarakū sehebi kai." geren donjifi

萨满 若说 七 分的 好 扎立 没有 若是 不生成 说了 啊 众人 听

他这才知道自己刚刚复活，便向尼山萨满磕头道谢，巴勒杜巴彦拊掌而笑，也向萨满行礼：“若是没有天神般的萨满格格的救子之恩，我家的香烟就断了！”说着拿出自己的衣服请萨满穿上，在水晶杯里斟满酒，跪下敬给她，尼山萨满接过杯子一饮而尽，答谢道：“这也是托员外的洪福，才办得如此圆满，从双方来说大家都有福啊。”员外又在大玻璃杯里斟满酒，敬给那立：“太辛苦了，嗓音都哨哑了，用酒润润吧。”那立费扬古接过酒来边喝边说：“我有什么辛苦！连座位都没离开，谈不上辛苦。若说辛苦，萨满格格可真辛苦，往阴间走了一遭，已经很累了吧。”萨满笑道：“费扬古弟扎立你听着：俗话说，三分功劳在萨满、七分功劳在好

gemu ambarame injecehe bi. amala lo yuwan wai ahalji bahalji juwe aha be hūlafi
都　大大地　齐笑了(时态助动词)后来罗员　外阿哈勒吉巴哈勒吉二　奴仆把　叫

alame: "ihan morin honin ulgiyan jergi data sede gemu ala, adun tome dulin
告诉　牛　马　羊　猪　等众首领　们于　都　告诉　牧群　每　半

dendefi belhe, saman gege baili de karulame beneki!" seme uthai sarin belhefi
分　预备　萨满　格格　恩情　于　报答　送　(语气助动词)就　宴席　预备

ambarame omime sarilara de gemu ambula soktoho. amala dere be bederebufi,
大大地　喝　摆宴席　于　都　非常　醉了　后来　桌子把　撤下

sejen morin belhefi, jiha menggun etuku adu jergi be inu dulin dendeme banjibufi, sejen
车　马　预备　钱　银　衣　服　等　把　也　半　分　使生　车

de tebufi, jari de etuku emu yohi、yalure akta emke、enggemu hadala yongkiyan,
在　装　扎立于　衣服　一　套　骑　骟马　一匹　鞍　辔　齐全

menggun juwe tanggū yan banjibufi, saman jari sasa jaka suwaliyame boode benebuhe.
银　二　百　两　使生　萨满　扎立一齐　东西　连　同　家　于使送了

amala nišan saman ambula bayan oho, nari fiyanggū i emgi haji baita be inu
后来　尼山　萨满　非常　富　成了那立　费扬古的　共同　亲近　事　把　也

nakafi. beyebe toktobume tob tondo obufi banjimbi. atemun i dufe baita de lasha
止　自己把　使定　正　直　使成为　生活　怪样的　淫　事　于　绝

obuhabi. saman geren erun hacin be sabufi teni mujin nitarahabi. emu
使成为　萨满　众多　刑　种类　把　看见　才　志　心淡了　一

fi de julergi miosihūn ehe jergi be tacihiyame arahabi. duranggi muke
笔　在　前　邪　恶　等　把　教训　做了　浊　水

singgefi genggiyen bolgo oho muke gese, ere babe bithe donjire agutasa gegetese
渗　明　净　成了　水　相似　这　处把　书　听　众老兄们　众格格们

kimcici ombi kai. nišan saman i emhe amala toksoi urse leoleceme, ere
详察　可以　啊　尼山　萨满的　婆婆　后来　村庄的人们　齐议论　这

扎立，没有扎立什么也办不成啊！"众人听了，都大笑起来。之后，罗员外吩咐阿哈勒吉、巴哈勒吉二奴仆："命牛倌、马倌、羊倌及猪倌各头目，各将畜群分出一半，准备送给萨满格格报答她的恩情！"于是预备酒席，开怀畅饮，都喝得酩酊大醉。然后撤下宴席，套车鞴马，把钱帛衣物也分出一半装在车上，赠给扎立一套衣服、一匹骟马、全套鞍辔及二百两银子，将萨满和扎立连同所有的东西一齐送回家去。

此后，萨满变得非常富有，也不再与那立费扬古发生来昵之事，修身养性，杜绝淫念。萨满正因看了诸般刑罚方才清心寡欲。她将前面所见到的邪恶罪孽写成训诫。正如浊水滤后方清一样，听至此处的列位

mudan saman hahilame genehe bade ini eigen be sabufi. imbe aitubu seme baiha.
次 萨满 紧急 去了 处 在 她的 丈夫 把 看见 让她 救 (语气助动词)求

aika mimbe aituburakū oci nimenggi mucen de ini sargan be carume wambi. sehede
如果 把我 不救 若是 油 锅 在 他的 妻子 把 烹炸 杀 说了 于

nišan saman ini weceku de ertufi, eigen be šoforofi, fongtu hoton de maktaha
尼山 萨满 她的 神祇 于 依仗 丈夫 把 抓 丰 都 城 在 扔了

sembi. ere jergi gisun be amala saman i emhe donjifi jili banjifi, urun be hū-
说 这 些 话 把 后来 萨满 的 婆婆 听 发怒 媳妇 把 叫

lafi da turgun be fonjihade, urun i gisun, "ini beye mimbe aitubu sembi,
原 委 把 问了 于 媳妇 的 话 他的 自己 让我 救 说

mini gisun, 'yali niyaha sube lakcaha, aituburede mangga' sehede, uthai
我的 话 肉 烂了 筋 断了 救 于 难 (语气助动词) 就

urun be nimenggi mucen de carume wambi serede, mini weceku šoforofi fungtu
媳妇 把 油 锅 在 烹炸 杀 说 于 我的 神祇 抓 丰 都

hoton de maktahangge yargiyan." sehede, emhe hendume: "tuttu oci si eigen be
城 在 扔了的 真 实 (语气助动词) 婆婆 说 那样 若是 你 丈夫 把

dahūme waha kai. si olime jailaci ai ojorakū? absi gūnin mangga!" sefi,
再次 杀了 啊 你 躲 避 什么 不可以 怎么 心 硬 (语气助动词)

gemun hecen de genefi, ioi ši hafan de habšafi, yamun ci nišan saman be
京 城 在 去 御 史 官 于 告状 衙门 从 尼山 萨满 把

selgiyeme gajifi, dahin jabun gaici, ini emhe alibume habšaha bithe ci encu
传令 来拿 复 口供 取 她的 婆婆 呈递 告状 书 比 不同

akū ofi, jabun be bukdarun weilefi, da turgun be tucibume, ejen de wesimbuhe
没有 成为 口供 把 卷 制作 原委 把 使出 主 于 上奏

de, hese ambula jili banjifi. beidere jurgan de afabufi. ini weile de teherebume
于 旨意 非常 发怒 刑 部 于 交付 她的 罪 于 使相称

兄长、格格，可以细细思索。尼山萨满的婆婆后来听村里人议论，说是尼山萨满这次匆忙而去，她丈夫见到她曾求她，如果不救我就把妻子下油锅，尼山萨满依仗她的神祇，把丈夫抓起来扔到了丰都城。萨满的婆婆听了这番话，怒从心起，叫来媳妇寻问原委，媳妇说："他说让我救他，我说：'筋也断了、肉也烂了，没法救活。'他就要把媳妇推进油锅里烹死，我的神祇就把他抓起来扔进了丰都城，这是事实。"婆婆说："果真如此你就是再次杀了你丈夫啊！你躲开他有什么不行？怎么心就这么狠呢！"说罢就去京城，告到御史那里，衙门把尼山萨满传来，重新取口供，结果与她婆婆的讼状无甚不同，于是将口供制成案卷、写明原委，启奏给

kooli songkoi icihiya sehe. jurgan ci wesimbuhe gisun "buhiyeme ulanduha baita
例 依照 办理 说了 部 由 上奏 话 猜疑 相传 事

de nišan saman gidahakū be tuwaci, inu emu hehei dolo baturu seci ombi.
于 尼山 萨满 隐瞒 把 看 也 一 女人的 中 勇士 若说 可以

emgeri jabun alime gaiha be dahame, ergen toodabuci inu ombi." sehede tai-
已经 口供 接 取了 既然 命 使偿还 也 可以 (语气助动词) 太

zung hūwangdi hese wasimbume: "uthai ini eigen i songkoi ceni gašan de
宗 皇帝 旨意 降下 就 她的 丈夫的 依照 她们的 村子 在

bisire hūcin dolo saman yekse siša imcin agūra be suwaliyame emu pijan de
有 井 里 萨满 神帽 腰铃 手鼓 器具 把 连同 一 皮箱 在

tebufi, sele futa ci akdulame hūwaitafi hūcin de makta! mini hese akū oci
装 铁 索 用 结实 拴 井 在 扔 我的 旨意 没有 若是

ume tucibure!" seme wasimbuha de, ioi ši hafan songkoi icihiyame gamahabi.
别 使出 (语气助动词) 降下 于 御 史 官 依照 办理 拿去了

ere amala lo yuwan wai jui sergudai fiyanggū inu ini ama i yabuha be alhūdame
这 以后 罗 员 外 儿子 色日古带 费扬古 也 他的 父亲的 行事 把 效法

yadahūn be wehiyeme、akū de aisilame、sain yabufi, juse omosi jalan jalan
贫 把 扶助 没有 于 帮助 善 行 儿子 孙子 世 世

wesihun hafan jiha menggun ambula bayan wenjehun ohobi.
贵 官 钱 银 非常 富 富裕 成了

皇上，龙颜震怒，命交与刑部量罪依律定刑。刑部复又启奏："尼山萨满并不隐讳传闻之事，由此看来堪称一女中豪杰。既已取了口供，令其偿命亦无不可。"太宗皇帝降下旨意："就照他丈夫的样子，将尼山萨满连同她的神帽、腰铃、手鼓等物装入一皮箱内，用铁链捆牢，扔到她们村中的井里！没有我的命令，不许放出来！"御史便遵旨前去办理。

此后，罗员外的儿子色日古带也效法其父，扶贫济困，一心行善。子孙世世皆为达官显宦，富可敌国。

（选自《满族古神话》爱新觉罗·乌拉希春编著　一九八七年内蒙古人民出版社出版）

第二十八章　《尼山萨满传》译文

赵　展　译

明朝时，罗洛村里住着一位名叫巴勒杜巴颜的员外。他家极为富有，使用的奴仆、马、骡等不计其数。员外中年得一子，长到十五岁时，有一天带着家奴前往横栏山去打围，病卒于途。

其后，员外夫妇为无子而焦急，尽行善事，修补庙宇，求神拜佛，到处烧香，扶危济贫，助寡怜孤。皆因善迹昭著，蒙上天垂爱，五十岁那年又得一子，满心欢喜，给这个小儿子取名叫色尔古代费扬古。员外夫妇爱如掌上明珠，一刻也不离眼地看着。这个孩子长到五岁时，聪明伶俐，说话明白。员外开始为他聘师授业，又习武艺，练骑马射箭。

日月如梭，光阴似箭。色尔古代费扬古转眼到了十五岁。忽然有一天，他来见父母，恳求地说道："我想出去打一次围，试看我的射箭功夫，不知父亲意下如何？"父亲说："在你上面原有一个哥哥，十五岁那年到横栏山去打围时身亡，我想你不必去了吧！"色尔古代费扬古说："人生在世，身为男子，何处不可以行走，能永远守在家吗？生死由命。"员外无法，只好应允，并嘱咐说："要出去打围，得带上阿哈勒济、巴哈勒济等，不可日久，谨慎而行，赶快回来，不要让我挂念。"色尔古代费扬古回答："是。"即唤阿哈勒济等交代说："我们明日出去打围，整顿人、马、鞍鞯。预备武器、弓、箭等物，把帐房装在车上，将隼、鹰、黎狗好好地喂饱，预备着。"阿哈勒济、巴哈勒济说声"是"，就赶紧预备去了。次日，色尔古代费扬古向父母叩头，行了辞别礼，骑上白马，带着阿哈勒济等人，托着隼、鹰，牵着黎狗，众奴仆背着撒袋、弓靫、弓、箭，前后排着队伍，车马随行，很是热闹。村里的男女老少都出门观看，众人赞不绝口。

众猎人拍马急行，一会儿到了著名的猎场，支起帐篷，刨坑安锅，留下伙夫做饭。色尔古代费扬古率众奴仆前行，命阿哈勒济、巴哈勒济撒围，准备在山周围行猎。于是撒围的撒围，射箭的射箭，刺枪的刺枪；

腾鹰纵犬，使之追逐，凡所射鸟兽，无不获得。打猎正在兴头之时，突然色尔古代费扬古全身忽冷忽热，头脑昏迷。因为生病，立即呼唤阿哈勒济、巴哈勒济前来。对他们说："我们赶紧收围，我的身体不舒服。"他这样一说，大家都害怕了，便赶紧收围，回到帐篷，让阿哥进去。奴仆们点着了火，本想让他烤火好出些汗。可是，由于发烧出了大汗，再出汗又恐怕身体受不了，就没让他烤火。奴仆们只好砍伐山木，做成轿让阿哥躺在里面。奴仆们轮流抬着向家奔走。途中色尔古代费扬古哭着说："看来我的病势很重，怎么能到家呢？料已不能到了。阿哈勒济、巴哈勒济你们兄弟俩哪一位都可以，赶紧到家去给我父母送一个信儿，将我的话明白地转告我父母吧！我自己未能报答父母养育之恩，原想在老人们到了百年时穿孝送终，谁知天要亡我，不料我的寿限已到，故不能与父母见面了。眼看短命而死，不要让我的父母过度悲伤。保重身体要紧，这是命中注定的，请节哀吧！要替我明白地转告。"又要说时，已不能张嘴，牙关紧闭，语不成声，下颏上翘，翻眼气绝。阿哈勒济、巴哈勒济众奴仆们围轿痛哭，声震山谷。

后来，阿哈勒济停止哭泣，向众人说："阿哥既然已死，哭也不能救活，抬着尸体起程要紧。巴哈勒济你领着大家把阿哥的尸体好好地抬着慢慢地走吧！我带着十个人骑马先行，去给我们员外老爷报信儿，让家里预备给阿哥送终的东西。"吩咐完，阿哈勒济领着众人骑上马向家飞奔。一会儿，到了家门口，下马进屋，向员外老爷跪下，只是放声痛哭说不出话来。员外老爷急了骂道："这个奴才，你怎么了？出去打围，为何哭着回来？或许你阿哥有何要紧事差你前来，为何哭着不说话？"接连地问，阿哈勒济仍不回答，还是哭泣。员外老爷生气地骂道："这个混账奴才，为什么不告诉我，只是哭泣呢？哭就完事了吗？"员外这样一说，阿哈勒济停止了哭泣，叩一次头说："阿哥在路上生病身亡了，我先回来送信儿。"员外没听清问一声："何物亡了？"阿哈勒济回答："不是。阿哥死了。"员外一听这话，头上犹如雷鸣，叫了声"爱子"就仰面摔倒了。老太太急忙来问阿哈勒济怎么回事？阿哈勒济说："老爷听到告诉阿哥死了的消息，就昏倒了。"老太太听了眼前好像闪电一晃而麻木了，叫了一声"妈妈"的儿子昏倒在老爷身上，使唤人忙着将他们扶起来，才苏醒过来。全家人听到这个噩耗，都一齐哭起来。村庄的众人听到哭声，都纷纷聚拢过来。正在哎呀啊唷哭泣时，巴哈勒济哭着进来，向员外老爷叩头，禀告阿哥的尸体到了。员外夫妇同村庄的众人到门外将阿哥的尸体迎入室内，放在床上，众人围着尸体痛哭，声震天地。

哭了一场后，众人劝说："巴颜老兄，你们老爷太太为何这样哭？既然死了，有哭活过来的道理吗？理当预备入殓所用的棺材等物。"听了这话，员外夫妇才止住哭泣，说："你们的话很有道理，尽管如此，心里实在难过！我心爱聪明的儿子已经死了啊，我又吝惜什么呢？如今还能给哪一个孩子留下产业呢？"说完，唤阿哈勒济、巴哈勒济，交代说："你们这些奴才只是张口哭泣，快给你阿哥预备七祭物品、引马[①]、库房等，不必吝惜。"阿哈勒济、巴哈勒济等止住哭泣，遵照主人的交代回复说："阿哥骑的花骟马十匹、火红骟马十匹、金黄色骟马十匹、快速梨花骟马十匹、白骟马十匹、墨色黑骟马十匹，都已预备好！"接着员外又吩咐："三十匹马背负皮包、蟒缎、衣服等物，其余马驮撒袋、弓袋等物；雪青骟马备上红鞍，吊上缇胸，佩上全套镀金辔等，作为引行。"又呼唤牧长，告诉说："从牛群取来十头牛，从羊群取来六十只羊，从猪群取来七十头猪，把这些都杀了，预备着。"牧长、阿哈勒济等回答："是。"皆各自预备去了。员外又呼唤使唤丫头阿兰珠、沙兰珠，告诉说："你们二人把庄上的女帮工找来，现在赶紧预备白面饽饽七十桌、馓子饽饽六十桌、搓条饽饽五十桌、荞麦搓条饽饽四十桌、烧酒十瓶、鹅十对、鸭二十对、鸡三十对、五种水果每样二桌。若有迟误，将责打你们。"众人齐声回答："是。"都分头预备去了。不久，众人纷纷把东西抬到院里，堆放得满满的，看上去像山峰一样高。几种肉堆积如山，烧酒像海似的装着，水果、饽饽一桌接一桌地排列着，库房摆放着满满的金银纸箔等。

众人奠酒哭泣，员外在旁哭述：

爸爸的阿哥啊喇，
五十岁才生的你啊喇！
色尔古代费扬古啊喇，
我见了你多欢喜啊喇！
这些马啊喇，
牛羊牧群啊喇，
谁来继承啊喇？
阿哥仪表堂堂啊喇，

---

① 引马：此处是指为亡者准备的坐骑。

又聪明啊喇！
全指望你来着啊喇！
大骟马哪个阿哥来骑？啊喇！
奴婢虽然有啊喇，
谁来使唤？啊喇！
隼、鹰虽然有啊喇，
谁来架噢？啊喇！
黎狗虽然有啊喇，
哪个儿来牵啊喇？

员外在呜咽哭泣时，老太太又哭着说道：

妈妈聪明的阿哥啊喇！
我的儿噢，一世行善求福啊喇，
五十岁生个聪明的阿哥啊喇！
双手灵巧的阿哥啊喇，
体格健美的阿哥啊喇，
读书的声音多么柔和啊喇，
妈妈聪明的阿哥啊喇！
如今让我依靠谁来生活啊喇？
对奴仆仁慈、大方的阿哥啊喇！
姿容俊秀的阿哥啊喇！
貌如潘安的阿哥啊喇！
妈妈在街上闲走啊喇，
你像鹰似的寻找妈妈声音啊喇；
妈妈在山谷里行走啊喇，
你的声音像铃声一串啊喇。
妈妈俊秀的阿哥啊喇！
妈妈我还有哪个儿可看啊喇？
我还有谁可爱啊喇？

在他们仰面吐泡沫，俯身流唾沫，鼻涕擤到木盆里，眼泪流到亚喇河，哭得死去活来的时候，门口来一个将要死的罗锅腰老翁唱道：

德扬库，德扬库，
看门的德扬库，德扬库，
众老兄弟们请听德扬库德扬库！
对你的主人德扬库德扬库！
请去告诉吧德扬库德扬库！
就说在门外面德扬库德扬库！
来了个快要死的老人德扬库德扬库！
说要见一见德扬库德扬库！
区区之意德扬库德扬库！
要烧纸德扬库德扬库！

罗锅腰老翁这样请求着，看门人入内把这些话传给巴勒杜巴颜，员外说："多么可怜，快请进来，吃些祭奠阿哥像山一样高的肉和饽饽，喝点像海一样多的酒吧！"看门人跑去唤那老人进来。那老人进来不看这些祭肉、饽饽、烧酒，一直走过去，到阿哥的棺材附近站住，手扶着棺材，跺着脚大声哭述：

亲爱的阿哥啊喇扣洛，
多么短命啊喇扣洛！
听说生得聪明啊喇扣洛，
老奴我高兴来着啊喇扣洛！
养了有智慧的阿哥啊喇扣洛，
听到你的名声啊喇扣洛，
愚奴我指望来着啊喇扣洛！
听说有德的啊喇扣洛，
生了阿哥啊喇扣洛，
庸奴我依靠来着啊喇扣洛！
听说有造化的阿哥啊喇扣洛，
令人惊奇啊喇扣洛，
阿哥怎么死了啊喇扣洛！

拍手打掌，跺着脚死命地哭，旁边的人们都流着眼泪。员外看了恻然爱怜，把他自己身上穿的缎袍脱下给那老人。那老人接了衣服，披在身上，在棺材头旁站立着。一面环顾屋子周围，长叹一声，责怪说：“巴颜老兄，你就眼看着你的儿子色尔古代费扬古失落去了吗？哪个地方有才能出众的萨满，请来救阿哥吧！”员外说：“在哪里有好萨满呢？在我们这个村庄有几个萨满都是哄饭吃的萨满，只供一点烧酒、一只鸡、一些饽饽等物，用黍子饭祭祀的萨满，不但救不活人，连他们自己哪一天死都不知道。恳求老翁倘若知道有出众的萨满，请指教吧！”老翁说：“巴颜老兄，你怎么不知道呢？离这里不远，住在尼西海河岸，有一个名叫尼山的女萨满，这个萨满本事很大，能把死人救活，为何不去找她呢？那个萨满要来的话，别说一个色尔古代费扬古，就是十个色尔古代费扬古，也能救活来啊！你们赶快去请吧！”说完就从容地走出大门，坐上五彩云升天而去。

守门人见此情景，赶紧入内禀告员外，巴勒杜巴颜高兴地说：“一定是神仙下凡，指教于我。”说完就对空叩头。急忙骑了貉皮骟马，令家奴跟随，跑了不久，抵尼西海河岸。巴勒杜巴颜看到尽东头有一家小厢房，外面有一位年轻的姐姐在杆上晒衣服。巴勒杜巴颜走到跟前，请问：“姐姐，尼山萨满的家在什么地方，请告诉我吧！”那个女人笑盈盈地指着说：“住在尽西头。”员外听了这话，骑上马跑到一看，在院子里有一个人站着抽烟。急忙下马，走到跟前请求说：“好兄弟，哪一个是尼山萨满的家呢？请直告诉我吧！”那人说：“你为什么神色惊慌呢？”员外说：“我有紧要的事情。请问阿哥，如蒙怜爱，就告诉我吧！”那人便说：“你刚才在东边见到晒衣服的那个女人就是萨满，老兄被糊弄了啊！请那个萨满，要好好地恭敬地恳求，不可与别的萨满相比，这个萨满很喜欢被人恭维。”巴勒杜巴颜向那人致谢，骑上马再跑到尽东头去，下马入室，一见南炕上坐着一位白发老太太，灶门口站着一个抽烟的年轻女人。员外以为这个坐在炕上的老太太一定是萨满，便跪在地上请求，老太太说道：“我不是萨满，老兄你弄错了。站在灶门口的我媳妇是萨满。”巴勒杜巴颜即站起来对这个姐姐跪下求着说：“萨满姐姐，大名鼎鼎，出类拔萃，在二十个萨满以外，四十个萨满之上，来求您指看定数，都很灵验。辛苦姐姐如何？蒙恻然怜爱，以副声望！”那女人笑着说：“我不哄巴颜老兄。我是初学不久，看定数恐怕不正确，不要误了事情，求别的有才能的萨满快去给看，切莫耽搁。”巴勒杜巴颜流着眼泪，接连叩头，再三请求，萨满说道：“既然是初次来的，给你看一次吧！若是别人，断然不看。”说完，洗了脸眼，摆设香案，把圆棋子抛到水里，屋中间放置板凳。萨满右手拿着手鼓，把榆木鼓槌缠在左手上，坐在座位上，敲着手鼓，开始咕咕地请着，以美妙的声音唱着“火巴格”，高声反复喊着“德扬库”，求神附入自身。巴勒杜巴颜跪在地上听着。尼山萨满以神灵的指示开始喋喋地说道：

额伊库勒也库勒，
这姓巴勒杜的额伊库勒也库勒，
龙年生的额伊库勒也库勒。
男人你听吧额伊库勒也库勒：
晋见帝君额伊库勒也库勒，
来的阿哥额伊库勒也库勒。
明白地听吧额伊库勒也库勒：
如若不是额伊库勒也库勒，
就说不是吧额伊库勒也库勒。
若是假的额伊库勒也库勒，
就说假的吧额伊库勒也库勒，
假萨满会欺人额伊库勒也库勒。
告诉你们吧额伊库勒也库勒：
二十五岁时额伊库勒也库勒，
生个男孩额伊库勒也库勒，
到十五岁额伊库勒也库勒，
去横栏山额伊库勒也库勒，
打围额伊库勒也库勒，
在那山上额伊库勒也库勒，
库穆路鬼额伊库勒也库勒，
把你孩子的魂额伊库勒也库勒，
抓去吃了额伊库勒也库勒。
他的身体额伊库勒也库勒，
得了病额伊库勒也库勒，
死了额伊库勒也库勒。
以后无子额伊库勒也库勒，
到了五十岁额伊库勒也库勒，

生一个男孩额伊库勒也库勒，
因是五十岁生的额伊库勒也库勒，
名叫色尔古代费扬古额伊库勒也库勒。
这样命名额伊库勒也库勒，
雅称传扬额伊库勒也库勒，
出了大名额伊库勒也库勒。
到了十五岁额伊库勒也库勒，
在南山额伊库勒也库勒，
杀了许多野兽额伊库勒也库勒，
阎罗王听了额伊库勒也库勒，
遣了鬼额伊库勒也库勒，
抓了魂额伊库勒也库勒，
带走了额伊库勒也库勒，
难以复活额伊库勒也库勒，
苦于救助额伊库勒也库勒。
若是就说是额伊库勒也库勒，
若不是就说不是额伊库勒也库勒。

巴勒杜巴颜连着叩头说："神所述各词都对。"说之后，萨满拿一炷香向上一举便醒过来了。收了手鼓、鼓槌等。巴勒杜巴颜一直跪在地上哭道："蒙萨满姐姐怜爱，看的都合事实。既然相合，就劳您的大驾到敝舍去救助我犬子的生命吧！如获得生命，怎么能忘记神灵呢？既然是我请求的，能不付酬金吗？"尼山萨满问："你家有和这孩子一日生的狗，三年的公鸡、酱等，大概算来是有的吧？"巴勒杜巴颜说："确实是有的，看得正确，真是神奇的萨满啊！现在我来搬大的器具，把沉重的器物驮着带去，只求保住我孩子的小命。"尼山萨满笑着说："小不济的萨满怎么能办到呢？枉费银财，白花工钱，去找别的有能力的萨满吧！我是刚学的萨满，尚未得体，乍练的萨满，不到火候，知道什么呢？"巴勒杜巴颜跪在地上，叩头恸哭道："萨满姐姐救活我孩子的命，就把金、银、闪缎、蟒缎、骟马、牛羊等牧群，分给一半，以酬报恩情。"这样说之后，尼山萨满无法推辞，说道："巴颜老兄起来，我先去看一次。若是侥幸，也不要高兴；若有差错，也不要抱怨。这些话听明白了吗？"巴勒杜巴颜极为高兴，翻身站起来，接着敬烟致谢。完了之后，出房门上马回家。

巴勒杜巴颜到家立刻唤阿哈勒济、巴哈勒济说：“赶紧预备轿、车、马等去接萨满吧！”马上准备妥当，阿哈勒济、巴哈勒济等带着众人去接萨满。行走不久，抵达尼西海河岸的尼山萨满的家。见了尼山萨满请安，将神柜等分装三车，萨满坐上轿子，八个少年抬着如飞地行走，转瞬之间到了员外家里。巴勒杜巴颜迎接入内，将神柜摆在大炕的中间，洗了脸眼，点着香，叩三次头。萨满洗了脸，吃完预备的饭。她用湿毛巾擦了脸，预备手鼓，对神喋喋地求着。打手鼓、大鼓时，一村三四个萨满随着打手鼓，都不合点。尼山萨满说：“像这样不齐，怎么随和呢？”员外回答：“我们这一村实在没有能人了。若有原来跟随萨满姐姐的为首札林，请告诉叫人去找来吧！”尼山萨满说：“在我们村住着一个七十一岁才养的姓那的老疙瘩，此人异常随和，对手鼓、嗑儿等皆熟练。这人若来，实在不愁烂熟顺流。”员外即命：“阿哈勒济骑一匹马，牵一匹马，赶紧去把那老疙瘩阿哥接来！”不久，来到下马，巴勒杜巴颜迎接入室。尼山萨满见了媚笑着说：“给神出力的贵兄来啦，有助神才能的阿哥来啦！那老疙瘩老弟，札林你自己听着，给姐姐我好好配合鼓点音节。既是老伙计，打手鼓、大鼓都靠札林老弟了。若是不能，就用泅湿的朝鲜皮鼓槌当众打你的大腿；若嗑儿不能喋喋地配合，就用郁李木的湿鼓槌当众打屁股。”说完后，那老疙瘩撒娇似的笑着说：“强大的萨满，非凡的尼山，兄弟我知道了，不需多指教。”说后，上炕坐下，备办好祭神的茶饭，就打鼓合着。

其后，尼山萨满穿上鬼怪衣服，拴扎上腰铃、女裙，头戴九雀神帽，细身扭动好像阳春摇曳的柳枝，呼唤叫喊，声音高亢，或细语柔声，委婉动听。向和格亚格喋喋不休地恳求说：

和格亚格，
石洞和格亚格，
离开来吧和格亚格，
赶紧降下来吧和格亚格！

正在叨念的时候，萨满处于朦胧状态、神祇从背后附入身上，忽然咬牙喋喋地述说：

和格亚格，

站在旁边的和格亚格，
为首的札林和格亚格，
陪着站立的和格亚格。
大札林和格亚格，
站在附近的和格亚格。
和蔼的札林和格亚格，
站在周围的和格亚格。
聪明的札林和格亚格，
把薄耳朵和格亚格，
打开听吧和格亚格。
把厚耳朵和格亚格，
耷拉下来听吧和格亚格。
把公鸡头和格亚格，
拴了预备着和格亚格。
把黎狗的脚和格亚格，
绊了预备着和格亚格。
把一百块老酱和格亚格，
放在旁边和格亚格。
把一百把白栾纸和格亚格，
捆了预备着和格亚格。
在阴间和格亚格，
去追魂和格亚格。
在死国里和格亚格，
摸索着前去和格亚格。
到凶界和格亚格，
去索命和格亚格。
把失落的灵魂和格亚格，
拾回来和格亚格。
可靠的札林和格亚格，
引领来吧和格亚格。
真心实意和格亚格，
来相助吧和格亚格。
在鼻子周围和格亚格，

撒上二十担水和格亚格。
在脸周围和格亚格，
倒上四十桶水和格亚格。

告诉完了，疲惫地昏倒了，札林那老疙瘩迎上去使之躺下，整理了腰铃、女裙等，拴了鸡、狗，摆放了酱、纸等。他自己陪着萨满坐下，说着调遣神祇引导前来的话。那老疙瘩持男手鼓，喋喋不休开始说他的嗑儿：

青格勒济因格勒济，
把蜡灯青格勒济因格勒济，
熄灭吧青格勒济因格勒济。
在今晚上青格勒济因格勒济，
为了巴雅喇氏的青格勒济因格勒济，
色尔古代费扬古的青格勒济因格勒济，
灵魂青格勒济因格勒济，
俯卧在湿地上青格勒济因格勒济。
在阴间青格勒济因格勒济，
追赶魂青格勒济因格勒济。
到凶界青格勒济因格勒济，
去索命青格勒济因格勒济，
把失落的灵魂青格勒济因格勒济，
捡回来青格勒济因格勒济，
有力量伏鬼青格勒济因格勒济，
善于降魔青格勒济因格勒济，
誉满天下青格勒济因格勒济，
声震诸国青格勒济因格勒济。

尼山萨满牵着鸡、狗，肩负酱、纸，众神跟随在周围，向死国去找阎罗王。兽神跑着、鸟神飞着，蛇蟒像旋风似的行走，来到一条河边，向周围附近一看，并无渡河之处，而且渡口独木舟又不见了。正在着急，只见对岸那边，有一人撑着独木舟在行驶。尼山萨满见了喊道：

和巴格也巴格，
守渡口的和巴格也巴格，
瘸阿哥和巴格也巴格，
请听取吧和巴格也巴格！
把薄耳朵和巴格也巴格，
打开听吧和巴格也巴格！
把厚耳朵和巴格也巴格，
耷拉着听吧和巴格也巴格！
丑陋的赖皮和巴格也巴格，
留意地听吧和巴格也巴格！
祭祀好和巴格也巴格，
高贵了和巴格也巴格。
祭祀好和巴格也巴格，
向前了和巴格也巴格。
做了神主和巴格也巴格，
有灵了和巴格也巴格。
到父亲的老家和巴格也巴格，
去相会和巴格也巴格。
到母亲的老家和巴格也巴格，
去歇息和巴格也巴格。
到外祖父家和巴格也巴格。
去卖俏和巴格也巴格。
到外祖母家和巴格也巴格，
去跳舞和巴格也巴格。
到姨母家和巴格也巴格，
去逛荡和巴格也巴格。
到叔父家和巴格也巴格，
去取回命和巴格也巴格。
若让我渡河和巴格也巴格，
就给酱和巴格也巴格。
要是快渡河和巴格也巴格，
就给纸和巴格也巴格。
不是让白渡和巴格也巴格，

而是给谢仪和巴格也巴格。
若诚心让渡河和巴格也巴格，
就给财货和巴格也巴格。
若赶紧让渡河和巴格也巴格，
就献烈性酒和巴格也巴格。
到凶界和巴格也巴格，
去赎命和巴格也巴格。
到阴间和巴格也巴格，
去追魂和巴格也巴格。

听到这些话，瘸子赖皮把半边船用半个桨划向对岸。尼山萨满一看，是一个独眼、歪鼻、缺耳、秃头、瘸脚、蹩手的人。他来到岸边说："是萨满姐姐吗？若是别人，断然不让渡过。久闻大名，早就想认识一下。此次又出了贤名，天命所致，没法子，渡你过去吧！"尼山萨满登上独木舟，瘸子赖皮撑篙，用桨划到那边的对岸，尼山萨满致谢道："这是一点小意思，将三块酱、三把纸都留下吧！"又问道："这渡口有什么人渡过去了没有？"瘸子赖皮回答说："并无别人渡过，只有阎罗王的亲戚蒙古勒代舅舅，带着巴勒杜巴颜的儿子色尔古代费扬古的魂过去了。"尼山萨满道谢，就起程了。走了不久，又到红河岸了。向周围环视，渡口既无渡船，又不见一个人影，无奈开始求神：

额依库里也库里，……
围绕天的额依库里也库里，
大鹏额依库里也库里。
围绕海的额依库里也库里，
银鹡鸰额依库里也库里。
围绕河边的额依库里也库里，
怒蛇额依库里也库里。
围绕沾河的额依库里也库里，
八庹蟒额依库里也库里。
小神主我自己额依库里也库里，
把这条河额依库里也库里，
要渡过额依库里也库里。

众神仙额依库里也库里，
帮扶着渡吧额依库里也库里。
快快地额依库里也库里，
显灵吧额依库里也库里。

萨满把鼓抛到河里，自己站在上面，像旋风似的地一下过了河，留给河主三块酱、三把纸作为谢仪。立刻起程，走得很急，来到头道关。刚要过去，守关的铁血二鬼怒吼道："什么人敢进这道关？我们奉了阎罗王的谕旨，看守这道关，快报告缘由吧！"尼山萨满说："我是人世的尼山萨满，到死国要找蒙古勒代舅舅。"二鬼怒吼着说："若是这样，按入关规则，留下名字和谢仪，方得进入。"尼山萨满给了名签、三块酱和三把纸，才过去了。走到第二道关，也照前留下名字、谢仪等过去。一直走到第三关的蒙古勒代舅舅门口，扭着腰铃，和着神铃，以清秀的声音唱着：

和格亚格，
蒙古勒代舅舅和格亚格，
急速地和格亚格，
请出来和格亚格。
为什么和格亚格，
把好生活着和格亚格，
没到寿限的人和格亚格，
抓来了和格亚格？
时限未到和格亚格，
强行拿来的和格亚格！
若还给和格亚格，
多谢了和格亚格。
若白给和格亚格，
要道谢和格亚格。
活了半截和格亚格，
随便抓来和格亚格。
妄行欺诈和格亚格，
怎么答复呢和格亚格？
不白白地带去和格亚格，

给谢仪和格亚格。
不诳骗着带去和格亚格，
留下酬金和格亚格。
若给我时和格亚格，
送给酱和格亚格。
若让交出和格亚格，
给赎金和格亚格。
若预先给和格亚格，
要行礼和格亚格。
若是不给和格亚格，
没有好处和格亚格。
依靠神力和格亚格，
飞着去和格亚格，
进入室内和格亚格，
去拿走和格亚格。

尼山萨满甩着腰铃，抖着神帽，和着神铃，铿锵作响。刚一落声，蒙古勒代舅舅笑着出来说："尼山萨满明白地听吧！我将巴勒杜巴颜的儿子色尔古代费扬古带来，到底与你有什么相干？我偷了你家什么东西？站在我的门口拿来拿来地大声数落人？"尼山萨满说："虽然没偷我的什么东西，但是把人家好生活着未到寿限的人、无辜的孩子带来可以吗？"蒙古勒代舅舅回答说:"奉我们阎罗王的谕旨带来的。把那个孩子带来后，在高杆上挂金钱，让他试射钱孔，三箭皆中。后来又让他与蓝翎摔跤人摔跤，他把摔跤人摔倒。又对与狮子摔跤人摔跤，也不及他。因此，我们阎罗王把他作为孩子慈养啊！岂有还给你的道理呢？"尼山萨满听了这番话，大为生气，对蒙古勒代舅舅说："若是这样，对你毫不相干了！你原来是一个好人呢！以我的才能去找阎罗王，得到得不到色尔古代费扬古，首先看我的神通。神通大，就能带来，若是不才，就算作罢，与你毫不相干。"说完，就去找阎王城，不久就到了。一看护城门紧闭，尼山萨满进不去，环视周围，城墙造得坚固，大为生气，开始喋喋地说：

克兰尼克兰尼……
在东山上克兰尼克兰尼，

栖息的克兰尼克兰尼，
飞乌克兰尼克兰尼。
在长岭山上的克兰尼克兰尼，
檀木鬼克兰尼克兰尼。
在沙丘山上克兰尼克兰尼，
栖息的克兰尼克兰尼，
橡木鬼克兰尼克兰尼。
九庹蛇克兰尼克兰尼，
八庹蟒克兰尼克兰尼，
在石洞克兰尼克兰尼。
铁关上克兰尼克兰尼，
栖息的克兰尼克兰尼，
彪虎克兰尼克兰尼、
脆牲熊克兰尼克兰尼。
围绕山的克兰尼克兰尼，
金鹡鸰克兰尼克兰尼。
围绕盛京的克兰尼克兰尼，
银鹡鸰克兰尼克兰尼、
飞鹰克兰尼克兰尼，
头雕克兰尼克兰尼、
花雕克兰尼克兰尼。
地上的丑鬼们克兰尼克兰尼，
九个圈子克兰尼克兰尼，
十二排克兰尼克兰尼。
众丑鬼克兰尼克兰尼，
急速地克兰尼克兰尼，
飞进城内克兰尼克兰尼，
拿来吧克兰尼克兰尼！
用爪子克兰尼克兰尼，
攫取带来吧克兰尼克兰尼！
用爪子克兰尼克兰尼，
抓住带来吧克兰尼克兰尼！
装在金香炉里克兰尼克兰尼，

带来吧克兰尼克兰尼？
扣在银香炉上克兰尼克兰尼，
带来吧克兰尼克兰尼，
以肩膀的力量克兰尼克兰尼，
扛着带来吧克兰尼克兰尼！

说了后，诸神像云雾似的飞腾起来。这时，色尔古代费扬古正在同孩子们一起掷金银做的嘎拉哈玩，一只大鸟降下来抓住他又飞高带走，别的孩子们看见了都害怕，跑着进屋禀告父王："不好了，一只鸟把色尔古代哥哥抓走了。"阎罗王听了大为生气，派遣小鬼把蒙古勒代舅舅叫来，责备道："你带来的色尔古代费扬古被一只大鸟抓走了。我算计着，说不定这都是你的主意，你说我怎么办呢？"蒙古勒代从容一想，不是别人，准是尼山萨满。就说："主人不要生气，我想不是别人，准是人世间露出头角、名扬大国的尼山萨满来带去的吧！我现在就去追赶，到那里找找看吧！那个萨满非等闲之辈可比。"说完，就追赶去了。却说，尼山萨满因得了色尔古代费扬古，非常高兴，牵着他的手往回走，循旧路前行。蒙古勒代从后面追赶上来，喊道："萨满姐姐稍候，我们讲一讲理吧？岂有悄悄带走的道理呢？我自己这样费力，好容易得来的色尔古代费扬古，你依仗真格的萨满，竟想平白地带走吗？我们的阎罗王恼怒了，并责怪于我，现在我如何回答呢？萨满姐姐慢慢地想想看，原本说的谢仪又不给，白白地带去，似乎不大合理吧？"尼山萨满说："蒙古勒代你若是这样好言相求，尚可给你留下一点谢仪。你如果依仗你们的王逞强，谁怕你呢？我们找个大地方会面，说出个始末根由。"说完，给了三块酱、三把纸，蒙古勒代又央求说："你给的谢仪太少啦。再请稍微增加一些吧！"尼山萨满给增加一倍后，他又央求道："把这一点谢仪给我们的王，实在不成，这怎么能开脱我的罪责呢？求萨满姐姐把你带来的鸡、狗给我留下，送给阎罗王，以解脱我的罪。他无打围的狗，又没夜鸣的鸡。我们的王若是喜欢，一则萨满姐姐的事可成，二则也可开脱我的罪。"尼山萨满说："那样对两方面全都有好处，但要给色尔古代增加寿限，若是这样，就将鸡、狗全留下。"蒙古勒代说："萨满姐姐你这样说，看你的面子，增加二十岁寿限。"萨满说："鼻涕还未干，带去无益！""若是这样，增加三十岁寿限。""心意还未定，带去有何益？""若是这样，增加四十岁寿限。""还未承受体面尊荣，带去无益！""若是这样，增加五十岁寿限。”“尚未聪明贤达，带去何益？”“若是这样，增加六十岁寿限。”“尚未学熟弓箭，带去无益！”“若是这样，增加七十岁寿限。”“还未学会理事，带去何益？”“若是这样，增加八十岁寿限。”“未晓人情世故，带去无益！”“若是这样，增加九十岁寿限。若再增加就不成了。色尔古代从此六十年无病，百年无禁忌，膝下有九子，传代见有八子。直活到头发也白了，牙口也黄了，腰也弯曲了，眼睛也花了，腿也打战了，尿撒在脚面上，屎拉在脚后跟上的时候吧！”尼山萨满致谢道：“蒙古勒代舅舅，像你这样尽心封授，把鸡、狗都留给你吧。叫鸡，喊‘啊什’，叫狗，喊‘绰’。”蒙古勒代道谢，大为喜欢，带着鸡、狗等物走时，想喊着试试看，把两个都放下，“啊什”“啊什”，“绰”“绰”地喊时，鸡、狗都往回走，追赶尼山萨满去了。蒙古勒代害怕了，拼命地跑着去找，呼哧呼哧喘着央求说：“萨满姐姐为何开玩笑呢？怎么我喊你的鸡、狗一齐向回跑呢？求你不要欺哄吧！若不把这两样东西带回去，实在不行。王责备我时，我如何能承受呢？”经再三恳求，尼山萨满笑着说：“开一点玩笑，以后要好好地记住！我告诉你叫鸡，喊‘咕咕’，叫狗，喊‘哦哩哦哩’。”蒙古勒代说：“姐姐开了一点玩笑，我出了一身大汗。”按照萨满告诉的话喊时，鸡、狗都围绕蒙古勒代的身子转，摇头摆尾跟着去了。

其后，尼山萨满拉着色尔古代的手往回走时，在路旁遇到了丈夫。一看，油锅用高粱秸火烧开着，看样子很生气。一见到妻子，把牙咬得嘎吱作响，愤恨地说：“浮荡的尼山，你能把别人救活，何况我是自幼娶你的亲热丈夫呢！将我救活带去不好吗？特在这里烧滚油锅等你，救还是不救，赶快说吧！若真的不救，就真不让你走，这锅就是你的对头了。”尼山萨满央求说：

亲爱的夫婿海兰比舒仑比，
你快听吧海兰比舒仑比！
亲爱的男人海兰比舒仑比，
赶紧听吧海兰比舒仑比！
把薄耳朵海兰比舒仑比，
打开听吧海兰比舒仑比！
把厚耳朵海兰比舒仑比，
垂下听吧海兰比舒仑比！
你的躯体海兰比舒仑比，

筋脉已断海兰比舒仑比，
早已死去海兰比舒仑比，
尸体干朽了海兰比舒仑比，
骨肉都糜烂了海兰比舒仑比，
怎么救得活呢海兰比舒仑比？
亲爱的夫婿海兰比舒仑比，
若是怜爱我海兰比舒仑比，
就打发我过去吧海兰比舒仑比！
在你的坟上海兰比舒仑比，
多烧些纸钱海兰比舒仑比，
多供些饭菜海兰比舒仑比。
你的老母海兰比舒仑比，
我来侍奉海兰比舒仑比。
若念及这些海兰比舒仑比，
请饶命吧海兰比舒仑比！
若怜念老母海兰比舒仑比，
吭一声让我过去吧海兰比舒仑比！

这样央求时，她的丈夫咬牙愤恨地说："浮荡无情的尼山萨满妻子你听吧！我活着的时候，你嫌我穷，经常是瞧不起的啊！你自己心里明白！这时，更随你的便了。对老母好不好，服侍不服侍，随你的意罢了！你又能放在眼里吗？今天的，以前的，将两仇现在一起对你报！或者是你自己进油锅，或者是我把你推进去，赶快决定吧！"萨满气得面红耳赤，嚷着说，亲爱的夫婿你听吧！

德尼昆德尼昆……
你死时德尼昆德尼昆，
留下什么德尼昆德尼昆？
穷家破业德尼昆德尼昆，
把你的老母德尼昆德尼昆，
留给我德尼昆德尼昆。
我恭敬地赡养着德尼昆德尼昆，
尽力孝顺德尼昆德尼昆。

夫婿你自己德尼昆德尼昆，
想想看德尼昆德尼昆，
我是有恩情的德尼昆德尼昆，
人啊德尼昆德尼昆！
我把强硬的心德尼昆德尼昆，
发泄出来德尼昆德尼昆，
让你稍微德尼昆德尼昆，
尝尝看吧德尼昆德尼昆。
把你的强硬态度德尼昆德尼昆，
打下去德尼昆德尼昆，
打发你德尼昆德尼昆，
到最底层德尼昆德尼昆。
请求神仙德尼昆德尼昆，
围绕树林的德尼昆德尼昆，
大鹤德尼昆德尼昆，
急速地德尼昆德尼昆，
把我的丈夫德尼昆德尼昆，
抓住德尼昆德尼昆，
抛到酆都城德尼昆德尼昆，
永世德尼昆德尼昆，
不让转生德尼昆德尼昆。

在她这样呼喊时，大鹤飞来就抓住了她丈夫，飞着抛到酆都城。萨满看见了，高声唱着德扬库说：

德扬库德扬库……
没有夫婿德扬库德扬库，
自由生活吧德扬库德扬库！
没有男人德扬库德扬库，
昂然生活吧德扬库德扬库！
在娘家里德扬库德扬库，
玩着生活吧德扬库德扬库！
趁着年轻德扬库德扬库，

快乐地生活吧德扬库德扬库！
没有孩子德扬库德扬库，
向前生活吧德扬库德扬库！
无同姓族人德扬库德扬库，
亲热地生活吧德扬库德扬库！
趁着年轻德扬库德扬库，
像宾客一样生活吧德扬库德扬库！

尼山萨满喋喋咕咕地唱着，拉着色尔古代费扬古的手，一会儿飗飗地边走边玩，一会儿同旋风一样奔跑起来。忽然看见路旁有一座楼，建造得既庄严又美观，笼罩在五彩祥云里。尼山萨满走近一看，门前有两个穿金甲之神，拿着铁棍站守。尼山萨满上前问道："老兄，这是什么地方？里面有谁？请明白地告诉吧！"那神告诉说："楼里住着使树叶好生滋长，给树根好生洒水的子孙娘娘。"尼山萨满央求道："我想顺便来向娘娘叩头，真个可以不可以呢？"门神说："可以。"尼山萨满给三把纸、三块酱做了谢仪，进去了。来到第二门看时，也是两个穿盔甲的神看守。尼山萨满正要进去，被喝住："何人妄入此门，快快退回，若要停留，就将责打！"尼山萨满央求道："大神息怒，不是恶魂，我就是人世的尼山萨满，顺路叩见有恩情的子孙娘娘。"二神说道："如此虔敬，那就进去，快点出来吧！"尼山萨满也照前例给了谢仪，进去了。来到第三门，也有两神看守，照前例给了谢仪进去。一看，这楼闪耀着五光十色，房门周围充满瑞气。又有两个女人穿着五色花衣，看守房门，都高束着头发，一个手上拿着金香炉，一个手上拿着银碟子。一个笑着说："我好像认识这个女人。你不是住在人世尼西海河岸的尼山萨满吗？"萨满惊问道："你是什么人？我怎么忘记不认识？"那女人说："你怎么不认识我呢？我前年出痘时，子孙娘娘看我洁净、善良而带来，在身边使唤。我们是一个村庄的人，邻居纳喇费扬古的妻子，娶我二日出痘死了啊！"尼山萨满这才认出，大为喜欢。抱歉地说："怎么忘了呢？"打开房门让她进去，抬头向上看时，在亭殿的中央，坐着一位老娘娘，发如白雪，眼弯、口大、脸长、下巴颏尖突、牙微红，不堪入目。两旁十几个女人站着，有背着孩子的，有抱孩子的，有穿针引线的，做小孩子的，进呈小孩子的，用口袋装的装、扛的扛、拽的拽，都不得闲，由东边房门出去。尼山萨满看了这个场面，赞叹不已，跪于地上，三跪九叩。子孙娘娘问道："你是什么人？我怎么不认识？随便进这里来！”尼山萨满跪禀：“小人，住在世间尼西海河岸。小人就是尼山萨满。这一次偶然来的，顺路向娘娘神叩头问好。”子孙娘娘说：“怎么忘了！转生你时，你竟然不去，我哄着你，戴了神帽，拴了腰铃，拿了男手鼓，像跳神似的转生。该当你出名，来这里一次，是我所定。要你看一下行善作恶的一切刑罚，以便让世人知晓。下次不可再来。原来有萨满、儒者、奴仆、老爷之分，或尊荣体面、或行恶作乱。富人、穷人、盗贼、和尚、道士、乞丐、酒徒、赌徒、色徒、善人、恶人，都是从这里决定打发去的。这都是天命啊！”说完，便告诉属下人带领萨满看一下刑罚制度。立刻来了一个女人，催促萨满走：“同我游玩一下儿吧！”萨满跟着去一看，这一处树林所发之芽，既好看又肥壮，积有五色。萨满问：“这是什么树林呢？”回答说：“你们世间送娘娘有的不清洁恭敬。有的折牛马没有吃过的柳枝送，发芽好，孩子的痘花也好。那处树林发芽不茂密，且有残缺，皆因你们人世送娘娘用牛马吃过的柳枝，不仅孩子的花不好，而且判刑受罪。这两处成为鲜明对照，让你观看。”又走到东边一个大屋内，有一个大轱辘在滚动。里面有一切牲畜、走兽、飞鸟、鱼、虫等生灵，一群一群不断地跑着、飞着出来。萨满看了这个就问，回她说：“这是一切生灵转生的地方。”又往前走着一看，有一个大的鬼门关，不断有鬼魂行走，往里面看时，酆都城的黑雾弥漫，听到里面一片鬼的哭声。又有恶狗村，狗扯着吃周围人的肉。被关进地狱者，悲恸的哭叫声，震动地府。又在明镜山、暗镜山等处，明定善恶刑罚。又看见一个衙门，在堂上坐了一个官员，审问众鬼魂。在西厢房里悬吊、监禁着偷抢等刑犯。在东厢房里枷号监禁着对父母不孝、夫妻无义的众人。再看时，打骂父母者以油锅烹炸处刑；徒弟偷骂师傅者拴在柱上射箭处刑；妻子对丈夫粗暴者以碎割处刑；道士奸淫妇女及污秽经典者以三股叉扎处刑；抛撒米面者以碾磨压着处刑；诬讼与破坏结亲者以烧红铁索烫灼处刑；居官行贿者以鱼钩钩肉处刑；嫁二夫者以小锯破开处刑；骂丈夫者以割舌处刑；摔房门者以钉手处刑；偷听话者以耳朵钉在窗上处刑；做盗贼者以铁棍责打处刑；妇女身不净在江河中沐浴者及初一、十五洗污物者令其饮浊水处刑；斜视老人者以钩眼处刑；贪淫寡妇、姑娘者以火柱烫灼处刑；大夫用药害死人者以剖腹处刑；女人有夫偷行奸淫者以斧砍肉处刑。又看时，在一个大池子里架起金银桥，在上面行走者均为行善有福之人；铜铁桥上行走者都是作恶之人，鬼用叉枪把他们扎倒，使其受蛇蟒的挟制。在桥头上有恶狗接食人的血肉，一声不吭地吃人。在桥旁高坐一个菩萨神，手持经念给人听，书中劝谕言道："若要做坏事，在死国要判刑受恶；若要做好事，不但不判刑，而且让第一等人做佛祖；第二等人出生于宫中；第三等人做国君的驸马、太师、官员等；第四等人当将军、大臣；第五等人为富贵人；第六等人生为平民、乞丐；第七等人生为驴、骡、马、牛等；第八等人生为鸟兽；第九等人转生为鱼鳖；第十等人转生为曲蟮虫、蚂蚁等。"高声地念着，告诫众人。尼山萨满参观完毕各种刑罚后，返回来到楼内，叩见子孙娘娘。娘娘告诉说："回到世间后，要晓谕众人！"萨满即叩头告别了。尼山萨满拉着色尔古代，从原路来到红河岸时，给河主谢仪，将男手鼓抛到河里，萨满带着色尔古代站在上面，渡到对岸。又走不久，来到瘸子赖皮渡口。既是在前走过，所以认识，便说："萨满来了，真可谓是出众的萨满，能把巴勒杜巴颜之子色尔古代费扬古带来，才能不小，从此更加出名了啊！"他催着上独木舟。萨满带着色尔古代坐上独木舟，瘸子赖皮划着半个划子，一会儿渡到河岸。从独木舟下来，给了谢仪。循旧路走了不久，来到巴勒杜巴颜的家里。

大札林那老疙瘩把二十担水倒在尼山萨满鼻子周围，把四十桶水倒在脸的周围，拿着香，喋喋地说着请求醒过来的话：

可，可库，可库……
今晚可库，
把灯蜡可库，
盖熄了可库。
怎样的名望可库？
谁的声名可库？
姓哈思呼哩可库，
真个的雅思呼哩可库，
巴雅拉氏可库，
叶子发芽可库，
根茎滋生可库。
色尔古代费扬古可库，
去打围可库，
病死了可库。
为这个缘故可库，

三个萨满辨析可库，
四个萨满传言可库。
说是把这魂可库，
死国的可库，
阎罗王可库，
带去了可库。
为这个缘故可库；
在尼西海河的可库，
岸上住的可库，
在众人国可库，
出了头的可库；
在大国里可库，
扬了名的可库，
把芸香可库，
拿着带去可库；
越过山可库，
去追赶可库。
因为有名可库，
似乎是要可库，
指引看时可库，
就要来了可库。
今天晚上可库，
曾在阴间可库，
追赶灵魂可库；
曾在凶界可库，
去取生命可库。
返回来了可库，
高大的柳树可库，
在主干上的可库，
头雕可库，
侧枝上的可库，
花雕可库，
围绕山的可库；

金鹌鸽可库；
围绕盛京的可库，
银鹌鸽可库，
彪虎可库，
脆牲熊可库，
八庹蟒可库，
九庹蛇可库，
檀木丛可库。
八对鬼祟可库，
芒木丛可库，
十双鬼祟可库，
使她活过来可库！
把她救过来可库！
惊醒啦可库！

说完，尼山萨满开始打战，忽然站起来了。把她所到之处，以及带走的经过述说出来。她喋喋地说道：

德扬库德扬库
众人、众札林听吧德扬库德扬库，
巴勒杜巴颜你自己德扬库德扬库，
一件一件听着吧德扬库德扬库！
把你的孩子德扬库德扬库，
在金香炉里德扬库德扬库，
装着带来了德扬库德扬库。
用爪子抓着德扬库德扬库，
带来啦德扬库德扬库。
当作宝贝德扬库德扬库，
夹着带来了德扬库德扬库，
使死去的尸身德扬库德扬库，
活过来了德扬库德扬库。
将灵魂附入德扬库德扬库，
躯壳中了德扬库德扬库。

请求子孙娘娘克兰尼克兰尼，
从此以后克兰尼克兰尼，
无灾无病地克兰尼克兰尼。
平安生活克兰尼克兰尼。
九十岁寿限克兰尼克兰尼，
数着乌勒衮克兰尼克兰尼，
养九子克兰尼克兰尼。
给阎罗王带去的克兰尼克兰尼，
鸡狗克兰尼克兰尼，
出于情意留下了克兰尼克兰尼，
还留下了谢仪克兰尼克兰尼。
叩见了克兰尼克兰尼，
子孙娘娘克兰尼克兰尼，
又为你的孩子克兰尼克兰尼，
请求子嗣克兰尼克兰尼。
世人要知晓克兰尼克兰尼，
出痘时克兰尼克兰尼，
恭敬洁净克兰尼克兰尼，
痘花好克兰尼克兰尼。
但行好事克兰尼克兰尼，
若要作恶克兰尼克兰尼，
一切刑罚明摆着克兰尼克兰尼，
都清楚地看到了克兰尼克兰尼。
我的夫婿克兰尼克兰尼，
求我救他克兰尼克兰尼！
我说是克兰尼克兰尼，
筋肉腐烂了克兰尼克兰尼，
难以救活克兰尼克兰尼。
我的丈夫生气了克兰尼克兰尼，
在油锅里克兰尼克兰尼，
要炸死我克兰尼克兰尼。
因为这个缘故克兰尼克兰尼，
我的神抓了他克兰尼克兰尼，

抛到酆都城克兰尼克兰尼，
永久地克兰尼克兰尼，
不让托生成人克兰尼克兰尼。
众鬼魂德扬库德扬库，
来求救德扬库德扬库，
相继地德扬库德扬库，
拦着路德扬库德扬库，
可怜的请求者德扬库德扬库，
太多啊德扬库德扬库！
留下许多谢仪德扬库德扬库，
众鬼魂散开德扬库德扬库，
才脱身来了德扬库德扬库！

说完，就仰面倒下。大札林又用香熏鼻子，才醒过来。后来，萨满自己把魂放入色尔古代费扬古的躯壳里，一会儿活过来了。他以生硬含混的声音说："请给我一碗水吧！"拿来给了，喝完说："睡了一大觉，做了好一会儿梦。"翻身坐起来，家人都非常高兴，把缘由告诉色尔古代，才知道是死了。向尼山萨满姐姐叩头称谢，巴勒杜巴颜拍手笑了。他也行礼说："实在是神萨满，多亏姐姐的恩德，我的儿子复活了，不然就断根了。"拿来自己的衣服给萨满穿上，在水晶杯里满上酒，跪下递上，尼山萨满接杯饮尽，回礼道："这也是托员外的福才成功的，这对两方面都有福啊！"员外又在大玻璃杯里斟满了酒，递给札林，说："多受累了，喉咙喊哑了，请喝杯酒稍微润一润吧！"那老疙瘩接过酒，边喝边说："有什么辛苦之处？没离开座位，说不上辛苦。若说辛苦，萨满姐姐大大地辛苦了。既然到死国里走了一遭，太疲劳了吧？"萨满笑着说："老疙瘩老弟，札林你听着，常言说'三分萨满七分札林'，若无好札林就不成啊！"众人听了都一齐大笑起来。

其后，老员外唤了阿哈勒济、巴哈勒济，告诉两个奴仆说："告诉牛、马、羊、猪等牧群的各牧长，预备从每群分一半，送给萨满姐姐，以报答恩情。"接着预备酒宴，大吃大喝起来，在酒宴上都大醉了。然后撤下食桌，预备车马，把银钱衣服等物，各分一半，装上车。送给札林一套衣服，一匹骑的骟马，全套鞍辔，二百两银子。将这些东西一齐送到萨满、札林的家里。此后，尼山萨满极为富有，同那老疙瘩亲近的事也停止了，决定使自己正经地过日子，断绝邪淫之事。萨满看了各种刑罚，才心地平静下来，把以前的邪念一笔勾销，犹如浊水沉淀变成干净的水。

在这里听书的大哥、大姐们，要知以后的详情，听我道来！尼山萨满的婆婆后来微闻村人谈论，这次萨满在去的路上，偶然遇见了丈夫，请求把他救活。“若不把我救活，就在油锅里炸杀妻子。”尼山萨满依靠她的神把丈夫抓住，抛到酆都城。萨满的婆婆听到这些话后，发怒了，唤媳妇问了始末根由。媳妇说：“他自己说把我救活吧！我说：已经肉烂筋断，难以救活。他就要把媳妇在油锅上烹杀。我的神抓了他，抛到酆都城，这是事实。”婆婆说：“若是那样，你再次杀了夫婿啊！你若躲避，有何不可？你的心有多硬！”说完，便去京城向御史告状，衙门传令把尼山萨满带来，所取口供，与她婆婆状文无异。遂将供词造卷，具陈本由，上奏皇上。圣上大怒，命刑部按律定罪。刑部奏称，对传说之事，尼山萨满不加隐瞒，可谓女流中一勇者。既已供认不讳，也可偿命。太宗皇帝降旨：“即照其夫的样子在他们乡村的井里，把萨满、神帽、腰铃、男手鼓等器具，一并装入箱内，用铁索拴牢，抛到井里，若无朕旨，不得拿出来！”御史遵照办理。

以后，老员外之子色尔古代费扬古也效法其父行事，扶危济贫，净做好事。子孙世代为高官，广积银钱，极为富有。

此乃善本原稿，故使众人知晓。虽然那样，不入大道之邪教，后人不可效法，务必戒之。愚者虽浏览过《尼山萨满传》，但因隔年颇久，确实都忘记了。况残缺之处尚多，拟补述所知，写的实在像“幼克塔”[①]似的。若在别处得到善本，亦可补写此书。为此，俄罗斯国西方大学满文教师德克登额禀告格尔宾其科夫。格老爷详细看过了，若有不足之处，请贵手秉笔增述为此具书以闻！

（辽宁人民出版社，一九八七年）

① 在我国东北口语中有流传，即不痛快、不流畅的意思。

说　明

二十世纪七八十年代，我到黑龙江省考察，了解到新中国成立前民间有尼山萨满故事流传，是民间说唱文学。

可喜的事，在我校图书馆借到俄文版《尼山萨满传》，复印下来满文后，利用《清文补书》《清文补汇》和《满和辞典》，进行辨认和翻译，一开始比较慢，后来越来越快，基本上翻译出一个稿子。其中也有辨认不清的字就空下了。

在日本京都书店买到庄吉发先生翻译的《尼山萨蛮传》，第一次看到译本，心里很高兴。

回国后，我的译稿与庄先生翻译的书对照，我的译稿虽不完整，但是意译，风格上与他对译不同。可是，人名、地名和衬音（字典称音韵），我用汉字标注太乱，不甚规范。我认为衬音是有音无意，用什么字标注都行。因为庄先生的书先出版，为了向他靠拢，以示对他的尊重，便采取他用汉字标注满语衬音的方法。于是，把我自己的标注改了，以求统一。

赵　展

二〇〇六年十二月二十日

第二十九章 《尼山萨满》民族本

志 忠 译

前 言

《尼山萨满》是著名的满族民间传说。自从苏联学者M.沃尔科娃一九六一年首次公开发表了《尼山萨满的传说》以后，许多国家相继翻译了此书。到目前为止，世界上已有俄文、德文、英文、意大利文、朝鲜文、汉文等译本流传。许多国外满学家把《尼山萨满》称为“满族史诗”“全世界最完整和最珍贵的藏品之一”。这个传说在满族民间极为流传，在黑龙江的一些地区，许多满族老人至今仍然可以用满语进行讲述。在东北的其他一些民族中也有类似的故事流传。

迄今为止，我们所能见到的《尼山萨满》手抄本有五个。其中四个本子藏于苏联(现为俄罗斯)，一个本子藏于中国社会科学院民族研究所。藏于苏联(现为俄罗斯)的四个本子，除“沃尔科娃本”外，其他三个本子都是残本，不但字数少，而且故事情节也不连贯，很难形成一篇完整的故事。藏于国内的本子就是我们所要介绍的社会科学院民族研究所的藏本(以下称“民族本”)。这个本子长二十二厘米，宽十七点二厘米，共二十六页，每页字的行数为十二行或十四行，用高丽纸抄写，无封面，字迹为毛笔手抄，比较工整，全文无标点，词的分写、连写不太规范。它是二十世纪五十年代进行民族调查时在东北发现的。

“民族本”与藏于苏联(现为俄罗斯)的四个本子相比，独具特色。从故事情节完整程度上看，“民族木”略次于“沃尔科娃本”而远胜于其他三个本子。由于抄写和遗失的原因，“民族本”有一页是空白，有两处有脱文，但纵观全篇还不失为一部首尾连贯、情节紧凑的好作品。有一些情节是“沃尔科娃本”所没有的。比如，对塞尔古岱·费扬古结婚的场面、仪式的细致描写等等。如果我们将这两个情节都与比较完整的本子进行比较研究，将会对《尼山萨满》故事有一个新的认识和完整的印象。

在流传时间上，“民族本”要比“沃尔科娃本”更早。首先，我们在“沃尔科娃本”上可以见到“明代”“员外”“太宗皇帝”等反映流传年代的词。尽管这些词并不能说明这个传说就产生于那个年代，但至少可以说曾经流传于那个年代，并有那个年代的人“加工”的痕迹。而“民族本”却没有那些后人“加工”和“附会”上去的词，它以“古时候”“玛发”“古伦”等词反映特定的年代。其次，“民族本”中的神歌不及“沃尔科娃本”那样完整、详尽，大段大段的神歌较少，大多数都是比较短的。这也反证了“民族本”流传的时间要早于“沃尔科娃本”。因为任何一部民间文学作品在早期总是比较粗糙、不那么完整，经过几十年或上百年的流传，不断加工，才能够不断完善。“沃尔科娃本”中的神歌如此整齐，如此完整，并且经常是大段大段地出现，正好说明了它是经过人们的不断加工、不断完善的结果。如果我们将两个本子的神歌加以比较研究，我们将可以看出神歌的曲调变化，韵律变化以及不同年代的萨满神歌保留情况。

由于《尼山萨满》作为手抄本流传，必然受到记录人的满语水平、文字水平以及满语方言、口语的影响。这些都给翻译工作带来了一定的困难。我们在翻译“民族本”过程中，对一些明显的错误、笔误进行了改正；对于一些属于方言、口语的词进行了书面语化，比如，“heyoo(轿)”改为“kiyoo”“ejin(主人)”改为“ejen”“magisa(鬼祟们)”改为“manggiyasa”，并且做了注释；对于个别词，原文不清或不知何义的暂不做解释，只做注释说明，以待来者。

“民族本”从搜集到今天的公开发表经历了整整三十个年头。如果这个本子的发表能够引起同行们的关注，能够为研究者提供一个比较研究的本子，能够促动一下我国《尼山萨满》的研究，将是我们译注者所期待的。

(摘自《满语研究》，一九八八年，第二期)

译　文

尼山萨满

古时候有一个罗洛屯，住着一个名叫巴尔都·巴彦的人，家有万贯财产。他与妻子在年轻的时候生了一个儿子，名叫费扬古。儿子天资聪颖。十五岁时，有一天他与父母商定，带领屯子里的人去南边儿的贺凉山打猎。家奴阿哈尔基和巴哈尔基二人跟随。他自己牵着虎斑狗，驾着猎鹰，率领挑选的五百名兵丁出发了。这一天，来到了贺凉山下，打了许多野兽。正打得起劲时，费扬古不知怎么的突然发起病来。他赶忙叫来阿哈尔基和巴哈尔基用木头点火烘暖身体，哪儿知道病却越来越重。费扬古无奈，向家奴说："我的病很重，你们赶快做个轿子，把我抬到父母面前，不要耽误。"大家急忙往回赶，但费扬古的病却更重了，不能说话，牙关紧咬，终于死去。家奴阿哈尔基赶紧骑马飞奔，去见巴彦夫妇。当他跪在地上哭着告诉主子阿哥半路死了的消息时，巴彦夫妇昏死过去。消息很快传遍了全屯，人们都失声痛哭。这时，费扬古阿哥的尸体已经运到，停放在大堂上。最后，巴彦夫妇杀了山一样的牲畜，用了池一般的酒，埋葬了死去的阿哥。

从那以后，巴彦夫妇经常拜神求佛，到五十岁的时候，又生一子，起名塞尔古岱·费扬古。费扬古长到十五岁时，有一天也与父母商定带着屯子里的人去打猎，并挑选了五百名兵丁。当天，由阿哈尔基和巴哈尔基二人伴随，驾鹰、牵狗，骑上猎马，如疾风骤雨般地出发了。几天后，到达贺凉山下。他们支起了一排排窝棚，编队后撒下了大围，围住了许多野兽。正杀得起劲时，费扬古登上山梁，突然眼冒金星，脑袋低垂，神情恍惚。他叫来阿哈尔基和巴哈尔基，让他们告诉所有兵丁马上收围，在山根下聚集。人们让费扬古阿哥躺下，取来了许多干木头，点起火来，暖他的身体。但他的病却渐渐加重。费扬古悲伤地对家奴们说："你们把我的话转达给老爷和太太。离家不久，我们到了山脚下，打了许多野兽，父母肯定很高兴，在世上得了'墨尔根(聪睿)'这个名字是很相当的。我曾对他们说过，为报答父母的养育之恩，每天准备饭菜，铺被褥，将他们养老送终后，永葆富贵。谁想命中注定，中途身亡。"塞尔古岱悲痛地哭泣着，"人家养儿子都是为了给老人送终，我的父母却先把我送走了，这是多么悲伤的事呀。孩儿我没有继承家业的福气，中途身亡，多么痛心啊！"他声音微弱，说不出话来，最后断气身亡。阿哈尔基、巴哈尔基大哭，家奴们也来围着轿子恸哭，声音惊天动地。过了好一会儿，阿哈尔基才止住了哭泣说："巴哈尔基，别哭了，既然主子阿哥已经死了，你就赶快跑回去告诉老爷吧。我在后面抬着阿哥的尸体，连夜往回赶。"巴哈尔基骑上马，带着十个人先走了。不久，到了罗洛屯，在家门口下了马，进屋跪在老爷、太太面前就抽泣起来。巴尔都·巴彦笑着

说："巴哈尔基，你为什么哭啊？想必是你的阿哥打你了。"巴哈尔基没有回答，只是一个劲儿地哭。老爷很生气地斥责说："你这个奴才，怎么不说话，快说！"巴哈尔基止住了哭泣，擦了擦眼泪，叩了三个头慢慢地说："老爷，您先坐稳了，听我告诉您。前几天，我们跟着费扬古阿哥去打猎，到了贺凉山，打了许多野兽，正在阿哥高高兴兴地打猎的时候，死在了路上。奴才我先给主子老爷报个信儿。"老爷、太太听后，如惊雷贯耳。只见老爷高喊一声"阿哥"，就仰面昏倒在地。众家奴惊慌，赶快扶起了老爷，待他慢慢苏醒过来后，就高声号啕起来。这时，众亲戚全部赶到，出屯十里迎到了费扬古的尸体。他们哭着往回走，进了家门后，将尸体停放在大堂上。巴尔都·巴彦夫妻紧靠儿子的两旁坐下，齐声哭诉：

因为没有自己的儿子
　　求天得了个壮实的阿哥　啊啦
　　求佛得了个倜傥的阿哥　啊啦
因为父亲没有自己的儿子
　　祭神得了个可爱的阿哥　啊啦
我虽然有这些金银财宝
　　由哪个阿哥来使用　啊啦
父亲虽然有十群马匹
　　由哪个阿哥来骑
父亲虽然有虎斑狗
　　由哪个阿哥来牵　啊啦

诉说完毕，仰面朝天，口吐白沫，翻过身来，直流口水，哭得更加伤心。这时，母亲接着哭诉道：

母亲我五十岁时生下的塞尔古岱·费扬古　啊啦
怀胎整十个月生下的像东珠一样的宝贝　啊啦
有吃有穿很快长成了有德行的阿哥　啊啦
你刚刚长到了十五岁　啊啦
时时牵扯着母亲我的心肝呀　啊啦
像母亲眼珠一样生得漂亮的阿哥　啊啦
像松子一样的生得俊美的阿哥　啊啦

像母亲一样窈窕生得匀称的阿哥　啊啦
双手敏捷捕兽好手绝顶聪明的阿哥　啊啦
祈求苍天才得到的阿哥　啊啦
看见他的人都爱他呀　啊啦
阿哥在街上走起来像雄鹰一样
阿哥在山谷里跑起来似神铃一般
请带走阿哥的鬼神们开恩吧
送回我的儿子的魂灵
把我这把老骨头带走吧

夫妻二人躺在地上打着滚、击着掌愤愤地痛哭。这时，众亲戚过来劝说："巴彦老爷，你们的儿子天命已到，中途死亡了，哭也活不了啊！应该准备一下办丧事的东西了。"巴尔都·巴彦夫妻停止了哭泣，擦了擦泪水说："你们大家说得很对。我的儿子已经死了，吝惜这些家业，又留给谁呢？"叫来两个奴才说道："你们二人现在就去马群，挑选彩云色的骗马一对、九月生的白色骟马一对、五月生的银合骟马一对、二月生的红色骟马一对、黑嘴烈马一对。把这些马都备上金鞍、金辔，驮上扎上刺绣，作为阿哥的引导。"阿哈尔基、巴哈尔基说了声"是"，就去了。不一会儿，巴彦老爷又叫来二人说："马、牛、羊、猪等现在就可以准备了，饽饽和酒也要多多准备。"二位奴才说了声"是"，就带领着众人急忙去了。又召集众牧群头领说："你们现在就去准备吧，抓马要看脖鬃，抓牛要看脊骨，抓羊要看尾巴，抓猪要看肋下。挑些肥的各选一百头送来。"各牧群头领说"是"，就去了。二人又向全家的妇人宣布："鹅、鸭等物现在也可以准备了。"全家上下忙乱了一阵后，全部准备完毕，并报告了老爷。巴尔都·巴彦就带着众亲戚，将一切祭品陈列在儿子的棺材前。父母二人手拿着奠酒哭泣着说："父亲五十岁时养活的塞尔古岱·费扬古阿哥，你那聪明的灵魂，请听清楚我的话。父亲我为你烧了五十万个金银锞子，杀了五百头牲畜，准备了一百桌麦子饽饽、一百桌黄米饽饽、一百桌豆泥饽饽，酿制的一百瓶酒，经年的三十瓶酒、一百瓶果酒。饽饽堆得像山一样高，烧纸堆得像山峰一样多，酒多得像池中的水。你若有魂灵，就把这些东西全部收下，安息吧。"正哭着，门口来了一个奄奄一息、弯腰驼背、头发银白、牙齿发黄、样子难看的老头儿。他走到门前说：

守护大门的　德耶库　德耶库
门房阿哥　德耶库　德耶库
看房门的阿哥听着　德耶库　德耶库
请快快地进去　德耶库　德耶库
告诉你的老爷　德耶库　德耶库
快要死的　德耶库　德耶库
要饭吃的　德耶库　德耶库
老头来了　德耶库　德耶库
他要见见　德耶库　德耶库
阿哥尸体　德耶库　德耶库
让他进去　德耶库　德耶库

守门人进去告诉了老爷。巴尔都·巴彦说:“请他进来吧。让他来吃祭祀阿哥的山一样多的饽饽,喝海水一样多的酒吧!”家人遵命去请那位老人。老人缓慢地经过了祭祀的酒肉、饽饽,直接来到了塞尔古岱·费扬古棺材前,击掌踏地悲伤地哭道:

听说生了一个贝勒阿哥
　　没有本事的奴才我也很喜欢　啊啦
听说生了一个魁伟的阿哥
　　没有能耐的老奴我也有了依靠　啊啦
听说生了一个奇异的阿哥
　　没有福气的奴才我也感到惊奇　啊啦
听说生了一个聪明的阿哥
　　迟钝的奴才我也很愉快　啊啦
听说生了一个机智的阿哥
　　愚笨的奴才我也很高兴　啊啦
恳请鬼神们开恩送回聪明阿哥的灵魂
　　把老奴我带走吧　啊啦

老人痛哭不止。巴尔都·巴彦很可怜他,把自己身上的黄缎衣服脱下来送给他。老人接过衣服,穿在身上,缓慢地拉起巴尔都·巴彦的手说："巴彦老弟，你为什么只知道哭，眼睁睁地让费扬古阿哥被夺走呢？理应请一个有能耐的萨满跳神取回阿哥的灵魂才是。"巴尔都·巴彦说："老人家，上哪去请好萨满呢？我们屯子所有的萨满只知道吃。老人家如果知道哪儿有好萨满，请告诉我，我去请。"那个老人说："巴彦老弟，你怎么忘了，那南边尼石海河岸边不是住着一位有名的萨满吗！此人神通广大，能起死回生。"说完，走出大门，乘五色彩云升入天空去了。家人见此，告诉了巴彦老爷。老爷很高兴，跨上了银合马，来到了尼石海河边的屯子。只见屯子西边有几间房子，一位妇人正坐在门口洗衣服。巴尔都·巴彦从马上跳下来说："请问尼山萨满家住何处？"那个妇人抬起头来，看了一眼，然后笑着说："阿哥，你错了，尼山萨满的家在东边头上住。"巴尔都·巴彦骑上马向东边跑去。到那儿一看，一个人正在往房上苫茅草。巴尔都·巴彦问："阿哥，尼山萨满的家在哪儿？"那个人指着远处说："你刚才问的那个洗衣服的人，就是萨满格格呀！"巴尔都·巴彦又往那所厢房跑去。他把马拴在了大门前，进屋一看，在大炕上坐着一个老太太。……巴尔都·巴彦跪在地上乞求为儿子跳神招魂，并且说："如果救了我儿子的性命，无论如何不会忘记格格的恩情。金银财宝、奴婢牲畜要什么给什么，绝不吝惜。"尼山萨满高兴地说："那么，现在就赶快去吧！"巴尔都·巴彦乐得骑上马，一直跑到家。全家人都已停止了哭泣，他亲自叫来阿哈尔基、巴哈尔基说："准备车轿，赶快去接萨满格格。"二人赶着早已准备好的车轿飞快地到了尼石海屯，进了尼山萨满的家，说明了来意。尼山萨满立即梳理头发，换上衣服，慢慢地走上轿车坐了下来。不一会儿，就到了罗洛屯。巴尔都·巴彦全家出门迎接，请进了屋里，恭敬地将萨满格格让到炕中间。吃过备办的宴席后，尼山萨满说："巴彦先生，立即请来一个善于打鼓的萨满来，我现在就跳神去取塞尔古岱·费扬古的灵魂。耽误了就不容易救活了。"巴尔都·巴彦立即从屯子里找来了一个名叫卓勒宾阿的萨满。尼山萨满戴上大神镜，穿上女裙，戴上神帽，手拿神鼓就跳起神来。但是，卓勒宾阿萨满的神鼓怎么也合不上点。尼山萨满说："巴彦先生，这个人不会打鼓，怎么能跳神呢？"巴尔都·巴彦说："这个卓勒宾阿是我们屯里最有名的萨满，除他之外，再也找不到好的了。"尼山萨满说："那么我告诉你一个人，他住在尼石海河霍洛屯，名叫纳里·费扬古。人很出众，又善于打鼓，跟我祭神的事全知道。他如果能来，我就不愁了。"巴尔都·巴彦立即叫来阿哈尔基、巴哈尔基说："你们现在就赶快骑马去请纳里·费扬古，要快，千万不要耽误。"二人立即上马，说了声“是”，就跑了。

不一会儿就到了霍洛屯，进屯一看，一群人正在那立靶子射箭玩儿呢。二人赶快从马上跳下来，走上去问一个人：“你们屯子有一个叫纳里·费扬古的人，他家住在哪儿？”这时，从人群中走出一个小伙子申斥说：“你们是什么人？怎么敢叫我们家主子阿哥的名字？”阿哈尔基、巴哈尔基知道，这个人是跟随纳里·费扬古的，就笑着说：“你们高贵的阿哥名气很大，但如果众人不称他的尊姓大名，又怎么来求他呢？”纳里·费扬古走上前来，斥退了家奴，问道：“尊敬的先生，有什么重要的事来找我。”阿哈尔基、巴哈尔基行过礼后说：“我们的小主子阿哥塞尔古岱·费扬古死了，尼山萨满知道您懂得请神，特意让我们来请您。”纳里·费扬古笑着说：“这个有名的尼山萨满又要折腾了，我如果不去，以后再见面一定会跟我发火的。”他向家人说道：“你们回家，告诉父母一声，就说尼山萨满请我去一趟。”说着，备上马鞍，骑上银合马飞跑着来到罗洛屯，把马拴在了巴尔都·巴彦家门口。进了屋，见到尼山萨满说：“你这个有名的萨满，如果没有我就不行了吗？”尼山萨满看了看，指着神鼓说：“小纳里不但可以给天出力，而且可以给神出力。高贵的纳里，快来帮我好好儿地打鼓吧。”纳里·费扬古笑着说：“有名的萨满，奇异的萨满请放心，小弟我会跟你好好合作的。”尼山萨满说：“名声很大的、神奇的纳里，你懂得祭祀。可恶的纳里如果你不好好儿的与我合作，我就用灰鼠皮鼓槌打你的头，用皮鼓槌打你的腿。”纳里·费扬古说：“有名的萨满、奇异的萨满，你别担心，开始打鼓吧！”尼山萨满身着八宝神衣，头戴神帽，腰系神裙、腰铃，手拿神鼓，站在祭场上，祈求神祇。只见她浑身颤动，腰铃哗哗作响，手鼓响声很高，祈祷声如哨箭发射，九十个骨节弯成弓形，八十个骨节连接一起，用“轰轰”声喊着“霍格牙格”，用高声叫着“德耶库德耶库”。大神祇从天而降。萨满祈祷着说：“纳里·费扬古，我到黑暗的地方去取灵魂，到丑恶的地方去取生命，到阴间去取身体。请你准备些皮绳子，用五名有力气的小伙子把我捆上。等我昏迷后，就在鼻子周围洒二十桶水，在脸周围洒四十桶水，把虎斑狗和公鸡放在我跟前。”纳里·费扬古答应了一声“是”，就咚咚咚地敲起鼓来。不一会儿，尼山萨满就昏倒了。纳里·费扬古停止了击鼓，整理了一下萨满格格的腰铃和裙子，把鸡和狗放在她脚下，把一百束纸和一百块酱放在了她头前，在鼻子周围洒了二十桶水，在脸周围洒了四十桶水，然后亲自陪坐。

此后，尼山萨满的灵魂和众神祇、鬼祟飞起，集聚起鸡狗，向阴间奔去。不一会儿，到了望乡台，尼山萨满问道："这是什么地方？为什么这么多人？"神祇们说："这是刚死的人望阳间的地方。"尼山萨满说："那么，我们就别管闲事了，快走吧！"走到三岔路口时，尼山萨满又问："这里有三条路，从哪一条追呀？"鬼祟们说："东边这条路有放置障碍的山峰和壕沟，已经死了的灵魂走这条路。正直无邪的走中间这条路。西边这条路就是带费扬古去娘娘那儿的必经之路。"……尼山萨满登上岸，给了三块酱、三束纸向前走去。不一会儿，来到了红河岸边，想过去却没有船，正在左右寻找的时候，看见从上边来了一个穿青色皮袄、戴凉狐皮帽的人。尼山萨满喊道："阿哥，发发慈悲吧，把我送过去吧。"那个人回答说："格格，我没有送你们的时间，有急事！"说着打马就走了。尼山萨满气得不得了，把神鼓抛到水里，叫众鬼祟，令大神祇降下来，唱着神歌，渡过了红河。怕河主发怒，给了三块酱、三束纸。接着，他们又向前走，不久来到了阴间的第一道关，正想进去，把门的小鬼们不让进。尼山萨满生了气，祈求众神祇说：

唉库勒　叶库勒　橡林的鬼祟们
唉库勒　叶库勒　檀木的鬼祟们
唉库勒　叶库勒　在下面四十年的鬼祟们
唉库勒　叶库勒　快快下来
唉库勒　叶库勒　把主子我
唉库勒　叶库勒　送过去吧
唉库勒　叶库勒

众神祇把她举起来，带了过去。不一会儿，来到了第二道关。正要进去，把门的塞勒克图、塞吉尔图二鬼申斥说："阳间的什么人敢闯我的关？我们是奉阎王之命把守此关，不管什么人都不准过！"尼山萨满求道：塞勒克图、塞吉尔图仔细地听着：

赫耶　邪鲁　我们匆匆
赫耶　邪鲁　往前面走
赫耶　邪鲁　如有冒犯
赫耶　邪鲁　给点好处
赫耶　邪鲁　如放过我

赫耶　邪鲁　给你们酱
赫耶　邪鲁

塞勒克图、塞吉尔图笑着说："我们原以为是谁呢？原来是有名的尼山，无情的萨满，你有什么事？到这来送灵魂，送生命啊。"尼山萨满说："你们这儿过去过什么人？"塞勒克图、塞吉尔图说："没过去什么人，只是蒙古尔岱舅舅把巴尔都·巴彦的儿子塞尔古岱·费扬古带了过去。"尼山萨满给他们三块酱、三束纸，又往前走。一会儿，到了蒙古尔岱舅舅的大门口，众神祇设了三层重围。尼山萨满说：

蒙古尔岱　迪库　迪库耶
快快出来　迪库　迪库耶
为什么呀　迪库　迪库耶
一个好人　迪库　迪库耶
没了寿限　迪库　迪库耶
被抓了来　迪库　迪库耶
如怜悯我　迪库　迪库耶
把费扬古　迪库　迪库耶
送回来吧　迪库　迪库耶
不会白送　迪库　迪库耶
给你好处　迪库　迪库耶
不会骗你　迪库　迪库耶
给你纸张　迪库　迪库耶
如送回来　迪库　迪库耶
给你点酱　迪库　迪库耶

尼山萨满说完后，蒙古尔岱舅舅笑着出来喊着说："尼山萨满，你怎么这样难缠，谁偷了你的东西怎么着？"尼山萨满说："如果偷了我的东西，那他也没有好日子过。抓来无罪之人，是没有道理的。"蒙古尔岱说："尼山萨满，你在怪我，其实把塞尔古岱·费扬古抓来，实在跟你没关系。我们的阎王听说塞尔古岱聪慧，就派我去拿，我费了好大劲才把他抓来。我们的阎王让他和拉玛、阿尔苏兰这两个摔跤手摔跤，结果这两个人全被摔倒了。因此，我们的阎王把他当成亲生儿子一样养着。哪儿有送回去的道理呀？你不过是白费气力，毫无益处。”尼山萨满生气地收回众神祇，来到了阎王住的城。一看，大门紧闭，无路可走。尼山萨满气愤地说：

天上盘旋的　内内耶
众神祇们　内内耶
赶快飞到　内内耶
城里去呀　内内耶
把费扬古　内内耶
抓回来呀　米内内耶

说完后，果然有大雕和众神祇飞去。它们看见塞尔古岱正和一群孩子一起玩儿金银嘎拉哈，为首的大雕、大神降下，抓起费扬古就飞走了。众孩子大惊，急忙跑去告诉了阎王。阎王一听，十分生气，派小鬼把蒙古尔岱舅舅叫来，愤愤地说：“蒙古尔岱，我怎么说你好呢？你带来的塞尔古岱·费扬古已被大雕抓走了！”蒙古尔岱说：“主人别生气。带走费扬古的不是别人，她就是在阳间各部都有名的尼山萨满。我马上去追，跟她说点好话求求看。”说完，出城去追。

尼山萨满得到了塞尔古岱·费扬古，拉着他的手往回走。这时，蒙古尔岱舅舅从后面追了上来，喊道：“尼山萨满，你怎么这么恶。我辛辛苦苦收来的塞尔古岱·费扬古，你想一点好处都不给就偷偷地带走吗？”尼山萨满说：“蒙古尔岱舅舅，你如果这么说，我倒想给你留下一点东西，十束纸、十……”

……(尼山萨满的丈夫说)“刚刚在这儿相见，哪有放你走的道理！”尼山萨满生气地骂道：

丈夫阿哥　希都　希都耶
你快听着　希都　希都耶
把你的臭嘴　希都　希都耶
应该撕裂　希都　希都耶
可恶的男人　希都　希都耶
把你的下巴　希都　希都耶
应该刨豁　希都　希都耶

你一个人　希都　希都耶
死的时候　希都　希都耶
给我留下　希都　希都耶
一个婆婆　希都　希都耶
我一个人　希都　希都耶
孝顺地养着　希都　希都耶
见到了我　希都　希都耶
却忘记了　希都　希都耶
养母之恩　希都　希都耶
把你的妻子　希都　希都耶
想杀死她　希都　希都耶
在你的家里　希都　希都耶
能留下什么　希都　希都耶
应该把你　希都　希都耶
抛到远方　希都　希都耶
酆都城去　希都　希都耶
永不投生　希都　希都耶

说完，她知道大雕已从天降，又叫来众鬼祟，把她的丈夫抓住，圈在了酆都城。尼山萨满说：

多么欢喜啊　嗨鲁　嗨鲁
没有了丈夫　嗨鲁　嗨鲁
自由地生活　嗨鲁　嗨鲁
没有了君王　嗨鲁　嗨鲁
节俭地生活　嗨鲁　嗨鲁
仔细选择呀　嗨鲁　嗨鲁
要交好朋友　嗨鲁　嗨鲁
观赏美景啊　嗨鲁　嗨鲁
痛快地游玩　嗨鲁　嗨鲁
　　　　　嗨鲁　嗨鲁

尼山萨满拉着塞尔古岱·费扬古继续往前走，抬头一看，南边一道金光中有一座桥，桥的左边有一宝楼，正从门里放出耀眼的宝灵气。尼山萨满好奇地登上桥，只见一个小鬼抓着三个男人坐着。尼山萨满走过去问："阿哥，这座能看见的楼，里面住着什么人？请告诉我，好吗？"那个鬼说："这个楼里住的是从根上生长的、由叶上发芽的子孙娘娘。"尼山萨满给那个鬼三束纸，就拉着塞尔古岱·费扬古的手登上楼去。尼山萨满见到楼门口坐着两个身穿盔甲、手持木棒的把门人。他们看到尼山萨满后申斥说："看着点，你们是哪儿来的怪灵魂，快快往后退。如果把你们绑进去，一定会打死你们的。"尼山萨满请求道："二位神阿哥，我不是恶鬼，我是阳间叫尼山的萨满，是特意来拜会子孙娘娘的。"说完，两个小鬼就把他们放了过去。尼山萨满上楼一看，大炕上正坐着一个老太太。她的周围有几个小孩正在玩耍。尼山萨满上前叩见。子孙娘娘说："我也不认识你呀！你是什么地方的人？"尼山萨满笑着说："您怎么不认识我了？我们全是从您的叶子上发芽、从根上生长出来的子孙呀。"子孙娘娘说："你如果是从我这生出的子孙，姓什么叫什么？"尼山萨满说："阳间有一个出名的女萨满，就是我呀！娘娘怎么不认识了？"子孙娘娘说："你如果是尼山萨满，那个男孩是什么人？你本来没有儿子呀，怎么又有了？"尼山萨满叩拜道："娘娘您听我说明白。我十七岁死了丈夫，只好孝敬婆婆，与她一起生活。有一天，突然从房梁上往下滚动一个护胸镜，当我想进去的时候，已经落到了地上。当时，我就什么都不知道了。结果，病了三年，卧床不起，没办法只好立神位，学了萨满。这孩子是被阎王派的蒙古尔岱抓走，又被我用一定的好处换回来的。子孙娘娘如果可怜他，就请给他定一下他有多少个后代吧。"子孙娘娘说："看在你的面子上，叫塞尔古岱·费扬古有五个男孩、三个女孩。你回到阳间后，好好指教阳间的人。"于是，拉住尼山萨满的手从楼上下来。尼山萨满问："那一片柳树怎么长得又绿又好啊？"娘娘说："在你们阳间，哪家人日子过得好，子孙满堂，他们的柳树就这么好。"尼山萨满又问："娘娘，那一片柳树怎么干枯了？"娘娘说："那是你们阳间的人生活富裕了，就随便地将牛马赶进树林子中践踏，同时把柳木作柴火烧，结果柳木就全部干枯了。他们的子孙也就渐渐地穷尽了。"尼山萨满又问："娘娘，那一对夫妻盖着单衣，为什么还热得直打滚儿呢？"娘娘说："那是你们阳间的人，如果丈夫给妻子现了眼，妻子给丈夫丢了脸，死后盖上单衣服还发热。"尼山萨满又问："娘娘，那一对夫妻盖着夹被，为什么还冻得直打战呢？"娘娘说："那是你们阳间的人，丈夫不喜欢自己的妻子，同其他漂亮的女人行奸；妻子背着丈夫，同别人随心所欲。他们死后盖上夹被也冷得不行。”尼山萨满又问：“娘娘，为什么把那个人从腰筋钩住，正要出去呢？”娘娘说：“那是你们阳间的人，对待财物贪得无厌，给别人东西用斗小上加小，从别人那儿拿东西用斗大上加大。所以，他们的寿限一到就用这种刑。”尼山萨满又问：“为什么让那一群人头顶石头往山上送？”娘娘说：“这些人上山时，将木头、石头往下滚，把山神的头破坏了。所以，他们死后，就让他们把滚下的木头、石头往山上送。承受不了这种刑的人，只好在那儿呼天叫地。”尼山萨满又问：“娘娘，为什么搜这一群人的衣服，要将他们放在盛满油的锅中杀死呢？”娘娘说：“这是你们阳间的黑心人，想得到金银便起了歹心，将别人的嘴堵上无声地杀死，然后得到金银。所以，他们死后就用这种刑。”尼山萨满又问：“娘娘，为什么把这一群妇人用蛇盘住咬呢？”娘娘说：“那是你们阳间的人，她们厌恶自己的丈夫，跟亲近的人……”尼山萨满说：“非常感谢娘娘的教诲。现在，我应该回去了。”子孙娘娘说：“你到阳间以后，好好地告诫一下不孝的恶男女。”说完，上楼去了。

尼山萨满谢过子孙娘娘，就拉着塞尔古岱·费扬古的手往回走。不久，来到了红河，给河主留下了三块酱、三束纸，拉起塞尔古岱·费扬古，像旋风一样地玩耍着往回跑。到了瘸子拉喜的无岸河边，给拉喜留了点东西。就到了巴尔都·巴彦的大门前。给了大小门神三束纸、三块酱就进了屋。这时，只见尼山萨满突然摇动裙子和腰铃，全身颤抖。纳里·费扬古明白了，赶快在她的鼻子周围洒了二十桶水，脸的周围洒了四十桶水。只见尼山萨满突然清醒，并站了起来，抓起了手鼓，跳了一阵神，坐在了板凳上。然后，向巴尔都·巴彦说：

珲勒　珲勒　巴彦先生
珲勒　珲勒　我拼着性命
珲勒　珲勒　把你儿子的
珲勒　珲勒　离去的灵魂
珲勒　珲勒　刚刚带回
珲勒　珲勒　你赶快地
珲勒　珲勒　打开棺盖
珲勒　珲勒　所以才能
珲勒　珲勒　见到你的儿子

珲勒　珲勒　巴彦先生
珲勒　珲勒　打破棺盖
珲勒　珲勒　仔细看看

这时，塞尔古岱·费扬古点头叫道："给我一点热水吧，我的嗓子干得受不了啦。"巴尔都·巴彦高兴地把他扶起，并坐在了炕上。当喂他稀饭时，塞尔古岱·费扬古就翻身站起给父母请安。巴尔都·巴彦夫妻就像得到了宝贵的东珠一样欢喜，杀猪宰羊大摆宴席。尼山萨满端坐在屋地铺有地毯、腰间垫有褥垫的位子上，巴彦夫妻带着塞尔古岱·费扬古叩谢救命之恩。尼山萨满说："巴彦先生，你的儿子可以无病无灾地活到九十岁。"

在宴席上，纳里·费扬古陪坐。尼山萨满感谢纳里·费扬古，拍着他的后背说："你是给我力量的，有名气的纳里。你是忠实于神祇的、高尚的纳里。我敬你一杯酒。"纳里·费扬古笑着说："有名的尼山，奇异的萨满，你听着，小弟我若跟着你，你就不会劳苦，只有我们两个人才能救出灵魂。"大家坐着喝酒，天黑才散，众人皆醉。第二天，尼山萨满说："巴彦先生，我要走了。"巴尔都·巴彦……

……欢喜地就把众家人叫来说："你们现在就杀牛、马、猪、羊，带到贝勒阿哥妻子的宴席上去。"众家人急急忙忙各自准备去了，杀猪的杀猪，备宴的备宴，准备车马的准备车马。巴尔都·巴彦夫妻乘车而去，到了亲家老爷的屯子后，亲家老爷的家人把所有的东西搬进了屋。亲家老爷说："在阿哥、格格的宴席上男女老少都要来喝酒。不管是瞎子、瘸子、聋子、哑巴一个也不落。"众人皆至，日落宴席方散。第二天，巴尔都·巴彦夫妇与塞尔古岱·费扬古一起回到家里，选定了娶亲的吉日。没过多久，吉日已到。塞尔古岱·费扬古换上了漂亮的衣服，准备轿车，叫众家人一起跟随，去接新媳妇。亲家夫妇把女儿打扮得格外漂亮，身穿花衣服，坐进了轿车里，然后起程。后边亲家老爷带着家人跟随，准备赴宴会见亲家。宴会安排在大堂上，全屯的人都来了，瞎子、瘸子、聋子、哑巴一个也没落。众人有说不出来的喜悦。跟随来的姑娘们也穿着美丽的衣服，舒缓俏丽，来回穿梭。晚上，点燃起明亮的蜡烛，塞尔古岱·费扬古夫妻叩头。众人一见，觉得他们真是天生的一对，夫妻二人端庄、美丽，犹如太阳一样光彩照人。然后，夫妻叩拜了天地，进到了屋里。不久，众人也愉快地结束了宴会。

从此，塞尔古岱·费扬古如鱼得水，所生子孙皆活到九十岁。他家历世为官，富贵永存。

故事由此完结。

第三十章　《尼山萨满》新本

志　忠　译

前　言

［俄］K.C. 雅洪托夫

一

一九八九年一月列宁格勒国立萨勒底科夫——谢德林图书馆手稿部进了七部用满文写成的满语和达斡尔语文献。这些文献是从著名的研究中国东北民族学专家B.C. 斯塔里科夫(一九一九——一九八七年)的遗孀奥尔加·依万诺夫娜·斯塔里科娃处购得的。这些材料对我们来说是非常有趣的，并值得做专门的研究。对此我做了报道，接着又对这些文献做了描述。[①] 其中两本的内容是闻名于满学界的《尼山萨满》的两个几乎完全相同的抄本。从这两个抄本可以知道，它们是不同于学术界业已知道的《尼山萨满》的新的变体。

两个抄本的书名是：nisan saman i bithe damu emu debtelin (只有一卷的尼山萨满)。其中一个抄本(手稿部编号为《满文尼山萨满》No.20)大小为22.4×14.6厘米，共二十九页，每页书写十一行。第二个抄本(编号为《满文尼山萨满》No.19)的大小为26.1×18.2厘米，共四十九页，每页书写八—九行不等，书写较认真。通过对比这两个抄本，我们认为：第二个抄本是马虎抄写第一个抄本而成的，并且抄写者还没有完全掌握满语(是否为外族人?)。第二个抄本中由于马虎和文法

① 参见K.C. 雅洪托夫：《有关达斡尔语语言和历史的新材料》，莫斯科，一九八九年，第一百八十一——一百八十三页。同氏：《B.C. 斯塔里科夫收集品中的满、达斡尔手稿》，《东方文集》，第四集，列宁格勒，一九九〇年，第九十二——一百二十一页。

不熟而造成的许多错误可以证实这一点。正因为如此，我们选择了第一个抄本予以发表。第二个抄本的末尾写有抄写日期(第一个抄本中没有): Irgen guruni oricianiya jurgon (sic) biya orin jak ū ci inenggi (民国二十年十二月二十八日)，即抄写于一九三一——一九三二年冬。至于第一个抄本的编写年代只有去推测了。

目前尚不清楚B.C. 斯塔里科夫是如何得到这些抄本的。这些抄本很可能是他本人于一九二〇——一九五五年长期逗留满洲里期间或一九五七年和一九六五年他短期旅行时得到的。由手稿部与《尼山萨满》抄本一起购进的另一本中夹有一张字条，上面写着收集地名叫麦海尔台(Мэхэртэ)村[①]。该村二十世纪上半叶居住着达斡尔人。夹有字条的这个抄本内容是记录了一些满语——达斡尔语词汇。可以假定，斯塔里科夫所收藏的《尼山萨满》手抄本也是来源于此地。与现在附近地区达斡尔人记录的口头故事题材的相同性在某种程度上也有利于证明这一假定。

《尼山萨满》也可能是从曾在Hohhи 河沿岸搜集过达斡尔语材料的东方学家巴利斯·伊万诺夫·旁克拉托夫处转到B.C. 斯塔里科夫手中的，但没有直接的证据证明这一点。我们在旁克拉托夫的大量档案中还没有发现有关这些抄本的记录。

二

《尼山萨满》目前是满族民间文学中最具特色的作品，尽管它也受到邻近民族的影响。这一作品在很短的时间内引起了世界许多国家学者的兴趣。开始时我们准备在前言里对文献的刊布和研究情况做一概述，但当我们的初稿已经基本完成时，我们有幸地得到了Д Ж 斯塔里的报告。该报告很出色地完成了这一任务。所以，我们的前言就大大地缩减了。

但是，还需说明一下，斯塔里将其称为“尼山学”的新学科的范围缩小了。有关尼山萨满的故事不仅存在于满族中，而且在达斡尔、鄂温克、鄂伦春等民族中也有非常相似的故事。大概不能不注意到这一点，特别是如果将“尼山学”作为阿尔泰学的一部分。

尼山萨满的故事因满文抄本和口头相传而闻名。书末的参考文献列

① 位于中国东部铁路海拉尔东南察拉姆台站十五公里。

有十四种不同的变体。[①] 这次刊布的目的是向学术界再提供一个变体，而暂时不做什么分析或解释，而且几乎在所有的地方我们都尽量不做注释。除此之外，还涉及到翻译的问题，我们尽量接近原文，但又不死板。满语句法的某些特点(如长句)在译文中仍有所保留，从而造成有些地方的译文不上口。我们认为，“尼山学”现在应该进入一个新的时期——综合研究现存的所有变体。这里的刊布只能算是初步的工作。目前中国对东北各民族风俗已有大量的研究。下面刊布的文献对从事这项工作的学者是有益的。

(张铁山译自《<尼山萨满>研究》，圣彼得堡东方学中心和“瓦达列依”商业出版公司，一九九二年俄文版)

译　　文

尼山萨满一册

古代金国的时候，在罗洛屯住着一位富人，名叫巴尔都·巴彦。他富贵达四海，牲畜遍山野，家里还有奴仆三十余人。其中叫阿哈尔基、巴哈尔基的两个奴仆，生得聪明伶俐，巴尔都·巴彦将他们视为自己的儿子一样疼养。巴尔都·巴彦夫妻二十岁时，生了个儿子，乳名叫塞尔古岱·费扬古。但在十岁的时候，他就病死了。巴尔都·巴彦夫妻无不日夜点香向天祈求，并用财物向穷人施舍，行善积德，三十五岁时又生一子，仍叫塞尔古岱·费扬古。长到七岁那年，便请了一位好老师教他。塞尔古岱·费扬古天性聪明，教其一知其二，教其二知其四。其中骑马、射猎、放鹰甚是娴熟。因此，巴尔都·巴彦夫妻把这个儿子当作宝贝东珠一样地疼养。

有一天，塞尔古岱·费扬古带着阿哈尔基、巴哈尔基驾着鹰，骑着银合色马出外回来，听众人说，南面贺凉山野兽很多，心中甚喜。回到家里，吃完晚饭就睡着了。

第二天，他早早起来，向父母请安，然后说：“孩儿我有一个请求，

① 这里所说的原文已全部或部分刊布。什罗阔格洛夫已准备与n.史密特一起刊布一九一六年在北满洲发现的原稿，对此他在自己的著述目录(一九一七——一九一九年)中已说明，但到目前还未出版。M.稽姆报道了自己掌握了八个原文变体。M.费力兹和H.南特维格提到他们记录的似乎是鄂温克故事。最近，一九九一年秋，王宏刚和富育光告诉我们说，他们在牡丹江见到了7种文本。

特请父母恩准。”巴尔都·巴彦夫妻笑着问儿子说：“公子，有什么请求，过来说说，把话说明白。”塞尔古岱·费扬古说：“儿子昨天跟阿哈尔基、巴哈尔基去放鹰回来后，听众人说，南面贺凉山野兽甚多。儿子我想备上车马，带着阿哈尔基、巴哈尔基，去打一次猎。不知父母意下如何？特意来到父母面前，说出请求，望父母恩准。”巴尔都·巴彦夫妻说：“你若去，就随便打几只野兽赶快回来，不要让我们操心。”塞尔古岱·费扬古答应了一声“是”，便带着阿哈尔基、巴哈尔基和众仆人去了。

路上，他们不停地行走，五天后到了贺凉山下。他们每天都打猎，共射杀名兽二百多只。一天，正往住处走的时候，塞尔古岱·费扬古不知怎么的，突然身体发冷打战，胸部绞痛，便对阿哈尔基、巴哈尔基说：“我实在不能走了。”说着，下马躺在了地上，只管哼哼。阿哈尔基、巴哈尔基急忙捡柴点火，为他烤身体，但仍不见好。塞尔古岱·费扬古流着眼泪对阿哈尔基、巴哈尔基说：“现在，我再也不能见到父母的容颜了，我的寿限已到。”说完就断了气。阿哈尔基、巴哈尔基大惊，身体麻木地哭起来，哭声惊天动地。阿哈尔基止住了哭泣，对巴哈尔基说：“你别哭了，主子阿哥已经死了呀！快去告诉老爷。我留在后面带着阿哥的尸体，连夜赶回去。”巴哈尔基上马，带着十个人就往回跑。

不久，他们就到了罗洛屯。进了大门来到屋里，见到老爷、太太就跪在了地上，呜咽着哭起来。巴尔都·巴彦笑着说:“你的阿哥打你了吗？”巴哈尔基只是哭。巴尔都·巴彦生气地责问道：“为什么不说话，只是哭呢！快说！”巴哈尔基止住了哭泣，擦了擦眼泪说：“我们跟着阿哥到了贺凉山一看，野兽很多，阿哥正高高兴兴地打猎的时候，不知道怎么回事，路上身亡。”老爷太太一听，忽然间如雷贯顶，泪流满面，大叫了一声便仰面倒下。众家人急忙将他们抱起来，喷水救活。老爷、太太大声哭着说：“养了个聪明的阿哥，悔恨刚刚成人，不料半路而死。有山一样的金银，由哪个阿哥来受用。”众人的哭声传出，邻里亲朋都来劝解说：“既然已经死了，就不能活了。按理说应该把阿哥的尸体迎回来。”巴尔都·巴彦被劝住后说：“我的儿子已经死了，吝惜这些家业，又留给哪个儿子呢？”叫阿哈尔基说：“你现在就去牧群，准备天色骟马一对，九月里生的白马一对，五月里生的银合骟马一对，十月里生的红骟马一对，又有黑嘴烈马一对。这些马都套上金鞍辔，驮上刺绣，为阿哥引导。纸钱要多烧。”阿哈尔基说了声“是”就走了。巴彦老爷又把这两人叫回来说：“马、猪、羊、饽饽、酒等，也要快点准备。”又对众牧群头目说：“抓牛要看脊骨，抓马、猪和羊要看脖鬃、肋和尾巴，各选一百头肥的送来。”各牧群头目说了声“是”就去了。又向家里的女仆人宣布：“鹅、鸭、软饽饽、酒等，也去准备吧！”众人忙乱了一天后，又聚到了一起。巴尔都·巴彦夫妻带着众亲戚，将所有祭品摆放在儿子的棺材前。老爷、太太手执奠酒哭泣着说：“父亲可爱的儿子，三十五岁时生的塞尔古岱·费扬古阿哥，聪明的灵魂，请听清楚我的话。父亲我为你准备了烧纸五十万张、杀牲畜四百头、麦子饽饽一百桌、小黄米饽饽一百桌、酿酒一百瓶、经年酒三十瓶、果酒百瓶。饽饽堆得像山一样，纸钱摞得像山峰一样，酒多得像河一样。你聪明的灵魂如果有知，就把它们都收下吧！鬼勿游荡，魂勿被夺。”正在大声哭泣的时候，大门口来了一位弯腰、白发的老头儿大声喊道：

看大门的　德扬库　德扬库
阿哥们，请听我说　德扬库　德扬库
看小门的阿哥，用心来听　德扬库　德扬库
快快进去，要饭吃的　德扬库　德扬库
要死的老头来了　德扬库　德扬库
要见贝勒阿哥的尸体　德扬库　德扬库
行方便让进去　德扬库　德扬库

看门人去见主人老爷，说明了那个老头儿的请求。巴尔都·巴彦说：“快请他进来，让他来吃祭祀贝勒阿哥的山一样多的肉和饽饽，喝河水一样多的酒吧！”家人出去将那位老人引进屋里。老人缓慢地走过来，全然不理那些饽饽、肉、酒等物，直奔塞尔古岱·费扬古的棺材前，击掌踏地悲伤地哭道：

听说生了一个贝勒阿哥
　　没有本事的奴才我很喜欢啊啦
生了一个魁伟的阿哥
　　老奴我大喜啊啦
生了一个聪明的阿哥
　　愚笨的奴才我只有欢喜啊啦
请带走阿哥的鬼开恩，送回聪明阿哥的灵魂

老人痛苦不堪。巴尔都·巴彦很可怜他，将自己身上穿的黄缎子衣服给了他。那位老人接过衣服，穿在身上，缓慢地拉起巴尔都·巴彦的手说："巴彦老弟，只哭也救不了命啊。我想，巴彦老弟早早地请一位有能耐的萨满，来救你儿子的命最为重要。"说着，走出房门。巴尔都·巴彦说："老人家，如果您听到什么地方有出名的萨满就告诉我。"那位老人深深地吸了一口气说："老弟，既然问我，我就指给你一个地方吧。听说，从这往东四五十里处的尼石海河岸，住着一位有名的尼山萨满。赶快去请，救救你儿子的命吧！"说完，走出大门，乘五色彩云，腾空而去。巴尔都·巴彦大喜说："一定是神来指点。"于是，向天行三次礼，叩三次头。进屋向妻子说明缘由后，就骑上银合骟马，径直去找尼山萨满。

不久，巴尔都·巴彦就到了尼石海河边，一看有近二十间房子，西边两间小房门前，有一位漂亮女子正在门前的缸那坐着洗衣服。巴尔都·巴彦仔细一看，有二十岁左右，生得貌似潘安，如神降世。双目似秋水，双眉如初出明月，面如满月，动似春时柳枝在风中摇摆，十指长得如春葱。巴尔都·巴彦看了好一会儿，迈步上前问道："格格，向你问一个地方。尼山萨满的家在哪儿？请告诉我。"那个女子站起来笑着朝东边指指说："那边看见的房子就是尼山萨满的家。"巴尔都·巴彦谢了那个女子，骑上马奔过去。一看，有几个人正在苫房子。巴尔都·巴彦问："众阿哥，我向你们问一个地方。尼山萨满的家在什么地方？"话音刚落，一个人就回答说："刚才，你问的那个女子就是尼山萨满呀！"巴尔都·巴彦很快又来到了尼山萨满的家，拴上马进了屋。一看，南炕上坐着一位白发老太太。于是，巴尔都·巴彦就给那个老太太跪下请求说："萨满格格仁慈，请给看一下命数，救救我的儿子吧。"那个老太太赶忙扶起他说："我不是萨满。西炕上的那个我的媳妇才是萨满。你去求她吧！"巴尔都·巴彦上前跪下求道："仁慈的萨满，请为我的儿子略点一下命数。"尼山萨满说："我不是萨满，你找错了。"巴尔都·巴彦又求道："萨满格格的大名如雷贯耳，在二十个萨满之上，四十个萨满之首，威震四方。所以，特意前来请您。"尼山萨满笑着说："既然已经来了就给你看一下吧。"巴尔都·巴彦这才坐到了炕上，给尼山萨满点上一袋烟。尼山萨满拿来一碗清水，洗了一下脸和眼，在神祇面前点上香，从房梁上拿下一个黄色包袱，把里面的一个大护心镜放在桌子前，又将五十个神镜摆放在桌子前，将大木桶抛进水中，大声地摇动，高声地颤动，用正常声祈祷，用雄浑声呼唤着“霍格、牙格”：

依库勒　叶库勒　看命数而来的阿哥
依库勒　叶库勒　如果对，就说对
　　　　　　　　如果不真实，就说不真实
依库勒　叶库勒　我做萨满，已有三年
依库勒　叶库勒　移来了吉祥之运
依库勒　叶库勒　怎样开始
　　　　　　　　如何传来
依库勒　叶库勒　请听原委
　　　　　　　　十七岁时
　　　　　　　　与众女子一起
依库勒　叶库勒　去原野
依库勒　叶库勒　采野菜
依库勒　叶库勒　回来的时候
依库勒　叶库勒　突然眼睛发花
依库勒　叶库勒　人事不清
依库勒　叶库勒　将到家
依库勒　叶库勒　不知怎么的
依库勒　叶库勒　身子软得支持不住
依库勒　叶库勒　躺在地上
依库勒　叶库勒　听从阿哥之意
　　　　　　　　述说原委
依库勒　叶库勒　语义不清
依库勒　叶库勒　突然从房梁上
　　　　　　　　就像天上太阳一样
依库勒　叶库勒　落下一个大护心镜
依库勒　叶库勒　慢慢苏醒
依库勒　叶库勒　拿过来一看
依库勒　叶库勒　清洁之身可见
依库勒　叶库勒　全身已碎
依库勒　叶库勒　八十块骨头鲜红

依库勒　叶库勒　九十块骨头曲动
依库勒　叶库勒　从此，光华的身体立起
依库勒　叶库勒　有了自信
依库勒　叶库勒　名声大振
　　　　　　　　自身显赫
依库勒　叶库勒　你来问怎么回事
依库勒　叶库勒　巴彦阿哥请听着
依库勒　叶库勒　二十五岁时
依库勒　叶库勒　生了一个男孩
依库勒　叶库勒　起了个名字
　　　　　　　　叫塞尔古岱·费扬古
依库勒　叶库勒　十岁时死了
依库勒　叶库勒　从此，巴彦阿哥
依库勒　叶库勒　用自己的财物帮助
　　　　　　　　贫穷的人
依库勒　叶库勒　行善积德
依库勒　叶库勒　虔诚烧香
依库勒　叶库勒　以求之故
依库勒　叶库勒　巡查之神
　　　　　　　　怜见
依库勒　叶库勒　送给一个洁净的敖麦神
依库勒　叶库勒　让她活在人间
依库勒　叶库勒　这样，在三十五岁时
依库勒　叶库勒　不久又生了一个儿子
依库勒　叶库勒　仍叫塞尔古岱·费扬古
依库勒　叶库勒　到了七岁时
依库勒　叶库勒　请了一位好老师
依库勒　叶库勒　教他读书
依库勒　叶库勒　他天性
依库勒　叶库勒　聪明伶俐
依库勒　叶库勒　学一知二
依库勒　叶库勒　其间步箭、马箭
依库勒　叶库勒　放鹰

依库勒　叶库勒　骑马等项样样娴熟
　　　　　　　　一天，让阿哈尔基、巴哈尔基跟随
依库勒　叶库勒　去放鹰
依库勒　叶库勒　回来时听说
依库勒　叶库勒　南面贺凉山上
依库勒　叶库勒　野兽出没很多
依库勒　叶库勒　听此话后
依库勒　叶库勒　第二天求父母开恩
依库勒　叶库勒　带阿哈尔基、巴哈尔基
依库勒　叶库勒　准备车等物品
依库勒　叶库勒　又带五十余人
依库勒　叶库勒　去打围
依库勒　叶库勒　到了贺凉山下
依库勒　叶库勒　将有名的野兽
依库勒　叶库勒　射杀了二百余只
依库勒　叶库勒　一天，往住处回来的时候
依库勒　叶库勒　骑在马上眼睛发花
依库勒　叶库勒　身子不知道怎么的
依库勒　叶库勒　泻肚坐下
依库勒　叶库勒　阿哈尔基、巴哈尔基赶紧
依库勒　叶库勒　集聚木材
依库勒　叶库勒　烘烤身子
依库勒　叶库勒　一会儿，身体好些了
依库勒　叶库勒　像样子了
依库勒　叶库勒　塞尔古岱·费扬古自己
依库勒　叶库勒　哭着说
依库勒　叶库勒　阿哈尔基、巴哈尔基听着
依库勒　叶库勒　不孝之子
依库勒　叶库勒　再也看不见
依库勒　叶库勒　父母的容颜了
依库勒　叶库勒　为什么我的寿限
依库勒　叶库勒　到头了
依库勒　叶库勒　生命穷尽了

依库勒　叶库勒　特意过来的阿哥
依库勒　叶库勒　明白告诉你
依库勒　叶库勒　生性聪明的塞尔古岱·费扬古
依库勒　叶库勒　大杀野兽
依库勒　叶库勒　传闻
依库勒　叶库勒　阴间的阎罗王
依库勒　叶库勒　让他做儿子
依库勒　叶库勒　把蒙古尔岱舅舅差遣
依库勒　叶库勒　生性聪慧的塞尔古岱·费扬古
依库勒　叶库勒　被狐木鲁鬼
依库勒　叶库勒　抓走了魂
依库勒　叶库勒　带到了阴间
依库勒　叶库勒　来看的阿哥
依库勒　叶库勒　若是就说是
依库勒　叶库勒　(若不是)就说不是

说完之后，巴尔都·巴彦连连叩头说："大神所说皆为事实。凡事都靠萨满格格的指导。"尼山萨满整理了一下衣服，用温柔的声音，对巴尔都·巴彦说："巴彦老兄，我问你，你们家里有三年的狗、三年的公鸡、三年的酱，这三样东西吧？"巴尔都·巴彦说："这些东西我们家都有，只希望萨满能够亲临。"尼山萨满说："去倒没什么，只是愁，把眼前的一位七十多岁的老婆婆留下，没人照顾。"巴尔都·巴彦说："萨满格格，你不要担心。我自己先回去，明天带来四个奴婢，让她们服侍您尊敬的婆婆，从早到晚，并准备好吃喝的东西。叫阿哈尔基、巴哈尔基，明天来请萨满格格。"尼山萨满说："那么，巴彦老兄，你赶快回家吧。明天，准备好车，让阿哈尔基、巴哈尔基来接我。"说完之后，巴尔都·巴彦特别高兴，离开了尼山萨满，骑上马风一样地快跑。不一会儿，就到了罗洛屯回到了家里，当他把尼山萨满要来的消息说出来后，全家人都很高兴。

第二天，巴尔都·巴彦起得很早，并立即嘱咐阿哈尔基、巴哈尔基准备好去尼山萨满家的干粮、奴婢，去请尼山萨满。于是，阿哈尔基、巴哈尔基像风雨一样急行。一会儿，到了尼石海河岸，找到了尼山萨满的家。说明了来此的原因，并将派来的奴婢四人留下，等待尼山萨满起程。不久，尼山萨满把所有的彩色神衣一起穿上，告别了婆婆。将神具等物放在了车上，自己上了轿车，一直朝罗洛屯奔去。到了巴尔都·巴彦家后，巴尔都·巴彦夫妇带着家人迎到了大门口，把满脸喜色的尼山萨满领到了屋里，请她上了西炕，坐在三层织锦坐褥上。于是，备办宴席款待尼山萨满。吃完饭后，尼山萨满说："你们这个屯里，如果有能够合鼓、金点的萨满，现在就可以去追赶你儿子的魂灵了。"巴尔都·巴彦就找来了本屯的卓勒宾阿萨满。尼山萨满穿戴上大器械，拴上了女裙跳神，卓勒宾阿萨满这个打鼓的扎力却合不上点。尼山萨满说："打鼓不行，怎么能去阴间取灵魂呢？"巴尔都·巴彦说："萨满格格，除此之外，我们这个屯子再没有萨满了。"尼山萨满说："那么，我给你介绍一个人。他与我从小在一起，我祭祀、跳神，他都略知。详细的名字叫纳里·费扬古，住在从这往东约五十里的霍洛屯里。如果我的这个弟弟纳里·费扬古一来，你儿子的命就有救了。"巴尔都·巴彦大喜，叫阿哈尔基、巴哈尔基说："你们二人，备马去霍洛屯请纳里·费扬古。"阿哈尔基、巴哈尔基说了声"是"，将三匹马备了鞍，二人各骑了一匹马，牵着一匹马，飞似的向霍洛屯奔去。

不久，他们便来到了霍洛屯。一看，大街上一群孩子正在立靶子射箭呢。巴哈尔基从马上下来，问众人："纳里·费扬古的家在哪儿？"这时，从人群中走出一人说："谁敢叫我们主子阿哥的名字？"阿哈尔基上前笑着说："阿哥，不要生气。名字嘛，就是脸面呢！如果不起名字，怎么能找得到呢！"正说当中，纳里·费扬古走过来训斥了家人，然后转过身来问："尊敬的阿哥，有什么要事来找我。"阿哈尔基上前施礼说："我们家的主人阿哥塞尔古岱·费扬古死了，特请来了尼山萨满。萨满格格派我们请尊贵的阿哥，能够合上鼓、金点的扎力，希望您那被求过上万次的贵体去一下。"纳里·费扬古笑着说："这个奇异的尼山萨满，又让弟弟我受累了，她又一次想到了她的好弟弟，我如果不去又不行。"于是，他进屋里穿上了彩色神衣，告诉了父母出行的原因，施礼告别，又叮嘱家人说："我走后，留下好好看家。"纳里·费扬古骑上束腿的银合骟马，直奔罗洛屯飞驶而去。到了巴尔都·巴彦大门前，尼山萨满和巴尔都·巴彦夫妇一起迎了出来。尼山萨满笑着对纳里·费扬古说："我的手鼓、金不能合上点，说了八十句话；不能击鼓唱神歌，说了四十句话。"纳里·费扬古笑着说："你这个奇异的尼山萨满，说了一大堆什么呀？"两个人一起笑着进了屋。纳里·费扬古和尼山萨满在一个桌子旁对坐。吃完饭后，尼山萨满头戴神帽、神盔，身穿八宝神衣，拴上神裙、腰铃，沿神帽系上飘带，手持神鼓，站在地上，高声颤动，大声摇动，祈祷声如哨箭发射，九十个骨节变成弓形，八十个骨节连接一起，用雄浑的声音喊着“霍格、牙格”，从天上降下大神，高声地颤抖着说：

知道细则的　德扬库　德扬库
纳里·费扬古仔细听　德扬库　德扬库
到黑暗的地方去取灵魂　德扬库　德扬库
到丑恶的地方去取生命　德扬库　德扬库
到阴间去取身体　德扬库　德扬库
等我昏迷之后　德扬库　德扬库
祈求我的神祇　德扬库　德扬库
路上不要劳苦　德扬库　德扬库

说完之后，就昏倒在地上。脸色像芙蓉花一样的红，像土一样的灰。纳里·费扬古急忙把公鸡和狗放在她脚下，把一百束纸和一百块酱放在她头前，在鼻子周围洒了二十桶水，在身体周围洒了四十桶水，然后陪坐，拿起手鼓开始击打道：

英阿来　兴阿来　轩昂之身站立
英阿来　兴阿来　为见阎罗王而去
英阿来　兴阿来　为朝见阎罗王
英阿来　兴阿来　去阴间，保佑而行
英阿来　兴阿来

祈祷完了之后，他就坐在了炕上。此后，尼山萨满的魂灵带着众神祇、九对鬼祟、仙女及走兽等，奔向阴间。不久，见前面有一座高山，尼山萨满问众神：“这是什么山？”鬼祟回答说：“这就是从古传下来的忘掉生死的‘望乡台’呀！”尼山萨满说：“不管怎么样，我们还是快些过去吧！”说着，到了一个三岔路口，又问众神，回答说：“从中间走是到酆都城的路。”听完之后，尼山萨满就带领着众神飞一般地奔去。不久，来到了黄河，左右一看没有渡口。这时，瘸子拉喜从对岸划船过来。尼山萨满用雄浑的声音唱道：

霍格　牙格　生来知理的瘸子拉喜
霍格　牙格　把厚厚的耳朵垂下
霍格　牙格　通晓祀理
霍格　牙格　不白渡过，给你报酬
霍格　牙格　骗你没什么意思
霍格　牙格　快点过来
霍格　牙格　众神遣我
霍格　牙格

唱完之后，瘸子拉喜划船过来说："格格，怎么敢呼我的名字。"尼山萨满大声说："不是别人，在阳间扬名的、在阴间里显露的尼山萨满在此。"瘸子拉喜赶紧将她渡过，尼山萨满到了对岸后，给瘸子拉喜三块酱、三束纸，并问拉喜有没有人从这过去。拉喜说："只有蒙古尔岱舅舅带着塞尔古岱·费扬古过去了。"尼山萨满离开了瘸子拉喜继续往前走。

不久，尼山萨满来到了红河岸边，想过去却没有船，正在左右寻找的时候，看见对岸有一个人划船过来。尼山萨满招呼道："阿哥，发发善心吧，把我送过去。不会白渡，给你报酬。"那个老人说："我渡河的报酬是要五块酱、五束纸。"尼山萨满生气了，高声念道：

德扬库　德扬库　上天之仙女
德扬库　德扬库　把主汗呼唤声
德扬库　德扬库　倾听着
德扬库　德扬库　有急事
德扬库　德扬库　来到听
德扬库　德扬库　快快降下
德扬库　德扬库　将主人我渡过

说完，神女降下，将手鼓放在河上，将尼山萨满渡过河。由此而行，来到了阴间的第一道关，守关的鬼斥责说："谁敢私自过此关，赶快退下！"尼山萨满大怒，向众神祇祈祷说：

德扬库　德扬库　遮日的大雕
德扬库　德扬库　赶快降下

德扬库　德扬库　让主人我
德扬库　德扬库　从这个关通过

说完后，忽然间从空中降下一只大雕，将尼山萨满抓起从关的边上过去。随后，尼山萨满又过了三道关，一直来到了蒙古尔岱舅舅的家。她站在大门前，用雄浑的“霍格、牙格”声呼唤道：

霍格　牙格　让人家所生的儿子
霍格　牙格　没有寿限
霍格　牙格　将别人长得好好的儿子
霍格　牙格　强行抓来
霍格　牙格　如果不给
霍格　牙格　用不义的办法
霍格　牙格　如果说好的
霍格　牙格　多给钱财

说完之后，蒙古尔岱舅舅出来笑着说：“尼山萨满，我并没偷你的东西，你为什么撞到我的大门口来胡闹？”尼山萨满说：“你虽然没偷我的东西，但就可以将别人养得好好的儿子，不到寿限就抓来，让他的父母发昏哭泣吗！你的罪过实在是天地难容啊！”蒙古尔岱又说：“我有什么罪，也实在与你无关啊！我们的汗听说塞尔古岱·费扬古聪明，特意派我去找来。现在，我们的汗让他和阿尔苏兰摔跤手摔跤，阿尔苏兰被摔倒了。因此，我们的汗把他像养子一样地养着，哪有给你带走的道理？你来也是白费力气！”尼山萨满大怒，收回众神祇，来到阎王城，只见城门紧闭，便大声喊道：

克罗尼　克罗尼　临驾天空的
克罗尼　克罗尼　与天地相当的
克罗尼　克罗尼　为首的超群大雕
克罗尼　克罗尼　快快降下
克罗尼　克罗尼　抓住塞尔古岱·费扬古

说完不久，众神、海青神、大雕下来一看，塞尔古岱·费扬古正和一群孩子在玩儿金银嘎拉哈，为首的大雕和大神降下，抓走了塞尔古岱·费扬古。众小子大惊跑去告诉阎罗王，阎罗王大怒，将蒙古尔岱舅舅叫来责备说："你带来的塞尔古岱·费扬古被大鸟抓走了。"蒙古尔岱舅舅说："汗王，请不要生气，她不是别人，是在阳间扬名的、在各国出了名的尼山萨满，是她给拿走了。我马上去追，求求看。"于是，离开了阎罗王，去追尼山萨满。

这时，尼山萨满正拉着塞尔古岱·费扬古的手，一直通过三道关。蒙古尔岱舅舅从后面追上来叫道："萨满格格，请站一会儿，有几句话说。"

尼山萨满转过身来站住说："你叫我干什么？"

蒙古尔岱舅舅求着说："萨满格格若仁慈，请把带来的狗、鸡、酱、纸等物留下再走。"

尼山萨满说："你若好好地温顺地说还可以，如果口出恶语，我实在是半点东西也不留。"

蒙古尔岱舅舅说："萨满格格，你能不给我点面子吗？"

尼山萨满说："蒙古尔岱舅舅，你这样温顺地说，我就给你一些报酬，十束纸和十块酱。"

蒙古尔岱说："萨满格格，你给的报酬太少了，请仁慈一点，把你带来的鸡和狗也留下，酱和纸不增加点儿吗？"

尼山萨满问："蒙古尔岱舅舅，你留下鸡和狗有什么用处？"

蒙古尔岱舅舅说："我们汗没有打猎的狗，没有报时的鸡，所以请求萨满格格，把狗和鸡留下。否则，我们的汗怪罪于我，我怎么承受得了呢？"

尼山萨满说："这倒可以，不过你也得给我点面子，给塞尔古岱·费扬古增加寿限。"

蒙古尔岱舅舅说："看在你的面子上，增加到二十岁。"

尼山萨满说："鼻涕还没干，带回去有什么用？"

蒙古尔岱舅舅说："那么，增加到三十岁。"

尼山萨满说："心志未定，带回去有什么用？"

蒙古尔岱舅舅说："那么，增加到四十岁。"

尼山萨满说："荣华富贵尚未得到，四十岁回去有什么用？"

蒙古尔岱舅舅说："那么，增加到五十岁。"

尼山萨满说："太平善事尚未行之，五十岁回去有什么用？"

蒙古尔岱舅舅说:“那么，增加到六十岁。”

尼山萨满说:“安逸快乐尚未得到，六十岁回去有什么用?”

蒙古尔岱舅舅说:“那么，增加到七十岁。”

尼山萨满说:“本源之事尚未知道，带回去有什么用?”

蒙古尔岱舅舅说:“那么，增加到八十岁。”

尼山萨满说:“细隐之事尚未知晓，八十岁回去有什么用?”

蒙古尔岱舅舅说:“那么，增加到九十岁。”

尼山萨满说:“来去之事尚未知道，九十岁带回去有什么用?”

蒙古尔岱舅舅说:“萨满格格，到此为止了，寿限实在不能再增加了。塞尔古岱·费扬古若活到九十岁，牙齿发黄，头发变白，腰也弯了。”

尼山萨满谢了蒙古尔岱舅舅准备离去的时候，蒙古尔岱舅舅说:“请教一教唤狗和鸡的办法，好让它们跟我走，好吗?”尼山萨满说:“唤狗‘嗅、嗅’，唤鸡‘阿什、阿什’，就行了。”蒙古尔岱舅舅照着尼山萨满所说的一叫，狗和鸡全跟尼山萨满去了。蒙古尔岱舅舅赶紧回来求尼山萨满说:“萨满格格，你若把狗和鸡带走，我们的汗怪罪下来，我可担当不起呀。”尼山萨满说:“那么，告诉你唤狗‘库力、库力’，唤鸡‘咕、咕’就行了。”蒙古尔岱舅舅照着尼山萨满所说的一叫，狗和鸡都跟他去了。

尼山萨满仍旧拉着塞尔古岱·费扬古的手往回走，遇见了她的丈夫正用高粱秸烧油锅。他见到尼山萨满很生气，咬着牙骂道:“你这个轻浮的尼山萨满，别人都可以救活，我们结发夫妻之礼却可以违背，甚是可恨。”尼山萨满请求道:

霍格　牙格　丈夫阿哥快听着
霍格　牙格　我们在一起的时间
霍格　牙格　十六年
霍格　牙格　不觉得
霍格　牙格　因命薄
霍格　牙格　丈夫阿哥的身体
霍格　牙格　已经死了五年了
霍格　牙格　你死了以后
霍格　牙格　我三年期满
霍格　牙格　立身为萨满
霍格　牙格　做了萨满以来将婆婆

霍格　牙格　孝顺赡养
霍格　牙格　因为过去家贫
霍格　牙格　过得是什么样的
霍格　牙格　日子呀
霍格　牙格　想起丈夫阿哥的身体
霍格　牙格　放在此处
霍格　牙格　我一回到阳间，纸钱多多地烧
　　　　　　并把你送到积善之地

正说着，她的丈夫生气了，咬着牙狠狠地说："你救别人的命肯出力，却不理我，太可恶了。你想把我遣放到哪儿去？"尼山萨满气愤地说：

丈夫阿哥的身体　霍格　牙格
已经死了，肉已烂了　霍格　牙格
筋皮已断了　霍格　牙格
怎么能活呢　霍格　牙格
如果不讲情面　霍格　牙格
坚持不义的想法　霍格　牙格
丈夫阿哥不要发怒　霍格　牙格
留下的老母亲　霍格　牙格
由我来负担　霍格　牙格
如果仍不合你的意　霍格　牙格
不要处置我　霍格　牙格
让你万世　霍格　牙格
不能变人身　霍格　牙格
抛往酆都城　霍格　牙格
遮日的大雕　霍格　牙格
快快降下　霍格　牙格
抓住他　霍格　牙格
监禁到酆都城去　霍格　牙格

正说着，忽然间降下一只大雕，把尼山萨满的丈夫抓起来，抛进酆都城，真的万世不能变人身了。尼山萨满拉着塞尔古岱·费扬古的手过来叫道：

德扬库　德扬库　没有了丈夫
德扬库　德扬库　坚强地生活
德扬库　德扬库　追着年少时光
德扬库　德扬库　任意地游玩
德扬库　德扬库　快乐地生活
德扬库　德扬库　没有了丈夫
　　　　　　　　尽情快乐地生活

走着，走着，抬头一看，有一座金光缭绕的桥，桥的左边有一座宝楼，从门里散出五色烟气。尼山萨满走上桥头，看见一个鬼正看着被绑着的三个人。尼山萨满走近问道："这个楼住的什么人？"鬼回答："这个楼里住的就是从根上生长的、由叶上发芽的子孙娘娘啊！"尼山萨满给那个鬼三束纸就拉着塞尔古岱·费扬古的手上楼去。门口的两个鬼身穿盔甲，手拿棒子坐着，见到尼山萨满斥责说："你是何世罪恶之魂，妄闯进来，想过此门。"尼山萨满求道："我不是别人，就是阳间扬名、阴间出名的尼山萨满啊！我是进去叩见子孙娘娘的。"两个鬼笑着让她进去了。尼山萨满进去一看，南炕上坐着白发的子孙娘娘，左边有十多个女子和穿戴褡裢口袋的小孩儿站在那儿。尼山萨满向子孙娘娘行了三个礼、叩了三个头后，子孙娘娘说："我不认识你呀！你是什么地方的人？"尼山萨满说："都是从你的根上生长的、由叶上发芽的子孙呀！我不是别人，是在阳间扬名、在阴间出名的尼山萨满呀！"娘娘说："我怎么忘了，在阳间玩儿似的生了你，让你做一个真诚、有力的萨满。送你到阳间的时候，没给你后代，让你年少守寡，救别人命。这些都记在档子里了。这个孩子又是谁的儿子呢？"尼山萨满把塞尔古岱·费扬古的死因，从头至尾地说了一遍，并向娘娘说："尼山萨满我特意到娘娘面前，为塞尔古岱·费扬古求后代的。"娘娘说："看在你的面子上，给塞尔古岱五个儿子、三个女儿吧！"说完，拉着尼山萨满的手下楼去，向西边仰望，只见一片柳树长得又绿又好。尼山萨满问："娘娘，那边的所有树木怎么长得那么好？"

娘娘说："那是因为你们阳间之人行善，就可以福禄不断，子孙相传，富裕年丰，所以就这样绿。"

尼山萨满又问："娘娘，那一群女子坐在一起，为什么强迫她们喝水，并且呼天唤地地哭呢？”

娘娘说：“她们是你们阳间之人，去河边的时候随便地将污秽的东西在河里洗。河神生气了，惩罚她们把那些脏水喝下去。”

尼山萨满又问：“娘娘，把那个人的手钉在门上，他为什么呼天唤地地哭呢？”

娘娘说：“他是你们阳间之人，生在人世时，若给人家银子，就给一点点；若拿人家的银子，就多多地拿。甚至吃人肉仍不满足，只好到此用刑。”

尼山萨满又问：“这个人为什么在头上顶着石头送上山，并且呼天唤地地哭呢？”

娘娘说：“他是你们阳间之人，上山的时候，往山下滚石头，山神的头被打痛，罚他将滚下的石头送回去。”

尼山萨满又问：“众人把那个人围起来，打的打，抓的抓。他为什么呼天唤地地哭呢？”

娘娘说：“他是你们阳间之人，活着的时候，用雇工不给人家钱，反而以淫威讹诈抵赖，使众人流泪。死了以后，人们仍然觉得冤屈，所以众人对其施行打、抓之刑。”

尼山萨满又问：“娘娘，给那个女人用钩眼、拉嘴之刑，她为什么还呼天唤地地哭呢？”

娘娘说：“她是你们阳间之人，对待公婆斜眼相看，恶语相骂，所以到此上刑。”

尼山萨满又问：“那一群人为什么吃一碗蛆，为什么呼天唤地地哭呢？”

娘娘说：“他们是你们阳间之人，活着的时候，把粮食随便浪费，到这以后都让他们吃蛆。把他们扔的粮食让他们吃掉。”

尼山萨满又问：“娘娘，那个人为什么受赤身挨打之刑，又为什么呼天唤地地哭呢？”

娘娘说：“他是你们阳间之人，不孝敬父母。父母说一句，他顶两句，所以到此用刑。”

尼山萨满又问：“娘娘，那个女子为什么用铁钩刑？”

娘娘说：“她是你们阳间的女人，夜里背着家人偷吃东西，用钩嘴之刑。”

尼山萨满问了各种刑罚之后，娘娘说：“你回阳间以后，让那些不知孝顺之人好好知晓。”

尼山萨满感谢了娘娘，便离开了此地。她拉着塞尔古岱·费扬古的手，带领着众神祇，风一般地行走，给所有的河神三块酱。不久，到了巴尔都·巴彦的家，给大、小门神各三块酱来到屋里，赶快把塞尔古岱·费扬古的魂放到棺材里他的身体内。进入他的体内后，神铃开始晃动。纳里·费扬古明白了，在尼山萨满脸的周围浇四十桶水，在鼻子周围浇二十桶水。尼山萨满忽然站了起来，一下子抓起手鼓跳神，然后脱掉所有物件，坐在了炕上，向巴尔都·巴彦说：“为什么，现在还不赶快去把塞尔古岱·费扬古的棺材盖儿打开，让他喝一碗热水？”巴尔都·巴彦夫妻大喜，来到隔间里，打开棺盖儿。这时，塞尔古岱·费扬古突然站了起来说：“我这么能睡，我的嗓子怎么这么干呢？”巴尔都·巴彦夫妻急忙拿来一碗热水给他喝，塞尔古岱·费扬古的声音比原来好了几分，完全回到了阳间。巴尔都·巴彦夫妻很高兴，多亏尼山萨满、纳里·费扬古来救他儿子的命，才使公子起死回生，为了报答尼山萨满、纳里·费扬古之恩，向他们施礼三次，叩头三次。是日，巴尔都·巴彦将全屯的人及亲戚、朋友聚到一起，杀猪、羊、牛等等，设宴三天。在尼山萨满告辞时，为了感谢其救命之恩，给金银一千两，闪缎、蟒缎五车，奴仆五对，牛马各一百。分别送尼山萨满、纳里·费扬古回家。尼山萨满一得到富贵和奴婢就改变了想法，对待婆婆比以前更有几分孝顺。

事后，巴尔都·巴彦夫妻叫儿子说：“阿哥，你现在已经到了娶媳妇的时候了。你自己去选一个吧，如果合你的意就娶过来。”于是，塞尔古岱·费扬古让阿哈尔基、巴哈尔基跟着，驾着鹰、牵着狗，每天去看姑娘。因为没有合意的姑娘，心里暗想，这辈子怎么能没有与我相配的呢？向阿哈尔基、巴哈尔基说：“我们来选姑娘已经半个月了，实在是没有合我意的，老天不让我成双啊。”两个奴仆说：“公子，既然不能成双也就不必烦恼。”三人边说边往家走。第二天，塞尔古岱·费扬古又带上两个奴仆，带上弩弓、鹰、狗，向西而去。

(先将这件事放下，说说太白金星)塞尔古岱·费扬古把选妻半个月、尚未找到之事说给了太白金星，并说：“如果你不给我送来合适的姑娘，我就要承受不孝的罪名了。”正说着，只见一只兔子转过来，在塞尔古岱·费扬古回来的路上奔跑。塞尔古岱·费扬古急忙拿出弓箭射去，正好射中兔子，但兔子仍然向后跑。塞尔古岱·费扬古和阿哈尔基、巴哈尔基一起去追赶，再一看兔子不见了，箭落在路上。塞尔古岱·费扬古拿起箭，向后仰望，看见一座大城。三人勒马靠近，见城门里一座高大城楼，进了楼内往上一看，三四个女子在服侍一个姑娘。塞尔古岱·费扬古仔细看了那个姑娘，实在是绝代佳人之冠，其貌如广寒宫神女下凡，似月中嫦娥无双，眼似秋水，眉似弯月，樱桃小口，笑时掩面，三寸金莲款款小步，不禁春风。塞尔古岱·费扬古一见，魂魄已散，身子麻木，向两个奴仆说："想必是白日在做阳台之梦。"巴哈尔基说："公子，已经在此，怎么糊涂了？希望公子保重身体。我们暂且进她们家去，探探虚实，如果她没许配给别人，自然与公子有姻缘。"这时公子才如梦初醒，带着两个奴仆，一直去求巴彦老爷。进了大门，从马上下来，三个人来到了屋里，家人急忙引见。他们向巴彦老爷问安时，巴彦老爷、太太急忙回礼。坐在炕上以后，巴彦老爷笑着问塞尔古岱·费扬古："尊贵的公子，府上在哪儿？姓氏名谁？"塞尔古岱·费扬古答道："我的屯子叫罗洛屯。我的父亲叫巴尔都·巴彦。我就是巴尔都·巴彦的儿子塞尔古岱·费扬古。"巴彦老爷笑着说："久仰大名。"于是，便召唤众家人杀猪宰羊，设下宴席。塞尔古岱·费扬古坐在上座，老爷、太太对坐。席间，巴彦老爷笑着问："阿哥，今年多大了？"公子回答："我今年十六岁了。"巴彦老爷又问："阿哥，说了媳妇了吧？"公子回答："我来选姑娘已经半个月了，全然没有合意的。"巴彦老爷笑着说："老人我有一句戏言，不知公子意下如何？"公子说："老爷如果有话就请说，我们都在一个桌子边上坐着了，有什么可隐瞒的？"巴彦老爷说："我姓巴彦，身旁无子，只有一女，名叫'巴彦·霍卓'，今年十七岁。从小学习经史，至今尚未婚配，我想选一个相当之人做其妻子。公子既来，上天之荐，正合我们双方之意。公子如果不嫌弃，将我女儿许配给你，一辈子听公子使唤。公子意下如何？"塞尔古岱·费扬古大喜说："愚并无嫌弃之意，婚配有何不可呢？"是日，即让巴哈尔基在中间做媒，定下了终身。

第二天，公子三人离开巴彦老爷家，风一般地高兴地往家赶。不久，到了家中，把娶媳妇的事，从头到尾地说了一遍。巴尔都·巴彦夫妻及众家人无不欢喜，并选了一个黄道吉日，杀猪宰羊，套了十辆马车送礼。巴彦老爷将其亲朋好友全部请来，宴请三天。塞尔古岱·费扬古送礼回来不久，时间过得很快，便选八月十五黄道吉日为娶亲之日。并且将尼山萨满和纳里·费扬古也请来了。不久，到了八月十五日，巴彦老爷带着车队，巴彦·霍卓姑娘坐着八抬大轿而来，奏乐不久，便到了罗洛屯。巴尔都·巴彦夫妻及亲朋出来迎接，将新媳妇接到里面。是时，日落开宴，音乐奏起。尼山萨满对纳里·费扬古说："我们也应该与众人同喜，音乐正合巴尔都·巴彦喜悦的心情，又可以助酒兴，让我们唱起来吧！"说着，尼山萨满首先唱起来：

空齐　空齐　若想求长寿，从和睦开始
空齐　空齐　喜庆时高歌，请长辈们听着
空齐　空齐　白蛇的城郭，充满了吉祥的音乐
空齐　空齐　天生的配偶，如牛郎、织女一般
空齐　空齐　若要亲睦，合瑞祥之兆
空齐　空齐　夫妻将永远和美
空齐　空齐　孝顺公婆，顺应义理
空齐　空齐　祈祷命兆
空齐　空齐　守居诚意，厚待新人
空齐　空齐　承天恩萨满我只身而来
空齐　空齐　引塞尔古岱·费扬古回阳间
空齐　空齐　从此以后，塞尔古岱·费扬古生五个儿子，三个女儿
空齐　空齐　寿限到九十，世代不绝，富贵永存

唱完之后，众人齐集无不称奇，接着纳里·费扬古唱道：

空齐　空齐　在宴席上高歌，请长辈们听着
空齐　空齐　到此齐集的众人，请清楚地听着
空齐　空齐　从古至今的道理
空齐　空齐　鸳鸯成对，将及子孙
空齐　空齐　富贵承继
空齐　空齐　吉祥相遇，从老到少，善始善终
空齐　空齐　祈祷幸福来到

唱完之后，巴尔都·巴彦夫妻大悦，让巴彦·霍卓和塞尔古岱·费扬古在杯子里装满了酒，给尼山萨满、纳里·费扬古叩头。大宴三天三夜之后，亲朋好友都离去了。从此以后，塞尔古岱·费扬古夫妻如鱼和水一样亲近和睦，生了五个儿子、三个女儿，世代富贵。

故事到此结束。说了一圈儿后，我们又绕回来了。

（原载《尼山萨满》论　赵志忠著　二〇〇一年五月　辽宁民族出版社出版）

第三十一章　三部《尼山萨满》手稿译注

季永海　赵志忠

前　　言

自从我们发表了《尼山萨满》“民族本”[①] 以后，引起了国内外许多专家、学者的关注。这是继苏联学者沃尔科娃一九六一年第一次公开发表《尼珊女萨满的传说》之后的又一部比较完整的本子。迄今为止，在世界上珍藏的五种《尼山萨满》手稿中已有两种[②] 被译成汉文。其他三种稿本已由意大利满学家乔瓦尼·斯达里先生，以《三部未发表的满族史诗尼珊萨满传手稿》为题，于一九八五年在威斯巴登发表。这本书共分三个部分：导论、原文转写、原文影印。我们不揣浅陋对这三种稿本进行了译注，以期将《尼山萨满》全部稿本介绍给我国读者。由于译文是三部手稿公布以来的第一种文字译稿，不当之处在所难免，敬请海内外专家、学者赐教。

《手稿一》是一部首尾不全的残稿。它是俄国学者A.B.格列宾希科夫一九〇八年在齐齐哈尔附近找到的。该稿共二十三页，每页五行字，现藏于苏联科学院东方研究所，编号为第四十一号。封面有“光绪三十三年文书，尼山萨满一卷”字样。故事从塞尔古岱·费扬古打猎死后，巴哈尔基等人拉着尸体往回走开始，以尼山萨满救出塞尔古岱·费扬古，给追上来的蒙古尔岱舅舅鸡和狗为终。在文字上，手稿一的字迹比较工

① 《尼山萨满》，季永海、赵志忠译注，《满语研究》一九八八年第二期。“民族本”即文中提到的“辽宁本”。这个本子是否在辽宁发现，学者们说法不一。有的说在辽宁，有的说在黑龙江达斡尔族地区。故译注者觉得在没有弄清确切地点之前称“民族本”为妥。一则此本藏于中国社会科学院民族研究所，二则我们的译文是根据中央民族学院图书馆藏复制本译出，均与“民族”有关。

② 除季永海、赵志忠译注的“民族本”外，还有“沃尔科娃本”。我国台湾学者庄吉发一九八七年以《尼山萨蛮传》为题，在台北首次用汉文翻译了“沃尔科娃本”。一九八五年、一九八七年大陆学者也有译文发表。

整、清晰，但对于一些多音节词采取分写的方法是耐人寻味的。比如，手稿开头为be boo de uša me gene fi(be boo de ušam e genefi)，以及dui bulefi(duibulefi)、heng ki lefi(hengkilefi)、ai tu bufi (aitubufi) 等。出现这种情况，一方面说明了满语受汉语一音一字的影响，记录人向汉语靠近，或按汉语习惯记录；另一方面说明很有可能是说唱故事人就是如此讲述，以期达到节奏分明、轻重得当、引人入胜的艺术效果。

《手稿二》虽然也是一部无头无尾的残稿，但是由于记录下来的字数较多，除头尾外，其他情节及神歌都比较完整。这就为我们对《尼山萨满》几部手稿进行对比研究打下了基础。这部手稿是格列宾希科夫一九〇九年在瑷珲获得的，共三十二页，每页十二行字，现藏苏联科学院东方研究所，编号为A124。故事从塞尔古岱·费扬古上山打猎病重往回走开始，到尼山萨满救出塞尔古岱·费扬古拜见子孙娘娘止。从情节发展看，这部手稿与“沃尔科娃本”极为相近，除了个别情节、细节以及叙述方法有别外，其他大致相同。从文字上看，手稿二抄写得不大规范、字迹较草。后半部比前半部略工整，很有可能是两个人的笔体。封皮有满文“尼山萨满故事一卷，习俗故事”及三个汉文印字“里图善”。封底有“宣统元年二月二十日写完”等字。说明了此手稿的保存人和抄写时间。

《手稿三》是一部独具特色的本子。它与《手稿二》是同时得到的。由于封面有“尼山萨满二卷”和满汉文“里图善”字样，以及封底有“宣统元年六月二十七日写”字样，多年来一直被人们误认为是与《手稿二》相连的第二卷。苏联科学院东方研究所竟把它与《手稿二》作为一部手稿，编为同一编号A124。直到一九八五年乔瓦尼·斯达里先生公布原稿时，才确认它们是互不相干的两部手稿。这部手稿共十八页，每页十一行字。与其他几部手稿不同之处，首先在于它保留了一幅萨满画像。画像是用毛笔勾画出来的。萨满身着神衣，头戴神雀神帽，右手持手鼓，左手持鼓槌，正在祈神舞蹈。给人以庄重、轻松之感。《手稿三》的故事从头至尾比较完整，犹如《尼山萨满》的袖珍本。值得注意的是故事中竟出现了“ioi han(玉帝)”“dun yoo(东岳)”“juwan ilmum han (十阎王)”等人物。从中可以看出汉族神话传说对满族传说的影响。《手稿三》中的神歌不够完整，似乎是东一句、西一句，想怎么唱就怎么唱。但有一点却与众不同，那就是同一首神歌可以唱唱停停，即先唱几句，然后叙述几句，然后再唱，甚至一首神歌可以换几个不同曲调演唱。比如，在一首较长的神歌中就是分别以“英格力兴格力、额库力哲库力、德扬库德扬库、克罗尼克罗尼”等四个不同曲调唱完。这种联唱的形式在其他手稿中还没有见过。

由于这三部手稿大都首尾不全、字迹潦草，无疑给翻译工作带来了困难。在翻译过程中我们对属于方言、口语及分写的词尽量保持原貌，并将规范词用括号注释于后，如hū wai tafi (hūwaitafi)、im cin (imcin)、ai tu bufi (aitubufi)、soni (suweni)、sin (sini)、san (sain)tsʻooyin (soorin)等；对于一些不清楚的地方或注释说明或存疑。

手 稿 一

（一）译文

光绪三十三年文书　尼山萨满一卷

……拉着主子的尸体往家走[①]。巴哈尔基骑马先行，回到了家，一见到老爷、太太就流着眼泪哭起来。老爷、太太生气地说：“这个奴才，有什么话你就说。这是干什么？”巴哈尔基止住了哭泣。当他把事情原委告诉老爷、太太时，他们听后立即仰面倒在地上。这时，全屯的亲戚们都来了。他们将老爷、太太扶了起来。太太唱道：

母亲的阿哥　啊啦
母亲五十岁的时候　啊啦
母亲俊美的儿子　啊啦
母亲的阿哥　啊啦
鹰由哪个阿哥来架　啊啦
母亲的阿哥　啊啦
母亲的狗由哪个阿哥来养　啊啦
母亲的马由哪个阿哥来骑　啊啦
母亲的阿哥　啊啦

① 原文从此开头。

阿哈尔基把塞尔古岱·费扬古的尸体拉进屋内。入殓以后，老爷、太太及阿哈尔基、巴哈尔基痛哭不止。这时，门外来了一位老人，唱道：

德尼库　德尼库　这个阿哥怎么了
德尼库　德尼库　这个阿哥
德尼库　德尼库

阿哈尔基进屋告诉了老爷、太太。他们说，快请进。那位老人走到棺前，绕了三圈，然后说："快请个好萨满救救啊！"老爷、太太跪下说："现在这里的萨满都是骗饭吃的，什么地方死人也救不了啊！您老若知道何处有好萨满，请指教。"老人说："尼石海河边有一位女尼山萨满，请她来，她可以起死回生。"老爷、太太马上叫来阿哈尔基、巴哈尔基说："你们赶快备鞍马，尼石海河边有一位尼山萨满，快去请她。"老爷、太太将那位老人送出门外。当他们再看时，那位老人已经不见了。老爷、太太跪下叩头说："不知是何方神人来指教咱们了。"

阿哈尔基、巴哈尔基骑着马到了尼石海河边，只见河边有两间小正房，一个年轻女子正在晾衣服。阿哈尔基走近问道："这地方有一个萨满吧？"那个人说："问问不远的那家吧！请那个萨满，一定要好生请求。"巴哈尔基向那家走去。只见一位老奶奶出来，巴哈尔基上前问道："萨满在哪家住啊！"那个老人说："你刚才问的那个人就是啊！你得好好求她，要不不行。别的萨满可没法跟她比。"巴哈尔基谢了那位老奶奶，又向那家走去。到了门口，那个萨满把他们迎了进去，让他们坐在炕上，说道："你们兄弟二人为什么事而来呀？"阿哈尔基、巴哈尔基二人跪在地上说："我们的主子死了，前来请神奇的萨满。"尼山萨满说："你们没有请过别的萨满吗？"阿哈尔基、巴哈尔基回答说："别的萨满都不能将死人救活。"他们点上了香、蜡，尼山萨满唱道：

霍格　牙格　你们的主人
霍格　牙格　出去打围
霍格　牙格

在山上见到了一只兔子，你们的主人拉起了弓箭，射了一箭，那个兔子就不见了。它就是狐木鲁鬼。

你们主人的灵魂　耶库勒
被带走了　耶库勒
你们没请别的萨满　耶库勒
我的家族　耶库勒
有好萨满　耶库勒
把你们主人去救　耶库勒
我们的家族　耶库勒

然后，阿哈尔基、巴哈尔基二人套上车，将萨满抱上了车，向家里走去。走到家的附近，阿哈尔基骑马先行，告诉了老爷、太太。老爷、太太马上迎到门前，跪下叩头。萨满进了屋，老爷、太太跪着请求时，萨满说："快拿洗脸水来。"萨满洗完脸，又让拿来漱口水，点上了香、蜡，将手鼓拿在手中，系上裙子、腰铃，叩了三次头，又摇摆了三次，唱道：

我是外姓的萨满　耶库勒
这里姓觉罗的　耶库勒
小男孩儿　耶库勒
去打围　耶库勒
出去打猎　耶库勒
一只白兔　耶库勒
跑了出来　耶库勒
塞尔古岱·费扬古拿着弓箭　耶库勒
把兔子寻找，放了一箭　耶库勒
那个兔子　耶库勒
是个狐木鲁鬼　耶库勒
把塞尔古岱·费扬古的灵魂　耶库勒
带走了　耶库勒
这个魂在阎王那里　耶库勒
萨满要到阴间去取　耶库勒
准备过了三年的鸡一只　耶库勒
过了三年的狗一只　耶库勒

还有过了三年的酱　耶库勒

（扎里[①]）整理了一下尼山萨满身上的腰铃和裙子，（这时，尼山萨满已魂灵附体，口中叨念神词）并让她拿上手鼓。然后和着尼山萨满的神歌唱道：

英阿里　兴阿里　巡看八方
英阿里　兴阿里　你们的主人
英阿里　兴阿里　去了阴间
英阿里　兴阿里　快快去把灵魂带来
英阿里　兴阿里　八样花葛布
英阿里　兴阿里　九样细鳞鱼
英阿里　兴阿里　这些都是你们的祭品
英阿里　兴阿里　你们的谢仪
英阿里　兴阿里

尼山萨满正准备往阴间去的时候，被一条红河挡住了去路，过去一看，既没有渡口，也没有渡船人，萨满只好祭请：

萨尔尼　塞尔尼　把手鼓
萨尔尼　塞尔尼　抛在河中
萨尔尼　塞尔尼　一块祭祀
萨尔尼　塞尔尼　小主子
萨尔尼　塞尔尼　登上手鼓
萨尔尼　塞尔尼　把这条红河
萨尔尼　塞尔尼　过去
萨尔尼　塞尔尼

尼山萨满喃喃地唱道：
蒙古尔岱舅舅[②]　　霍格　牙格

① 此处疑有缺文。根据上下文看，此处主语应是“扎里（二神）”。
② 疑有缺文。前文没有交代蒙古尔岱舅舅。

你听着　　　　　　　　霍格　牙格
塞尔古岱·费扬古　　　霍格　牙格
若快交出　　　　　　　霍格　牙格
给你好处　　　　　　　霍格　牙格
若能放回　　　　　　　霍格　牙格
给你钱财　　　　　　　霍格　牙格
若要白给　　　　　　　霍格　牙格
就白抓了　　　　　　　霍格　牙格
若快交出　　　　　　　霍格　牙格
给你好处　　　　　　　霍格　牙格

蒙古尔岱舅舅生气地说："你是哪儿的人？上我这儿求情要费扬古。你若不快走，我就告诉阎王来打你。"尼山萨满生气地祭请鹰神：

耶库勒　把塞尔古岱·费扬古
耶库勒　送回家
耶库勒　把灵魂抓来
　　　　把塞尔古岱的灵魂之鸟
　　　　啄住吧
耶库勒　什么都不留
耶库勒

鹰神抓住了费扬古，其他孩子们大喊大叫："不好了！不知道从什么地方来了一只大鹰，把费扬古抓走了，快去告诉蒙古尔岱，塞尔古岱的灵魂被拿走了！"蒙古尔岱舅舅说："那个人不是别人，就是住在阳间的尼山萨满。我去追她。"(蒙古尔岱追上尼山萨满说)"萨满格格，你听着，你把费扬古拿去，阎王会怪罪于我。就是这样白白地拿去，你能忍心吗？"萨满说："你若好好地求我，我会给你好处。"蒙古尔岱舅舅说："萨满格格，你把鸡和狗留给我的阎王吧，让鸡报晓，让狗看门。"萨满说："你这样好好地求，我就把鸡、狗留给你。你若叫狗就'嗅、嗅'地叫，叫鸡就'阿什、阿什'地叫。"萨满将塞尔古岱·费扬古带走了。蒙古尔岱喘了一口气。他"阿什、阿什"地叫鸡，"嗅、嗅"地叫狗时，鸡和狗都向萨满跑去。蒙古尔岱又叫住了尼山萨满说："你的鸡和狗又都跟你跑了。"萨满说："你要'奥罗、奥罗'地叫狗，'咕、咕'地叫鸡。这样，鸡和狗就跟你去了。”

尼山萨满书中，最后把塞尔古岱·费扬古救活了。这是本书的一卷。

(二) 原文转写、对译

〔封皮〕 badarangga doro i gūsin ilaci aniya boji bithe
光 绪 三十 三 年 文 书

nidzan ʦʻame (nisan saman) bithe emu debtelin
尼山 萨满 书 一 卷

〔1〕① be bao (boo) de usa me (usame) gene fi (genefi),
家 拉 去

bahr ji (bahalji) morin yalufi, juriše (julesi) yabufi, boo
巴哈尔基 马 骑 向前 行 家

de i še nafi (isinafi), sakda mafa mama be sabufi šeb šeb
去到 老 翁 奶 看见 纷 纷

me (seb sab) song ofi (songgofi), sakda mafa mama fancafi, ere
哭 老 翁 奶 气恼 这

aha 〔2〕 ai jergi tur gun (turgun) bici gisure, ai ne me
奴才 什么 样 原因 若有 说 做什么

(ainame) lao jin song ore (songgore) be nafi (nakafi) mafa
老劲 哭 停止 翁

mama de elfi (alafi) be mafa mama oncohūn (oncohon)
奶 告诉 翁 奶 仰面

tuhefi, tokso niyame (niyaman) hūncihūn (hūncihin) gemu jifi
倒下 屯 亲 同族 都 来

〔3〕 sakda mafa mama be tukifi (tukiyefi) ilibuhe eniye age
老 翁 奶 拉 使站立 母亲 阿哥

ara eniye sudzai sede ara eniye hūwa cohūn (hocikon)
母亲 五十 岁时 母亲 俊美

juse ara eniye age ara giyoo hūn (giyahūn) ya age arime
儿了 母亲 阿哥 鹰 哪个 阿哥 架

(alime) eniye age ara eniye indahūn ya 〔4〕 age ara
母亲 阿哥 母亲 狗 哪个 阿哥

---

① 〔1〕为原文页数。以下相同。

eniye ujihe morin ya age yalufi eniye age ara ahr ji
母亲 养 马 那个阿哥 骑 母亲 阿哥 阿哈尔基

(ahalji) sur dai fai yong a (sergudai fiyanggū) giriyan (giran)
塞尔古岱 费扬古 尸

be, boo de uša me (ušame) gajifi, tebume wajifi, mafa
屋 拉 取来 入殓 完 翁

mama ahr ji (ahalji) bahr ji (bahalji) 〔5〕 song ore
奶 阿哈尔基 巴哈尔基 哭

(songgoro) de duha (duka) turegi (tulergi) de emu dao ši
门 外 一 道 士

jifi, denigu denigu ere age ai dzi se o he(aisemeoho),
来 这个 阿哥 怎么了

deniku deniku ete age (deniku deniku) ahr ji (ahalji) boo
这个阿哥 阿哈尔基 家

de dosifi, 〔6〕 ejen mafa ama de alfi (alafi), mama mafa
进 主子 翁 父亲 告诉 奶 翁

hudun (hūdun) sorime (solime) dosibu. ere sakda hubo
快 请 进 这个 老人 棺

(hobo) gaci (hanci) genefi, ilan jergi sur du he (šurdehe),
近 去 三 次 环绕

〔7〕 san (sain) sama (saman) be baifi eitubufi (aitubufi).
好 萨满 请 救

sakda mafa mama niyoorfi (niyakūrafi), sin (sini) sakda ere
老 翁 奶 跪 你的 老人 这

te (de) ere ʦʻama (saman) coko yali buda hurtome (holtome)
这 萨满 鸡 肉 饭 骗

jetere ʦʻama (saman), ai bi de (aibide) bucehe niyalma be
吃 萨满 什么地方 死 人

ai tubume (aitubume) mutubi (mutembi), 〔8〕 sin (sini)
救 能 你的

sakda yaba de san (sain) ʦʻama (saman) bici jorime bure.
老人 何处 好 萨满 若有 指 给

nišhai bira da lin (dalin) de emu hehe niʦʻan ʦʻame
尼石海 河 岸 一 女 尼山 萨满

(nisan saman) bi, tere be baime gajifi, bucehe niyalma tere
有 她 请 带来 死 人 她

weijebume (weijubume) mutufi (mutefi). 〔9〕 ahr ji (ahalji)
使活 能 阿哈尔基

bahr ji (bahalji) be horafi (hūlafi), sowa (suwe) hūdun
巴哈尔基 叫 你们 快

morin e mengt e (enggemu) be togū fi (tohofi), nišihai bira
马 鞍 备马 尼石海 河

dalin de emu nitsʻang (nisan) tsʻame (saman) bi təre be
岸 一 尼山 萨满 有 她

baihana. sakda mafa mama ere sakda be duka 〔10〕 turgi de
去请 老 翁 奶 这 老人 门 外

(tulergide) benefi, sakda mafa mama eme gi (emgeri)
送 老 翁 奶 一次

tuwa fi (tuwafi), ere sakda be inu saburhū (saburakū) sakda
看 这 老人 也 看不见 老

mafa mama niyoorfi (niyakūrafi) hengkirehe (hengkilehe), ere
翁 奶 跪 叩头 这

yaba an duri (enduri) jifi, modze (muse) de jorime 〔11〕
何处 神 来 咱们 指

bufi. ahr ji (ahalji) bahr ji (bahalji) orin (morin) yalufi,
给 阿哈尔基 巴哈尔基 马 骑

nišihai bira dalin de i sinafi (isinafi), bira dalin de juwe
尼石海 河 岸 到去 河 岸 两

ajige cinboo emu se asiga (asihan) hehe niyalma etukū
小 正房 一 年龄 少 女 人 衣服

(etuku) wargifi (walgiyafi), ahr ji (ahalji) haci (hanci) genefi
晒 阿哈尔基 近 去

fonjifi 〔12〕 ere bade emu tsʻama (saman) bihe. ere niyalma
问 这 地 一 萨满 有 这 人

gisurefi, ciyei gi (cinggiya) boo de fonjifi, tere tsʻama
说 不远 家 问 那 萨满

(saman) be baire erin de sai kan (saikan) i baisu, bahr ji
请 时 好好的 令请 巴哈尔基

(bahalji) tere boo baru yabufi, 〔13〕 emu sakda mama
那 家 向 去 一 老 奶

tucifi, bahr ji (bahalji) fonjime tsʻame (saman) yaboo de bi,
出 巴哈尔基 问 萨满 哪家 在

tere sakda gisurefi, si ti ni (teni) fonjime, tere uhai
那 老人 说 你才 问 那个 就

〔uthai〕 inu, tere be baire de sai kan (saikan) i baišu
是 她 请 好好的 请

(baisu), 〔tere〕① 〔14〕 tere ʦʻame (saman) guwa (gūwa) ʦʻame
那 萨满 别的 萨满

(saman) de dui burefi (duibulefi) ojirhū (ojorakū). bahr ji
比 不可 巴哈尔基

(bahalji) sakda mama de baniha bufi, tere boo baru be
老 奶 谢 致 那 家 向

yabufi, tuka (duka) dade isinafi, tere ʦʻame (saman) ok dofi
去 门 首 到 那 萨满 迎

(okdofi) dosibufi, nagan (nahan) de 〔15〕 tebufi suwa (suwe)
请进 炕 让坐 你们

ahūn deo juwe niyalma ai baita jifi. ahrji (ahalji)
兄 弟 二 人 什么 事 来 阿哈尔基

bahr ji (bahalji) juwe niyalma nade niyoorfi (niyakūrafi),
巴哈尔基 二 人 地上 跪

moni (meni) ejen bucefi, enduri ʦʻame (saman) be baime
我们的 主子 死 神 萨满 请

jihe, suwa (suwe) guwa (gūwa) ʦʻame (saman) be 〔16〕 baihe
来 你们 别的 萨满 请

(baiha) ahū (akū), ahr ji (ahalji) bahr ji (bahalji),
没有 阿哈尔基 巴哈尔基

gūwa (gūwa) ʦʻame (saman) gemu bucehə niyalma be wei
别的 萨满 都 死 人

ju bume (weijubume) murtuhū (mutərakū), siyang a in (ayan)
使活 不能 香 腊

be dau fi (dabufi), huwage yage soni (suweni) ejen huwage
点 你们的 主子

yage aba lame (abalame) tucifi huwage yage 〔17〕 arin (alin)
打围 出 山

emu gur maha (gulmahūn) be sabufi, soni (suweni) ejen
一 兔子 看见 你们的 主子

ber niori (niru) be tatafi, niori (niru) be sindafi, tere
弓 箭 拉 箭 放 那

gur maha (gulmahūn) de saburaho (saburakū)ge②, tere nuhai
兔子 看不见 那 就是

① 原文圈死。衍文。

② 原文如此。不详。

(uthai) humuru① hutu, soni (suweni) ejen i fa yung 〔18〕
狐木鲁 鬼 你们的 主子 魂

a yekure gamfi (gamafi) yekure so (suwe) guwa (gūwa)
拿去 你们 别的

ʦʻame (saman) be yekure mini suduri② yekure hudun
萨满 我的 史 快

(hūdun)san (sain) ʦʻame (saman) yekure soni (suweni) ejen be
好 萨满 你们的 主人

ai tubufi (aitubufi) yegure moni (meni) sukduri yekure. erə
救活 我们的 史 这

be〔19〕 ahr ji (ahalji) bahr ji (bahalji) juwe niyalma
阿哈尔基 巴哈尔基 二 人

sejen be togū fi (tohofi), ʦʻame (saman) be teberime
车 套 萨满 抱

(tebeliyeme) sejen de tebufi, baoo (boo) baru juraha, boo
车 使坐 家 向 起行 家

haci (hanci) isinafi, ahr ji (ahalji) juriše (julesi) neneme
近 到去 阿哈尔基 向前 先

yabufi, boo ajen (ejen)〔20〕 mafa mama de elnafi (alanafi),
骑 家 主子 翁 奶 去告诉

mafa mama uthai duha (duka) de okdome de③ niyoorfi
翁 奶 就 门 迎 跪

(niyakūrafi), tere sakda mafa mama heng ke lefi (hengkilefi)
那 老 翁 奶 叩 头

okdoho, 〔21〕 ʦʻame (saman) boo de dosifi, sakda mafa mama
迎 萨满 家 进 老 翁 奶

niyoorfi (niyakūrafi) baire de ʦʻame (saman) dere obure
跪 请 萨满 脸 洗

(oboro) muke hudun (hūdun) gaju, dere obufi (obofi) wayaha
水 快 使拿来 脸 洗 完

(wajiha) angga sir giya la (silgiyara) muke be gaju fi
口 漱 水 拿来

① 词义不详,暂用音译。

② suduri 一词原文为“史”。以上下文看,似乎指的是“有悠久历史的荣誉家族”。类似的词下面还有:sukduri、muduri、duduri。

③ 原文如此。不详。

(gajifi), 〔22〕 siyang a in (ayan) be dahū fi (dabufi)
香 蜡 点
ima cin (imcin) be gara (gala) de jagofi (jafafi), sidza (siša)
手鼓 手 拿 腰铃
huša ha (hūsihan) be hūwai tafi (hūwaitafi), ilan geri heng
女裙 拴上 三次
ki lefi (hengkilefi), geri (geli) ilan geri ecing giya fi
叩头 又 三次 摇动
(acinggiyafi), mini guwai (gūwai) 〔23〕 hala suduri yekure ere
我的 别的 姓 史 这
giyo lū (gioro) hala yekure ajige hah (haha) yekure
觉罗 姓 小 男
aba lame (abalame) yekure aba lame (abalame) tucifi yekure
打围 打围 出
emu siyang gin (šanggiyan) gor maha (gūlmahūn) yekure feteme
一 白 兔子 刨
tucifi 〔24〕 yekure sur dai fiyang u (sergudai fiyanggū)
出 塞尔古岱 费扬古
bei li (beri) niori (niru) yekure gur maha (gūlmahūn) be
弓 箭 兔子
baime nior (niru) be sindafi yekure tere gor maha (gūlmahūn)
寻找 箭 放 那 兔子
yekure humulu hutu yekure sur dai fayang u
狐木鲁 鬼 塞尔古岱 费扬古
(sergudai fiyanggū) fa yung 〔25〕 a (fayangga) be yekure
魂
gamafi yekure ere fa yung (fayangga) ir mun han
取去 这 魂 阎王
(ilmun han) de yekure ere fa yung (fayangga) ʦʻame (saman)
这 魂 萨满
cagi (cargi) gurun de ganafi yakure ilan aniya durufi
那边 国 取去 三 年 过
(dnlefi) cookū (coko) yekure ilan aniya 〔26〕 durehe (dulehe)
鸡 三 年 过
indahūn emu ge (emke) ber he (belhe) yekure ilan aniya
狗 一个 预备着 三 年
duruhe (dulehe) misun yekure. ʦʻame (saman) sidza (siša)
过 酱 萨满 腰铃

hošiha (hūsihan) be de ga me (dasame) howai ta
裙 整理 系

fi(hūwaitafi), guwai (gūwai) hala duduri 〔27〕 ʦʻame (saman)
别的 姓 史 萨满

〔warha jargai〕[①] ima cin (imcin) be jafabufi, jargai (jarime)
手鼓 让拿 念神歌

yayere (yeyedere) jir gan (jilgan) sodon ji (suwe donji)
话不断 声 你们听着

uheri suduri. ing a li sing a li jun (jakūn) šnde (hošode)
共 史 八 角

giya limi(giyanime) tuwa 〔28〕 ing a li sing a li soni
巡 看 你们的

(suwoni) ojon ing a li sing a li cagi (cargi) gurun de le
那边 国 方

(dere) yofi ing a li sing a li hudun (hūdun) fa yung *a*
去 快 魂

(fayangga) be gajufi ing a li sing a li 〔29〕 jakūn jargi
拿来 八 等

(jergi) joruhe (juruhu) bi ing ari sing ari uyun jargi (jergi)
花葛布 有 九 等

uguri (ukuri) bi iug a li sing ari ere gemu soni
细鳞梭鱼 有 这 都 你们的

(suweni) wecen bi ing ari sing ari jargi[②] sonde (suwende)
条 在你们

badze (basa) buki 〔30〕 ing ari sing ari. ʦʻame jing cari gi
谢仪 给 萨满 正 那边

(cargi) gurun de ya bun bi (yabumbi), emu furgiya (fulgiyan)
国 去 一 红

bira de kabufi sur deme (šurdeme) tuwa ci (tuwaci) inu
河 被挡 周围 一看 也

do gon (dogon)[③] 〔31〕 dubure (dooburc) niyalma inu[④], dzama
渡口 使渡河 人 也 萨满

(saman) wecen sorifi (solifi), sar ni ser ni ima cin (imcin)
祭 请 手鼓

---

① 原文括上。疑为衍文。

② 原文如此。疑为衍文。

③④ 均疑为漏掉“akū”一词。

be sar ni ser ni bira de mak tafi (maktafi) sar ni
河 抛

ser ni uheri wecen sar ni ser ni ajige 〔32〕 ejen sar ni
共 祭 小 主子

ser ni ima cin (imcin) de tafabufi sar ni ser ni ere furgiya
手鼓 登 红

(fulgiyan) bira be sar ni ser ni durufi (dulefi) sar ni ser
河 过

ni. ʦʻame (saman) mung oro dai (monggoldai) akcu (nakcu)
萨满 蒙古尔岱 舅舅

huwa ge yage si 〔33〕 sunji (donji) sama (saman) yayare
你 听 萨满 咬舌说

(yayadara) jir gan (jilgan) huwa ge yage sur dai fi yung
声 塞尔古岱 费扬古

(sergudai fiyanggū) huwa ge yage hodun (hūdun) buci huwa
快 若给

ge yage hūda bumbi huwa ge yage uning e (unggi) buci
价 给 遣去 若给

huwa ge yage 〔34〕 urin (ulin) bumbi huwa ge yage bai
贸财 给 白

buci huwa ge yage bai ta bumbi (tabumbi) huwa ge yage
若给 白 使绊住

hūdun buci huwa ge yage hūda bumbi aši bai ci① huwa ge
快 若给 价 给

yage. mung ur dai (monggoldai) 〔35〕 akcu (nakcu) fancaha,
蒙古尔岱 舅舅 生气

si yaba niyalma bihe, min (mini) bai li (baili) fa yung
你 何地 人 我 恩情 费扬古

(fiyanggū) be bai fi (baifi), si hudun (hūdun) yaburahū
求 你 快 不走

(yaburakū) oci, bi irmūn han (ilmun hau) de wesibufi
若 阎王 奏

(wesimbufi), simbe tan dafi (tantafi) niʦʻame (nisan saman)
你 打 尼山萨满

fancafi, giya hun (giyahūn) wecen (weceku)〔36〕 be sorifi
生气 鹰 神祇 请

① 原文如此。不详。

(solifi) yekure sur dai fa yung a (sergudai fiyanggū) be
塞尔古岱 费扬古

yekure boo de dosifi yekure fa yung a (fayangga) be šoforo
家 进 魂 抓

me (šoforome) gajifi sur dai (sergudai) fa yung a
拿来 塞尔古岱 魂

(fayangga) gašiha (gasha) tok sime (toksime) yekure〔37〕 ai
鸟 啄 什么

ume bi yekure giya hun (giyahūn) wecen (weceku) fa yung
不必 有 鹰 神祇 费扬古

a (fiyanggū) be šoforo fi (šoforofi), ajige ur se (urse)
抓 小 众人

sei ti (gaitai) sureme ehe oho, ya ba di li (deri) jihe,
突然 喊叫 恶 了 何 地 从 来

emu amba giya hun (giyahūn), tere fa yung〔38〕 a
一 大 鹰 他 费扬古

(fiyanggū) be šoforo fi (šoforofi) gamaha, hudun (hūdun)
抓 拿 快

mung ur dai (monggoldai) de arnafi (alanafi), tere fa yung
蒙古尔岱 去告诉 魂

a (fayangga) be gamafi, mung ur dai (monggoldai) akcu
拿去 蒙古尔岱 舅舅

(nakcu) gisure me (gisureme) tere kuwa (gūwa) niyalma waka,
说 那 别 人 不是

cagi (cargi) gurun〔39〕 be bihe nidzan same
那边 国 住 尼山 萨满

(nisan saman), bi am ca nafi (amcunafi) ʦʻame (saman)
我 去追 萨满

gehe (gege) sidon ji (si donji) fa yung a (fiyanggū) be si
姐姐 你听着 费扬古 你

gamafi, bi ir mun han (ilmun han) min be (mimbe) a
拿去 我 阎王 把我

na bur hū (anaburakū), bai ganafi si gūnin de〔40〕 jen de
不推托 白 拿去 你 心 忍心

(jende) ni, ʦʻame (saman) gisureme si san ng a (saikan)
萨满 说 你 好好的

bai ci (baici), bi sinde orin (ulin) buki, mung ur dai
若求 我 你 货财 给 蒙古尔岱

(monggoldai) akcu (nakcu) ʦ'ame (saman) gehe (gege) si tere
舅舅 萨满 姐姐 你 那

indahūn cokū (coko) be bi ir mun han (ilmun han) de
狗 鸡 阎王

buki, dobori 〔41〕 hūrla (hūlara) cokū (coko) aho (oho),
给 晚上 叫 鸡

duka tuwa kiya ra (tuwakiyara) indahūn aho (oho), san ng
门 把守 狗 好好的

a (saikan) bai ci (baici), indahūn cokū (coko) be sinde
若求 狗 鸡 你

werifi, si indahūn be oci ceo ceo seme hūla, cokū (coko)
留 你 狗 若 叫 鸡

be oci 〔42〕 aši aši seme hūla, ʦ'ame (saman) sur fa
若 叫 萨满 塞尔古岱

yung e (sergudai fiyanggū) be gai (gaime) yabufi,
费扬古 带 走

mung ur dai (monggoldai) uhū (uthai) indehūn (coko) be aši
蒙古尔岱 就 休息 鸡

aši seme, indahūn be ceo ceo seme, indahūn coko gemu
狗 狗 鸡 都

ʦ'ame (saman) be dahame yabufi, mung ur 〔43〕 dai geri
萨满 跟随 走 蒙古 尔 岱 又

(geli) ʦ'ame (saman) be hūrafi (hūlafi), sin (sini) ere
萨满 叫 你的 这

indahūn coko, gemu sin be (simbe) dahame jihe si indahūn
狗 鸡 都 你 跟随 来了 你 狗

be oro oro seme hūra (hūla), cokū (coko) be oci gugu
叫 鸡

seme hūra (hūla), indahūn cokū (coko) 〔44〕 gemu dahame
叫 狗 鸡 都 跟随

jihe, niʦ'a ʦ'ame (nisan saman) bithe sur dai fa yung a
来 尼山 萨满 书 塞尔古岱 费扬古

(sergudai fiyanggū) be ai tu bufi (aitubufi), ere uthai emu
救活 这 是 一

debtelin bithe.
卷 书

手　稿　二

(一) 译文

尼山萨满一卷　习俗故事

……往家走时[1]，塞尔古岱·费扬古哭着说："二位哥哥，看样子我是不能到家了，你们兄弟赶快回家告诉我的父母，我本想给他们送终，没想到我的寿数已到，半路而死，请父母不要指望我了。"再说时，嘴已张不开，牙关紧闭，说不出话来了。阿哈尔基、巴哈尔基和众家丁围着轿子痛哭，声震山谷。过了一会儿，阿哈尔基(巴哈尔基)停止了哭泣说："巴哈尔基，你不要哭了。贝勒阿哥已经死了，哪有哭活的道理。你留在后面好好地护送贝勒阿哥的尸体，我现在带十个骑马的快跑，去告诉咱们的主人，准备发送阿哥的东西。"说完，挑选了十名精干的家丁，向家里跑去。

他们来到大门口下马进屋后，跪在地上放声痛哭。巴彦老爷骂道："这个阿哈尔基，你这是怎么了！出去打围为什么哭着回来了？想是你们的贝勒阿哥有什么事派你们回来的，为什么不说话呀！"阿哈尔基没有回答，还是一个劲儿地哭。老爷生气地骂道："你这个瞎了眼的奴才，为什么不说话，就知道哭，哭能解决问题呀？"阿哈尔基停止了哭泣，又叩了一个头说："老爷，回不来了。贝勒阿哥在路上得病身亡，我前来送信儿。"老爷说："什么东西亡了？"阿哈尔基说："不是，贝勒阿哥已经死了。奴才我前来送信儿。"听了这话，老爷大叫一声仰面倒下。太太听见阿哈尔基哭诉，阿哥已死，老爷昏倒，赶紧过来，一见老爷的样子，大叫一声"妈妈的阿哥呀"，也横卧在地上。众奴仆一起哭了起来。这时，屯子里的众人也都来了。当大家正哭喊的时候，巴哈尔基哭着把阿哥的尸体运了回来。巴尔都·巴彦夫妻从大门外将阿哥的尸体迎进家中，放在床上。众人放下帽檐痛哭，哭声震天动地。哭了一阵后，大家开始劝说巴彦夫妻："你们二位老爷、太太为什么如此痛哭呢，世上也没有起死回生的道理啊！应该准备准备贝勒阿哥所用的东西了。"巴尔都·巴彦夫妻止住了

---

① 原文从此开头。

哭泣说："你们的话很有道理，我亲爱的儿子已经死了，还有什么可吝惜的呢，现在还想抚养什么儿子呢！"说着叫阿哈尔基、巴哈尔基道："这些个奴才就知道张着嘴朝天哭，快把为阿哥送殡、上坟的物品、财帛等东西准备好，不要吝惜。"阿哈尔基、巴哈尔基停止了哭泣，为贝勒阿哥送行选出了：彩云花骟马十匹、红马十匹、银合马十匹、强壮白快马十匹，并让良马驮有皮包、蟒缎、金片等物。又将各牧群的头目叫来说："去牧群中取回十头牛、九十只羊、百头猪，不要耽误。"众头目说"是"，就各自准备去了。巴尔都·巴彦夫妻叫来阿兰珠、萨兰珠说："你们二人马上告诉各屯子的妇女们，现在就开始准备麦子饽饽九十桌、豆泥饽饽五十桌、搓条饽饽六十桌、荞麦饽饽四十桌，每家一坛子酒以及鹅、鸭、果子桌。如果耽误了，就将你们杀掉跟贝勒阿哥去。"众人回答"是"，就准备去了。他们前呼后应、里里外外一片繁忙，将准备的物品排满当院，冷眼一看堆得像山一样。肉多如山，酒多似海。这时，老爷、太太举起奠酒，老爷哭述道：

父亲的阿哥
五十岁时
生下的塞尔古岱·费扬古
我们生了你后
无比欢喜
这些牧群、骟马
谁来驱使
得了魁伟的阿哥
十分欢喜
现在由哪个阿哥来骑　啊啦
所有的奴婢
由哪个主人来差遣　啊啦
猎鹰
由哪个阿哥来架
虎斑猎狗
由哪个儿子来牵　啊啦(啊啦)

父亲痛哭流涕，母亲又哭述道：

母亲的阿哥
母亲我
为了后代把善事来行
祈求得福
五十岁时
生下了聪明的阿哥
手脚灵活
敏捷的阿哥
骨骼健壮
英俊的阿哥　啊啦
读书的声音
多么好听
母亲的聪明的阿哥
现在母亲依靠哪一个儿子生活　啊啦
对奴仆仁慈
宽厚的阿哥
像松子一样的
俊美的阿哥　啊啦
像眼珠一样的
美丽的阿哥　啊啦
母亲在街上行走时
(你像鹰一样寻听)母亲的声音
阿哥行走在山谷
声音像神铃一样
母亲俊美的阿哥　啊啦
母亲我现在
能把哪个俊美的阿哥关心、疼爱　啊啦

说着说着仰面朝天，口吐白沫，躺在地上，鼻涕口水流进了槽盆里，眼泪流成了河。正哭的时候，大门口来了一个驼背、奄奄一息的老头，叫道：

德英库　德英库　看大门的老兄
德英库　德英库　听听我的话

德英库　德英库　快快进去
德英库　德英库　把你们的主人
德英库　德英库　来告诉
德英库　德英库　大门外边
德英库　德英库　要死的老头
德英库　德英库　来告诉一个消息
德英库　德英库

看门的家人马上进去告诉了巴尔都·巴彦。老爷说："多么可怜的老人，快让他进来。请他来吃祭祀贝勒阿哥的像海一样的酒和肉、饽饽吧。"家人跑出去将那位老人请了进来，老人进来后，那些祭祀用的肉和饽饽等物连看都没看一眼，一直走了过去，到了贝勒阿哥的棺材前跺脚高声哭述：

亲爱的阿哥
寿限是多么短暂啊　啊啦
听说生来聪明
白发老奴我听说后
十分欢喜　啊啦　啊啦
听说生了个聪慧的阿哥
愚笨的奴才我
有了指望　啊啦　啊啦
听说生了个有德性的阿哥
平庸的奴才我
听说[①]有福的阿哥
奇异的阿哥
阿哥怎么就死了呢　啊啦　啊啦

说着说着顿足拍掌，哭得死去活来。巴尔都·巴彦见此十分怜悯，将自己穿的黄缎袍子脱下，送给那个老人。老人接过衣服，穿在身上，站在棺材前看了一下房子四周，叹了一口气说："巴彦兄弟，你就这样

① 此处有缺文。

眼睁睁地看着塞尔古岱·费扬古被夺走吗？什么地方有出众的萨满，为什么不去把他请来救活贝勒阿哥呢？”巴尔都·巴彦说：“哪里有好萨满呢？我们屯倒有几个萨满，但他们都是混饭吃的。他们是只知道祭祀饽饽、鸡、肉、菜、酒、糜子饭的萨满。连他们自己都不知道自己什么时候死，怎么能救活别人呢？还是请老人家指点我，什么地方有好萨满吧。”老人说：“巴彦老兄，你怎么不知道，离这儿不远的尼石海河岸边住着一个有名的女萨满。她很有本事，能起死回生，你为什么不去求她呢？如果她能来，别说一个塞尔古岱·费扬古，就是十个塞尔古岱·费扬古也能救活呀！快去求她去吧。”老人说完缓慢地走出大门，乘五彩祥云腾空而去。守门的家人赶紧告诉了巴尔都·巴彦，他高兴地说：“必定是天上的神仙指点给我呀！”并向天空叩拜，赶紧骑上银合骟马，带上家奴飞跑。

不久，他们到了尼石海河岸边，只见东边末端有一间小厢房，外边有一位年轻格格正在杆上晾衣服。巴尔都·巴彦走上前去问道：“格格，尼山萨满的家在什么地方？请指教。”那个女子说：“最西边的房子就是。”巴尔都·巴彦拨马往回跑。但见院内站着一个人，巴尔都·巴彦从马上下来，走上前问道：“阿哥，哪个是尼山萨满的家？”那个人说：“你怎么这么惊慌？”巴尔都·巴彦说：“我有急事问阿哥，请你怜悯，告诉我们吧！”（那个人说）“你搞错了，方才那个人就是啊。求那个萨满时要恭恭敬敬，她最喜欢别人恭维她。”巴尔都·巴彦谢了那个人，骑上马向东头跑去。他下马后，进屋一看，南炕上坐着一位白发苍苍的老太太，灶门前一个年轻女子正坐着抽烟。那位老太太让巴尔都·巴彦坐下后便问：“阿哥，你为何而来呀？先坐下抽烟吧！”巴尔都·巴彦以为她就是萨满，便跪在地上求道：“仁慈的老夫人，请开天恩吧！”那位老夫人说：“阿哥，你错了，坐在灶口的媳妇才是萨满。”巴尔都·巴彦随即站起，又跪在那位女子面前说：“因为萨满格格威名出众，位在二十个萨满之上，四十个萨满之首，为此前来请求，望开天恩，有劳萨满格格，赐我恩惠，好吗？”那个女子挤了挤了眼说：“巴彦先生，若是以前你作为外人，我是断然不会看的。先生既然前来祈求寿限，没有办法只好给你看了。”她洗了一下脸和眼，给神祇点上香，将二十个棋子抛到水里，将四十个棋子放在桌上，祈求大神从天而降。巴尔都·巴彦跪在地上听着。萨满仰面倒下，轻轻地开始念她的祷词：

额库勒　叶库勒　这个巴尔都姓的

额库勒　叶库勒　龙年生的男孩儿
额库勒　叶库勒　让我说说他的寿限
额库勒　叶库勒　来看的阿哥
额库勒　叶库勒　如果不是就说不是
额库勒　叶库勒　不要欺哄萨满
额库勒　叶库勒　告诉你们吧
额库勒　叶库勒　二十五岁时
额库勒　叶库勒　生了一个男孩儿
额库勒　叶库勒　他十五岁时
额库勒　叶库勒　到贺凉山去打猎
额库勒　叶库勒　在那座山上
额库勒　叶库勒　有狐木鲁鬼
额库勒　叶库勒　把你儿子的魂
额库勒　叶库勒　抓去吃了
额库勒　叶库勒　你儿子的身体
额库勒　叶库勒　得病死去
额库勒　叶库勒　从此以后
额库勒　叶库勒　再没生儿子呀
额库勒　叶库勒　五十岁时
额库勒　叶库勒　又生一男孩儿
额库勒　叶库勒　因为五十岁生的
额库勒　叶库勒　起了个名字
额库勒　叶库勒　叫塞尔古岱·费扬古[1]
额库勒　叶库勒　因为起了个聪慧的名字
额库勒　叶库勒　便出了大名
额库勒　叶库勒　在十五岁的时候
额库勒　叶库勒　去到南山
额库勒　叶库勒　打了许多野兽
额库勒　叶库勒　阎王得知
额库勒　叶库勒　派遣魔鬼
额库勒　叶库勒　将他抓走

---

① 费扬古，满语为“老小子（最小的儿子）”之义。故名此。

额库勒　叶库勒　难以救治啊
额库勒　叶库勒　很难复活啊
额库勒　叶库勒　若是这样就说是
额库勒　叶库勒　若不这样就说不是
额库勒　叶库勒

说完后，巴尔都·巴彦叩头说："大神所说，众神所指全是对的。"巴尔都·巴彦跪在地上哭着说："萨满格格，你若仁慈，请亲自前去救我的儿子。救出了儿子的性命，怎么能有忘了神的道理？得到再生，怎么能够忘恩负义？"尼山萨满说："你们家里有跟你儿子同一天生的狗、三年的酱、三年的公鸡吧？"巴尔都·巴彦说："确实有的！你看得真准，真是个神萨满啊！现在，我就把大的法器、重的法器搬走，去救我儿子的性命吧！"尼山萨满笑着说："我一个小萨满能做什么呢？与其破费钱财，不如去请一位别的有能耐的萨满。我是初学乍立的萨满，知道些什么呢？"巴尔都·巴彦叩头说："萨满格格，如果救了我儿子的命，我将我的金银、彩缎、骟马的一半分给你，作为报答。"尼山萨满说："巴彦老兄，你站起来吧，我去看看。"巴尔都·巴彦高兴地转身站起，乘上银合马一直跑到家中，叫阿哈尔基、巴哈尔基二人，让他们带上十个少年并准备五辆拉神器的车子和一辆萨满乘坐的轿子车。阿哈尔基、巴哈尔基和众人不久就到了尼石海河，会见了尼山萨满。尼山萨满用了三辆车装自己的衣物，自己坐上了轿车，八个少年护卫两侧而行。尼山萨满说："去告诉你们老爷、太太，就说我尼山萨满马上就到。"说完，众人骑上马跟着阿哈尔基像风一样地飞跑，不一会儿就到了罗洛屯。

巴哈尔基将纳里·费扬古带来[①]，进屋的时候尼山萨满见到他，笑着说："为神祇出力的、为高贵的神出力的、有德行的阿哥纳里·费扬古，帮助格格我好好地敲敲。如果老弟要是靠不住，我就用蒙着高丽皮的湿鼓槌打你的头，用木头做的湿鼓槌打你的脸。"纳里·费扬古笑着说："强大的萨满，怪异的萨满，小弟我知道，不必多多指教。"说着坐在炕上，打起鼓来。这时，尼山萨满身上拴上衣裙和腰铃，头戴九雀神帽，浑身开始颤动。但见她腰铃哗哗作响，手鼓声音阵阵，并轻声地歌唱。忽然，天上东南山的铁神铃离开石洞落下，萨满女儿也随之而降，并告诉说：

① 此处有缺文。如何请来纳里·费扬古没有交代。

克库　克库　旁边站立的
克库　克库　为首的扎里
克库　克库　怎样站立的
克库　克库　大扎里
克库　克库　靠近处站立的
克库　克库　俊扎里
克库　克库　将你的薄耳朵
克库　克库　启开听着
克库　克库　把你的厚耳朵
克库　克库　压住了听着
（克库）（克库）把公鸡
克库　克库　在前头
克库　克库　拴上放着
克库　克库　把黎狗
克库　克库　在腿的前面
克库　克库　绑着放着
克库　克库　一百块
克库　克库　的酱
克库　克库　一百束[①]
克库　克库　傍边儿放着
克库　克库　到昏暗的地方
克库　克库　去追费扬古
克库　克库　到阴间去
克库　克库　把离开的同伴
克库　克库　去追赶
克库　克库　将失落的同伴
（克库）（克库）去捡回来
克库　克库　可靠的扎里
克库　克库　引导去取
克库　克库　要确实努力
克库　克库　救回来的时候

① 此处有缺文，应是“一百束纸”。

克库　克库　在鼻子周围
克库　克库　将桶里的水
（克库）（克库）　在身体周围
克库　克库　在脸的周围
克库　克库　将水
（克库）（克库）　四十桶
克库　克库　抛洒
克库　克库

说着说着，尼山萨满突然昏迷倒下。纳里·费扬古走过来，整理了一下她的衣服，拴上鸡和狗，放好了随身带的纸、钱、银子，挨着尼山萨满坐下。纳里·费扬古抓起手鼓，使起法术，念起神歌：

英格力　兴格力　去黑暗的地方
英格力　兴格力　把灵魂
英格力　兴格力　追赶
英格力　兴格力　把失去的同伴
英格力　兴格力　奋力地追赶
英格力　兴格力

神奇的尼山萨满牵着鸡和狗，背着纸和酱，去黑暗之处追费扬古，到阴间去找阎王。众神祇及飞禽走兽跟随。他们来到一条大河边，一看，没有过河的渡口。正在上下寻找时，对岸有一人划小船过来。尼山萨满叫喊着说：

霍格　牙格　守渡口的
霍格　牙格　瘸子拉喜
霍格　牙格　把你的薄耳朵
霍格　（牙格）　打开听着
霍格　牙格　把你的厚耳朵
霍格　牙格　压着点听
霍格　牙格　丑陋的拉喜
霍格　牙格　请记住

霍格　牙格　瘸子拉喜
霍格　牙格　请认真地听
霍格　牙格　祭祀善
霍格　牙格　为崇高
霍格　牙格　祭祀好
霍格　牙格　为前导
霍格　牙格　主立了
霍格　牙格　为有德
霍格　牙格　在父亲的老家
霍格　牙格　去会面
霍格　牙格　在母亲的屋里
霍格　牙格　去安歇
霍格　牙格　在舅舅的住处
霍格　牙格　去依靠
霍格　牙格　因为有事
霍格　牙格　去跟随
霍格　牙格　拿着谢仪
霍格　牙格　去赎命
霍格　牙格

说完之后，瘸子拉喜划船过来说："萨满格格，若是别人一定不渡，既然认得，没有办法，只好把您渡过去。"船到对岸后，尼山萨满给他三块酱、三束纸。便问道："老爷，这个渡口没有人过去吧？"瘸子拉喜回答说："没人过去。只有蒙古尔岱舅舅带着巴尔都·巴彦的儿子塞尔古岱过去了。"尼山萨满致谢而去。

不久，神祇引路到了红河，给了河神三块酱、三束纸，正想过河时却没有渡口，尼山萨满赶紧口念神词：

耶库勒　哲库勒　从天降下的
耶库勒　哲库勒　大神们
耶库勒　哲库勒　托住我的身体
耶库勒　哲库勒　把手鼓
耶库勒　哲库勒　抛在水上

耶库勒　哲库勒　渡河
耶库勒　哲库勒　借助手鼓
耶库勒　哲库勒　帮助过去
耶库勒　哲库勒

正在轻柔地唱时，大神、萨满女儿降到了手鼓上。尼山萨满把手鼓抛进了水里，自己也站在手鼓上过了河，并问河神说："这个地方刚刚有什么人过去了吗？"河神说："蒙古尔岱舅舅把塞尔古岱带过去了。"尼山萨满往前走，来到了头道关，正想过去的时候，守关的塞勒图、塞吉尔图二鬼吓唬说："什么人胆敢进这道关！我们奉阎王圣旨把守此关，如果能给报酬的话，倒是可以过去。"尼山萨满给他们三块酱、三束纸过了关。她又来到了蒙古尔岱舅舅的大门口，摇动着腰铃，晃动着神铃呼叫着说：

霍格　牙格　蒙古尔岱舅舅
霍格　牙格　请快快地出来
霍格　牙格　为了什么
霍格　牙格　生活好好的
霍格　牙格　却没有寿限
霍格　牙格　把他抓来
霍格　牙格　却没有时间
霍格　牙格　给送回来
霍格　牙格　若白给
霍格　牙格　就致谢
霍格　牙格　生活了一半
霍格　牙格　将无用的人
霍格　牙格　帮助抓来
霍格　牙格　不会白拿
霍格　牙格　不会欺骗
霍格　牙格　快快交出
霍格　牙格　给你酱
霍格　牙格　若给送出
霍格　牙格　给你酬金
霍格　牙格　若给拿来

霍格　牙格　摇动腰铃
霍格　牙格　进到屋里

蒙古尔岱舅舅笑着出来说："尼山萨满，我把巴尔都·巴彦的儿子塞尔古岱·费扬古取来与你何干？我偷你们家东西了吗？你到我的门口吵闹。"尼山萨满说："你虽然没偷我的东西，但可以把生活很好不到寿限的无罪之人抓来吗？"蒙古尔岱舅舅说："我们的阎王把那个孩子取来后，让他射高杆上的金钱孔，塞尔古岱·费扬古三支皆中，接着与拉玛摔跤手摔跤，将拉玛摔跤手摔倒，又与阿尔苏兰摔跤手摔跤，也将阿尔苏兰摔跤手摔得受不了。我们的阎王准备将他作为儿子收养呢！哪有送回去的道理。"尼山萨满生气地离开了蒙古尔岱舅舅，到了阎王住的城。一看，大门牢牢关闭，尼山萨满无法进去，十分生气地念起了神歌：

克勒尼　克勒尼　在天空中
克勒尼　克勒尼　飞翔的鸟
克勒尼　克勒尼　檀木鬼祟们
克勒尼　克勒尼　穿牛皮靴的
克勒尼　克勒尼　三对鬼祟们
克勒尼　克勒尼　穿猪皮靴的
克勒尼　克勒尼　三对鬼祟们
克勒尼　克勒尼　九对鬼祟们
克勒尼　克勒尼　穿獐狍羔皮靴的
克勒尼　克勒尼　鬼祟们下来
克勒尼　克勒尼　飞奔的野兽
克勒尼　克勒尼　跳下来吧
克勒尼　克勒尼　天空中盘旋的
克勒尼　克勒尼　大雕鸟
克勒尼　克勒尼　快快急速下降
克勒尼　克勒尼　飞来，前去拿来
克勒尼　克勒尼　放进我们拿来的
克勒尼　克勒尼　金香炉里
克勒尼　克勒尼　请扛着拿来
克勒尼　克勒尼　放进银香炉里

克勒尼　克勒尼　勿招摇街上
克勒尼　克勒尼　悄悄地拿来
克勒尼　克勒尼　放在下边的末端
克勒尼　克勒尼　抓住拿来
克勒尼　克勒尼　用胳肢窝
克勒尼　克勒尼　夹着拿来
克勒尼　克勒尼　把塞尔古岱·费扬古抓来

说完，众神祇飞起，看见塞尔古岱·费扬古正与其他孩子一起坐着玩金银嘎拉哈。突然，一只大鸟降下，抓起塞尔古岱·费扬古腾空飞起。众孩子跑去告诉阎王说："塞尔古岱·费扬古被一只大鸟抓走了。"阎王非常生气，将蒙古尔岱舅舅叫来责备说："蒙古尔岱，你带来的塞尔古岱·费扬古已经被一只大鸟给抓走了。现在怎么才能要回来呢？"蒙古尔岱说："主人不要生气，她不是别人，她是在阳间出人头地、在各大国中名声显赫的尼山萨满呀！我现在就去追她，求求看。这个萨满，别人是不可能与她相比的。"说完去追。

这时，尼山萨满正拉着塞尔古岱·费扬古的手往回走。蒙古尔岱从后面追了上来，喊叫着说："萨满格格，我费了那么大力量和计谋才带回来的费扬古，你想不付任何代价就白白地带走。我们的阎王已经生气，责怪我了。我可怎么交代呀，你想想看！"尼山萨满说："蒙古尔岱舅舅，你如果好好地求我，我可以给你点好处，你如果动硬的，谁怕你。"尼山萨满给了他三块酱、三束纸。蒙古尔岱又求着说："萨满格格，你给的东西太少了，再给一点吧！"尼山萨满又给了三块酱、三束纸。蒙古尔岱又求着说："萨满格格，将你带来的狗和鸡也留下吧！我们阎王射猎打围时没有狗，晚上没有叫的鸡。"尼山萨满说："蒙古尔岱，你如果给塞尔古岱·费扬古增加寿限，就把狗和鸡留下。"蒙古尔岱说："萨满格格，你既然这样说了，看在你的面子上，给他增加到二十岁吧！"萨满说："鼻子上的鼻涕还没干呢，带回去有什么用？"蒙古尔岱舅舅又说："那么增加到三十岁吧！"尼山萨满说："三十岁时心志未定，带回去有什么用？"蒙古尔岱又说："那么增加到四十岁吧！"尼山萨满说："体面和富贵尚未得到，带回去有什么用？"蒙古尔岱又说："那么增加到五十岁吧！"尼山萨满说："聪慧、精明尚未达到，带回去有什么用？"蒙古尔岱又说："那么增加到六十岁吧！"尼山萨满说："拉弓射箭尚不中用，带回去有什么用？"

蒙古尔岱又说："那么增加到七十岁吧！"尼山萨满说："蒙古尔岱，小事尚不能处理，带回去有什么用？"蒙古尔岱又说："那么增加到八十岁吧！"尼山说："尚未做官，带回去有什么用？"蒙古尔岱又说："增加到九十岁吧！再就不能增加了。从此，塞尔古岱·费扬古一直活到头发灰白，牙齿发黄，尿撒在脚面上，百年无禁戒，六十年无病，膝下有九个儿子。"萨满说："蒙古尔岱舅舅，你如果真的这样许诺，那么，你叫这条狗时'嗅、嗅'地叫，叫这只鸡时'嗽什、嗽什'地叫。"蒙古尔岱道了谢，当他"嗽什、嗽什""嗅、嗅"地呼唤时，狗和鸡都往回跑，跟着尼山萨满走。蒙古尔岱请求说："萨满格格，你的狗和鸡怎么都往回跑啊？如果带不走，我们的阎王责备我，我怎么担当得起呢？"尼山萨满说："蒙古尔岱舅舅，叫狗时'阿儿、阿儿'地叫，唤鸡时'咕、咕'地唤。"蒙古尔岱照着萨满的样子把狗和鸡带走了。

当尼山萨满拉着塞尔古岱·费扬古往回走时，在路上遇见了她的丈夫。只见油锅翻滚，她的丈夫正坐在那儿往锅底下填高粱秆烧火，一见他的妻子便咬着牙狠狠地说："轻浮的尼山萨满，你能够救活别人，为什么不救从小结发的丈夫呢？我今天特意在这儿烧滚油锅等着你，你看怎么办吧！"尼山萨满乞求说：

亲爱的丈夫　霍格　牙格
你快快地听　霍格　牙格
亲爱的男人　霍格　牙格
你仔细地听　（霍格）　牙格
你的身体　霍格　牙格
早已死去　霍格　牙格
肉已腐烂　霍格　牙格
筋都断了　霍格　牙格
怎么能活　霍格　牙格
亲爱的丈夫　（霍格）　（牙格）
你若仁慈　霍格　牙格
把你的纸钱　霍格　牙格
多多地烧　霍格　牙格
把你的米饭　霍格　牙格
多多地奉献　霍格　牙格

说完以后，她的丈夫咬着牙狠狠地说：“轻浮的尼山萨满，在阳间时你就说我穷，一直看不起我。”尼山萨满满脸通红生气地叫道：

亲爱的丈夫阿哥	霍格	牙格
你死的时候	霍格	牙格
留下了什么	霍格	牙格
贫穷的家产	霍格	牙格
你的老母亲	霍格	牙格
留给了我	霍格	牙格
对你的母亲	霍格	牙格
尽力赡养	霍格	牙格
我是一个	霍格	牙格
有恩有义之人	霍格	牙格
把你的猪嘴	霍格	牙格
闭上	霍格	牙格
把你的下颏[①]	霍格	牙格
把无用的丈夫	霍格	牙格
发配到一个地方	霍格	牙格

说着，便祈请天上的神祇把丈夫抛到了酆都城，并让他万世万代永不转生。尼山萨满呼唤着神祇说：

从此以后	德耶库	德耶库
没有了丈夫	德耶库	德耶库
节俭地生活	德耶库	德耶库
在娘家里	德耶库	德耶库
亲近地生活	德耶库	德耶库
趁着年轻	德耶库	德耶库
安然地生活	德耶库	德耶库
没有儿子	德耶库	德耶库

① 此处有缺文。

安逸地生活　　　　德耶库　　　德耶库
趁着年少　　　　　德耶库　　　德耶库
多交朋友地
生活　　　　　　　德耶库　　　德耶库

说完，尼山萨满拉着塞尔古岱·费扬古的手像风云一样地跑去。当他们正往前走时，见路边有一座高楼，五彩云气围着它盘旋。尼山萨满走近一看，门前有两个身穿金盔甲、手持铁棒的神。尼山萨满请求说："先生，这楼上住的是谁呀？"那神说："楼上住的是蘖生好叶好根的子孙娘娘啊。"尼山萨满给他们三块酱、三束纸进去了。走到二门一看，又有两个穿金盔甲的神把守。尼山萨满往里走时，一位神阻止斥责说："什么地方来的鬼魂，妄想进去，快快退下，退慢一点就要杀死。"尼山萨满请求说："大神，不要生气，我不是恶魂，是阳间的尼山萨满，顺便来叩见子孙娘娘。"那神说："那么不给好处白过去吗？"尼山萨满说："我给好处。"说着，给了三块酱、三束纸，然后进去了。到了第三道门，又有两个守门的大神，尼山萨满也给了三块酱、三束纸进去了。只见那座楼聚集着五色云，门前有穿着五色衣服的两个女子看守。她们的头发都高高盘起。(一个女子)笑着说："这位格格，我怎么好像认识你。你不是住在阳间的尼石海河岸边的尼山萨满吗？"尼山萨满惊讶地说："你是什么人？"那个女子说："你怎么不认识我了？我是前年出痘时，子孙娘娘看我洁净、美丽，把我带到她身边差遣。我是你们屯里的人，你们家旁边纳里·费扬古的媳妇呀！他娶我两天后，我就出痘死了。"尼山萨满很高兴，开门进去，只见炕中间坐着一位白发老奶奶，大眼泡、口大、脸长、牙微红，简直不堪入目，两边十余……(此处有缺文。)拿线的拿线，做人的做人，抱孩子的抱孩子，画的画，拿的拿，装口袋的装口袋，拿担子的拿担子，没有闲着的。他们都出了东门。尼山萨满很惊奇，跪在地上叩了九次头。子孙娘娘说："你是什么人？我怎么不认识你？"尼山萨满说："娘娘，怎么能不认识呢？住在尼石海河岸边的尼山萨满就是我呀！"娘娘说："怎么给忘了！我让你转生时，你不去。我怜爱你，为你穿上腰铃，拿上手鼓，跳着神，玩似的让你转了世。凡是萨满、学者、奴才、老爷，以及行恶作乱、打牌饮酒者，都由我这里定……。"[1]

① 原文到此结束。

宣统元年二月二十一日写完

(二)原文转写、对译

〔封皮〕 yasen (nisan) sama (saman) i bithe emu debtelin
尼山 萨满 的 书 一 卷
decin (tacin) i bithe inu
习俗 的 书 是

里图善

〔1〕 boo baru bedereme jiderede, sergudi fiyanggo
家 向 回 来时 塞尔古岱 费扬古
(sergudai fiyanggū)① songgome hendume: juwe ahūn mini arbun
哭 说 二 兄 我的 样子
be tuwaci boode isiname muterakū oho. suweni ahūn deo
看 家 到 不能 了 你们 兄
boode genefi mini ama eme de alana: mini beye ama eme
家 去 我的 父 母 去告诉 我的 自己 父 母
be fudeki sehe bihe gūnihako (gūnihakū). mini erin. ton
送 欲 曾 不想 我的 时 数
isinjifi adasi (aldasi) bucembi. ama eme bono mimbe ume
到 半途 死 父 母 尚且 我 不要
amcame baire seme hendufi geli gisureci, angga jain (juwa)
追 求 说 又 说 口 张口
jafabufi gisureme muterakū oho. ahalji bahalji geren cooha
使拿 说 不能 了 阿哈尔基 巴哈尔基 众 兵
niyalma kiyoo be uhulefi (ukufi) songgoro jilgan be alin
人 轿 环围 哭 声 的 山

① 后文中,凡有 sergudi fiyanggo 一词处,皆转写为 sergudai fiyanggū。

holo urembi. emu erin oho manggi ahalji bahalji songgoro
谷 悲伤 一 时 后 阿哈尔基 巴哈尔基 哭

be nakafi hendume: bahalji si ume songgoro, beile age
停 说 巴哈尔基 你 不要 哭 贝勒 阿哥

i beye emgeri udu oho, songgoro seme weijure kooli akū.
身体 已经 一些 哭 活 例 没有

si amala tutafi beile age i giran be saikan gajime jio, mini
你 后 留 贝勒 阿哥 尸体 好好 拿来 来 我的

beye te juwan moringga be gaifi julesi feksime geneki.
自己 现在 十 骑马的 带 前 跑 去

musei ejen mafa de alanaki age de fudere jaka be belheme
咱们的 主人 翁 去告诉 阿哥 送 东西 准备

geneki seme afabufi, juwan i sain haha be sonjofi feksime
去 交付 十 好 丁 挑选 跑

boo baru genefi duka de morin ci ebufi boode dosifi na de
家 向 去 门 马 下 家 进 地

niyakūrafi den jilgan i surume (sureme) songgoro. 〔2〕 bayan
跪 高 声 喊叫 哭 巴彦

mafa tome (toome) hendume: ere ahalji si ainaha abalame
翁 骂 说 这 阿哈尔基 你 怎样了 打围

genefi ainu songgome amasi jihe? ai ci (ainci) sini beile
去 为何 哭 回 来 想 必 你的 贝勒

age ai baita de julesi takūraha. ainu gisurerakū seme
阿哥 什么 事 前 差遣 为何 不说

fonjire de ahalji jaburakū songgoro de ejen mafa jili banjifi
问 阿哈尔基 不回答 哭 主人 翁 气 生

tome (toome) hendume: ere yesa (yasa) akū aha ainu
骂 说 这 眼 没有 奴才 为何

alarakū damu songgombi. songgoro de baita wajimbi. sehe
不告诉 只 哭 哭 事 完

manggi ahalji songgoro be nakafi emgeri hengkilefi hendume:
后 阿哈尔基 哭 停 一次 叩头 说

ejen mafa, akū jihe oho. beile age jugon (jugūn) de
主人 翁 不 来 贝勒 阿哥 路

nimeme beye dubehe julesi majige (mejige) benjime jihe ejen
病 身 终 前 信 送 来 主人

mafa hendume: ai jaka dubehe? ahalji hendume: waka
翁 说 什么 东西 终 阿哈尔基 说 不是

beile age i beye akū oho. udu ofi aha bi julesi mejige
贝勒 阿哥 身体 死 了 一些 奴才 我 前 信

banjime (benjime) jihe sere gisun be mafa donjifi emgeri surefi
送 来 话 翁 听见 一次 喊叫

oncohūn (oncohon) tuheke serede, ahalji songgome alame
仰面 倒下 时 阿哈尔基 哭 告诉

beile age bucehe seme donjifi tuttu farame tuheke sehe
贝勒 阿哥 死 听见 那样 发昏 倒

manggi mama julesi ibefi inu ejen mafa i durun be sabufi
后 奶 前 进 也 主人 翁 样子 看见

eme i age seme emgeri sureme mafa i oiloro (oilori) hetu
母亲 的 阿哥 一次 喊叫 翁 平空 横

tuheke. geren gubci gemu songgoro de toksoi gubci geren
倒 众人 全部 都 哭 屯的 全部 众

niyalma gemu isafi 〔3〕 gar miyar seme songgoro de tereci
人 都 聚 众人呼喊声 哭 话说

bahalji songgome age i giran be gajime isinjiha. baldu
巴哈尔基 哭 阿哥 尸体 拿来 到来 巴尔都

bayan eigen sargan dukai dule (tule) beile age i giran be
巴彦 夫 妻 门 外 贝勒 阿哥 尸体

okdome boode dosimbufi besergen de sindafi, geren niyalma
迎 家 进 床 放 众 人

ukulefi songgoro jilgan abka na durgimbi (durgembi). emu jergi
放帽沿 哭 声 天 地 震动 一 阵

songgoho manggi geren niyalma tafulame hendume: bayan agu
哭 后 众 人 劝 说 巴彦 先生

suweni mafa mama ainu uttu songgombi. bucehe be dasame
你们的 翁 奶 为何 如此 哭 死 重复

weijubure kooli akū kai! beile age de baitalara jaka be
使活 例 没有 啊 贝勒 阿哥 用 东西

belheci acambi seme manggi, baldu bayan eigen sargan teni
准备 应该 说 后 巴尔都 巴彦 夫 妻 才

songgoro be nakaha hendume: suweni gisun umesi giyan bi.
哭 停止 说 你们的 话 很 理 有

mini haji jui bucehe, geli aibe hairambi. te ya juse
我的 亲爱的 儿子 死了 又 什么 爱惜 现在 哪儿 儿子

be banjikini sembi sefi, ahalji bahalji be hūlafi
的 生 想 阿哈尔基 巴哈尔基 喊

hendume: ere aha damu abka i baru angga juwafi songgombi.
说 这 奴才 只 天 向 嘴 张 哭

hūdun age de yarure jaka ulin nadan waliyara jaka be
快 阿哥 的 引行 东西 财物 帛 上坟 东西

belhe, ume hairara. ahalji bahalji songgoro be nakafi,
准备 不要 爱惜 阿哈尔基 巴哈尔基 哭 停止

beile age de yarure morin abkai boco alha akte morin juwan
贝勒 阿哥 引导 马 天 色 花马 骟 马 十

fulgiyen (fulgiyan) jerde morin juwan 〔4〕 sefere sirga
红 红马 马 十 束 银合马

morin juwan hūdun kiri (cira) morin saibire (saiburu) šanyan
马 十 快 强壮 马 小走 白

morin juwan sonjofi belhe gosin morin de bukteri (buktulin)
马 十 选 备 仁 马 皮包

acafi (acifi) gecuhuri (gecuheri) giltasikū farsin (farsi)
驮 蟒缎 片金 片

tuwakiyame fejifi (wenjefi). adun da be hūlame tacibufi
看守 温 牧群 头 叫 指教

hendume: ihan adun de genefi juwan gaju honin be uyunju
说 牛 牧群 去 十 使带来 羊 九十

gaju ulgiyen (ulgiyan) be tanggo (tanggū) jafafi ume
使带回 猪 百 抓 不要

tookabure sehe manggi, geren adun dasa jesefi (jesefi)
迟误 后 众人 牧群 头们 说是

teisu teisu belheme genehe. baldu bayan eigen sarga (sargan)
各自 准备 去了 巴尔都 巴彦 夫 妻

aranju saranju be hūlafi hendume: suweni juwe niyalma uthai
阿兰珠 萨兰珠 叫 说 你们的 二 人 立即

geren toksoi hehesi de selgiyefi, maidze (maise) efen uyunju
各 屯 女人们 宣布 麦子 饽饽 九十

dere šašan efen susai dere mudan efen ninju dere mere
桌 豆泥 饽饽 五十 桌 搓条 饽饽 六十 桌 荞麦

efen dehi dere boo tome emu budun (butūn) arki niongniyaha
饽饽 四十 桌 家 每 一 坛子 酒 鹅

niyehe tubihe dere be te uthai belhe, tookabuci suwembe
鸭 果子 桌 现在 就 准备 若误 把你们

gemu beile age de dahabume wambi. seha manggi geren gemu
都 贝勒 阿哥 使随 杀 后 众人 都

je sefi (jesefi) jabume belheme genehe. tereci geren niyalma
说是 回答 准备 去 话说 众人 人

bur bar gar miyar seme teisu teisu belhefi gemu hūwa jalu
物多 众人呼喊声 各自 准备 都 院 满

faidame sindafi barum (durun) be 〔5〕 tuwaci alin adali
排开 放 样子 一看 山 一样

muhaliyahabi uthai yali alin adali arki mederi gese. ama eme
堆 就 肉 山 一样 酒 海 一样 父 母

arki sisilafi, ama songgome hendume: ama i age susai sede
酒 奠酒 父 哭 说 父 阿哥 五十 岁

ujihe sergudi fiyanggo bi simbe banjiha manggi ambula
生的 塞尔古岱 费扬古 我 你 生 后 大大

urgunjeme, ere utala adun akta morin we salire, ambulingga
欢喜 这 许多 牧群 骟 马 谁 掌握 魁伟

(ambalinggū) age age be baha seme ambula urgunjehe bihe,
阿哥 阿哥 得了 因为 大大 欢喜 曾经

te ya age yalure ara, aha nehu bisire gojime ya
现在 哪个 阿哥 骑 奴 婢 有 但 哪个

ejen takūrara ara, aculan[①] giyahūn seme ya age alire,
主子 差遣 鹰 哪个 阿哥 架

kuri indahon (indahūn) be ya jui kutulere ere ere
虎斑 狗 哪个 儿子 牵

(ara ara) seme songgoro de eme geli songgome hendume: eme
哭 母 又 哭 说 母

i age eme bi enen juse jalin sain be yabume, hūturi
阿哥 母 我 后代 众子 为 善 行 福

baime, susai sede banjiha sure age gala dacun gabcihiyan
求 五十 岁 生 聪明 阿哥 手 敏捷 捷健

(gabsihiyan) age giru saikan gincihiyan age ara, eme bithe
阿哥 骨骼 好好 华 阿哥 母 书

hūlara jilgan saikan eme i sure age, eme te ya jui
读 声 好好 母 聪明 阿哥 母 现在 哪个 儿子

sime banjimbi ara. age ahasi de gosingga, ambulingga
补空 生活 阿哥 众奴 仁 魁伟

(ambalinggū) age eme hori (hūri) waka (fahai) elli (adali).
阿哥 母 松 籽 一样

---

① 原文如此。不详。

hocohon (hocihon) age age (ara) sai (yasai) fahai adali.
俊美 阿哥 眼 珠 一样

saikan age ara, eme giyade yabuci giyahūn jilga (jilgan) eme
好好 阿哥 母 街 走 鹰 声 母

jilgan[①]. 〔6〕 age holo de yabuci honggo jilga (jilgan).
声 阿哥 山谷 若行 神铃 声

eniye hocohūn (hocihon) age ara eniye bi te ya hocohon
母 俊美 阿哥 母 我 现在 谁 俊美

(hocihon) age be tuwame gosime tembi ara seme, oncohūn
阿哥 看 仁爱 住 仰面

tuheci obigi (obonggi) tucime omušuhun tuheci, silinggi
倒 沫子 出 俯卧 倒 漦水

(silenggi) oforo niyaki be oton de waliyame, yasai muke be
鼻子 鼻涕 槽盆 吐出 眼 水

yala bira de waliyame. songgoro de dukai jakade emu dara
真的 河 吐出 哭 门 前 一 腰

kumcume yabure buceme hamika sakda jifi hūlame hendume.
罗锅 走 死 将 老人 来 喊 说

deyengku deyengku duka tuwakiyara agude, deyengku deyengku
门 看 兄弟

mini gisun be donji, deyengku deyengku hūdun hahi dosifi,
我的 话 听 快 急忙 进

deyengku deyengku sini ejen de deyengku deyengku genefi
你的 主人 去

alana, deyengku deyengku amba duka i tulergi de deyengku
去告诉 大 门 外

deyengku bucere sakda jihe de deyengku deyengku mejige araki
死 老人 来 的 信息 传

sembi deyengku deyengku sehe. duka tuwakiyara urse dosifi
欲 门 看 众人 进

baldu bayan de alara jakade, baldu bayan hendume: absi
巴尔都 巴彦 告诉 因为 巴尔都 巴彦 说 多么

jilgan (jilakan), hūdun dosimbu. beile age de waliyaha mederi
可怜 快 请进 贝勒 阿哥 祭祀 海

adali arki nure yali efen jefi genekini sehe manggi, booi
一样 酒 果酒 肉 饽饽 吃 去请 后 家的

① 此处有缺文。

urse sujume genefi tere sakda be hūlame dosimbuha. 〔7〕 tere
众人 跑 去 那 老人 叫 请进 那

sakda dosime utala waliyara yali efen be tuwarakū šuwe
老人 进 这些 祭祀 肉 饽饽 的 不看 一直

duleme genefi, beile age i hūbu (hobo) jakade bethe
过 去 贝勒 阿哥 棺 前 脚

fekuceme (fehuceme) den jilgan songgome hendume: age haji
踏 高 声 哭 说 阿哥 亲爱的

absi udu jalgan fohūlon ara. sure banjiha seme donjifi,
何其 一些 寿限 短 聪明 生 听

suiken (sumpa) aka (aha) bi donjifi urgunjehe bihe ara
须发斑白 奴 我 听说 欢喜

ara. mergen age be ujihe seme donjifi, mentuhun aha bi
睿智 阿哥 养 听说 愚 奴 我

labdu erehe bihe ara ara. erdemu bisire age be banjiha seme
多 指望 曾 德 有 阿哥 生

donjifi, ehe linggo (linggū) aha bi donjifi fengšen bisire
听说 庸劣 奴 我 听说 福祉 有

age be donjifi, ferguweme bihe age absi bucehe ni seme
阿哥 听 奇 有 阿哥 怎么 死 呢

ara ara. seme geli falanggo (falanggū) be dume (tūme)
又 手掌心 打

fancame songgome feguceme (fekuceme) buceme songgoro be
生气 哭 踏 死 哭

baldu bayan sar seme gosime tuwafi, ini beyede etuhe
巴尔都 巴彦 恻然 仁 看 他 自己 穿

suwayan suje sijihiyan (sijigiyan) be sume gaifi tere sakda de
黄 缎子 袍 脱 取 那 老人

buhe manggi, tere mafa etuku be alime gaiha beyede etufi
给 后 那 翁 衣服 接 身上 穿

hūbu (hobo) ujui jakade tob seme ilifi emu jergi buo (boo)
棺 头 前 正好 站 一 次 家

be šurdeme tuwafi, den jilga (jilgan) i emgeri šejilefi (sejilefi)
环绕 看 高 声 已经 叹气

emu jergi hendume: bayan agu si yasa tuwahai 〔8〕
一 次 说 巴彦 兄 你 眼 看着

sergudi fiyanggo be duribufi unggimbio. ya bade mangga
塞尔古岱 费扬古 被夺 差遣吗 何 处 强

saman bici ainu baime gajifi beile age be weijuburakū.
萨满 若有 为何 请 带 贝勒 阿哥 不活

baldu bayan hendume: aikabade sain saman bici, meni ere
巴尔都 巴彦 说 何处 好 萨满 有 我们的 这

toksode emu ilan duin saman bi gemu buda hūlara hūlhatu
屯 一 三 四 萨满 有 都 饭 叫 惯作贼的

damu tohoho (toholiyo) efen coko yali nasa (nasan) arki
只 水团子 饽饽 鸡 肉 咸白菜 酒

ire (ira) buda de wecere saman kai. niyalma weijubume
糜子 饭 祭 萨满 啊 人 使活

mutembini. sere anggala ini beye hono ai erinde bucere
能 与其 他的 自己 尚且 什么 时候 死

be sarkū. sakda mafa si yaya bade mangga saman bisire
不知 老 翁 你 何地 强 萨满 有

bade majige jorime bufi serede, mafa handume: bayan agu si
地方 略 指 给 翁 说 巴彦 兄 你

adarame sarkū? ere baci goro akū nisihai birai dalin de
怎么 不知 这 地方 远 不 尼石海 河 岸

tenteke gebungge hehe saman bi, ainu baihanarakū? tere jici,
那样 有名的 女 萨满 有 为何 不去求 她 若求

sergudi fiyanggo sere anggala uthai juwan sergudi fiyanggo
塞尔古岱 费扬古 与其 就 十 塞尔古岱 费扬古

be inu weijubume mutembi kai, hūdun baihaname gene seme
也 使活 能 啊 快 去求 去

hendufi elhe nuhan be amba duka be tucime genefi, sunja
说 缓 慢 大 门 出 去 五

boconggo tugi de tefi muktehe (mukdehe). 〔9〕 duka tuwakiyara
色 云 坐 升 门 守

urse baldu bayan de alanjiha manggi, baldu bayan
众人 巴尔都 巴彦 来告诉 后 巴尔都 巴彦

urgunjeme hendume: urunako (urunakū) dergi abkai enduri sa
喜悦 说 必定 上 天的 神 们

minde sain be joriha seme, untuhun i baru hengkišeme,
我 好 指 空 向 叩

ekšeme bethe sefere sirha (sirga) akta morin de yalufi, ini
急忙 脚 束 银合 骟 马 骑 他的

booi aha be dahalafi feksime. goidaha akū, nisihai dalin de
家的 奴 带 跑 久 不 尼石海 岸 的

isinafi tuwaci, dergi dubede emu ajige hetu boo bi, baldu
至 看 东 末尾处 一 小 厢房 有 巴尔都

bayan tuwaci, tulergi de emu ašiha (asiha) gehe (gege)
巴彦 看 外 一 小 姐姐

darhūn (darhūwan) de obuha (oboho) etuku be walgiyambi.
杆 洗 衣服 晾

baldu bayan hanci genefi fonjime: gehe (gege) yasan (nisan)
巴尔都 巴彦 进 去 问 姐姐 尼山

saman i boo ya ba de bi? minde jorime bure. tere hehe
萨满 家 什么 地方 在 我 指 给 那 女子

jorime tere wargi dubede bisirengge inu sehe manggi, baldu
指 那 西 末尾处 在 是 后 巴尔都

bayan morin be maribufi feksime genefi tuwaci, hūwa i dolo
巴彦 马 使回 跑 去 看 院 内

emu niyalma ilihabi. baldu bayan morin ci ebufi hanci
一 人 站 巴尔都 巴彦 马 下 近

genefi fonjime: age yasan (nisan) saman i boo ya emke.
去 问 阿哥 尼山 萨满 家 哪 一个

tere niyalma hendume: si ainu uttu gelehe goloho adali
那 人 说 你 为何 如此 惊怕样 一样

eksembi? baldu bayan hendume: minde ekšere baita bifi age
急 巴尔都 巴彦 说 我 急 事 有 阿哥

de fonjimbi, gosici alame buruo (bureo)! tere niyalma uthai
问 仁爱 告诉 给吗 那 人 就

〔10〕 inu. si tašaraha bi kai. tere sama (saman) be bairede
是 你 错 那 萨满 求

saikan gingguleme baisu tere sara sama (saman) umesi
好好 恭敬 求 那 知 萨满 很

dahaburede emurun (amuran) kai. baldu bayan tere niyalma
使随 好 巴尔都 巴彦 那 人

de baniba bufi, morin de yalufi feksime dergi dubede isinjifi
谢 致 马 骑 跑 东 末尾处 至

morin ci ebufi, boode dosifi tuwaci, julhei (julergi) nahan de
马 下 屋 进 看 南 炕

emu funiyehe šaraha (šarakabi) sakda mama tehehi, julhei
一 头发 白了 老 奶 坐 前

(juleri) jun de emu se asihan hehe damgu (dambagu)
灶门 一 年龄 少 女子 烟

omime tehebi. tere sakda mama baldu bayan be tebufi
抽 坐 那 老 奶 巴尔都 巴彦 让坐

hendume: age si ai bici jihe be damgu (dambagu)
问 阿哥 你 什么 若有 来了 烟

omime tehe. tere uthai sama (saman) sehe. baldu bayan
抽 坐 她 就 萨满 巴尔都 巴彦

uthai na de niyakorafi (niyakūrafi) baime hendume: mama
就 就 跪 求 说 奶

gosici han i fulehun be majige tuwame bureo. sehe manggi,
若仁爱 汗 恩惠 略 看 给吗

tere mama hendume: age si tašarahabi, jun de tehengge
那 奶 说 阿哥 你 错 灶门 坐

urun sama (saman) inu. serede, baldu bayan uthai ilifi na
媳妇 萨满 是 巴尔都 巴彦 就 站 地

de niyakūrafi baime hendume: sama (saman) gege elgiyen amba
跪 求 说 萨满 姐姐 丰 大

gebu geren ci tucihe seme, orin sama (saman) i oilori,
名 众 出 二十 萨满 浮面上

dehi sama (saman) i 〔samai〕[①] delere, dahame hai i fulehun
四十 萨满 萨满 上 随 汗 恩惠

be tuwabuki seme baime jihe gege jobombi. seme ainara
示 求 来 姐姐 劳苦 怎么样呢

〔11〕 minde tuwame bureo. sehe manggi, tere hehe nicerseme
我 看 给吗 那 女子 挤眼

(nicurseme) hendume: bayan agu si gūwa niyalma bihe bici,
说 巴彦 兄 你 别人 人 若有

ainaha seme tuwarakū bihe. agu teni se baha buwabume
断然 不看 兄 才 岁 得 示

(tuwabume) jihe be dahame, argan akū tuwame bure. sefi,
来 既然 计 无 看 给

dere yase (yasa) be obufi (obofi), wejihu (weceku) de hiyan
脸 眼 洗 神祇 香

dabufi, orin tonibe (toniobe) be muke de maktaha, dehi
点 二十 棋子 水 洒 四十

tonibe (toniobe) derede sindaha, abka ci amba weceku be
棋子 桌 放 天 大 神祇

---

① 原文衍出。

wasimbufi, baldu bayan nade niyakorafi (niyakūrafi) donjimbi.
使降 巴尔都 巴彦 地 跪 听

yasan (nisan) sama (saman) oncohūn (oncohon) tuheke manggi,
尼山 萨满 仰面 倒 后

yayame (yayadame) deribuhe terei alara gisun. ekule yekule
咬舌说 起 他 告诉 话

ere baldu halai. ekule yekule muduri aniya haha i. ekule
这 巴尔都 姓 龙 年 男子

yekule julgun (jalgan) de tuwabumbio. ekule yekule tuwabume
寿限 示 让看

jihe age si ekule yekule. waka seci waka se. ekule yekule
来了 阿哥 你 不是 说 不是 说

holo sama (saman) holtombi. ekule yekule suwede alare.
虚假 萨满 哄 你们 告诉

ekule yekule orin sunja sede. ekule yekule emu haha jui
二十 五 岁 一 男 孩

ujihebihe. ekule yekule tofohūn (tofohon) se ofi. ekule yekule
养 十五 岁

heng lang šan alin de abalame genefi. ekule yekule tere
贺 凉 山 山 打猎 去 那

alin de. ekule yekule kumuru hutu biheni. 〔12〕 ekule yekule
山 狐木鲁 鬼

sini jui fayangga be. ekule yekule jafafi jetere jakade.
你的 儿子 魂 抓 吃 因为

ekule yekule sini jui beye. ekule yekule nimeku bahafi
你的 儿子 身体 病 得

bucehe. ekule yekule tereci mene. ekule yekule juse ujihe akū
死 从此 真的 儿子 养 无

kai ekule yekule susai sede. ekule yekule geli emu haha jui
五十 岁 又 一 男 孩

ujihebi. ekule yekule susai sede banjiha. ekule yekule
生 五十 岁 生

sergudi fiyanggo seme. ekule yekule gebu mene arahabi. ekule
塞尔古岱 费扬古 名 诚然 做

yekule mergen gebu muktehebi (mukdehebi). ekule yekule
睿智 名 起

turgen (turgun) gebu tucihe bi. ekule yekule tofohūn (tofohon)
缘故 名 出 十五

se ofi. ekule yekule julergi alin de. ekule yekule gurgu
岁 南 山 野兽

ambula waha kai. ekule yekule ilmun han fonjifi. ekule yekule
大 杀 阎王 问

hutu sa be takūrafi. ekule yekule jafafi gamaha sembi.
鬼 们 差遣 抓 拿去

ekule yekule weijubure de mangga kai. ekule yekule aituburede
活 难 啊 救

jobombi. ekule yekule inu seci inu se. ekule yekule waka
劳苦 是 若说 是 说 不是

seci 〔waka〕① se. ekule yekule. sehe manggi, baldu bayan
若说 不是 说 后 巴尔都 巴彦

hengkišeme hendume: amba weceku alahangge geren weceku
叩头 说 大 神祇 告诉的 众 神祇

jorihangge gemu inu. sehe manggi, 〔sakda mafa hiyan fusebume
指示的 都 是 后 老 翁 香 使孳生

(fusembume) aitumbume〕② baldu bayan nade niyakūrafi
复生 巴尔都 巴彦 地 跪

songgome hendume: sama (saman) hehe gosici, beye genefi,
哭 说 萨满 女子 仁爱 自己 去

mini jui ergen be aitubureo 〔13〕 ergen tucibuhe erinde,
我的 儿子 命 复生 命 出 时

enduri be onggoro dorobio? beye baha manggi baze (basa) be
神 志 理有吗 身体 得 后 谢仪

cashūlara dorobio. sehe manggi, yasan sama (nisan saman)
背 理有吗 后 尼山 萨满

hendume: sini boode sini jui emu inenggi banjiha indahūn,
说 你的 家 你的 儿子 一 日 生 狗

ilan 〔aniya〕③ oho misun, ilan aniya oho amina (amila) coko
三 年 酱 三 年 公 鸡

yargiyan tašan. seme fonjirede, baldu bayan hendume:
实 虚 问 巴尔都 巴彦 说

bisirengge yargiyan. tuwahangge tondo kai. yargiyan enduri sama
有 实 看 公正 啊 实 神 萨满

---

① 原文缺此。

② 原文如此。不详。

③ 原文缺此。

(saman) adali kai. te bi amba ahūri (agūra) aššabumbi
一样 啊 现在 我 大 物件 动

uce (ujen) ahūri (agūra) be ušame gamafi, mini jui ergen
重 物件 拉 去拿 我的 儿子 命

be aitubureo. yasan sama (nisan saman) injeme hendume: ajigen
复生 尼山 萨满 笑 说 小

sama (saman) ainame mutere? anggala bada ulin wajimbi
萨满 做什么 能 与其 过分 财货 完毕

tere gūwa muten bisire saman sebe baisu. bi serengge teni
那 别 艺 有 萨满 们 求 我 才

tacin ice iliha saman, aibe sambi. baldu bayan hengkilefi
学 新 立 萨满 什么 知道 巴尔都 巴彦 叩头

hendume: saman hehe mini jui ergen be aitubuci, aisin
说 萨满 女子 我的 儿子 命 若救 金

menggun alha gecuhuri akta morin be dalime (dulin) baili de
银 闪缎 蟒缎 骟 马 半 恩情

karulaki. sehe nanggi, yasan sama (nisan saman) hendume:
报答 后 尼山 萨满 说

bayan agu si ili, bi bai geneme 〔geneme〕[①] tuwaki sehe
巴彦 兄 你 站 我 白 去 看

〔sehe〕[②] baldu bayan urgunjeme abaliyame (ubaliyame) ilifi,
巴尔都 巴彦 欢喜 转 站

sefere sirha (sirga) 〔14〕 morin de feksime boode isinjifi,
束 银合马 马 跑 家 至

ahalji bahalji ba (be) hūlafi, juwan asihata be weceku
阿哈尔基 巴哈尔基 叫 十 众少年 神祇

ušara sejen uheri sunja sama (saman) tere kiyoo de sejen
拉 车 共 五 萨满 坐 轿 车

emke belhefi genebufi. ahalji bahalji geren niyalma umai
一 准备 去 阿哈尔基 巴哈尔基 众 人 并

goidahakū nisihai birade isinafi, yasan (nisan) saman de acaha
不久 尼石海 河 至 尼山 萨满 会见

manggi, yasan sama (nisan saman) ilan sejen de etuku
后 尼山 萨满 三 车 衣服

① 原文旁写重复。
② 原文旁写重复。

tebufi, ini beye kiyoo sejen de tefi, jakūn asihata dalbade
放 他的 自己 轿 车 坐 八 众少年 傍

ashan genefi, ama eme (mafa mama) de ala yasan (nisan)
侧 去 翁 奶 告诉 尼山

saman mimbe hūlafi gamaha ala sefi, morin de yalufi
萨满 我 叫 带去 告诉 马 骑

ahalji be dahame edun adali feksime, dartai lolo gašan de
阿哈尔基 跟 风 一样 跑 暂时 罗洛 屯

isinjifi. bahalji nari fiyanggo be gaifi muteci obufi
至 巴哈尔基 纳里 费扬古 带 马 下

(morinci ebufi), boode dosime jidere de, yasan (nisan) saman
家 进 来 尼山 萨满

sabufi injeme hendume: weceku de hūsun bure wesihun endu
见 笑 说 神祇 力 给 高贵 神

(enduri) de hūsun bure erdemu age nari fiyanggo gehe
力 给 德 阿哥 纳里 费扬古 姐姐

(gege) minde aisilame saikan tungken imcibe deo de aktahabi
我 帮助 好好 鼓 手鼓 弟 靠

(akdahabi) muterakū oci, olho (solho) uncihiyan (usihin) burihe
不能 高丽 湿 蒙

wesihun gisun sini uju be tandambi. ketuhen (kataha) 〔15〕
贵 鼓槌 你的 头 打 风干

moo i araha gincihiyan (usihin) gisun i dere tandambi. sehe
木 做 湿 鼓槌 脸 打

manggi, nari fiyanggo injeme hendume: ekdenggi (etenggi)
纳里 费扬古 笑 说 强盛

sama (saman) demungge yasan (nisan) deo bi saha, labdu
萨满 怪物 尼山 弟 我 知 多

tacibure be baiburakū. sefi, nahande tefi, tungken dume tebufi.
教 不用 炕 坐 鼓 打 坐

tereci yasan sama (nisan saman) beyede sisa (siša) hūsihan
于是 尼山 萨满 身 腰铃 裙

be hūwatafi, uyun cicike (cecike) iseku (yekse) be ujude
拴 九 雀 神帽 头

hukšefi (hūkšefi), uyaljame amba jilga (jilgan) acinggiyame den
顶着 曲动 大 声 摇动 高

jilga (jilgan) dendehe (tenggeljeme) saikan jilga (jilgan)
声 颤动 好好 声

yayarade (yayadade). gaitai abkai dergi julergi alin i selei
咬舌说 忽然 天 东 南 山 铁

hongha (honggon) wehei ucun (ukdun) be uksalafi selei
神铃 石 土窑子 开脱 铁

hongha (honggon) sibšalafi, sama (saman) sargan jui wasifi,
神铃 开除 萨满 女儿 降

alame hendume: keku keku dalbade iliha. keku keku dalaha
告诉 说 旁边 站 为首者

jari. keku keku adarame iliha. keku keku amba jari. keku
扎里 怎么 立 大 扎里

keku hanci iliha. keku keku honcihūn (hocikon) jari. keku
近 立 像 扎里

keku nekeliyan (nekeliyen) šan be keku keku neifi donji.
薄 耳朵 开 听

keku keku giramin (jiramin) šan be keku keku gidafi donji.
厚 耳朵 压 听

amila coko be. keku keku uju jakade. keku keku hūwaitafi
公 鸡 头 前 系

sinde (sinda). keku keku kuri indahūn be keku keku bethe
放 黎狗 狗 腿

i jakade keku keku hūwaitafi sinda. keku keku tanggo
前 系 放 百

(tanggū) dalhiyame (dalgan) keku keku misun be. keku keku
块 酱

tanggo (tanggū) 〔16〕 sefere. keku keku dalbade sinda. keku
百 束 旁边 放

keku farhūn bade. keku keku fayanggo be farganambi. keku
幽暗 地方 费扬古 去追

keku bucehe gurunde. keku keku aljaha heni (kani) keku
死 国 离开 同伴

keku amcame genembi. keku keku tuheke heni (kani) be
追 去 失落 同伴

tunggime (tunggiyeme) yombumbi (yobumbi). keku keku akdaha
捡起 行 可靠

jari keku keku yarume gamara be. keku keku yargiyan
扎里 引 拿去 实

fede keku keku aitubume jidere de. keku keku oforo
使发奋 救 来 鼻子

šurdeme. keku keku hunio muke be beye šurdeme. keku keku
周围 桶 水 身体 周围

dere šurdeme. keku keku dehi hunio muke be. keku keku
脸 周围 四十 桶 水

makta bi (maktambi). keku keku. seme alafi, gaitai gūwaliyafi
抛 告诉 突然 发送

tuheke manggi. nari fiyanggo jifi, etuku adu be dasatafi,
倒 后 纳里 费扬古 来 衣 服 整理

coko indahūn huwaitafi, hūwasan (hoošan) jiha menggun
鸡 狗 系 纸 钱 银

dahalame sindafi, adame tefi fidume (fideme) gamambi. nari
跟随 放 陪 坐 调 拿去 纳里

fiyanggo incimbe jafafi, yayame (yayadame) deribuhe terei
费扬古 手鼓 抓 咬舌说 开始 他的

fadere (fadare) gisun: inggeli singgeli farhūn i bade, inggeli
使法术 话 黑暗 地方

singgeli fayanggo (fayangga) be. inggeli singgeli fargara be.
灵魂 追赶

inggeli singgeli tuheke hani (kani) be. inggeli singgeli
失落了 同伴

amcarame fade. inggeli singgeli. ferdurede (ferguwerede) yasan
追 使发奋 惊奇 尼山

(nisan) sama (saman) coko indahūn kutulefi, kūwasan (hoosan)
萨满 鸡 狗 牵 纸

misun be unufi farhūn bade fayanggo (fiyanggū) be fargame,
酱 背 暗 处 费扬古 追

bucehe gurun de tuheke 〔17〕 han be gamame. geren weceku
死 国 掉下 汗 取去 众 神祇

gasha deyeme gurgu feksime geneme. emu amba bira bi
鸟 飞 兽 跑 去 一 大 河 有

isinara be tuwaci, dosi seci dohon (dogon) akū. wesihun
至 看 进 渡口 无 上

fusihūn dogon bire (bira) baire de, cergi dalin de emu
下 渡口 河 寻找 边 岸 一

niyalma weihu be surume (šurume) jimbi. yasan sama
人 小船 使篙 来 尼山 萨满

(nisan saman) hūlaha hendume: hoge yage dogon dobure. hoge
叫 说 渡口 蹲鹰

yage dolohūn (doholon) langgi. hoge yage nekeliyen šan be.
瘸子 拉喜 薄 耳朵

hoge neifi donji. hoge yage giramin (jiramin) šan be. hoge
开 听 厚 耳

yage gidafi donji. hoge yage ersun langgi. hoge yage ejeme
压 听 丑陋 拉喜 记

gaisu. hoge yage doholon langgi. hoge yage donjime gaisu.
使接受 瘸子 拉喜 听 使接受

hoge yage wecen sain de. hoge yage wesihun oho. hoge
祭 善 贵

yage jukden (jukten) sain de. hoge yage julhei (julesi) oho.
祀 善 前

hoge yage ejen ilifi. hoge yage erdemungge oho. hoge yage
主 立 德的

amai tacin (daci) de. hoge yage acame yombi. hoge yage
父的 起源儿 会见 行

eniyei boode. hoge yage ergeneme yombi hoge yage nakco
母的 屋 去安歇 行 舅舅

(nakcu) i bade. hoge yage akdame yombi. hoge yage baita
处 依靠 行 事

bifi. hoge yage sahaname (dahaname) yombi. hoge yage dulin
有 去跟随 行 财货

(ulin) jafafi. hoge yage udame yombi. hoge yage. sehe manggi,
拿 买 行 说 后

doholon langgi cuwanbe sureme (šurume) jifi 〔18〕 hendume:
瘸子 拉喜 船 使篙 来 说

sama (saman) gehe (gege), gūwa niyalma bihe bici
萨满 姐姐 别 人 若有

ainaha seme doburakū (dooburakū) bihe, takame ofi, arga
断然 不渡 认得 因为 计

akū, simbe dobumbi (doobumbi) sehe. šurume dobuha
尤 你 渡 使篙 渡

(doobuha) manggi, yasan sama (nisan saman) ilan dalhan
后 尼山 萨满 三 块

(dalgan) misun、 ilan sefere hūwasan (hoošan) bisire bufi
酱 三 束 纸 有 给

fonjime: mafa ere dogūn (dogon) be yala niyalma doome
问 翁 这 渡口 诚然 人 渡

genehekū serede. dohūlon (doholon) langgi alame: umai niyalma
不去 瘸子 拉喜 告诉 人

doohokū. monggodi (monggoldai) nakcu baldu bayan i haha
未渡 蒙古尔岱 舅舅 巴尔都 巴彦 男

jui sergudi (sergudai) be gamame genehe. yasan sama
孩 塞尔古岱 拿 去 尼山 萨满

(nisan saman) baniha bufi geneme. goidahakū wecuku (weceku)
谢 致 去 不久 神祇

se yarume fulgiyan bira de isinafi, birai ejen de ilan
们 引 红 河 至 河 主人 三

dalhan (dalgan) misun ilan sefere hūwašan (hoošan) be bufi,
块 酱 三 束 纸 给

doki (dooki) seci, dohūn (dogon) be baharakū. hafirabufi
渡 欲 渡口 不得 被困

yayame (yayadame) deribuhe terei yayaha (yayadaha) gisun:
咬舌说 开始 咬舌说 话

yekule jekule abka ci wasire、 yekule jekule wamba (amba)
天 降 大

wecuku (weceku) se, yekule jekule ejen mini beye、 yekule
神祇 们 主人 我的 身体

jekule jafaha, imcin be、 yekule jekule muke de maktafi,
抓 手鼓 水 抛

yekule jekule bira be dombi (doombi). yekule jekule imcin
河 渡 手鼓

fereci、 yekule jekule aisilarade fede. yekule jekule seme
底 帮助 使发奋

yayarade (yayadade) bi, imba (amba) wecuku (weceku) 〔19〕
咬舌说 大 神祇

sama (saman) sargan jui wasifi, imcin de ebuhe manggi, yasan
萨满 女儿 降 手鼓 下 后 尼山

sama (nisan saman) imcin be muke de maktafi, mini beye
萨满 手鼓 水 抛 我的 身子

imcin de ilifi bira be dosi. birai ejen de fonjime: ere babe
手鼓 立 河 进 河 主 问 这 地方

geli jaka niyalma duleme genehe bi. sehe manggi, tere birai
又 刚刚 人 过 去 那 河

ejen hendume: monggodi (monggoldai) nakcu sergudi (sergudai)
主 说 蒙古尔岱 舅舅 塞尔古岱

be gamame genehe. sehe manggi, yasan sama (nisan saman)
拿 去 后 尼山 萨满

yabuhai, uju furdan de isinafi, dulahi (duleki) serede, ere
行 头 关 至 过 欲 这

furdan tuwakiyara seledu senggiltu juwe hutu esukiyembi
关 守 塞勒图 塞吉尔图 二 鬼 斥吓

hendume: ainaha niyalma gelhun akū ere furdan be dosiki
说 何等 人 敢 这 关 进

sembi. be ilmun han i hesei ere furdan be tuwakiyabumbi.
欲 我们 阎王 旨 这 关 让守

basa buci, dulebumbi. sehe manggi, yasan sama
银两 若给 准过 后 尼山 萨满

(nisan saman) ilan dalhan (dalgan) misun ilan sefere hūwašan
三 块 酱 三 束 纸

(hoošan) be bufi duleme geneki. monggodi (monggoldai) nakcu
给 过 去 蒙古尔岱 舅舅

duka de isinafi, sisa (siša) be aššame, honggon guweme
门 至 腰铃 动 神铃 响

hūlame hendume: hoge yage monggodi (monggoldai) nakcu、hoge
叫 说 蒙古尔岱 舅舅

yage hūdun hagi (hahi) tuci, hoge yage ai jalin de、
快 急 出 什么 为

hoge yage sain banjire、hoge yage jalga (jalgan) akū be、
好 生活 寿限 无

noge yage jafafi gajiha, hoge yage erin akū be、noge yage
抓 取 时 无

〔20〕 amasi bumbi, hoge yage bai buci, hoge yage baniha
向回 给 肯定 给 谢

bumbi, hoge yage banjire adasi (aldasi)、hoge yage baitakū
致 生活 半途 无用

niyalma be、hoge yage aisilame gajiha、hoge yage bai
人 帮助 取来 白

gamarakū, hoge yage basa bumbi, hoge yage holtolome
不拿 工钱 给 骗

gamarakū、hoge yage hodun (hūdun) bumbi, hoge yage misun
不拿 快 给 酱

bumbi, hoge yage tucibufi buci, hoge yage turgun (turigen)
给 放出 若给 租子

bumbi, hoge yage gajifi buci, hoge yage sisa (siša) aššame,
给 拿来 若给 腰铃 动

hoge yage boode dosimbi. sehe manggi, monggodi
屋 进 后 蒙古尔岱

(monggoldai) nakcu injeme tucifi hendume: yasan sama
舅舅 笑 出 说 尼山 萨满

(nisan saman), bi baldu bayan i haha jui sergudi
我 巴尔都 巴彦 男 孩 塞尔古岱

fiyanggo[①] be gajihangge sinde ai dalji? sini booi ai jaka
费扬古 拿来的 你 何 干 你的 家的 什么 东西

be hūlhafi gaijiha (gaijaha) sehe manggi, mini duka de si ji
偷 取 后 我的 门 你 来

daišambi. yasan sama (nisan saman) hendume: si udu
乱闹 尼山 萨满 说 你 虽然

gaji mini jaka be hūlhafi gajirakū bicibe, weri sain banjire
使拿来 我的 东西 偷 没拿 别人 好 生活

jalgan kaū niyalma sui aku gajici ombio? monggodi
寿限 无 人 罪 无 取 可以吗 蒙古尔岱

(monggoldai) nakcu hendume: meni ilmun han tere jui be
舅舅 说 我们的 阎王 那 儿子

gajifi, den sin ta (siltan) de aisin jiha i sangga be
取 高 旗杆 金 钱 洞孔

gabtabure jakade, 〔21〕 sergudi fiyanggo ilan da gabtafi gemu
射 塞尔古岱 费扬古 三 枝 射 都

gabidaha (gabtaha); geli cendeme lama buku i baru
射 又 试 拉玛 摔跤手 向

jafanabure de, lama buku tuhebuhebi; geli arsulan buku i
摔跤 拉玛 摔跤手 倒了 又 阿尔苏兰 摔跤手

baru jafanabure jakade, arsulan buku inu hamirakū ofi,
向 摔跤 阿尔苏兰 摔跤手 也 受不得

meni ilmun han jui obufi ujumbi kai. sinde amasi bure
我们的 阎王 儿子 作为 养 啊 你 往回 给

kooli bio? yasan sama (nisan saman) jili banjifi monggodi
例 有吗 尼山 萨满 气 生 蒙古尔岱

(monggoldai) nakcu ci fakcafi, ilmun han i tehe huton (hoton)
舅舅 离开 阎王 住 城

① 文中凡有 sergudi fiyanggo 一词处，皆转写为 sergudai fiyanggū.

de isinafi tuwaci, duge (duka) be akdulame yaksihabi. yasan
去 一看 门 牢牢 关闭 尼山

sama (nisan saman) dosime muterakū ofi, ambula jili banjifi
萨满 进 不能 因为 很 气 生

yayame (yayadame) deribuhe: kereni kereni dergi abka、kereni
咬舌说 开始 上 天

kereni dekdere gasha sa, kereni kereni car moo
飞 鸟 们 檀 木

(cakūran moo) canggisa (manggiyansa), kereni kereni ihaci gūlha
鬼祟们 牛皮 靴

etuhe、kereni kereni ilan juru manggisa (manggiyansa), kereni
穿 三 对 鬼祟们

kereni ulhiyaci (ulgiyaci) gūlha etuhe、kereni kereni ilan juru
猪皮 靴 穿 三 对

manggisa (manggiyansa), kereni kereni uyun juru manggisa
鬼祟们 九 对 鬼祟们

(manggiyansa), kereni kereni marhaci (margaci) gūlha etuhe、
獐狍羔皮 靴 穿

kereni kereni manggisa (manggiyansa), kereni kereni ebumju,
鬼祟们 下来

kereni kereni feksire gurgu sa、kereni kereni fekume ebumju,
跑 兽 们 跳 下来

kereni kereni abka be šurdeme、kereni kereni amba damin
天 围绕 大 雕

gasha、kereni kereni hūdun hūdun hasa wasifi, kereni kereni
鸟 快 快 急速 降

deyeme 〔22〕 dosifi, musei jafaha、kereni kereni aisin hiyoo
飞 进 我们的 拿 金 香

(hiyan) lu de、kereni kereni tebufi gaju, kereni kereni
炉 住 使拿来

menggun kiyoolu (hiyan lu) de、kereni kereni meiherefi gaju,
银 香炉 扛着 使拿来

kereni kereni oihori giyande (giyaide)、kereni kereni somifi
忽略 街 藏躲

gaju, kereni kereni wasiha dubede、kereni kereni wasihalafi
使拿来 降 末尾处 抓

gaju, kereni kereni oho keyan (kiyan) de, kereni kereni
使拿来 胳肢窝 间

oholafi (oholiyofi) gaju, kereni kereni sergudi fiyanggo be
捧着 使拿来 塞尔古岱 费扬古

šoforofi gaju. sehe manggi, geren wecuku (weceku) se
抓 使拿来 后 众 神祇 们

deyeme mukdefi tuwaci, sergudi fiyanggo geren jusei emgi
飞 起 看 塞尔古岱 费扬古 众 孩子们 一起

aisin menggun gasiha (gacuha) gajime efimbi bisire ba tebufi,
金 银 嘎拉哈 拿 玩 有 坐

gaitai amba emu gasha wasifi, sergudi fiyanggo be šoforofi
突然 大 一 鸟 降 塞尔古岱 费扬古 抓

den mukdefi, geren juse sujume genefi han de alame
高 起 众 孩子们 跑 去 汗 告诉

hendume: sergudi fiyanggo be emu amba gasha šoforofi
说 塞尔古岱 费扬古 一 大 鸟 抓

gamaha. serede, ilmun han dosifi ambula fancafi, monggodi
拿 阎王 进 很 生气 蒙古尔岱

(monggoldai) nakcu be hūlame gajifi beceme hendume: monggodi
舅舅 叫 带来 责 说 蒙古尔岱

(monggoldai) sini gajiha sergudi fiyanggo be emu amba
你的 带来 塞尔古岱 费扬古 一 大

gasha šoforome gamaha sembi, te adarame bahambi? monggodi
鸟 抓 拿 现在 怎么样 得 蒙古尔岱

(monggoldai) hendume: ejen ume fancara. tere gūwa waka,
说 主子 不要 生气 她 别人 不是

weihun gurun de uju tucihe、〔23〕 amba gurun de algin algiha
活 国 头 出 大 国 名声 宣扬

yasan sama (nisan saman) jifi gamaha. bi te uthai
尼山 萨满 来 拿 我 现在 就

amcame genefi, tere baime tuwafi, tere sama (saman) hūwa
追 去 她 求 看 那 萨满 别人

de duibuleci ojorakū. sefi, amcame genehe. tereci yasan sama
比 不可 追 去 却说 尼山 萨满

(nisan saman) sergudi fiyanggo gala be jafafi amasi marifi
塞尔古岱 费扬古 手 抓 往 回

yabure de, monggodi (monggoldai) amargici amcame hūlame
走 蒙古尔岱 以后 追 叫

hendume: sama (saman) hehe, ere utala hūsun fayame argan
说 萨满 女子 这 许多 力量 耗费 计

seme gajiha, fayanggo be bisa (basa) akū bi (bai) gamaki
带来 费扬古 银两 没有 白 带去

sembi, meni han jili banjifi minbe wakalaha de. bi adarame
欲 我们的 汗 气 生 我 责怪 我 如何

jobombi, si bai gūnime tuwa. sehe manggi, yasan sama
艰难 你 白 想 看 尼山 萨满

(nisan saman) hendume: monggodi (monggoldai) nakcu si uttu
说 蒙古尔岱 舅舅 你 如此

sain angga baici, hono sinde bisa (basa) majige bumbi, si
好 口 求 尚 你 银两 稍微 给 你

arkan etuhušeme yabuci, we sinde gelembi. sefi, ilan dalhan
刚刚 用强 行 谁 你 怕 三 块

(dalgan) misun、ilan sefere hūwašan (hoošan) buhe manggi,
酱 三 束 纸 给 后

monggodi (monggoldai) geli baime hendume: sama (saman)
蒙古尔岱 又 求 说 萨满

hehe, sini bisa (basa) hon komso kai, jai majige buci.
女子 你的 银两 甚 少 再 一点 给

sehe manggi, yasan sama (nisan saman) geli ilan dalhan
后 尼山 萨满 又 三 块

(dalgan) misun、ilan sefere hūwašan (hoošan) be buhe manggi,
酱 三 束 纸 给 后

monggodi (monggoldai) geli baime hendume: sama (saman)
蒙古尔岱 又 求 说 萨满

hehe, sini 〔24〕 gajime jihe indahūn coko be werifi gene,
女子 你的 带 来 狗 鸡 留 使去

meni han aba de gaifi abalarade indahūn akū, dobori hūlara
我们的 汗 打猎 带 打围 狗 没有 夜 叫

coko akū. yasan (nisan) hendume: monggodi (monggoldai) si
鸡 没有 尼山 说 蒙古尔岱 你

sergudi fiyanggo de jalgen nonggire, uttu oci, ere indahūn
塞尔古岱 费扬古 寿限 增 这样 这 狗

coko be werifi genembi. monggodi (monggoldai) hendume: sama
鸡 留 去 蒙古尔岱 说 萨满

(saman) gehe (gege) si uttu gisureci, sini dere be
格格 你 这样 说 你的 脸

tuwame, orin se jalgan nonggiha. sama (saman) hendume:
看 二十 岁 寿限 增 萨满 说

oforo niyaki olhoro unde, gamaha seme ai tusa? monggodi
鼻子 鼻涕 干 尚未 拿 什么 利益 蒙古尔岱

(monggoldai) nakcu hendume: tuttu oci, gūsin se jalgan. yasan
舅舅 说 那么 三十 岁 寿限 尼山

sama (nisan saman) hendume: gūnin mujilen toktoro unde,
萨满 说 三十 心 定 尚未

gamaha seme ai tusa? monggodi (monggoldai) hendume:
拿去 什么 利益 蒙古尔岱 说

tuttu oci, dehi se i jalgan nonggiha. yasan sama
那么 四十 岁 寿限 增 尼山 萨满

(nisan saman) hendume: derengge wesihun be bahara unde,
说 体面 贵 得 尚未

gamaha seme ai tusa? monggodi (monggoldai) hendume:
拿去 什么 利益 蒙古尔岱 说

tuttu oci, susai se jalgan nonggire. yasan sama (nisan saman)
那么 五十 岁 寿限 增 尼山 萨满

hendume: sure genggiyen ojoro unde, gamaha seme ai
说 聪明 明 为 尚未 拿去 什么

tusa? monggodi (monggoldai) hendume: tuttu oci, ninju se i
利益 蒙古尔岱 说 那么 六十 岁

jalgan unggire (nonggire). yasan sama (nisan saman) hendume:
寿限 增 尼山 萨满 说

nirui 〔25〕 beri be jafara unde, gamaha seme ai tusa?
箭 弓 拿 尚未 拿去 什么 利益

monggodi (monggoldai) hendume: tuttu oci, nadanju se. nisa
蒙古尔岱 说 那么 七十 岁 尼山

sama (nisan saman) hendume: monggoldi (monggoldai), narhon
萨满 说 蒙古尔岱 细

(narhūn) weilede dosire wende (unde), gamaha seme ai
事 进 尚未 拿去 什么

tusa? monggoldi (monggoldai) hendume: tuttu oci, jakūnju se
利益 蒙古尔岱 说 那么 八十 岁

nonggiha. nisan hendume: jaigin (janggin) hafan tere unde,
增 尼山 说 章京 官 坐 尚未

gamaha ai tusa? monggoldi (monggoldai) hendume: uyunju se
拿去 什么 利益 蒙古尔岱 说 九十 岁

jalgan nonggiha, jai nonggirakū oho. serguldi fiyanggo ereci
寿限 增 再 不增 了 塞尔古岱 费扬古 从此

amasi, uju funiyehe sartala (šarakabi), angga weihe sortala
往后 头 发 至白 口 牙 至黄

(sorokobi), umuhun de sain tefi (sitefi), banjime tanggo
脚面 小便 生活 百

(tanggū) aniya targacun akū, ninju aniya nimeku akū, ura
年 戒 无 六十 年 病 无 臀

šurdeme uyun 〔juse ujikini〕[①] saman hendume: monggoldi
转 九 众子 养 萨满 说 蒙古尔岱

(moggoldai) nakcu, si uttu fungneci, ere indahon (indahūn)
舅舅 你 如此 若封 这 狗

be oci cu cu seme hola (hūla), coko be oci hūwasi hūwasi
若 叫 鸡 若

seme hūla. serede, monggoldi (monggoldai) baniha bufi, coko
叫 蒙古尔岱 谢 致 鸡

be hūwasi、hūwasi、indahūn be cu cu seme 〔26〕 hūlara
狗 叫

de, indahūn coko gemu amasi nisan saman be dahame genehe.
狗 鸡 都 往回 尼山 萨满 跟随 去

monggoldi (monggoldai) baime hendume: saman gehe (gege),
蒙古尔岱 求 说 萨满 格格

absi sini indahūn coko gemu amasi jihe gai (kai), gaimarakū
为何 你的 狗 鸡 都 往回 来 啊 带不去

oci, mini han wahalame (wakalame) okūde (ohode), bi
若 我的 汗 责怪 设若 我

adarame alime mutembi? seke (sehe) maigi (manggi), nisan
怎么 承担 能 后 尼山

saman hendume: monggoldi (monggoldai) nakcu, sini indahūn
萨满 说 蒙古尔岱 舅舅 你的 狗

be ar ar seme hūla, coho (coko) gu gu seme hūla. sehe
叫 鸡 叫

manggi, monggoldi (monggoldai) tere songkoi hūlara jakade,
后 蒙古尔岱 她 仿照 叫

indahūn coho (coko) gemu monggoldi (monggoldai) be dahame
狗 鸡 都 蒙古尔岱 跟随

genehe. tereci nisan sama (saman) serguldi fiyanggo gala be
去了 却说 尼山 萨满 塞尔古岱 费扬古 手

① 原文缺此。

jafafi amasi jiderede, jugūn dalbade ini eigen be ucaraha.
拉 往回 来 路 傍边 她的 丈夫 相遇

tuwaci nimenggi mucen be fuyebume, šošo (šušu) oho (orho)
看 油 锅 使滚 高粱 草

be tuwa sindame tehebi. ini sargan be sabufi weike (weihe)
火 放 坐 他的 妻子 见 牙

be saime seyeme hendume: dekdeni (dekdenggi) 〔27〕 nisan
咬 恨 说 浮 尼山

saman si gūwa niyalma be weijubure anggala, ajigen ci haji
萨满 你 别 人 使活 与其 幼小 亲爱的

eigen mimbe gamaci eheo? bi cohūme (cohome) ubade
丈夫 我 若拿去 不好吗 我 特意 此外

nimenggi mucen be fuyebume simbe alimbi, simbe ugerako
油 锅 使滚 你 等 你 不差遣

(unggirakū) mujanggo? nisan saman baime hendume: eigen
果然吗 尼山 萨满 求 说 丈夫

haji koge yage, ešeme (ekšeme) donji koge yage, haha
亲爱的 忙 听 男人

haji koge yage, heyame (hahilame) donji yage, sini beye
亲爱的 上紧 听 你的 身体

koge yage, aifini bucefi koge yage, yali niyafi koge yage,
早已 死 肉 烂

sube gemu lakcaha koge yage, adarame weijubume koge yage?
筋 都 断 怎么 活

haji eigen age gosici koge yage, hūwašan (hoošan) jiha
亲爱的 丈夫 阿格 若仁爱 纸 钱

be koge yage, labdu deijihebi koge yage, buda be jeku be
多 烧 饭 米

koge yage, labdu doboro koge yage. sehe manggi, eigen weihe
多 供献 后 丈夫 牙

be saman (saime) seyeme hendume: dekdeni (dekdenggi) nisan
咬 恨 说 浮 尼山

saman si weihun gurun de bisire de, mimbe 〔28〕 yadahūn
萨满 你 活的 国 在 时 我 贫

seme, weihun de gidaha fusihūšame yabuha be umesi labdu.
活的 时 压 轻视 行 很 多

dere be fularafi jili banjifi hūlame hendume: haji eigen
脸 脸微红 气 生 叫 说 亲爱的 丈夫

age koge yage, si bucerede koge yage, ai be werihe
阿哥 你 死 什么 留

koge yage? yadara boigūn (boigon) de koge yage, sini sakda
贫穷 家产 你的 老

eniye be koge yage, minde werihe koge yage. sini eniye
母 我 留下 你的 母

be koge yage, faššame ujimbi hai (kai) koge yage. mini beye
尽力 养 啊 我 自己

koge yage, bailingga niyalma kai koge yage. mehe angga be
有恩情的 人 啊 豚儿 口

koge yage, abtalara bihebi koge yage. sini sencehe be koge
折 你的 下颏

yage, baitakū eigen be koge yage, umesi emu bade unggimbi
无用 丈夫 很 一 地 差遣

seme koge yage. abka ci minde wecehude (wecekude) solifi,
天 我 神祇 请

eigen be šoforofi fundu cang (ceng) hūton (hoton) de
丈夫 抓 酆都 城 城

maktafi, tumen jalan de tumen jalan de niyalmai beye
抛 万 世 万 世 人 身

banjiburakū obuha. nisan saman 〔29〕 weceku be hūlame
使不生 作为 尼山 萨满 神祇 唤

hendume: ereci amasi deyeku deyeku, 〔eigen akū de〕① deyeku
说 从此 往后 丈夫 没有

deyeku, hartašame (hafiršame) banjiki deyeku deyeku. eniye
撙节 生活 母

hūncihin de deyeku deyeku, hajilame banjiki deyeku deyeku,
亲戚 亲近 生活

se be amcame deyeku deyeku, jirgame banjiki deyeku deyeku.
年龄 追 安逸 生活

juse akū de deyeku deyeku, jirgame banjiki deyeku deyeku.
孩子 没有 安逸 生活

asigan (asihan) be amcame deyeku deyeku, antahašame banjiki
年少 追 交宾客 生活

deyeku deyeku. banjiki seme hūlafi, sergudi fiyanggo i gala
生活 叫 塞尔古岱 费扬古 手

① 原文不清。疑此。

be jafafi, edun i adali efime tuhi (tugi) adali sujume jihei
拉 风 一样 玩 云 一样 跑 来

tuwaci, jugūn i dalbade emu taktude deng (den) bade
看 路 旁边 一 楼 高 处

tebumbi, sunja hacin boconggo sukdun šurdehebi. nisan sama
在 五 种 有色的 气 旋转 尼山 萨满

(saman) hanci genefi tuwaci, duka i jaka de (jakade) juwe
近 去 一看 大门 前 两

aisin uksin saca etuhe enduri selei maitu jafahabi. nisan sama
金 甲 盔 穿 神 铁 棒 抓 尼山 萨满

(saman) baime hendume: agusa ere taktu de we bi? tere
求 说 先生们 这 楼 谁 住 那

enduri hendume: taktu de abdaha sain arsubure fulehe sain
神 说 楼 叶 好 发芽 根 好

fusembure omosi mama tehebi. sehe manggi, nisan sama
孳生 子孙娘娘 居住 后 尼山 萨满

(saman) ilan dalhan (dalgan) misun、 ilan sefere hūwašan
三 块 酱 三 束 纸

(hoošan) basa buhe dosime genehe. jai duka de isinafi tuwaci,
银两 给 进 去 二 大门 至 一看

juwe uksin aisin saca etuhe enduri tuwakiyahabi. nisan sama
二 甲 金 盔 穿 神 守 尼山 萨满

(saman) dosime genere de, 〔30〕 tere enduri esukiyeme ilibufi
进 去 那 神 斥责 制止

hendume: ai bai ungga (unggi) fiyanggo (fayangga),
说 什么 地方的 遣 魂

balai dosimbi, hūdun bedere gene, majige elhešeci uthai tantame
胡乱 进 快 退 去 略 慢 就 打

wambi. serede, nisan saman baime hendume: amba enduri
杀 尼山 萨满 求 说 大 神

ume jili banjire, ehe fiyanggo (fayangga) waha (waka), weihun
不要 气 生 恶 魂 不是 活

gurun i nisan saman serengge bi inu. ildun de omosi mama
国 尼山 萨满 所说的 我 是 顺便 子孙娘娘

de acafi henhilefi (hengkilefi) 〔henhilefi〕[①] geneki sembi. tere
会 叩头 去 欲 那

---

① 原文衍出。

enduri hendume: tuttu oci bisan (basa) akū bai duleki

神 说 那样 若是 银两 没有 白 过

sembio? nisan sama (saman) hendume: bi bisa (basa) bure.

吗 尼山 萨满 说 我 银两 给

sefi, ilan dalhan (dalgan) misun、ilan sefere 〔hoošan〕 bisan

三 块 酱 三 束 银两

(basa) bufi dosime. ilaci duha (duka) de isinafi, geli juwe

给 进 第三 大门 至 又 两

enduri tuwakiyahabi. nisan sama (saman) inu ilan dalhan

神 守 尼山 萨满 也 三 块

(dalgan) misun、ilan sefere hūwašan (hoošan) bisan (basa)

酱 三 束 纸 银两

bufi, ilaci duka be dosime generede tuwaci, tere taktu de

给 第三 大门 进 去 一看 那 楼

sunja boco tugi boihūhubi (bulhūmbi), uce jakade inu sunja

五 色 云 涌 门 前 也 五

boco 〔uce jakade inu sunja boco〕[①] etuku etuhe juwe hehe

色 门 前 也 五 色 衣服 穿 两 女子

tuwakiyahabi. uju funiyehe be gemu den šošome 〔……〕[②] 〔31〕

守 头 发 都 高 扎头发

injeme hendume: ere gehe (gege) be bi ainu takara adali,

笑 说 这 格格 我 为何 认识 一样

si weihun gurun i nisihai birai dalin de tehe nisan sama

你 活 国 尼石海 河 岸 住 尼山 萨满

(saman) wakoo (wakao)? nisan saman susulefi (sesulefi)

不是吗 尼山 萨满 惊讶

hendume: si ainaha niyalma? serede, tere hehe hendume: si

说 你 何等 人 那 女人 说 你

ainu mimbe takarahūni (takarakūni)? bi cara aniya mama tucire

为何 我 不认识 我 前年 痘 出

de, omosi mama mimbe bulhūn (bolgo) sain seme gajifi

子孙 娘娘 我 洁净 好 因为 带来

beye hacin (hanci) tahorabure (takūrabure). inu si (sini)

身 近 差遣 是 你

---

① 原文重复。

② 原文不清。

toksoi niyalma, sini booi dalbade bisire nari fiyanggo
屯 人 你的 家 旁边 有 纳里 费扬古

(fiyanggū) urun inu. mimbe gajifi juwe inenggi dorgi de mama
媳妇 是 我 娶 两 天 内 痘

tucime bucehe hai (kai). nisan sama (saman) ambula
出 死 啊 尼山 萨满 很

urgunjeme, uce be neifi dosime tuwaci, naha (nahan) dulimbade
高兴 门 开 进 一看 炕 中间

emu sakda šanggiyan mama tehebi. yasa humuhun (humsun)、
一 老人 白 奶奶 坐 眼睛 眼泡

angga amba、 dere cokcohūn (cokcohon)、 weihe fu fi
口 大 脸 直竖 牙 脸红

(fularafi). tuwaci ojorakū. juwe dalbade juwan foncara (funcere)
一看 不行 两 旁边 十 余

…… 〔32〕 dalin meiherefi ilihabi. ulame tonggo jafahangge
边 担着 立 传递 线 拿的

jafahabi, sideri arara niyalma arambi, juse tebeliyehengge
拿 脚绊 做 人 做 孩子 抱着的

tebeliyehebi, jijahangge (jijuhangge) jijahabi (jijuhabi), jafahangge
抱 画的 画 拿的

jafahabi, fulhun (fulhūn) de tebure tebumbi, meihereme
拿 口袋 装 盛 担

gamarengge gamambi, šolo akū. gemu sun dekdere dergi uce
拿去的 拿去 空 没有 都 太阳 升起 东 门

be tucimbi. nisan sama (saman) sabufi ferguweme, nade
出 尼山 萨满 看 惊奇 地上

niyakūrafi uyun jergi henghilefi (hengkilefi). omosi mama
跪 九 次 叩头 子孙娘娘

hendume: si ai niyalma bihe? bi ainu simbe taharakū
说 你 什么 人 我 为何 你 不认识

(takarakū)? nisan sama (saman) hendume: mama adarame
尼山 萨满 说 奶 怎么

tahorahūni (takarakūni)? nisihai dalin de tehe nisan sama
不认识呢 尼石海 岸 住 尼山 萨满

(saman) serengge bi inu hai (kai). mama hendume: absi
所说的 我 是 啊 奶 说 怎么

onggoho inu hai (kai)! bi simbe banjibume unggire de, si
忘 是 啊 我 你 生 差遣 你

fuhali generakū ofi, bi simbe jilatame, isiku (siša) etubufi,
全然 不去 因为 我 你 慈爱 腰铃 使穿

imcin jafufi (jafabufi), jilatame samdame efime banjibuha bihe
手鼓 拿 慈爱 跳神 玩耍 使生 曾

hai (kai). yaya sama (saman) tacire baksi tacire aha mafa
啊 凡 萨满 学 学者 学 奴 翁

ilire ehe facuhūn yabure sesen (serengge) pai efire arki nure
立 恶 乱 行 牌 玩 酒 黄酒

omire gemu mini baci toktobufi ……
喝 都 我的 地方 定

〔封底〕 gehungge yoso sucungga aniya juwe biya i orin
宣统 元 年 二 月 二十

emu de arame wajiha
一 写 完

手 稿 三

(一) 译文

尼山萨满二卷 里图善

古代明朝时，在一个叫罗洛的屯子里，住着一个很富有的人。他已经七十岁了，但一直没有儿子，于是便诚心尽意地祈求天地。正巧有一天上天的神佛路过，偶然见到此景，甚是怜爱，便说：“这个人求咱们神佛甚是可怜，赐他生一子吧。”转身去见十阎王，说：“那个人犯克没有后代。”阎王说：“那个人并不比我苦闷，也不犯克，因为他前世作恶，今世才无子。不比别人苦闷的罗员外有一生用不尽的金钱。”这时，东岳神很生气地说：“你们十阎王办事很不在理。那个人金钱很多，又有牛马。虽然有钱，却没有人花；虽然有牛马，却没有人骑。为此求了上万次，你们还怎么说？如果有理就请告诉我，如果无理就请给人家孩子。如若不让人家生子女，我就告诉上天的玉帝，参你离位。若是阴间、阳间不分，就不要坐这个王位。若想坐王位，顾及脸面，就请让他生一个儿子。”众神听了都很高兴并作揖行礼，十阎王也站起来还礼。

尼山萨满[①]说："你若让人家生子，那个儿子活到多少岁无灾无病，要告诉明白，若不告诉明白，不就是不让生吗？"反复追问后，十阎王无奈地说："你若求我，让这个儿子到二十五岁无病生活行吗？"尼山萨满说："二十五岁心意未定，若带回连富贵和体面都见不到，有什么益处。"阎王又给加十岁，到三十五岁。尼山萨满说："三十五岁，什么事都不能办呀！"子孙娘娘又给加十岁。尼山萨满说：

四十五岁了　耶耶　霍吉
你若给加岁　耶耶　霍吉
就多多地加　耶耶　霍吉
若不给多加　耶耶　霍吉
我就不能带走

阎王又说："那就到五十岁吧！"尼山萨满说：

德扬库　德扬库
五十岁时尚未长胡须，带回有何益
德扬库　德扬库
若年龄小，生的道理[②]
德扬库　德扬库

塞勒图、塞格图二鬼斥责说："如若不想带走，就别带走了。"二鬼举棒要打，尼山萨满说：

德扬库　德扬库
你们打，我也不怕呀
德扬库　德扬库

二鬼见她不害怕就不打了。尼山萨满给他们三块酱、三把金银、纸钱。那二鬼很高兴也就不再说什么了。

不久，尼山萨满到了尼石海河岸边。忽然听到有叫人的声音，她竖起耳朵仔细听，原来是蒙古尔岱舅舅。尼山萨满看见破船头上站着一个人，正撑篙划过来。

克拉尼　克拉尼
蒙古尔岱舅舅
克拉尼　克拉尼

① 此处疑有缺文。尼山萨满出现前没有交代。
② 原文如此。有缺文。

尼山萨满再三喊叫，蒙古尔岱舅舅抬头一看，没认出尼山萨满，撑船到河岸时问：“你是什么人？”尼山萨满说：

阳间的　耶库力　耶库力

尼石海河　耶库力　耶库力

岸上住的尼山萨满便是

蒙古尔岱舅舅认出了尼山萨满说：“你又在阳间待了好多年，没到这儿来了。”尼山萨满说：

英格力　兴格力　我若没有原因

英格力　兴格力　就不会来。

有不懂之处，才来问你，不知此处是何地方

英格力　兴格力　为了什么不能通行

英格力　兴格力　蒙古尔岱舅舅让尼山萨满

英格力　兴格力　坐在船上

英格力　兴格力　渡过了河

英格力　兴格力

蒙古尔岱舅舅对尼山萨满说：“我的这条河是阴间必经之路，凡是人我都不让渡。你给我留下什么东西过去？”尼山萨满说：“我这纯粹是路过一下啊！不过也不会让你白说，你别着急，不会不给你报酬的。”说着，给蒙古尔岱舅舅三把金银钱、三块酱才过去。

尼山萨满正往前走时，路旁冒出了一团团黑气。她立即站住呼唤众神。见众神来临，鸟兽齐集，尼山萨满说：

德扬库　德扬库　众神都到路的旁边去　看黑气

众神们过去一看，众判官和鬼们正在判处死、活。活时摔人家门的人，在门板上锥手心；活时在人家窗外竖耳听声的人，把他的耳朵钉在窗上；背弃父母的人，悬挂辫子用刑；夫妻不合的人，用火刑惩罚；做贼的人，砍下头颅万代不能转世；活时女人到大江沐浴污染江水的人，让她喝污水；瞧不起父母的人，用钩眼刑；贪淫姑娘的人，以木绑手用刑；一个人娶两个妻子的，分成两半用刑；一个妻子嫁两个丈夫的，拿斧子砍开；活时欺骗财物的人，割肉用刑。又有求的求，悲伤的悲伤，抱怨的抱怨。对于这些情景，尼山萨满再也看不下去了，向子孙娘娘恳求说：“娘娘，为什么这样审讯？”娘娘说：“你不知道，活时人们做了许多伤人心的事，靠着这种丑恶行为．就是刑部也不能劝诫善恶。”尼山萨满说：“不能慢慢劝诫吗？”子孙娘娘说：“审理是非时，若有理说理，之后才定罪，若不接受，也不能强定。到了望乡台之后才能转生，若不能到望乡台就不能生。”

这样，尼山萨满就带着塞尔古岱·费扬古的魂灵沿路而行。到了阴山下时，尼山萨满的丈夫正站在滚烫的八耳油锅旁，向妻子说：“你可以救所有的人，为什么不救救我呢？”尼山萨满说：“你已经死了三年了，筋已断了，肉也没了，怎么能救呢？”她丈夫说：“救救我吧！”并抓住她的手不放。尼山萨满很生气，叫鹰、鸟之神说：“把他带到九泉之下扔掉！”说完，拉着塞尔古岱·费扬古到了龙虎河，叫瘸子拉喜说：

霍格　牙格　我不能渡过这条河
霍格　牙格　蒙古尔岱舅舅请帮渡河
霍格　牙格

蒙古尔岱舅舅推船过来说：“若没有钱，就不给渡。”尼山萨满说：“我给你钱。”蒙古尔岱舅舅说：“若给钱，我就把你渡过去。”尼山萨满给他一块金银锞子、一块酱后，推船过来。尼山萨满又给了一块酱，蒙古尔岱舅舅推船过了河。尼山萨满带着塞尔古岱·费扬古回到了家里，把他救活后说：

英格力　兴格力　众人听着
英格力　兴格力　你的儿子
英格力　兴格力　让他住在金香炉内
英格力　兴格力　我的鹰、鸟之神
英格力　兴格力　抓来带回
额库力　哲库力　放在腋下夹着带回
额库力　哲库力　他的生命已经复活
额库力　哲库力　乞求子孙娘娘
额库力　哲库力　给了九十五岁的寿限
额库力　哲库力　从此以后没有灾病地
额库力　哲库力　生活吧
额库力　哲库力　去阎王那儿渡龙虎河时
额库力　哲库力　给了瘸子拉喜三块酱
额库力　哲库力　才让渡过
额库力　哲库力　然后就去求见阎王
额库力　哲库力　你的儿子才能回来，
阎王不要别的谢礼

德扬库　德扬库　一只鸡、一条狗
德扬库　德扬库　问他要这有何用处
德扬库　德扬库　若没有鸡不知天亮
德扬库　德扬库　若没有狗不知盗贼
德扬库　德扬库　留下了鸡、狗
德扬库　德扬库　就回来了
德扬库　德扬库　众死鬼们都让我救
德扬库　德扬库　萨满我说，你们
德扬库　德扬库　已经死了多年筋骨皆断
德扬库　德扬库　不能救了，我给你们
　　　　　　　　每人三把金银锞子拿去用吧
克罗尼　克罗尼　后来我们走啊、飞啊
克罗尼　克罗尼

说完俯卧倒下。罗员外见儿子复活了十分欢喜，等尼山萨满穿完衣服后，用玉杯装酒跪着敬献。尼山萨满喝完酒说："你儿子活了是大家的福啊！"罗员外叫阿哈尔基、巴哈尔基两个奴才说："将一半牛马、一半金银送给尼山萨满。"阿哈尔基、巴哈尔基将牛马、银钱拿来分了。并将翠蓝布衣服装了十二车，所有缎子等东西装了八车，送往尼山萨满的家。

从此，尼山萨满非常富有。一天她向婆婆说："我救塞尔古岱·费扬古时，见到了你的儿子。他抓住我不放，让我救他。媳妇我一气之下将他扔到了九泉之下。"尼山萨满的婆婆听后，很生气地说："那么说是你把丈夫杀了。"尼山萨满的婆婆到京城上告到太宗皇帝。太宗皇帝降旨，将尼山萨满拿来审问。尼山萨满跪在阶下说："是我杀了丈夫吗？我去取罗洛屯的罗员外的儿子塞尔古岱·费扬古的魂灵时，我的丈夫在阴山下烧滚烫八耳油锅，抓住我让救他。我说，你死的年久不能救了。他就抓住我不放，我一怒之下，将他抛到了九泉之下。这些都是事实。"太宗皇帝大怒说："将她拿下，抛到九泉。"降旨后，由衙役们带去抛掉。从此，如果皇帝不降圣旨，不能让她出来，并用铁锁拴上。

到此结束。

宣统元年六月二十七日写

(二)原文转写、对译

li tu šan
里 图 善

〔1〕 julgei ming gurun i forgūn de lolo serengge gašan
古 明 国 时 罗洛 叫的 屯

de tehe emu niyalma bihe. banjirengge umesi bayan nadanju
住 一 人 曾 生活 很 富 七十

se, otolo enen juse akū 〔jalin akū〕[①] de abka na baime
岁 至于 子嗣 众子 无 天 地 求

gūnin mujilen akūmbure de dergi abkai enduri fucihi jugūn
意 心 尽 上 天 神 佛 路

yabure de holkode (holkonde) tuwafi gosime ere niyalma musei
行 忽然间 看 怜爱 这 人 咱们的

enduri fucihi de bairengge umeši (umesi) jilaka emu juse
神 佛 求的 甚 慈爱 一 儿子

banjikini seme forome juwan ilmun han de geneme acahabi.
生 回 十 阎王 去 会

tere niyalma aname enen juse akū seme gisurede nilmun han
那 人 克 子嗣 儿子 没有 说 阎王

(ilmun han) hendume tere niyalma mimci (minci) usarakū
说 那 人 比我 苦怨

aname usarakū serengge julergi forgūn (forgon) de ehe be
克 苦怨 所 前 季 恶

yabure jalin ere erin de juse sargan (sargan jui) akū
行 为 这 时 儿子 女儿 没有

banjimbi 〔2〕 niyalma ci usarakū lo yuwan wei serengge
生 人 苦怨 罗 员 外

niyalma emu beye wajitala jiha menggun takūrame wajrakū seme
人 一 身 直到完 钱 银 差遣 没完

① 原文圈死。衍文。

gisurere de. dung yoo ambula jili banjime hendume suwe
说 东 岳 大大 气 生 说 你们

juwan ilmun han umesi giyan de acarakū, tere niyalma jiha
十 阎王 很 理 不合 那 人 钱

menggun labdu ihan morin geli bi jiha bici takūrame niyalma
银 多 牛 马 又 有 钱 若有 差遣 人

akū, ihan morin bici yalure niyalma akū, erei jalin de
无 牛 马 若有 骑 人 无 此 为

tumen jergi bairengge suwe ai seme (aiseme) gisurembi. giyan
万 次 求 你们 怎么说 说 理

bici mimde (minde) alakini giyan akūci enen juse banjime
若有 我 告诉 理 若无 子嗣 众子 生

bukini juse sargan (sargan jui) banjime burakū ci bi geli
给 众子 女儿 生 不给 若 我 又

dergi abkai ioi han de habšame simbe wakame (wakalame)
上 天 玉 汗 告状 你 参

ts'oorin (soorin) ci wasibumbi in gurun yang gurung (gurun)
王位 使下 阴 国 阳 国

be faksalame muterakū oci ere tsPoorin (soorin) de teme seme
分开 不能 若 这 王位 坐

ume 〔3〕 gūnire tere be gisureci suwe dere be bodome emu
不要 想 坐 若说 你们 脸 筹划 一

juse banjime bukini seme gisurere de geren endurisa gemu
儿子 生 给 说 众 神们 都

urgunjeme canjurame dorolorede juwan ilmun han ts'oorin
欢喜 作揖 行礼 十 阎王 王位

(soorin) ilibume harulame (karulame) dorolombi si banjime buci
立 报 行礼 你 生 若给

ere juse be udu se otolo nimeku gashan akū banjimbi ere
这 儿子 多少 岁 至于 病 灾 无 生活 这

be getuken i alame bukini getuken alame bure akū oci ume
明白 告诉 给 明白 告诉 给 不 若 不

banjime bureo dahime dabtame fonjire de argan akū hendume
生 给吗 重复 屡说 问 计 无 说

si mimbe baici ere juse orin sunja se otolo nimeku
你 我 若求 这 儿子 二十 五 岁 至于 病

yašan (yangšan) akū banjime biheo. nits'an sama
小儿病 无 生活 行吗 尼山 萨满

(nisan saman) hengdume orin sunja se serengge gūnin mujilen
说 二十 五 岁 所说 意 心

toktoro undede 〔4〕 gajici derengge wesihun be tuwaha akū
定 尚未 若拿来 体面 贵 看 没有

ai tusa bi seme gisure de ilmun (ilmun han) geli juwan
什么 利益 有 说 阎王 又 十

se nemebume buhe gosin sunja se buhe nits'an sama
岁 增加 给 三十 五 岁 给 尼山 萨满

(nisan saman) geli hendume gosin sunja se serengge yaya baita
又 说 三十 五 岁 所说 凡 事

icihiyame muterakū kai omosi mama geli juwan se buhe
办 不能 子孙娘娘 又 十 岁 给

nits'an sama (nisan saman) hendume dehi sunja se oho yeye
尼山 萨满 说 四十 五 岁

hunggi si geli se nemeci yeye hunggi labdukan i nememe
你 又 岁 若增 多多的 增

bukini yeye hunggi labdu nememe burakū oci yeye 〔yeye〕①
给 多 增 不给

hunggi bi ganame muterakū kai ilmun han geli sudzai (susai)
我 取去 不能 阎王 又 五十

okini seme gisurere de nits'an sama (nisan saman) geli
说 尼山 萨满 又

hendume. deyang ku deyang ku sudzai (susai) serengge salu
说 五十 所说 胡须

tucire undede gajime ai tusa deyangku deyangku se ajigen
出 尚未 拿来 什么 利益 年龄 小

oci 〔5〕 banjire doro deyangku deyangku seletu senggetu
若 生 道理 塞勒图 塞格图

juwe hutu esukiyeme hendume ganarakūci ume gana seme
二 鬼 斥责 说 若不去取 不要 使取去

maitu be dargiyame tandara de nidzan sama (nisan saman)
棒 举 打 尼山 萨满

hendume. deyangku deyangku sini tandara gelerakū kai
说 你的 打 不怕

deyangku deyangku juwe hutu gelerakū be safi tandarakū oho
二 鬼 不怕 知 不打

① 原文如此。衍文。

nidzan sama (nisan saman) senggeltu seletu juwe i hutu de
尼山 萨满 塞格图 塞勒图 二 鬼

ilan farsi misun ilan baksa (baksan) aisin menggun hoošan jiha
三 块 酱 三 把 金 银 纸 钱

buhe tere juwe hutu umesi urgunjemu esukiyerakū oho. tereci
给 那 二 鬼 很 欢喜 不斥责 从此

yabume nisihai bira dalin de isinjime ilire de holkore
去 尼石海 河 岸 至 站 忽然间

(holkonde) niyalma hūlara jilgan donjire de nits'an sama
人 叫 声 听 尼山 萨满

(nisan saman) šan waliyame donjire de monggoldi nakcu
耳 撂 听 蒙古尔岱 舅舅

ojoro jakade 〔6〕 nits'an sama (nisan saman) tuwara de efulehe
因为 尼山 萨满 看 破了

jahūdai emu niyalma jahūdai ujude ilime šuruku (šurukū)
船 一 人 船 头 站 篙

selbimbe (selbimbi) selbime jimbi kerani kerani monggoldi nakcu
使划子 划 来 蒙古尔岱 舅舅

kerani kerani nits'an sama (nisan saman) dahin dahin hūlara
尼山 萨满 反复

de monggoldi nakcu uju tukiyeme tuwaci nits'an sama
蒙古尔岱 舅舅 头 抬 一看 尼山 萨满

(nisan saman) ojorakū jakade jahūdai šorome (šurume) jihebi
不可 船 使篙 来

bira i dalin isinjime fonjire de si ai niyalma sere de
河 岸 至 问 你 什么 人

nits'an sama (nisan saman) hendume. in[①] gurun i yekuli jekuli
尼山 萨满 说 阴 国

nisihai bira yekuli jekuli dalin de tehe nits'an sama
尼石海 河 岸 住 尼山 萨满

(nisan saman) inu sere jakade monggoldi nakcu takame nits'an
是 说 由于 蒙古尔岱 舅舅 认识 尼山

sama (nisan saman) baru gisureme hendume si geli umesi
萨满 向 说 说 你 又 很

aniya goidaha yang gurung (gurun) de 〔7〕 jiderakū kai nits'an
年 久 阳 国 不来 尼山

---

① 此处就为 yang (阳) 字。

sama (nisan saman) hendume, ingeli cingeli bi geli turgun
萨满 说 我 又 缘由

akū oci ingeli cingli jiderakū sarakū ulhirakū bihe de sinci
没有 若 不来 不知 不晓 你

fonjime jihebi ere ba i ai ba be sarakū ingeli cingeli
向 来 这 地方 什么 地方 不知

ai i jalin de yabume muterakū ingeli cingeli monggoldi
什么 为 行 不能 蒙古尔岱

nakcu nits'an sama (nisan saman) be ingeli cingeli jahūdai de
舅舅 尼山 萨满 船

tebume ingeli cingeli bira be doobume ingeli cingeli nits'an
使坐 河 渡 尼山

sama (nisan saman) i baru hendume mini ere bira bucehe
萨满 向 说 我的 这 河 死

gurun i yabure jugūn yaya niyalma be bi dooburakū ba inu
国 行 路 凡 人 我 不渡 地方 是

si minde ai jabe (jaka be) werime yabumbi sere gisun
你 我 什么 东西 留 走 说

de nits'an sama (nisan saman) hendume bi geli ere canggi
尼山 萨满 说 我 又 这 纯是

yabuha jugūn kai. sini baire de untuhun yaburakū si ume
行 路 你的 求 空 不行 你 不要

ekšere 〔8〕 ulin akū yaburakū ilan baksan aisin menggun sihe
急 货财 没有 不行 三 把子 金 银 钱

(jiha) ilan farsi misun monggoldi nakcu buhe manggi teni
三 块 酱 蒙古尔岱 舅舅 给 后 才

dobuha (doobuha) tereci nits'an sama (nisan saman) julesi
渡过 话说 尼山 萨满 前

yabure de jugūn dalbade sahaliyan sukdun tucire nidzan sama
行 路 傍边 黑 气 出 尼山 萨满

(nisan saman) ilihei geren jukten be hūlara de geren juktehen
立 众 祀 叫 众 庙

donjime gurgu gasha gemu isafi alara be alimbi nidzan sama
听 兽 鸟 都 集 告诉 承 尼山 萨满

(nisan saman) hendume, deyangku deyangku geren jukten
说 众 祀

gemu geneme jugūn i dalbade sahaliya sukdun be tuwabume
都 去 路 傍边 黑 气 看

gene sere de geren jukten geneme tuwara de geren pangguwan
去 众 祀 去 看 众 判官

hafasa hutu gemu bucehe weihun be beidembi. weihun erin
官们 鬼 都 死 活 审讯 活 时

de niyalma uce be maktaha niyalma uce undehen de hala
人 门 抛 人 门 板子 手

(gala) falanggo (falanggū) be suifuhe, geli weihun erin de
手掌心 锥 又 活 时

niyalmai fa i tule šan waliyara niyalma šan be fa i baru
人 窗 外 耳 撂 人 耳 窗 向

〔9〕 hadaha, ama eme casholaha (cashūlaha) niyalma be soncoho
钉 父 母 背着 人 辫子

be lakiyame erulembi, eigen sargan acaha akū niyalma tuwa
悬挂 用刑 夫 妻 合好 不 人 火

i erun de ikebumbi (isebumbi), hūlha yabuha niyalma be uju
刑 使惩戒 贼 行走 人 头

be sacime tumen jalan de isitala forgošome muterakū weihun
砍 万 辈 直至 调转 不能 活

erin de hehe niyalma amba giyang ebišeme giyang i muke
时 女 人 大 江 沐浴 江 水

natuhūraha (nantuhūraha) niyalma natuhūn (natuhūn) muke be
做污秽事 人 污秽 水

omibumbi, geli ama eme herire (harire) niyalma be yasa be
使喝 又 父 母 偏向 人 眼睛

deheleme erulembi, geli sargan jui be duwedume (dufedeme)
钩 用刑 又 姑娘 贪淫

yabure niyalma be moo i baru gala be hūtame (huthume)
行 人 木 向 手 绑

erulembi, geli emu niyalma juwe sargan gaiha niyalma be juwe
用刑 又 一 人 二 妻子 娶 人 二

ici faksalame erulembi, geli emu sargan juwe eigen gaiha
方 分开 用刑 又 一 妻子 二 丈夫 娶

niyalma suhe be jafafi sacime faksalambi, geli weihun erin
人 斧子 拿 砍 分开 又 活 时

niyalma ulin jiha be holimbume (hūlimbume) gaiha niyalma be
人 货财 钱 惑 要 人

〔10〕 yali be 〔yali be〕[①] faitafi nikebumbi, geli bairengge
肉 割 使依靠 又 求者

baimbi usarengge be usambi garsarangge gasambi. ere be nits'an
求 伤悲者 伤悲 抱怨者 抱怨 这 尼山

sama (nisan saman) tuwame muterakū. omosi mama baime
萨满 看 不能 孙子们 奶奶 求

hendume mama ere aitu beidembi. si sarakū weihun erin de
说 奶奶 这 为何 审讯 你 不知 活 时

niyalma be koro arahangge labdu de ere erun de nikebumbi
人 伤心 做 多 这 丑陋 使依靠

sain ehe be beidere jurgan inu ere tafulaci ojorakū sere
好 恶 审讯 部 也 这 谏劝 不可

jakade nidzan sama (nisan saman) hendume aname tafulaci
尼山 萨满 说 挨次 谏劝

ojorakū omosi mama henduhengge uru waka be alibume beidere
不可 孙子们 奶奶 说 是 非 使受 审讯

giyan bici giyan be gisurehe manggi teni toktombi. alirakū
理 若有 理 说 后 才 定准 不受

oci toktobume muterakū kai geli wang šen (siang) tai isinaha
若 使定 不能 又 望 乡 台 至

manggi banjibumbi. wang šen (siang) tai isiname muterakū
后 生 望 乡 台 至 不能

oci banjime muterakū kai 〔11〕 tereci nits'an sama
若 生 不能 话说 尼山 萨满

(nisan saman) serguldi fiyanggo i fayangga be gaime jugūn
塞尔古岱 费扬古 魂 带 路

unduri yabume in šan alin i fejile isinjifi nits'an sama
沿 行 阴 山 山 下 至 尼山 萨满

(nisan saman) i eigen jakūn šan i mucen de nimenggi
丈夫 八 耳 锅 油

fuyebume ilihabi, sargan i baru hendume si gurun gubci
使滚 站 妻子 向 说 你 国 全

niyalma gemu aitubume yabumbi. mimbe ainu aituburakū serede
人 都 救 走 我 为何 不救

nits'an sama (nisan saman) hendume si serengge bucefi ilan
尼山 萨满 说 你 死 三

---

① 原文如此。衍文。

aniya oho sube gemu lakcaha yali geli akū adarame aitubume
年 了 筋 都 断 肉 又 没有 怎么样 救

mutembi serede aitubu seme gala be jafafi sindarakū bairede
能 救 手 拿 不放 求

nits'an sama （nisan saman） ambula jili banjifi daimin gasha
尼山 萨满 大大的 气 生 鹰 鸟

juktehen be hūlafi hendume ere be gamafi uyun šeri fejile
祀神 叫 说 这 带 九 泉 下

gamafi makta sefi serguldi fiyanggo be gaifi lung hū birade
带 抛 塞尔古岱 费扬古 带 龙 虎 河

isinjifi 〔12〕 doholon lagi be hūlame, hoge yage bi ere bira
至 瘸子 拉喜 叫 我 这 河

be doome muterakū hoge yage monggoldi nakcu mimbi
渡 不能 蒙古尔岱 舅舅 我

doobume serede hoge yage monggoldi nakcu weihu aname
渡 蒙古尔岱 舅舅 船 推

doobume jihe hendume jiha akū oci dooburakū serede nits'an
渡 来 说 钱 无 若 不渡 尼山

sama （nisan saman） hendume bi sinde jiha buki serede
萨满 说 我 你 钱 给

monggoldi nakcu hendume jiha bici bu bi simbe doobuki
蒙古尔岱 舅舅 说 钱 若有 给 我 你 渡

serede nidzan sama （nisan saman） ilan farsi aisin menggun
尼山 萨满 三 块 金 银

šoge emu farsi misun be buhe manggi weihe be aname
锞子 一 块 酱 给 后 船 推

doobuha manggi nits'an sama （nisan saman） geli emu farsi
渡 后 尼山 萨满 又 一 块

misun be buhe manggi monggoldi nakcu jahūdai be aname
酱 给 后 蒙古尔岱 舅舅 船 推

genehe nits'an （nisan） saman serguldi fiyanggo be gajime
去 尼山 萨满 塞尔古岱 费扬古 带

isinjifi weijubuhe manggi, inggali cinggali 〔13〕 geren niyalma
至 使活过来 后 众 人

donjikini inggali cinggali sini jui be inggali cinggali aisin
听 你的 儿 金

hiyalu de tebuhe bihe inggali cinggali mini daimin gasha
香炉 让住 我的 鹰 鸟

juktehen inggali cinggali šoforome gajihe ekuli jekuli boobei oho
祀神 抓 带来 宝贝 腋

de hafirame gajifi ekuli jekuli ergen beyede weijubuhebi ekuli
夹着 带来 生命 身 活了

jekuli omosi mama de baiha de ekuli jekuli uyunju sunja
孙子们 奶奶 求 九十 五

se be buhe ekuli jekuli ereci amasi nimeku yangšan akū
岁 给 从此 以后 病 小儿病 没有

ekuli jekuli banjikini sehe ekuli jekuli ilmun han de generede
生活 阎王 去

lung hū bira be doorede ekuli jekuli doholon lagi de ilan
龙 虎 河 渡 瘸子 拉喜 三

farsi misun be buhe manggi ekuli jekuli teni doobuha ekuli
块 酱 给 后 才 渡

jekuli ereci ilmun han de acanafi baiha de ekuli jekuli 〔14〕
从此 阎王 去会见 求

sini jui be amasi bederembuhe ilmun han gūwa baniha be
你的 儿 往后 送回 阎王 别 谢

gairakū deyeng ku deyeng ku coko emke indahūn emke deyeng
不要 鸡 一个 狗 一个

ku deyeng ku erebe aide baitalambi seme fonjiha de
把这个 何处 用 问

deyeng ku deyeng ku coko akū oci abka gerere be sarakū
鸡 没有 若 天 亮 不知

sembi. deyeng ku deyeng ku indahūn akū oci hūlha holo
狗 没有 若 贼盗

jidere de sarakū sembi. deyeng ku deyeng ku coko indahūn
来 不知 鸡 狗

be werifi jihebi deyeng ku deyeng ku ereci bedereme jiderede
留 来 从此 回 来

deyeng ku deyeng ku geren hutu gemu mimbe aitubu sembi.
众 鬼 都 我 使救

nitsʻan (nisan) saman hendume suwe derengge deyeng ku
尼山 众萨满 说 你们 体面

deyeng ku bucefi aniya goidaha giranggi sube gemu lakcaha
死 年 久 骨 筋 都 断

deyeng ku deyeng ku 〔15〕 suwembe aitubume muterakū. bi
你们 救 不能 我

suwede emu niyalma de ilan baksan aisin menggun šoge be
你们 一 人 三 把 金 银 锞子

buke gamafi takūra sehebi kereni kereni ereci yabumbi bi
给 带来 差遣 从此 走

deyembibi (yabumbi deyembi) sefi kereni kereni umushun
飞 俯卧

(umušuhun) tukehe (tuhehe) lo yuwan wei jui be weijuhe
倒 罗 员 外 儿子 活

de ambula urgunjeme nits'an (nisan) saman i etuku be etubufi
大大的 欢喜 尼山 萨满 衣服 穿

gu i hūntahan arki tebufi niyakūrafi aliburede nits'an sama
玉 盅子 酒 装 跪 使献 尼山 萨满

(nisan saman) arki be omifi hendume, sini jui weijuhengge
酒 喝 说 你的 儿子 活

gemu hūturi kai serede lo yuwan wei ahaljin bahaljin juwe
都 福 罗 员 外 阿哈尔基 巴哈尔基 二

aha be hūlafi hendume ihan morin i hontoho bu aisin
奴才 叫 说 牛 马 一半 给 金

menggun i hontoho be bu sehe manggi ahaljin bahaljin
银 一半 给 后 阿哈尔基 巴哈尔基

juwe aha 〔16〕 ihan morin menggun jiha be dendebume bufi
二 奴才 牛 马 银 钱 使分 给

amersu (samsu) etuku be juwan juwe sejen de tebufi eiten
翠蓝布 衣服 十 二 车 装 一切

suje jergi jaka be jakūn sejen de tebufi nisan sama (saman)
缎子 等 东西 八 车 装 尼山 萨满

i boode benefi amasi bederehe manggi nisan sama (saman)
家 送 往回 使归 后 尼山 萨满

ambula bayan ofi emu inenggi emhe i baru hendume bi
大大的 富 一 天 婆婆 向 说 我

serguldi fiyanggo be aitubume genehe de sini jui be acaha
塞尔古岱 费扬古 救 去 你的 儿子 会见

bihebi mimbe aitubu seme jafafi sindarakū de urun bi jili
我 使救 抓 不放 媳妇 我 气

banjifi uyun šeri fejile maktahabi sehe manggi nisan saman i
生 九 泉 下 抛 后 尼山 萨满

emhe ambula jili banjifi hendume tuttu oci si eigen be waha
婆婆 大大的 气 生 说 那么 你 丈夫 杀

kai 〔17〕 nisan saman i emhe gemun hecen de dosifi
尼山 萨满 婆婆 京城 进

taits'ung hūwangdi de habšaha de taits'ung hūwangdi hese
太宗 皇帝 告状 太宗 皇帝 旨

wasimbufi nisan saman be gajifi fonjiha de nisan saman terkin
降 尼山 萨满 拿来 问 尼山 萨满 台阶

i fejile niyakūrafi hendume bi eigen be wahao lolo gašan
下 跪 说 我 丈夫 杀了吗 罗洛 屯

i lo yuwan wei i jui serguldi fiyanggo i fayangga be
罗 员 外 儿子 塞尔古岱 费扬古 魂

gamame genehe de mini eigen in šan alin i fejile jakūn šan
拿去 去 我的 丈夫 阴 山 山 下 八 耳

i mucen de nimanggi fuyebumbi. mimbe jafafi aitubu sembi.
锅 油 使滚 我 抓 救

mini henduhe gisun si bucefi aniya goidaha aitubume
我的 说 话 你 死 年 久 救

muterakū serede 〔18〕 mimbe jafafi sindarakū de bi emu erin
不能 我 抓 不放 我 一 时

i jili de jafafi uyun šeri fejile maktahangge yargiyan sehe
气 抓 九 泉 下 抛 实 说完

manggi taits'ung hūwangdi ambula jili banjifi hendume erebe
后 太宗 皇帝 大大的 气 生 说 为此

gamafi uyun šeri fejile gamafi makta sefi hese wasimbuha
拿去 九 泉 下 拿去 抛 旨 降

manggi ya i se gemafi temaktaha (maktaha) ere oci ejen
后 衙 役 们 拿去 抛 这样 若 主

hese wasimburakū tucime muterakū sele futa i hūwaitahabi.
旨 不降 出 不能 铁锁 拴上

ubaci dubehe
从此 终

〔封底〕 gehungge yoso sucungga aniya ninggun biya i orin
宣统 元 年 六 月 二十

nadan inenggi de arame wajiha bithe
七 日 写 完 书

（原载《满语研究》一九九四至一九九八年第一期）

第三十二章　符拉迪沃斯托克本《尼山萨满》译文

宋和平　译

很早以前，还是明朝的时候，有一个罗洛村，村里住着一个名叫巴尔杜·巴颜的员外。他有万贯家产，家奴、差役、骡马等不计其数，但直到中年才生得一子。儿子慢慢成长，满了十五岁。有一天，他带领家奴到贺凉山上去打猎，不料走到半路上，暴病身亡。员外夫妇为失去儿子而万分忧伤。从此，他们便开始行善积德，一方面修建庙宇，求神拜佛，烧香焚纸，另一方面又资助穷人和孤儿寡母。

员外夫妇行善日子久了，便感动了上天，于是，上天开恩降福，使员外在五十岁时又得一子。夫妻俩喜出望外。因为五十岁时才生了他，所以起名叫色尔古代·费扬古。他们视如掌上明珠，寸步不离开他。孩子长到五岁时，已显得与众不同，聪明伶俐，出口成章。员外就给他请了一位老先生，在家教他习文练武，骑马射箭。

光阴似箭，日月如梭，色尔古代·费扬古满十五岁了。有一天，他来到阿玛、额娘跟前，请求说："阿玛、额娘，我想出去打猎狩围，试一试所学到的骑马射箭的本领，不知阿玛的意思如何？"阿玛说："在你之前，你有过一个哥哥，十五岁那年，他去贺凉山打猎，不幸途中病亡。我想，你就不要去了吧！"色尔古代·费扬古说："我作为一个男子汉降生到人世上，难道我一辈子不出家门、永远守在家里吗？生死由命，这是生下来就注定了的。"员外听了儿子的话后，无话可答，便说："既然你一定要去打猎，那就去吧！不过要带上阿哈尔济和巴哈尔济一同去，在那里不要久留，快快回来，以免我在家挂念你。要记住我的话。"色尔古代·费扬古答应了，就把阿哈尔济、巴哈尔济和其他家奴叫来，吩咐说："明天我们出去打猎，你们分配一下人力，准备好马匹和鞍子，修理一下武器和弓箭，把帐篷和武器装上车，喂饱雄鹰和虎纹猎犬，做好一切准备。"阿哈尔济和巴哈尔济说："是。"就赶紧准备去了。

第二天，色尔古代·费扬古向阿玛额娘行礼告别，骑上一匹骢马，让雄鹰蹲在肩上，带着猎犬，阿哈尔济和巴哈尔济等家奴紧跟在后面。那些背着弓囊箭袋的家奴，排着长长的队伍，前后簇拥着色尔古代·费扬古，车队人马川流不息。那场面既热闹，又壮观，庄上的男女老幼都出门观看，赞叹不已。

猎人们扬鞭催马，快步而行，很快就到了恩登德山的围场。他们马上搭起帐篷，埋锅做饭。接着，色尔古代·费扬古召集众家奴，对阿哈尔济和巴哈尔济说："现在我们进山打猎，你们给我把山围起来！"于是，众家奴立即把山围了起来，有的用箭射，有的用矛刺，同时放出鹰犬追捕飞禽走兽。那一天，野兽很多，他们放的箭几乎没有不射中的。大家正围捕得起劲的时候，色尔古代·费扬古突然全身发冷，然后就发起烧来，头晕目眩，他知道自己病了，就立即叫来阿哈尔济和巴哈尔济，对他们说："赶快停止围捕，集合家奴，我病了。"他们两人听了这话，吓了一大跳，急忙传令停止围捕，叫大家都回来。家奴把小阿哥抬进帐篷里，生着了火。他们以为让阿哥烤烤火，出一身汗，就会好的。哪知道烤了一阵火，出了一身汗后，阿哥的病更厉害了。于是，他们就不让他再烤火了，急忙砍了几棵小树，做了一副担架，让昏迷的阿哥躺在上面，家奴轮流抬着他，快步如飞地往回走。走不多时，色尔古代·费扬古哭着说："看来，我的病很严重，恐怕不能活着回到家里了。阿哈尔济、巴哈尔济兄弟，你们谁先走一步，把我的病情报知阿玛额娘，向他们转达我的话，我已不能报答阿玛额娘养育之恩了。我原想在阿玛额娘百年之时，我要尽儿子的一片孝心，为他们养老送终，披麻戴孝，哪知道上天要灭亡我呀！我的大限已到，现在连见也见不到他们了，看来，我就要死了。请告诉我的阿玛额娘，叫他们不要难过，多多保重。一切都是由命运决定的，悲伤有什么用呢？"他停止了哭泣，接着又说："请把我的话清清楚楚地转告我的阿玛额娘。"他还想说什么，但嘴已张不开了，两片嘴唇微微动了几下，两眼直瞪着，就这样死了。阿哈尔济、巴哈尔济和其他家奴围着担架，放声大哭，哭声震荡着山谷。过了一会儿，阿哈尔济忍住悲痛，对大家说："阿哥已经死了，哭也不能哭活呀！现在重要的是把他的尸体赶快运回去。巴哈尔济，你带着家奴，包好小阿哥的尸体，慢慢往回走。我骑马带领十人先回去，告诉老员外，准备为阿哥料理丧事。"说完，阿哈尔济带领着十人，骑上马飞快地往家走。

走了一会儿，就到了家门前，他们飞身下马，直朝屋里走去，跪在老员外跟前，谁也说不出话来，只是一个劲儿哭。老员外见他们这副样子，十分着急，不安地骂道："奴才，你们不是去打猎了吗？为什么哭着回来了？是不是阿哥有要事告诉我，让你们回来的？为什么只是哭，不说话呢？"他一连问了几遍，阿哈尔济他们还是什么也说不出来，只是跪着哭。这时，老员外大怒，厉声喝道："你们这些没有用的奴才，不会说话了吗？哭有什么用呢？"阿哈尔济勉强停止哭泣，擦了擦眼泪，朝员外拜了拜说道："阿哥途中得病，完了，我是先来给您报信儿的。"员外没有听清楚，问道："什么完了？"阿哈尔济回答说："是阿哥死了！"员外听见这话后，如同遭受晴天霹雳，"我亲爱的儿子呀！"他喊了几声，就晕倒在地。阿哥的母亲听见叫声，急忙跑过来，问阿哈尔济是怎么回事，他回答说："员外一听说阿哥死了，就晕倒了。"她听了后，两眼也直向上翻瞪着，脸色发白，如痴如呆地说："额娘的心肝呀！"说完，也直挺挺地倒在员外身边。家人看到这情景，一个个吓得魂飞天外，急忙把他们扶起来。等他们苏醒过来时，全家人都知道这事了，大家失声痛哭。他们的哭声惊动了全村，村里人都聚集到这里，号啕大哭起来。这时，巴哈尔济也哭得像泪人一样进来了，他向员外磕了一个头，说道："阿哥的尸体已经抬回来了。"于是，员外夫妇同村民们一起走到门外，把尸体抬进屋里，放在床板上。大家围在尸体周围，又哭了起来，那哭声惊天动地。哭了一会儿后，大家开始劝员外夫妇："巴颜阿公[①]你们为什么只是哭呀？人已经死了，难道哭能使人复活吗？现在应按照咱们的风俗习惯，为死者准备棺椁和其他殉葬品才是。"员外夫妻这才停止了哭泣，说道："你们说得倒对，不过，虽然如此，我们的心里实在难以忍受呀，我们能不悲伤吗？要知道，我们聪明可爱的儿子死了，还有什么指望呢？我们的家产留给谁呀？"接着，员外转身向阿哈尔济和巴哈尔济，吩咐说："你们这些奴才，也只会张着大嘴哭，快去为阿哥准备祭品和引马等物。需要什么，尽管从库里拿，不要舍不得。"于是，阿哈尔济和巴哈尔济停止了哭泣，按照主人的吩咐，为阿哥准备了十四杂色骟马，十四棕黄色骟马，十四金色骟马，十四火红色快腿骟马，十四白骟马，十四黑骟马。当他们告诉主人准备完毕时，员外又吩咐他们说："用三十匹马驮运装有各种绸缎衣裳的口袋，用其余的马驮运弓囊箭袋。雪青骟马要备上红鞍、金黄色的笼头。就这样准备去吧。"然后，员外把牧人们叫来，对他们说："你们从畜群中挑选十头牛，六十只羊，七十头猪，都宰杀好了。"牧

① 阿公：满语中是一种尊称，即先生之意。

人们和阿哈尔济连忙回答说："是！"就各自准备去了。员外又叫来女仆阿兰珠和沙兰珠，吩咐她们说："你们领着村里来帮忙的妇女，准备蒸白面饽饽七十桌，长条饽饽六十桌，搓条饽饽五十桌，荞麦搓条饽饽四十桌，烧酒十坛，鹅二十只，鸭四十只，鸡六十只；摆两桌水果，每桌用上等鲜果五样。若有怠慢，决不饶恕！"她俩回答说："是！"便急忙准备去了。

不一会儿，人们就把各自准备好的东西摆在院子里，各种各样的物品堆积如山，真是肉山酒海，水果、饽饽一桌桌，一排排，金、银纸钱和珠宝玉器不计其数。于是，人们开始洒酒祭祀，痛哭起来。

员外数落着大声恸哭："阿玛的阿哥呀！阿玛的小宝贝哎呀！我五十岁才生养了你哎呀！我的色尔古代·费扬古，看见你我就高兴哎呀！现在，谁来管理这些马和牛羊哎呀！你是聪明、勇敢，善于骑马射箭的哎呀！这些骏马谁来骑哎呀？家奴谁来差使哎呀？雄鹰蹲在谁的肩上哎呀？猎狗谁来使用哎呀？"他大声哭了一阵后，就哽哽呜咽了。这时，额娘又数落着哭起来："额娘的聪明的阿哥哎呀！为了有后代，我们行善积德，求神拜佛，五十岁才生了你哎呀！我聪明诚实的阿哥哎呀！你武艺超群，知书识礼，人才出众，和蔼可亲哎呀！聪明的阿哥哎呀！从今以后我们靠谁哎呀？我聪明的阿哥呀！你是个心地善良，仁慈的阿哥呀！你对家奴怜惜厚道，名扬天下。我的阿哥哎呀！你仪表堂堂，体格健美。我美丽的阿哥哎呀！只要额娘叫你一声，你就像鹰一样跑到我身边来哎呀！要是你做错了事，你会马上告诉我，我英俊的阿哥哎呀！今后谁是我亲近的人哎呀？谁还值得我疼爱哎呀！"她哭着哭着，就仰面朝天倒在地上，口吐白沫，不省人事了。家人把她扶起来后，唾沫、鼻涕流了一大盆，眼泪像雅拉河的水一样滔滔不绝地流着。

这时，一个弯腰驼背、有气无力的老者走到门口，口里呼喊着：

"德扬库德扬库守门的，德扬库德扬库兄弟们听着，德扬库德扬库去告诉，德扬库德扬库你们主人，德扬库德扬库就说门口来了一个德扬库德扬库年老体弱的老头儿，德扬库德扬库就说我想见见他，德扬库德扬库略表一点心意，德扬库德扬库去烧点纸钱，德扬库德扬库就说我有这样的请求。"

守门的家奴听完他的话后，急忙跑进屋里，向巴尔杜·巴颜转达了老头儿的请求。员外说："不幸的人！快让他进来吧！请他去吃丧宴上堆积如山的饽饽和肉，喝一点像汪洋大海一样的酒吧！"家奴们推推撞撞，急忙跑到门外，把那个老头儿放进来了。他进门后，对那肉山酒海和堆积如山的饽饽，看也没有看一眼，就径直朝阿哥的棺材走去。他一只手扶靠着棺材头上，捶胸顿足地哭了起来：

“啊啦，可爱的阿哥啊啦，你的命啊啦，多么短呀啊啦。我听说你啊啦，生得聪明伶俐呀啊啦，我这瘦弱的奴才啊啦，也感到高兴呀啊啦。我听说你呀啊啦，是个智武超群的阿哥呀啊啦，我这个愚蠢的奴才呀啊啦，也曾有过指望呀啊啦。我听说你呀啊啦，养成了啊啦，高尚美德和才干呀啊啦，我这庸碌之人啊啦，也感到有了依靠啊啦，我听说你呀啊啦，生得有福气呀啊啦，我便赞叹不已呀啊啦，你为何死了呀啊啦。”

老头儿击着掌，悲痛万分，捶胸顿足地拼命哭着。站在旁边的人，哭得更加厉害了。员外慈善地看着老头儿，从自己身上脱下缎袍，送给了他。老头儿停止哭泣，接过了衣服，就穿在身上了，但他仍然站在棺材旁边。他再一次环视了房间后，一面悲叹，一面责怪地说：“巴颜阿公，你就眼看着你的儿子色尔古代·费扬古死去吗？为什么不请一个能干的萨满救活阿哥呢？”员外说：“什么地方有这么高明的萨满呀！我们这个庄上倒有三四个，可是他们只是诳骗吃喝，只会用酒、鸡、饽饽做做祭祀，或是为祭祀准备供品，哪有能使人复活的萨满呢？他们甚至连我儿子是哪天死的都算不出来！请老先生指教我，什么地方有能干的萨满呀？”老头儿说：“巴颜阿公，难道你不知道，离这里不远，在尼西海河边，住着一个名叫尼山的女萨满，这萨满的本领很高，能使人复活，为什么不去请她来？只要她来的话，不要说是一个色尔古代·费扬古，就是十个也能救活，快去请她吧！”说完，老头儿就不慌不忙地从大门口走了出去，登上一朵彩云向空中飘去了。

守门的人看见这一情景，急忙跑进屋里，告诉了员外。巴尔杜·巴颜万分高兴地说：“这必是神仙下凡，指教我来了。”于是，就向老头儿去的方向作揖磕头。接着，他骑上快马，带着家奴，飞奔而去。

不一会儿，巴尔杜·巴颜到了尼西海河岸边。他朝四周看了看，发现东边有一所小房子，附近有一个少妇在柳枝上晾葛布[①]衣服。巴尔杜·巴颜向她走过去，问道：“格格，尼山萨满的家在什么地方？”那少妇笑了笑，用手指着说：“西边那所房子就是！”员外飞身上马，跑了一阵，到达她指的那个地方，他朝周围看了看，发现一个人站在院子里抽烟，

① 葛布：即粗布。

员外急忙下马，走上前去说：“请问阿公，这是不是尼山女萨满的家？请您如实告诉我。”那个人说：“你为什么这样急急忙忙，惊慌失措呀？”员外说：“我有急事，请您行个方便，告诉我吧！”这时，那个人说：“你刚才在东边问过的那个晾衣服的妇女，就是女萨满，你已经受骗了。你回去再问那个萨满时，态度一定要和蔼，要恭恭敬敬地问，绝不可把她跟别的萨满相提并论，她是行巫术的能手。”巴尔杜·巴颜向他道了谢，又上了马，迅速赶到东边。他下了马，走进屋里，看见南炕上坐着一位白发苍苍的老妇人，炕炉旁站着一位抽着烟的少妇。员外心想：“坐在炕上的老妇人，肯定就是我要找的女萨满了。”于是，他跪在老妇人面前，刚要开口恳求时，老妇人说：“我不是萨满，阿公，你弄错了，在炕炉旁边的——我的儿媳妇，才是先知先觉的萨满！”于是，巴尔杜·巴颜站起来，又跪在那个少妇跟前，请求说：“萨满格格因为你比其他萨满的本领都高强，所以你的名声远扬。我孩子患了寒朱尔昏病[①]，请你辛苦一趟，帮助看看。你大概有顾虑吧，怕仅用仁慈之心，治不好病，会失去名誉，对不对？”那少妇一面笑，一面说：“巴颜阿公我不想欺骗你，我不久以前才学过一点，要是现在就去看这种病的话，可能看不准，恐怕耽误了你的大事，你还是另请高明的萨满吧，趁早算一卦看看，不要耽误了。”巴尔杜·巴颜跪在她面前，泪流满面，再三请求她帮忙。萨满说：“因为你初次来这里，所以我先给你占卜一下。要是别人来我这里，我是绝不会给他占卜的！”说完，她洗了脸，在神主前点上香，将一个木环浸入水中，在屋子中间放一条马杌子，她左手拿抓鼓，右手拿一个榆木鼓槌，坐在杌子上，不时用鼓槌敲着抓鼓，开始行巫作术了。她用柔和的声调呼唤着“火巴克”，又高声求唤“德扬库”，口中念念有词，开始祈求倭车库降附在自己身上，而巴尔杜·巴颜一直跪在地上，聚精会神地倾听女萨满的祈祷。在行巫作术过程中，她说出了所发生的一切：

“埃库勒也库勒这个姓巴尔杜的，埃库勒也库勒是属龙的。埃库勒也库勒男子汉，你听着，埃库勒也库勒我命令你看看这位老爷。埃库勒也库勒来的那位阿哥，埃库勒也库勒请仔细听着，埃库勒也库勒假如我说得不对，埃库勒也库勒你就告诉我不对；埃库勒也库勒假如我说的是谎言，埃库勒也库勒你就说这是谎言；埃库勒也库勒如果说谎的萨满要欺骗人，埃库勒也库勒就告诉你们。埃库勒也库勒你二十五岁时，埃库

① 寒朱尔昏病：是流行在松花江、黑龙江、图们江等地的一种瘟病。

勒也库勒曾生了一个埃库勒也库勒男孩子，埃库勒也库勒他满了十五岁，埃库勒也库勒到贺凉山埃库勒也库勒去打猎，埃库勒也库勒那座山上，埃库勒也库勒有一个库穆鲁恶鬼，埃库勒也库勒这个恶鬼抓走了，埃库勒也库勒你儿子的，埃库勒也库勒灵魂。埃库勒也库勒他得了重病，埃库勒也库勒而死亡了。埃库勒也库勒从此以后你就没有生养埃库勒也库勒孩子了。埃库勒也库勒在你五十岁时，埃库勒也库勒我发现你们又生了一个，埃库勒也库勒男孩子。埃库勒也库勒因为五十岁才生了他，埃库勒也库勒所以起名叫色尔古代，埃库勒也库勒费扬古。埃库勒也库勒这个名字，埃库勒也库勒是聪明崇高的名字。埃库勒也库勒他满十五岁时，埃库勒也库勒曾去南山，埃库勒也库勒打死了埃库勒也库勒很多野兽，埃库勒也库勒伊尔蒙汗[①]听说后，埃库勒也库勒就派了一个恶魔，埃库勒也库勒抓住了他的灵魂，埃库勒也库勒把他带走了。埃库勒也库勒要救活他很困难。埃库勒也库勒我为救活他埃库勒也库勒，而感到发愁。埃库勒也库勒假如我说得对，你就说是对的；埃库勒也库勒假如我说得不对，你就说不对！”

巴尔杜·巴颜连忙磕头说：“神主所指出的事实都是真的！”萨满拿起香，谨慎地收起铃鼓、鼓槌等行巫时所用之物。巴尔杜·巴颜又跪在地上，一面哭，一面说：“刚才劳驾萨满格格占卦，与实际情况完全一样，求萨满格格再辛苦一下，把敝舍那个如狗一样可怜的孩子救活吧！难道还有在获得生命时而忘却祭神的道理吗？难道还有求神后而不酬谢的道理吗？”尼山萨满说：“你家有一条狗，它是与你儿子同一天生的，还有一只三年的公鸡和陈酱，如果我没有算错的话，准有这些东西。”巴尔杜·巴颜忙说：“是的，一点也不错，是有这些东西，你说得完全对，你真是个令人惊讶、神通广大的萨满！现在我求你做一件重要的事，救活我孩子的年轻生命！”尼山萨满笑着说：“一个年轻无能的萨满，怎么能承担这么重要的任务呢？要是办不成的话，那你就会白白浪费金银财宝，岂不要落个人财两空吗？你还是另请高明的萨满吧！我是个刚开始学习、连基本的法术都没有掌握的萨满，从未完成过这样重要的任务，我能知道什么呢？”巴尔杜·巴颜跪在地上一面磕头，一面苦苦哀求说：“求求萨满格格，救活我的孩子，要是能救活我孩子的生命，我一定报答你的恩情，把金银财宝、绫罗绸缎、牛羊马猪都让给你一半。”尼山萨满没有办

① 伊尔蒙汗：意即阎王。

法，只好说："巴颜阿公，请起来，就这么办吧，我到你家占卜看看，要是卜对了，你不要过于高兴；要是卜错了，你也不要悲伤。你明白我的意思吗？"巴尔杜·巴颜非常高兴，立刻站了起来，装了一袋烟，递给她，并送了礼物，然后急忙上马，疾驰而去。

员外刚一到家，立刻叫来阿哈尔济、巴哈尔济，对他们说："赶快准备车辆、马匹、大轿，去接萨满。"他们马上备好了车马和大轿。阿哈尔济带着几个家奴去了。不一会儿，他们就到了尼西海河岸，找到了尼山萨满的家，见到了萨满。他们跟萨满行过礼后，就把神像和箱子分别装在三辆马车上，萨满坐上八抬大轿，很快就到了员外家。巴尔杜·巴颜连忙出门迎接，请她进屋，把神像和箱子摆放在炕上。接着，他洗手焚香，向倭车库行了三拜三叩之礼。女萨满洗过脸，吃了饭，然后用手巾擦了擦手和脸，就拿起抓鼓，站在倭车库前，开始祈求神灵。她敲鼓时，本村里的三四个萨满都随着敲鼓，但他们都是各敲各的，跟她配合不上。这时，尼山萨满说："如果他们继续这样乱敲的话，怎么办？"员外回答说："本村确实没有能干的人。如果你有能与你配合得很好的老扎哩[①]的话，请告诉我，我马上请他来。"尼山萨满说："我们村住着一个七十岁的纳里·非扬古，这人是个敲鼓的能手，而且同我配合得很好，要是能把他请来，那就不用发愁配合不好了。他一切都听我的。"员外马上就叫人为阿哈尔济备马，吩咐他去请纳里·非扬古。没有多久，阿哈尔济就把他请来了，巴尔杜·巴颜出门迎接，请他进屋。尼山萨满看见纳里·非扬古后，就笑着说："啊！赋予神主以力量的阿公来了，聪明的纳里·非扬古阿公，我的师弟和扎哩，你听我说，请尽量模仿我，好好帮助我！假如我不能像往常那样把铃鼓可靠地托付给扎哩的话，那我就要用皮鞭打你的大腿，假如我在作法时出现不巧合的情况，那我就要用湿树枝打你的屁股。"纳里·非扬古一面笑，一面说："好厉害的萨满，古怪的尼山师兄，我知道这些规矩了，不过，我没有好好学习过。"他坐在炕上，很快用了茶饭。接着，就开始配合敲鼓。

尼山萨满穿着神衣，系上腰铃神裙，头上戴着一顶饰有九只鸟的萨满神帽，她那苗条的身子犹如随风摇摆的柳枝扭动起来，与此同时，又模仿"阳春曲"，细声唱起来，那歌声娓娓动听。她这样唱了一阵后，就开始求神主：

① 扎哩：意即助手。

“火格牙格你从石头窟窿里，火格牙格摆脱出来了，火格牙格求神灵迅速降临吧！火格牙格……”。

萨满这样念着，紧紧咬着牙齿，全身抖动着，求神降附在自己身上。接着，她又低声唱道：

“火格牙格为首的扎哩，火格牙格请站在我的身旁。火格牙格得力的扎哩，火格牙格请陪我站着。火格牙格灵活的扎哩，火格牙格请站得近一些。火格牙格聪明的扎哩，火格牙格请站在我周围。火格牙格请你张开那只，火格牙格薄耳朵听着。火格牙格请捂住那只，火格牙格厚耳朵听着。火格牙格准备拴住，火格牙格那只公鸡的，火格牙格头。火格牙格准备捆住，火格牙格那只花狗的，火格牙格腿。火格牙格请并排放好，火格牙格一百碗，火格牙格陈酱。火格牙格准备卷好，火格牙格一百捆，火格牙格草纸。火格牙格因为在那阴曹地府里，火格牙格在那阴森森的地方，火格牙格我要追回一个灵魂，火格牙格所以我要去，火格牙格那恶劣地方，火格牙格把陷在那里的灵魂，火格牙格拯救回来，火格牙格要夺回一条生命。火格牙格可靠的扎哩，火格牙格请你引路吧。火格牙格你一定要尽力而为。火格牙格当我回来时，火格牙格在我的鼻子上，火格牙格要洒水，火格牙格二十担；火格牙格在我的脸上，火格牙格浇水四十桶。火格牙格……”唱着唱着，她脸色一变，就昏倒了。扎哩纳里·非扬古急忙扶她躺下。然后，给她整理了腰铃，绑好了公鸡和猎狗，摆好陈酱和草纸，又整理了一下神主的像，就紧挨着萨满坐下。

过了一会儿，纳里·非扬古拿起抓鼓和鼓槌，开始敲鼓作法，祝祷诵唱道：

“钦格尔济英格尔济那个漆黑的夜晚，钦格尔济英格尔济有人将蜡烛，钦格尔济英格尔济突然弄灭了。钦格尔济英格尔济有个姓巴尔杜的，钦格尔济英格尔济名叫色尔古代·费扬古的。钦格尔济英格尔济费扬古的灵魂，钦格尔济英格尔济将被放在炉火中熔化了。钦格尔济英格尔济在黑暗的地方，钦格尔济英格尔济折磨着他的灵魂，钦格尔济英格尔济派你到那恶劣的地方，钦格尔济英格尔济去拯救他的生命。钦格尔济英格尔济请唤醒，钦格尔济英格尔济陷入灾难中的灵魂，钦格尔济英格尔济给死者的灵魂，钦格尔济英格尔济以力量。钦格尔济英格尔济给恶鬼和妖魔点，钦格尔济英格尔济厉害瞧瞧！钦格尔济英格尔济你将扬名于钦格尔济英格尔济普天之下；钦格尔济英格尔济四海之内，钦格尔济英格尔济将把你颂扬。”

这时，尼山萨满带着鸡和狗，背着陈酱和草纸，在众神的护送之下，到阴间寻找伊尔蒙汗去了。一路上，兽神跳跃，鸟神飞翔，蛇神嗞嗞作响。他们风驰电掣般走着、走着，到了一条河的陡岸，那里既没有渡口，也没有渡船，尼山萨满着急地四处观看，突然，她发现河对岸有一个人，撑着一只独木船，尼山萨满高声唱道：

"火巴克也巴克跛腿渡船，火巴克也巴克阿公，火巴克也巴克请你听我说，火巴克也巴克张开那只薄耳朵听着；火巴克也巴克捂住那只，火巴克也巴克厚耳朵听着；火巴克也巴克阿尔苏·来西，火巴克也巴克请听着，好好记着，火巴克也巴克人们虔诚祭祀时，火巴克也巴克你是受人敬重的；火巴克也巴克在人们恭敬祭神时，火巴克也巴克你要变成河神，立在河岸上。火巴克也巴克请你走在前面，火巴克也巴克忠实地为我引路。火巴克也巴克我要去见，火巴克也巴克一位阿玛勇敢的儿子；火巴克也巴克我要去见，火巴克也巴克一位额娘勇敢的儿子；火巴克也巴克我们应该去，火巴克也巴克远方的祖父家；火巴克也巴克我要赶紧去，火巴克也巴克远方的祖母家；火巴克也巴克我要飞快去，火巴克也巴克姨娘家；火巴克也巴克我要去，火巴克也巴克取回一条生命。火巴克也巴克假如你将我渡过去，火巴克也巴克我送给你陈酱；火巴克也巴克如果你迅速将我渡过去，火巴克也巴克我会送给你草纸。火巴克也巴克如果你飞快渡我过去的话，火巴克也巴克我要送给你，火巴克也巴克烈性烧酒。火巴克也巴克我要去可恶的地方，火巴克也巴克拯救一条生命！火巴克也巴克我要去那黑暗的地方，火巴克也巴克追赶一个灵魂：火巴克也巴克。"

跛腿来西听见了她的话，就用单桨划着船到了岸边。尼山萨满一看就发现：他是个独腿、歪鼻、单耳、秃头、跛腿、独臂的人。他走到女萨满跟前，说："萨满格格！这里来过许多人，我都没有渡他们过去。不过，我听说你很有名，而且这也是你的造化，所以这一次，我只好将你渡过去了。"尼山萨满就上了独木船，跛腿来西用杆子将船一撑，划着桨，一会儿就到了对岸。尼山萨满向他道了谢，并送给他三碗陈酱和三捆纸，然后问道："有人从这渡口过去过吗？"跛腿来西回答说："从没有人渡过去，只有汗的亲戚蒙古尔代·纳克楚带着巴尔杜·巴颜的儿子色尔古代·费扬古的灵魂过去了。"尼山萨满一面道谢，一面又送他礼物。接着，就离开了那个地方，继续赶路。

女萨满走着走着，一会儿到了红河岸边，她向周围看了一下，没有渡口，也不见船只，连个人影也没有。她没有别的办法，只好求神主保佑渡河，开始祈祷唱诵：

“埃库勒也库勒空中盘旋的，埃库勒也库勒大雕啊！埃库勒也库勒海上回翔的，埃库勒也库勒银色的鹡鸰鸟啊！埃库勒也库勒河岸上弯弯曲曲蠕动着的，埃库勒也库勒大蛇神啊！埃库勒也库勒在扎纳河里游动着的，埃库勒也库勒八条大蟒神啊！埃库勒也库勒年轻的河神啊！埃库勒也库勒请渡我过，埃库勒也库勒这条河，埃库勒也库勒请众神灵，埃库勒也库勒保佑我，埃库勒也库勒迅速渡过这条河，埃库勒也库勒请众神灵显示一下自己的神威吧！”

说完，她将手鼓浸入河水中，自己站立在鼓上，瞬息间她风一样漂浮过河。于是，她送给河神三碗陈酱和三捆纸。接着，她又继续向前赶路了。

一路上，她快步而行，不久就来到一座城下，她刚走到城门口，守卫城门的铁鬼和血鬼就大声喝道：“你是什么人？胆敢闯入城堡？我们奉伊尔蒙汗之命，守卫城门，你有何事？”尼山萨满回答说：“我是阳间的尼山萨满，来阴间寻找蒙古尔代·纳克楚。”两鬼大声说道：“既然如此，我们放你过去。不过，你得按照惯例留下姓名和酬金。”尼山萨满留下了名片、三碗陈酱和三捆纸，就过去了。她很快到了第二道门口，照例留下了名片和酬金。最后，她到了第三道门口，即蒙古尔代·纳克楚的门前，开始抖动神帽和腰铃，大声诵唱：

“火格牙格蒙古尔代·纳克楚，火格牙格你要马上，火格牙格出来，火格牙格你为什么，火格牙格把那个幸福降生的人，火格牙格这样过早地，火格牙格把他抓到这里来？火格牙格死者还很年轻，火格牙格你不该把他骗来，火格牙格请你把他放回来。火格牙格我一定把他带走！火格牙格请你把他马上还给我，火格牙格我给你酬金。火格牙格假如你痛痛快快地把他还给我，火格牙格我给你陈酱；火格牙格如果你自愿地，迅速地把他还给我，火格牙格我向你行礼感谢。火格牙格如果你不还给我的话，火格牙格那就不会有好的结果。火格牙格我要借助倭车库的帮助，火格牙格把我带进，火格牙格房子里去，火格牙格把他抓来带走。”

尼山萨满的声音像钟声那样响亮，她高声诵唱了一阵，又晃动腰铃，抖动神帽，又紧击抓鼓。这时，蒙古尔代·纳克楚一面笑，一面说：“尼山萨满，你好好听着，我确实把巴尔杜·巴颜的儿子色尔古代·费扬古的灵魂抓来了，可是这与你有什么相干呢？我又没有偷你们家的东西，你这样站在我门口大喊大叫地指责我干什么？”尼山萨满说：“你虽然没有偷我家的东西，可是你把一个尚未成年的无辜孩子抓来了。”蒙古尔代·纳克楚说：“我是奉伊尔蒙汗的命令把这孩子抓来的，我们想试试他的武艺才能，我们在高高的桅杆上挂上几枚金币，让他对准金币的窟窿射去，他接连三次射中金币的窟窿；我们继续考验他，让他和拉门布库搏斗，结果他又战胜了他；后来，又让他和阿尔苏·兰布库搏斗，因为他没有战胜这个布库，所以我们伊尔蒙汗收他为义子，抚养教育他，哪有把费扬古交给你的道理呢？”尼山萨满听了这一席话后，非常愤怒，对蒙古尔代·纳克楚说：“既然如此，这事确实与你没有什么关系了，你是个好人。我自己去找伊尔蒙汗，能否要回色尔古代·费扬古，就看我的本事了。我如果本领过人，就能把他要回来；如果我的本领不行，那就什么也办不成了，不过这一切与你没有关系。”说完，女萨满就向汗住的城池走去。

不一会儿，就到了城门下。但城门紧闭，城墙筑得高大而坚固，她无法进去，于是就怒气冲冲地诵唱起来：

“克兰尼克兰尼筑巢在东山的一只飞着的鸟，克兰尼克兰尼在冒岭山上，克兰尼克兰尼有一棵名叫柴基萨的檀香木树，克兰尼克兰尼在曼卡山上，克兰尼克兰尼有一只名叫芒冒的鬼祟，克兰尼克兰尼在石洞里，克兰尼克兰尼有九尺大蛇，克兰尼克兰尼有八丈大蟒。克兰尼克兰尼躺卧在，克兰尼克兰尼色勒关里的，克兰尼克兰尼斑斓大虎啊！克兰尼克兰尼绕山奔跑的，克兰尼克兰尼大花熊啊！克兰尼克兰尼在空中盘旋的，克兰尼克兰尼金色的鹡鸰鸟啊！克兰尼克兰尼在高山上翱翔的，克兰尼克兰尼银色的鹡鸰鸟啊！克兰尼克兰尼飞翔的雄鹰啊！克兰尼克兰尼为首雕王啊！克兰尼克兰尼众神灵，克兰尼克兰尼群鹰神啊！克兰尼克兰尼围成九层，克兰尼克兰尼排成十二行。克兰尼克兰尼迅速地，克兰尼克兰尼飞进城里去，克兰尼克兰尼请你们降落在地上，克兰尼克兰尼用爪子抓住他，克兰尼克兰尼送到我这里来！克兰尼克兰尼放在金色香炉中，给我带来，克兰尼克兰尼放在银色香炉中，给我带来！克兰尼克兰尼把他放在肩上给我背来！克兰尼克兰尼你们要尽力去完成这任务！”

她念完这番咒语后，顿时，众神迅速飞向高空，像云彩一样布满天空。这时，色尔古代·费扬古正跟别的孩子在院子里一起把一块块金银嘎拉哈抛着玩耍。突然一只大鸟俯冲下去，抓住他就飞上了天空。别的孩子看见后，都吓作一团，急忙跑回家去，告诉了父亲伊尔蒙汗：“不好了！一只大鸟把色尔古代抓住带走了。”伊尔蒙汗听了勃然大怒，立即差了一个恶魔，去叫蒙古尔代·纳克楚。那鬼很快把他找来了。伊尔蒙汗一面骂，一面说：“有一只大鸟，把你带来的色尔古代·费扬古抓走了。我想，这一定是你玩弄的诡计。你快想办法把他给我找回来！”蒙古尔代心想：“这不是别人干的，准是尼山萨满把他带走了。”于是他说：“大王，请息怒，我想这不是别人，而是阳间的尼山萨满干的，她是个很有才干的萨满，她在那个大国里赫赫有名，是她来这里把色尔古代带走了。我马上去追她，让她把色尔古代放回来。绝不能把这个萨满与其他萨满相比。”说完，他立即追赶萨满去了。

尼山萨满得到色尔古代·费扬古后，万分高兴，拉着他的手沿原路往回走。没走多远，就听见蒙古尔代·纳克楚大声喊道：

“萨满格格，请等一等！我要同你评评理，难道你要偷偷带走他吗？我花费很大力气，才得到色尔古代·费扬古，你就凭借萨满的法术，不付出任何报酬，白白把他领回吗？我们的伊尔蒙汗很生气，要打死我，我怎么对他说呀？萨满大姐，你好好想想看，你不付出任何报酬，就把他带走，这是不合理的。”

尼山萨满说：“蒙古尔代，要是你好好求我，我还是会给你报酬的，你怎么用你们汗的威力来吓服我呢？那有谁怕你？我们商量一下，了结此事吧。”于是，萨满给了他三碗陈酱，三捆纸。

可是，蒙古尔代又请求她说：“你给我的这些报酬太少了。请你再增加一点吧。”于是，尼山萨满又增加了一份。

他又请求说：“若用这微薄的报酬送给汗的话，他不会答应的，我怎么能逃脱惩罚呢？我求求你萨满格格。伊尔蒙汗没有猎犬和打鸣的公鸡，如果你把带来的这两件礼物送给他的话，他一定会满意的，我也就免受惩罚了。这样，你的事也会圆满成功，我也可以逃脱责任了！”

尼山萨满说：“这样，确实是两全其美，不过，你必须延长色尔古代的寿命，我才能给你猎犬和公鸡。”

蒙古尔代说：“萨满格格，要是这样的话，我就照你的意思办，给他延长二十年寿命！”

而女萨满却说：“那他还是乳臭未干的孩子呢！我带他回去，有什么用处。”

“如果是这样的话，我给他延长三十年寿命吧！”

“在这个年纪，他的思想还未定型啊！我带他回去，没有什么用处。”

“既然这样，我给他延长四十年的寿命吧！”

“这个年纪，他还不能学会优雅的风度和稳重的作风，不能承担大业，我带他回去，没有什么用处。”

“要是这样的话，我给他延长五十年寿命吧！”

“这个年纪他还缺乏才略，我带他回去，不会有什么用处。”

“既然如此，我给他延长六十年寿命吧！”

“这个年纪他还没有熟练掌握弯弓射箭的本领呢，我带他回去，没有什么用处。”

“既然如此，那就给他延长七十年寿命吧！”

“这个年纪他没有学会精巧的活计，我带他回去，没有什么用处。”

“要是那样的话，给他延长八十年寿命吧！”

“这个年纪他对家族的情况，还没有了解透彻，不能继承先人事业，我带他回去，没有什么用处。”

“如果是那样，我给他增加九十年的寿命吧！你要是再请求给他延长寿命的话，那我再也办不到了。色尔古代从现在起，六十年无疾百年无灾。让他生养九个孩子，亲眼看见八个，让他不患胃病，只是到了晚年头发逐渐花白，牙齿变黄，眼睛发花，但能看见东西，腰还灵活，手指发麻腿发木，但行动还方便。”

尼山萨满一面给他谢礼，一面说：“蒙古尔代·纳克楚，既然你用这样良好的愿望祝福色尔古代，现在我就把鸡和狗都送给你了。唤鸡时就叫‘阿失’，唤狗时就叫‘嗾’。”说完，就把礼物送给了他。

蒙古尔代非常高兴，于是就带着猎狗和公鸡往回走。走了不多远，他想试试这样唤鸡和狗灵不灵，于是他松开了它们，他唤着“阿失！阿失！嗾！嗾！”狗和鸡马上往回跑了，蒙古尔代大吃一惊，他急忙追上尼山萨满，气喘吁吁地问：“这是怎么回事？怎么又跟着你跑回来了？这不是要我的命吗？”接着，他恳求说：“萨满格格，你这是开的什么玩笑？为什么我一呼唤狗和鸡的名字，它们一齐都往回跑呢？请你不要骗我，这两件礼物，如果你不愿意送给我的话，那就算了。不过，汗要打我的话，我怎么受得了呢？”当他再三请求时，尼山萨满一面笑，一面回答说：“刚才我不过和你开了个小小的玩笑罢了，现在我告诉你，请你好好记住：唤鸡时就唤‘咕咕’，唤狗时就唤‘厄里，厄里’。”蒙古尔代说：“你开一个小玩笑，可把我吓出了一身冷汗。”当他遵照女萨满的嘱咐呼唤鸡和狗时，那只公鸡摇晃着脑袋，猎狗摆动着尾巴，顺从地跟着他走了。

尼山萨满正拉着色尔古代的手往回走。途中遇到了自己的丈夫，发现他正气呼呼地用麦秸把锅里的油烧得滚烫滚烫的。她丈夫看见她后，咬牙切齿地说："轻浮的萨满，你能救活别人，为什么不救活自己亲爱的丈夫。我年轻时就陷在这里了。我们自幼结为夫妻。今天，我是特意烧着油锅在这里等你的，快说，你究竟想不想救活我？如果你不救活我，今天这个油锅就是你的死对头，就把你扔进油锅里。"尼山萨满恳求道：

"海拉木比舒拉木比亲爱的男人，海拉木比舒拉木比快听我说，海拉木比舒拉木比请张开你的，海拉木比舒拉木比那只薄耳朵，听着！海拉木比舒拉木比请捂住你的，海拉木比舒拉木比那只厚耳朵，听着！海拉木比舒拉木比因为你早已死去了，海拉木比舒拉木比所以你身上的，海拉木比舒拉木比关节已断，海拉木比舒拉木比血肉已烂，海拉木比舒拉木比骨架已碎，海拉木比舒拉木比你全身都烂透了。海拉木比舒拉木比亲爱的丈夫！海拉木比舒拉木比请你发发善心，海拉木比舒拉木比让我过去。海拉木比舒拉木比今后我在你的坟上，海拉木比舒拉木比焚烧很多，海拉木比舒拉木比纸钱。海拉木比舒拉木比将贡献，海拉木比舒拉木比许多供品。海拉木比舒拉木比我将恭恭敬敬服侍，海拉木比舒拉木比你的额娘。海拉木比舒拉木比看在额娘的分儿上，海拉木比舒拉木比请可怜可怜你的老额娘，海拉木比舒拉木比饶恕我的性命，海拉木比舒拉木比请你好好想想这些，海拉木比舒拉木比放我过去吧！"

她这样"海拉木比舒拉木比"地恳求时，她的丈夫恨得咬牙切齿，气愤地说："我没有那种宽恕人的慈悲心肠！尼山萨满，我的妻子，你听着，我活着的时候，你对我也太过分了，骂我是穷小子，看不起我，甚至连理都不理我，实在让我难以忍受，这些你自己心里也很清楚，你对待我的老额娘是好还是坏，随你的便吧！今天，乘此机会把从前的、现在两次仇一起报。你是自己跳进油锅呢，还是我把你扔进去？你快快决定吧！"萨满被气得脸色发紫地说：

"亲爱的丈夫，你听着：德尼坤德尼坤你死的时候，德尼坤德尼坤你留下了什么？德尼坤德尼坤在贫寒的家里，德尼坤德尼坤给我留下了，德尼坤德尼坤一个老额娘，德尼坤德尼坤我恭敬地服侍她，德尼坤德尼坤我尽力孝顺她。德尼坤德尼坤我的丈夫，德尼坤德尼坤你想一想，德尼坤德尼坤睁开眼睛看一看，德尼坤德尼坤我是一个道德高尚，德尼坤德尼坤心地善良的人，德尼坤德尼坤我产生了一种，德尼坤德尼坤强烈的愿望，德尼坤德尼坤我要稍微地，德尼坤德尼坤试一试你，德尼坤德尼坤的骨架，德尼坤德尼坤是否已经腐烂，德尼坤德尼坤我要打发你，德尼坤德尼坤去一个好地方。德尼坤德尼坤求神灵保佑，德尼坤德尼坤在森林上空回翔的，德尼坤德尼坤大仙鹤啊！德尼坤德尼坤快快飞来呀！德尼坤德尼坤要抓住，德尼坤德尼坤我的丈夫，德尼坤德尼坤把他永远扔在，德尼坤德尼坤酆都城里！德尼坤德尼坤叫他永远不能，德尼坤德尼坤变成人！”

尼山萨满这样“德尼坤德尼坤”地诵唱的时候，马上飞来一只大仙鹤，抓走了她的丈夫，把他扔进了酆都城。萨满看见了这一切，高声唱着“德扬库”：

“德扬库德扬库当你没有丈夫的时候，德扬库德扬库随心所欲地生活吧！德扬库德扬库当没有男人的时候，德扬库德扬库你要勇敢地生活！德扬库德扬库当有亲爱的母亲时，德扬库德扬库你要亲亲热热地生活，德扬库德扬库要珍惜宝贵岁月，德扬库德扬库要愉快地生活！德扬库德扬库当你没有孩子时，德扬库德扬库也要很好生活吧，德扬库德扬库当不属于哪个家族时，德扬库德扬库你就自由地生活！德扬库德扬库要珍惜青年时代，德扬库德扬库要幸福地生活！”

萨满念着“德扬库德扬库”，敲着铃鼓，施行法术，拉着色尔古代·费扬古的手，如轻风那样愉快地疾驰，又像浮云那样飘飘如飞。突然间，她发现路旁有座楼阁，建造宏伟壮丽，周围云雾缭绕。尼山萨满走近一看，看见有两个门神守在门口，他们穿戴着金盔金甲，手执铁棒。尼山萨满上前问道：“请问两位师兄，这是什么地方？塔楼内住着什么人？”两位门神回答说：“塔楼内住着使枝叶繁茂、根须繁殖、给万物以生命的卧莫西妈妈[①]”。尼山萨满恳求说：“我顺路经过这里，想拜见一下卧莫西妈妈，可以进去吗？”门神回答说：“可以。”尼山萨满给了门神三碗陈酱和三捆纸，就进去了。到了第二道门口，那里同样有身穿盔甲的两位门神把守。尼山萨满刚要进去，二神拦住她，高声喝道：“你是什么人？竟想乱闯进门，快快离开！若是迟延，那我们就要动手了！”尼山萨满请求道：“大门神，不要生气，我是阳间的尼山萨满，顺路经过这里，想拜访一下卧莫西妈妈，并无恶意。”两位门神说：“既然你对她如此敬爱，那就进去吧，请快点出来！”尼山萨满照例给了他们礼物，就进去

① 卧莫西妈妈：汉语是“子孙娘娘”，萨满教中象征幸福的女神。

了。到了第三道门，那里同样有两个门神把守，尼山萨满照样给了他们礼物。进了门，看见塔楼金光闪闪，彩云缭绕，有两个女人身穿着花衣服守卫在门口，她们头上绾着高高的发髻，一个手里拿着金香炉，另一个手里拿着银盘，其中一个笑着说："我好像认识这位格格，你是不是阳间里住在尼西海河畔的尼山萨满？"尼山萨满吃惊地问："你是谁？我怎么不认识你呀？"那女人又说："你怎么不认识我呢？前年，我出痘时，卧莫西妈妈说我爱清洁，要我留在她身边当差。我们是一个村里的人，我是你的邻居纳里·非扬古的妻子，嫁过去两天，就出痘死了。"直到这时，尼山萨满才认出她来，大笑着说："你看，我怎么忘了呢？"这时门开了，她把萨满带进宫里，尼山萨满抬头往上一看：发现大殿中间坐着一个头发雪白的老妈妈，她长着长形脸，眼睛突出，大嘴，撅着下巴，牙齿血红，样子真可怕。她的两边站着十余个女人，有的背着小孩，有的抱着小孩，还有用针线缝制小孩的，有的把小孩排成一排排，有的把小孩装进口袋里，她们都忙个不停。这时，正在升起的太阳从门口投进一线光芒来。尼山萨满见到阳光，非常惊讶，连忙跪在地上，行了三拜九叩之礼。卧莫西妈妈问道："你是谁？我怎么不认识你呀？来这儿干什么？"尼山萨满跪在地上，回答说："小人是尼山萨满，住在阳间尼西海河畔，回家途中顺便来拜见卧莫西妈妈！"卧莫西妈妈感叹说："哎呀！我怎么把你忘了！派你降生到人世间时，竟不愿意去。我赋予你生命，赐予你萨满神帽，让你身系腰铃，手执铃鼓，跳着大神，闹着玩着一样降生到世上，我也安排你来这里一次，告诉你自己的真实姓名，并让你把在这里看见的善恶之事和一切刑罚，都告诉世上的人们。你不可以再来这里了。世上的那些萨满、学者、主人奴仆、高贵者和卑贱者、穷人和富人、骗子手、权势，酗酒、狂热、嫖赌、一切善与恶都由这里确定，然后赐予阳间的人，要知道这就是命运。"说完，她对站在左右的人说："来！把女萨满带去，让她看看各种刑罚和法规。"这时，马上就来了一个女人催她说："快走吧，跟我一起去开开眼界。"萨满就跟着她走了。途中，她看见一片树林长得很茂盛，上罩五彩云气。尼山萨满问道："这是什么树林？"那女人回答："那是阳世间，人们送痘神时，折了干净、马羊没有吃过的柳枝相送，所以林木长得很好，小孩出的痘花出得也好。那一片林木长得参差不齐，是因为送痘神时，阳世上的人们用那些牛羊啃过的柳枝，所以小孩痘花出得也少，受了很多苦，这是报应。"他们又继续朝前走，一会儿太阳升起来了，在东边一所大房子里，有座大轮子不停地转动，顺着转轮一切万物都苏醒了，那些飞禽走兽和家畜、小虫、鱼等各种动物，成群地跑着、跳着、爬着、飞着，接连不断。尼山萨满看见这些后，就问："这是怎么回事？"那个女人回答："我们这里确实是给一切万物以生命。"说完又继续往前走，看见许许多多鬼魂从鬼门关接连不断地进进出出，朝里面看了看，却是黑压压的乌云笼罩着的酆都城。她留心听了听，只听见鬼哭魂嚎的声音，震天动地，又看见恶狗在寨里凶残地撕吃着人肉，听见从黑暗的角落里传来鬼魂受刑的惨叫声，如鸠叫一样。又看见闪闪发亮的明镜山和模糊不清的暗镜山，在这里善与恶很容易地分辨出来。

尼山萨满又看见一座衙门，大堂上坐着判官，正在审讯所有的鬼魂。在西厢房里吊着一些因偷盗而受刑罚的囚犯；在东厢房里关着那些不敬不孝的子孙和夫妻不义的囚犯。又看见打骂父母的，受油锅煎熬之刑；偷骂老师的学生，受绑在大柱子上成为众矢之的之刑；失节的女人受凌迟之刑；奸淫女道人的，受乱刀穿心之刑；做饽饽时把米面随便撒落地上的人，受石磨压身之刑；诬告他人和破坏别人婚姻的人，受烧得通红的铁条拷打之刑；为官受贿赂的人，受用钩子挖其肉之刑；嫁二夫的女人，受身锯两段之刑；谩骂丈夫的女人，遭受割舌之刑；撬开别人家门窗者，受手被钉住之刑；厚颜无耻地偷听别人私话者，受钉住其耳之刑；撒谎偷盗的人，遭受铁棍毒打之刑；身子不干净的妇女，在江河中洗浴的人和初一、十五两日洗了脏东西的人，受灌脏水之刑；斜眼看老人者，受钩子钩其眼睛之刑；对寡妇、女孩耍流氓的人，受被绑在燃烧的铁柱上之刑；给病人乱开药方的人，使患者死亡的医生，受被剖开小肚之刑；对无耻勾引男人的女人，受用斧断其身之刑。

尼山萨满又发现在一个大湖上，搭了一座金银桥，在桥上过来过去的都是行善的有福之人；还有一座铁桥，在那桥上行走的都是作恶的人，恶鬼正用铁叉戳他们，用毒蛇咬他们。桥头上蹲着一只吃人肉、喝人血的恶狗。桥的旁边坐着一个菩萨，手里拿着一本经书，念给众人听。经书上的训词写道："作恶者，到阴间注定要受惩罚；行善者，在阴间则有善报，一等人成佛祖；二等人降生为王公贵族；三等人变成额驸太师；四等人变成将军大臣；五等人变成富豪；六等人变成百姓；七等变成驴、骡、马、牛等；八等变成飞禽走兽；九等变成鱼鳖之类；十等变成昆虫蚁蝼等物。"菩萨这样高声念诵着训书，开导众人。尼山萨满看了各种刑罚后，回到塔楼，拜见了卧莫西妈妈。卧莫西妈妈说："你回到阳间后，把你所看到的一切都告诉人们吧！”

接着，尼山萨满拜辞了卧莫西妈妈，拉着色尔古代·费扬古的手，沿原路往回走。走不多时，就到了红河岸边，尼山萨满谢了河神，把铃鼓放在水里，带着色尔古代漂立在水面上，过了河。又走了不一会儿，就到了跛腿来西的渡口，而他好像预先就知道尼山萨满要来一样，在此等候。他对萨满说：“尼山萨满又来到这里了，你确实是个了不起的萨满，真的得到了巴尔杜·巴颜的儿子色尔古代·费扬古。你的本领真不小呀！现在你更出名了。”说完，催他们上船，萨满带着色尔古代上了船，跛腿来西用力划着，不一会儿就过了河。到了河对岸，萨满下了船并付了酬金，就沿原路继续往回走。

走不多久，萨满就回到了巴尔杜·巴颜的家。萨满去阴间时，纳里·非扬古一直不断地往她脸上、鼻子上洒水。当他在萨满鼻子上洒了二十担水，往她脸上浇了四十桶水时，他看见萨满回来了，这时他急忙拿起香，开始祈祷诵唱，请求复活色尔古代的生命：

“克库克库今天晚上，克库把灯熄灭了，克库什么是荣誉？克库谁有名？克库哈斯胡里氏吗？克库那个雅斯胡里氏吗？克库这个姓马雅尔氏的，克库枝叶繁多，克库根深繁茂。克库因为，克库色尔古代·费扬古去打猎。克库是伊尔蒙汗抓走了他的灵魂，克库到阴间去了。克库为了救活他，克库从三个萨满中挑选了，克库与四个萨满比赛中选出了，克库住在，克库尼西海河岸上的尼山萨满。克库她拿着阿延香，克库她可以去各种国度里。克库当她算了一卦时，克库得到了准确消息。克库就在当天晚上，克库在黑暗的地方，克库她越过那座高山，克库去追赶色尔古代的灵魂，克库从那恶劣地方，克库抢救回来一条生命，克库现已把他救回来了。克库在一棵粗壮的柳树上，克库用一条大柳枝，克库召来了雕王；克库用一条细柳条，克库召来了花鹰，克库召来了在山上盘旋的，克库金鸟，克库召来了在空中回翔的，克库银鸟，克库召来了猛虎，克库召来花熊，克库召来了八条大蟒，克库召来九条蛇，克库用花木檀树枝，克库召来八对獾，克库用桦树枝，克库召来十对獾，克库你迅速，克库复活吧！克库你快快醒来吧！”

这时，尼山萨满动了动身子，就站起来了，讲了她去阴间的经过，她唱诵着：

“德扬库德扬库众人听着，德扬库德扬库巴尔杜·巴颜你也，德扬库德扬库仔细听着，德扬库德扬库我把你的儿子，德扬库德扬库放在金香炉里，德扬库德扬库带回来了。德扬库德扬库我用珍贵物品，德扬库德扬库救活了你死去的儿子，德扬库德扬库我又请求卧莫西妈妈，德扬库德扬库将你儿子的灵魂，德扬库德扬库永远放在，德扬库德扬库阳间里。克兰尼克兰尼从此以后，克兰尼克兰尼他会，克兰尼克兰尼身体健康。克兰尼克兰尼祝愿他，克兰尼克兰尼活到九十岁。克兰尼克兰尼我为他求得了，克兰尼克兰尼九个孩子。克兰尼克兰尼为了感谢伊尔蒙汗，克兰尼克兰尼我把公鸡和猎狗，送给了他，克兰尼克兰尼还留下了酬金。克兰尼克兰尼我拜见，克兰尼克兰尼卧莫西妈妈的时候，克兰尼克兰尼还为你的子孙，克兰尼克兰尼请求了后代。克兰尼克兰尼给世上人讲明白，克兰尼克兰尼要很好侍候卧莫西妈妈。克兰尼克兰尼她就会很好对待，克兰尼克兰尼纯洁的花朵。克兰尼克兰尼我清清楚楚看见，克兰尼克兰尼行善的在阴间里享福；克兰尼克兰尼作恶的，克兰尼克兰尼在阴间受苦刑。克兰尼克兰尼我遇到了我的丈夫，克兰尼克兰尼他请求我，克兰尼克兰尼救活他，克兰尼克兰尼我说：‘克兰尼克兰尼你的肌肉和血管都已腐烂了，克兰尼克兰尼难以救活。’克兰尼克兰尼我的丈夫生气了，克兰尼克兰尼要把我放进，克兰尼克兰尼滚开的油锅里炸，克兰尼克兰尼因为这个原因，克兰尼克兰尼我呼唤众神灵，克兰尼克兰尼抓住了他，克兰尼克兰尼把他永远扔进了，克兰尼克兰尼酆都城里，克兰尼克兰尼叫他永远不能变成人。克兰尼克兰尼又遇到各种鬼魂。德扬库德扬库很多灵魂，德扬库德扬库他们不断请求我，德扬库德扬库救活他们，德扬库德扬库他们把路挡住，德扬库德扬库不让我通过。德扬库德扬库求救的声音，德扬库德扬库震得地动山摇，德扬库德扬库我分给了他们，德扬库德扬库很多的礼品，德扬库德扬库一切都花光了，德扬库德扬库才回来了，德扬库德扬库！”

说完，就又仰面倒在地上了，她的扎哩拿起香，在她鼻子周围熏了几下，她才醒过来。

当萨满还原了色尔古代·费扬古的灵魂时，瞬息间他就活过来了，低声说道：“给我一杯水吧！”他喝完水后，又说：“我这一觉睡得真久呀！睡了好长时间！”说完，就立即翻身坐了起来。家里人见此情景，都万分高兴，就把萨满救活他的缘由一一讲给他听，这时，他才知道自己刚才已经死了，现在被救活过来了，便连忙向尼山萨满叩谢。巴尔杜·巴颜也一面笑，一面合掌连连作揖行礼说：“格格，你真是个法力无边的萨满！要不是你救活我儿子，我们家就要断后了。”说完，就把自己的衣服送给了萨满，又用白玉杯倒了满满一杯酒，跪在地上，双手递给她。尼山萨满接过杯子，将酒一饮而尽，她说："这也是员外的造化好，我才能办到。祝员外洪福齐天！"众人听后，立即响起了一片祝福声。员外又拿了一只大玻璃杯，斟满了酒，递给萨满的扎哩说："请你喝一杯淡酒吧！"纳里·非扬古接过酒，一面喝，一面说："你还有什么忧愁？只要你儿子活过来，不再分离了，那就没有什么忧愁了。如果有什么事值得忧愁的话，那就是萨满格格，从那个可怕的阴间里回来，一定很疲倦了。"萨满听了笑着说："非扬古师弟，你听我说，常言说得好：'三分的萨满，没有七分的好扎哩，那将一事无成'。"众人听了萨满的话笑得更厉害了。接着，员外叫人喊来阿哈尔济和巴哈尔济两个家奴，吩咐他们说："告诉牧长们，叫他们把牛、羊、马、猪等家产对半分开，我要送一半给萨满格格，以表谢意！"又命家人大摆宴席，隆重宴请尼山萨满。大家喝得欢天喜地，酒足肉饱。这时，家奴将金银财宝、衣物和牲畜都分成了两半，将其中一半装在车上。又给她的扎哩送了衣服和配有马鞍、笼头等全部装备的一匹马及二百两银子。于是，尼山萨满和她的扎哩就带着财物回家了。

从此，尼山萨满变成了富翁，停止了她与纳里·非扬古要好的事。并决定过正常的生活。阴间里的各种刑罚，在萨满的脑子里留下了深刻印象，她用笔记述了前面的邪恶之事。人们听了她讲邋遢的人如何在阴间里用鼻子喝污水的故事后，都变得干净起来了。

后来，她婆婆从本村人们的议论中，知道萨满这次到阴间途中，曾遇见自己的丈夫，并拒绝将他救活，还施展巫术，把他扔进酆都城里去了。她婆婆听到这些议论后，非常生气，立即叫来儿媳妇，问她："这是怎么回事？"尼山萨满说："他让我把他救活。我说：他的肌体已经腐烂，救不活了。这时他要把我扔进油锅里炸，于是我靠神力，把他抓住扔进酆都城里了，这一切都是真的。"她婆婆说："真是这样的话，你是再一次杀死了你的丈夫了，你为什么不躲开他的油锅而绕道走呢？唉！你好狠心啊！"不久，她婆婆到京城，告到了衙门，衙门立刻传萨满入京，审讯了她，所得供词与状纸相同。于是，衙门将供词案情写成奏本，呈报太宗皇帝。皇上大怒，降旨："交刑部审理此案，照例治其相应之罪。"刑部受命后，又复议，将奏本呈报皇上："尼山萨满如实招供，乃勇敢之妇。但罪证属实，治以偿命之罪。"太宗皇帝降旨："即用她对待自己丈夫的办法治其罪，将萨满帽、腰铃、神鼓等物，装入箱内，用铁丝捆绑，投入井内。”审判官照旨意办理了。

从此，员外之子色尔古代·费扬古开始仿效父亲，行善积德，救济穷人。他的子孙后代，都是高官厚禄，金银财宝不计其数。

（社会科学文献出版社一九九八年出版）

后　记

经过五年多的深入普查、采录、搜集和选编，今天终于将在我国北方民族中广泛流传的《尼山萨满传》这部珍贵的，并具有世界影响力的艺术瑰宝奉献给广大读者，以期赐教。

《尼山萨满》是著名的满族传统说部，属于窝车库乌勒本，即满族一些姓氏萨满讲述并世代传承下来的萨满远古神话与历代萨满祖师们的非凡神迹与伟业，或称“神龛上的故事”。《尼山萨满》故事形成于萨满教盛行的奴隶社会，在漫长的历史长河中，经过不断加工、创作，人物、情节日益丰富扩展，使之逐渐升华为完整的故事。由萨满和穆昆、玛发口耳相传，代代承继不渝。随着各氏族、部落迁徙、征战，特别是进入清代，由于内祸和外患迭起，各氏族、部落以及北方诸民族都无法选择地卷入历史的旋涡中，他们同生死，共战斗。这给各氏族和民族之间的思想、文化交融提供了良好的环境和土壤，使《尼山萨满》的故事得以广泛流传在达斡尔、鄂温克、鄂伦春、赫哲等北方民族中，已成为家喻户晓、妇孺皆知的故事。在流传过程中，北方各民族都以《尼山萨满》故事为主体，结合本民族的生活习俗和理解，产生不同变异的《尼山萨满》故事。从这里可以看到满族说部《尼山萨满》的巨大影响力。所以，本书在重点收集满族传讲《音姜萨满》说部的同时，尽量把北方各民族传讲有关《尼山萨满》不同形态的故事编选在一起。虽然所收集的故事只是沧海之一粟，但读者从中也会窥测出满族说部从《尼山萨满》这朵瑰丽多彩、脍炙人口的民族艺术之花，在北方民族中流传的历史和全貌。

早先年，满族是用满语讲述《尼山萨满》。清末以后，满语渐废，大多改用汉语讲述。但在黑龙江边远地区仍有用满语讲述的，本书首次发表富希陆先生整理的《尼姜萨满》，就是民国初年听其母郭美蓉用满语讲述，后来又在本族长老家抄写了珍藏三百多年的满文《尼姜萨满》手抄本。富希陆先生根据满语口述和满文手抄本，在一九五七年、一九六一年、一九七二年陆续整理成满、汉文书稿。一九六一年，金启孮先生在黑龙江省富裕县三家子屯进行满族社会历史调查时，还有满族老人用满语讲述《女丹萨满》的故事。遗憾的是，富希陆先生整理的满文《尼姜萨满》，一九八六年拟在扬州出版时不慎丢失；金启孮先生整理的《女丹萨满》未能把满语保留下来。在满语已绝迹的今天，还有没有满族老人用满语讲述《音姜萨满》的呢？我们带着这个问题做了一年多的调查。功夫不负有心人，终于在黑龙江省孙吴县四季屯发现七十六岁的何世环老人能用满语讲述《音姜萨满》。于是我们在二〇〇三年七月二日，在何世环老人家进行第一次现场讲述录音、录像。该屯的富振刚老人从小多次听过这个故事，虽然他已不会讲满语了，但何世环老人用满语讲《音姜萨满》，他完全听得懂，为我们现场做了翻译。此外，何世环老人还用满语讲述了《獾子的故事》《白云格格》《骄傲的鲤鱼》等故事，唱了满族民歌《摇篮曲》和《哭丧调》等。当今，人们久已不闻满语形态，何世环老人能用流利的满语讲述说部，实属难得，极为罕见。她让人们看到往昔满族用满语讲述说部的原始形态，这是一种鲜活的用满语讲述的说部，因此具有很高的研究价值。于是我们决定再次深入采访。五十天后的八月二十二日，我们又到四季屯第二次采录。何世环老人又一次讲述了《音姜萨满》故事，并详细讲了这个故事的传承情况。与此同时，我们还采录了何世环老人说的日常用语满语单词。二〇〇四年五月三十日，第三次采录何世环老人时，请本屯八十多岁的臧彩凤老人与何世环一起交流这个故事。臧大娘会说满语，何世环讲《音姜萨满》时，臧大娘不时用干脆利落的满语插话，两人谈笑风生，情感投入，与故事融为一体。我们这次还把何世环居住的环境、生活起居、社会交往等一系列活动都录了像。二〇〇五年八月一日，我们第四次采录了何世环老人。因她家没有祖宗牌位，到本乡满族吴玉江家采录。这次把何世环老人在讲述说部之前，供奉祖宗牌位，磕头敬祖、洗手漱口、梳头等虔诚的行动以及听众按辈分依次排坐，然后端庄郑重讲述《音姜萨满》的全过程进行了录像。

几年来，我们在普查过程中了解并收集到许多有关《尼山萨满》的流传情况和线索。二〇〇三年七月，我们在黑龙江省调查时，黑河市人大常委会祁学俊同志向我们介绍一九八四年他在瑷珲大五家子和孙吴县四季屯调查时，曾采录过《阴阳萨满》的故事。后来把记录稿寄给我们。二〇〇三年傅英仁先生在世时对我们说，他过去曾经采录和整理过在宁安市境内流传《宁三萨满》的故事，与瑷珲一带流传的《音姜萨满》同属一个故事。后来宋和平老师得知我们要出版《尼山萨满传》时，主动把她收藏傅英仁先生的《宁三萨满》残稿交给我们。二〇〇三年八月，我们在呼玛县白银那乡参加鄂伦春族下山定居五十周年庆祝大会时，呼玛县人大常委会原副主任关金芳同志，把孟秀春（已故）和她翻译、整理鄂伦春著名故事家孟古古善（已故）及关玉清（关金芳大爷，已故）讲述的《尼海萨满》手稿献给我们。使我们更受感动的是，内蒙古达斡尔族著名民间文艺家白杉同志、新疆锡伯族奇车山同志，获悉我们正在编辑《尼山萨满传》时，主动热情地把他们过去采录和翻译的《尼山萨满》的书稿寄给我们。上述文稿从未发表过，这次都收到集子里，一并出版。

自从俄国人A.B.格列宾希科夫于一九〇八年在我国齐齐哈尔附近找到世界上第一本满文《尼山萨满》手抄本，迄今已近百年。从苏联学者M.沃尔科娃于一九六一年公开出版《尼山萨满》的传说，也有四十七年。满族说部《尼山萨满》在世界上已产生深远影响。目前所发现的六种满文手抄本《尼山萨满》，已被译成汉文、俄文、德文、英文、意大利文、日文、朝鲜文等在世界各地广为流传。我国台湾和大陆学者自一九七七年以来陆续翻译出版六个满文手抄本。本书收集了四个满文手抄本的影印件和二十多年来诸位学者翻译出版的文稿，并按出版时间顺序刊登。本想将一九七七年庄吉发先生在台北出版《尼山萨蛮传》的全文选进来，但通过书信、电话未与庄先生联系上，只好将《尼山萨蛮传》的封面和译文首面复印附上，以期给非物质文化遗产的保护者、爱好者、研究者提供更多的信息和资料。在此并向台北文史哲出版社及译注者谨致谢意。

本书在编辑过程中，得到赵展、季永海、赵志忠、宋和平、奇车山、白杉和郭淑云等先生的鼎力支持与帮助，特别是赵志忠先生，把他过去翻译的满文《尼山萨满》民族本、新本，以及三部《尼山萨满》手稿译注都慷慨无私地提供给我们，并对编辑此书提出许多宝贵意见。在此书出版之际，谨向他们表示衷心的谢意。

本书在编辑工作上难免有疏漏失误和不足之处，敬请专家和读者给予指正。

编　者

二〇〇七年三月十日